莫言作品

四十一炮

Pow!

浙江出版联合集团
浙江文艺出版社

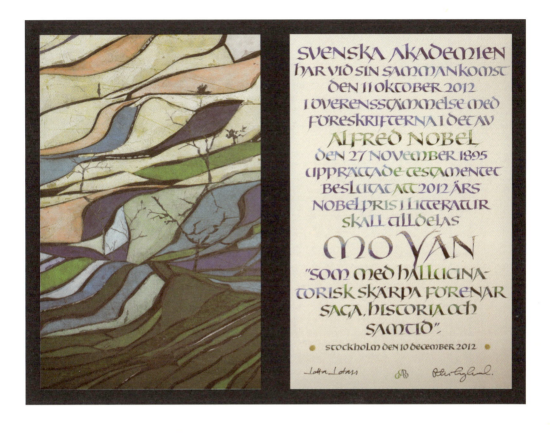

2012 年诺贝尔文学奖获奖者证书

诺贝尔奖晚宴致辞（原稿）

尊敬的国王陛下、王后陛下，女士们，先生们：

我，一个来自遥远的中国山东高密东北乡的农民的儿子，站在这个举世瞩目的殿堂上，领取了诺贝尔文学奖，这很像一个童话，但却是不容置疑的现实。

获奖后一个多月的经历，使我认识到了诺贝尔文学奖巨大的影响和不可撼动的尊严。我一直在冷眼旁观着这段时间里发生的一切，这是千载难逢的认识人世的机会，更是一个认清自我的机会。

我深知世界上有许多作家有资格甚至比我更有资格获得这个奖项；我相信，只要他们坚持写下去，只要他们相信文学是人的光荣也是上帝赋予人的权利，那么，"他必将华冠加在你头上，把荣冕交给你。"（《圣经·箴言·第四章》）

我深知，文学对世界上的政治纷争、经济危机影响甚微，但文学对人的影响却是源远流长。有文学也许我们认识不到它的重要，但如果没有文学，人的生活便会粗鄙野蛮。因此，我为自己的职业感到光荣也感到沉重。

借此机会，我要向坚定地坚持自己信念的瑞典学院院士们表示崇高的敬意，我相信，除了文学，没有任何能够打动你们的理由。

2012 年诺贝尔奖晚宴致辞（原稿片段）

四十一砲，打得真熱鬧。原
李逵想把仇報，結果一片
歡笑。書中　多有胡
言暗喻字裡行間。五
通廟內和尚　誰知是鬼
是仙？　打油詞仿清手樂
蝌蚪迷「罡砲」故引。
丙申　重陽　真言

作者题词

题《四十一炮》

四十一炮，打得真热闹。

原本是想把仇报，结果一片欢笑。

书中多有胡言，暗喻字里行间。

五通庙内和尚，谁知是鬼是仙？

打油词仿清平乐曲牌，述《四十一炮》故事。

丙申重阳 莫言

大和尚，我们那里把喜欢吹牛撒谎的孩子叫作"炮孩子"，但我对您说的，句句都是实话。

目　　录

第一炮 ……………………………………………… 1

第二炮 ……………………………………………… 11

第三炮 ……………………………………………… 16

第四炮 ……………………………………………… 23

第五炮 ……………………………………………… 27

第六炮 ……………………………………………… 30

第七炮 ……………………………………………… 37

第八炮 ……………………………………………… 44

第九炮 ……………………………………………… 52

第十炮 ……………………………………………… 59

第十一炮 …………………………………………… 62

第十二炮 …………………………………………… 75

第十三炮 …………………………………………… 89

第十四炮 …………………………………………… 100

第十五炮 …………………………………………… 107

第十六炮 …………………………………………… 119

第十七炮 …………………………………………… 134

第十八炮 …………………………………………… 143

第十九炮 …………………………………………… 150

第二十炮 …………………………………………… 155

第二十一炮 ………………………………………… 160

第二十二炮 ……………………………………… 168

第二十三炮 ……………………………………… 174

第二十四炮 ……………………………………… 180

第二十五炮 ……………………………………… 186

第二十六炮 ……………………………………… 194

第二十七炮 ……………………………………… 201

第二十八炮 ……………………………………… 210

第二十九炮 ……………………………………… 222

第三十炮 ………………………………………… 229

第三十一炮 ……………………………………… 235

第三十二炮 ……………………………………… 248

第三十三炮 ……………………………………… 254

第三十四炮 ……………………………………… 267

第三十五炮 ……………………………………… 273

第三十六炮 ……………………………………… 281

第三十七炮 ……………………………………… 308

第三十八炮 ……………………………………… 325

第三十九炮 ……………………………………… 339

第四十炮 ………………………………………… 359

第四十一炮 ……………………………………… 378

诉说就是一切——代后记 ……………………… 400

第 一 炮

　　十年前，一个冬日的早晨。十年前一个冬日的早晨——那是什么岁月？你几岁？云游四方、行踪不定、暂时寓居这废弃小庙的兰大和尚睁开眼睛，用一种听起来仿佛是从幽暗的地洞里传上来的声音，问我。我不由得打了一个寒颤，在农历七月的闷热天气里。那是1990年，大和尚，那时我十岁。我低声嘟哝着，用另外一种腔调，回答他的问题。这是两个繁华小城之间的一座五通神庙，据说是我们村的村长老兰的祖上出资修建。虽然紧靠着一条通衢大道，但香火冷清，门可罗雀，庙堂里散发着一股陈旧的灰尘气息。小庙围墙上那个似乎是被人爬出来的豁口上，趴着一个穿绿色上衣、鬓边簪一朵红花的女人。我只能看到她粉团般的大脸和一只拄下巴的洁白的手。她手上的戒指在阳光下闪烁着扎眼的光线。这个女人，让我联想起解放前我们村子里的大地主兰家那片被改成小学校的大瓦房。在许多传说和许多传说导致的想象中，这样的女人，在夜半三更的时候，经常会在那片年久失修的瓦房里出入，并且会发出令人心惊肉跳的喊叫。大和尚端坐在破败不堪的五通神塑像前一个腐烂的蒲团上，神情安详,仿佛一匹睡梦中的马。他手里捻动着一串紫红色的串珠,身上的袈裟,仿佛是用雨中淋过的草纸做成,似乎动一动就会变成碎片。大和尚的两扇耳朵上,落满了苍蝇,但他光溜溜的头皮上和他的油腻腻的脸上却连一只苍蝇也没有。院子里有一棵庞大的银杏树,树上鸟声一片,鸟声里间或响起猫叫。那是两只野猫,一公一母,在树洞里睡觉,在树杈上捕鸟。一声得意的猫叫传进小庙,接着是小鸟凄惨的叫声,然后是群鸟惊飞的扑棱声。与其说我嗅到了血腥的气味,不如说我是想到了血腥的气味;与其说我看到了鸟羽翻飞、血染树枝的情景,不如说我想到了这个情景。此刻,那只公猫,用爪子按着流血的猎物,对着另外那只缺了尾巴的母猫献媚。那只母猫因为缺了尾巴,看上去三分像猫,七分倒像一只肥胖的兔子。我回答完大和尚的问题,等待着他继续问话,但我的话还没说完他的眼睛就闭上了,以至于让我感觉到,适才的问话只是我的幻觉,连大和尚在那一瞬间睁开的眼睛和炯炯有神的目光都是我的幻觉。大和尚眼睛半睁半闭,探出鼻孔约有一寸的那两撮黑毛,宛如蟋蟀的尾巴微微颤动。我看着大和尚的鼻毛,想起十几年前我们村的村长老兰用一把小得可怜的剪刀修剪鼻毛的情景。老兰是兰氏家族的后人,他的祖上,曾经出过好多个杰出人物。明朝的时候,出过举人。清朝的时候,出过翰林。民国的时候,出过将军。解放后出过一群地主分子反革命。不搞阶级斗争后,兰氏所剩不多的后裔,慢慢地直起腰来,出来一个老兰,兰继祖,当了我们的村长。我小时候多次听到老兰喟叹:嗨,一代不如一代!我还听到村子里那个识字的老孟头说:嗨,一蟹不如一蟹。兰家的风水破了。老孟头年轻时在兰家当过牛倌,见识过兰家当年的排场。他指点着老兰的背影说:你他妈的,连你祖上的一根屌毛都不如!一根灰挂,宛如初春天气里的杨絮,从昏暗的庙顶,轻飘飘地落下来,落在了大和尚的光头上。又有一根灰挂,宛如前一根灰挂的同胞姐妹,还是那样,像春天里杨树的花絮,散发着淡淡的岁月的气息,隐含着调情的意思,轻飘飘地落下来,落在大和尚的光头上。

那上边,有十二个明亮的戒疤,排列有序,使他的脑袋,显得分外庄严。这可是真和尚的光荣标志,为了有朝一日我的头上也有这样十二个戒疤,大和尚,请听我继续诉说——

　　我家高大的瓦房里阴冷潮湿,墙壁上结了一层美丽的霜花,就连我在睡眠中呼到被头上的气流也凝结成一层细盐般的白霜。房子立冬那天刚刚盖好,抹墙的灰泥尚没干透我们就搬了进来。母亲起床后,我把脑袋缩进被窝,躲避着刀子般的阴冷。自从父亲跟随着野骡子逃跑之后,母亲发奋图强,艰苦创业,五年如一日,用自己的劳动和智慧积累了财富,建成了全村最高大最壮观的五间大瓦房。提起我的母亲,村子里人人佩服,大家都夸她是好样的,在夸奖我母亲的同时,人们总是忘不了批评我的父亲。父亲在我五岁时,与村子里臭名昭著的女人野骡子结伴私奔,逃到了不知什么地方。——处处都是善因缘。大和尚梦呓般的嘟哝,表明了他虽然闭着眼睛,但却在认真地倾听我的诉说。那个穿绿衣簪红花的女人依然趴在围墙的豁口上。她吸引着我的目光,但我不知道她是否知道她吸引了我的目光。那只健壮的野猫,叼着一只翠绿的小鸟,从庙门前路过,好像捕获了大虫的猎户扛着猎物游街示众。路过庙门时它停顿了一下,歪着头往里瞧了一眼;它脸上的神情,很像一个好奇的小学生——

　　五年过去了,真实的音信一点也没有,但关于父亲和野骡子的谣言,却像那个小火车站上的运货慢车每隔一段时间卸下来的肉牛,在那些黄眼珠的牛贩子轰赶下,慢吞吞地进入我们的村庄。肉牛被牛贩子卖给村子里的屠户杀死——我们村是个屠宰专业村——谣言却在村子里传来传去,好像一群飞来飞去的灰鸟。有的谣言说父亲带着野骡子在东北大森林里用白桦木建了一座小屋,屋子里垒了一个大炉子,松木劈柴在炉子里熊熊燃烧,小木屋的房顶上覆盖着白雪,墙壁上挂着成串的红辣椒,房檐下悬着晶莹的冰凌。他们白天打猎挖参,晚上在炉子上煮狍子肉。在我的想象中,父亲的脸和野骡子的脸被炉火映得红彤彤的，好像抹了一层红颜色。有的谣言说父亲带着野骡子流窜到了内蒙古，白天他们骑着高头大马，身披肥大的蒙古袍子，唱着悠扬的牧歌，在一望无际的草原上放牧牛羊；到了晚上，他们就钻进蒙古包，点起一堆牛屎火，火上吊着铁锅，锅里炖着肥羊肉，肉香扑鼻，他们一边吃肉一边喝着浓浓的奶茶。在我的想象中，野骡子的眼睛在牛屎火的映照下闪闪发光，仿佛两块黑宝石。有的谣言说他们偷越国境到了朝鲜，在一个美丽的边境城市里开了一家餐馆。他们白天包饺子擀面条卖给朝鲜人吃，到了晚上，饭馆关门后，就煮上一锅肥狗肉，启开一瓶白酒，每人握着一条狗腿，两人握着两条狗腿，锅里还有两条狗腿，散发着诱人的香气，等待着他们来吃。在我的想象中，他们每人握着一条狗腿，端着一碗酒，他们喝一口酒啃一口肥狗肉，撑得腮帮子鼓鼓的，好像油光光的小皮球……当然，我也想到了，当他们吃饱喝足之后，还要抱在一起干那种事——大和尚目光一闪，嘴角抽动了一下，突然大笑一声，然后便戛然而止，仿佛锣槌猛击了一下锣面，只余袅袅的铜音在空气中震颤。我心中一凛，目眩片刻。我猜不透他用这样古怪的笑声是鼓励我照实说呢还是让我就此打住。我想了想，为人应该诚实，在大和尚面前，更应该实话实说。——那个绿衣女人还趴在那里，姿态依旧，只是增添了一个玩耍唾沫的把戏。她将一个个的小水泡从双唇之间啐出来，让它们在阳光中飘摇着破碎，我想象着那些水泡的味道——说——

他们亲着对方油汪汪的嘴巴，还不停地打着饱嗝，让肉的气味，在蒙古包里洋溢，在森林中的小木屋里洋溢，在朝鲜式小餐馆里洋溢。然后他们互相帮助着脱了衣裳，暴露出各自的身体。父亲的身体我很熟悉——夏天时他经常扛着我下河洗澡——野骡子姑姑的身体我只浮光掠影地看过一次。但是我这次可是看真切了。她的身体，看上去滑溜溜的，绿油油的，在灯下放着光。连我这个小孩子的手指，也想伸过去，用指尖，试试探探地摸一摸，如果她不打我，我就好好地摸一摸。那应该是什么感觉呢？是凉森森的呢还是热乎乎的呢？我真想知道啊，但是我不知道。我不知道，我的父亲知道。他的手，一直在野骡子姑姑身上摸着，摸了屁股摸奶子。父亲的手是黑的，野骡子姑姑的屁股和奶子是白的，所以我感到父亲的手很野蛮，很强盗，它们仿佛要把野骡子姑姑的屁股和奶子里的水分挤出来似的。野骡子姑姑呻吟着，她的眼睛和嘴巴在放光，父亲的眼睛和嘴巴也在放光。他们两个搂抱在一起，在熊皮褥子上打滚，在热炕头上翻跟斗，在木头地板上"烙大饼"。他们的手相互抚摸着，他们的嘴巴相互啃咬着，他们的腿脚互相攀爬着，他们身上的每一寸皮肤都在互相磨蹭……磨蹭生热，生电，他们的身体开始发光了，蓝幽幽的，好似两条鳞片闪烁的大毒蛇纠缠在一起。父亲闭着眼睛不出声，只喘粗气，但野骡子姑姑却在大声地、肆无忌惮地叫唤。现在我当然知道她为什么叫唤，但当时我比较纯洁，不解男女之事，不知道父亲和野骡子姑姑合演的是一出什么戏。我听到野骡子姑姑嘶哑地喊叫着：亲哥……让我死吧……让我死吧……我的心中怦怦乱跳，不知道接下来要发生什么事情。虽然我心中并不害怕，但我确实感到紧张，恐慌，好像我的父亲和野骡子姑姑，包括我这个旁观者，都在干着罪恶的勾当。我看到父亲低头，把自己的嘴巴罩在野骡子姑姑嘴巴上，这样，她的喊叫，就大部分被父亲吞食了。只有一些零星的声音碎片，从父亲的嘴角泄漏出来——我偷眼看了一下大和尚，想知道我的迹近色情的描述，在他身上会发生什么样的反应。大和尚不动声色，脸上的颜色，似乎有点发红，又仿佛原本就是这个样子。我想我应该适可而止，尽管我已经看破红尘，讲述父母的故事就像讲述遥远的古人的故事——

不知道是肉的气味吸引还是父亲和野骡子姑姑的喊叫声吸引，从黑暗中涌出来许多小孩子，锔在蒙古包的周围，趴在森林小屋的门缝上，撅着屁股，眼睛透过缝隙，往里张望着。后来，我想象，狼也来了，不止一只狼，而是一群狼，它们应该是嗅着肉味来的吧？狼来了，孩子们逃跑。他们矮小笨拙的身影在雪地上蹒跚着，在他们后边，留下了鲜明的痕迹。群狼蹲在我父亲和野骡子姑姑的蒙古包外,贪婪地磨着牙齿。我担心它们撕开蒙古包、咬开小木屋冲进去,把我的父亲和野骡子姑姑吃掉,但它们根本就没有这个意思。它们就那样围绕着蒙古包和小木屋蹲着,仿佛一群忠诚的猎狗……

　　庙宇的破烂院墙外是一条通往繁华世界的宽阔大道,越过院墙上那些因砖头风化、闲人攀爬造成的缺口,越过那个趴在缺口里的女人——此刻她正在梳理浓密的头发,那朵红花,搁在她身边的墙头上。她侧着脖子,将头发顺到胸前,用一柄红色的梳子,一下一下地用力梳着。她近乎蛮勇的动作,让我的心一下下地紧缩着,我为那些美丽的头发感到难过,鼻子酸酸的,几乎要流出眼泪。我想如果她能让我为她梳头,我一定会用最温柔的动作,用最大的耐心,不使一根头发受伤折断,哪怕她的头发之间生满了甲虫和蜘蛛,鸟儿又在里边垒了巢孵化了小鸟。我似乎看到了她脸上浮现出一种烦恼的表情,头发茂密的女人在梳头时脸上大都是这样的表情。这种表情与其说是烦恼,还不如说是骄傲。她头发深处的沉闷的香气,现在是确凿无疑地扑进了我的鼻腔,使我的头脑眩晕,好似喝多了浓稠的老酒——可以看到在那条大道上来来往往的车辆。一辆砖红色的吊车高举着铁臂从我的眼前滑过去,仿佛一幅移动的巨大油画。二十四辆擎着炮筒子、身上散射着青白的光芒、形状仿佛大鳖的坦克车,从我的眼前滑过来,仿佛是一个坦克的连环图片。一辆被漆成蓝色的客货两用小拖车蹦蹦跳跳地抢过来,车顶上架着一只高音喇叭,车厢周围插着一圈彩旗,旗上画着一个在招展中时隐时现的女人的白色大脸,脸上有两道弯曲的细眉,还有一张鲜红的大嘴。车上站着十几个人,都穿着蓝色的运动衫,戴着蓝色的棒球帽,齐声呐喊着:人民代表王得后,只干工作不作秀。但到了庙前,他们的呐喊也戛然而止,装扮漂亮的花车,宛如一个移动的花棺材,从我们面前游过去。而在院墙外边、大道一侧、正对着这座即将倾颓的五通神庙的那一大片草地上,有一台巨大的挖土机在不间断地轰鸣着。我的目光越过庙墙，可以看到机器橘红色的顶端，和不时地高扬起来的铁臂与那个狰狞的挖斗。

大和尚，我对您什么都不隐瞒，我无话不可对您说。那时候我是个没心没肺、特别想吃肉的少年。无论是谁，只要给我一条烤得香喷喷的肥羊腿或是一碗油汪汪的肥猪肉，我就会毫不犹豫地叫他一声爹或是跪下给他磕一个头或是一边叫爹一边磕头。即便是现在，时过境迁了，您如果到我们那个地方去，只要提起我的名字——罗小通——人们的眼睛里马上就会闪烁出异样的光芒，就像一提到兰大官的名字一样。为什么他们的眼睛闪闪发光？那是因为与我有关的、与肉有关的往事在他们脑海里像连环图画一样展示。那是因为与兰家那个流落海外、御女三万、经历非凡的三少爷有关的传说在他们脑海里像连环图画一样展示。他们虽然嘴里不会说什么，但他们心中在感叹：哎呀，这个可爱的、可怜的、可恨的、可敬的、可恶的……但毕竟是非同寻常的肉孩子啊……哎呀，这个玄乎得让人不可思议的兰三少爷啊……这个混世魔王啊……

如果生长在别的村庄，我也许还不会产生如此强烈的食肉欲，天让我生长在屠宰专业村，触目皆是活着行走的肉和躺着不会行走的肉，鲜血淋漓的肉和冲洗得干干净净的肉，用硫磺熏过的肉和没用硫磺熏过的肉，掺了水的肉和没有掺水的肉，用福尔马林液浸泡过的肉和没用福尔马林液浸泡过的肉，猪肉牛肉羊肉狗肉还有驴肉马肉骆驼肉……我们村子里的野狗捡食肉渣胖得毛眼子流油，我却因为捞不到吃肉而瘦骨伶仃。我五年捞不到食肉不是因为我们吃不起肉而是因为母亲的节俭。父亲没走之前，我们家的锅边上经常沾着厚厚一层荤油，墙角上扔着成堆的骨头。父亲喜欢吃肉，最喜欢吃的是猪头肉，每隔几天，他就提回家一个腮帮子惨白、耳朵梢子通红的肥猪头。因为这些猪头，母亲和父亲不知吵闹过多少次，后来还为此大打出手。我母亲是个老中农的女儿,从小受的是勤俭持家、量入为出、攒下钱盖房子置地的教育。土地改革之后,我那位顽固不化的姥爷竟然还把积攒了多年的积蓄从地下挖出来,买了翻身雇农孙贵五亩地。这钱花得冤枉无比且给母亲的家庭带来了几十年的耻辱,逆历史潮流而动的姥爷也成为村里人的笑柄。我父亲出身流氓无产阶级,从小就跟着游手好闲的爷爷沾染上了好吃懒做的潇洒气质。父亲的人生信条是吃了今日就不去管明日,得过且过,及时行乐。历史的教训和我爷爷的言传身教使我父亲兜里有一块钱绝不花九毛九,他只要口袋里有钱就夜不安眠。他常常教育我的母亲,世间万物都是虚的,只有吃到肚子里的肉才是真实。他说如果你把钱换成新衣穿到身上,人们很可能会把你的衣服剥去;你把钱盖成房子,几十年后很可能被斗争,兰家的房屋够多了,还不是变成了学校?兰家的祠堂够堂皇了,还不是被生产队当成了加工地瓜粉丝的作坊?你把钱置成金银,很可能为此丢了性命;但你把钱变成肉吃进肚子,那就万无一失了。我母亲说吃肉的人死后是上不了天堂的,我父亲笑着说:只要肚子里有肉,猪圈也是天堂。如果天堂里没有肉吃,玉皇大帝亲自来请他也不去。那时候我很小,对父母的争论并不在意,他们吵架我吃肉,吃饱了就坐在墙角上打呼噜,好像院子里那匹养尊处优的缺尾巴的母猫。父亲走后,母亲为了盖这五间大瓦房,几乎节俭到了嘴里不吃腔里不拉的程度。房子盖好后,我希望母亲能改善饮食,让久违的肉类重新登上我家的饭桌,谁知母亲的节俭比盖房前有过之而无不及。我知道母亲心里又在酝酿着更为宏伟的计划:购买一辆大卡车,就像村里的首富老兰家那辆一样:长春第一汽车制造厂生产,解放牌,草绿色,有六个巨大的轮胎,方头方脑,铁板坚固,宛如坦克。我宁愿住着从前那三间低矮的茅草屋只要有肉吃,我宁愿坐在浑身哆嗦的手扶拖拉机上在乡间的土路上颠簸只要有肉吃。去她的大瓦房,去她的解放牌大卡车,去她的肚子里没有一点油水的虚荣生活吧!我越对母亲心怀不满就越怀念父亲在家时的幸福生活,对我这种嘴馋的男孩来说,幸福生活的主要内容就是可以放开肚皮吃肉,只要有肉吃,母亲与父亲的大吵大闹甚至大打出手算得了什么?五年中流传到我耳朵里的关于父亲与野骡子的谣言何止二百条?但我念念不忘并且反复品味的,也就是前边所说的那三条,每一条都与吃肉有关。每当他们俩吃肉的情景栩栩如生地展现在我的脑海里时,我的鼻子就嗅到了诱人的肉香,肚子咕咕地叫着,透明的哈喇子从嘴里不知不觉地流下来。每当这时候,我的眼里就饱含着泪水。村子里的人经常看到我一个人坐在村头那棵粗大的柳树下独自垂泪,他们便叹息着走开,有的人嘴里还唠叨着:嗨,这个可怜的孩子!我知道他们对我的垂泪做出了错误的判断,但我也不能纠正他们,即便我对他们说,我的垂泪是被肉馋的,他们也不会相信。他们不可能理解一个男孩对肉的渴望竟然能够强烈到泪如雨下的程度——

一阵沉闷的雷声从远处滚滚而来,似乎是大队的骑兵即将压境。几根携带着血腥气的鸟毛,仿佛受了伤害的孩子,逃进了昏暗的庙堂,在我们面前,蹦跳几下,然后就贴到五通神的塑像上。鸟毛的进入让我想起来刚刚发生在大树上的杀戮,也向我报告了风的信息。风里夹杂着泥土的腥气和植物的气味,闷热的庙堂里顿时凉爽起来,更多的灰挂落下来,累积在大和尚的光头上,降落在大和尚耳朵上趴伏着的苍蝇身上,但苍蝇不为所动。我仔细地看了它们几秒钟,发现它们用纤细的脚,擦拭明亮的眼睛。这些名声不好的小家伙,其实身怀绝技啊!我想,能够如此优雅地用脚擦眼的动物,大概也只有它们了。院子里那棵似乎不可动摇的大银杏树,发出哗啦啦的声响,风已经很大了,风里的腥气也更加浓重,不但有泥土的腥气,还有腐烂动物尸体和池塘淤泥的腥臭气。雨就在眼前了。今天是农历七月初七,传说中被天河分隔的牛郎和织女相见的日子。一对恩爱夫妻,正当青春年华,却只能隔河相望,每年只见一次,一次团聚三天,他们熬得苦啊!新婚不如久别,三天里恨不得时刻粘在一起啊——我小时

候常听到村子里的女人们这样议论——在这三天里眼泪是少流不了
的,所以这三天也是必定要下雨的日子。大旱三年忘不了七月初七
啊。一道白亮的闪电,把昏暗的庙堂照耀得纤毫毕现。五通神之一
的马通神脸上色迷迷的笑容让我心中凛然。这是一个人首马身的塑
像,与那种法国名酒上的图案有几分相似。在塑像之上的梁头上,倒
挂着一排正在酣睡的蝙蝠。沉闷的雷声响过来,在很远的地方,仿佛
有几百盘石磨在同时转动。接着又是一道刺眼的闪电,同时响起了
震耳欲聋的雷声。焦煳的气味从院子里扑进来。我感到心惊肉颤,
几乎要跳起来。但大和尚还是那样稳稳地坐着。外边雷声更烈,几
乎连了片,大雨倾盆而下,雨点斜射进来。仿佛有几个绿油油的火球
在院子里滚动,又仿佛有一只巨大的锋利爪子从空中探下来,悬在门
口上方,跃跃欲试,随时都会伸进庙堂,把我,当然是把我,抓走,处
死,悬挂在大树上,背上刻满蝌蚪文,向那些通晓天书的人,昭示我的
罪状。我的身体不由自主地向大和尚身后移动着。我躲在大和尚的
身后,突然想起来那个趴在院墙豁口上梳头的漂亮女人。她已经没
了踪影,只有暴雨冲刷着墙的豁口,似乎有一些她梳断的残发被雨水
冲下来,使院子里的流水都散发出淡淡的桂花香气……这时,我听到
大和尚说:说。

第 二 炮

　　我牙齿打着战，继续说。好冷啊，我蒙头盖脸地紧缩在被窝里，火炕上的热气早已散尽，薄薄的褥子根本就挡不住水泥炕面返上来的凉气，我一动都不敢动，恨不得变成一只裹在茧里的蛹。隔着棉被我听到母亲在堂屋里生炉子，她用斧头将木柴砍得啪啪作响，好像在借机发泄对父亲和野骡子的仇恨。我盼望着她赶快生起炉子，因为炉膛里熊熊燃烧的火焰会驱散房间里的阴冷湿气；我同时也盼望着她把生炉子的过程尽量延长，因为她生着炉子后的第一件事就是用粗暴的手段赶我起床。她喊我起床的第一声还比较温柔；第二声就把嗓门提高且明显地透露出厌烦；第三声几乎就是怒吼了。她从来不会喊我第四声，三声喊罢如果我还不能像火箭一样从被窝里蹿出来，她就会用非常麻利的动作，将盖在我身上的被子揭走，然后顺手捞起扫炕笤帚，对准我的屁股猛打。如果事情发展到了这种程度，我的霉头就算触大了。如果她的第一笤帚打在我的屁股上时我本能地跳起来蹿到窗台上或是炕角上躲避，使她心中的怒火得不到发泄，她就会穿着沾满泥巴的鞋子蹦到炕上，揪着我的头发或是掐着我的脖子将我按倒,抡起笤帚,对准我的屁股,痛打不休。如果她打我时我不逃窜也不反抗,她就会被我的蔑视态度激怒,越打越来劲。反正不管是哪种情况,只要是在她的第三声怒吼之前我还没有迅速地跳起来,我的屁股和那个笤帚疙瘩就要吃大苦头。她总是一边打着我一边喘息、吼叫,刚开始是纯粹的吼叫,就像猛兽的吼叫一样,有激烈的感情但是没有文字内容。当笤帚疙瘩与我的屁股接触大约三十下后,她手上的力道就明显地减弱,声音也变得嘶哑而低沉,而这时,她的吼叫里就出现了文字,这些文字刚开始是对着我的,她骂我是"狗杂种"、"鳖羔子""兔崽子",然后不知不觉中她就把矛头指向了我父亲,她在骂我父亲上向来不浪费太多的时间,因为骂我父亲的话与骂我的话大同小异,基本上没有新的发明与创新,不但她骂着没劲,连我听着也感到寡淡无味。就像由我们村子去县城必须从那个小火车站经过一样,母亲骂父亲也是骂野骡子的必经之路,匆匆而过,不得不过。母亲的嘴巴喷吐着唾沫在父亲的名誉上匆匆滑过,然后就与野骡子狭路相逢了。这时母亲的声音提高了,母亲在骂我和骂父亲时眼睛里饱含着的泪水被怒火烧干,如果谁不理解"仇人相见,分外眼明"的含义,请到我家来看一看我母亲怒骂野骡子时的眼睛。母亲骂我们父子时,翻来覆去、颠三倒四的就那么几个可怜的词汇,但当她骂起了野骡子时,语言顿时就丰富多彩起来。譬如母亲骂"我男人是匹大种马,日死你这匹野骡子","我男人是头大象,戳死你这个母狗",基本上都是这种格式,母亲的经典骂句花样翻新但万变不离其宗。我的父亲,实际上变成了母亲报仇雪恨的一件利器,母亲让父亲不断地变幻成庞大无比的动物,对野骡子变换成的弱小动物施暴,仿佛只有这样才能解除她的心头之恨。母亲高高祭起父亲的生殖器欺辱野骡子时,她打我屁股的速度就渐渐放慢,手下的力道也渐渐减弱,然后她就把我忘记了。事情演变到这种地步,我就悄悄地爬起来,穿好衣服,站在一边,入迷地聆听着她的精彩詈骂,脑子里转动着许多问题。我感到母亲对我的詈骂毫无意义,如果我是个"狗杂种",

那么是谁跟狗进行了杂交？如果我是个"鳖羔子"，那么是谁把我生养出来？如果我是个"兔崽子"，那么谁是母兔子？她骂的好像是我，其实骂的是她自己。她骂我父亲，其实也是在骂她自己。她对野骡子的詈骂，细想起来也没有任何意义。我父亲无论如何也变不成大象更变不成种马，即便我父亲变成了大象，也不会跟一条母狗去交配。种马经过训练，有可能与野骡子发生性关系，但那对野骡子也许正是求之不得的乐事。但是我不敢把我的思辨批讲给母亲听，那样会带来什么后果我想象不出，但没有我的好果子吃则是肯定无疑的，我还没有傻到自找倒霉的程度。母亲骂累了，就开始哭，泪如涌泉；哭够了，就抬起衣袖擦擦眼睛，然后走出院子，带着我忙碌挣钱的事儿。好像为了补回因为打人骂人耽误了的时间似的，她干活的速度会比平时快上一倍，同时她对我的监督也比平时要严格得多。所以无论如何我也不敢眷恋这个并不温暖的被窝，只要听到火焰在炉膛里发出了轰轰的响声，不用母亲开口，我就会自动地蹿起来，用最快的速度蹬上凉如铁甲的棉袄和棉裤，然后将被子卷起来，窜到厕所里撒尿，回来后站在门边，垂手而立，等待着她的吩咐。母亲是个节俭到了吝啬的人，怎么舍得在屋子里生炉子呢？因为潮湿的房子使我们母子俩生了一场同样的病，膝盖红肿，双腿麻木，花了很多钱买药吃才能下地行走，医生告诫我们，如果不想死还想活，就要在屋子里生火炉，尽快地把墙壁烘干，买药比买煤贵得多。在这种情况下，母亲才不得不动手在堂屋里盘了一个火炉，去火车站买了一吨煤，点火烘烤我们的新屋。我多么盼望医生能对母亲说：如果不想死，就要吃肉。但是医生不说，那个混蛋医生不但不劝我们食肉反而告诫我们不要吃油腻的东西，他让我们尽量吃得清淡点，最好素食，说这样既能使我们健康又能使我们长寿。这个坏蛋，他哪里知道，父亲叛逃之后，我们就开始了素食，素得就像送葬的队伍或是山顶上的白雪。整整五年了，我的肠子里只怕用最强力的肥皂也搓不下来一滴油花了。

　　我说了这么多话,感到口干舌燥,恰好就有三个杏子般大小的冰雹,斜射进门,跌落在我的面前。如果不是大和尚神通广大,看透了我的心思,施展法术,让三颗冰雹降落在我的面前,那就是一个偶然的巧合。我偷眼看着大和尚,他腰背挺直,闭目养神,但从他的耳朵眼里、从苍蝇的缝隙里伸出来的黑毛的微微抖颤上,我知道他在倾听。我少年早熟,经多见广,遇到的异相奇人可谓多多,但耳朵眼里生出两撮长长的黑毛的人,只有大和尚一个。仅凭这两撮黑毛,已经让我心生无限敬畏,更何况大和尚还有许多的异能奇技。我捡起来一颗冰雹,放在嘴里。为了不让它把我的口腔黏膜冷坏,我的舌头紧急地搅动着,冰雹在我的嘴巴里骨碌碌地转动,碰撞得我的牙齿哒哒作响。一匹因为皮毛被雨水打湿而显出嶙峋瘦骨的狐狸,在门槛处犹豫了一会,细眯的眼睛里流露出可怜巴巴的神情,然后便以我不及反应的迅捷,窜进了庙堂,消失在塑像之后。过了片刻,它身上那股子热烘烘的野气,猛烈地在我们面前弥漫开来。我并不讨厌狐狸的气味,因为我曾经跟狐狸打过交道。后边我会说到的,在我们那个地方,曾经掀起过一阵子饲养狐狸的热潮,那时候,被人们传说得神乎其神的狐狸,道行彻底地瓦解破灭,尽管它们在笼子里还是那样鬼鬼祟祟地做出神秘的姿态来,但当它们被我们村子里的屠夫像杀猪杀狗一样杀死,剥皮吃肉,而它们毫无神通施展时,关于狐狸的神话也就破灭了。门外雷声焦脆,好像怒不可遏。浓烈的焦煳气息一波接一波地涌进庙门,不由我心惊胆战,油然地便想起来关于雷公劈死作孽的畜生和作孽的人类的传说。这个狐狸,难道也是一个造过孽的畜生?如果是这样,它躲进庙宇,就等于躲进了保险柜,雷公再怒,天龙再凶,也不至于把这座小庙夷为平地吧?五通神其实也是五个成了精的畜生啊,但上帝既然允许他们为神,并且建庙塑像,享受着人类的供奉,除了精美食物,还有美丽女人,那狐狸为什么不可以成神呢?这时候,又有一只狐狸窜了进来,刚才那只我分不出公母,但这只却分明是只母的,不仅是只母的,而且还怀有身孕。因为我清楚地看到，它窜过门时，下垂的肚子和肿胀的奶头，摩擦了湿漉漉的门槛。它的动作也比方才那只笨拙了很多。不知道先头窜进来的那只是不是它的丈夫。这一下，它们更加保险了，因为天道是最公平的，天公不会祸及母狐狸肚子里的小狐狸的。不知不觉中冰雹在我的口腔里已经融化了，大和尚也在此时半睁开眼睛瞥了我。他似乎根本就没有注意那两只狐狸，院子里的风声雷声雨声似乎都不被他注意，我也从此处发现了大和尚与我的巨大差距。好，我继续诉说。

第 三 炮

　　那是个北风呼啸的早晨,炉子里的火发出呜呜的叫声,最下边那节铁皮烟囱烧红了,灰白的铁屑层层爆裂,墙壁上的霜花变成了明亮的水珠,汪在墙上,欲流不流。我手脚上的冻疮发起痒来,耳朵上的冻疮流出了黄水,人被融化的滋味实在是难受。母亲用一个小铁锅熬了半锅玉米面粥,从窗外的咸菜瓮里捞上来一块腌萝卜,分给我一大半,她自己留下了一小半,这就是我们的早餐。我知道母亲在银行里起码存了三千元钱,做烧肉的沈刚家还借了我们二千块,月息二分,利滚利,驴打滚,货真价实的高利贷。有这样多的钱还吃这样的早餐,我的心里怎么能痛快。但那时我是个十岁的孩子,根本没有发言权。有时我也发发牢骚,但母亲满面愁苦地盯着我,接着就骂我不懂事。母亲说,她这样节俭完全是为了我,为我盖房,为我买车,很快就要为我说媳妇。她还说:

　　"儿子,你父亲那个没良心的,扔下咱娘两个跑了,咱要干出个样子让他看看,也让村子里的人看看,没有他咱们比有他过得还要好!"

　　母亲还教育我,说她的父亲也就是我的姥爷曾经不止一次地说过,人的嘴,其实就是个过道,鱼肉和糠菜通过这个过道之后,其实都一样。人可以惯骡子惯马,但不能自己惯自己,要过好日子,必须与自己的嘴作斗争。母亲的话似乎有她的道理,如果我们在父亲出走后的五年里大吃大喝,我们的大瓦房就不可能盖起来。住在茅草棚里,即便满肚子肥脂,又有什么用处? 她的理论与父亲的理论截然相反,父亲肯定会说:满肚子糠菜,即便住在高楼大厦里又有什么意思? 我举双手赞同父亲的理论,用双脚踩践母亲的理论。我盼望着父亲能来把我接走,哪怕他让我饱食一顿肥肉后再把我送回来。可我的父亲,只顾自己和野骡子姑姑在一起吃肉享福,已经把我忘记到九霄云外。

我们喝完了粥,伸出舌头把碗舔得干干净净,根本就用不着刷洗。然后母亲就带我到了院子里,往那辆破旧的手扶拖拉机上装货。这辆拖拉机是老兰家淘汰下来的,钢铁的把手被老兰的大手攥出了明显的痕迹,轮胎上的花纹早已磨平,柴油发动机内的缸套和活塞磨损严重,关闭不全,仿佛一个得了心脏病又患上气管炎的老人,发动起来之后,黑烟滚滚,漏气漏油,那声音古怪之极,既像咳嗽又像打喷嚏。老兰原本就是个慷慨的人,这些年因为卖掺水肉发了财就更加慷慨。他发明了用高压水泵从动物肺动脉里往动物尸体里强力注水的科学方法,用他的方法,一头二百斤重的猪,就可以注入满满的一桶水,而用旧的方法,一头牛也只能注入半桶水。这些年来,城里那些精明的市民用买肉的价钱买了我们村里多少水? 统计出来很可能是个惊人的数字。老兰肚子溜圆,满面红光,说起话来洪钟大嗓,天生一个当官的材料。当官,他有家传。他当上村长后,毫无保留地将高压注水法传授给众乡亲,成了黑心致富的带头人。村里人有骂他的,有贴小字报攻击他的,说他是地主阶级反攻倒算,颠覆了我们村子里的无产阶级专政。这样的话,早就没了市场。老兰在村子里的大喇叭里吆喝:龙生龙,凤生凤,老鼠生来打地洞。

后来我们才知道,老兰就像一个高明的拳师一样,不可能把全部的武艺毫无保留地传授给徒弟,他还要留一手绝活保命。老兰的肉同样是注水肉,但他的注水肉色泽鲜美,气味芬芳,放在烈日下曝晒两天也不会腐败变质,而别人的肉一天卖不出去就会发臭生蛆。这样,老兰的肉就不必担心卖不出去而减价处理,其实他的肉那么美丽也不存在卖不出去的问题。后来我父亲说老兰的肉里注的不是一般的水,而是福尔马林液。后来我们家和老兰的关系改善之后,老兰说,仅仅注入福尔马林液还不行,要保鲜保色,在注水之后,还应该用硫磺烟熏三个小时。

大踏步地冲进来一个用砖红色的上衣蒙着脑袋的女子,打断了我的诉说。她的进入让我想起不久前趴在墙头豁口上的那个女人。她到哪里去了呢?也许这个冲进庙堂的红衣女人就是那个绿衣女人的化身?她进门后把上衣从头上揭下来,对着我们歉意地点点头。她嘴唇青紫,脸色灰白,皮肤上布满灰白疙瘩,仿佛脱了羽毛的鸡皮。她的眼睛里闪烁着清冷的、跟外边的雨水一样颜色的光芒。我猜想她是冻坏了,也吓坏了,有话也说不出来了,但她的理智还是很清楚的。那件衣服多半是假冒伪劣产品,顺着衣角往下滴答着鲜红的水,简直就是血水。女人,血水,闪电,霹雷,诸多的禁忌,集合在一起,真应该把她赶出门去,但大和尚闭目养神,比他身后那只人头马塑像还要稳重。至于我,更是不忍心将这样一个丰满年轻的女子轰赶到门外的狂风暴雨中去。何况,庙门大开,人人可进,我又有什么权力赶她出去?她背对着我们,将双臂伸到门外去,歪头躲避着雨水,拧那件衣裳,红色的水哗哗地流下来,与地上的雨水混合在一起,存在片刻,然后消失。好久没有下过这样大的雨了。房檐上的流水成了青灰色的瀑布,从远处传来万马奔腾般的喧嚣。小庙在雨中颤抖,被惊扰了的蝙蝠发出唧唧的叫声。庙顶开始漏雨,叮叮咚咚,那是雨水滴落到大和尚的铜洗脸盆里发出的声音。女人拧干了衣裳,回转身,再次对我们抱歉地点点头。她的嘴巴嚅动了几下,发出来几声蚊虫哼哼般的声音。我看到她肿胀的紫唇宛如熟透的葡萄,很酷的颜色,超过了城里那些站在街灯下抖着腿抽烟的另类少女。我还看到,她的白色内衣紧紧地贴到了她的皮肤上,使她的身体轮廓生动凸现。那两个硬邦邦的乳房,像冻僵了的梨子一样。我知道它们此刻是冰凉的。我想如果我能够,多么希望我能够,就让我帮她剥下这层黏湿的内衣,让她躺在一个放满了热水的澡盆里,好好地泡一泡,认真地洗一洗。然后让她披上宽大干燥的睡袍,坐在暄腾腾的沙发上,再给她泡上一杯热茶,最好是红茶,加上牛奶,再给她一个热腾腾的面包,让她吃饱喝足,上床去睡觉……我听到大和尚叹息了一声,立即收束住心猿意马,但眼睛还是忍不住地看到她的身上去。她已经转过头,左边的肩膀依靠着门内的一侧,面孔斜对着外边的急雨。她的那件衣裳,提在右手里,仿佛提着一张刚从狐狸身上剥下来的皮。大和尚,我继续说。我的声音很不自然,因为,多了一个倾听者。

我父亲与老兰曾经狠狠地干过一架,老兰折断了我父亲一根小指,我父亲咬掉了老兰半个耳朵。为这事我们两家结了仇,但父亲与野骡子姑姑私奔后,母亲竟然与老兰成了朋友。老兰用废铁的价钱将他家淘汰下来的拖拉机卖给了我们。老兰不但把拖拉机卖给了我们,还手把手地免费教会了我母亲驾驶拖拉机。村子里那些长舌妇制造谣言,说老兰与我母亲有了一腿,我以儿子的名义向我远方的父亲担保,她们的话纯属放屁,她们是看到我母亲学会了开拖拉机嫉妒,而嫉妒中的女人嘴基本上就是个肛门,嫉妒中的女人话基本上就是臭屁。老兰贵为村长,腰缠万贯,仪表堂堂,经常开着威风凛凛的大卡车进城送肉,什么样的女人没见过?怎么可能喜欢蓬头垢面、衣衫褴褛的我母亲?我牢记着老兰在村子里的打谷场上教我母亲开拖拉机的情景,那也是个冬日的早晨,红日初升,打谷场旁边的草垛上凝着一层粉红的霜花,一只通红的大公鸡站在墙头上引颈长鸣,村子里响着此起彼伏的临死前的猪的尖叫,家家的烟囱里冒着乳白色的烟雾,一列火车开出车站,向着太阳升起的方向奔驰。母亲身穿一件我父亲扔下的肥大的土黄色夹克衫,腰里扎着一根红色的电线,坐在驾驶座上,双臂张开,扶着把手,老兰坐在她身后车斗的前沿上,劈开两条腿,分开两条臂,抓住我母亲握着拖拉机把手的手。这是真正手把手地教啊,无论从前面看还是从后边看,他都把我母亲拥在他的怀里,尽管我母亲穿戴得像个火车站的装卸工,毫无女性的美感可言,但她的实质是个女人,这就让村子里那些女人们醋性大发,也让部分男人想入非非。老兰有钱有势,是公开的好色之徒,村子里稍有姿色的女人好像都跟他眉来眼去,他根本不在乎人们说他什么,但我母亲是个被男人抛弃了的女人,寡妇门前是非多,她理应该小心谨慎,不给人们留下任何制造谣言的机会,但她竟然允许老兰用这样的姿势教自己学车,这行为只能用利令智昏来解释了。手扶拖拉机上的柴油机震耳欲聋地吼叫着,水箱里冒着袅袅蒸汽,烟筒里喷吐着黑色的油烟,给人的感觉是既声嘶力竭又生气蓬勃,它载着母亲和老兰在打谷场上冒冒失失地转着圈子,仿佛一头被鞭子轰赶着的牛犊。母亲苍白的脸上泛起两片红晕,两只耳朵红得像公鸡冠子似的。那天早晨实在是冷,是那种无风的干冷,我的血液流动不畅,身体的边边角角像被猫儿咬着似的。母亲的脸上却流出了汗水,头发里散发着热气。她从来没跟机器打过交道,初次开车,尽管是最简单的手扶拖拉机,但肯定也是兴奋无比,激动万分,否则在如此寒冷的严冬早晨流汗就不可解释了。我看到母亲的眼睛里放射着一种美丽的光芒,自从父亲走后,母亲的眼睛还从来没这样明亮过。拖拉机在打谷场上转了十几圈后,老兰飞身从车上跳下来。他的身体是那样的肥胖但他的下车动作是这样的矫健。老兰下了车,母亲紧张起来,她歪过头找老兰,拖拉机的车头对着场边的壕沟直冲过去。老兰大声喊叫着:扭把!扭把!母亲紧紧地咬着牙关,连腮帮子上的肌肉都鼓凸起来。她终于在拖拉机即将蹿到沟里去的一瞬间,将方向扭转过来。老兰在场内转动着身体,眼睛始终盯着我母亲,好像有一条看不见的绳子一头拴在我母亲腰上,一头牵在他的手里。他大声提醒着我母亲:眼睛往前看,别看车轮子,车轮子掉不了,也别看手,你的手粗得像砂纸似的,没有什么好看的。对了,就像骑自行车一样。我说过的,弄头母猪绑在驾驶座上,它也能开得团团转,何况一个大活人!加油门,你怕什么!所有的鸡巴机器都一样,千万别娇贵它,当破铜烂铁砸着最好,你越把它当个宝贝它越出毛病。对了,就这样,你已经出了徒了,可以把它开回家去了,农业的根本出路在于机械化,知道这是谁说的吗?你知道吗?小杂种,老兰盯着我问。我懒得回答他,实在是太冷,我的嘴唇都有点僵硬。行了,开走吧,看在你们孤儿寡母的份儿上,车钱三个月以后交。母亲跳下车,她的腿软了两下,差点摔倒,老兰伸出一只胳膊架了她一下,同时说:小心,大妹子!母亲满脸通红,好像是想说句感谢话,但张口结舌了半天,终于也没说出什么来。这突如其来的大喜,弄得她几乎丧失了语言能力。我们想买老兰家拖拉机的话儿十几天前就通过村文书高大爷递了过去,但一直没有回音。我是个小孩子我也知道这件事根本就不可能成功,我爹咬掉了人家半个耳朵,破了人家的相,人家怎么可能把车卖给我们?如果是我,我就会说:罗通家的想买我的车?呸,我宁愿把车开到湾子里烂掉,也不会卖给她!但就在我们基本绝望了时,高大爷却来传话,说老兰答应将车按废铁的价格卖给我们,并让我们明天早晨到打谷场上去接车,高大爷说:村长说了,他是村长,理应该帮你们脱贫致富,他老人家要亲手教会你开车。我们娘俩激动得一夜没睡着,母亲说一阵老兰的好话,紧接着说一阵父亲的坏话,然后就集中火力痛骂一阵野骡子。通过母亲的痛骂,我才知道老兰与父亲那场生死大战竟然是野骡子引起来的。我忘不了父亲与老兰大战的那个早晨,也是早晨,但季节是初夏。

这个女人眼睛很大,嘴角上生着一块蝌蚪形状的黑痣,痣上还弯曲着一根暗红色的毛儿。我感到她的眼神古怪,有一种疯疯癫癫的神情。那件衣裳还提在手里,但是她不时地将它提起来抖动几下,发出嘣嘣的声响。门外的雨不断地斜射进来,她的身体往下流水,脚下泥泞一片。这时我才注意到她赤着脚。两只大脚,起码要穿四十码的鞋子,与她的身材很不相配。脚背上黏着几片树叶,脚指头因为雨水的浸泡,已经发了白。我一边说着话,一边猜想着她的来历。在这样的天气里,在这样的日子里,一个奶子很挺的女人,因为什么出现在这样一个前不着村、后不着店的小庙里? 而且是这样一座供奉着五个性能力超人、被古代知识分子骂为"淫神"的小庙。尽管疑惑重重,但我的心中,产生了许多温暖的感觉。我很想上前去,问候她,拥抱她,但大和尚就在眼前,而我又正在为了争取到拜他为师的机会,在他面前,滔滔不绝地讲述我的经历。女人似乎也感觉到了我的心思,她的眼睛开始频繁地斜向我,她的嘴巴由刚刚进门时的紧闭,变成了微张,露出了闪烁的牙齿。她的牙齿浅黄,不甚整齐,但看上去很结实。她的两道眉毛很浓,几乎连接在一起,眉毛和眼睛距离也很近。这样的眉眼,使她的相貌格外生动,有几分异国情调。我不知道她是故意地还是无意地用手将粘在屁股上的裤子捏着提一下,但她一松手那裤子就照旧粘回去。我很为她难受,但我又没有法子好想。如果我是这座小庙的主人,我会不去管那些清规戒律,让她进入后堂,去换换衣裳。对了,让她换上大和尚的袈裟,把自己的衣裳晾在大和尚的床头上。但大和尚能答应吗? 她突然掀鼻皱眉,打了一个响亮的喷嚏。女居士,你想怎么样就怎么样吧,大和尚闭着眼睛说。女人深深地向大和尚鞠了一躬,然后对我嫣然一笑,提着衣裳,从我的面前,转到马通神塑像后边去了。

第 四 炮

初夏的早晨人们很疲倦,因为夜实在是太短了,似乎刚一闭眼天就亮了。我和父亲逃到尘土飞扬的大街上,还听到母亲在院子里大声吼叫。那时候我们还住着从爷爷手里继承下来的那三间低矮破旧的草屋,日子过得既乱七八糟又热热闹闹。那三间草屋在村子里新盖起来的红瓦房群落里寒酸透顶,就像一个小叫花子跪在一群披绸挂缎的地主老财面前乞讨。院子的围墙只有半人高,墙头上生长着野草,这样的围墙别说挡不住强盗,连怀孕的母狗都挡不住。郭六家的那条母狗就经常跳到我家院子里叼我们的肉骨头。我经常入迷地看着那条母狗轻捷地跳进跳出,它的黑色的奶头擦着墙头,落地后还晃晃荡荡。父亲走在大街上,我骑在父亲的肩头上,高高在上地看着母亲在院子里一边怒骂一边用菜刀剁着一堆育秧拔苗后的地瓜母本,这是她从火车站前垃圾堆上捡回来的。因为父亲的好吃懒做,我们家的日子过得像抽风一样,富起来满锅肥肉,穷起来锅底朝天。父亲被母亲骂急了就说:快了,快了,第二次“土改”就要开始了,到时候你就会感谢我了。你不用羡慕老兰,老兰的下场跟他那个地主老子一样,被贫农团的人拉到桥头上,父亲伸出一根食指,宛如一根枪筒,指向母亲的头颅,嘴巴里发出一声模拟的枪声:嘭! 母亲惊惧地捂住脑袋,脸色刷白。但第二次"土改"总是迟迟不来,害得母亲不得不捡人家扔了的烂地瓜回来喂小猪。我家那两只小猪因为吃不饱,饿得吱吱乱叫,听着就让人心烦。父亲曾经愤怒地说:叫叫,叫他妈的什么叫?! 再叫就煮了吃了你们这些杂种。母亲攥着菜刀,目光炯炯地看着父亲,说:你敢,这两头小猪是我养的,谁敢动它们一根毛儿我就跟谁拼个鱼死网破! 父亲嘻嘻地笑着说:看把你吓得那个样子,这两头瘦猪,除了骨头就是皮,白给我吃我也不吃! 我仔细地打量过那两头小猪,它们身上可吃的肉实在是有限,但它们那四只呼呼嗒嗒的大耳朵还能拌出两盘子好菜,猪头上最好吃的东西,我认为就是耳朵,那东西不肥不腻,里边全是白色的小脆骨,嚼起来咯咯嘣嘣,很有咬头,如果用新鲜的顶花戴刺儿的小黄瓜加上蒜泥和香油一拌,味道就会更加美好。我说:爹爹,我们可以吃它们的耳朵! 母亲愤怒地瞪着我,说:看我先把你这个小杂种的耳朵割下来吃了! 她提着菜刀真地冲了上来,吓得我扑到父亲怀里躲藏。她拧住了我的耳朵就往外拖,父亲扳住我的脖子往后拽,我被撕裂的危险和痛苦折磨得尖声号叫,与村子里的杀猪声混合在一起,几乎没有什么区别。到底还是父亲劲大,把我从母亲手里挣了出来。他低头察看了我的裂了纹的耳朵,抬起头来说:你的心真狠! 人家说虎毒不食亲儿,我看你比虎还要毒! 母亲气得面如黄蜡,嘴唇青紫,站在灶前浑身颤抖。我在父亲的护卫之下,胆子壮了起来,便提着母亲的名字大声叫骂:杨玉珍,我这辈子就毁在你这个臭娘们手里! 母亲被我骂愣了,目不转睛地盯着我看。父亲嘿嘿地干笑几声,把我拎起来就往外跑,我们跑到院子里,才听到母亲发出了尖厉的长号。小畜生,你把我气死了哇……那两头小猪扭动着细长的尾巴,闷着头在墙角上拱土,仿佛两个试图打洞越狱的囚徒。父亲在我的脑袋上拍了一巴掌,低声问我:你这小子,怎么知道她的名字? 我仰望着他严肃的黑脸,说:我是听你说的呀！——我什么时候对你说过她叫杨玉珍？——你对野骡子姑姑说过，你说："我这辈子就毁在杨玉珍这个臭娘们手里！"——父亲用他的大手捂住了我的嘴，压低了嗓门对我说：小子，你给我闭嘴，爹待你不薄，你可别害我！——父亲的手肥厚松软，散发着一股辛辣的烟味儿。这样的男人手在农村比较少见，原因就在于他半辈子游手好闲，几乎没参加沉重的体力劳动。他松开手后，我粗重地喘息着，对他的暧昧态度很不满意。这时，母亲提着菜刀从屋子里蹿了出来。她好像故意把头发搓乱了似的，脑袋不像脑袋，像村子中央那棵大杨树上的喜鹊窝。她大叫着：罗通，罗小通，你们这两个混账王八羔子，老娘今日不活了，跟你们拼了，这日子反正是没法子往下过了，咱们一起完蛋吧！——母亲脸上可怕的表情向我们宣告：她满腔怒火，绝不是虚张声势，看样子是豁出来要跟我们同归于尽了。一女拼命，十男莫敌，这种情况下迎头上去，基本上是送死，这时候最明智的选择莫过于逃跑。我父亲生活浪荡，但智商很高，好汉不吃眼前亏，他一把将我抄起来夹在胳膊弯子里，转身就往墙根跑去。他没往大门前跑是完全正确的，因为尽管我家没有任何值钱的东西，但我母亲还是恪守着她从娘家带来的恶习，每天晚上都用一把大铜锁把门锁起来。如果说我们家还有什么财物能换来一只猪头，也只有这把铜锁了。我猜想被肉馋急了时，父亲肯定没少打这把铜锁的主意，但母亲爱护这把锁就像爱护她的耳朵一样，因为这锁是我姥爷送给她的嫁妆，是个象征性的礼物，其中包含着姥爷一大片良苦用心。父亲如果夹着我跑到门口，即便破门而出，也势必浪费很多时间，而在这段时间里，母亲的菜刀很可能让我们脑袋开花。父亲夹着我跑到墙边，一个鹞子翻身便翻过了墙头，将暴怒的母亲和一大堆烦心事儿通通地抛在了脑后。我丝毫也不怀疑母亲同样具有翻越土墙的能力，但她并没有这样做，她把我们轰出院子后就停止了追赶，站在墙边蹦跳了一阵就回到了房门前，一边剁着那些烂地瓜，一边骂人。这是一种绝妙的发泄方法，既不产生不可收拾的流血性后果，当然也就不必承担法律责任,但同时又体会到了刀砍斧剁心中仇敌的快感。当时我猜想她把那些烂地瓜当成了我们的脑袋,现在回想起来,她更多的是把那些烂地瓜当成了野骡子的脑袋。她心中真正的仇敌不是我也不是父亲,而是那个野骡子。她认为是野骡子勾引了我的父亲,这是否是个冤案我也说不清楚。在父亲与野骡子的关系上,究竟是谁占主动、是谁先向对方送去了秋波,只有他们俩能说清。

　　说到此处,有一种异样的温暖涌上了我的心头,这个方才转到马通神后边去的女子,跟我的野骡子姑姑是多么相似啊。我一直感到她眼熟,但一直没有往这里想。因为野骡子姑姑早在十年前就死了。也许野骡子姑姑没有死?或者她死后又复了生?或者她被别人借尸还了魂?我的心中一阵阵地迷糊,感到眼前的景物都有些漂浮起来。

第 五 炮

　　我的父亲是个聪明的人，他的智商绝对在老兰之上，他没学过物理但他知道阴电阳电，他没学过生理但他知道精子卵子，他没学过化学但他知道福尔马林液能杀菌防腐固定蛋白质并由此猜想到老兰往肉里注了福尔马林液。他如果想发财肯定能成为村子里的首富，对此我深信不疑。他是人中之龙，而人中之龙是不屑积攒家产的。人们见过松鼠、耗子之类小野兽挖地洞储存粮食，谁见过兽中之王老虎挖地洞储存食物？老虎平时躺在山洞里睡觉，只有饿了才出来猎食；我父亲平时吃喝玩乐，只有饿了才出来赚钱。父亲不会像老兰他们那样白刀子进去红刀子出来地去赚流血的钱，父亲也不会像村子里那些莽汉子到火车站上去当装卸工赚流汗的钱，父亲用他的智慧赚钱。古代有个善于解牛的庖丁，如今有个善于估牛的我父。牛在庖丁眼里只是骨头与肉之类的堆积，牛在我父眼里同样是骨头与肉之类的堆积。庖丁仅仅目光如刀，我父不但目光如刀而且还目光如秤。也就是说，把一头活牛牵到我父面前，我父围绕着那牛转两圈，顶多也不超过三圈，偶尔还象征性地将手伸到牛的腋下抓两把，然后就可以响亮地报出这头牛的毛重与出肉率,其准确程度几乎可以与当今英格兰最大的肉牛屠宰公司里的电子肉牛估评仪相媲美,误差不会超过一公斤。起初人们还以为我父亲是信口开河,但经过几次试验之后,便不得不服气。我父亲的存在,使牛贩子与屠宰户之间的交易消除了盲目和侥幸,实现了基本公平。父亲的权威地位确立之后,便有牛贩子与屠宰户讨好他,希望能在估牛时占点便宜。但父亲是有远大目光的人,他决不会为了眼前的蝇头小利败坏自己的声誉,因为败坏了自己的声誉就等于砸了自己的饭碗。牛贩子提着烟酒送到我家,我父亲把烟酒扔到街上,然后站在土墙上破口大骂。屠宰户提着一只猪头送到我家,我父亲将猪头扔到大街上,然后站在土墙上破口大骂。牛贩子和屠宰户都说:罗通那人,是个二杆子,但公正无比。父亲刚正不阿的二杆子形象确立之后,人们对他的信任到了无以复加的程度,买卖双方争执不下的时候,就把目光投到他的脸上,说:咱们别争了,听罗通的吧!——好吧,听罗通的,老罗,你说吧!——我父亲神气活现地绕牛两圈,不看卖方也不看买方,双眼望着青天,报出毛重与出肉率后,一口喊出一个价格,便躲到一边抽烟去了。买卖双方伸出手,拍了一个响,好!成交!等交割完毕后,买卖双方都会走到我父面前,各抽出一张十元的票子,答谢他的劳动。有必要说明的是,我父亲进入牛市之前,也存在着一种老式的经纪人,他们多数都是些黑瘦的糟老头子,有的脑后还翘着一条小辫子,他们发明了袖筒里摸价钱的方法,给这一行当蒙上了一层神秘色彩。我父亲的出现,消除了交易的模糊性,也消除了交易过程中的黑暗现象,那些贼眉鼠目的经纪人被我父亲赶下了历史舞台。这是牲畜交易史上的巨大进步,大一点也可以说成是一场革命。我父亲的眼力不仅仅表现在估牛上,估猪估羊也同样在行,这就像一个技艺高超的木匠,不但能做桌子,同样能做凳子,好木匠还能做棺材,我父亲估骆驼也不会有问题。

　　讲到此处,我似乎听到五通神塑像后面传来若有若无的抽噎之声,难道她真的是野骡子姑姑? 如果她真的是野骡子姑姑,她的容貌十年来没有变化? 这不太可能,因此她不会是野骡子姑姑。但如果她不是野骡子姑姑,为什么我会对她产生这样的依恋之情? 也许,她是野骡子姑姑的幽灵? 传说中的鬼魂是没有影子的,可惜我刚才忘记了看看她有没有影子。天在下雨,阴沉黑暗,没有阳光,什么人都不会有影子,所以即便我刚才想到了也是白搭。她此刻在塑像后边干什么呢? 她是不是在摸那匹人头马的屁股? 十年前我就听人说过,有些女人,为了使自己的丈夫获得性能力,在神像前烧香跪拜后,还要转到后边,拍拍这匹漂亮雄伟的小公马的浑圆的屁股。我知道,在塑像后边,有堵墙壁,墙壁上有一扇小门,推开门,是一个幽暗的小房间,房间里没有窗户,大白天也要点灯才能看清屋子里的物件。屋子里有一张摇摇晃晃的木床,床上有一条蓝花粗布被子,一个用麦秸草捆扎成的枕头,枕头和被子上满是油腻。小屋里跳蚤很多,如果你光着身体进去,会听到兴奋的跳蚤撞击你的皮肤啪啪作响。你还能听到墙壁上的臭虫发出兴奋的尖叫。它们在喊叫:肉来了啊,肉来了。人吃猪狗牛羊的肉,跳蚤臭虫就吃人的肉,这就叫一物降一物,或者叫做冤冤相报。这个女子,管你是不是野骡子姑姑,我都要说:你出来吧,不要让那些可怕的小东西,咬烂了你丰腴的皮肉。你更不要去拍马的屁股。我对你产生了感情,希望你能来拍我的屁股。尽管我知道,如果你就是野骡子姑姑,我这种念头就是罪恶。但我无法克制自己的欲念。如果这个女子能够带我走,我不出家也罢。大和尚,我就不讲了吧,我的心已经乱了。大和尚似乎有偷心之术,这些话我只是在心中想想,他就好像都知道了似的。他用一声冷笑,暂时截断了我心中的欲念之丝。好。我接着说。

第 六 炮

　　父亲扛着我来到了初夏的打谷场上。我们村成为屠宰专业村后,土地基本上荒芜;面对着屠宰行当中因为注水等等违法行为带来的暴利,只有傻瓜才去种地。土地荒芜之后,打谷场就成了肉牛的交易场。镇政府里那些干部曾经试图在镇政府前建一个牲畜交易市场,借以收取管理费,但人们根本就不听他们那一套。镇干部带领联防队员来强行取缔我们村的肉牛交易场,与手持屠刀的屠户们发生了争执,最后动了武,差点出了人命。四个屠户被拘留。屠户妻子们自发地组成了一支上访队伍,有的披着牛皮,有的披着猪皮,还有的披着羊皮,到县政府门前去静坐示威,并且扬出狂言,说如果问题得不到解决,她们就要上省里,省里解决不了,就打火车票进京。如果让这样一群披着兽皮的女人出现在长安大道上,后果不堪设想。谁也不能把这群滚刀肉般的女人们怎么样,但县长的乌纱帽十有八九要被摘掉。最终的结果是女人们得到了胜利,屠户们被无罪放出,镇干部的发财梦破灭,我们村的打谷场上照样六畜兴旺,据说镇长还被县长痛骂了一顿。

　　早有七八个牛贩子蹲在打谷场边抽着烟等待屠户,牛们站在一边,不紧不慢地反刍着,不知死之将至。牛贩子大多是西县人,讲起话来撇腔拿调,好像一群小品演员。他们大约每隔十天左右来一次,每人每次牵来两头牛,最多不超过三头。他们一般都是乘坐那列特慢的客货混编列车来,人和牛一个车厢,下车时约在傍晚,到达我们村子时正是半夜。那个火车小站距我们村不过十几里路,即便是悠闲散步,这点路也用不了两个小时,可这些牛贩子从火车站走到我们村却要用八个小时。他们拉着那些让摇摇晃晃的列车弄得头晕眼花的牛,从车站的出站口硬挤出来。身穿蓝制服、头戴大檐帽的检票员仔细地查看着他们和牛的车票,查验无误后才将他们放行。他们的牛挤出铁栏杆时,最喜欢蹿一泡稀屎,喷溅到检票员的大腿上,仿佛是戏弄她们,好像是嘲笑她们,也可能是报复她们。如果是春天,跟他们同时下车同时出站的还有一些赊小鸡赊小鸭的西县人,他们用一根宽而且长、光滑无比弹性良好的大扁担挑着用苇子和竹片编制成的鸡笼或是鸭笼,仄着身体走出车站,然后快步如飞地将牛贩子们抛到身后。他们头戴着宽边大草帽,肩披着蓝色的大披布,步伐轻快,仪态潇洒,与那些衣冠不整、浑身牛粪、精神萎缩的牛贩子形成鲜明对照。牛贩子们光着头,敞着怀,都戴着那种当时非常流行的、镜片上涂了一层水银的贼光眼镜,迎着火红的夕阳,迈着八字步,走一步晃一晃,仿佛刚刚上岸的海员,行走在通往我们村子的乡间土路上。走到那条历史悠久的运河边时,他们就将牛牵到河底,让它们喝上一饱。如果天气不是冷得难以忍受,他们总是把自己的牛洗刷一番,让它们毛眼新鲜,神清气爽,好像崭新的嫁娘。洗完了牛他们就洗自己,他们仰躺在河底的细沙上,让清清的流水从肚皮上缓缓流过。如果有年轻女人从河边路过,他们就会像发情的公狗一样汪汪乱叫。他们在水里闹腾够了,爬上岸,让牛在河边吃夜草,他们围坐在一起,喝酒,吃肉,啃干巴火烧。一直吃喝到满天星斗时才牵着牛醉醺醺地往我们村子里磨蹭。牛贩子们为什么非要挨靠到半夜三更

进村子,是一个属于他们的秘密。少年时代的我曾经就这个问题问
过我的父母和村子里那些白了胡子的老人,他们总是瞪着眼看着我,
好像我问他们的问题深奥得无法回答或者简单得不需回答。他们牵
着牛走到村头时,全村的狗就像接了统一的命令似的,齐声狂叫。村
子里的人不分男女老少,都从睡梦中醒来,知道牛贩子进村了。在我
童年的回忆里,牛贩子都是一些神秘莫测的人物,这种神秘感的产
生,与他们的夜半进村有着密切的关系。我从来都认为他们的夜半
进村富含深意,但大人们总是不以为然。我记得在一些明月朗照之
夜里,村子里的狗叫成一片后,母亲就裹着被子坐起来,将脸贴在窗
户上,望着大街上的情景。那时父亲还没叛逃,但已经开始夜不归
宿。我悄悄地挺起身体,目光从母亲身侧穿过窗棂,看到牛贩子们拉
着他们的牛,悄无声息地从大街上滑过,刚刚洗刷干净的牛闪闪发
光,好像刚刚出土的巨大彩陶。如果没有沸腾的狗叫声,眼睛看到的
一切简直就是一个美好的梦境,即便有了沸腾的狗叫声,现在回忆起
来,当时看到的情景也像一个美好的梦境了。尽管我们村子里有好
几家小饭店,但牛贩子们从不住店,他们直接将牛牵到打谷场上等待
天明,不管是刮风还是下雨,不管是严寒还是酷暑。有几个风雨之
夜,小饭店的主人曾经前来拉客,但牛贩子们和他们的牛就像石头雕
像一样在风雨中苦熬着,任你满口莲花,他们也不动心。难道就为了
省几个住店钱吗? 绝对不是,据说这些神秘的家伙卖完牛进城后,一
个个花天酒地,将腰包里的钱花得差不多了才买上一张慢车票回去。
他们的习惯和派头与我们熟悉的农民大不一样,他们的思想方法与
我们熟悉的农民更不一样。我少年时不止一次听村子里那些德高望
重的人感叹道:嗨,这是些什么人呢? 这些人脑子里想的是什么呢?
是啊,这些家伙脑子里到底想什么呢? 他们弄来的牛有黄牛有黑牛,
有公牛有母牛,有大牛有小牛,有一次还弄来了一头奶子犹如大水罐
的白花奶牛,我父亲在估这头奶牛时颇费了一些周折,因为他弄不太
明白牛的奶袋子该算肉还是该算下货。

　　牛贩子见到我父亲，都从短墙边上站了起来。这些家伙大清早就戴上了贼光镜子，看起来有几分恐怖，但他们的嘴边上挂着笑纹，说明了他们对我父亲相当尊重。父亲把我从脖子上卸下来，蹲在离牛贩子十几尺远的地方，摸出一个瘪瘪的烟盒，剥出一支变形潮湿的烟卷儿。牛贩子们将自己的香烟投过来，十几支香烟落在父亲的面前。父亲将投过来的烟卷儿收拢在一起，整整齐齐地摆放在地上。牛贩子们说：妈了个巴子的老罗，抽吧，几支烟卷儿怎么能收买了你？父亲微笑不答，还是抽自己的劣烟。村子里的屠户们三三两两地走来，他们的身体似乎都洗得干干净净，但我还是闻到了他们身上散发出来的血腥味儿，可见即便是牛血猪血，也是洗不干净的。牛们也嗅到了屠户身上的气味，它们挤在了一起，眼睛里闪烁着恐惧的光芒。几头年轻的牛屁眼里往外蹿屎，几头老牛看样子还很镇静，但我知道它们是强做出的镇静，因为我看到了它们的尾巴紧紧地缩了进去，极力控制着不拉稀，但它们大腿上的肌肉在颤抖，就像微风从平静的水面上吹过去一样。农民对牛的感情很深，杀牛，尤其是杀老牛曾经被视为伤天害理，我们村子里那个女麻风病人，经常在夜深人静的时候，跑到村头上的公墓里大声哭叫，她翻来覆去地重复着一句话：不知道是哪辈子祖宗杀了老牛，让后代儿孙得了报应。牛是会哭的，那头曾经让我父亲困惑的老奶牛被屠宰时，前腿一屈就跪在了屠户面前，两只蓝汪汪的眼睛里流出了大量的泪水。屠户见状，攥着屠刀的手顿时软了，许多关于牛的故事涌上他的心头。屠刀从他的手里滑脱，当啷一声落在了地上。他的双膝一软，竟然与老牛对面相跪。然后那屠户就放声大哭起来。从此那屠户就放下屠刀，立地变成了一个养狗的专业户。人们问他到底为了什么跪在牛前大哭，他说，从老牛的眼睛里，他看到了自己死去的老娘，也许这头牛就是自己的老娘转世。这屠户姓黄名彪，改行成了养狗专业户后，一直养着这头老牛，就像一个孝子奉养自己的老娘亲一样。在野草茂盛的季节，我们经常看到他领着老牛到河边去吃草。黄彪走在前，老牛跟在后，根本不需缰绳牵引。有人听到黄彪对老牛说：娘，走吧，到河边去吃点青草吧。有人听到黄彪对老牛说：娘，回去吧，天就要黑了，您眼色不好，小心吃了毒草。黄彪是个有眼光的人，他刚开始养狗时，受到很多人的嘲笑。但几年之后，就没有人敢再嘲笑他了。他用本地出产的狗与德国种狼狗杂交，生出了既勇敢又聪明、既能看家护院又能帮助主人通风报信的优良品种。县里那些前来调查黑心肉的干部或是记者什么的，离村子三里远，狗就嗅出了他们的气味，然后就狂吠不止。屠户们得到警报，立即坚壁清野，洒扫庭院，让那些干部、记者之类的，拿不到任何证据。曾经有两个晚报记者化装成不法肉商潜入村子，妄图揭开我们这个大名鼎鼎的黑肉庄的黑盖子，尽管他们在自己的衣服上抹了猪油洒了牛血，欺骗了屠户们的眼睛，但终究瞒不过狗们的鼻子，几十条黄彪培育出来的杂种狗追着这两个记者的屁股从村子西头咬到村子东头，终于咬破他们的裤子，使他们的记者证从裤裆里掉了出来。我们村子的黑心缺德肉之所以能够源源不断地生产但是从来没让有关部门抓住把柄，除了有关部门的腐败之外，黄彪实在立下了大功劳。他还培育出一种菜狗，这种狗都是傻大个子，智商很低，见了主人摇尾巴，见了入户盗窃的小偷也是摇尾巴。这种狗因为头脑简单，心地善良，所以就能吃能睡，长膘特快。这样的肥狗供不应求，刚刚生下来的小狗就有人上门来定购。距我们村子十八里有一个朝鲜族同胞聚居的花屯，他们天下第一等地喜食狗肉，喜食必然善做，他们把狗肉餐馆开到了县城、市城甚至省城。花屯狗肉大大有名，而花屯狗肉的有名，很大程度上得力于黄彪提供的优质原料。黄彪的狗肉煮出来除了具有狗肉的香气外还有小牛肉的香气，其原因在于，黄彪为了加快母狗的繁殖速度，小狗生出十几天就强行断奶，然后用牛奶喂养。牛奶当然来自那头老奶牛。村子里那些坏人看到黄彪发了狗财心怀嫉妒，便恶语攻击：黄彪黄彪，你把老牛当娘养，好像是个大孝子，其实你是个虚伪的家伙，如果老牛是你的娘，你就不应该挤你娘的奶水喂小狗，你用你娘的奶水喂小狗，你娘岂不是变成狗娘了吗？而如果你娘是狗娘，你不就成了狗娘养的了吗？而如果你是个狗娘养的，你不也成了一条狗了吗？——坏人们的车轱辘话把黄彪问得直翻白眼，他想不明白索性就不想，抄起生了锈的杀牛刀，对准那些坏人刺去。坏人们见势不好，撒腿就跑，但黄彪新娶的小媳妇早已把那些狗放开，智商不高的菜狗们在智商很高的杂种狗们的率领下，一窝蜂般地去追赶那些坏人，在曲曲折折的街巷里，很快就传来了坏人们的尖叫和狗们的狂叫。黄彪美丽如花的小媳妇哈哈大笑，黄彪则搔着脖子傻笑。黄彪的媳妇皮肤雪白，黄彪皮肤漆黑，两口子站在一起，黑的显得更黑，白的显得更白。黄彪没和小媳妇结婚之前，经常在半夜三更时分到野骡子的后窗户外唱歌，野骡子就说：兄弟，回去吧，我已经有人了，但是，我一定帮你找个好媳妇。这个曾经在一家路边店打过工的小媳妇就是野骡子帮他找的。

　　屠户们进场之后，交易就开始了。他们围着牛转来转去，一时好像拿不定主意该买哪头；但只要有一个伸手抓住了某头牛的缰绳，所有的屠户就会在三秒钟内抓住牛的缰绳。闪电般地，所有的牛就统统找到了买主。几乎不会发生两个屠户抢买一头牛的情景，如果有这种情况，他们也会用飞快的速度解决。在一般的情况下，同行是冤家，但我们村的屠户在老兰的组织领导下，变成了一个团结友爱、共同对敌的战斗集体。老兰通过向屠户们传授注水法建立了自己的威信，暴利和非法把这些人聚合到了一起。当屠户们抓住了牛缰绳之后，牛贩子们才懒洋洋地靠拢过来，然后，牛贩子和屠户一对一地谈质论价，争论不休。自从我父亲的权威确立之后，他们之间的争论就变得无足轻重，渐渐地流为形式和习惯，最终一锤定音，还得靠我父亲。争论一阵后，屠户和牛贩子就成双成对的，拉着牛，走到我父亲面前，宛如去镇公所登记婚姻的男女。但那天的情况有点特殊，屠户们进场之后，没有像往常那样走进牛群，而是在场边逛来逛去。他们的脸上挂着一种心领神会的微笑，让人看了后感到很不舒服。尤其是当他们从我父亲面前经过时，那种皮笑肉不笑的微笑后边隐藏着的东西更让人产生不祥的预感,似乎有一个巨大的阴谋正在酝酿之中,只要时机成熟就会爆发。我胆怯地偷看着父亲的脸,他还是像往常那样,麻木不仁地抽着劣质烟卷;牛贩子们扔过来的好烟整齐地摆在他的面前,他一根儿也不动。往常里这些烟他也一根儿不动,等到交易结束那些屠户就会把地上的烟捡起来抽掉。往常里屠户们抽着从地上捡起来的烟,夸奖我父亲的廉洁公正。有人半开玩笑地说:老罗老罗,如果全中国的人都像你这样,共产主义早就实现好几十年了。我父亲笑着不说话。每当这时刻我的心里就骄傲得厉害,并且经常暗下决心:做事要做这样的事,做人要做这样的人。牛贩子们也发现了那天的反常气氛,他们把目光往我们父子这边投过来,也有的冷静地观察着转来转去的屠户们。大家都在心照不宣地等待着什么似的,就像一群耐心的观众,等待着好戏的开场。

第 七 炮

　　门外的雨声渐渐稀落，闪电和雷声也退到了很远的地方。我看到院子里积存了很多雨水，淹没了卵石砌成的甬路。水面上漂浮着一些绿色的和黄色的树叶，还有一个塑胶充气玩具。那物四脚朝天，看样子好像是一匹小马。雨点越来越稀，直到没有。一阵风从田野里吹来，摇撼着银杏树冠，哗啦啦一阵响，银灰色的水线仿佛用筛子筛下来的一样，将积水激得千疮百孔。那两只野猫，从树干半腰的树洞里探出头来，叫几声，又将头缩回去。我听到从树洞里传出微弱而不健全的小猫叫声，知道在大雨倾盆的时刻，缺尾巴的母猫，生产了小猫。大雨倾盆的时刻，畜生们喜欢分娩，这是我爹说的。我还看到，一条黑色带白纹的蛇，在水面上蜿蜒游动。还有一条银白的鱼，从水中奋勇跃起，扁平的身体在空中弯曲着，宛如一面犁铧，漂亮又坚韧，优美又流畅，跌落水面，发出一声湿漉漉的脆响，仿佛我多年前偷肉吃被张屠户用那只沾满猪油的大手扇了一个耳光。鱼从哪里来？只有鱼知道。鱼在浅水中艰难地游动，青色的背鳍露出水面。一只蝙蝠从我们头上飞出了庙门，然后又有成群的蝙蝠随着它飞出了庙门。适才落在我面前的那两颗我还没有来得及吃的冰雹,已经融化殆尽。我说,大和尚,天快要黑了。大和尚沉默不语。

　　红红的太阳像一个红脸膛的铁匠从东边的麦田里升起来后,主角终于进了场。他就是我们村子里的村长老兰,一个身材高大、肌肉发达的汉子,那时候他还没有发胖,肚子还没凸出来,腮上的肉还没耷拉下来。老兰生着一部土黄色的络腮胡须,眼珠子也是黄色的,看样子不像个纯粹的汉人。他大踏步地走进场子,人们的目光全都投到了他的身上。他的脸皮被阳光照耀,显得格外光彩。老兰走到我父亲面前站住,但他的目光却越过低矮的土墙看着墙外的原野,那里太阳正在往高里爬升,大地一片辉煌。麦苗子碧绿,野花开放,发出清香,云雀在玫瑰色的天空中歌唱。老兰根本就没把我父亲看在眼里,好像土墙边上根本就没有我父亲这个人。他连我父亲都不放在眼里,当然更不会把我放在眼里。也许是阳光照花了他的眼睛?这是我当时的天真想法,但很快我就明白了,老兰是在挑衅。他一边歪着头跟那些屠户和牛贩子说话,一边拉开了制服裤子的拉链,大大咧咧地掏出了那个黑不溜秋的家伙。一股焦黄的液体在我们父子眼前刺刺啦啦地落下来。我的鼻子马上就嗅到了热烘烘的臊气。他这泡狗尿可真够长,伸展开来最少十五米。这泡尿他最少憋了一夜。他早有预谋地憋了一泡长尿来羞辱我的父亲。父亲眼前那十几根烟卷儿在尿液中翻滚着,很快就膨胀得不像样子。老兰掏出家伙那一瞬间,屠户们和牛贩子们发出了一阵古怪的笑声,但他们的笑声突然就停止了,就像他们的脖子都被无形的大手捏住了。他们张口结舌地看着我们,脸上都凝固着惊愕的表情。连那些早就知道老兰要跟我父亲叫板的屠户们也想不到他会采用这种方式。老兰的尿液喷溅到我们的脚上和腿上,甚至还有一些喷溅到我们脸上和嘴里。我愤怒地跳了起来,父亲却一动不动,像一块僵硬的石头。我破口大骂:老兰,操你的亲娘! 我父亲一声不吭。老兰脸上挂着微笑,依然是一副目中无人的样子。父亲双目眯缝着,好像一个悠闲的农夫在欣赏着房檐上的流水。老兰撒完了尿,拉上拉链,然后转身向牛群走去。我听到那些屠户和牛贩子们都长出了一口气,不知道他们的长出气是表示遗憾呢还是表示欣慰。然后屠户们就进了牛群,很快就各人选定了要买的牛。牛贩子们也走了上去,与他们的买主们争吵着。我发现他们的争吵心不在焉,我知道他们的心思根本就不在交易上。他们虽然没正眼看我父亲,但我知道他们每个人心里想着的都是我的父亲。我父亲在干什么呢? 他并拢起双膝,将脸放在膝盖上,好像一只蹲在树杈上打盹儿的老鹰。我看不到他的脸,当然也就无法知道他脸上的表情。我对他的软弱非常不满,那时我只不过是个五岁的孩子,也知道老兰非常严重地侮辱了我父亲,任何一个有点血性的男人面对这样巨大的侮辱都不会忍气吞声,连我这个五岁的孩子都敢破口大骂,但我父亲一声不吭,宛如一块死石头。那天的交易没听我父亲的一锤定音就完成了。但交易完成之后,买卖双方还是按照老习惯走到我父亲面前,将一些钞票扔给他。第一个到我父亲面前扔钞票的竟然是老兰。这个狗杂种,好像他对着我父亲的脸撒尿还没出够气似的,竟然将两张崭新的十元钞票用手指弹得嘣嘣地响着,似乎要引起我父亲的注意,但我父亲还是保持着方才的姿势,隐藏着自己的脸。老兰表现出一副更加失望的样子,目光往四周睃巡一圈,然后就把那两张钞票扔在了我父亲面前。其中一张钞票恰好落在他那泡尚未蒸发完毕的狗尿里,与那些涨破了的烟卷儿混在了一起。此时,在我的心目中,父亲已经死了。他把我们老罗家十八辈子祖宗的脸都丢尽了。他根本算不上一个人了,勉强还可以算一根儿被老兰的狗尿泡涨了的烟卷儿。老兰扔下钱后,牛贩子和屠户们也都过来扔钱。他们的脸上充满了悲悯的表情,好像我们是一对特别值得同情的乞丐父子。他们扔给我父亲的钱都比平日里多了一倍,说不清是对我父亲不反抗的奖赏呢还是跟着老兰冒充慷慨大度。看着那些宛如枯叶般降落到我们面前的钞票,我大声哭泣起来。父亲终于把他那颗硕大的头颅从膝盖上抬起来,他的脸上没有愤怒也没有悲伤,仿佛一块干枯的木板。他冷冷地看着我,眼睛里渐渐地露出一些困惑的神色,好像他弄不明白我为什么要哭泣似的。我用爪子抓着他的脖子,说:爹,我再也不愿意叫你爹了,我宁愿叫老兰爹也不愿叫你爹了!我的声音很大,众人愣了片刻,然后便哈哈大笑。老兰对着我跷起了大拇指,说:小通,好样的,我收你这个儿子,从今之后,你可以到我家吃住,想吃猪肉咱就煮猪肉,想吃牛肉咱就煮牛肉。如果你能把你的娘带来,我更是举双手欢迎!我的耻辱到了无以复加的程度,对着老兰的大腿撞过去。老兰轻松地一闪身就躲过了我的撞击,我跌扑在地,嘴唇磕破,流出了黑血。老兰大笑着说:小子,刚刚认了爹就撞我,这样的儿子谁敢要?没人拉我,我只好自己爬起来。我回到父亲身边,用脚踢着他的腿,发泄着我对他的不满。父亲根本不生气,也根本不觉悟,他用那两只巨大的软弱的手,搓了搓自己的脸。然后伸伸胳膊,打了一个哈欠。这是一个标准的慵懒无比的老公猫的动作。接下来,他低下头,慢吞吞地、认真地、仔细地,一张张地,把那些叠合在老兰的狗尿窝子里的钞票捡起来。他捡起一张就举起来对着阳光看看,好像在辨认真伪。最后,他还把那张老兰扔下的让尿泥污染了的崭新钞票放在自己裤子上认真地擦拭干净。他把钱放在膝盖上碰撞整齐,夹在左手的中指和无名指缝里,往右手的拇指与中指肚上啐了一些唾沫,然后就一张张地捻着数起来。我扑上去夺他手里的钱,我想把那些钱夺出来撕得粉碎,然后扬到空气里当然最好是扬到老兰的脸上,发散一下蒙在我们父子头上的耻辱。但父亲机警地跳起来,将夹着钱的左手高高举起,嘴巴里连声喊着:傻儿子,你这是干什么?钱是没有错误的,错误都是人犯下的,你对着钱发脾气是不应该的。我左手拽住他的胳膊弯子,右手高举起,身体往上蹿跳着,试图从他的手里把那些耻辱的钞票夺出来,但我的企图在高大的父亲腋下根本不可能实现。我恼怒万分,用脑袋一下下地顶撞着他的腰。父亲拍着我的脑袋,用友好的口吻哄着我:好了好了,儿子,不要闹了,你看看那边,你看看老兰那头牛,它已经发怒了。

　　那是一头肥滚滚的鲁西大黄牛,生着两根平直的角,身上的皮毛像缎子似的,发达的肌肉在皮下滚动着,好像后来我从电视上看到过的那些健美运动员。它身体金黄,却生着一个怪异的白脸,这样的白脸大牛我还是第一次见到。那是头阉过的公牛,白脸上生着两只红边的眼睛,斜着眼睛看人,脸上的表情让人感到恐怖。现在回忆起来,我想那种表情恰似传说中的太监的表情。人被阉了,性情要变;牛被阉了,性情也要变。父亲的提示让我暂时地忘了钱的事情,我转回头去看那头牛,老兰在头前牵着它,得意洋洋地往前走。他应该得意,他沉沉地侮辱了我们,但是没遭到任何的反抗,这对于提高他在村子里的威信、对于提高他在牛贩子中的威信都大大地有好处。唯一一个不把他放在眼里的人被他征服了,从此之后,村子里更没有人敢跟他叫板了。但是紧接着就发生了惊人的事情,多少年后想起这件事我还是疑神疑鬼。那头懒洋洋的鲁西大黄牛突然停止了前进,老兰转回头用力拉着缰绳,试图强拉它前进。它稳稳地站住,似乎一点劲儿也没使,就把老兰使出的蛮劲儿化解了。老兰杀牛出身,他身上的气味就足以让一头胆小的牛觳觫不止,无论多么倔强的牛,在他的面前也只能乖乖地等死。他拉不动它,就转到牛侧,抬起巴掌,在牛腚上猛拍了一掌,同时嘴里发出一声断喝,在他的这一拍一喝之下,一般的牛连屎都要吓出来的,但这头鲁西大黄牛根本就不屑他那一壶。老兰刚在我父亲那里得了大胜利,正是一个骄兵,便不顾牛性,对着牛肚子踢了一脚。鲁西大黄牛把屁股扭了扭,哞地吼了一声,然后就低下头,往前拱了一下子,它似乎还没用多大的劲头儿,但是老兰的身体就如一张没有多少重量的草席一样,在空中舒展开来。在场的牛贩子和屠户们被这突然的变故给惊呆了,都张着嘴,说不出话,更没有人冲上前去营救老兰。大黄牛低着头继续向前冲,老兰毕竟不是凡人,在危急的关头,他就地打了一个滚,躲开了黄牛要命的一顶。黄牛眼睛红了,又一次发起进攻,老兰靠着他的就地翻滚的好功夫一次次地死里逃生,终于抓住一个机会站了起来。看样子他受了伤,但伤得不太重。他与牛对面相持,歪着腰瞪着眼,连眼珠子都不敢错。牛低着头,嘴巴里吐着白沫子,呼呼哧哧地喘着粗气,随时都准备发动新的进攻。老兰举起一只手,看样子是想分散牛的注意力,他那副外强中干的样子,很像一个吓破了胆但还死要面子的斗牛士。他往前蹀躞了一步,牛岿然不动,只是把巨大的头垂得更低了些,它的新一轮进攻随时都会展开。老兰终于放下了英雄好汉的架子,虚张声势地喊叫了一声,转身就跑。大牛撒开四蹄,穷追不舍,牛尾巴舒直,活像一根铁棍子。它的蹄子把地上的泥巴掀起来扬出去,好像弹片横飞。老兰狼狈逃窜,他下意识地朝着人多的地方跑去,希望能得到人们的保护,但在那种时刻,谁还顾得了他? 都怪叫着逃命不迭,只恨爷娘少生了两条腿。幸亏大黄牛通人性,死追着老兰不放,不迁怒他人。牛贩子和屠户们跑得满场散沙,有的跳墙有的上树。老兰被吓傻了,竟然对着我们父子跑了过来。我父亲情急之下,一手抓住我的脖子,一手托住我的屁股,一下子就把我扔到了墙头上。就在这一瞬间,老兰这家伙,躲到了我父亲的身后。我父亲想闪开他,但他在后边紧紧地揪住我父亲的衣服,拿我父亲当了他的盾牌。我父亲往后退缩着,老兰自然也随着往后退缩,终于退到了墙根上。父亲把手里的钞票放在牛的眼前摇晃着,嘴里唠叨着:牛啊,牛,咱们近日无仇,远日无怨,有什么事儿咱们好说好商量……说时迟那时快,父亲将手中的钞票对准牛眼扬过去,几乎就在同时,他猛地扑到了牛头上,将他的手指插进了牛鼻子,抓住了鼻环,将牛头高高地拽起来。这些由西县牛贩子弄来的牛,几乎都是耕牛,而耕牛都是扎了鼻环的,牛鼻子是牛身上最脆弱的地方,我父亲虽然不是个好农民,但他对牛的了解比最优秀的农民还要出色。我骑在墙头上,热泪夺眶而出,父亲,我为你感到骄傲,你在危急关头,大智大勇,洗刷了耻辱,挣回了面子。屠户们和牛贩子们蜂拥而上,帮助我父亲,将白脸的大黄牛按倒在地上。为了防止它起来伤人,一个屠户用兔子般的速度跑回家,拿来一把锋利的屠刀,递给老兰,老兰脸色蜡黄,往后退了一步,摇摇手,示意屠夫动手。屠夫举着刀转了一个扇面,问,谁来? 没人来吗? 没人来那我就不客气了。他挽挽袖子,将刀子在鞋底上镗了几下,然后蹲下身,闭住一只眼,像木匠吊线一样,瞄准了牛胸上的凹陷部位,猛地捅了进去。他拔刀出来时,一股热血火刺刺地蹿出来,把我父亲染成了一个血人。

牛死了,众人从牛身上慢慢地站了起来。红黑的牛血还像泉水似的从刀口里汩汩地往外冒着,血里夹杂着泡沫,一股热烘烘的腥气弥漫在清晨的空气里。众人都像撒了气的皮球,身体变得瘪塌塌的。大家都有满肚子的话要说,但没有一人开口。我父亲缩着脖子,龇出一嘴结实的黄牙,说:老天爷爷,吓死我了! 众人的眼睛转移到老兰脸上,让老兰无地自容。为了掩饰窘态,他低头看牛。牛的四条腿伸直了,大腿内侧的嫩肉颤抖不止,一只蓝色的牛眼大睁着,好像余恨未消。他踢了死牛一脚,说:妈的,打了一辈子雁,差点让雁雏啄了眼睛! 说完了这话他抬起头看着我父亲,说:罗通,今日我欠了你一个情,但咱们的事还没完。我父亲说:咱们之间有什么事? 咱们之间根本就没事。老兰气呼呼地说:你不要动她! 我父亲说:不是我要动她,是她让我动她。我父亲得意地笑着说:她说你是一条狗,她不会再让你动她了。当时,他们的话我听得糊糊涂涂,后来我当然知道了他们说得那个她就是开小酒店的野骡子。当时我就问:爹,你们说什么呀? 动什么呀? 我爹说:小孩子不要问大人的事情! 老兰却说:儿子,你不是要跟我姓兰吗? 怎么还叫他爹? 我说:你是一泡臭狗屎! 老兰说:儿子,回家对你娘说去,就说你爹钻进了野骡子的尻里,出不来了! 我父亲顿时变得像那头暴怒的公牛一样,低着头朝老兰扑去。他们的接触非常短暂,人们很快就把他们分开,然而就在这短暂的接触中,老兰折断了我父亲的一根手指,我父亲咬掉了老兰半个耳朵。我父亲吐出老兰的耳朵,恨恨地说:狗东西,你竟敢对我儿子说这样的话!

第 八 炮

　　女人无声无息地转出来，从我和大和尚之间的狭窄缝隙间通过。
她的肥大的衣摆轻轻地蹭着我的鼻尖，凉森森的小腿摩擦着我的膝
盖。我顿时心乱如麻，无法继续诉说。女人穿着一件肥大的粗布大
褂，端着大和尚洗脸用的那个古老的铜盆走到院子里的积水中去。
她瘦瘦的面孔斜对着我，眉眼间有几丝若有若无的笑意。浑然一体
的乌云破裂，露出几块玫瑰色的天空。西边一片金红，火烧云燃起来
了。那些以庙为家的蝙蝠们在空中盘旋着，仿佛是一颗颗闪光的金
豆子。女人的脸辉煌了。她穿的那件大褂，是家织土布缝制，当胸开
襟，一排铜扣子。她弯腰将铜盆放下，盛着衣服的铜盆在水中勉强地
浮着。她蹚着水，在院子里转悠。水淹至她的小腿。她双手提着大
褂的下摆，显露出金黄色的大腿和白色的屁股。我惊讶地发现她除
了这件大褂，竟然什么也没有穿。也就是说，如果她脱去这件大褂，
就是赤身裸体。这件大褂只能是大和尚的。我对大和尚的家当了如
指掌，却从来没有见过这件大褂。她是从什么地方找出来的呢？我
回忆起方才她从我面前走过时，大褂散发出的霉味。现在，这气味在

院子里洋溢开了。女人转了一会儿,目标明确地朝着墙角走去。她走得很急,激起的水声很响,那条鱼在她的身后又一次跃出水面,然后再次跌下去。为了不使溅起的水花打湿衣服,她将衣摆提得更高,整个屁股都暴露无遗。到了墙角,她用左手将衣摆高提,揪紧,然后弯下腰,用右手把堵塞住下水道的树枝和杂草一把把地拖出来,扔到墙外。她的屁股对着西天那熊熊燃烧的云彩,亮堂堂的,宛如两扇铜钹。下水道疏通了,在哗啦啦的泄水声中,她直了腰,闪到一边,看着水流。院子里的水朝向她流,水面上的树叶和塑胶小马也漂过去。那个盛着衣裳的铜盆往前移动了几米,便落实在地面上。那条鱼渐渐地显形,起初还能直着身体挣扎着游动,但很快就只能平躺着,一下下地跳跃,弄得水花四溅。我似乎听到了它的尖声叫嚷。先是用卵石铺成的甬路显露出来,接着露出褐色的地面。一只蛤蟆在淤泥中蹦跳着,嘴下的皮肤抖动不止。墙外的水沟里,蛙声一片。女人把拎着衣服下摆的手松开。为了使衣服上的皱褶消失,她用湿漉漉的手抚摸着。那条鱼蹦到了她的面前。她看了一会儿,目光还往我们这边张望了几秒钟。我当然无法对她发布如何处置这条倒霉的鱼的命令。她跑了好几步,脚在淤泥上打滑,身体趔趄着几乎跌倒,使用了双手,才把这条不驯服的鱼按在地上。她双手抔着它站起来,再次往我们这边张望。片刻后,她叹了一口气,在半天红霞的照耀下,似乎很不情愿地将鱼掷了出去。鱼在空中摇摆着尾巴,飞跃了院墙,消失在墙外。但那道金色的、闪光的弧影,却在我的脑海里留下来一道久久难消的痕迹。女人回到铜盆前,拿起衣裳,扯着衣领,用力抖动着,发出嘣嘣的声响。那件红衣裳,在红色的晚霞里,恍若一团火焰。她与野骡子姑姑的相似,使我感到与她之间有了一种特殊的关系,别样的亲切。尽管我已经是年近二十的青年,但看到了这个女人,就感到自己仿佛还是个七八岁的孩子,但我心中一阵阵的激动和双腿间的东西不时地昂头告诉我:你已经不是那个孩子了。她将那件红色衣裳搭在正对着庙门的那个铸铁的香炉上,剩下的几件,只好搭在了湿漉漉的墙头上。为了使墙头上的衣裳伸展开,她在墙前连续地跳跃着。我看到她腰肢灵活,弹跳有力。然后她走到庙门前,就好像是站在自家的门前一样,展开双臂做扩胸运动,又双手拃腰,摇动腰肢,晃动屁股。她的屁股似乎在与一个无形的物体摩擦。我的眼睛很难从她的身体上收回,但事关能否成为大和尚徒弟这样一件大事,我不得不做出牺牲。在一瞬间,我想:如果她要带我远走高飞,就像野骡子姑姑当年带着我父亲远走高飞那样,我能拒绝吗?

母亲吩咐我把手扶拖拉机的车厢后挡板关好,她自己去墙角上拖过来两筐牛羊骨头。她一手抓住筐沿一手把住筐底,一挺腰杆,就把筐里的骨头倒入车厢。这些骨头是我们收来的废品,不是我们吃肉啃出来的。如果我们能吃出这样多的骨头——哪怕只有百分之一,那我就一点牢骚也没有了,那我就根本不去怀念我的父亲了,那我就会立场坚定地站在母亲的阵线上,与她一起声讨父亲和野骡子的罪行。有好几次我曾经想从几根看起来还新鲜的牛腿骨里砸出点骨髓解解馋,但结果都是失望,卖骨头的人早就把骨髓吸干净了。装完了骨头,母亲让我帮她往车厢里装废铁。说是废铁,其实都是些完好无缺的机器零件。有柴油机上的飞轮、建筑脚手架上的接头、城市下水道的井盖子,般般样样,应有尽有。有一次我们还收到了一门日本造的迫击炮,是一个八十多岁的老头子和一个七十多岁的老太太用骡子驮来的。起初我们没有经验,既然是当废铁收来的,就当废铁卖掉,我们赚得就是那一分一厘的差价。但我们很快就学精了。我们把收到的机器零件分门别类,进城去卖给各种各样的公司。建筑零件卖给建筑公司。井盖子卖给下水道公司。机器零件卖给五金交电公司。那门迫击炮找不到合适的公司卖,暂时放在家里珍藏着。即便找到合适的公司我也坚决不同意卖掉。我像所有的男孩子一样,黩武好战,对武器爱得痴迷。父亲的私奔,使我在同龄男孩面前抬不起头来,但自从有了这门迫击炮,我就挺起了腰杆子,比有爹的孩子还神气。我曾经听到两个在村子里一贯地横行霸道的男孩子悄悄地议论,说今后可不敢随便欺负罗小通了,他家买了一门迫击炮,谁要得罪了他,他就会架起炮瞄准谁的家,轰的一声,就把谁的家炸平了。听了他们的悄悄话,我得意扬扬,心花怒放。我们把不是废铁的废铁卖给各种专门公司,价钱尽管比同类产品低得多,但比真正的废铁价格高多了,这也是我们能在五年内盖起大瓦房的重要原因。装完废铁,母亲从厢房里拖出了一堆废纸盒子,拆开展在地上,然后她就让我从压水井里往外压水。这是我经常的工作,我知道早晨的生铁井把子温度特低,能把人手上的皮沾去。我戴了一副僵硬的劳保猪皮手套保护自己的手。这副手套也是我们当破烂收来的。我们家的大部分东西,从炕上的海绵枕芯到锅里的铲子,都是收来的破烂。有的破烂其实是根本没用过的,我头上戴着的羊剪绒棉帽子就是从来没戴过的,而且还是正儿八经的军用品,散发着一股子刺鼻的樟脑味儿,帽里一个红方框标着出厂的时间:1968 年 11 月。那时候我爹还是个尿炕的男孩子,我娘还是个尿炕的女孩子,没有我。我戴着大手套,手很笨。天气严寒,压水井里的皮垫子冻住了,边缘漏气,压着刺刺响,上不来水。母亲生气地喊:快点,你磨蹭什么? 都说"穷人的孩子早当家",可你十岁了,连桶水都压不出来,养你管什么用? 你最大的本事就是吃,吃吃吃,如果你能拿出吃的一半本事来干活,就是个披红戴花的劳动模范……在母亲的絮叨声中,我的心里愤愤不平。爹啊,自从你走后,我吃的是猪狗食,穿的是叫花衣,干的是牛马活儿,可她还是不满意。爹呀,你走时就盼望着二次"土改",现在我比你还盼望二次"土改",但二次"土改"迟迟不来,不但不来,而且那些用非法手段积累了财富的人越来越嚣张,一点点畏惧感都没有。父亲逃亡之后,母亲得了一个外号:破烂女王。我名义上是破烂女王的儿子,实际上是破烂女王的奴隶。母亲的唠叨升级成了怒骂,我的自爱自恋降级成了自暴自弃。我摘掉皮革劳保手套,裸手抓住井把子,刺啦一声响,手与井把子粘在了一起。生铁井把子,你冷吧,你冻吧,你把我手上的皮肉全都沾了去吧。我破罐子破摔,什么也不在乎,冻死了我,她就没有儿子,如果没有儿子,她的大瓦房和大卡车就丧失了意义。她还做着尽快给我结一门娃娃亲的美梦,对象都有了,就是老兰的黄毛闺女,比我大一岁,小名叫甜瓜,大名还没有,她个子比我高半头,患了严重的鼻炎,长年通着两道黄鼻涕。母亲妄想攀老兰家的高枝,我却恨不得架起迫击炮把老兰家给轰了。母亲,你做梦去吧!我的手握住井把子,皮肤立即粘上了,粘上就粘上吧,反正这手首先是她儿子的手,然后才是我的手。我用力压着井把子,汲筒里咕咕地响着,冒着热气的水涌上来,哗哗地流到桶里。我将嘴巴插到桶里,喝了几口水。她吼我,不许我喝凉水。我不理她,偏要喝。最好喝得肚子痛,痛得满地打滚,好像一头刚拉完磨的小毛驴。我提着水到了她身边,她让我去拿水舀子。我拿来水舀子,她让我舀水往纸壳上泼。泼得不能太多,也不能太少。水泼到纸壳上很快就冻成了冰,然后她就往上铺一层新纸壳,我再往上泼水。这样的事我们干了许多次,配合默契,十分熟练。这样的纸壳压秤,我泼到纸壳上的是水,收获的是钞票。村子里的屠户们往肉里注的是水,收获的也是钞票。父亲逃跑后,母亲很快就从痛苦中振作起来,她试图当屠户,带着我到孙长生家学徒。孙长生的老婆与我母亲是远房的姨表姊妹。但白刀子进去红刀子出来的活儿毕竟不适合女人干,母亲有吃苦耐劳精神,但毕竟不是母夜叉孙二娘。我们娘俩杀小猪小羊还马马虎虎,要杀大牛就难点。大牛也欺负我们,对着我们翻白眼,尽管我们手里也提着雪亮的刀。孙长生对我母亲说:他大姨,你干这活儿不合适。市里正在提倡放心肉,卖黑心肉的事迟早要砸锅,咱们这些当杀手的,赚的就是注水钱,一旦不让往肉里注水,就没有什么赚头了。孙长生劝我母亲收破烂,说这活儿基本上是无本的买卖,只有赚没有赔。我母亲经过调查研究,认为孙长生说得有理,于是,我们娘两个就干起了收破烂的活儿。三年之后,我们就成了周围三十里内很有名气的破烂王。

　　我们把冻成一体的纸壳板子抬到车上,四周用绳子封好,装车到此完毕。今天我们要去的地方是县城。县城隔三差五的我们就去一次,每去一次就让我伤心一次。县城里好吃的东西太多了,隔着二十里我就嗅到了从那里散发出来的肉香,除了肉香还有鱼香,但鱼、肉都与我无缘。我们的口粮母亲早就准备好了:两个冷馍馍,一块咸菜疙瘩。如果破烂卖了个好价钱,弄虚作假蒙混过了关——这些年来收购破烂的土产公司也越来越精了,他们被各地的破烂户给骗怕了——她的心情很好,我就会得到一根猪尾巴的奖赏。我们蹲在土产公司大门外的避风处——夏天就蹲在树阴下——嗅着从土产公司前面那条斜街上飘过来的数十种香气,啃着我们的咸菜疙瘩冷馍馍。那条斜街是条肉食街,露天里摆着十几个烧肉的大锅,锅里煮着猪、羊、牛、驴、狗的头,猪、羊、牛、驴、骆驼的蹄,猪、羊、牛、驴、狗的肝,猪、羊、牛、驴、狗的心,猪、羊、牛、驴、狗的肚,猪、羊、牛、驴、狗的肠,猪、羊、牛、驴、狗的肺,猪、牛、驴、骆驼的尾巴棍儿。还有烧鸡、烧鹅、酱鸭子、卤兔子、烤鸽子、炸麻雀……案板上摆着热气腾腾的、五彩缤纷的肉。卖肉的握着明晃晃的大刀,有的将那些好东西切成片儿,有的将那些好东西切成段儿。他们的脸都红彤彤的、油嘟噜的,气色好极了。卖肉人的手指有粗有细、有长有短,但都是有福的手指。它们可以随便地抚摸那些肉,它们沾满了油,沾满了香气。我要是能变成一根卖肉人的手指该有多么幸福啊!但是我变不成有福的手指。有好几次我想伸手抢一块肉塞进嘴巴,但买肉人手中的大刀让我不敢造次。我在寒风中啃着硬邦邦的冷馍馍,眼泪哗哗地往下流。母亲赏给我一根猪尾巴时,我的心情有所好转,但一根猪尾巴上能有几钱肉呢?几口就啃光了。我连那些小骨头都嚼烂咽了下去。猪尾巴更勾起来我肚子里的馋肉虫。我直勾勾地盯着那些五光十色、香气扑鼻的肉们,眼泪止不住地往下流。母亲曾经问过我:儿子,你到底哭什么?我就说:娘,我想爹了。母亲的脸色顿时就变了。她沉思片刻,凄然一笑,说:儿子,你不是想爹,你是想肉。你那点小心眼子怎么能瞒了我？但是，现在我还不能完全满足你的要求。人的嘴巴，最容易养贵，一旦养贵，麻烦就大了。古往今来多少英雄好汉，就因为把嘴巴养贵了，丧失了做人的志气，坏了自己的大事。儿子，你不要哭，我保证你这辈子有放开肚皮吃肉的时候，但现在你要忍着，等我们盖起了房子，买上了汽车，给你娶了媳妇，让你那个王八蛋爹看一眼，我就煮一头牛，让你钻到牛肚子里，从里边往外边吃！我说：娘啊，我不要大房子，也不要大汽车，更不要什么媳妇，我只想现在就放开肚皮吃一次肉。母亲严肃地对我说：儿子，你以为我就不馋？我也是个人，我恨不得一口吞下一头猪！但是人活着就是要争一口气，我就是要让你爹看看，没有他，比有他时，我们过得更好！我说：好个屁，一点也不好！我宁愿跟我爹去逃荒要饭，也不愿意跟着你过这样的好日子。我的话让母亲伤心极了，她哭着说：我省吃俭用，积恶为仇，为了什么？还不是为了你个小杂种！然后她又骂我父亲：罗通啊罗通，你这个黑驴鸡巴日出来的东西，我这辈子就毁在你的手里了……老娘也不过了，老娘要吃香的喝辣的，老娘要是吃好喝好，眼睛也会放出光，一点也不比那个骚货差！母亲的哭诉使我心中激动万分，我说：您说得对极了，娘，您如果放开肚皮吃肉，用不了一个月，我敢保证，您就会变成一个仙女，比野骡子漂亮得多，那时候父亲就会扔下野骡子，插上翅膀飞回来找您。母亲眼泪汪汪地问我：小通，你说实话，到底是娘漂亮还是野骡子漂亮？我肯定地说：当然是娘漂亮！母亲问我：既然是我漂亮，那你爹为什么还要去找那个千人戳万人弄的野骡子？不但去找她，还跟着她跑了？我替父亲辩白道：娘，我听爹说过，不是他去找的野骡子，是野骡子先来找的他。母亲愤愤地说：都一样，母狗不调腔，公狗干哄哄；公狗不起性，母狗也是白调腔！我说：娘，您调来调去的都把我调糊涂了。母亲说：你个小杂种，就会跟我装糊涂。你爹跟野骡子的事你早就知道，可你帮他瞒着我。如果你早告诉我，我就不会让他跑掉。我小心翼翼地问：娘，你用什么办法不让爹跑掉呢？母亲瞪着眼说：我砍断他的腿！我吃了一惊，心中暗暗地替父亲庆幸。母亲说：你还没回答我，既然我比她漂亮，为什么你爹还要去找她？我说：野骡子大姑家天天煮肉，我爹闻到肉味就去了。母亲冷笑一声，说：那从今之后我也天天煮肉，你爹闻到肉味还能回来吗？我高兴地说：肯定，我敢担保，只要您天天煮肉，爹很快就会回来，我爹的鼻子灵着呢，逆风嗅八百里，顺风嗅三千里——我用我能想到的花言巧语，鼓动着母亲，希望她怒火攻心丧失理性，带着我冲到肉食一条街上，掏出那些贴肉藏着的钱，买一堆又香又糯的肉，让我尽力喀一个饱，即便是活活撑死，也做一个肚子里有肉的富贵鬼。但母亲没有上我的当，她发了一通怨恨，最终还是蹲在墙角唏冷馇馇。看到我对她的意见大得无边无沿了，她才很不情愿地到肉食街旁边的小饭店里，跟人家磨了半天，撒了许多的谎，说我的爹死了，撇下我们孤儿寡母，可怜可怜吧，最终少花了一毛钱，买了一根像干豆角一样瘦小的猪尾巴，用一只手紧紧地攥着，仿佛怕它长翅膀飞了，到了偏僻处，递给我，说：给，馋鬼，吃吧，吃了可得好好干活！

第 九 炮

　　女人骑跨着门槛，肩膀倚靠着门框，一脚门里一脚门外地站着，抿着嘴唇，眼睛盯着我的脸，似乎是在听我诉说。她那两条几乎连成一线的眉毛，不时地蹙起来，好像在回忆久远的往事。我的诉说在这样两只黑眼睛的注视下难以为继。我贪恋着她的眼睛，但不敢与她对视。在她锋利的目光下，我感到浑身紧张，嘴唇也像冻僵了。我很想与她说点什么，问问她的姓名，问问她的来历，但是我没有勇气。可是我又十分地想和她亲近。我的眼睛贪婪地盯着她的腿，她的膝盖。她的大腿上有几片青紫，膝盖上有一道明亮的疤痕。她距离我这样近，身上那股跟刚煮熟的肉十分相似的气味，热烘烘地散发出来，直入我的内心，触及我的灵魂。我实在是渴望啊，我的手发痒，我的嘴巴馋，我克制着想扑到她的怀抱里去抚摸她、去让她抚摸我的强烈愿望。我想吃她的奶，想让她奶我，我想成为一个男人，但更愿意是一个孩子，还是那个五岁左右的孩子。过去的生活场景，浮上我的心头。我首先想起的，是我跟随着父亲，去野骡子姑姑家吃肉的情景。想起父亲趁着我埋头吃肉，偷亲野骡子姑姑的粉脖子，野骡子姑

姑停下正忙着切肉的手,用屁股撅了他一下,压低了嗓门,沙沙地说:
骚狗,让孩子看见……我听到父亲说:看见就看见,我们爷俩是哥们
儿……我想起了肉锅里热气腾腾,香气像浓雾一样弥漫……就这样
天色暗了,那件晾在铸铁香炉上的红色衣裳,变成了酱紫色。蝙蝠飞
行的高度降低了,银杏树在地上投下厚重的阴影。天色如黛,天幕上
出现了闪烁的星辰。蚊虫开始在庙堂里哼哼,大和尚双手按着地,缓
慢地站了起来。他转到塑像后边。我看一眼女人,她已经进了门,跟
随着大和尚到了后边。我跟随在她的后边。大和尚摸到一个打火
机,打着火,点燃了一个白色的、粗大的蜡烛头,插到沾满蜡油的烛台
上。打火机金光闪闪,一看就知道是名贵的东西。女人神态自若,轻
车熟路,仿佛是在自己家里一样。她端起烛台,走进大和尚和我睡觉
的小屋。屋子里那个我们煮饭用的煤球炉子上,坐着一个黑色的铁
锅,锅里的水已经沸腾。她将烛台放在一个紫色的方凳上,看着大和
尚,不说话。大和尚仰起下巴,往房梁上指了指。我看到,那里吊着
两穗谷子,在跳动的烛光下,宛如黄鼠狼的尾巴。她踩着方凳,掐下
三个谷码子,然后跳下来,将谷码子放在手中搓搓,捻去糠皮,再放到
嘴边吹吹,几十粒黄澄澄的谷米就在她的手中了。她将手中的谷米
投放到锅里,盖上了锅盖。然后坐下来,静静地,一点声息也不出。
大和尚坐在土炕边上,呆着,也不说话。他耳朵上的那些苍蝇,不知
何时已经飞走,显出来耳朵的真实面目。大和尚的耳朵单薄、透明,
看上去很不真实。也许是苍蝇们把他耳朵里的血液全部吸干了吗?
我想。蚊子在我们头上哼哼不止,还有许多的跳蚤,碰撞我的脸皮,
有几只还趁着我张口的时候蹦进了我的嗓子眼里。我对着空中捞了
一把,感觉到有许多的蚊虫和跳蚤进入了我的掌握之中。我在屠宰
村长大,见多了杀戮,泯灭了善知识,但既然想拜大和尚为师,不杀
生,就是起码的准则。我张开手,让它们该飞的飞走,该跳的跳走。

　　垂死的猪的叫声响彻村子,那是村子里的屠户已经开杀。煮肉

的香气弥漫了村子,那是村子里卖烧肉的人家在备货。我们的车装好,马上就该上路了。母亲从车座下抽出摇把子,插到车头前的十字孔里,深吸一口气,弯下腰,又开腿,费劲地摇起来。起初几圈很是凝滞,渐渐地润滑起来。母亲的身体起伏着,动作勇猛,富有爆发力,完全是男人的动作。柴油机的飞轮哧溜溜地转动着,排气管子里发出吭哧吭哧的声音。母亲把第一波力气耗尽,猛地直起腰,大口地喘息着,好像刚从水里把脑袋钻出来。柴油机飞轮转动几圈就停了,第一次发动失败。我知道第一次发动不可能成功,进入腊月之后,发动机器就成了我们娘俩儿最头痛的事情。母亲用祈求的眼色看着我,希望我能帮她摇车。我抓起摇把子,使出吃奶的力气,才让柴油机的飞轮转动起来,但刚摇了几圈我就感到筋疲力尽,一个长年捞不到吃肉的人,哪里会有力气?我撒了手,摇把子反弹回来,把我打倒在地。母亲大惊失色,扑上来问我。我躺在地上装死,心里充满快感。如果摇把子把我打死,首先打死的就是她的儿子,然后死的才是我。无肉的生活有什么好留恋的?与捞不到吃肉的痛苦相比,让摇把子抽一下算个什么?母亲把我拉起来,上下检查了一番她儿子的身体,看看完整无缺,就把我搡到一边,用恨铁不成钢的态度说:

"死到一边去吧,你还能干什么?"

"我没有力气!"

"你的力气呢?"

"我爹说过,男人不吃肉,就不会长力气!"

"呸!"

她自己继续摇车,身体上下起伏,脑后的头发飘飘如牛尾。平日里摇个三五次,老掉牙的柴油机就会不情愿地叫起来,吭哧吭哧,像一匹得了气管炎的老山羊。今天它就是不叫了,它发誓不叫了。今天是入冬来最冷的一天,阴云密布,空气潮湿,小北风像刀子般地割脸,很可能要下雪。这样的天气,柴油机也不愿意出门。母亲脸色通红,大张着口喘粗气,额头上沁出了汗珠子。她用怨恨的眼光看着我,好像柴油机不着火儿是我造成的。我伪装出痛苦欲绝的样子,但心中窃喜。我可不愿在这样的严寒天气里坐在比冰还要凉的手扶拖拉机上,颠簸三个小时,到六十里外的县城里去啃一个冷馍馍和半块苦咸菜,就算她大发善心奖给我一根猪尾巴我也不去。奖给我两个酱猪蹄呢?但这种事情是不可能发生的。

母亲失望至极,但还是不死心,寒冷的天气既是屠宰的黄金时间也是卖破烂的黄金时间。天气寒冷,注了水的肉既不会渗漏也不会变质;天气寒冷,废品收购公司的验收员怕冷,检查马虎,我们加了水的纸壳子就会顺利过关。她解开束腰的电线,脱掉那件土黄色男式夹克,将里边的那件当破烂收来的崭新的化纤毛衣扎到腰带里,显得短小精悍,气度不凡。那件化纤毛衣前胸上印着一串弯弯曲曲的字母,还有一个凌空打飞脚的女子。这件毛衣是件宝物,母亲在暗夜里从头上往下脱它时,它就会噼噼啪啪地放出绿色火星。这些火星子刺激得母亲低声呻吟,问她痛不痛,她说不痛,只是麻酥酥的很舒服。现在我学习了很多知识,知道了那是静电在作怪,但当时却认为收来了宝贝。我曾经动过将母亲的毛衣偷出去卖掉换半个猪头吃吃的念头,但事到临头又犹豫起来,我虽然对母亲意见很大,但也经常想起她的伟大之处,她最让我不满的其实也就是不让我吃肉,但她自己也不吃,如果她自己偷偷地吃肉而不让我吃肉,那别说偷卖她一件毛衣,就是把她卖给一个人贩子,我也不会眨巴眼,但她带着我艰苦创业,连一根猪尾巴都舍不得吃,我还有什么话好说?母亲带头,儿子只好跟着受,只盼父亲回来让这苦日子赶快结束。她鼓足干劲,摆好架势,深深地呼吸几次,屏住气不喘,龇出门牙咬住下唇,将柴油机摇动起来。柴油机的飞轮获得了大约每分钟二百转的速度,这样的速度相当于五匹马力了,这样的速度如果它的燃烧系统还不做功,那这台狗娘养的柴油机就实在是太混蛋了,不是一般的混蛋,而是混蛋透顶。它就是混蛋透顶,母亲耗尽了力气,将摇把子扔在地上。柴油机冷漠无情地微笑着,一声也不吭。我看到母亲脸色焦黄,目光茫然,一副心灰意懒、斗志涣散的样子。母亲这样子比较可爱，我最反感最害怕的就是她意气风发、斗志昂扬的样子。那样子的母亲最为吝啬，为了攒钱，恨不得带着我吃土喝风。而眼前这样的母亲，还有可能挥霍一下，擀一轴子杂面条，炒半棵白菜腔，淋几滴菜子油，甚至还可能加上一点咸得能让人蹦高的臭虾酱。在电灯照亮了我们村子十几年后，我们新盖起的大瓦房里竟然没有敷设电路。当年我们住在爷爷留下的茅草屋里都用电灯照明，但现在我们恢复到了用菜油灯照明的黑暗时代。母亲说她这样做并不是吝啬，而是用实际行动抗议乡村干部抬高电价搞贪污腐败。当我们守着如豆的油灯吃晚饭时，母亲的脸在昏暗中一定是得意扬扬。她说：涨吧，涨到每度八千元才好，反正老娘不用你们的王八电！母亲心情好的时候，晚上吃饭连菜油灯也不点。如果我提意见，她就会说：吃饭也不是绣花，不点灯难道你还能吃到鼻子里去吗？她说得很对，不点灯的确也吃不到鼻子里去。碰上这样一个提倡艰苦奋斗的娘，我只能逆来顺受，半点脾气也没有了。

母亲因为发动不起来柴油机沮丧地上了街，大概是找人讨教去了吧？会不会是去找老兰？完全可能，因为这机器是老兰家淘汰下来的，老兰自然熟悉它的脾气。过了一会儿她风风火火地回来了，兴奋地说：

"儿子，点火，点火烧这个狗杂种！"

我问："是老兰让你点火烧吗？"

她吃惊地盯着我的眼睛，问：

"你怎么了？你为什么用这样的眼神看着我？"

我说："没什么，那就烧吧！"

她从墙角上抱过来一堆废胶皮放在柴油机底下，从屋子里引出火种点燃。胶皮燃烧，黄火黑烟，散发出刺鼻的臭气。前几年我们收购了大量的废胶皮，需要熔化后铸成方块，废品公司才肯收购。那时候我们还在村子中央居住，我们制造出的臭气引起了左邻右舍的强

烈反对,从我家院子里飘出去的带油的黑烟弥漫了整个村庄。起先
是东邻的张大奶奶端着一瓢从她家水缸里舀出来的水来给我母亲
看,我母亲根本不看,但是我看到了:水瓢里浮动着一些黑色的小蝌
蚪状的东西,那就是我家燃烧胶皮时落下来的烟尘。张大奶奶愤怒
地对我母亲说:小通他娘,你让我们喝这样的水,心里不愧吗?我们
喝了这样的水会生病的!母亲用比她更加愤怒的口吻说:我不愧,半
点也不愧,你们这些卖黑心肉的人家,死绝了才好呢!张大奶奶还想
说点什么,但看到我母亲那两只因为愤怒变得通红的眼睛,就知难而
退了。后来,又有几个男人到我家里来提抗议。我母亲跑到大街上
放声大哭,说几个男人联手欺负孤儿寡妇,引得路人驻足观看。老兰
家就在我们家后边,他掌握着批宅基地的大权。我父亲在时就在母
亲的嘟哝下向他提出过批一块宅基地的请求,他等待着我们进贡。
父亲根本就不想盖什么房子,当然也不会进贡。父亲悄悄地对我说:
儿子,有肉我们自己吃了多好,为什么要给他吃?父亲走后,母亲也
向他提出过要求,并且送给他一包饼干,但母亲刚从他家出来,那包
饼干就飞到了大街上。我们烧起来胶皮不到半年,有一天在去县城
的路上与他相逢。他骑着一辆草绿色的三轮摩托车,挡风玻璃上涂
着"公安"字样。他戴着一顶白色的头盔,穿着一身黑色的皮衣。车
旁的挂斗里,端坐着一匹肥胖的大狼狗。狼狗鼻梁上架着一副墨镜,
像个饱学之士。它严肃地看着我们,令我心中发毛。当时我们的拖
拉机出了毛病,母亲急得团团转,见车拦车见人拦人,拦住了就请人
家帮忙,但没人愿帮我们的忙。我们拦住了摩托车,老兰掀开头盔我
们才知道拦住的是他。他下了摩托车,踢了生锈的挡板一脚,轻蔑地
说:这破车,早就该换了!母亲说:我计划先把房子盖起来,然后再攒
钱换车。老兰点点头,说:行,还挺有谱气。他蹲下,帮我们把拖拉机
修好。母亲拉着我对他千恩万谢。他用破布擦着手说:谢个毯。然
后他用手拍拍我的头,说:你爹回来过没有?我猛地拨开他的手,退
后一步,仇恨地看着他。他笑着说:好大的脾气,其实你爹是个混蛋!

我说:你才是个混蛋!母亲拍了我一巴掌,斥责我:怎么跟你大叔说话?他说:没关系没关系,给你爹写封信,告诉他,让他回来吧,就说我已经原谅了他们。他跨上摩托车,发动起机器,摩托轰鸣,排气管子叭叭地响,狼狗汪汪地叫。他大声地对我母亲说:杨玉珍,不要烧胶皮了,我马上就把宅基地批给你,今天晚上到我家来拿批文吧!

第 十 炮

　　小米粥的香气弥漫了小屋。女人揭开了锅盖。我惊讶地发现，锅里的粥很多，足可以盛满三碗。女人从墙角端过来三个黑色的大碗，用一把烧焦了边沿的木勺子往里盛。一勺一勺又一勺，一勺一勺又一勺，一勺一勺又一勺，盛满了三大碗，锅里还有很多。我很纳闷，很惊喜，很糊涂。这许多粥，难道就是那几十颗谷粒熬出来的吗？这个女人，到底是个什么人呢？是个妖精吗？是个神仙吗？那两个在大雨倾盆时冲进庙堂的狐狸，被米粥的香气吸引，大大方方地走进了我们的小屋。母狐狸在前，公狐狸在后，在它们中间，蹒跚着三个毛茸茸的小狐狸。它们憨头憨脑，十分可爱。雷电交加、大雨如注的时刻，畜生们喜欢分娩，此话果然不假啊。两只大狐狸蹲在锅前，时而抬头看看女人，眼睛里闪烁着乞求的光芒；时而盯着锅里，眼睛里闪烁着贪馋的光芒。它们的肚子里发出呼噜呼噜的声响，那是饥饿的声音。三只小狐狸，在母狐狸的肚皮下面拱动着，寻找着奶头。公狐狸眼睛里湿漉漉的，眼神生动，随时都要开口讲话的样子。我知道，如果它开口说话，说的会是什么。女人看看大和尚，大和尚叹一口气,就将自己面前的大碗,推到母狐狸的面前。女人也跟样学样地将自己面前的粥碗推到了公狐狸的面前。两个狐狸对着大和尚和女人点头致谢后,就呱嗒呱嗒地吃起来。粥很热,它们小心翼翼地吃着,眼睛里含着泪水。我很尴尬,看着眼前的粥,不知道是该吃,还是不该吃。大和尚说:你吃吧。这肯定是我吃过的最好的粥了,我再也吃不到这样的好粥了。我和两个狐狸各吃了三碗粥。狐狸打着饱嗝,带着小狐狸,摇摇晃晃地走了。而此时,我发现,锅里已经干干净净,连一粒米也没有了。我很抱歉,但是大和尚已经坐在床上,捻动着念珠,仿佛入睡。那个女人,坐在煤球炉子前,手里玩耍着一根铁扦子。微弱的炉火映照着她的脸,是那样的生动有神。她微笑着,似乎是在回忆美好的往事,也似乎是无所忆无所思。我抚摸着鼓鼓的肚皮,听到外边的庙堂里,传进来小狐狸吃奶的声音。树洞里小猫吃奶的声音我听不到,但是我仿佛看到了它们也在吃奶。我也产生了吃奶的强烈愿望,但是我的奶头在哪里呢? 我丝毫没有睡意,为了抵抗吃奶的欲望,我说:大和尚,我继续说。

　　拿到了宅基地批文,母亲激动不安,话多得像麻雀一样。她说小通,老兰其实并不像我们想的那样坏,我还以为他要怎么着呢,可人家二话没说就把批文给了我。她又一次将那张盖了大红印章的房基地批文展开给我看,然后就强拉着我听她回忆我父亲逃跑之后我们娘俩走过的艰难道路。她的语调是悲伤的,但更多的是欣慰和自豪。我困得眼睛都快睁不开了,倒头便睡;等我一觉醒来,看到她披着夹袄靠在墙壁上,一个人还在黑暗中翻来覆去地讲那些车轱辘话,如果不是我从小胆大,肯定会被她吓个半死。母亲这次的长篇絮语仅仅是次彩排,等到半年后我们终于将高大瓦房盖起来的那天晚上,正式的演出才算开始。那天我们还住在院子里临时搭起的窝棚里,初冬的月光将大屋照得很是辉煌,墙壁上镶贴着的彩色马赛克闪闪发光。窝棚子四面漏风,寒气袭人,母亲的话唏唏溜溜地往外奔涌,让我联想到屠户们手里那些倒来倒去的猪肠子。罗通，罗通，你这个没良心的杂种，母亲说，你以为没有你我们娘两个就活不去啦？呸！我们不但能活下去，而且把大瓦房也盖起来了！老兰家的房子高五米，我们的高五米一，比他家还高十厘米！老兰家的房子用水泥抹墙，我们镶贴了彩色马赛克！我对母亲的爱好虚荣反感透顶。老兰家的房子外边用水泥抹墙，里边却用三合板吊顶，墙上镶贴着高级瓷砖，地面上铺着大理石。我们家房子外边镶贴着马赛克，里边用沙灰抹墙，裸着房笆，地面坑坑洼洼，仅垫了一层炉渣。老兰家是"包子有肉不在褶上"，我们家追求的是"驴粪球儿外边光"。一缕月光照在她的嘴上，好像电影中的一个特写镜头。她的双唇翻动不止，嘴角上粘着两朵白色的泡沫。我拉过潮湿的被子蒙住脑袋，在她的絮语中昏然入睡。

第 十 一 炮

　　孩子,别说了。女人第一次开口说话,音节之间似乎牵扯着蜂蜜的丝线。这样的声音让我感到她已经历尽沧桑。她微微一笑,充满了神秘的暗示,然后退几步,坐在一把不知何时出现、也许原本就在那里的紫红色的花梨木椅子上。她对着我招招手,再次开口说话:孩子,别说了,我知道你在想什么。我的眼睛再也无法从她的身上离开。我看着她慢吞吞地、仿佛是表演似的、慢慢地解开了那件大褂上的铜扣子,然后,扯着大褂的两襟,猛地伸直了胳膊,宛如一只鸵鸟,展开了双翼,让我看到了在那件朴素而陈腐的大褂掩盖下的华丽肉体。我真是心醉神迷了啊,我失去了理智。我的脑子里嗡嗡地响着,身体发冷,心脏激烈地跳动,牙齿打战,仿佛赤身裸体站在冰上。在炉火和烛光的照耀下,她的眼睛、牙齿都放出了光芒。她那两只芒果般的乳房,中部略微下垂,形成了优美的弧线,到了顶端,又优雅地翘了起来,宛如刺猬之类的小兽噘起了秀丽的嘴巴。它们亲切地招呼着我,我的腿却像生根在地似的难以移动。我偷眼看看大和尚,大和尚双手合十,正襟危坐,似乎已经圆寂。大和尚……我痛苦地低语

着,似乎是想从他那里得到拯救自己的力量,又似乎是想获得他的首
肯,允许我顺从自己的欲念。但大和尚纹丝不动,宛如一尊冰冷的塑
像。孩子,那女人又说话了,但她的嘴唇却没有一点点说过话的样
子,那声音,仿佛来自头上的虚空,又仿佛发自她的肚腹。我自然听
说过腹语术的故事,但那些能做腹语的人,如果不是武林高手,就是
那些马戏团的丰腴女人和精瘦小丑。这样的人都不是常人,这样的
人身上都带着神秘诡异的色彩,他们总是让人联想到魔法和杀婴案
件。孩子,来吧,那个声音又来了。你不要违背自己的心,它让你干
什么,你就干什么,你是心的奴隶,而不是心的主人。但我还在挣扎
着。我知道如果前进一步,那就永远也退不回来了。你怎么了?你
不是一直在想着我吗?为什么肉到嘴边反而不敢吃呢?自从妹妹死
后,我已经下决心不再吃肉,而且从那之后,我的确没有吃过肉。我
现在一看到肉就觉得恶心,就感到罪过,就想到它给我带来的灾难。
谈到肉,我恢复了一些自制的力量。她冷笑一声,宛如一股冰凉的空
气从洞穴里吹出,接着她说——这次我清楚地看到了她嘴巴的开合
和说话时脸上那嘲讽的表情——你以为不吃肉就能够减轻你的罪过
吗?你以为你不吃我的奶就能证明你冰清玉洁吗?你虽然几年没有
吃肉,但是你一刻也没有忘记过肉;你今天可以不吃我的奶,但你今
后永远也不会忘记我的奶。你是个什么样的人,我很清楚。你要知
道,我是看着你长大的,我了解你,就像了解我自己。我的眼泪顿时
涌出眼眶:你是野骡子姑姑吗?你还活着是吗?你从来就没有死是
吗?我感到一股亲热的风几乎要把我吹举到她的面前了,但是她的
冷笑和嘲讽阻止了我。她歪着嘴巴说:我是不是野骡子与你有什么
关系?我活着或是死去又跟你有什么关系?你如果想吃我的奶,你
就过来吃;如果你不想吃,你就连想都不要想。如果吃我的奶是罪
过,那么,你想吃我的奶但是不吃,就是更大的罪过。在她尖刻的嘲
讽中,我感到无地自容,恨不得找一张狗皮,把头脸蒙起来。她说:即
便你把头脸用狗皮蒙起来,又能怎么样呢?终究你还是要把狗皮揭

下来的。即便你发誓不揭狗皮,狗皮也会慢慢地腐烂、破碎,最终显出你的像土豆一样的嘴脸。那你说我怎么办? 我嗫嚅着,用祈求的目光看着她。她将衣襟掩起,左腿叠放在右腿上,用几乎是命令的口吻说:讲你的故事吧。

　　冰冷的柴油机被凶猛的胶皮火烧得吱吱怪叫,母亲趁热摇车,柴油机嘭嘭地响了几声,一股黑烟从烟筒里冒出来。我兴奋地从地上跳起来——尽管我盼望着她永远发动不起来这车。柴油机响了几声又截了气。母亲拔出点火栓,重新换了火种,然后又是一阵猛摇。柴油机终于发疯般地叫起来,母亲用手加大了油门,飞轮高速运转,看起来竟像木然不动似的,但机器的颤抖和烟筒里打出的黑烟告诉我这一次是真的发动起来了。在这个滴水成冰的上午,我必须跟着她去县城,沿着结了冰的道路,迎着刺骨的寒风。母亲进了屋,穿上了她那件白板子羊皮袄,腰上扎着一条牛皮腰带,头上戴了一个黑色狗皮帽子,手里提着一条灰线毯子。这条毯子当然也是我们收来的废品,母亲的皮袄、皮带、皮帽子也是废品。她将毯子扔到高高的车顶上,那里是我的位置,毯子是我避寒的物品。母亲坐到驾驶座上,吩咐我去打开宽大的大门。母亲的大门是村子里最气派的大门,这个村子建立百年以来还是第一次出现这样气派的大门。这是两扇用厚达一厘米的钢板和坚硬的三角铁焊起来的大门,机关枪也未必能打透。大门上刷了一层黑漆,还安装了两个黄铜的兽环。这样的大门让村子里的人敬畏,令叫花子望而却步。我开了那把母亲的铜锁,使足了劲儿将大门往两边拉开,街上的冷风猛地灌了进来,我的身体一下子就凉透了。我顾不上考虑冷的问题,因为,我看到,有一个身材高大的男人,牵着一个约有四五岁的小女孩,从牛贩子们牵着牛进村的方向慢吞吞地走了过来。我的心脏突然停止了跳动,然后便是嗵嗵地狂跳,还没看清他的面孔我就知道是父亲回来了。

　　五年不见,朝思暮想,每一次都把父亲的归来想象得轰轰烈烈,但父亲真的归来竟然是这样的普通平常。他没戴帽子，一头油腻的乱发上粘着几根麦秸草，那个小女孩头发上也粘着麦秸草，仿佛他们是刚从麦草垛里钻出来的。父亲的脸有些浮肿，耳朵上长满冻疮，下巴上生着一些黑白夹杂的胡须。他的右肩上挂着一个鼓鼓囊囊的黄色帆布挎包，挎包的背带上拴着一个白色的搪瓷缸子。他穿着一件油腻发亮的旧式军用大衣，胸前的棕色扣子掉了两个，但缝扣子的线头还在，扣子的痕迹清晰可见。他穿着一条看不出什么颜色的裤子，脚上穿着一双高靿的牛皮靴子，这双靴子有八成新，几乎装到了他的膝盖，虽然靴面上沾着黄泥，但靿子部分光亮如漆。父亲的高靿皮靴让我一下子就回忆起了他往昔的光荣，如果没有这双靴子，那天早晨，他在我的心目中就会暗淡无光。那个牵着父亲的手跌跌撞撞地小跑着的女孩头戴着一顶红绒线结成的小帽，帽顶上簇着一个蓬松的绒球，随着她的跑动那绒球毫无规则地跳跃。她穿着一件肥大的酱红色羽绒服，衣服的下摆几乎垂到了脚面，这件大衣服使她像一个吹胀了的皮球，使她的跑动像皮球的滚动。女孩面色很黑，双眼很大，睫毛很长，两道浓密得与她的年龄不相称的眉毛在鼻梁上方几乎连接在一起，形成了一条漆黑的直线。她的眼睛让我一下子就想起了父亲的相好——母亲的仇敌——野骡子。我对野骡子不但不恨，甚至很有好感，在她与父亲逃跑之前，我最喜欢到她的小酒馆里去玩，我在她那里能够吃到肉是我对她有好感的原因之一，但不是全部的原因，我感到她对我很亲，当我知道了她是父亲的相好之后，更是感到了一种异样的亲情。

我没有喊叫，也没有像我多次想象的那样，见到他后就不顾一切地扑到他的怀里向他诉说他走后我所遭受的苦难。我也没有向母亲通报他的到来。我只是闪到大门一侧，僵硬地站着，像一个麻木的哨兵。母亲看到大门洞开后，双手扶住车把，将小山般的拖拉机开了过来。就在她将车头对准了大门洞子时，父亲牵着那个小女孩正好也到了大门外边。父亲用很不自信的腔调喊了一声：

"小通?"

我没有回答,我的目光盯着母亲的脸。我看到她的脸突然变白了,眼光好像结了冰似的停止了流动;手扶拖拉机像匹瞎马,一头撞到了大门楼子的角墙上;然后她就像一只被枪子儿打中的鸟,从驾驶座上滑了下来。

父亲怔了片刻,嘴咧开,龇出焦黄的牙;嘴闭上,遮住焦黄的牙;然后再咧开,然后再闭上。他用一种歉疚的眼神看着我,仿佛要从我这里得到帮助。我慌忙将眼睛避开了。我看到他将挎包放在地上,松开握着小女孩的手,犹豫不决地向母亲走去。他走到母亲身前时又回头望了我一眼,我再次避开他的眼睛。他终于在母亲面前弯下了腰,将坐在车下的母亲架了起来。母亲的目光还是冻的,她茫然地望着父亲的脸,好像打量一个陌生人。父亲咧嘴龇牙,闭嘴遮牙,喉咙里发出吭吭的声音。母亲突然伸出手,在他的脸上抓了一把。然后她从父亲的怀里挣出来,转身向屋子里跑去。她的腿好像被抽了骨头,看样子软弱得像面条。她的奔跑歪歪斜斜,拖泥带水。她跑进我们的大瓦房,响亮地关上房门,因为用力过猛,一块玻璃被震荡下来,掉在地上,跌得粉碎。屋子里没有动静,片刻之后,爆发了一声笔直的长嚎,然后才是曲折的号哭。

父亲朽木般地立在那里,满面尴尬,嘴巴还是那样咧开合上合上咧开地折腾不止。我看到他的腮上出现了三道深沟,起初是白惨惨的,马上就渗出了血。女孩仰脸看着父亲,哇哇地哭起来。女孩用很是好听的外地口音尖叫着:

"爹爹,流血啦……爹爹,流血啦……"

父亲蹲下,抱住了女孩。女孩抱住了他的头,哭叫不止:

"爹爹,我们走吧……"

柴油机还在吼叫,像一匹受了伤的猛兽。我走上前去,关了机器。

机器声停止后,女孩和母亲的哭声显得更加刺耳。街上走过几个晨起挑水的女人,向我家院子里探头探脑,我恼怒地关上了大门。

父亲抱着女孩站起来,走到我的面前,谦恭地问我:

"小通,不认识我了吗? 我是你爹……"

我的鼻子很酸,嗓子哽住了。

父亲伸出一只大手,摸着我的头,说:

"几年不见,你长这么高了……"

眼泪从我的眼眶里溢出来,他用大手擦干了我的眼泪,说:

"好儿子,别哭,你跟你娘都是好样的,看你们过得这样好,我就放心了。"

我终于从嗓子眼里挤出了一声爹。

父亲将女孩放下,对她说:

"娇娇,认识一下,这是你哥哥。"

女孩躲到爹的腿后,胆怯地看着我。

父亲对我说:

"小通,这是你的妹妹。"

女孩的眼睛好看极了,看着她的眼睛我就想起了那个给我肉吃的女人,我喜欢她。我对她点了点头。

父亲叹一口气,捡起地上的挎包,然后一手拉着我,一手拉着女孩,走到了房门前。母亲的哭声一浪高过一浪,劲头还足得很,短时间不会停止。父亲低头想了一会,用手拍了拍房门,说:

"玉珍,我对不起你……我这次回来,是向你赔罪的……"

父亲的眼里滚动着泪水,我心里感动万分,眼泪又一次夺眶而出。

"我这次回来,想跟你好好过日子。事实证明,你们老杨家过日子的路数是正确的,而我们老罗家的家风是错误的。如果你能原谅我……我希望你能原谅我……"

父亲的深刻检查既让我感动又让我遗憾,如果他真的说到做到,那么即便他留下来,也不会像从前那样吃猪头了吧? 母亲猛地将房门拉开了。她双手叉着腰站在房门当中,脸色青白,双眼发红,目光灼人。父亲往后退了一步,那个女孩转到他的背后,吓得浑身颤抖。

母亲像一座爆发的火山,向外喷吐着岩浆:

"罗通,你这个丧了良心的王八蛋,你也有今天? 五年前你与那个狐狸精结伴逃跑,将俺娘两个扔了,去过你们的好日子,现在你还有脸回来?"

女孩大声地哭叫着:

"爹,我怕……"

"多好啊,连野种都生出来了!"母亲死盯着女孩的眼睛,仇恨地说,"一模一样啊,一模一样! 小狐狸精! 你怎么不把那个大狐狸精也带来? 她要敢来,我就把她的臊屄豁了!"

父亲歉疚地笑着,一副"在人屋檐下,不得不低头"的样子。

母亲把门又一次关上,隔着门骂:

"带着你的野种给我滚,我这辈子不想见到你! 狐狸精把你甩了,你想起我们娘俩来了? 滚吧,你在俺娘俩心里早就死了!"

母亲骂完了,到里屋里去继续哭泣。

父亲闭着眼,大口地喘着粗气,好像一个哮喘病人在作垂死挣扎。过了一会儿,他的呼吸顺畅了,对我说:

"小通,你和你娘好好过吧,我走了……"

他摸摸我的头,蹲在女孩面前,让女孩往他的背上爬。女孩个子太矮,又穿着肥大的衣服,在父亲背后爬到半截就滑下来。父亲往后探出手,抓住了女孩的小腿,然后就把她撮到了自己背上。他背着女孩站起来,脑袋往前探着,脖子抻得好长,像一头引颈就戮的牛。鼓鼓囊囊的挎包在他的腋下晃晃荡荡,好像屠户肉架子上悬挂着的牛胃。

我拉住他的大衣,说:

"爹,你别走,我不让你走!"

我拍打房门,对母亲说:

"娘,让俺爹留下吧……"

母亲在屋子里喊叫:

"让他滚,滚得远远的!"

我从破玻璃里伸进手去,拔开插销,将房门推开,说:

"爹,你进来吧,我让你留下!"

父亲摇摇头,背着女孩就走。我拉着他的衣服放声大哭,一边哭着,一边往屋子里拽他。我把父亲拽进了屋子,炉子里散发出来的热气顿时将我们包围了。母亲还在叫骂,但声音低了许多。骂过一阵后,接着就是哭泣。

父亲将女孩放下,我在炉子旁边放了两把凳子,让他们坐下。女孩习惯了母亲的哭声,胆子似乎大了些。她说:

"爹,我饿了。"

父亲从他的挎包里摸出一个冷馒头,掰成数瓣,放在炉子上烤着,屋子里很快充满烤馒头的香气。父亲解下搪瓷缸子,小心地问我:

"小通,有热水吗?"

我从墙角提过热水瓶,倒出了半缸子浑浊的温吞水。父亲将缸子放到嘴边试了一下,对女孩说:

"娇娇,喝点水吧。"

女孩看看我,好像在征求我的同意,我对她友好地点点头。女孩接过缸子,咕咚咕咚地喝起来,一边喝还一边发出一种小牛饮水般的声音,十分可爱。母亲从里屋里冲出来,从女孩手里夺过缸子,用力扔到院子里,缸子在院子里滚动着,发出当啷啷的声音。母亲抬手扇了女孩一巴掌,骂道:

"小狐狸精,这里没有你喝的水!"

女孩头上的绒线帽子被扇掉了,显出了头上那两根让帽子压得歪歪扭扭的小辫子,辫子根上扎着白头绳。女孩哇的一声大哭起来,转身扑到父亲怀里。父亲猛地站了起来,浑身哆嗦,双手攥成了拳头。我很不孝子地希望父亲给母亲一拳,但父亲的拳头慢慢地松开了。父亲揽住女孩,低声说:

"杨玉珍,你对我有千仇万恨,可以用刀剁了我,可以用枪崩了我,但你不应该打一个没娘的孩子……"

　　母亲退后几步,眼睛里又结了冰。她的目光定在女孩头上,好久好久,才抬起头,看着父亲,问:

　　"她怎么了?"

　　父亲低着头,说:

　　"其实也没大病,拉肚子,拉了三天,就那么死了……"

　　母亲脸上出现了一种善良的表情,但她还是恨恨地说:

　　"报应,这是老天爷报应你们!"

　　母亲走到里屋,打开柜子,摸出了一包干干巴巴的饼干,撕开油汪汪的包装纸,捏出几片,递给父亲,说:

　　"让她吃吧。"

　　父亲摇摇头,拒绝了。

　　母亲有点尴尬的样子,将饼干放在灶台上,说:

　　"无论什么样的女人落在你手里,都得不到好死! 我至今没死,是我的命大!"

　　父亲说:"我对不起她,也对不起你。"

　　母亲说:"什么话你也不用对我说,你说了我也不会听,反正你即便把天说破我也不会再跟你过了,好马不吃回头草,你要是有志气,我留也留不住你。"

　　我说:"娘,让爹留下吧……"

　　母亲冷笑道:

　　"你不怕他把我们的新房子卖了吃掉?"

　　父亲苦笑着说:

　　"你说得很对,好马不吃回头草。"

　　母亲说:"小通,走,跟我去下馆子,吃肉,喝酒;咱娘俩苦熬了五年,今日也该享受一下了!"

　　我说:"我不去!"

　　母亲说:"杂种! 你不要后悔!"

　　母亲转身往外走去,她刚才还穿着的光板子羊皮袄不知何时换下来了,头上的黑狗皮帽子也摘掉了。现在她穿着一件蓝色灯心绒外套,那件会放电的化纤红毛衣的高领子从外套里露出来。她的腰板挺得笔直,脑袋有些夸张地往上扬着,脚步轻捷,仿佛一匹刚刚钉上了新蹄铁的母马。

　　母亲走出了大门,我感到心里轻松多了。我拿起炉子上的烤馒头递给女孩,女孩仰脸看看父亲,父亲点点头,女孩就接过馒头,大口小口地啃起来。

　　父亲从怀里摸出两个烟头,剥开,用一块破报纸卷起来,从炉子里引火点燃。透过从他鼻孔里喷出来的蓝色烟雾,我看着他灰白的头发和花白的胡须,看着他那两只冻疮溃烂、流出了黄水的耳朵,回想起当年与他到打谷场上去估牛时的风光,回想起跟他到野骡子店里吃肉时的情景,心里真是感慨万千。为了不让眼泪流出来,我背过脸去不再看他。我突然想起了迫击炮,我说:

　　"爹,我们什么都不怕了,从今往后什么人也不敢欺负我们了,我们有了一门大炮!"

　　我跑到厢房里,掀开那些烂纸壳子,把沉重的炮盘搬起来。我挺着肚子,步履艰难地走到院子里,将炮盘扔在当门的地方,仔细地摆好。父亲拉着女孩走出来,说:

　　"小通,你弄了块什么?"

　　我顾不上回答他的问话,一溜小跑进厢房,将同样沉重的三腿支架搬到院子里,放在炮盘旁边。最后一次,我扛出了光溜溜的炮筒子。我将支架支好,将炮管安装在支架和炮盘上。我的动作迅速而熟练,宛如一个训练有素的炮兵战士。我退到一边,骄傲地对父亲说:

　　"爹,这是日本造的82迫击炮,非常厉害!"

　　父亲小心翼翼地走到炮前,弯下腰仔细观看。

　　这件重兵器刚收来时,锈得像几块生铁疙瘩,我用了许多的砖头,把它身上的红锈全部打磨干净,然后我还用收购来的砂纸将它细细地打磨,连一个边边角角也不放过,炮筒子里边我也伸进手去打磨了,最后,我用收购来的黄油保养了它许久,现在,它已经恢复了青春,周身焕发着青紫的钢铁颜色,它大张着口,雄赳赳地蹲踞着,简直就像一头雄狮,随时都发出怒吼。我说:

"爹,你看看炮筒子里边吧。"

父亲将目光射进炮膛,一束明亮的光线照到了他的脸上。父亲抬起头,眼睛里光芒四射。我看出了他的激动,他搓着手说:

"好东西,真是好东西!是从哪里弄来的?"

我将双手插在裤子口袋里,用一只脚搓着地面,伪装出漫不经心的样子,回答:

"收来的,一个老头和一个老太太用一匹老骡子驮来的。"

"放过没有?"父亲再次将目光投进炮膛,说:"肯定能打响,这是真家伙!"

"我准备等开春之后,去南山村找那个老头和老太太,他们肯定还有炮弹,我要把他们的炮弹全部买来,如果谁敢欺负我,我就炮轰谁的家!"我抬头看看父亲,讨好地说:"我们可以先把老兰家轰了!"

父亲苦笑着摇摇头,没说什么。

女孩吃完了馒头,说:

"爹,我还要吃,……"

父亲进屋去拿出了那几块烤糊了的馒头。

女孩晃动着身体,说:

"我不要,我要吃饼干……"

父亲为难地看着我,我跑进屋子里,将母亲扔在灶台上的那包饼干拿出来,递给女孩,说:

"吃吧,吃吧。"

就在女孩伸出手欲接那包饼干时,父亲就像老鹰叼小鸡似的将女孩抱了起来。女孩大声哭叫,父亲哄着她:

"娇娇,好孩子,咱们不吃人家的东西。"

我感到自己的心一下子凉透了。

父亲把哭叫不休的女孩转到背上，腾出一只手摸摸我的头，说：

"小通，你已经长大了，你比爹有出息，有了这门大炮，爹就更放心了……"

父亲背着女孩往大门外走去。我眼睛里滚动着泪水，跟在他的身后。

我说："爹，你不能不走吗？"

父亲歪回头看看我，说：

"即便有了炮弹，也别乱轰，老兰家也别轰。"

父亲的大衣一角从我的手指间滑脱了，他弓着腰，驮着他的女儿，沿着冻得硬邦邦的大街，往火车站的方向走去。当他们走出十几步时，我大喊了一声：

"爹——"

父亲没有回头，但父亲背上的女孩回了头，她的脸上还挂着泪水，但一个灿烂的笑容分明在她的泪脸上绽开了，好像春兰，好像秋菊。她举起一只小手对着我摇了摇，我那颗十岁少年的心一阵剧痛，然后我就蹲在了地上。大约过了抽袋烟的工夫，父亲和女孩的背影消逝在大街的拐弯处；大约又过了抽两袋烟的工夫，从与父亲背着的方向，母亲提着一个白里透红的大猪头，急匆匆地走了过来。她站在我面前，惊慌地问：

"你爹呢？"

我满怀怨恨地看着那只猪头，抬手指了指通往火车站去的大道。

雄鸡报晓的声音，从很远的地方传来，微弱，但清晰。我知道外边是黎明前最黑暗的时刻，但是天就要亮了。大和尚还是那样一动不动，房子里有一只蚊虫，疲倦地哼哼着。蜡烛烧偏，蜡油流到烛台上，凝结成一朵白色的菊花。女人点燃一支烟，因为烟雾刺眼而眯缝着眼睛。她精神抖擞地站起来，双肩一耸，大褂宛如一张豆腐皮，从她的身上滑脱,狼狈地堆在她的脚下。她移动了双脚,将大褂踩住。然后她坐回到椅子上,分开双腿,双手先是摩弄、然后挤压着双乳,白色的乳汁一股股地射出来。我满怀着激动,像中了魔法一样。我坐着,看到我的身体如同一副蝉蜕,保持着我的形状,留在凳子上,而另一个赤身裸体的我,却迎着那些喷射的乳汁走去。乳汁喷到了我的额头上,喷到了我的眼睛里,挂在我的眼睑上,宛如珍珠般的眼泪。乳汁喷射到我的嘴巴里,我的口腔里充满了腥甜的味道。我跪在了女人的面前,将支棱着满头乱发的脑袋伏在她的肚子上。良久,我仰起脸,梦呓般地问她:你是野骡子姑姑吗?她摇摇头,然后又点点头,长叹一声,说:你这个傻孩子。然后,她退后一步,坐在椅子上,手托着右边的乳房,将奶头塞进了我的嘴巴……

第 十 二 炮

　　头上一声巨响,一堆破瓦烂草夹杂着泥土从天降落,砸碎了一个碗,使一根竹筷斜飞起来,仿佛一支竹箭,插在生满霉斑的墙壁上。那个用饱满的乳房饲育过我的女人,那个温暖的如同刚刚从灶火中掏出来的热红薯一样的女人,猛地推开了我。当她把乳头从我的嘴巴里拔走时,我的心一阵剧痛,头晕目眩,不由自主地趴在了地上。我大声喊叫着,喉咙却像被两只巨手扼住了似的难以出声。她目光迷茫,若有所失地四处张望着,然后抬手擦擦湿漉漉的乳头,恨恨地盯了我一眼。我跳起来,扑上去,抱住她,歪着嘴巴去亲吻着她的脖子。她揪住我的肚皮,用力拧着,猛力推开我,啐了我一脸唾沫,然后,扭动着腰肢,走出了小屋。我失魂落魄地跟随着她走出小屋,看到她在那个马通神的屁股后边停住脚步。她骗腿儿跃上马背,那匹人头马载着她飞出了庙堂,庙外传来响亮的马蹄声。我听到了鸟儿们欢呼黎明的噪叫,还有从更远的地方传来的母牛呼叫小牛的声音。我知道,这个时刻正是母牛给小牛喂奶的时刻。我仿佛看到了小牛用脑门儿碰撞着母牛乳房的焦灼模样和母牛弓着腰既幸福又痛苦的模样,但是属于我的乳房已经消逝了。我一屁股坐在冰冷潮湿的地面上,无耻地哭了。哭了一会儿,我抬起头,看到房顶上出现了一个箩筐大的窟窿,潮水般的晨光,从窟窿里倾泻下来。我吧嗒着嘴,仿佛从梦中醒来。如果说我做的是梦,那么我满口的乳汁是从哪里来?这股神秘的液体注入我的体内,使我重新回到了童年时代,连长大了的身体也缩小了许多。如果说我不是做梦,那个既像野骡子姑姑又不是野骡子姑姑的女人是从哪里来的、此刻又到哪里去了?……我呆呆地坐着,看着被我遗忘了许久的大和尚像一条惊蛰后的大蟒蛇,慢吞吞地醒来。在洋溢满屋的金黄晨光里,他将身体折叠起来,开始练功。大和尚此时穿着家常衣裳,对,就是那件被那个用乳房喂我的好女人穿过的土布大褂。大和尚有自己的独门功夫,他折叠起自己的身体,用嘴巴含着自己的鸡鸡,在那张宽阔的木床上,像一个上足了发条的玩具一样翻滚着。大和尚的光头上冒出腾腾的热气,热气中有七色光。我起初没把大和尚的功夫放在眼里,以为那不过是雕虫小技,但当我模仿他的动作时,才知道,在床上打滚容易,把身体折叠起来也还容易,但要想自己咬着自己的鸡鸡,是何等的艰难。

大和尚练功完毕,站在床上,仿佛刚刚在松软的沙地上打过滚的马一样抖动着自己的身体。刚打过滚的马抖动身体会把身上的尘土抖飞,刚练过功的大和尚抖动身体则把身上的汗珠抖得像雨点一样四处飞溅。几颗汗珠甩到了我的脸上,其中一颗飞进了我的嘴巴。我惊讶地尝到,大和尚的汗珠,竟然也有一股桂花香气。于是,桂花的香气就在屋子里弥漫开来。大和尚身材高大,左胸上和小腹上有一个酒盅大小、旋涡形状的疤痕。我虽然没有见过枪疤,但我敢肯定这是一个枪疤。在这样要害的位置中了两枪,十有八九要见阎王,但是他没见阎王,而且还这样健康地活着,可见他是福大命大造化大。他站在床上,光头几乎触到房笆。我想,如果努力伸展,他的脑袋,就会从那个因为塌陷而出现的窟窿里伸出去。而如果他的分布着戒疤的脑袋从小庙后边的瓦顶上伸出去,那将是一种多么令人惊骇的景象啊。那样会给在低空中盘旋的鹰隼造成什么样子的惊愕和讶异呢？大和尚舒展着身体，将他的身体的正面全部展现给我。我发现他的身体还很年轻，与他苍老的脑袋相比形成了巨大的反差。如果不是有一个凸出得并不过分的肚子，说他的身体只有三十岁也不为过，但如果他穿上那件破烂的袈裟，端坐在五通神塑像前，那幅神态和做派，说他已经九十九岁了，也没有人敢怀疑。大和尚甩干了身上的汗水，舒展好了身体，就把那件袈裟披在身上，下了床。刚才我看到的一切似乎都被这件看起来随时都会瓦解的袈裟遮盖了。刚才的一切似乎都是我心中的幻影，我擦擦眼睛，甚至像某些乡野传说中遭遇了匪夷所思事件的主人公一样，咬咬自己的手指，以证实感觉的真伪。我感到手指很痛，说明我的肉体是真实的，说明我适才看到的一切都是确切发生过的。大和尚——此时已经是颤颤巍巍的大和尚——好像是刚刚发现似的，将匍匐在他的脚前的我拉了起来，用一种听起来满怀慈悲的腔调问我：小施主，你有什么事情要老衲帮忙吗？大和尚，我百感交集地说：大和尚，我昨天的话，还没有说完。大和尚叹了一口气，仿佛回忆起来昨天的事情。他悲悯地问我：那你还要说吗？我说：大和尚，话不说完，憋在心中，会成为恶疮毒疖。大和尚不置可否地摇摇头，说：小施主跟我来。在大和尚的引领下，我们回到了小庙前厅，五通神之一的马神塑像前面。在这个光明正大的地方，大和尚端坐在那个比昨天还要破旧、因为昨天淋了雨周边生出来许多灰白色的小蘑菇的蒲团上。那些看起来很像昨天在他的耳朵上趴伏过的苍蝇，顷刻之间便遮盖了他的耳朵，还有两只，在空中盘旋片刻，降落在他的那两根超长的眉毛上。那两根眉毛弯曲着，抖动着，仿佛两根有鸟儿站在上边鸣叫的枝条。我跪在大和尚一侧，屁股坐在自己的脚后跟上，继续我的诉说。但是，诉说的目的，还是不是为了出家为僧，已经有些模糊，我感到我与大和尚之间的关系，在一夜之间，发生了重大的变化。大和尚年轻健康、洋溢着情欲的身体，经常地浮现在我的眼前，这件陈旧的袈裟，时时地透明起来，把我的心绪搞乱。但我还是要说，就像我的父亲曾经教导过我的那样：事情有了开头，就应该给它一个结尾。我说：

母亲愣了片刻后，抓住我的胳膊，大踏步地向前走，朝着火车站的方向。

母亲的左手抓住我的右胳膊，右手提着那只白里透红的猪头，沿着通往火车站的大道，急匆匆地走，越走越快，最后就成了奔跑。

在她伸手抓住我的那一瞬间，我不顺从地扭动着，试图将胳膊挣脱出来，但她坚硬有力的手紧紧地箍住了我的手腕子，使我无法挣脱。我的心中充满了对她的不满。在父亲归来的这个早晨，杨玉珍，你的态度实在是太恶劣了。我父亲是顶天立地的男子汉，尽管眼下时运不济，但他能在你的面前低下了骄傲的头，虽说不上是石破天惊，起码也是催人泪下。杨玉珍，你还有什么不满足的？你为什么还要用那样恶毒的语言来刺激他？我父亲给了你一个台阶，你还不就着坡下驴，反倒没完没了地哭天嚎地没完没了地口出污言秽语对我父亲犯那个小错误不依不饶扯着小辫子一个劲地穷抖搂，男子汉大丈夫，谁受得了这个！这还罢了，你最不该对着我妹妹施威风。你一巴掌扇掉了我妹妹头上的绒线帽子，露出了我妹妹头上的白头绳，使我的妹妹号啕大哭，让我这个同父异母的哥哥也心中难过，杨玉珍，你就想想我爹心中是个什么滋味吧！杨玉珍，你当局者迷，我旁观者清，我知道你的事就坏在这一巴掌上。你一巴掌打断了夫妻情，一巴掌打凉了我爹的心。你不但把我爹的心打凉了，而且把我的心也打凉了。有这样一个狠心的娘，我，罗小通，从今往后，也要小心提防着点儿。尽管我希望爹能留下与我一起过日子，但我又觉得爹该走，我要是我爹我也要走，但凡有点志气的人都要走，我觉得我也该跟着我爹走，杨玉珍，你就一个人守着你的五间大瓦房过你的好日子吧！

我恨恨地胡思乱想着，跟跟跄跄地跟随着我的母亲杨玉珍往前跑。因为我的不顺从，因为她手里提着一个猪头，我们奔跑的速度并不快。路上的行人歪头打量着我们,投过来好奇的、或是困惑的目光。在那个不平凡的早晨,在从村庄通往火车站的大道上,我和拖拉着我奔跑的母亲在路人的眼里应该是古怪而有趣的一场小戏的一个片断。不但路上的行人注意到了我们,连路边的狗也注意到了我们。它们对着我们狂吠,有一条还追着我们咬。

母亲在遭受了沉重的精神打击之后,竟然没有像某些电影演员表演的那样把猪头掉在地上,而是牢牢地提在手里,就像仓皇逃窜的士兵绝不丢下手中的武器。母亲左手拖拉着她的儿子我,右手拎着为了与我爹重修旧好而破天荒买来的猪头,艰难地往前奔跑。我看到她的干瘦的脸上布满亮晶晶的水珠,不知是汗还是泪。她气喘吁吁,嘴唇不停地嚅动着,嘴里发散出一些断断续续的骂声。大和尚,她还在骂,你说该不该把她送进拔舌地狱?

一个骑着摩托车的男人超过了我们。他车后的横棍上挂满了白色的大鹅,杂乱的鹅颈像弯曲的蛇一样晃动着。从那些倒悬的鹅嘴里,淅淅沥沥地流出浑浊的水,宛如公牛在行进中撒尿。干硬灰白的土路上,留下断断续续的湿线条。鹅们发出痛苦的鸣叫,黑色的小眼睛里流露出绝望的光芒。我知道它们的肚子里被注满了污水,从我们屠宰村出去的东西,不管是死的还是活的,都注满了污水。牛注水,羊注水,猪注水,有时候,连鸡蛋也注水。我们村里有一个著名的谜语:在屠宰村里什么东西不能注水? 谜面造出来两年,没人能猜到谜底,但是我一猜就猜到了。大和尚,你能猜到吗? 哈哈,你也猜不到,但是我一猜就猜到了。我对那个制造谜面的人说:是水,在我们屠宰村,只有水里不能注水。

骑摩托车的男人回头看我们。他妈的,我们有什么好看的? 我既恨母亲,更恨看我们的人。母亲早就说过,笑话孤儿寡母要遭天谴。果然,就在那人回头看我们的一瞬间,他的摩托车撞在了路边的杨树上。那人的身体往后仰过来,双脚的后跟在吊鹅的横杆上搭了一会,几十根柔软的鹅颈凌乱地缠绕在他的腿上,然后他就翻滚到路边的水沟里。那人穿着一件像铠甲一样闪闪发亮的猪皮上衣,头上戴着一顶在那个年头很流行的粗毛线织成的套头帽子,鼻梁上架着肥大的墨镜。这副打扮,与电影里那些黑社会的杀手没有什么区别。在一段时间内,风传路上有劫道的,为了壮胆,我的母亲,也弄来这样一套行头把自己装扮起来,她还学会了抽烟,当然她绝对舍不得抽好烟。大和尚,你如果能看到我母亲穿着黑色猪皮外套、头戴绒线套头帽子、眼罩墨镜、嘴叼烟卷,端坐在手扶拖拉机上那副派头,你真的想象不出她是一个女人。在他骑着摩托车一闪而过时,我没有看清他的面孔;在他回头看我们时,我还是没有看清他的面孔;只有当他仰面朝天跌翻在结了一层薄冰的路沟里、惯性使他的帽子和墨镜飞了出去,我才看清了他的面孔。他是我们镇政府大院里的炊事班长兼食品采购员,是我们村子里的常客。多年来,镇上的党政干部和来往客人吃的食物,凡是涉及到脂肪和蛋白质的,都是他从我们村子里采购的。这是一个政治上十分可靠的人,如果干这个工作的人政治上不可靠,那我们镇上的领导人的生命安全就没有了保障。这个人是我父亲的酒友,姓韩,韩师傅,父亲让我叫他韩大叔。

父亲去镇上和韩大叔喝酒吃肉时,总是带上我,有一次他没有带我,我跑了十几里路,在那家"闻香来"饭馆找到了他们。他们两个似乎在商量什么事情,神色都很严肃。在他们之间的桌子上,放着一个热气腾腾的狗肉锅子,散发着扑鼻的香气。我一看到他们就哭了。不,应该说我一闻到狗肉的香气就哭了。我感到父亲很不够意思,我对他是那样地忠心耿耿,坚决地和他站在一条战线上与母亲作对,还保守着他和野骡子姑姑相好的秘密,但他竟然一个人跑来吃狗肉而不带着我,让我如何不委屈。父亲看到了我,表现得很冷淡,说:你这孩子,怎么又来了? 我说你来吃肉为什么不带上我? 难道我不是你的亲生儿子吗? 父亲有些不好意思地对韩大叔说:老韩,你看看我这个儿子,馋到了什么程度啊? 我说:你自己跑来吃肉,把我扔在家里和杨玉珍吃萝卜咸菜,你还说我馋,你算个什么爹! 数落着爹的不是,我感到心中委屈更大了,狗肉的香气更多地扑进了我的鼻子,眼泪更多地涌出了眼眶,我是真正地泪流满面了。韩大叔笑着说:这个孩子,真有意思。老罗,你儿子很棒,口才很好嘛。然后他就招呼我,说:来,小伙子,坐下,放开肚皮吃,我早就听说你是个爱吃肉的孩子,爱吃肉的孩子都是聪明的孩子。以后你想吃肉了就来找我,我保准让你吃个够。老板娘,给这个小伙子加套碗筷……

那天的狗肉,味道真是好极了。我放开了肚皮大吃,油头粉面的老板娘不断地往锅子加肉加汤。我聚精会神地吃,顾不上回答韩大叔的问话。我听到我爹对老板娘说:我这个儿子,一次能吃半条狗。我听到韩大叔说:老罗,你是怎么搞的,把儿子熬成这个样子? 你一定要让他吃肉,男人不吃肉是绝对不行的,中国人体育为什么不行? 归根结底是吃肉太少。你干脆把小通送给我做儿子算了,我让他一天三顿吃肉。

我咽下去一块狗肉,抽了个空抬起头,心怀着无比的感动,用泪汪汪的眼睛,深情地看了韩大叔一眼。小通,给我做儿子怎么样? 韩大叔拍拍我的脑袋说:给我做儿子保证你有肉吃。我坚定地点了点头……

倒霉的韩大叔躺在沟里,眼巴巴地看着我们从他的摩托车旁边跑过去。他的摩托车歪在杨树前,引擎还在轰鸣,被树干顶拢了的车轮还在艰难地运转着,车圈摩擦车瓦,发出嚓啦嚓啦的响声。我们听到他在后边喊叫:

"杨玉珍,你们到镇上去吗? 捎个信让他们来救我……"

我估计母亲根本没听清韩大叔喊叫了些什么。她的心中,大概只有懊恼和愤怒,也许还有后悔或者是希望。我不是她,只能猜测她的心思。也许,她自己也不知道心中想什么。我感念着韩大叔请我吃狗肉的好处,很想去把他从水沟里拉上来,但我无法把胳膊从母亲的手里挣脱出来。

一个骑着自行车的人从我们身边猛地超过去,好像怕我们一样。

我一眼就认出了他就是欠着我们家两千元钱的沈刚。其实早就不止两千元了。他借了我们的钱已经两年多,月息二分,利滚利,驴打滚,滚到现在,已经是——我听母亲说已经是三千多元了。我曾经多次跟随着母亲去他家要钱,刚开始他还认账,还说马上就筹款还钱,但后来他就耍起了死狗。他瞪着眼睛对我母亲说:杨玉珍,我是死猪不怕开水烫了。要钱没有,要命舍不得,我的生意做赔了,你看看有什么值钱的东西就拿走吧,要不你就把我送到公安局里去,我正好找个地方吃饭。我们看看他的家,除了一口粘满了猪毛的锅,除了一辆破自行车,一点值钱的东西也没有。他的老婆趴在炕上哼哼着,好像得了很重的病。前年春节前夕,他向我们借钱,说要从南方进一批价格非常便宜的广味香肠,春节期间可以获大利。母亲被花言巧语蒙蔽,把钱借给了他。我看到母亲从贴身的口袋里把那些油腻腻的钱摸出来,用手指蘸着唾沫,一张张数着,数了一遍又一遍。把钱交到沈刚手里前,母亲郑重地说:沈刚,你应该知道我们孤儿寡母挣这几个钱是多么样地不容易。沈刚说:大嫂,你如果不信任我,就不要借给我,追着赶着要把钱借给我的人有好多呢,我是看你们娘两个很可怜,才给你们这个发财的机会……后来,他真的弄来了一卡车香肠,一箱一箱地卸下来,堆放在院子里,摞得比院墙还高。村子里的人都说:沈刚,这下要发大财了! 他叼着一根香肠,像叼着一根雪茄,得意扬扬地对看热闹的人说:那是,财运来了,挡都挡不住的。只有从这里路过的老兰,给他泼了一瓢冷水:兄弟,别太得意了,提早去联系一下冷库,否则,暖流一来,你就趴着哭吧。当时的天气还是十分地寒冷,狗走在路上,都夹着尾巴。沈刚费劲地咬了一口冻得像冰棍一样的香肠,满不在乎地说:老兰,你这个鸡巴村长,怎么不盼着村民发财呢?老子发了财,会给你进贡的。老兰说:沈刚,不要把我的好心当成驴肝肺。先别忙着得意,还有你小子哭着求我的时候。镇冷库的主任,可是我的拜把子兄弟。沈刚说:谢谢,多谢,老子的香肠,即便是烂成狗屎,也不会去求你。老兰笑眯眯地说:好,有志气! 我们兰家,就是佩服有志气的人。当年我们发达时,每到春节,就在大门外摆上两个大瓮,一个瓮里放着白面,一个瓮里放着黄米,凡是家里贫寒过不上年的人,都可以来盛米挖面。唯独一个叫花子,就是罗通的爷爷,一个穷叫花子,站在我家大门口,提着我爷爷的名字骂:兰荣啊兰荣,老子宁愿饿死,也不会动你家一粒米!我爷爷召集我的叔叔大伯们在一起,说:你们都听到了吗?外边这个骂大街的人有种!别的人可以随便得罪,但这个人不能得罪,你们见了他,要低下你们的头,弯下你们的腰!沈刚打断老兰的话,说:行了,老兰,别卖弄你祖上那点光荣了。老兰说:对不起,无能的子孙,总是忘不了祖上的光荣——祝你发财。

后来的事实不幸被老兰言中,春节期间竟一反常态地刮起了暖洋洋的东南风,柳树条子都发了绿。镇上的冷库爆满,根本就没有沈刚的位置。他将一箱箱的香肠搬到大街上,拿着一个电喇叭,哭咧咧地喊叫着:父老乡亲,兄弟爷们,帮帮忙吧,扛箱香肠回去吃吧,想给钱就给我几个,不想给就算我孝敬你们了。但谁也不去扛那些已经变成了愁肠和臭肠的香肠。只有野狗不嫌臭,咬开箱子,叼着一串串的肠子,满村乱跑,把村子的每个角落都变成了它们的聚餐场所,弄得我们这个本来就臭烘烘的屠宰村又添加了一股子奇怪的臭气。那个年,野狗过的,很是欢喜。从香肠发臭那天起,母亲就拉着我去讨债,但至今也没有要回来……

可能是父亲再次出走这件事比跟沈刚要钱还要重要,所以母亲仅仅是恨恨地瞪了他一眼,一句话也没有说。我看到沈刚的自行车后货架上,驮着一个长方形的白铁箱子。箱子油腻腻的,散发着令我馋涎欲滴的气味。我一下子就嗅出了箱子里的内容:红烧猪头肉,还有煮熟的下货。我的脑海里浮现出火红的猪头肉和火红的猪蹄爪的艳丽色彩,还有煮熟的猪大肠和猪小肠的曲折形象,不由得咽了一口唾液。尽管在这个早晨我家发生了这样的大事,但不仅没有打消、甚至还强化了我对肉的渴望。天大地大,不如老兰的嘴巴大;爹亲娘

亲,不如肉亲!肉啊肉,世界上最美好的东西,世界上最让我魂绕梦
牵的东西,本来我今天可以放开肚皮吃你一次,但父亲的二次出走,
把这件美事粉碎了,起码是延缓了,但愿仅仅是延缓了。

猪头,就在母亲的右手里拎着;我有可能吃它,如果父亲能够回
来。如果父亲铁了心不回来,母亲是一怒之下把它煮了给我吃呢还
是一怒之下把它卖了让我空欢喜一场呢? 大和尚,我的确是个没有
出息的孩子,刚才还在为了父亲的再次出走而想三想四,但一嗅到肉
的气味就满脑子是肉了。我知道,像我这样的人是注定了不会有出
息的,如果我生在革命年代,而又不幸地在敌人的阵营里当了官,只
要革命的人们请我吃一盆肉,我就会毫不犹豫地率领部队投降。反
过来,敌人那边只要给我两碗肉吃,我又可能带着队伍投降回去。这
是我当时的卑俗想法,后来,我家的生活发生了很大的变化,当我可
以放开肚皮吃肉时,我才知道,世界上还有许多比肉更宝贵的东西。

又有一个骑自行车的人超过我们后,回头喊叫:

"嗨,老杨,跑什么呢? 是去卖猪头吗?"

这个人我也认识。他也是一个做烧肉的。他的车子上也驮着一
个散发着肉香的铁皮箱子。他是村长老兰的妻弟,乳名叫苏州,学名
叫什么我忘记了。也许是因为他的乳名太响亮我故意地忘记了他的
学名。苏州,苏州,起这样的名字,不知道他的爹娘是怎样想的。他
是我们村子里的很少几个不以屠杀动物为职业的人,有人说他信奉
佛教,不杀生,但他把畜生的下货红烧了卖给别人吃。他的嘴唇和腮
帮子整天油光光的,从头顶辈到脚后跟,看样子也不像一个佛教徒。
我知道,他在制作肉食时也往里添加色素和甲醛,所以他制作出来的
肉食也像沈刚制作出的肉食一样呈现着鲜艳的色彩散发着怪异的香
气。据说这些东西对健康有害,但我宁愿吃这些有害的东西,我也不
愿意吃无害的萝卜白菜。这人在我的心目中还是一个好人。他是老
兰的妻弟,姐夫小舅子,本应该沆瀣一气狼狈为奸,但他竟然与老兰
不睦。老兰是我们村子里的土皇上,人们都觍着脸巴结还巴结不上

呢,所以大家认为他是个怪物。他经常说的一句话就是"善恶到头总有报",见到大人对大人说,见到小孩对小孩说,没人的时候就自言自语。他一边往前骑着车,一边歪回头喊叫着:

"老杨,如果是卖猪头,就不要往集上跑了,送到我家去就行了,集上什么价我给你什么价。'善恶到头总有报'啊!"

母亲不理他,拖拉着我继续奔跑。我们看到,因为顶风的关系,苏州蹬车前进时身体的动作幅度很大,每一脚踩下去,似乎都有千百斤重。风吹拂着路边杨树上的枯枝,发出簌簌的声响。可能是因为刮风的关系,天空晦暗,太阳升起来足有两树高了,还是红红的、薄薄的,几乎射不出光线。被风吹拂得发白的路面上,时时可见干燥成饼状的牛屎。我们村子的农业已经彻底完蛋,大片的土地荒芜,村子里没有人家养牛,那么这些牛屎,就是那些鬼鬼祟祟的西县牛贩子们赶牛进村时留下的遗迹。通过这些牛屎,我回忆起来当年跟随着父亲去给人家估牛时的光荣岁月,回忆起那些肉食的迷人的味道。我咽了一口唾沫,看看母亲汗水淋漓的脸。她脸上流下来的汗水——也许还混杂着泪水,把她刚刚换上的化纤高领毛线衣的领子都弄湿了。杨玉珍,你这个既让我痛恨又让我同情的女人啊!然后我又不可遏止地想到了野骡子姑姑的那张红彤彤的鸭蛋脸。那脸上有两道连成一片的黑眉毛,眉毛下有两只眼白很少的眼睛,眼睛下是尖俏的长鼻子,鼻子下是长长的嘴。她的脸上的神情总是让我联想到某种动物,是什么动物却弄不清楚,直到后来有人到我们村子里来推销狐狸良种,看到那些被狐狸贩子像关家兔一样关在铁笼子里的家伙脸上隐秘的神情,我才猛然地解决了这个问题。

每逢我跟随着父亲去野骡子姑姑那里时,她总是微笑着,把一块热乎乎的牛肉或是猪肉塞到我的手里,亲切地说:吃吧,放开肚皮吃,吃完了还有!我感到她的微笑后边似乎隐藏着一种小奸小坏,仿佛是要怂恿我做点坏事,然后她好看看热闹。但是我喜欢。别说她从来没让我干过什么坏事,就算是她让我去干坏事,我也会毫不犹豫。

后来我亲眼见到了父亲跟她搂在一起，不瞒您说，大和尚，我的心中感到既幸福又感动，眼睛里噙着泪花。那时候，我还不能很好地理解男女之间的事情。我十分纳闷父亲的嘴巴为什么要与野骡子姑姑的嘴巴那样亲密地黏合在一起，并且发出了嗞嗞哑哑的声音，仿佛各自要从对方的嘴巴里吸出、并且也真的吸出了什么鲜美的液体。现在我当然知道了那叫做亲嘴，用文明的话说就是"接吻"。当时我不知道亲嘴的滋味，但是从父亲和野骡子姑姑的表情和动作上，我猜到了那是一种激动人心的事情，但也很可能是痛苦的事情，因为我看到在他们没了命般地亲嘴时，野骡子姑姑的眼睛里饱含着泪水。

母亲的体力显然快要耗尽了，从苏州超越我们之后，她的脚步就慢了下来。她的脚步慢了下来，我的脚步自然也就跟随着慢了下来。她的脚步慢了下来，并不是她心中出现了什么障碍，不，她的心中没有任何障碍，她想赶到车站把父亲抓回来的心思一点也没有改变，我敢担保，因为她是我的母亲，我了解她，我一看她的脸、甚至一听到她呼吸就知道她在想什么。导致她的奔跑速度减缓的主要原因就是她的力气快要耗光了。她天不亮就起来，生火做饭，装车上货，装车上货时还要借着天气寒冷滴水成冰掺水使假，然后就是与父亲的戏剧般的惊心动魄的久别重逢，然后她又去买来一个大猪头，甚至我还怀疑她去村子里刚刚开发出来的温泉澡堂里洗了一个硫磺澡，因为我在门口见到她时从她的身上嗅到了一股香喷喷的硫磺气味。当时她的面色红润，精神焕发，头发湿亮，这些都是她刚刚洗过温泉的证明。她真是满怀着幸福和希望归来，父亲的再次出走，对她来说无疑是头上惊雷，又好似将一瓢冰水浇下来，使她从头顶凉到了脚后跟。这样的突然打击如果落到别的女人头上，她们如果不是当场瘫倒也要放声大哭，但是我母亲仅仅是目瞪口呆了片刻工夫，马上就清醒过来。她知道，对于她来说，最重要的不是瘫倒在地装死，更不是坐在地上哭天抹泪儿，最重要的事情是用最快的速度赶到车站，在火车开动之前，把那个虽然流离失所但还有几分骨气的男人拦住。在父亲出走后的一段时间里,母亲不知道从哪里学来了一句话:"莫斯科不相信眼泪!"从此她就把这句话挂在嘴边,当成了她的口头禅。母亲的"莫斯科不相信眼泪"与苏州同志的"善恶到头总有报"像一副对联一样在村子里广为流传。母亲之所以对这句话念念不忘,说明她感悟很深,到了危急关头,哭是没有用的,"莫斯科不相信眼泪",屠宰村也不相信眼泪,要扭转危机,只有干,只有行动。

我们气喘吁吁地站在了车站候车室的大门前。这是个末等的支线小站,只有几列客货混装的慢车在这里停靠。候车室的大门外有一块被风刮得光溜溜的空场,空场上竖立着一堵宣传墙,墙上有标语的残迹,还有暗藏的敌人用白粉笔写上的反动标语,其内容多半是辱骂当地的党政机关领导人的。宣传墙前蹲着一个卖炒花生的小贩,女的,围着一条紫红的围巾,戴着一个灰白的大口罩,只露出两只眼,鬼鬼祟祟的。在她的身边,站着一个男人,双臂抱在胸前,嘴里叼着烟卷,一脸无聊表情,面前守着一辆自行车,车架上放着一个铁盆,盆里散发出肉味,肉上蒙着纱布。他不是沈刚,也不是苏州,苏州和沈刚到哪里去了?他们那些色彩艳丽、气味芬芳的肉食要被什么人吃到肚子里去呢?我怎么知道!我一嗅就知道这个人盆子里的肉是牛肉和牛杂碎,而且也添加了大量的色素和甲醛,使肉的颜色看起来格外地新,使肉的气味闻起来格外地香。我的眼光往牛肉斜着,简直像鱼钩,要把一块牛肉或是一根牛肠子从盆子里钓出来,但我的身体却在母亲的拖拉下,极不情愿地来到了候车室的门前。

还是那种十几年前流行的弹簧大门,要用吃奶的力气才能拉开,拉开的过程中它会发出嘎嘎吱吱的巨响,而当你松手时,它会迅速地反弹回去然后再借着惯性反弹回来,如果此时你还没离开它的活动范围,你的屁股就会受到它的重重的一击,轻则拍你一个跟跄,重则拍你一个狗抢屎。我拉开大门,将母亲放进去。然后我也疾速地闪身进去,在门扇反弹之前,跳到了候车室的中央,使这扇奸邪的大门拍人屁股的阴谋彻底破产。

　　我一眼就看到了父亲和他与野骡子姑姑造出来的那个美丽女孩——我的妹妹。老天保佑,他们还没有跑掉。

　　不知道是谁,从门外扔进来一件被血浸透、散发着腥气的军装,落在我和大和尚之间。我惊讶地看着这不祥的东西,心中布满迷雾。我看到军装上有一个铜钱大的洞眼,在血腥的气息深处,还有微弱的仿佛久远往事的硝烟和脂粉的气味,丝丝缕缕地被我感知。我看到在军装的口袋里,似乎露出来一角雪白,也许是一条丝绸的围巾? 好奇使我伸出手指,但是,一堆泥土和腐烂的苇箔,被几片腐朽的碎瓦追随着,从天而降,将这件血衣掩埋,在我和大和尚面前,顷刻之间便造出来一座小小的坟墓。我抬头仰望庙顶,在那一片黑黢黢中,开了一个明亮的天窗。我很怕这座差不多被人遗忘的小庙倒塌,有点坐不安席的意思,但大和尚纹丝不动,呼吸调理得若有若无。门外的雾已经消散,灿烂的阳光照耀大地,院子里的潮气在阳光下蒸发。那棵银杏树的叶片油汪汪的,焕发着勃勃生机。一个上穿着橘黄色麂皮夹克、下穿橄榄绿毛料军裤、足蹬赭红色高靿牛皮靴子、留着潇洒的分头、戴着一副镜片圆圆的小墨镜、嘴巴里叼着一根粗大雪茄的高个子男人,出现在院子里。

第 十 三 炮

男人腰板笔挺,肤色黑里透红,让我油然地想起,在电影里看到过的那些狂妄而果敢的美国军官的形象。但他不是美国军官,他是个彻头彻尾的中国人。而且他一张口说话,我就听出来他是我们这地方的人。他讲着和我一样的方言土语,但是他的衣着打扮和举手投足,都显示出他来历神秘,出身不凡。一句话,这绝对是个见过大场面的人,与他相比,我们村子里的大人物老兰,就是一个十足的土鳖了。(刚想到此处,就仿佛听到老兰说:我知道城里那些小市民瞧不起我们,他们认为我们是土鳖。呸,到底谁是土鳖?我的三叔,是国军的飞行员,与飞虎队长陈纳德是烟酒不分家的兄弟。当大多数中国人还不知道地球上有个美国时,我三叔就跟美国大妞谈过恋爱,竟敢说我是土鳖!)他走近庙门,微微一笑,脸上出现了孩子般的顽皮神情。他这种神情让我感到与他似曾相识,很是亲切。然后他就拉开了裤子的拉链,对着庙门,哗啦啦地撒尿。溅起的尿水,零星地落在我赤裸的足上。他那根肉棍子,与大和尚身后的马通神好有一比。我感到他是在侮辱我们,但看看大和尚,竟然还是纹丝不动,甚至脸上还出现了几乎难以觉察的微笑。大和尚的面孔正对着那人的鸡鸡,而我是斜对着。正对着的不恼,斜对着的还恼什么呢?那人的膀胱功能强大,撒出来的尿足足能淹死一棵小树。许多的尿液,漾着啤酒般的泡沫,环绕着大和尚的破蒲团流淌。撒完了尿,他蔑视地抖抖,看我们不理睬他,就背转身去,伸展开胳膊,扩张胸膛,嘴巴里发出低沉的吼叫。我看到,他右边的耳朵,被阳光照透,像芍药的花瓣一样粉红。出现一群上个世纪三十年代交际场上的那种女人,身穿着剪裁合体的旗袍,显示出窈窕的身段,烫着大鬈小鬈的头发,焕发着珠光宝气,举手投足,一颦一笑,都透出一种今人难以模仿的风度。我嗅着从她们身上散发出来的陈腐而高贵的气味,心中洋溢着十分的感动。仿佛这些人,都与我有转弯抹角的亲戚关系。这些女人如一群羽毛绚烂的鸟儿,莺歌燕语,唧唧喳喳,一拥而上,把穿麂皮夹克、耳朵透明的男人包围了。她们有的扯着他的衣袖,有的抓着他的腰带,有的暗中拧着他的大腿,有的往他的口袋里塞纸条,有的往他的嘴里喂糖果。有一个看起来很浪、年龄不好猜测、嘴唇上涂抹着银灰色唇膏、穿一件洁白的丝绸旗袍、当胸绣着一枝红梅花、乍一看好像刚被一梭子子弹打中、还没来得及死去、胸脯高得如鸽子、看上去十分性感的女人,上前去,一耸身,高高的鞋跟离开了布满淤泥的地面,手却揪住了男子的那扇大耳朵,用略带沙哑的甜蜜嗓音骂着:小兰子,你这个忘恩负义的狗东西!那个叫小兰的男人,夸张地叫唤着:哎哟我的干妈,我对谁都敢忘恩负义,也不敢对您忘恩负义啊!还敢犟嘴,女人的手上又加了点劲儿,男人歪着脖子告饶不迭:干妈,亲妈,你轻点,小兰再也不敢了,小兰请干妈去消夜赔罪好不好?女人放开手,恨恨地说:你的一行一动,我都了如指掌,你如果敢跟我调皮,我就让人劁了你个狗杂种。男人夸张地用手捂住裆间,大声叫嚷着:干妈饶命,小兰还靠着这个宝贝传宗接代呢。传你娘的大腿,那个女人骂着,说,看在众家姐妹的面子上,给你个立功赎罪的机会,你想请我们去哪里消夜?去"天上人间"?麂皮男子问讯着。不去,不去,那里新来了一个守门的鬼子,身上散着臭气,我一闻到他的气味就想吐。一个大眼睛尖下颏的女子尖声说。她穿着一件紫色碎花布旗袍,头上束着一条紫色的缎带,化了若有若无的妆,看起来温文尔雅,犹如一朵矢车菊。那就听玉小姐的,一个丰腴的身体把黄色的绸旗袍几乎要胀开的女人用明显的讽刺口吻说,玉小姐跟着小兰吃遍了全城大小饭馆,哪里好吃,她自然是最清楚的。玉小姐撇了一下嘴巴,但脸上还是挂着微笑,说:皇家庄园的翅汤是最好的,沈夫人您说呢?她征求着先前那个拧过小兰耳朵的贵妇的意见。既然是玉小姐说了,那就去皇家庄园。贵妇人不冷不热地说。开路!麂皮男人扬起右臂,挥动了一下。一群女人簇拥着这个男人往前走去。我看到,他的两只手,分别按在两个女人圆滚滚的屁股上。他们转眼间没了踪影,但她们留下的香气还在院子里扩散,与麂皮男子的尿臊混合在一起,变成一股刺鼻的怪味。外边传来汽车发动、开走的声音。庙堂和院子里恢复了宁静,我看看大和尚,知道我应该做的事情,就是继续我的诉说。"事情既然开始了,就要有个结尾。"我说——

　　因为候车的人少,其实并不大的候车室显得宽大空旷。父亲和他的女儿蜷缩在候车室中央那张紧靠着火炉子的木格子条椅上,在他们周围,散乱地坐着十几个候车的人。父亲低垂着头,温暖的阳光从混浊的玻璃窗户透进来,使他的头发闪烁着银灰色的光泽。父亲低着头抽烟,一缕缕青白的烟雾从他的脸下升上来,围绕着他的头颅久久不散,好像那些烟雾不是从他的嘴巴鼻子里喷出,而是从他的头脑里漏出来的。烟的气味很难闻,仿佛是在燃烧破布和废旧的皮革。父亲已经落魄到沿街捡烟屁股的卑贱地步,与那些乞丐一般无二。不,连乞丐也不如。我知道,某些乞丐其实过着灯红酒绿、纸醉金迷的奢侈生活,他们抽名烟,喝洋酒,白天穿着破衣烂衫在大街上变着花样要钱,到了夜晚,就换上西装革履去歌厅唱歌,唱完了歌还要去泡妞。我们村子里的袁七就是这样的高级乞丐,他的足迹遍及全国各大城市,经多见广,阅历丰富,能够惟妙惟肖地模仿十几种方言,甚至还能讲几句俄罗斯语,一开口就透出不凡,连村子里的绝对权威老兰也对他敬仰三分,不敢在他的面前拿大。他的家里有一个模样端庄的老婆,有一个正在念初中而且成绩优良的儿子,据他自己说他在十几个城市里都有家眷,他过上了走到哪里哪里有家的幸福生活。袁七吃的是海参鲍鱼,喝的是茅台五粮液,抽的是玉溪大中华!这样的乞丐,给个知县也不换!我的父亲如果能当上这样的乞丐,也算我们老罗家的光荣,可惜,他穷得半死不活,竟然落魄到了在大街上捡烟屁股的地步。

候车室里暖洋洋的,弥漫着一股梦幻般的气氛。那些候车的人,多半把头低垂在胸前,活像一只只打盹儿的鸡。他们的面前都摆着大包小包,还有鼓鼓囊囊的蛇皮袋子。只有两个男人,不成鸡样,面前也没有行李,两个磨得边缘发白的人造革黑提包,放在腿边。他们两个身体侧歪着坐在条椅上,面孔对着面孔。两人之间的条椅上铺开一张报纸,报纸上放着一堆切成了条状的、火红色间杂着惨白色的猪耳朵,尽管夹杂着三分腥气,但七分还是肉香。我知道这是死猪的肉,也就是说是先因为生病死了,然后经过处理使它们光彩照人的肉。在我们这里,无论你是猪瘟、牛丹毒还是什么口蹄疫,都有办法把它们加工处理成看上去很美的食品。贪污不是犯罪但浪费是极大的犯罪——这是我们村长老兰发表的反动言论,凭着这句话就可以枪毙了这个杂种。他们在喝酒吃肉。白酒,当地的烧酒,名牌,柳公家酒。柳公是何许人也?我不知道。但我知道这个柳公家根本就不烧酒,是后人们拉大旗作虎皮,冒用了他家的名义。酒气熏人,不是正经气味,很可能是用甲醇勾兑的。啊,甲醇,甲醛,全中国人民都是化学家,甲醛和甲醇就是金钱。我咽了一口唾沫,看到他们把那个翠绿的酒瓶子递来递去,嗞儿咂儿地搊,在喝酒的间隙里,不用筷子,用手指,捏着猪耳朵条儿,往嘴里塞。其中那个瘦脸的,还故意地把头仰起来,让手中的猪耳朵条儿往嘴里落,仿佛是故意馋我。他是在故意馋我,这个坏种,这个奸人,看样子像个烟贩子,或是个偷牛贼,反正不是个好人,神气什么? 不就是喝酒吃肉嘛? 如果我们家想吃,会比他们吃得好。我们屠宰专业村的人,具有辨别死猪肉还是活猪肉的能力,绝不会像他们这样把死猪肉吃得津津有味。当然了,实在没有活猪肉,死猪肉也可以吃一点。老兰说过,中国人民的身体有着超强的化腐朽为营养的能力。我看看母亲手里的猪头,咽了一口唾沫。

父亲似乎感觉到有人站在他的面前,但他大概想不到是谁站在了他的面前。他抬起头,脸色紫了一下,黄牙龇出,尴尬表情上了脸。倚靠在他的身边打盹儿的他的女儿我的妹妹娇娇也醒了。这个睡眼惺忪的小女孩脸蛋子红扑扑的,很是可爱。她把身体往父亲身边靠靠,从父亲的腋下偷眼看着我们。

母亲吭了一声,装咳嗽。

父亲也吭了一声,也是装咳嗽。

娇娇咳嗽着,脸涨得更红了。

我知道妹妹感冒了。

父亲用他的粗糙的大爪子,拍打着娇娇的脊梁,想以此来制止她的咳嗽。

娇娇吐出一口黏液,然后哭起来。

母亲把猪头递到我的手里,弯下腰去抱娇娇。娇娇尖厉地哭着,将身体更紧地靠在父亲的腋下,好像母亲的手上有刺,仿佛母亲是一个倒卖儿童的人贩子。经常有倒卖儿童的人贩子和倒卖女人的人贩子到我们村子里来转悠,因为我们村很有钱。那些人贩子到我们村子里来时,并不是牵着小孩或是捆着妇女,他们很狡猾。他们总是伪装成卖木梳的或是卖刮头篦子的,在村子里窜来窜去。那个卖刮头篦子的人贩子,很好的口才,很好的表演能力,妙语连珠,妙趣横生,为了证明他的篦子质量好,他用篦子当着我们的面锯断了一只皮鞋。

母亲直起腰,退后一步,双手放在胸前搓着,好像要寻求帮助似的往四周看看,然后将目光停留在我的脸上,大约有三秒钟,然后她的目光就涣散了。母亲脸上无助的表情让我心中酸楚，毕竟，她是我的亲娘。她停止了搓手，目光低垂，瞅着地面，也许是瞅着父亲脚上那双虽然沾满了泥巴，但依然很显气派的高勒牛皮靴子。这是父亲身上唯一还能显示出他当年的豪气的东西了。母亲低声地、仿佛是自言自语地说：

"早晨，我把话说狠了……天冷，活累，心情不好……我来向你赔不是了……"

父亲忙乱地挪动着身体，仿佛生了虱子。他摇摆着一只手，结结巴巴地说：

"您千万别这样说，您骂得对，骂得好，惹您生气了，该赔不是的是我……"

母亲把猪头从我的手中接过去，递给我一个眼色，说：

"还傻不愣地站着干什么？帮你爹拿着东西，回家！"

母亲说完了话，狠狠地瞪了我一眼，然后便转身朝大门走去。在老式的弹簧大门喀啦啦的响声里，猪头雪白地一闪便不见了。我听到母亲在拉门时还恶声恶气地骂了一句：

"这破门……"

我几乎是雀跃着蹦到了父亲面前，把那个鼓鼓囊囊的帆布挎包抢过来。父亲伸手扯住了挎包的背带，眼睛直直地看着我说：

"小通，回去跟你娘好好过日子吧，我不想拖累你们了……"

"不，"我扯着挎包，执拗地说，"爹，我要你回去！"

"松开手，"父亲严厉地说，但他的神情马上又变得凄凉起来，"儿子，人要脸，树要皮，爹虽然落到了这步田地，但还是个男人，你娘说得对，好马不吃回头草……"

"可是俺娘已经向你赔了不是……"

"儿子，"爹神色黯然地说，"人怕伤心，树怕伤根……"爹用了一点力气，将挎包从我的手里拿去，然后对着大门挥挥手，说："去吧，好好孝顺你娘去吧……"

我的眼睛里顿时涌满了泪水,抽噎着说:

"爹,您真的不要我们了吗?……"

爹泪眼婆娑地看着我,说:

"孩子,不是我不要你们,不是那么一回事,你是个聪明的孩子,你应该明白的……"

"不,我不明白!"

"去吧,"父亲果断地说,"去吧,不要在这里烦我了!"他提着挎包,拉着娇娇站起来,四处张望着,好像要选择一个更加合适的安身之处,周围的人都用好奇的眼光看着我们,父亲目若无人,挟起娇娇挪到了靠近窗户的一张残破的条椅上。在落座之前,他鼓着眼睛瞪着我,怒吼道:"你怎么还不走!?"

我胆怯地往后退了一步,在我的记忆里,父亲还从来没有用这样凶恶的态度对待过我。我回头望望大门,希望能从母亲那里得到指示,但大门冷漠地关闭着,只有风,携带着洁白的小雪花,从门缝里钻进来。

一个身穿蓝色制服、头上戴着一顶硬壳帽子的中年女人手提着一个红色的电喇叭,从候车室旁边的耳房里,一边吆喝着一边走出来:

"检票啦检票啦,384 次去东北的排队检票啦!"

候车室里的人慌乱地站起来,将大包小包抢到肩膀上,一窝蜂地拥挤到检票口前。那两个男人加快速度将酒瓶子里的酒喝尽,把报纸上的猪耳朵吃光,然后抹抹油汪汪的嘴巴,打着嗝儿,摇摇摆摆地往检票口走去。父亲抱着娇娇,跟随在这两个醉醺醺的男子后边。

我死死地盯着父亲的背影,希望他能回头看我一眼。直到这时我的心中还是存在着幻想,我不相信父亲会这样决绝地走了。但父亲没有回头,他的肮脏的旧大衣背部油腻发亮,好像一堵冰凉的屠户家的墙壁。只有伏在父亲怀里的娇娇,从父亲的肩头上抬起她的小脸,偷偷地望着我。检票口通往站台的铁栅栏门还关闭着,那个穿蓝制服的女人站在旁边,胳膊抱在胸前,漠然地等待着。

　　远处传来了火车的轰鸣声,仿佛脚下的地面都在打战。紧接着是火车尖厉高亢的鸣笛声,透过铁栅栏,我看到,那列古老的蒸汽机车,喷吐着浓稠的黑烟,野蛮地进了站。

　　蓝制服女人拉开铁栅栏门,开始检票。人群往前拥挤着,好似一团没嚼烂的肉着急地挤进咽喉。只片刻工夫,父亲就到了检票员的身边。我知道一切都完了,父亲只要穿过了这道铁栅栏,就永远地从我的生活中消失了。

　　就在父亲将手中那张皱皱巴巴的车票递到检票员手中那一刻,我站在距离父亲五米远近的地方,声嘶力竭地喊叫了一声:

　　"爹——!"

　　父亲的双肩耸动了一下,仿佛被子弹击中了后背。但他依然没有回头。我看到遒劲的小北风夹带着雪花从洞开的门口扑进来,纠缠着他,宛如纠缠着一棵枯黄的树。

　　检票员满脸狐疑地打量着父亲,然后又用古怪的眼神扫描了我。她眯缝着眼,翻来覆去地看着父亲递给她的那张车票,好像那是一张假票。

　　后来我反复回忆,也想不起母亲是怎样地出现在了我的面前、父亲的背后。她左手依然提着那个白里透红的猪头,右手直伸出去,像个指点江山的大人物一样,指着父亲明晃晃的脊背。我也不知道母亲在什么时候把那件蓝灯心绒的外套的扣子解开,闪出了那件大红色的、像燃烧的火炭一样的化纤高领毛衣。母亲的这个像女英雄一样的造型,至今还清晰地留在我的脑海里,让我想起来就百感交集。母亲指点着父亲的后背用尖厉的声音叫骂着:

　　"罗通,你这个狗杂种! 你就这样走了,你他妈的还算个人吗?!"

　　如果说我的喊叫像手枪子弹一样击中了父亲的后背,那母亲的詈骂就像一梭子机枪子弹,把父亲的后背扫射得千疮百孔。我看到父亲的肩头瑟瑟地颤抖起来,那个一直在他的怀抱里、用黑黑的毛眼睛偷看着我的小妹妹娇娇,突然将脑袋缩了下去。

　　检票员扬起钳子,在父亲的车票上,夸张地打了一个洞,然后用同样夸张的动作,将车票递到父亲的手里。站台上,到站的乘客正在屎壳郎滚蛋般地下车,上车的旅客把在车门两边,焦急地等待着。检票员歪着嘴巴,脸上洋溢着似笑非笑的表情,看看我的母亲,看看我,看看我的父亲。只有她能看到我父亲的脸。

　　父亲往前艰难地挪动着,肩膀上那个拴着陶瓷缸子的帆布挎包滑下来,使他不得不歪头弯臂去拉挎包的带子。母亲抓紧时间,用她的嘴巴和手指,发射着致命的子弹:

　　"你走吧,走吧,你他妈的算个什么东西! 你要是有志气,就该堂堂正正地走,何必像狗一样,跟着那个臭娘们私奔? 你要是有志气,这次何必还要回来? 回来了何必还要向老娘赔礼道歉? 说你两句你就受不了了? 你不想想,这些年来,俺娘儿两个过的是什么日子? 俺娘儿两个遭了多少不是人遭的罪你知道吗? 罗通,你是个狼心狗肺的畜生,什么样子的女人落到你的手里,都是一样的下场……"

　　"不要说了!"父亲猛地将身体转了过来,脸如一块灰色的、背阴处的瓦片,杂乱的胡须,仿佛瓦片上结着的霜花。但他转身时振奋起来的身体马上就困顿地萎靡下去,软弱的、抖颤的声音从他的喉咙深处挤出来:"不要说了……"

　　站台上响起了哨声,检票员仿佛猛醒了似的喊叫着:

　　"开车了,马上要开车了! 还走不走? 你这个人,干什么呀!"

　　父亲艰难地转过身,脚步踉跄地往前冲去,他肩上的挎包再次滑落,但他不再去管它,就让它像一个装满了腐草的牛肚子一样拖拉在脚边。检票员宽宏大量地督促着他:

　　"快跑!"

　　"慢走!"母亲大叫着,"办了离婚手续再走,我不能再为你守活寡了。"母亲用轻蔑的口气说:"车票钱算我的。"

　　母亲拉我的手,昂扬地朝大门走去。我知道母亲哭了,因为我听到了她的喉咙里发出了呼噜呼噜的声音。在母亲松开拉着我的手去拉开那扇沉重的大门时,我回头看到,父亲的身体倚靠着铁的栏杆滑下去,在他的面前,检票员嘟噜着脸,气哼哼地拉上了栅栏门。从栅栏的缝隙里我还看到,开往东北的火车缓慢地移动起来。在铿铿锵锵的车轮声里,在低垂漫卷的煤烟里,泪水涌出了我的眼眶。

　　我擦擦眼睛,手背上沾着两颗亮晶晶的泪珠。我被自己的叙述深深感动,但大和尚的嘴角,却浮现着几丝分明是嘲讽的笑纹。他妈的我无法使你感动,我暗暗地骂着,他妈的我一定要使你感动,我出家不出家已经无所谓,但我一定要用我的故事打动你的心,用我的故事的尖锐棱角戳破包着你心的那层坚硬的冰壳。院子里的阳光更加强烈了,从树的倒影,我知道了太阳的位置,它已经在东南方向,距离地平线,用我们家乡的人习惯的说法,已经两杆子高了。那道阻碍着我们视线的、原本就有十几个豁口、被大雨淋透泡涨的院墙,昨天夜里坍塌了半截,剩下的半截摇摇晃晃,似乎一阵稍微狂一点的风,就会把它吹倒。那两只平日里很少离开大树的猫,在墙头上相跟着散步。从西往东走时母猫在前,公猫在后;从东往西走时,公猫在前,母猫在后。还有一匹身材健美,皮毛光滑如缎的枣红色小公马,在墙边磨磨蹭蹭。本来就想躺倒正找不到理由的院墙,趁机躺在地上。墙倒下,死了。死墙的大部分歪倒在水沟里,积水飞溅出去,在地面三尺上,展开了一道明亮的瀑布。那两只猫,只有母猫满身泥水地从沟里爬上来,公猫却不见了踪影。母猫悲伤地鸣叫着,在水沟旁边走来走去。那匹小马,却撒着欢跑了。尽管公猫凶多吉少,但倒塌总是让人兴奋,越是高大雄伟的东西倒塌了越是让人兴奋。现在,大道一览无余地展示在我们面前了。我看到,在大道对面那片空旷的草地上,堆起来一个高高的土台子,台子周围插满了彩旗,台前悬挂着宽大的横幅标语。一辆杏黄色的发电车正在发电,机声隆隆。一辆蓝白相间的电视转播车停在草地边缘,十几个穿黄衫的小人儿,牵拉着黑色的电线,在草地上奔跑。十辆摩托车,排成三角形,从太阳升起的方向,用每小时五十公里的速度,威武地压了过来。"摩托队好威风啊!"这句话是我在一部电影里听到的,在很长一段时间里,我与这句话建立了亲密的关系,每逢高兴的时候,或是沮丧的时候,都会不由自主地喊叫出来:"摩托队好威风啊!"我的同父异母的妹妹问我:哥哥呀,"摩托队好威风"是什么意思啊? 我回答她,"摩托队好威风"就是"摩托队好威风"的意思。如果我的那个可爱的小妹妹今天在我的身边,我就会指着大道上的摩托车阵对她说:娇娇,"摩托队好威风"就是这个意思。但我的妹妹已经死去,她永远也不可能理解"摩托队好威风"的意思了,啊,我心伤悲,谁又能知!

第 十 四 炮

　　摩托车保持着严整的队形,仿佛有看不见的钢管把它们焊接在一起。车手们都戴着洁白的头盔,穿着洁白的制服,腰间扎着宽大的皮带,皮带上挂着黑色的武器。在车队的后边,大约三十米的光景,有两台黑色的轿车,车顶上安装着巨大的警灯,红蓝交叉的灯光旋转不止,警笛发出尖锐的啸叫。警车的后边,是三辆更黑的轿车。大和尚,这是奥迪,是高级干部坐的。大和尚的眼睛睁开了一条缝,一缕紫色的光线,射到那些轿车上,接着就收回来。奥迪的后边,还有两辆警车,它们竟然没有鸣笛。我目送着这个不可一世的车队,兴奋得很想大声喊叫,但大和尚泥土般的冷静压制了我的热情,我只好低声说:一定是个大人物,一个很大的人物。大和尚不理我。我自言自语地说:今天这样的日子,不逢年,不逢节,大人物来干什么呢?啊呀我想起来了。瞧我这记性啊,坏透了。我说,大和尚,今天是肉食节啊,是一个由我们屠宰村发明的节日。十年前我们——主要是我,把这个节日发明了出来,然后就被镇上霸占了去。镇上搞了一届,又被市里抢夺了去。大和尚,尽管我炮轰老兰之后,为了避祸远走他乡,但有关家乡的消息和有关我的传说,还是源源不断地传进我的耳朵。
大和尚,你到我的家乡去,在大街上随便拉住一个人问:你知道罗小
通吗?这个人马上就会告诉你许多关于我的传奇故事。我承认,经
过众口流传,许多故事已经被大大夸张,甚至许多不属于我的故事,
也算到了我的头上,但无论如何,我罗小通或者说那个十年前的罗小
通是个了不起的人物却是不容置疑的。当然,还有一个名声与我同
样大的人物,不是老兰,是老兰的三叔,这个一天之内和四十一个女
人交合的奇人,创造了吉尼斯世界记录。这是老兰那个杂种说的,姑
妄言之,姑妄听之。大和尚,我对家乡的一切了如指掌。肉食节要延
续三天,在这三天里,各种肉食,琳琅满目;各种屠宰机器和肉类加工
机械的生产厂家,在市中心的广场上摆开了装饰华丽的展台;各种关
于牲畜饲养、肉类加工、肉类营养的讨论会,在城市的各大饭店召开;
同时,各种把人类食肉的想象力发展到极限的肉食大宴,也在全城的
大小饭店排开。这三天真的是肉山肉林,你放开肚皮吃吧,能吃多少
就吃多少。还有在七月广场上举行的吃肉大赛,吸引了五湖四海的
食肉高手。冠军获得者,可以得到三百六十张代肉券,每张代肉券,
都可以让你在本城的任何一家饭馆,放开肚皮吃一顿肉。当然,你也
可以用这三百六十张代肉券,一次换取三千六百斤肉。在肉食节期
间,吃肉比赛是一大景,但最热闹的还是谢肉大游行。就像任何节日
的节目都是慢慢地丰富多彩起来一样,我们的肉食节也不例外。被
这条大道连接起来的两个小城,是一个城市的两个部分,道路与城,
形状如一只哑铃。肉食节的盛大游行队伍,将从这条大道上通过。
东城的队伍往西城去,西城的队伍往东城来,在大道中部的某个地方
会合,然后擦肩而过。毫无疑问,大和尚,我预感到,今天,这两支队
伍,将在这座小庙前面、大道对面那片宽阔的空地上会合,院墙的坍
塌,就是为了让我们的视线一览无余做的准备。大和尚,我知道您法
力通天,这一切都是您安排好了的……我正唠叨得兴起,就看到一辆
银灰色凯迪拉克牌轿车,在两辆沃尔沃轿车的前后护卫下,从西城的

方向疾驰而来。虽然没有摩托车队和警车开道,但别有一种大大咧咧的、满不在乎的隐秘威严。车到了小庙前,猛地拐下大道,停在庙前的空场上。都是紧急刹车,勇猛而稳重,尤其是那辆在车的前头焊着一对金光闪闪大牛角的凯迪拉克,就像一匹猎豹,在狂奔中猛地停止了脚步。这样的车和这样的急刹车都让我惊心动魄。我低声呼叫着:大和尚啊,您睁开眼睛看看吧,真正的大人物出现了。大和尚端坐着,比他身后的马通神还要安详。我真怕他老人家就这样坐化了,那谁来听我诉说?但我舍不得在大和尚身上浪费目光,外边的情景太精彩。先是从那两辆同样是银灰色的沃尔沃轿车里钻出来四个大汉,黑色风衣,黑色墨镜,黑色的短发如同刺猬毛一样支棱着,宛如四块人形的焦炭。过了片刻,从凯迪拉克前面车门下来一个人,同样是一身黑衣,如同焦炭。这人匆忙转到车的后边,拉开车门,一只手掌护住车门上框,让一个黑色的人,动作轻快但不失庄严地钻了出来。这个人个头比其余的人都高出一个头顶,那两扇巨大的招风耳朵,宛如用红色水晶雕琢而成。这人也是一身墨黑,但与众不同的是他的脖子上围着一条洁白的绸巾,嘴巴里叼着一支像广味香肠一样粗的雪茄。这样的绸巾轻如鸿毛,一口气就能吹上天——我坚信——这样的雪茄一定是从古巴进口的,如果不是从古巴进口的那也是从菲律宾进口的。青蓝色的烟雾从那人的嘴巴和鼻孔里喷出来,在阳光下变幻着美丽的图案。过了片刻,从东城的方向,开来三辆美国制造的吉普,车顶上蒙着草绿色的伪装网,网上插着生满阔大叶片的树枝。从车上跳下四个身穿洁白西装的男子,簇拥着一个身穿洁白短裙的女郎。她的裙子短得徒有裙子之名,稍一活动,就露出来缀着蕾丝花边的短裤。两条修长得宛如玉柱的大腿,呈现着粉红的颜色。两只高跟高靿的白色小羊皮靴子,直装到膝盖下。她的脖子上围着一条小小的红色绸巾,宛如一束活泼的火苗。她的脸精致小巧,戴着一副大墨镜,下巴有点尖,左边嘴角上有一颗豌豆粒大小的黑痣,一头蓬松的微黄的发,披挂到肩头。这个女子,落落大方地走到高大男

子面前三尺处——四个白衣男子在她身后五尺处护卫着——摘下墨
镜,露出两只忧伤的眼睛,凄楚地一笑,说:兰老大,我是沈公道的女
儿沈瑶瑶。我知道,如果我的父亲今天来了,必死无疑,我在他的酒
里放了安眠药。我是替父受死来了。兰大哥,你可以杀了我,但我求
你放我父亲一马。那个男子,定定地立着,因为墨镜遮掩,看不到他
的眼睛,因此也就无从判断他的神情。但我猜到了他进退两难。那
个白衣的女子沈瑶瑶,安然地站在他的面前,高高挺起的胸脯,时刻
准备着承受灼热的子弹。兰老大将手中的雪茄,似乎是漫不经心地
投向那三辆美式吉普中的一辆,然后就走向他的凯迪拉克。他的司
机,抢先一步,拉开了车门。凯迪拉克飞快地倒退,调好了方向,哞的
一声就上了大道。那四条黑衣大汉,把黑色的风衣一揭就出了枪。
一阵爆豆般的枪声,三辆吉普千疮百孔。那两辆沃尔沃冲上大道,追
随着凯迪拉克,绝尘而去。呛鼻子扎肺的硝烟,强硬地扑进庙堂。我
大声咳嗽着,心中满是惊悚。这简直就是一个经典的电影片断,竟然
在我的眼前真实上演。这不是梦,漏油瘪胎的三辆吉普车可以作证,
那四个呆若木鸡的白衣男人可以作证。那个风度非凡的白衣少女可
以作证。我看到,两行眼泪,从她的眼睛里流下来。她戴上墨镜,把
眼睛遮住了。让我更加兴奋的事情紧接着发生了:她对着庙堂的门
口走过来。她走得真是好看。有的女人很漂亮,但走路不好看;有的
女人走路很好看,但不漂亮。这个女人身段优美、容貌秀丽,走路的
姿势十分好看,真是难得的尤物。所以连冷酷如沾霜生铁的兰老大
也不忍心对她开枪。从走路的姿势上,根本看不出几分钟前她经历
过惊心动魄的事情。我看清了,她的大腿上,其实是套着透明丝袜
的,而套着透明丝袜的大腿比裸露的大腿更让我心猿意马。她的高
鞡小羊皮靴子的外侧,缀着两缕羊皮条儿扎成的穗头。我缺乏仰起
头来看她上身的胆量,我只能看她屁股之下的部分。她一步跨进了
门槛,淡淡的香气,使我的心里,产生了伤感的情绪。这样的高级情
绪在我这种下三烂的心中,从来就没有产生过,但是今天产生了。我

看到她的玲珑的膝盖,嘴唇馋得要命。我多么想伏上去亲亲她的膝盖,但是我没有这样的勇气。大和尚,我罗小通曾经是个天不怕地也不怕的小流氓,皇帝老婆的奶子,只要能够得着,我也是敢摸的,但是今天我胆怯了。年轻女子的一只手,摸了摸大和尚的脑袋。我的天啊,古怪啊,荒唐啊,幸福啊,大和尚的头啊。但是她没有摸我的头。当我眼泪汪汪地、斗胆抬起头来,期望着她也能摸摸我时,我看到的只是她耀眼的背影。大和尚,你还能听我说话吗?

中午时分,当父亲抱着妹妹再次出现在我家院子里时,母亲表现得十分平静,好像父亲从来就没有离家出走,不过是抱着孩子去邻居家串门归来。父亲的表现也让我感到惊讶。他神情安详,动作自然,仿佛他不是那个经历了急风暴雨般的思想斗争后二进家门的落魄男人,而是个抱着孩子去赶闲集归来的忠厚丈夫。

母亲脱下外套,带上了一副当破烂收来的灰色帆布套袖,麻利地刷锅、添水、拿柴、点火。我惊喜地发现,母亲烧的不再是废旧胶皮,而是最好的松木劈柴。松木是我们建造房屋时的下脚料,母亲把松木制成劈柴,一直珍藏着它们,好像等待一个盛大的节日。房子里洋溢着燃烧松木的香气,火光使我的心中充满了温暖。母亲坐在灶前,脸上神采飞扬,仿佛刚刚卖了一车掺了假的破烂而没被土产公司的质检员发现。

“小通,去老周家称三斤灌肠。”母亲伸直一条腿,从裤兜里摸出三张十元的钱,递给我,用愉快的口吻吩咐着,“要现蒸出来的啊,顺便从小铺里买三斤挂面。”

等我提着红彤彤油汪汪的灌肠和挂面回到家里时,父亲已经脱下了那件像牛皮一样的大衣,娇娇也脱下了那件直拖到脚面的羽绒服。尽管父亲的棉袄也是油腻发亮、扣子不全,但脱去了大衣,还是显得精干了许多。娇娇妹妹,上穿着一件白底红碎花的小棉袄,下穿着一条红格子棉裤,细细的小胳膊从嫌短了的袖筒里露出来。她美丽而温顺,像一只卷毛的小羊羔羔,使我的心中充满了怜爱。在父亲和娇娇面前,摆上了一张红漆面的矮腿楸木饭桌,这张桌子我们过年时才舍得使用,平日里母亲用塑料布包裹着它,把它像宝贝一样高高地吊在梁头上。桌子上放着两碗热水,散发着袅袅的蒸汽。母亲抱出一个用塑料袋包扎着的罐头瓶子,解开袋子,揭开盖子,显出满瓶的洁白晶莹,我敏感地抽了一下鼻子,立即就知道这是白糖。尽管我是天下少有的馋嘴孩子,无论母亲把好吃的食物藏在多么隐秘的地方,也挡不住我的偷食,但这罐子白糖,竟然没被我发现。她是什么时候买来了、或者是捡来了这样一罐白糖我也不知道。可见母亲比我更狡猾,我开始怀疑,母亲背着我还私藏了很多精美的食物。

母亲没有为她瞒着我私藏白糖而惭愧,好像这样做是光明正大的行为,而不是见不得人的勾当。她用一把不锈钢的小勺子,坦然地往娇娇面前的水碗里挖糖,是那样的大方慷慨,简直是西山顶上出太阳,简直是鸡下鹅蛋猪生象。娇娇用她的亮晶晶的眼睛,带着几分怯意,看看母亲的脸,然后再去看看父亲的脸。父亲的眼睛也发出了亮光。他伸出一只大手,摘下娇娇的绒线帽子,显出了一个圆圆的、生着小羊毛一样满是圈圈的头。母亲挖出一勺糖,运到了父亲的水碗的上方,却突然停住了。我看到她的嘴巴竟像赌气的少女的嘴巴一样咕嘟起来,脸上也泛起了一片红晕。这个女人实在是莫名其妙啊!她把罐头瓶子猛地放在父亲面前,低声地嘟哝着:

"自己加吧,别又说我这个那个的!"

父亲困惑地望望母亲的脸,母亲却把脸歪到了一边,不与他的目光交接。父亲把不锈钢勺子从罐头瓶子里提出来,放在了娇娇的碗里,然后把瓶子盖儿郑重地扣上,说:

"我这样的人,吃什么糖?"

父亲用勺子搅搅娇娇碗里的水,说:

"娇娇,谢谢你大娘吧!"

娇娇怯生生地说了父亲教给她的话。母亲似乎不高兴地说:

"喝吧,谢什么!"

父亲舀起一勺糖水,放在嘴边吹吹,递到了娇娇嘴边,但他马上又把糖水倒回碗里,目光张皇地往四处看看,端起自己眼前的碗,咕咚咕咚喝下去,热水烫得他龇牙咧嘴,额头上冒出了汗珠。他把娇娇碗里的糖水,倒进他刚刚腾出来的碗里约有一半,然后把两个碗放在一起,似乎是在比较碗里糖水的多少。我猜不出父亲的意图,但马上就明白了父亲的苦心。父亲把那只盛了糖水的碗推到桌子的一头距离我最近的地方,充满歉意地招呼我:

"小通,这碗是你的。"

我的心立即被感动了,满肚子的馋被一种高尚的精神压制下去,我说:

"爹,我大了,我不喝,让妹妹喝吧!"

母亲的喉咙里又发出了呼噜声,她背过身去,抓起那条乌黑的毛巾,擦擦眼睛,满面怒气地说:

"都喝,别的没有,水还管不够你们?!"

母亲用脚把一个小凳子准确地踢到桌子边,不看我,却是对我说:

"还愣着干什么? 你爹让你喝你就喝!"

父亲帮我把小凳子扶正,我落了座。

母亲将捆灌肠的马莲草撕开,把灌肠分散在我们面前,还特意地把一根看起来最粗大的递到娇娇的手里,说:

"趁热,快吃,我给你们煮面条。"

第 十 五 炮

　　大道上鼓乐喧天,从东西两个方向响起。肉食节的游行队伍,已经逼近。大约有三十多只土黄色的野兔子,从道路两侧的庄稼地里,惊恐万端地窜出来,会聚在庙门前,交头接耳,窃窃私语。其中一只,左边的耳朵耷拉着,好像一片蔫菜叶子,胡须都白了,看样子像个苍老的领袖。它发出一声尖叫,很怪异。我很了解兔子。兔子一般不会发出这样的声音。任何动物,在非常的时刻,都会发出一些特异的声音,向它的同类,传达神秘的信息。果然,那些兔子,仿佛接了命令,齐声叫唤着,蹦进了庙门。它们跨越门槛时的跳跃动作优美得难以描述。兔子们纷纷跑到五通神塑像后边去,在那里它们大声喘息着,唧唧喳喳地议论着什么。我突然想到塑像后边还有一窝狐狸,兔子进去,等于给它们送去了丰盛的午餐。但这种事儿,谁也没有办法制止啊。随它们去吧。我如果去告诉兔子,狐狸也会生气。音乐从对面台子上的两只大喇叭里猛烈地爆发,震耳欲聋。是喜气洋洋的乐曲,节奏轻快,旋律优美,让人忍不住地想跳起来舞蹈。大和尚,我在外流浪十年,曾经在一个名叫"伊甸园"的歌舞厅打工。我穿着洁白的工作服,脸上挂着虚假的笑容,守候在卫生间里,负责给那些因为酒肉满腹、或者是情欲发作而满面红光的客人扭开龙头,让他们洗手,等他们洗完了爪子,再把一条叠得方方正正的热毛巾递到他们爪子里。他们有的接我的毛巾擦手,擦拭完毕将毛巾还给我时还会说一声谢谢。有的还摸出一个硬币,扔在我面前那个盘子里,发出一声脆响。有的人很慷慨,扔下一张十元的票子给我。有的人更慷慨,扔下一张面值百元的大票子给我。我想这样的人一定是发了大财而且情场得意,心情格外好,所以才如此大方。有的根本就不理睬我,洗完了手,就用那个挂在墙上的电风干手器吹拂。呜呜的风声里,我看着他麻木的脸,知道这是个倒霉蛋,这个晚上,一拨人醉生梦死的消费很可能要他来埋单。他招待的多半是些手中有权的腐败分子,心里恨着他们,但还必须装出笑脸应酬他们。对这样的倒霉蛋我一点也不同情,因为他也不是好东西。到这个灯红酒绿的地方来花钱的,基本上没有一个好东西,让老兰的三叔用机关枪把他们全部突突了才好呢。但那些吝啬到不往我的碟子里投小费的东西是更坏的东西,看着他们青红皂白的狗脸我就生气,让老兰的三叔用机关枪把他们突突了都难解我心头之恨。想当初,我罗小通也是个大名鼎鼎的人物,可如今我是落地的凤凰不如鸡。好汉不提当年勇,人在矮檐下,岂敢不低头。大和尚,"少年得志,家门不幸",这句话正应在我的身上。我皮笑肉不笑地接待着那些前来排泄的混蛋们,心中回忆着我的辉煌历史和我的辛酸往事,并且,每送走一个混蛋我就不出声地怒骂一句:王八蛋,走路跌死你,喝水呛死你,吃肉噎死你,睡觉憋死你。在无人前来排泄的间隙里,我听到舞厅那边,传过来时而热情似火、时而浪漫如水的音乐。我的心中,时而涌动起想干一番大事业的激情,时而幻想着自己也在那灯光幽暗的舞厅里,怀抱着一个裸露着肩膀,头发散发着香气的女郎,磨磨蹭蹭,悠悠晃晃。幻想到得意处,我的腿就会不由自主地晃动起来,合着音乐的节拍,但我的好梦总是被一个个排着鸡巴冲进来的混蛋打断。大和尚,你知道我的心中有多么屈辱吗？有一天我在卫生间里放了一把火，但是我又及时地用灭火器扑灭了它。但就是这样，歌舞厅那个老板洪胖子还是把我押送到派出所里去，要治我一个纵火的大罪。我很聪明地对审问我的警察说，火是一个喝醉了的客人放的，是我救灭的。按说我是个救火的英雄，老板应该发给我一大笔奖金，而且刚开始他也是答应了要发给我奖金的，但是他后来反悔了。他是个残酷剥削员工的吸血鬼，吃人不吐骨头。他把我往局子里一送，许愿发给我的奖金省下了，拖欠了我三个月的工资也不用发给我了。我说警察叔叔你们都是包青天，明察秋毫，绝不会上洪胖子的当，你们知道吗？他经常躲在卫生间里骂你们呢，他一边撒尿一边骂你们啊……就这样，警察把我放了。无罪释放。我哪里有罪？老兰才他妈的有罪呢。但老兰早就是市政协常委，经常在电视上出头露面，发表一些冠冕堂皇的讲话，每次讲话，都要提到他的三叔，说他的三叔是爱国的华侨，曾经用一根粗大的鸡巴为炎黄子孙挣来光荣，还说他三叔要回来捐款修建五通神庙，借以提高我们这地方男人们的阳刚之气。老兰这小子，满嘴的胡言乱语，但他的发言总是赢得满堂喝彩。对了，我突然想起来了，我们刚才看见过的那个生着两扇大耳朵的人——我猜想老兰的三叔年轻时就应该是这个样子——经常地出现在"伊甸园"歌舞厅里，就是他将一张绿色的钞票扔在我面前的盘子里。后来我才知道那是一张面值一百的美元！新的，边沿锋利，把我的指头划开了一道口子，流了很多血。他穿着白色的西装，扎着红色的领带，高大挺拔，活像一棵白杨树。他穿着一套墨绿色的西装，扎着金黄色的领带，高大挺拔，活像一棵黑松树。他穿着一套紫红色的西服，扎着一条洁白的领带，活像一棵红杉树。我无法看到他在舞场里的潇洒舞姿，但我能想象出来，当他搂住那个穿着洁白的、墨绿的、紫红的晚礼服，露着仿佛是用白玉雕成的肩膀和胳膊，佩戴着璀璨夺目的首饰，大眼睛水汪汪、嘴角上生一颗黑色的美人痣的全舞场最美丽的女人翩翩起舞时，多少人的目光都投射到他的身上。掌声，鲜花，美酒，女人，都是属于他的。我幻想着有一天,能成为他那样的人,出手大方,花钱如同流水,被众多的美女包围,走起路来,如同一匹斑斓多彩的豹子,隐秘而华丽,让人感到像幽灵一样神秘莫测。大和尚,你还在听我说吗?

傍晚时分,小雪变成了大雪,院子里已经积了厚厚一层。母亲抄起扫帚,刚扫了两下,父亲就把扫帚夺了过去。

父亲施展开身手,动作刚劲有力。这使我想起村里人对他的议论:罗通一手好活,可惜是"好驹不拉犁"。在沉重的暮色里,在满地白雪的映衬下,他的身躯显得格外厚重。很快,在他身后,出现了一条通往大门的小路。

母亲沿着父亲扫出来的小路走到门口,关上了沉重的大门。钢铁碰撞,声音响亮,震动了落雪的黄昏。黑暗随即降临,但地上的积雪和空中的飞雪还在黑暗中散射出模糊的白光。母亲和父亲在门前遮檐下跺着脚、晃动着身体,似乎还用毛巾相互抽打着身上的落雪。我坐在距离那个猪头只有半步远的墙角,嗅着生冷的肉味,瞪大眼睛,想让目光穿透黑暗,看看父母脸上的表情,但很遗憾我看不清他们的脸,我只能看到他们摇晃的身影。我听到坐在我面前的妹妹咻咻地喘着气,像一只躲藏在黑暗中的小兽。中午时我放开了肚皮,尽力吃了一饱,直到傍晚,还有一段段没嚼烂的灌肠和一根根面条从胃里返上来。我把它们咀嚼了再咽下去。听人说这是很恶心的行为,但我舍不得吐掉它们。父亲回了家,我的食物构成很可能会发生一些变化,但究竟能够发生多大的变化,眼下还是一个谜。看父亲这副萎靡不振、俯首帖耳的模样,我预感到把吃肉与他的归来紧密地联系在一起的幻想多半要化为泡影。但因为他的归来毕竟让我大吃了一顿灌肠,灌肠里虽然大部分是淀粉,但毕竟还有零星的肉块隐藏其中,但毕竟那层薄薄的肠衣也算是荤腥。毕竟在吃了一肚皮灌肠之后,又吃下去两碗面条,何况,还有一个肥大的猪头就放在墙角的菜板上,只要伸出手就可以抚摸它。它什么时候才能够进入我的口腔和肠胃呢？母亲不会把它卖了吧？

中午吃饭时，我的饭量和我吃饭的速度着实让父亲吃了一惊。后来，我也听母亲说过，妹妹的饭量和吃饭的速度也让她大吃了一惊。而在当时，我没有时间和精力去看妹妹吃饭的姿态。但我能够想象出来，在我们兄妹俩像饿死鬼一样疯狂地进食时，当我们被未曾嚼烂的灌肠噎得抻脖子翻白眼时，父亲和母亲脸上一定是布满了悲伤的表情。我们的贪婪吃相不但没让他们反感，而是让他们感到了深深的悲哀和自责。我想，很可能就在那一刻，父母亲做出了不离婚的决定。他们要好好过日子，给我和妹妹创造出丰衣足食的幸福生活。我在黑暗中打着饱嗝、回嚼着食物的时候，也同时听到了妹妹的饱嗝声。她的嗝打得成熟而老练，如果事先不知道是她坐在那里，杀死我我也想不到能打出这样响亮饱嗝的会是个四岁的小女孩。

毫无疑问，在这个雪花飞舞的夜晚，满肚子灌肠掺杂着面条，使我的肠胃负担沉重，减弱了我对吃肉的欲望，但那个在黑暗中放射着模糊白光的猪头，还是让我浮想联翩。我想象着它被劈成两半在铁锅里翻腾的景象，我的鼻子似乎嗅到了猪头肉独特的鲜美气味。我还进一步地想到，我们一家四口围着一个大盆，大盆里盛着煮得稀烂的猪头，携带着大量肉分子的热气汹涌地升腾着，气味芬芳，令我心醉神迷，仿佛在半梦半醒的美好状态中。我看到，母亲神色肃穆，极其庄严地捏起一根鲜红的筷子，猛地往猪头上一插，然后搅几搅，抖几抖，猪头上的骨头就与猪头上的肉完全彻底地脱离开来。母亲把骨头从盆里捡出来，大方慷慨地对我们说：吃吧，孩子们，放开肚皮吃，今日让你们吃个够！……

母亲一反常态地点燃了那盏带玻璃罩子的煤油灯，使我们的瓦房里充满从来没有过的光明。我看到我们的影子夸张地映射到白色的土墙上。墙上悬挂着一辫子大蒜，还有一串辣椒。经过了一天的磨合，妹妹渐渐地活泼了。她借着灯影，将两只小手交叉起来，墙上立即出现了一个狗头的形状。她兴奋地说：

"狗,爹爹,狗!"

父亲的目光飞快地从母亲的脸上掠过,然后用悲凉的腔调,顺着她说:

"对,是一条狗,是娇娇的那条小黑狗。"

娇娇马上将手指的交叉方式改变了,墙上出现了一个兔子的剪影,虽然说不上是惟妙惟肖,但也是一眼就能辨认出来。

"不是狗,"妹妹说,"兔子,是一只小兔子。"

"对,是兔子,娇娇真聪明。"父亲在夸完他的女儿后,仿佛是满怀着歉意似的对着母亲说:"小孩子,一点都不懂事。"

"她才多大?你还要她懂什么?"母亲宽容地说着,竟然也把两只手交错在一起,白色的土墙上,立即就显示出一个仰头翘尾的大公鸡。并且,从她的嘴巴里,还发出了一声鸡鸣。这稀有的现象让我大吃了一惊,多年来,我听惯了的是母亲的牢骚和詈骂,见惯了的是母亲的怒容和苦脸,想不到母亲竟然还能变幻手影,还能模仿公鸡的叫声。说实话我的心中是又一次地百感交集,从大清早父亲驮着他的女儿在大门口一露面那会儿起,我就一次又一次地百感交集起来。除了这个百感交集,我想不出别的词儿来形容自己的心情。

欢乐的笑声从妹妹的喉咙里飞出,父亲的脸上也绽开了苦涩的笑容。

母亲用温存的目光盯着娇娇看了一会,长叹了一口气,说:

"孽都是大人造下的,孩子没有错。"

父亲垂下头,说:

"你说得对,千错万错,都是我的错。"

"都这样了,还说这些干什么?"母亲站起来,麻利地将套袖戴上,提高了嗓门,说,"小通,你这个小混种,知道你恨我,碰上一个老抠的娘,五年了,连次肉都没让你吃够过,对不?今天娘就大方一次,煮猪头,犒劳三军,让你吃个够!"

母亲将菜板放在锅台上,把那个猪头提上去,然后抄起斧头,比量了一下，猛地一斧劈了下去。

"刚吃了灌肠……"父亲慌忙地站起来，阻拦道："你们娘俩挣几个大钱也不容易，这猪头，还是卖了吧，人的肚子，就是一条破麻袋，填上糠菜是饱，填上肉鱼也是饱……"

"这是你说的话吗？"母亲用特别鲜明的嘲讽口吻说。但她马上就改变了腔调，严肃地说："我也是个人，我也是红口白牙凡胎肉身，也知道肉好吃，以前我不吃，那是我傻，那是我不明世，人活着，想来想去，最重要的，其实也就是为了一张嘴。"

父亲咧咧嘴，搓搓手，看样子想说什么，但没有说出来。他往后退了几步，马上又往前走了几步，伸出手去，对母亲说：

"我来吧。"

母亲稍微犹豫了一下，就把斧头放在了菜板上，身体闪到了一边。

父亲挽起袖子，将破烂不堪的内衣袖口往里塞了塞，抓起斧头，举起来，似乎既没瞄准，也没用力，一下，然后又是一下，那个庞大的猪头就豁然成了两半。

母亲上下打量着已经退到了一边的父亲，脸上的神情十分暧昧，连我这个自认为摸透了她的心思、精通了她的思维方式的儿子也猜不透她想的是什么。总而言之，从父亲两斧头将猪头劈成两半那一时刻开始，母亲的心情明显地发生了变化。她撅着嘴，把半桶水倒进锅里。因为用力过猛，水从锅里蹿出来，湿了半边锅台和锅台上的一盒火柴。然后她把水桶扔到一边，哐啷一声响，惊动了我们的心。父亲站在一边，表情尴尬，无所措手足，那样子真让人难受。接着我们就看到母亲提着猪耳朵，将一半猪头扔到了锅里。然后又提着另一只猪耳朵，把另一半猪头扔进锅里。我很想提醒母亲，要想使煮出的猪头味道鲜美，那么，在盖锅之前，还应该往锅里添加茴香、生姜、葱白、蒜瓣、桂皮、豆蔻等等诸多调料，而且还应该添加一勺朝鲜白醋——这是野骡子姑姑的秘密配方，当年我跟随着父亲经常悄悄地溜到她的饭店里去吃肉，有好几次亲眼目睹了野骡子姑姑煮猪头的全部过程。而且我还亲眼看到过父亲用斧头帮助野骡子姑姑把猪头劈开的情景，一斧，两斧，顶多三斧，猪头就会变成两半。野骡子姑姑用赞赏的目光看着父亲，我还记得她曾经说过：罗通啊罗通，无论什么事，你都是无师自通啊！

野骡子姑姑煮出来的猪头肉味道特别，不但在村子里享有盛誉，那些馋嘴的食客们还把她的名声传播到了十几里外的乡镇，连专为镇上官员办理饭食、肩负着重担的老韩，也隔三差五地来到这里，未曾进门先吼一声：老野！——野骡子大姑赶紧地跑出来，一口一个韩大哥地叫着，十分地亲切。——煮上了没有？给留半个。——煮上了，煮上了，一会儿就好，您先喝着茶等会。野骡子姑姑手脚麻利地倒茶、点烟，满面都是笑容——市里来人啦，他们就吃服了你这一口，花市长还说要来会会你呢，老野，你的运气就要来了，听说了没有？花市长的老婆得了绝症，没有几天熬头了，等那位闭了眼，没准就把你娶过去填了房，等你发达了，成了市长太太，可不许不认识咱老韩了啊！——父亲沉重地咳嗽着，仿佛要借此唤起老韩的注意。老韩果然就看到了父亲，瞪着两只鼓凸的大黄眼骂道：罗通，妈拉个巴子的是你？妈拉个巴子的怎么会是你？——妈拉个巴子为什么不可以是我？父亲不卑不亢地回答了他。老韩在父亲的回骂声中，原先绷着的、似乎怒气冲冲的脸反倒松弛了，笑着，龇出一口白得像石灰一样的牙，阴阳怪气地说：当心啊，你个二流子，野骡子是块唐僧肉，多少人想着呢，你一个人独占了花魁，小心大家伙把你的鸡巴割了去！——野骡子姑姑恼怒地说：你们，都给我闭上臭嘴，别拿我当开心的果子、下饭的咸菜，惹恼了老娘，把你们一个个全都劈了！——好厉害的婆娘！老韩道，刚才还一口一个大哥叫得蜜甜，一调腔就翻了脸，你也不怕把老主顾得罪了？——野骡子姑姑用铁抓钩把半个煮好的猪头抓出来。猪头上挂着一层酱红的浆汁，发散着扑鼻的香气。我直着眼睛盯着猪头，口水不知不觉地流到了下巴上。野骡子姑姑把猪头放在熟肉案板上，抄起一把明晃晃的大刀，在手里耍了一个花,啪的一声,剁下了一块拳头大的肉,用一根铁扦子插起来,举着,喊我:小通,给,馋猫,下巴都快掉下来了!——老野,那不是给我留的吗?老韩急了,嚷嚷起来,花市长点名要吃你的肉呢!——什么鸡巴花市长、草书记,他能管着你,但他能管着我吗?——你厉害,你厉害,我投降,我认错,行了吧?老韩说,赶快给弄几张荷叶包起来,不骗你,真是那个花市长来了呢!——你那个花市长与我的干儿子比起来算什么?屁味!对不对,儿子?野骡子姑姑亲切地问我。我哪里有空去回答这样无趣的问题。——好啦,屎味,屎味行不行?老韩说,那个姓花的市长是屎味,咱们不屑他,行了吧?姑奶奶,求您赶快把肉给俺弄上吧,老韩提起穿在腰带上的手表,瞅瞅,着了急,说,老野,咱们也算是多少年的老关系了,您可别把我的饭碗给打了,咱一家老小还靠着这个差事吃饭呢!——野骡子姑姑几下子就把那半扇猪头剔了骨,冒着烫手的痛苦,嘴巴里咝咝地,手指头灵活地跳跃着,将那半个猪头片开,但还保持着猪头的形状,用一摞绿荷叶包裹了,外边用马莲草捆扎起来,往外一推,说:快滚,去孝敬你那些爹去吧!——如果母亲想煮出野骡子姑姑那样的猪头肉,还必须加上一匙子捣成细末的明矾,这也是她的秘密配方,在我的面前,野骡子姑姑不保密——但母亲什么调料也没加就把锅盖扣上了,白水煮猪头,这怎么可能好吃!但毕竟是猪头,而我,毕竟是一个十分喜欢吃肉而又多年没捞到吃肉的少年。

灶火熊熊,十分兴旺。火光映红了母亲的脸。松木劈柴含油,好烧,耐烧,不需频繁添加。母亲完全可以离开锅灶去干一些别的事情,但是她不离开。她就那样沉静地坐在灶前,双肘支在膝盖上,双手托着下巴,盯着灶膛里千变万化但又万变不离其宗的火焰,眼睛呢,闪闪发光。

锅里的水似乎有了一点动静,断断续续的吱吱声,仿佛在很遥远的地方。我坐在门槛上,听到坐在我身边的妹妹打了一个哈欠,然后就看到她张大的嘴巴,和嘴里那些白色的小牙。

母亲没有回头,冷冷地对父亲说:

"让她睡吧。"

父亲抱起妹妹,拉开门去了一趟院子。从院子里回来,妹妹的头已经伏在了父亲的肩膀上,并且发出了细微的鼾声。父亲站在母亲的后边,仿佛在等待着什么。母亲说:

"被子、枕头都在炕头上堆着,先让她盖那床兰花的吧,等明天再另给你们做。"

"真是太麻烦了……"父亲说。

"你啰唆什么?"母亲说,"别说是她,即便你去大街上捡来一个私孩子,也不能把她放在草窝里睡吧?"父亲抱着妹妹进了里屋,母亲突然对我发起了火:"你不去撒尿睡觉还在这里熬什么? 文火焖猪头,你能等到天亮吗?"

我的眼皮顿时发黏,思维进入迷糊状态。野骡子姑姑煮出来的风味独特的猪头肉,似乎就在空中飘着,一片追赶着一片,只要我一闭上眼睛,就往我的眼前降落。我站起来,问:

"我睡在哪里?"

"你能睡在哪里?"母亲说,"平时睡在哪里,现在就睡在哪里!"

我眯着眼走到院子里,雪花降落到我的脸上,使我清醒了不少。屋子里的火光把院子映照得很亮,雪花飘舞的形态看得清清楚楚,十分美丽,简直是梦——在这个美好的梦境中,我看到,我家的拖拉机满载着货物,歪斜在院子里,白雪已经遮盖了那些破烂,使拖拉机像一个古怪的大物。白雪还覆盖了我的迫击炮。它显露着部分钢铁的颜色,保持着炮的形状,炮筒子指向昏暗的天空。我坚信这是一尊身体健康、精神愉快的迫击炮,只要有了炮弹,它随时都可以发射。

我进了屋,爬上炕,犹豫了一下,但还是脱成了一个光腚猴子,钻进了被窝。我的冰凉的脚触到了妹妹热乎乎的身体,感觉到她的身体抽搐了一下,赶紧把脚缩起来。我听到母亲说:

"好好睡觉,明天早晨起来吃肉。"

　　听母亲说话的腔调,她的心情似乎好了起来。灯光慢慢地暗了,只有灶膛里的火光,在外间屋里抖动着。房门也轻轻地拉上了,但狭窄的门缝,把灶膛里的光集中起来,投射到里屋的柜子上。一个模模糊糊的问题,在我的脑海里缭绕着:母亲和父亲睡在哪里? 难道他们要彻夜不眠地煮猪头吗? 这个问题使我难以入睡,不是我故意偷听,是我睡不着,我用被子蒙着头,但父亲和母亲说话的声音还是一字不漏地钻进了我的耳朵。

　　"下这么大的雪,明年会有个好收成。"父亲说。

　　"你的脑筋该换了,"母亲冷冷地说,"现在的庄户人不是从前了。从前的庄户人从土里刨食吃,要看老天爷的脸色吃饭,风调雨顺,五谷丰登,锅里有馍,碗里有肉;风不调雨不顺,庄稼歉收,锅里汤,碗里糠。现在,但凡不呆不傻的,没人再去地里受罪。汗珠子浇透十亩地,赶不上贩卖一小拖猪皮……其实你走的时候已经这样了,我还对你说这些干什么。"

　　"都不种地也不是个事……"父亲低沉地嘟哝着,"农民嘛,种地才是本分……"

　　"真是日头从西边出来了,"母亲嘲弄地说,"早些年你在家时,也没有下过几天地啊,这次回来,要改邪归正当农民了?"

　　"除了种地,我不知道还能干点什么……"父亲尴尬地说,"估牛,显然是不需要了,要不,我就跟着你们收破烂吧……"

　　"不能让你收破烂,"母亲说,"你不是干这种事的材料。干这种事要没脸没皮,半偷半抢。"

　　"我出去折腾了这一番,还有什么脸皮? 你们能干的我也能干。"

　　"我不是那号糊涂女人,"母亲说,"你也回来了,房子也有了,我和小通也不收了。不过你要走我也不拦你,留住了人也留不住心,留不住心就不如不留……"

　　"我的心里话上午就当着孩子们的面对你说了,"父亲说,"我混惨了,人穷志短,马瘦毛长,用狗皮蒙着头回来找你,你收留我,我感激不尽,到底是发小的夫妻,打断骨头连着筋……"

"真是出息了啊,"母亲说,"几年不见,磨练出来这样一张甜嘴……"

"玉珍,"父亲的声音更加低沉了,"我欠了你的,往后就给你当牛当马吧……"

"还不知道谁是牛马呢,"母亲说,"没准哪天又跟着个野驴野马地跑了……"

"你不要往我最痛的地方戳嘛!"父亲说。

"你也知道痛?"母亲愤愤地说,"我在你的心里,连她的一根脚指头都不如……"母亲抽泣起来,喉咙呼噜呼噜地响,"有多少次,我把绳子都搭到梁头上了,不是有个小通牵挂着,有十个杨玉珍也死光了……"

"知道,我知道……"父亲艰涩地说,"我罪大恶极,罪该万死……"

可能是父亲的手伸到了母亲身上,我听到母亲压低了嗓门说:

"你别动我……"

但父亲的手肯定没有拿开,要不母亲就不会说:

"你去摸她嘛,摸我这样一个半老婆子干什么……"

浓烈的肉香从门缝里像潮水一样涌进来。

第 十 六 炮

　　东城的游行队伍,领头的是一辆巨型卡车改装成的彩车。车头是一个米黄色的喜笑颜开的巨大牛头。我自然知道这画面的荒谬。肉食节游行中出现的所有的动物图像,象征着的都是血腥的屠戮。我见多了被宰牲畜们那哀怨的表情,听多了它们临终前的哀鸣。我知道,现代人讲究文明屠宰,给即将被屠宰的动物洗热水澡,放轻音乐,甚至给它们进行全身按摩,把它们催眠了,然后突然一刀,要了它们的命。我看到电视节目中在赞扬这种"文明屠宰",说这是人类的重大进步。人类已经将仁爱之心施加到动物身上,但还在发明杀伤力巨大、让人不得好死的武器。越是杀伤力巨大、越是让人不得好死的武器越是先进,也就越能卖大价钱。我虽然还没进入佛门,但是我已经意识到,人类的许多言行,严重地违背了佛家的精神。大和尚,我说的对吗? 大和尚脸上浮现出笑意,不知是在肯定我的觉悟,还是在嘲笑我的浅薄。在这辆牛形彩车的平台上,站着二十几个身穿肥腿红裤子、白色对襟小褂子、头上扎着羊肚子毛巾、腰里扎着红色绸布腰带的青年人。他们都用红颜色抹了脸,围绕着一面大鼓,挥动着像洗衣棒槌一样粗大的鼓槌,奋力敲打着鼓面,使那面大鼓,发出了震撼人心的响声。彩车平台的边缘上,用花边仿宋体大字写着"肯塔·胡肉类集团"的字样。在他们的后边,是一支由妙龄女子组成的秧歌队。她们穿着白裤子红褂子,腰间扎着绿色的绸子,跟着彩车的后边,踩着鼓点儿,将她们的腰肢和屁股,大幅度地扭动。在她们的后边,跟过来了一辆白色大公鸡形状的彩车,车上站着两只鸡,一只公鸡,一只母鸡。公鸡每隔几分钟就转动着脖子,发出一声怪里怪气的啼鸣。那只母鸡,每隔几分钟,就从屁股里下出一个巨大的蛋,并同时发出咯咯嗒嗒的叫蛋声。这辆彩车创意精彩,形象逼真,肯定会在节日后的彩车评比中获得好的名次,得第一名的可能性也是有的。我知道公鸡和母鸡的肚子里都藏着人,公鸡的打鸣和母鸡的下蛋都是他们操纵的。这辆鸡车上的标语标明,它是属于"杨姑姑禽蛋联合公司"的。在鸡车的后边,跟随着排成四路纵队的八十个男女,头上都戴着鸡冠子帽,胳膊上都绑着羽毛,一边走路,一边扇动"翅膀",嘴巴里呼叫着口号:"要想身体好,禽蛋少不了","杨姑禽蛋,成千上万"。从西城方向开来的游行队伍,打头的是一队骆驼,起初我还以为是假骆驼,走到近前才发现都是真骆驼。我粗略地数了数,大约有四十头骆驼,都披红戴花,宛如一群刚刚授了奖的劳动模范。在它们前头,有一个短小精悍的男人,腿轻脚快,身手不凡,每走几步就翻一个空心跟斗。他手里拿着一根挂满铜钱的彩色花棍,上下挥舞着,发出哗啦啦的声响。骆驼们在他的指挥下,变换着花样繁多的步伐,脖子下的铜铃铛,发出悦耳的声音。这是一支训练有素的骆驼仪仗队。当中一匹白脸的骆驼背上,绑着一根高杆,杆子上悬挂着一面绣着大字的彩幡,幡上的字样——我不用看幡上的字样就知道是老兰的队伍来了。在我十年前服务过的肉类联合加工厂的基础上,老兰创建了他的珍稀动物屠宰公司。他生产的骆驼肉和鸵鸟肉,声名远播,给人民提供了丰富的营养,给他的公司带来了滚滚的财源。据说这个王八蛋睡的床是用水做的,这家伙用的马桶上镶着金边,这家伙抽的烟是添加了人参的,这家伙每天吃一只骆驼蹄子两只鸵鸟爪子,外加一个鸵鸟蛋。在骆驼队的后边,跟随着一支鸵鸟的队伍,总共有二十四只鸵鸟,排成两路纵队。每只鸵鸟的背上,骑着一个儿童。左边一队,都是男童;右边一队,都是女童。男童都穿着白色运动鞋、带两道红圈的白色高统袜子、天蓝色制服短裤、洁白的短袖衬衣、脖子上扎着红色的飘带。女童都穿着白色的小皮鞋、白色短筒袜子、袜子的上口仅仅遮没踝骨、袜子的外侧缀着两颗红色的绒线小球、天蓝色的连衣短裙、胸前缀着金黄色的蝴蝶结。男童都剃着小平头,圆滚滚的像十个小皮球。女童都扎着小辫子,小辫子上扎着红绸子,圆滚滚的像十个小绣球。孩子们在鸵鸟背上,腰板笔直,小胸脯前挺。鸵鸟们高高举起三角形小头,一个个兴高采烈,骄傲自大。鸵鸟们的羽毛,看上去灰秃秃的,朴素无华。鸵鸟们的脖子上,都扎着一条鲜红的丝带。鸵鸟几乎不会慢步行走,一上来就是大踏步地奔跑,每一步跨越的距离足有一米半,慢吞吞的骆驼队,妨碍了它们的步伐,它们显得有些烦躁不安。鸵鸟们烦躁不安的表现就是它们不断地扭动它们的弯曲的长脖子。东西两城的游行队伍会合后,队伍都停滞不前,鼓声、锣声、音乐声、呐喊声此起彼伏,场面十分热闹,但也很是混乱。十几个扛着摄像机的电视台记者,选择着自己的角度,紧张地抢着镜头。一个抢拍骆驼队的摄像记者因为要拍特写镜头距离太近,激怒了骆驼。骆驼龇牙咧嘴,哞吼一声,将一口黏稠的东西喷射出来,糊住了摄像机镜头,也糊住了记者的眼睛。那个记者大声叫唤着跳到一边去,放下机器,弯下腰,用衣袖擦脸。一个负责调度的人,手里举着一面小旗,大声喊叫着,指引着游行的队伍进入主会场。牛彩车和鸡彩车慢吞吞地拐下大道,向主会场前的草地开进,在它们后边,还有一眼望不到尽头的游行队伍,缓缓地移动着。西城的骆驼队在那个身段不亚于武生的小个子男人的引导下,轻快地走上了草地,他的脸上挂着笑容。在道路的旁边,那个遭了殃的摄像记者破口大骂,但是无人理睬他。骆驼队行进得还算井然有序,但那二十四只鸵鸟,却不知道为了什么发了脾气。它们的队形突然乱了,一窝蜂般地跑到了庙前的院子里。孩子们尖声惊叫着,有的从鸵鸟的背上滑落下来,有的紧紧地搂住鸵鸟的脖子,小脸上满是汗水。鸵鸟们在院子里,拥挤在一起,胡乱地跑动着。我突然发现,远远地看上去毫无光彩的鸵鸟羽毛,在阳光照耀下,竟然是那样华丽。这是一种朴素的华丽,仿佛秦朝的锦缎,高贵无比。珍稀动物屠宰公司的几个人,气急败坏地轰赶着鸵鸟,但他们的努力只能使鸵鸟们更加烦躁。我看到它们圆圆的小眼睛里全是仇恨。它们宽阔的嘴巴里发出沙哑的嘶叫声。一个老兰公司的工作人员,被一只愤怒的鸵鸟一爪子打中膝盖。那人惨叫一声,一屁股坐在地上,手捂着膝盖,口出"哎哟"之声,脸色蜡黄,额头上满是亮晶晶的汗珠子。我看看那些奔跑中的鸵鸟们那些坚硬的大爪子,啪嗒啪嗒地敲打着地面。我知道它们脚的力量很大,不亚于马蹄。据说成年的鸵鸟,敢跟狮子打架。它们常年在沙漠里奔跑,脚趾锻炼得如同钢铁。那个坐在地上哀鸣的人,膝盖上的伤肯定很重,他的两个同伴架着他的胳膊把他拉起来,但他的身体一罗锅又坐下了。多数的孩子都从鸵鸟的背上滑落下来,只有一个小女孩和一个小男孩,还在鸵鸟的背上顽强地坚持着。他们俩的小脸都紧绷着,汗水把他们化了彩妆的脸,冲出来许多的道道,使他们的脸,仿佛是肮脏的颜料碟子。那个小男孩,双手抓着鸵鸟的翅膀根部的骨节,屁股随着鸵鸟的奔跑不停地颠动着。他的屁股脱离了鸵鸟背,但他的手还是死死地抓着鸵鸟的翅膀不放。鸵鸟更加疯狂地奔跑,将男孩拖拉在它的身体一侧。周围的几个人目瞪口呆地观望着,但无人向前解救。最后,男孩两只手里攥着两把羽毛躺在了地上,一个人上前把他扶起来。他嘴巴紧咬着下唇,泪珠子在脸上滚。那只终于解脱了的鸵鸟,进入了鸵鸟队伍,张开大口,哈嗒哈嗒地喘息着。那个女孩,紧紧地搂住鸵鸟的脖子不放。鸵鸟挣扎着想把女孩甩掉,但女孩在紧张中焕发出来的力量大得惊人,最后,那只精疲力尽的鸵鸟,脖子和脑袋贴着地面被女孩压住,屁股高高地翘着,两条腿不停地往后蹬着,把地上的泥土蹬起来,甩到很远的地方……

　　我的肚子沉重,猪肉在里边翻腾着,仿佛怀了一窝猪崽儿。其实我不是母猪,根本不知道母猪怀上猪崽儿是什么滋味。姚七家那头怀孕的母猪,拖拉着几乎垂到地面的肚皮,在新近开张的"美丽发廊"前面那堆被白雪覆盖的垃圾堆里哼哼着,有一搭无一搭地寻找着食物。它慵慵懒懒,心宽体胖,一看就是头幸福的母猪,与我们家曾经养过的那两头瘦如豺狼、心情烦躁、对人类满怀深仇的小猪显然不是一个阶级。姚七家专门用狗都不吃的肥肉膘子、地瓜淀粉和用颜料染红的豆腐皮制作香肠。他家的香肠添加了许多不为人知的化学原料,色泽鲜艳,香气扑鼻,销路很好,财源滚滚。养母猪是因为爱好,不是为了牟利,更不是像从前的人那样为了积攒肥料。所以可以断定,他家的怀孕母猪,清晨出来,不是为了觅食果腹,而是要踏雪寻乐,悠闲散步,锻炼身体。我看到猪的主人姚七站在自家那栋从外表看不如我家的漂亮但其实像碉堡一样坚固的房屋后的台阶上,左手放在右边的胳膊窝里,右手夹着烟卷,眯缝着眼睛,陶醉地看着自家的猪。红太阳洒下的万丈光芒,使他的方形大脸宛如一块红烧肉。

　　在那个刚吃罢猪头肉的早晨,一看到猪我的心中就泛滥开强烈的厌恶,母猪丑陋的形象在我眼前晃动着,垃圾的气味在我的胃里翻腾着,啊,龌龊的人们,你们怎么会想到吃猪肉呢? 猪是吃屎吃垃圾长大的,吃猪肉就等于间接地吃屎吃垃圾嘛! 何时我掌了天大的权,就把那些贪吃猪肉的人赶到猪圈里去,让他们变成肮脏的猪。啊,我真是后悔,我真是愚蠢,我怎么会那样贪婪地去吃母亲煮出来的、不加任何调料、上边沾着厚厚一层白色的脂肪的肥猪头肉呢? 那是人世间最肮脏的、最无耻的东西,只配用来喂那些躲在阴沟里的野猫…… 啊——呕——吐——我竟然用肮脏的爪子抓起那些颤颤巍巍的脏东西,往嘴巴里填塞,把自己的肚子当成了藏污纳垢的皮口袋…… 啊——呕——吐——我绝不再做反刍的动物…… 啊——呕——吐——我毫不吝惜地将返上来的东西吐在雪地上。实在是太恶心了,看到自己呕吐出来的东西,加倍的恶心使我的肠胃一阵比一阵地痉挛,然后就是更加剧烈地呕吐。一只狗在我的前面默默地等待着。父亲牵着妹妹的手,站在我的身后,用那只闲着的大手,拍打着我的脊背,想借此减轻我的痛苦。

我把肚子吐瘪了,喉咙火辣,肠胃绞痛,但毕竟轻松了许多,就像母猪把猪崽儿生产出来一样。我不是母猪,根本不知道母猪生了猪崽儿后的滋味。我满眼泪水,望着父亲。父亲用他的手擦了擦我的脸,说:

"吐出来就好了……"

"爹,我再也不吃肉了,我发誓!"

"千万不要轻易发誓,"父亲用怜悯的目光看着我,说,"记住,儿子,无论在什么时候,都不要发誓,否则,就像上了高墙蹬倒梯子。"

后来的事实证明,父亲的话无比地正确。呕吐过猪肉之后不到三天,我又开始了对肉的思念,而且这种思念一直延续了很久。我甚至怀疑在那个早晨,对肉表示出反感并对肉进行了那么多污蔑的孩子不是我,而是另外一个没有良心的家伙。

我们站在"美丽发廊"的门外,在那个无穷地旋转着的彩色幌子前面,看着幌子下边的玻璃灯箱上标出来的价格表。我们是遵从着母亲的命令,在饱餐了一顿肥腻得无以复加的早餐之后,到这家新开张的"美丽发廊"来理发的。

母亲满面红光,精神健旺,看起来心情很好。她把那些油腻的餐具扔在锅里,对试图向前帮忙的父亲说:

"闪开吧,这些事情不用你管。马上就是新年了,小通,今天是多少号? 二十七呢还是二十八呢?"

我哪里还顾得上回答她的问题? 肉已经顶到了我的咽喉,一张口就会冒出来。何况我也不知道日期,想回答也回答不了。在父亲归来前那些暗无天日的日子里,日期与我没有关系,无论多么重大的节假日我也得不到休息，我是一个彻头彻尾的小奴隶。

"你带他们两个去理发吧，"母亲用看起来好似抱怨、但分明是含着深情的目光扫了父亲一眼，说，"一个个都照着镜子看看去，哪里还有点人样子？简直是一群从狗窝里钻出来的东西，你们不怕丢人，我还怕丢人呢！"

一听到母亲说出理发二字，我的眼前发黑，几乎晕倒在地。

父亲搔着头，说：

"何必去花那些钱？去买把推子，自己啃吧啃吧就行了。"

"推子嘛，家里倒是有，"母亲摸出几张钱拍到父亲手里，"今天还是去发廊里剃，范朝霞手艺不错，价钱也还便宜。"

"我们这样子三个头，"父亲把手掌抬起来，比画了一下我们的脑袋，问讯道，"剃这样三个头要多少钱？"

"你们这三颗刺儿头是够个人剃的，"母亲说，"我看怎么着也得给人家十块钱吧？"

"什么？"父亲吃惊地说，"十块钱，十块钱能买半麻袋粮食了。"

"穷富不在三个头上，"母亲慷慨地说，"你带他们去吧。"

"这……"父亲支吾着，"庄户人的头，不值那些钱……"

"如果让我给你们理，"母亲狡猾地看看我，说，"你问问小通，看他是否愿意？"

我双手捧着肚子，摇摇摆摆地跑到院子里，绝望地说：

"爹，我宁愿立即死去，也不愿意让她给我剃头！"

富态大相的姚七悄悄地走过来，先把头往前探探，打量了一下正聚精会神地研究着剃头价格的父亲的脸，然后他就伸出手，在父亲的脖颈上猛拍了一掌，大喊一声：

"老罗！"

"干啥？"父亲转回身，平静地说。

"是你吗？"

"不是我是谁？"

"你这家伙，"姚七兴奋地说，"浪子回头啦？野骡子呢？"

父亲摇摇头，说：

"你问我，我问谁？"

父亲果断地推开门，拉着我们进了发廊。

"你这伙计，真有两下子，"姚七在门外大声咋呼着，"一妻一妾，一子一女，屠宰村的男人，就数你老兄潇洒！"

父亲关上门，将姚七隔在了门外。姚七把门推开，一脚门外一脚门里地站着，继续吆喝着：

"多年不见，还真有点想你。"

父亲苦笑着，不吭气，拉着我们兄妹坐在了那条落满煤灰、凌乱地扔着几本又脏又破、被千人翻过、万人捻过的流行刊物的长凳子上。这条凳子与火车站候车室里的凳子一模一样，如果不是同一个木匠制造了它们，就是这家发廊的主人去候车室把它偷来。发廊里陈设着一把有踏脚板、螺丝牙的理发专用椅子，黑色的皮革上裂开一道长长的口子，好像被人划了一刀。椅子前面的墙壁上，挂着一块长方形的镜片。水银溃散，镜面模糊不清。在镜子下面的狭窄隔板上，紧密地排列着各色的洗发水、定发胶，还有摩丝，对，是叫摩丝。还有一把电动的推子，悬挂在墙壁上一个生锈的大钉子上；还有几十张潮湿的彩色图片——上面印着发型摩登的男女青年——有的紧贴着墙壁，有的边缘翘起，随时都会脱落。地面是用红色的方砖铺就，但黑发楂子白发楂子灰白发楂子和人脚带进来的泥巴使方砖改变了颜色。屋子里弥漫着一股古怪的、说香但不是真香、说臭也不是真臭的刺鼻气味，我鼻孔发痒，连打了三个响亮的喷嚏。似乎是受到了我的感染，妹妹也连打了三个喷嚏。妹妹打喷嚏时小鼻子小眼挤到一起，模样滑稽可爱。她眨巴着眼睛问：

"爹爹，是谁在想我？是俺娘吗？"

"是的，"父亲说，"是她。"

姚七的表情变得比较严肃起来，但依然保持着一脚门外一脚门

里的二尾子姿态,颇有几分庄严地对父亲说:

"老罗,你回来了就好了,过几天我有重要的事情跟你商量。"

随着姚七身影的消失,发廊的门自动地合上了。清新的雪后空气被隔绝在外,使屋子里的龌龊气息更加浓重。我和妹妹比赛似的打了一串喷嚏之后,才渐渐地适应了发廊里的气味。发廊的主人不在,但分明她刚刚离开,因为我一进门就看到了,在发廊内的一角,竖着一个半球形的装置,仿佛是我在城里见到过的电话亭。一个身穿紫红上衣的女人端坐在那装置下面,挺直了脖子,将一个夹满了花花绿绿小夹子的脑袋,举到那个半球形里,那模样三分像一个宇宙飞行员,三分像一个过年时在大街上扭秧歌的大头娃娃,三分像皮豆的娘。其实她就是皮豆的娘,因为皮豆的爹是屠夫大耳朵,所以皮豆的娘也就是屠夫大耳朵的老婆。还有一分不像皮豆的娘,因为好久不见,皮豆的娘腮帮子鼓凸出来,仿佛口腔里塞着两个肉丸子。皮豆的娘原先是两道扫帚眉毛,像丧门神一样,但现在她把扫帚眉毛彻底拔光,画上了一道半青半红的细眉,活像两条吃芝麻叶的虫子。这家伙端坐在那里,双手捧着一本画册,送出去老远,显然是花了眼。她从我们进门后就没抬眼,好像贵夫人不理睬叫花子那样,摆出一副矫揉造作的高傲姿态。呸!你这个满身囊肉、自命不凡的臭娘们,再怎么收拾,即便你把头上的毛都拔了,即便你把脸上的皮都剥了,即便你的嘴上涂上比猪血还要红的颜色,你还是皮豆的娘屠户的老婆!你不理睬我们,我们更不理睬你!我偷眼看看父亲,父亲的神情是冷漠的,但更是清高的,像万里无云的天空一样清高,像少林寺里的当家和尚一样清高,像鸡群里的丹顶鹤一样清高,像羊群里的骆驼一样清高……那张理发专用椅子空闲着,一件白色的大披巾搭在椅子背上,披巾上污迹斑斑,沾满了细小的头发茬子。看到头发茬子我的脖子不由地刺痒起来。想到这些头发茬子很可能就是皮豆娘的,我的刺痒更加强烈了。

我从小就护头,这事我爹也知道。护头的原因就是因为每次剃头后,那些细小的发茬子让我浑身刺痒,比生了虱子还要难受。在我有限的生命时间里,理发的次数屈指可数。自从父亲走后,我们家里不但有了理发推子,还有了理发专用的剪子,还有了一把双箭牌的刮脸刀子。这几乎全了套的理发工具的来历,自然也是我们当破烂收来的。母亲在父亲走后,为了省钱,也省人情——邻居家四葵哥哥理发技术就很好,但母亲不愿意去求他——就用这些生了锈的家什,在我的头上大动干戈,每次都把我修理得叫苦连天……

大和尚,我就把我经历过的最可怕的一次剃头的情形说给您听听——也许稍有夸张——母亲在威逼利诱都无效的情况下,为了让我剃一个新头好过年,竟然把我捆绑在椅子上。这家伙在父亲走后,锻炼出了一副钢筋铁骨,手爪子上的劲头尤其大,我使出了千斤坠,使出了驴打滚,使出了狗钻裆,全都无济于事,最终还是被她捆在了椅子上。在挣扎搏斗的过程中,我似乎在她的手脖子上啃了一口,牙齿上还残留着焦煳胶皮的味道。事实证明我的确咬了她一口。她大概也是把我捆绑完毕之后才发现我咬了她一口。她用右手托着左手,端详着手脖子上那两个流血的洞眼和那十几个青紫的牙印,悲伤的表情渐渐地笼罩了她的脸。我的心中有几丝歉疚,几丝胆怯,但更多的是幸灾乐祸的快意。我听到她的喉咙里又发出了呼噜呼噜的声音,随即就有两行黄色的泪水从她的眼睛里流下来。我大声号哭着,伪装出根本就没发现她手上的伤、也没发现她的悲伤的样子。我不知道事情会向什么方向发展,但我知道绝没有我的好果子吃。果然,她的眼睛不流泪了,脸上的悲伤表情也消散了。她冷笑着骂道:杂种,好啊你这个小杂种! 竟然敢咬我,竟然敢咬你的亲娘! 天老爷,她仰面朝天,对天老爷诉说着:天老爷你睁开眼,看看我养了一个什么样子的儿子! 一条狼啊,一条白眼狼! 我辛辛苦苦,屎一把尿一泡地把他拉扯大,为的是什么? 为的是让他咬我? 我出大力,流大汗,受了无穷的罪,人说黄连苦,我比黄连苦三分! 人说白醋酸,我比白醋酸五倍! 到头来竟然落了这样一个下场! 你现在还没长全牙,还没硬翅膀,就能张嘴咬我,等你硬了翅膀全了牙,还不把我吃了!杂种,与其让你吃了我,还不如我先打死你!母亲叫骂着,提起一根早晨刚从地窖里挖出来的像胳膊一样长的白萝卜,砸在了我的脑袋上。我感到脑袋里嗡了一声,随即就看到半个萝卜从眼前飞了出去。接下来就是一阵急风暴雨般的萝卜打击,降落在我的头上。有点痛,但不严重,对我这样一个垃圾孩子,忍受这样一点痛苦,简直就是张飞吃豆芽儿——小菜一碟。但我还是装出被她打昏了的样子,把脑袋歪到一边去。我感到她捏着我的耳朵,将我的脑袋提正,我听到她说:你甭给我装死,你这套把戏我清楚。你还会翻白眼,还会吐白沫,还会老牛大憋气,都施展出来吧!装死也不行,你就是死了,我也得把你这个刺头给你剃了。我杨玉珍今日剃不了你这个头,就誓不为人了!然后,她将一盆热水放在我面前的凳子上,就着劲儿把我的头按了进去。几乎可以用来秃噜猪毛的热水使我没法子继续保持沉默。我的嘴巴在水里呜呜噜噜地骂着:杨玉珍,杨玉珍,你这个臭娘们!我要让俺爹用他的大驴鸡巴把你奁死!母亲好像被我这句无耻的叫骂击中了要害,我听到从她的嘴巴里发出了尖厉的嗥叫声,随即就是一阵冰雹般的拳头击打落在了我的脑袋上。我使出了最大的劲头哭号着,希望能靠这种方式,召唤来奇迹——出现妖魔鬼怪或是天公地母,把我从酷刑中解救出来。谁能把我解救出来,我情愿给他磕三个响头,磕六个、磕九个也行。我甚至可以大声地叫那个把我救出来的人为爹,亲爹。母亲,什么母亲,是杨玉珍,凶恶的婆娘,被我爹抛弃了的婆娘,腰里扎着一块米黄色的塑料布,高高地卷起袖子,手里拿着一把剃头刀子,皱着眉头,对着我走来。这哪里是剃头,分明是要杀人。我嗥叫着:救命啊……救命……杀人啦……杨玉珍杀人啦……也许是我的喊叫太矫情了,本来是暴怒着的杨玉珍竟然"扑哧"一声笑了出来。她说:你这个小畜生,怎么这样会拿险?这时,我看到一群幸福的孩子摽在我家的大门框上,好奇地往里探望着。他们是姚七家的丰收,陈杆家的平度,耳朵家的皮豆,还有宋四顾家的凤娥……自从爹爹逃亡之后,我就与这些孩子断绝了来往,不是我不想与他们来往,爹啊,是我捞不到时间与他们来往,杨玉珍剥夺了我上学的权利,使我小小年纪就成了一个苦力,比旧社会地主家的放牛娃还要苦十倍,她是我的亲娘吗? 爹,是不是你们从河边那个烧瓦罐的破窑里捡了我这个大闺女养的私孩子? 如果不是这样,一个亲娘,怎么舍得对自己的亲生儿子下这样的毒手? 好吧,我已经活够了,当着这些孩子的面,我就让杨玉珍把我杀死吧! 我感到她的刀子冰冰凉地落下来了,我的头啊,不安全了。我的脖子不自觉地紧缩起来,像那些碰到了危险的甲鱼。孩子们老鼠舔弄猫腚眼,渐渐地大了胆儿,竟然进了我家大门,穿过我家的院子,逼近我家堂房,摽在了我家堂屋的门口两边,嬉笑着看玩景。杨玉珍说我:真好意思哭,也不怕人家笑话你! 丰收,平度,皮豆,你们剃头时也哭吗? 平度和皮豆说:我们不哭,我们为什么要哭呢? 剃头难道不是很舒服的事情吗? ——听到了没有? 杨玉珍高高地举着推子对我说,虎毒不食亲儿,为娘的还有害自己的儿子的吗……大和尚,正当我回忆着那些与剃头有关的辛酸往事时,"美丽发廊"的主人范朝霞穿着一件白色的大褂,双手插在大褂的口袋里,像一个妇产科医生一样,从里屋走了出来。她身材瘦长,头发乌黑,皮肤白皙,脸上生了很多紫红色的小疙瘩,嘴巴里呼出一股热烘烘的骡马草料的气味。我知道范朝霞跟老兰有特殊的关系,老兰的头,都是让范朝霞给剃。我还听说范朝霞给老兰刮胡子,每次都刮一个小时。范朝霞给老兰刮着胡子,老兰就呼呼地睡着了。还有人说,范朝霞坐在老兰的腿上给老兰刮胡子。我很想把老兰和范朝霞的故事说给爹听听,但爹低垂着脑袋,根本就不看我。

"朝霞,差不多了吧?"皮豆的娘放下平端着的书,眼光飞起来,问讯着这个脸上生着痤疮、神色冷漠的姑娘。范朝霞抬起腕子,看看那块金黄色的小表,说:

"再等二十分钟吧。"

范朝霞手指细长,指甲上涂着红色的油漆,显得很是妖气。母亲把抹口红涂指甲的女人通通划归到妖精群里,每每见到,便咬牙切齿,暗中诅咒,好像与人家有深仇大恨。在母亲的影响下,我对红嘴红指甲的女人也没有好印象,但现在,我的看法改变了,大和尚,我很惭愧,现在我看到女人的红嘴唇红指甲,心就怦怦乱跳,忍不住想多看几眼。范朝霞把搭在椅背上的披巾拿起来,展开,啪啪地抖了两下,冷冷地问:

"谁先来?"

"小通,你先剃。"父亲说。

"不,"我说,"你先剃。"

"快点!"范朝霞说。

父亲看了我一眼,匆忙站起来,交叉着双手,看起来很拘谨地走到椅子前,落座,椅子的弹簧在他屁股下咯咯吱吱地响着。

范朝霞把父亲的衣领窝下去,将披巾围在父亲的脖子上。我看到她的脸出现在椅前墙壁上那块镜子里。她撅嘴皱眉,满脸凶相。父亲的脸出现在她的脸的下方,那地方水银溃散,镜面模糊不清,父亲的脸被歪曲变形,看上去很是丑陋。

"怎么理?"范朝霞皱着眉问。

"剃光。"父亲瓮声瓮气地说。

"嘀哟!"皮豆的娘惊讶地叫唤了一声,好像刚刚把父亲辨认出来似的,说,"这不是……"

父亲哼哧了一声,端正地坐在椅子里,既没搭她的话茬,更没有回头。

范朝霞从墙上摘下电动推子,按了一下开关,电推子嗡嗡地响起来。她将父亲的头按低,然后把推子插进乱蓬蓬的发丛。片刻之间,一道白色通道在父亲的头颅正中出现,那些纠结成团的乱发,像破败的毡片一样,乱纷纷地跌落在地上。

　　我的脑海里回忆着父亲的乱发一片片落在地上的情景，眼前却看到这样一幅景象：那个姓兰的潇洒男子——就算是老兰的三叔吧——因为接下来我看到的情景与老兰讲述过的一模一样——与那个嘴角上生着黑痣的美丽女子，对，就是沈瑶瑶，在一座巍峨教堂的金色大厅里举行西式的婚礼。他穿着黑色的西装，雪白的衬衣，脖子上系着黑色的蝴蝶结。胸前的口袋里，插着一朵紫红的花朵。他的新娘，穿着洁白的长裙，裙裾漫长，被两个仙子般的小童捧着。新娘面如桃花，目若朗星，幸福从她的脸上，像水一样往下流淌。蜡烛，音乐，鲜花，美酒，营造出无以复加的浪漫气氛。但就在此之前十分钟，在通往教堂的道路上，一个白发苍苍的老者，在他的轿车里，被一梭子弹打烂了胸膛。刺鼻的硝烟，直冲到庙堂的前厅。大和尚，您又在施展幻术吗？随即我看到了那个女子伏在她的父亲尸身上号啕大哭，黑色的眼泪在她的脸上流淌。那个潇洒男子默默地站在一旁，脸上毫无表情。然后我又看到，在一个豪华的房间里，那个女子，将自己的满头秀发一缕一缕剪下来。从镶嵌在墙上的大镜子里，我看到，她的脸色苍白，嘴角下垂，布满皱纹。我还看到了那个女子在断发时，脑子里的浮云般的回忆：在一个背景模糊的地方，那个美丽女子，与那个潇洒男子变换着各种匪夷所思的姿势，酣畅淋漓地做爱。她的激情澎湃的脸，对着我迎面扑来。她的脸碰撞在镜子上，迸裂成无数的碎片。我还看到，那个女子身着青色的衣衫，用一块蓝底白花的素巾遮盖着头，跪在了一个老尼姑的面前。大和尚，就像我跪在您的面前一样啊。那个老尼姑收留了她，但是您大和尚却至今还没有收留我。大和尚，我想请教您，那个潇洒男子，是不是杀害那个美貌女子父亲的幕后指挥者？我还要请教您，他们到底争夺的是什么东西？我知道您永远不会回答我的问题，但我向您说出来我的疑问，我就把这些问题忘却了，否则它们会让我头脑超负荷运转，导致我的神经出现问题。大和尚，我还要告诉你，十几年前的一个夏天中午，屠宰村的人都在浑浑噩噩地午睡，我在大街上，像一只百无聊赖的小狗，东嗅嗅,西闻闻,南走走,北转转。我来到"美丽发廊"门外,将脸贴在玻璃上往里看。我首先看到一个悬挂在墙上的电扇在摇头晃脑,理发师范朝霞穿着一件白色的大褂,骑在老兰下身,手里拿着一把剃头刀子。刚开始我还以为她要杀了老兰呢,但仔细一看,才知道他们在干那种事情。范朝霞把拿刀子的手高高的举起来,生怕伤着老兰的脸。我看到范朝霞大腿叉开,骑在理发椅子两边的扶手上。她的脸因为激动而扭曲。但是她始终没有把手中的刀子扔掉,好像是要借此告诉门外的偷窥者,他们是在工作,而不是在性交。我很想把发廊里的奇景告诉别人,但大街上没有一个人影,只有一条纯黑的狗,趴在一棵梧桐树下,伸着舌头,哈嗒哈嗒地喘息。我退后几步,找到一块砖头,用力投过去,转身就跑,我听到在我的身后,传来玻璃破碎的声音。大和尚,这种登峰造极的流氓行为,我实在是难以出口,但我想,如果我不告诉您,就是对您的不忠诚。尽管人们叫我"炮孩子",但那是过去,现在,我对您说的句句都是实话。

第 十 七 炮

　　东西双城的游行队伍还在向草地集合,猪的彩车,羊的彩车,驴的彩车,兔子的彩车……各种把自己的尸体提供给人类食用的动物的彩车,在各式各样的人群簇拥下,进入草地上预先划定的位置,排成一个个的方阵,等候着大人物的检阅。只有老兰的鸵鸟们还在院子里跑来跑去。有两只鸵鸟争夺着一件沾满了污泥的橘红色衣服,好像那是可以食用的美味佳肴。我想起在昨天的暴雨里出现的那个女子,心中泛起一股酸溜溜的味道。不时有鸵鸟将细长的脖子探进庙门,圆溜溜的小眼睛里闪烁着好奇的光芒。那些男孩和女孩坐在倒塌后的墙基上,一个个无精打采,与活泼的鸵鸟们形成了鲜明的对照。那几个老兰公司的人,正用手提电话,不断地和什么人联系着。又有一只鸵鸟将头探了进来,用宽阔的嘴巴,在大和尚的头上啄了一下。我下意识地将一只鞋子投过去,大和尚似乎是不经意地一抬手,将鞋子挡落在地。他睁开眼睛,满面笑容地看着那只鸵鸟,那目光那神情,很像一个慈祥的祖父,看着正在蹒跚学步的爱孙。一辆黑色的别克轿车鸣着响笛,从大道的西边驰来。它超越了一辆辆彩车,到达小庙前面,猛地停了下来。从车上钻出来一个大腹便便的男人。他穿着一套灰色双排扣西装,扎着粗大的红格子领带,袖口的商标炫耀着西装是高贵的名牌。但不管他用什么名牌包装,我一看到那两只黄色的大眼,就知道他是我的仇人老兰。大和尚,多年之前,我曾经连发四十一炮;亲眼看到,第四十一发炮弹把老兰拦腰打成了两半,为此我销声匿迹,远走他乡。后来我听说他没死,不但没死,而且事业更加辉煌,身体更加健康。跟随着老兰从车里钻出来的那个肥胖女人,身穿一件紫红色裙子,脚穿一双酱红色高跟鞋,头发烫得波浪翻卷,头顶一撮毛,染成火红色,宛如一个鸡冠子。她双手上戴着六个戒指,三个黄金的,三个白金的。脖子上挂着两根项链,一根黄金的,一根珍珠的。尽管她发了福,但我还是一眼就认出来她是范朝霞,那个举着锋利的剃刀与老兰性交的女人。在我四处流浪的日子里,听说她和老兰结了婚。眼前的事实证明,这个传言是真实的。她一下车就张开双臂向那些坐在墙基上的小孩子扑去,那个与鸵鸟搏斗到底、最后把鸵鸟按在地上的小女孩也扎煞着胳膊扑了上来。范朝霞将女孩子抱起来,一张大嘴,在女孩子的脸上,鸡啄米一样亲着,嘴巴里还心肝儿肉儿地乱叫着。我看着那个漂亮的女孩,心情很是复杂。想不到老兰这个杂种,又制造出来这样一个好孩子。这个女孩子让我想起我同父异母的妹妹娇娇,如果她活着,已经是十五岁的少女了。老兰对着那几个在他的面前垂手而立的员工破口大骂,有一个员工刚想开口解释,就被他吐了一脸唾沫。他的鸵鸟队原本是要在今天的肉食节开幕式上进行舞蹈表演的,这肯定是个具有轰动效应的节目,会给来自全国各地的客商和众多的领导留下深刻的印象,赞誉和订单会接踵而来,但一场好戏还没开场,就被手下这拨笨蛋给砸了。眼见着开幕式就要开始,老兰头上沁出汗水。他说,你们不把鸵鸟给我弄进场去,我就把你们做成鸵鸟肉罐头。几个员工,慌忙上前去轰赶鸵鸟,但鸵鸟们不时尥起的像疯马蹄子一样的巨爪,让他们望之却步。老兰挽挽袖口,亲自上前去抓,但他一脚踩在了一摊

稀薄的鸵鸟粪便上，跌了一个四仰八叉。众员工慌忙上前把他拉起
来，一个个脸色古怪，想笑又不敢笑的样子。老兰看着他们，尖刻地
说:好笑是吗？笑啊，你们笑啊，你们为什么不笑？那个看起来年纪
最轻的员工，终于憋不住，扑哧一声，笑了出来。其他的员工，跟着笑
了起来。老兰也笑了。笑了三声，突然大吼:还他妈的笑！谁再笑老
子就炒谁的鱿鱼！员工就都憋住不敢再笑。老兰说，回去，拿枪，给
我全部枪毙，这些该死的扁毛畜生。

　　新年过后的第三天晚上，我们一家四口，坐在一张折叠式圆桌的
周围，等待着老兰的到来。就是那个出身名门、有一个名满天下的大
鸡巴三叔、与我的父亲有仇的老兰，就是那个折断了我父亲一根手指
但也被我父亲咬掉了半个耳朵的老兰，就是那个发明了高压注水法、
发明了硫磺烟熏法、发明了双氧水漂白法、发明了福尔马林浸泡法、
堪称屠户翰林、担任着村长、领导着村民走上了发财道路、在村子里
说一不二、享有无上权威的老兰，就是那个教会了我母亲开拖拉机的
老兰，就是那个和理发师范朝霞在理发椅子上性交的老兰，就是这个
要把所有的鸵鸟都枪毙了的老兰，就是那个让我一想起他就心乱如
麻的老兰，敬爱的大和尚。
　　面对着满桌的鸡鸭鱼肉却不能吃，眼瞅着满桌的鸡鸭鱼肉慢慢
地散尽了热气和香气却不允许吃，这大概是世界上最让人痛苦、最让
人懊恼、最让人反感、最让人愤怒的事情了。的确是，我曾经发过誓:
如果我掌握了天大的权利，我要把那些吃猪肉的人全部消灭。但那
是我狼吞虎咽了过量的猪头肉、导致了急性肠胃炎之后的愤极之语。
人是随机应变的动物，什么时候说什么话，这是大家全都知道并且全
都认可的真理。我在那样的情况下，想到猪肉便感到恶心加剧肚痛
也加剧，随口发几句牢骚不是十分正常的吗？何况，说到底我还是个
十岁的孩子，难道你们还指望一个十岁的孩子像皇帝那样金口玉牙、
无论说出什么话都不允许更改吗？那天从"美丽发廊"回家后，母亲

又将早上未吃完的猪头肉端了上来，我忍耐着肠胃的痛疼，对着母亲发誓：

"我再也不吃猪肉了，如果我再吃猪肉，我就是一头猪！"

母亲用揶揄的口吻说："真的吗？我儿子剃了光头，戒了猪肉，是不是就要出家去做和尚啊？"

"咱们走着瞧，"我说，"如果我再吃肉，我真的就出家去做和尚。"

仅仅过去了不到一个星期，发给母亲听的誓言还言犹在耳，但我对猪肉的渴望便死灰复燃。我不但想吃猪肉，我还想吃牛肉，还想吃鸡肉，还想吃驴肉，我想吃世界上一切可吃的动物之肉。从吃过午饭开始，母亲和父亲就忙活起来。母亲把那些提前买好的酱牛肉、卤猪肝、火腿肠切成均匀的片儿，码放在从孙长生家借来的成套的景德镇瓷盘里。父亲用一块湿布，用力地擦拭着那张也是从孙长生家借来的折叠式圆桌子。

因为孙长生的老婆是我母亲的表姐，所以我家这次仓皇请客所需要的家具和餐具，只能到他家去借。孙长生没说什么——尽管脸上也不好看——反倒是母亲的表姐拉下脸，对前来搬运物品的父亲和母亲耍开了态度。母亲的这位表姐年近四十，头发已经很稀薄，但她竟然不自量力地扎着两条辫子，仿佛两根干豆角，在脑后翘翘着，令人看了感到牙碜。她一边按照母亲开列出来的单子从柜子里往外搬餐具，一边嘟哝着，声音渐渐地高起来：

"我说玉珍，没有像你们家这样过日子的，什么都不置办，大件的东西不全倒也罢了，难道连一把筷子都没有吗？"

母亲赔着笑脸，说："我们家的情况，你也知道，光顾了攒钱盖房子了……"

母亲的表姐不满地扫了父亲一眼，说："居家过日子，该置办的东西还是要置办，借，总是不方便。"

母亲说："也是现生心，想把关系修修好，人家毕竟是一村之长，管着咱们……"

"不知道老兰会怎么想,别忙活了半天,做了菜自己吃。"母亲的表姐说,"如果我是老兰,我就不去,这是什么时代了? 谁还稀罕吃你一顿饭? 要修好,不如直截了当地包上个红包送去。"

母亲说:"让小通去请过三次,最后还是答应了,说来。"

"一张封窗纸上画个鼻子,小通好大的面子!"母亲的表姐说,"要请就弄得像模作样的,别清汤寡水的让人笑话。怕花钱干脆就别请,要请就别怕花钱。我知道你这个人的脾气,小钱穿在肋巴骨上,那才叫个抠!"

"表姐,人不是山,万古不变⋯⋯"母亲红着脸说,看样子有些发怒。

"只怕是'江山易改,本性难移'!"母亲的表姐一步不饶地赶着母亲的话,把母亲逼到了墙犄角上。连孙长生都看不过去了,吼他老婆:

"行了,你那嘴要是痒痒,就到墙上去蹭蹭。磕一个头放三个屁,行好不如你作恶多! 像你这样的,借出了家什,还得罪了亲戚。"

"我也是为了他们家好!"母亲的表姐嚷嚷起来。

母亲赶紧说:"表姐夫,得罪不了,我知道表姐的脾气。不是要紧的亲戚,我也不会到这里来借;不是要紧的亲戚,表姐也不会说。"

孙长生摸出一根香烟递给父亲,关切地说:"这就对了,'在人房檐下,岂敢不低头?!'"

父亲不置可否地点点头。

我把去母亲的表姐家借东西的过程从头到尾回忆了一遍,借此消磨难熬的时间。那盏罩子灯里的煤油又消耗了一寸,那根去年过年时没点完的羊油蜡烛又结了一个巨大的灯花,老兰还没有来。父亲看了母亲一眼,小心地问:

"要不先把蜡烛息了?"

"点着吧,"母亲淡淡地说着,屈起右手的中指,对准了灯火,迅速而又准确地一弹,那灯花就斜刺里飞了出去。蜡烛顿时大明,使屋子里增加了亮度,使桌子上的肉食、尤其是那烧鸡的火红色的皮儿,放射出更加诱人的光芒。

母亲在拆卸这只烧鸡时,我和妹妹就聚在锅台边上,目不转睛地看着她的手,看着她的手是那样灵巧地把鸡肉从鸡身上撕下来。一条鸡腿摆在盘子里,又一条鸡腿摆在盘子里。我问母亲:

"娘,有没有三条腿的鸡?"

她淡然一笑,说:"也许有吧? 不过我没有看到。不过我希望能有四条腿的鸡,那样就可以给你们每人一条,压压你们肚子里的馋虫儿。"

这是一只董家烧鸡,董家的烧鸡用的是本地鸡,不是吃着配方饲料长大的那种傻乎乎的、肉像败絮、骨如朽木的化学鸡,是吃着野草籽儿和蚂蚱虫儿长大的肌肉发达、骨骼结实、聪明伶俐的鸡。这样的鸡营养丰富味道好极了。

"但我听平山川的儿子平度说,董家的鸡是野鸡家养,生前也吃过激素,死后也用了甲醛。"我说。

"什么甲醛乙醛的,庄户人的肚子没有那样娇贵。"母亲捏了一撮不成形状的碎肉,塞到娇娇的嘴巴里。

娇娇已经恢复了她活泼的天性,与母亲的关系也有了很大的改善。她张嘴就把鸡肉吞了,小嘴吧嗒吧嗒地咀嚼着,不错眼珠地盯着母亲的手。母亲从鸡背上抠出了一缕肉,连同一片鸡皮,塞进我的嘴巴。我张嘴就吞了,没来得及咀嚼就咽了下去。仿佛不是我把鸡肉咽了下去,而是它自己钻进了我的咽喉。娇娇伸出鲜红的舌头舔着嘴唇。母亲又撕了一条白色的鸡肉塞进了她的嘴巴。母亲说:

"好孩子们,忍着点吧,等客人吃过,剩下的都是你们的。"

娇娇的眼睛还盯着母亲的手。父亲说:

"行了,不要惯她了,小孩子要有规矩,不能惯。"

父亲到院子里转了一圈,回来说:

"也许不会来了。我当初把他得罪狠了。"

"不会吧,"母亲说,"既然他答应了,就不会不来。老兰这个人,说话还是算数的。"母亲又转过头问我:"小通,他是怎么说的?"

我没好气地说:"不是给你们说过好几遍了吗? 他说,'好吧,我答应,看在你的面子上,我答应。'"

"让小通再去叫叫?"父亲说,"也许忘了。"

"不必了,"母亲说,"忘是肯定忘不了的。"

"可是菜已经凉了。"我恼火地说,"一个小小的村长,有什么了不起?"

父亲和母亲对眼一看,都淡淡地笑了。

这个混蛋现在可不仅仅是一个村长了。听说我们屠宰村已经被市里划到了新经济开发区内,吸引了大量的外资。建设了许多工厂和高楼大厦,还挖了一个巨大的人工湖泊。湖泊里飘荡着大鹅小鸭形状的游船。湖泊的周边,全是设计新颖、用材考究的别墅,宛如童话世界。住在这里的男人都开着豪华轿车,奔驰,宝马,别克,凌志,最次的也是红旗。住在这里的女人都牵着高贵的狗,哈巴狗,贵妃狗,沙皮狗,蝴蝶狗,还有看起来分明是羊但其实是狗的狗,还有一些高大威猛像老虎一样的狗。有一个皮肤娇嫩、素手纤纤、娇喘微微的女人,被两只藏獒牵扯着在湖边走,这个可爱的"二奶"身体往后仰着,她的姿势,有点像在湖上滑水,也有点像在农田里耙地。大和尚,这个社会,勤劳的人,只能发点小财,有的连小财也发不了,只能勉强解决温饱,只有那些胆大心黑的无耻之徒才能发大财成大款。像老兰这种坏蛋,要钱有钱,要名誉有名誉,要地位有地位,你说还有公道在人间吗? 大和尚微笑不语。我知道这种愤怒十分廉价,是十足的"叫花子咬牙发穷恨"。但我的水平就这么高,也许,等我落发为僧,修行三年后就会心平气和了。我是有什么就说什么的实在人,大和尚,就冲着这一点,您也要收我为徒,我如果入了佛门后还不觉悟,您可以用禅杖把我打出去。您快看,大和尚,老兰这个土匪,真的弄来了一杆土枪,难道他真敢开枪,要把他先人修起的五通神庙,变成血肉横飞的屠场吗？我知道他敢，这个人，我了解。他从一个汗流满面、气喘吁吁的部下手中接过了那杆粗筒子土枪。这种土枪，准确地说应该叫做土炮，虽然造型丑陋，但是威力巨大。想当年我爹玩过。他老兰嘴巴里喷吐着污言秽语，黄色的眼珠子像镀金的球儿，虽然是西装革履，但活脱脱一个土匪。他对着那群歪着脑袋，好奇地看着他的鸵鸟们，猛地搂住了扳机，但就在这个时候，一摊鸟屎落在他的鼻子上。他脖子一缩，枪口抬高，一束宽阔的火苗子，携带着成群的铁弹丸，扑到庙门上方的瓦檐上。在震天动地的轰鸣声中，被打烂的瓦片噼里啪啦地跌落在门槛外边，距离我们只有两步远。我心惊胆战，嘴巴里不由自主地发出怪声。但瞧人家大和尚，还是那样安详如初。老兰哇哇地叫唤着，将土炮扔在地上，接过部下送上来的几张面巾纸，揩着脸上的鸟屎。他仰脸看天，天上游走着大团的乌云，没被云遮住的天空，蓝得好似墨水。一群白肚皮的喜鹊，喳喳地叫着，从北往南，乱糟糟地飞过去。落在老兰鼻子上的屎，就是它们拉的。我听到老兰的一个部下说：老总，这是喜鹊屎，喜鹊屎，大喜。老兰骂道：他妈的，乱拍马屁。喜鹊屎也是屎！装枪，我把这屌玩意儿全都轰下来！一个部下右膝跪在地上，将枪管架在支起的左膝上，从一个油光闪闪的火药葫芦里，往枪筒里装药。老兰大喊着：多装，足量，他妈的。老子今天运气不济，开两炮轰轰晦气。那个部下用牙齿紧咬着下唇，拿着一根铁通条，将枪筒里的火药捣实。范朝霞抱着孩子走过来，骂老兰：你干得什么鸟事儿，让娇娇白吃了这许多苦头——我心中一颤，怒火和悲哀扭曲纠缠着直冲上脑门，他们的女儿，竟然也叫娇娇，和我的妹妹是一样的名字。我不知道他们是有意还是无意，我不知道他们是好意还是歹意，娇娇妹妹可爱的面容，和她临死前痛苦地扭曲着的面容，交错地在我的脑海里闪回着——老兰的一个面孔俏丽的青年部下，走到近前，谦恭但是坚定地说：兰总，夫人，不应该在这里浪费时间了。我们应该到会场上去，去组织骆驼队表演，如果骆驼队能够表演成功，也会大获好评，至于鸵鸟队，明年再训练嘛。

范朝霞用赞赏的目光看了一眼年轻人,骂老兰:他就是土匪脾气。老兰瞪着眼说:土匪脾气怎么了?没有土匪脾气,哪有今天?秀才造反,十年不灵;土匪造反,一炮就成!你还磨蹭什么?他对着那个装枪的部下吼叫着,装好了就拿过来吧!那个部下双手托着枪,小心翼翼地递给老兰。老兰对范朝霞说:你抱着娇娇走远点,捂着她的耳朵,不要震坏了她的耳膜。你他妈的狗改不了吃屎,范朝霞嘟哝着,抱着娇娇往后退去。那个漂亮的女孩伸出一只胳膊,尖声喊叫着:爸爸,我也要放炮!老兰端起土炮,瞄准了鸵鸟群,嘴巴里嘟哝着:你们这些扁毛畜生,不识抬举的东西,让你们跳舞你们不跳,那就去向阎王爷爷报到!他的胸前突然地炸开了一个焦黄的火球,然后是一声巨响,随即腾起一股黑烟。那支炸裂的土炮,向四面八方飞去,高大的老兰,愣怔地站了片刻,然后往后便倒。范朝霞尖叫一声,抱在怀中的娇娇落在了地上。众人木了片刻,面面相觑,不知所措,然后才突然省悟了似的,一起扑上去,乱纷纷地喊叫着:兰总!兰总!……

第十八炮

　　部下们抬起双手血肉模糊、满面乌黑的老兰。他一边挣扎，一边暴躁地喊叫着：我的眼睛！我的眼睛！我的眼睛看不见了，三叔啊，侄儿看不见你了啊……这个混蛋，对他的三叔真是情意深长。也难怪，他们兰家上辈人，大半被毙了，少数几个，也在后来的艰难岁月中死了，只有他这个没有见过面的三叔，像一座高大的神像一样在他的脑子里放光。部下们把他塞进别克轿车的后排座位上。范朝霞抱着孩子挤在前排副驾驶座上。轿车歪歪斜斜地爬上大道，一路鸣着响笛，向西急驰。迎面而来的一支高跷队，被轿车冲乱了队形。一个踩着高跷的男子，跳到路边，腿上的一根木跷陷入路边松软的泥土中，踩跷的人身体眼见着歪斜下去。几个踩跷人，在坚硬的沥青路面上蹦跶着施以援手，把陷在路边的同伴拖出来。这让我想起十年前的中秋时节，我和妹妹把将尾巴插在坚硬的路面上产卵的蚂蚱拔出来的情景。当时，我的母亲死了，父亲被抓走了，我和妹妹成了孤儿。我们去南山寻找迫击炮弹，走在路上，东边一个银白的大月亮升起来，西边一个鲜红的大太阳落下去，黄昏时刻。我们腹中饥饿，心中凄凉。秋风轻轻吹,路边的庄稼叶子唰唰地响,秋虫在草丛中鸣叫,声声凄凉。我和妹妹从路上往外拔蚂蚱,蚂蚱的肚子被拉得很长。我们搜集干草点燃,把那些拖着长肚子的蚂蚱扔进火里。蚂蚱的身体在火中弯曲着,转眼间就有特别的香气散出来。大和尚,我罪恶深重,我知道吃一只正在产卵的母蚂蚱,就等于吃了数百只小蚂蚱。但如果我们不吃蚂蚱,很可能也要饿死。这个问题,我至今也没有想得很明白。大和尚瞄了我一眼,目光尖锐,含义不明。西城的那支高跷队属于香满楼饭庄,他们身穿的白色制服和头戴的高筒厨师帽上,印着饭庄的字样。大和尚,这家饭庄是老字号,能做完整的满汉全席。饭庄的大厨是清朝皇宫御厨的传人,手艺高超,但脾气很大,香港一家大饭店用每月港币两万元的高薪都没把他挖走。每年都有一拨日本客人、一拨台湾客人到这里来吃满汉全席。只有这时候,他才亲自下厨,平日里他就坐在店堂里捧着个紫砂壶喝乌龙茶,把两排牙齿喝得漆黑。这支高跷队运气很不好,他们一进草地,木跷就往地里陷,整齐的队伍顷刻之间就变得七倒八歪。与西城的高跷队相呼应的,是东城乐口福火腿肠公司的游行队伍,他们的队伍大约有三十人,每个人手中,牵扯着一根红绳,绳子上,连接一根粗大的、红色的火腿肠形状的气球。气球的升力很大,看那些人脚尖点地的样子,仿佛随时都会随着气球升上蓝天。

　　我遵从着母亲的命令第一次去老兰家请老兰时,是艳阳高照的中午。大街上积雪融化,秋天新铺覆的沥青的路面上,混合了一层污泥浊水,只有那两道显然是刚刚被汽车轮子碾压过的地方,显露出黑色的路面。我们村子铺覆了沥青道路,没向村民们集资,钱全是老兰一个人去操持的。随着沥青道路与通往城市的宽广大道的连接,村里人进城方便了许多,老兰的威信也水涨船高。

　　我走在这条被老兰命名为翰林大街的道路上,看到房屋朝阳一面的瓦檐上,滴水连串,宛如珍珠。在滴滴相催的水声里,一股清冷的、略带些土腥气的融雪气味扑进我的鼻腔,进入我的头脑,使我的神志格外清楚。我看到在临街房屋背阴处的积雪上,或被积雪覆盖了的垃圾堆上,有鸡和狗跷腿蹑脚、试试探探地走着,不知道它们在干什么。"美丽发廊"里人进人出。房檐下伸出来的烟筒里,冒着焦黄的浓烟,乌黑的焦油从烟筒的边沿滴落下来,污染了房檐下的白雪。姚七站在自家的台阶上,保持着他习惯的姿势抽着烟,脸色凝重,仿佛在考虑什么重大的问题。他看到了我,对着我招手,我本不想理他,犹豫了一下,但还是到了他的面前,仰着脸看着他,心中想起了他曾经对我施加的侮辱。在我的父亲私奔后,他曾经当着几个闲人的面,对我说:小通,回去告诉你的娘,今天夜里给我留着门! 闲人们哈哈大笑,我恼怒地回答他:老姚七,我肏你八辈子祖宗! 我准备了许多恶毒的脏话,随时准备回击他的挑衅,没想到他却和颜悦色地问我:

"小通贤侄,你爹在家干什么?"

"我爹在家干什么,难道还需要告诉你吗?"我冷冷地说。

"小子,好大的脾气,"他说,"回去告诉你爹,让他到我家来一趟,我有事跟他商量。"

"对不起,"我说,"我没有义务给你传话,我爹也不会到你家去。"

"好大的脾气,"他说,"也是个犟种。"

我把姚七抛弃在脑后,拐进了那条宽阔的兰家胡同,这条胡同与村后五龙河上的翰林桥相通,过了翰林桥,就是通往县城的公路。我看到老兰家门前停着一辆桑塔纳轿车,司机在车里听歌,几个小孩子,围在车周围,不时地伸出手指,戳戳明亮的车壳。车身的下半截,溅满了黑色的泥点。我知道一定有干部在老兰家,这个时间,正是吃饭喝酒的时候,站在胡同里,就能嗅到从老兰家散发出的像云雾一样的香气。从这些香气里,我准确地辨别出各种肉的气味,仿佛亲眼所见。我想起了母亲的教导:在别人家吃饭的时候,千万不要进去,否则会让人家别扭,也会使自己尴尬。但又一想,我可不是为了讨他家的饭吃而来到他家,我是为了请他到我家吃饭而来他家。于是我决定闯进去完成母亲交给我的任务。

这是我第一次进入老兰家的大门。就像我曾经说过的那样,老兰家的房屋从外边看还不如我家的房屋气派,但一进了他家的院子,就发现了他家的房子跟我家的房子的根本区别。我家的房子仿佛是一个用白面皮儿包着烂菜帮子做馅的包子,而老兰家的房子则是一个用黑面皮儿包着三鲜馅儿的包子。那黑皮儿是各色名贵小杂粮混合精加工、营养极其丰富、不含污染的黑面;我家的白皮儿看起来很白,实际上是用增白剂染白了的、对人体有伤害的垃圾面。这样的面是用库存多年、丧失了营养的备战小麦粉碎的。用包子来比喻我们两家的房子,十分蹩脚,这我知道,请原谅,大和尚,我文化水平不高,想不出更好的比喻。一进大门,那两条威武的狼狗,威严地对着我叫唤。它们被拴在华丽的狗窝里,脖子上戴着镀镍的链子,哗啦啦地响。我下意识地将身体缩到墙根,准备着抵抗它们的进攻。但那两条高傲的狗根本就没把我放在眼里,对我吠叫,无非是例行公事罢了。我看到在它们面前的钵子里,存在着很多精美的食物,还有一根骨头,骨头上有很多鲜红的肉。猛兽必须吃生肉,才能保持凶猛的天性,即便是一头凶猛的老虎,天天用红薯喂它,长期下去,也就变成了猪。这话是老兰说的,在村子里广为流传。老兰还说,"狗走遍天下吃屎,狼走遍天下吃肉",种性,是顽固不化的,是难以改变的。这也是老兰的话,在村子里广为流传。

一个头戴着白色小帽的汉子,提着一个食盒,从老兰家东边的厢房里出来,几乎与我相撞。我认出了他是花溪狗肉馆的厨师老白,烹调狗肉的高手,是养狗专业户黄彪的小媳妇的远房亲戚。既然老白从东厢房里出来,说明盛宴正在里边进行;在老兰家举行的盛宴,老兰不可能不参加。我壮壮胆子,拉开了东厢房的门。

伴随着让人神魂颠倒的狗肉香气映入我的眼帘的是那张可以旋转的大圆桌中央那个热气腾腾的红铜火锅。几个人,其中包括老兰,围着火锅,正在大吃大喝。个个脸上泛着明光,半是汗水半是油。一块块的狗肉,从锅子里被夹起来,汁水淋漓,进入他们的嘴巴,烫出一片吸溜之声,然后就喝一口冰镇的啤酒给嘴巴降温。啤酒是上等的青岛牌,盛在高大的透明玻璃杯子里,金黄色,琥珀光,成串的气泡优美地升腾着。一个面如紫玉的胖大妇人首先看到了我,但是她没有说话,她只是停止了咀嚼,咕嘟着腮帮子看着我。

老兰转过头,怔了片刻,然后便眉开眼笑地说:"罗小通,你来干什么?"没及我回答,他就对那个胖大女人说:"世界上最馋的小孩来了。"然后他把眼睛转向我,问:"罗小通,听说谁要能管你吃一顿肉,你就可以叫谁亲爹?"

"是的,"我说,"我的确这样说过。"

"那么,儿子,请入座吧,我今天管你吃肉,这可是花溪的狗肉火锅,锅子里加了三十多种调料,我敢说你从来没有吃过的。"

"来吧,小孩。"那个胖大妇人撇着一口外地口音说。她身边那一个人——肯定比她官小——也随声附和着:"来吧,小孩。"

我咽了一口唾沫,说:

"那是过去的事情,现在,我爹回来了,我没有必要再叫别人是爹。"

"你爹这个混蛋,他为什么要回来?"老兰说。

"这里是我爹出生的地方,我奶奶和我爷爷的坟墓全都埋在这里,我爹当然可以回来。"我理直气壮地为我爹辩护着。

"好样的,小小年纪,就能替你爹争理了。做儿子的就应该这样。罗通是个孬种,但他的儿子不是孬种。"老兰点点头,喝了一口啤酒,问:"说吧,有什么事。"

我说:"并不是我自己想来,是我的母亲让我来的,她让我来请你,请你今天晚上到我家去喝酒。"

老兰笑道:

"这简直是个奇迹,你娘是全世界第一的吝啬鬼,狗啃剩的骨头她都要捡回家熬汤喝的,怎么会请人到家喝酒?"

"那你更应该去。"我说。

"这个小孩,叫什么来着?"那个胖大的妇人嘴巴里含着一块狗肉,呜噜呜噜地说,"呃对,罗小通,罗小通,你几岁了?"

"不知道。"我说。

"竟然不知道自己的年龄,"妇人道,"大概是不愿意给我们说吧?你傲得很呐,敢在你们村长面前这样子说话。上什么学? 小学还是中学?"

"我为什么要上学?"我蔑视地说,"我与学校有仇。"

妇人莫名其妙地大笑起来,竟然笑出了几滴细小的泪珠。我不去理睬这个吃相丑恶的女人,哪怕她是市长的娘,哪怕她是省长的老婆,哪怕她本人就是市长或是什么别的更大的长。我对老兰郑重地说:

"今天晚上,到我家喝酒,请你不要忘记。"

"好吧,我答应,看在你的面子上,我答应。"老兰说。

最后两支游行队伍,在大道上迎面相逢。西城的是"梦丹娜"裘皮公司,一家专门制作各种皮革衣服的名牌服装公司。拥有一件"梦丹娜"高级皮衣,是多少正当青春年华但囊中羞涩的少男少女的梦想。该公司的游行队伍由二十个男模特和二十个女模特组成。时当盛夏,男女模特都穿着该公司生产的各式皮衣,从西方而来。接近主会场时,领队做一个手势,模特们便一改常人的走路姿态,迈开了猫步。男模特都留着板寸头,表情冷酷。女模特则把头发染得五颜六色。女模特们目光冷艳,扭腰摆胯,身上着各色裘皮,脸上全无人类表情,仿佛一群珍稀动物。在这样的炎热潮湿的天气里,他们和她们穿着反季节的衣服,竟然不流一点汗水。大和尚,我听说有一种火龙丹,人吃了,可以在三九严寒的日子里,砸开坚冰,到冰窟窿里去洗澡。现在看起来,还应该有一种冰雪丹,人吃了,可以在三伏天气里,穿着皮衣在太阳下漫步。

东城来的是"安康"医药集团一辆彩车。彩车伪装成一个巨大的药片,药片上刻着"化肉丹"三个仿宋体大字。奇怪的是这家大名鼎鼎的医药集团,竟然没有自己的仪仗队伍,只有孤孤单单的一辆彩车,远远看去,竟像是一个大药片子,从大道上自己滚来。我五年前就知道这"化肉丹",那时候我在一座名城流浪,在该城的主要街道的两侧灯柱上,看到了"化肉丹"的广告小旗在迎风招展。我还在该城最大广场的一台大屏幕液晶电视上,看到了"化肉丹"的广告。那广告画面创意奇妙——一个被各种肉食撑得膨胀如鼓的胃里,投进了一粒"化肉丹",那些肉顿时就化为一股白烟,从嘴巴里冒出来——但广告词十分平庸:任你吃下一头牛,灵丹一粒解忧愁。写这广告词的家伙,肯定是个不懂肉的混蛋。人跟肉的关系,是多么复杂啊!真正理解了人跟肉之间的复杂关系的,除了我之外,这个世界上,还能有几人?从我的角度来说,发明了这"化肉丹"的人,应该拉到五通桥外的草地上去——那是东城枪毙人的地方——就地正法。人饱餐肉食,静静坐着,感受着胃消化肉食,应该是幸福的感受啊,可是这些家伙竟然发明了什么"化肉丹"。人类的堕落,于此可以略见一斑。您说我说的对不对啊,大和尚。

第 十 九 炮

　　所有的游行队伍,终于都进入了草地上的指定地点。庙前的大道上,出现了暂时的冷清。一辆白色的工具车,从西城的方向疾驰而来,在庙前拐下大道,停在银杏树下。从车上跳下来三个彪形大汉,其中一个,穿一身洗得发了白的旧军衣,看样子已是人到中年,但依然动作敏捷,举手投足间,显示出不凡的身手。我一眼就认出他是老兰的随从黄豹,这个与我们家打过很多交道但始终让我感到神秘的人。他们从车上抬下一张网,展开来,两个人撑着,向那些鸵鸟逼近。我知道鸵鸟们倒霉的时刻到了。黄豹自然是老兰指派来的,现在他在老兰的手下,大概是个侍卫队长的角色吧。鸵鸟们不知好歹,对着那面张开的网扑过去。三只鸵鸟的脖子卡在网眼里。其余的鸵鸟看事不好,掉头就跑。被网住的鸵鸟挣扎着,发出沙哑的鸣叫。黄豹从车上拿下一把园艺工人使用的巨大剪刀,把那三只被网住的鸵鸟,从脖子上最细的部位剪断。“咔嚓”,“咔嚓”,“咔嚓”,三个鸵鸟脑袋,落在网的外边。无头的鸵鸟身体,摇摇晃晃地奔跑几步,跌翻在地,蟒蛇般的长脖子,胡抡着,喷洒着黑色的血。血腥的气息,扑进了庙堂。这时,黄豹们的克星到了;正是"恶人自有恶人磨"。五个面色冷峻、身着黑衣的人从庙后转出来。其中那个戴着墨镜、叼着雪茄的高个子,正是神秘的兰大官。他的四个部下,扑到黄豹们面前,迅即地从怀中抽出黑色的橡胶棒子,不由分说,劈头盖脸地砸下去。棒子砸在人头上发出的黏腻之声,和那些随即喷出的鲜血,让我感到心中凄然。毕竟,这个黄豹,是我的旧日乡亲。黄豹捂住脑袋,大声喊叫着:你们是什么人?凭什么打人?血从他的指缝里渗出来。那些持棒子的人一声不吭,只顾将棒子高高举起,往黄豹他们头上砸去。黄豹好汉不吃眼前亏,他嘴巴里喊着:小子们,你们等着……人却跌跌撞撞地跑上了大道——上述的情景于理不通,但却是我亲眼所见。兰大官在一个鸵鸟的脑袋前蹲下,伸出一根手指,戳戳那些还在微微抖动的短毛。他站起来,摸出一根白色的绸巾,擦擦被污染的手指,扬手将绸巾扔了。绸巾随着一股轻风飞起来,像一只巨大的粉蝶,飞越了庙宇,消逝在我的视野之外。他走到庙门前,伫立片刻,摘下墨镜,好像是特意要让我看他的面容。我看到了岁月留在他脸上的痕迹,看到了他的忧郁的眼睛。会场那边传来了一阵尖厉的嘶叫,那是大喇叭里发出的噪音,然后便是一个男子的雄壮的喊声:双城市第十届肉食节开幕式暨肉神庙奠基仪式现在开始!

终于,老兰内穿着一身毛料军服,外披着一件黄呢子大衣,打着响亮的哈哈出现在我家的灯光和烛光里。他的军服是真正的军服,衣领上和肩膀上有缀过领花和肩章的痕迹。他的大衣也是真正的校官大衣,金属的扣子光彩夺目。十几年前,在我们那里,穿毛料军装,是乡镇干部的标志,就像传说中的七十年代,穿灰色"的确良"中山装是公社干部的标志一样。老兰虽说是一个村干部,但他也敢穿着毛料军装招摇过市,可见老兰不是个一般的村干部。村子里传说,老兰与市长是拜把子兄弟,根本就没把乡镇长放在眼里。反倒是那些乡镇长,为了升官,为了发财,需要经常地来与他套套近乎。

　　老兰进了我家灯火辉煌的堂屋，把肩膀一耸，那件黄呢子的大衣随即就落到了紧跟在他的身后、看起来缺心少肺实际上聪明透顶的黄豹手里。黄豹接过大衣，毕恭毕敬地站在老兰身后，好像一根旗杆。他是那位放下屠刀后饲养菜狗的黄彪的堂弟，当然也是黄彪那个漂亮的小媳妇的堂小叔子。他一身好武功，能舞枪弄棒，会飞檐走壁，名义上是村子里的民兵连长，实际上是老兰的保镖。老兰对他说："出去等着吧。"

　　"怎么能出去呢？"母亲热情地说，"请坐请坐！"

　　但是那黄豹一闪身就出了堂屋，消失在我家院子里。

　　老兰搓搓手，歉意地说：

　　"对不起，让你们久等了。去市里谈项目，回来晚了。冰天雪地，车不敢开快。"

　　"村长日理万机，还能赏脸前来，实在让我们感激不尽……"父亲缩手缩脚地站在圆桌一侧，咬文嚼字地说。

　　"哈哈，罗通，"老兰干笑了几声，说，"几年不见，你可是大变了！"

　　"老了，"父亲摘下帽子，摸摸自己的光头，说，"满头白发了。"

　　"我不是说你这个，"老兰说，"大家都在老，我是说，几年不见，你变得会说话了，那股子野劲儿没有了，说话文绉绉的，简直像一个知识分子了嘛！"

　　"您这是拿我开心，"父亲说，"前几年我办了些糊涂事，经过这些年波折，认识到是我不对，还请您多加原谅……"

　　"这是说的哪里的话？"老兰似乎是无意地摸了一下那扇破耳朵，宽宏大量地说，"人生在世，谁也要办几件糊涂事，连圣人和皇帝也不能例外。"

　　"好啦，不说这些了，请坐吧，村长。"母亲热情地张罗着。

　　老兰与父亲谦让一会，还是坐在了那把从母亲的表姐家借来的木椅子上。

　　"都坐，都坐，"老兰说，"大家都坐，杨玉珍，你也不要忙活了。"

"菜都凉了,我给你们炒个鸡蛋吧。"母亲说。

"先坐下,"老兰道,"我让你炒你再炒。"

老兰坐在正中,旁边的两条长凳上,依次坐着我、母亲、娇娇、父亲。

母亲拧开一瓶酒,将杯子一一倒满,然后端起杯子,说:

"村长,感谢您赏脸,到俺这穷家寒舍来坐坐。"

"罗小通这样的大人物亲自去请,我怎敢不来?"老兰将杯中酒一饮而尽,说,"我说得对不对? 罗小通大人?"

"我们家是从来不请客的,"我说,"请谁是看得起谁。"

"不许胡说。"父亲瞅我一眼,然后又用歉疚的腔调说,"小孩子说话,没遮没拦,您别在意。"

"他说得很好嘛,"老兰道,"我喜欢心高气傲的孩子,从小看大,罗小通前途不可限量。"

母亲把一条鸡腿夹到老兰面前的碟子里,说:

"村长,您可别夸他,小孩子不能夸,一夸就更不知道天高地厚了。"

老兰把那条鸡腿夹到我面前的碟子里,然后又从盘子里把另一条鸡腿夹到一直偎在父亲身边的娇娇面前。我看到他的眼睛里闪烁着凄凉的爱怜之光。

"快谢谢大大。"父亲说。

"谢谢大大。"娇娇说。

"叫什么名字?"老兰问父亲。

"娇娇。"母亲说,"是个懂事的好孩子。"

老兰将盘里的肉鱼往我和娇娇的碟子里夹了许多,然后说:

"吃吧,孩子们,想吃什么就吃什么。"

"您吃,"母亲说,"别嫌孬。"

老兰夹了一颗花生米放在嘴里咀嚼着,说:

"如果为了吃,我何必到你们家来?"

"我们知道,"母亲说,"您是村长,光荣称号一大堆,市里省里都挂号的大人物,这世界上大概没有您没吃过的东西了。请您来,无非是表表心意。"

"给我倒杯酒。"老兰把酒杯递到母亲身边,说。

"真对不起……"母亲说。

"给他也倒上呀!"老兰指指父亲眼前的酒杯。

"真对不起……"母亲倒着酒说,"从来没有请过客,不知道如何招待客人。"

老兰端起酒杯,举到父亲面前,说:

"老罗,当着孩子的面,过去的事就不说了。从今之后,如果你瞧得起我老兰,咱们就一起干了这杯!"

父亲手抖着,端起酒杯,说:

"我是拔了毛的公鸡刮了鳞的鱼,没什么起色了。"

"没那事。"老兰将杯子重重地蹾在桌子上,目光逼着父亲的脸,说,"我知道你是谁,你是罗通!"

第 二 十 炮

　　雄壮的音乐声中，数千只肥胖的肉鸽，扑棱棱地飞向了七月的天空。紧跟着鸽子们飞上去的，还有数千只彩色的气球。鸽子从庙宇的上空飞过，十几片灰色的羽毛落下来，与那些沾了血污的鸵鸟羽毛混在一起。未遭厄运的鸵鸟们拥挤在大树下，好像大树就是它们的保护伞。那三只被黄豹残害的鸵鸟，横尸庙前，触目惊心。兰老大站在庙门前，仰脸看看天上那些在北风吹拂下正向南方移动的气球，悲伤地叹了一口气。一个面色红润、头发雪白的老尼，在两个年轻尼姑的搀扶下，从庙堂后边转出来，在兰老大面前立定，不卑不亢地说：这位施主，唤老尼前来，有何吩咐？兰老大抱拳至胸前，深深地做了一个揖，道：师太，我妻子沈瑶瑶暂居贵庵，有劳师太照应。老尼道：施主，瑶瑶女士已经落发为尼，法号慧明，望施主不要打扰她的清修，这也是她的意思，托老尼向施主转达。三个月后，她还有一件重要的东西交给施主，请施主到时前来领取。老尼告辞了。兰老大掏出一张支票，说：师太，我看到贵庵年久失修，愿捐一笔款修缮庙堂，望师太笑纳。老尼合掌胸前，道：施主慷慨捐赠，功德无量，菩萨保佑施主福寿安康！兰老大将支票递给老尼身后的年轻尼姑,那尼姑笑盈盈地接了,低头一看数额,惊讶得眉毛飞舞起来。我看到,这个年轻尼姑杏眼桃腮,红唇白牙,青青的头皮,焕发着青春气息。站在老尼身后的另一个年轻尼姑,嘴唇丰满,眉毛漆黑,皮肤光滑如玉。我很为这样的女子当了尼姑遗憾。大和尚,我知道这种想法十分鄙俗,但我必须把心中的想法说出来,否则我的罪恶会更加深重,您说对吗? 大和尚不置可否地点点头。大会进行第五项:团体操表演开始——主会场上的大喇叭又惊天动地地轰鸣起来——第一章:凤凰来仪,百兽率舞。主会场那边一阵喧哗,接着就宁静下来。喇叭里放出古朴的音乐,听起来让人发思古之幽情。我看到兰老大近乎痴迷地看着老尼姑师徒三人的背影。灰色的僧衣,雪白的衣领,青白的光头,看上去是那样地清爽。两只彩色的凤凰,在会场上空盘旋着,营造出高贵神秘的气氛。我早就听说,这次肉食节因为是第十届,格外隆重,开幕式上将有精彩的表演。这两只由高手风筝艺人扎制而成在空中拖曳着长尾巴盘旋的凤凰,就是一个精彩的细节吧。至于百兽率舞,我相信那会是真兽和假兽联合上场。双城市什么兽都有,但缺少麒麟,就像什么鸟都有,就是缺少凤凰一样。我还知道,老兰的华昌骆驼舞蹈队必将在这场舞蹈中大显身手。老兰的鸵鸟舞蹈队惨遭瓦解,真是可惜。

老兰几句奉承话,使我得意扬扬,心花怒放,身体膨胀,一瞬间就取得了与大人平起平坐的地位。所以在他们频频干杯时,我也把自己面前那个盛水的白碗倒空,伸到母亲面前,说:

"请给我一点酒。"

母亲惊讶地说:"怎么,你也要喝酒?"

父亲说:"小孩子,不要学这些毛病。"

我说:"我的心情很好,我已经好久没有这样好的心情了,而且我也看出了,你们的心情也很好,所以,为了庆祝我们的好心情,我要求喝一点酒。"

老兰眼睛发着光,说:

"绝妙啊,小通贤侄。言之有理,顺理成章。能说出这样一番话来的人,不管年龄大小,绝对有了喝酒的权利。来吧,我给你倒上。"

母亲说:"兰大哥,您别怂他,他担当不起。"

"把瓶子给我,"老兰说,"根据我的经验,在这个世界上,有两类人不能得罪。一类是那些青皮流氓光棍汉,属于流氓无产阶级吧,这些人站着一根躺下一条一人吃饱全家不饿,有家有业的人、有根有后的人、有权有势的人,都不敢跟他们较劲。还有一类就是那些其貌不扬的、流着黄鼻涕、灰腚瓦爪的、像癞皮小狗一样被人用脚踢来踢去的孩子,这样的孩子成为土匪、强盗、大官大将的可能性比那些有礼有貌、衣衫整洁的好孩子大得多。"老兰往我的碗里倒了一些酒,说:"来吧,罗小通罗先生,老兰敬您一杯!"

我豪迈地端起碗,与老兰手中的酒杯相撞,瓷与玻璃,发出了异样的响声,是那样赏心悦耳。老兰一饮而尽,说:"先喝为敬!"然后将酒杯倒过来,显示他的忠实。"我干了,您随便。"他继续说。

我的嘴唇未触及酒之前就嗅到了浓烈的、辛辣的、刺鼻的酒气,感觉有些不妙,但还是极其兴奋地喝了一大口。我感到口腔里仿佛燃起了一团火,然后这火就顺着咽喉,一路燃烧着、燎烤着,滚到我的肠胃中去了。母亲把我的碗夺过去,说:

"行了,尝尝滋味就行了,长大了再喝。"

"不,我要喝。"我伸出手去,讨要我的酒碗。

父亲担忧地看着我,但是他没有表示态度。老兰把酒碗接过去,将碗中的酒倒进自己的杯子里,说:

"贤侄,能发能收,才是男子汉的气魄。我分你一杯,剩下的,你干了。"

他的酒杯和我的酒碗第二次碰在一起,一声响亮,各自干了。

我很好,我对他们说,我感觉很好,我的感觉从来没有这样好过。

我感到要漂起来了,不是飘,不是在风中飘,在风中飘的那是鸡毛;我是在水上漂,我是一颗圆溜溜的西瓜在河里漂……我的眼睛,忽然地被娇娇妹妹的油腻腻的小爪子吸引了过去。我这才想到,在我们大人们干杯敬酒的时候,竟然把这个水晶一样透明的、千娇百媚的小妹妹忘记了。但我的妹妹是十分聪明的,就像她的哥哥我罗小通一样地聪明。在大人们闹腾时,她遵循着"自己动手,丰衣足食"的古训,不用筷子,用那别别扭扭的玩意儿干吗?用手,朝着那些盘子里的肉鱼或是其他的好吃的东西,发动了一次又一次的偷袭。她的手上全是油,两个腮帮子上也是油。当我注视着她时,她对我一笑,十分地妩媚可爱。我的心中温暖无比,连每到冬天就长满冻疮的脚也仿佛浸泡在热水里,麻麻痒痒地可喜。我捏起凤尾鱼罐头中最漂亮的一条凤尾鱼,将身体探过圆桌,把鱼举到妹妹脸面的上空,说:"张嘴!"妹妹仰起脸来,顺从地张开嘴巴,像小猫一样把鱼吞了。我说:"放开肚皮吃吧,妹妹,天下是我们的了,我们已经从苦难的泥坑里爬上来了。"

母亲不好意思地对老兰说:"这孩子,醉了。"

"我没有醉,"我说,"我真的没有醉。"

"有醋吗?"我听到老兰鼻子瓮瓮地说,"弄点醋给他喝。如果有鲫鱼汤最好。"

"到哪里去弄鲫鱼汤?"母亲用无奈的口气说,"连醋也没有。让他喝碗凉水睡觉吧。"

"这怎么能行?"老兰抬手拍拍巴掌,那个被我们遗忘了的黄豹真像匹豹子那样,迈着轻捷矫健的步伐,几乎是无声无息地出现在我们的面前,如果不是他开门时放进了清冽的冷风,我们会以为他是从天上降下来的或是从地下冒出来的。他目光炯炯地盯着老兰的嘴巴,等待着老兰的命令。"去,"老兰低声但威严无比地说,"去弄一盆鲫鱼汤,要快,再让他们煮两斤鲨鱼肉饺子来,汤先来,饺子随后。"

黄豹答应了一声,随即像突然出现一样突然消失。在他开门关门那一瞬间,一九九一年一月三日晚上的寒风携带着雪凝大地的气息和满天星光的气息扑进了我们的屋子,使我感受到了大人物生活之神秘庄严与令行禁止。母亲十分歉疚地说:"这怎么是好,本来是我们请您吃饭的,怎么好让您再去破费?"

老兰爽朗地笑着,说:"杨玉珍啊,你怎么还没看出来呢? 我是借着这个机会巴结你的儿子和你的女儿呢。我们都是将近四十的人了,还能蹦跶几年? 世界是他们的,再过十年,就该他们施展本领了。"

父亲倒了一杯酒,郑重地说:"老兰,过去我不服你的气,现在我服了,你比我行。从今之后,我跟你干。"

"咱们俩,"老兰用一根食指指指父亲,然后指指他自己,说,"咱们两个,是一路货色。"

在这个难忘的晚上,我的父母和老兰都喝了很多酒。他们的脸都改变了颜色:老兰的脸越喝越黄,父亲的脸越喝越白,母亲的脸越喝越红。

第二十一炮

　　黄昏时刻,东西两城的游行队伍陆续撤走,草地上、大道上,遗留下数不清的饮料罐和破碎的小旗,还有许多纸扎的花朵与牲畜使用过的粪袋。几十个身穿黄色马甲的清洁工人,在几个手提着电喇叭的小头目的指挥下,手忙脚乱地收拾着。而与此同时,用手扶拖拉机、三轮小货车、马拉胶轮车等车辆运载着的烧烤炉、电烤箱、电炸锅等烧烤用具,正在匆忙地进入场地。为了不污染市区的环境,在肉食节期间,将在此地设立烧烤各类肉食的夜市。那辆庞然大物一般的发电车没有撤走,它还将为烧烤夜市提供电源。今夜,这里将热闹非凡。我在这里说了一天的话,看了那么多奇异的景象,精力消耗很大,尽管昨天夜里吃过的那几碗神奇米粥比一般的食物耐消化,但再耐消化也是米粥,从太阳西斜那一刻开始,我的肠胃就开始鸣叫,饥饿的感觉发生了。我偷偷地看看大和尚,希望他能发现时间的流逝,带我去庙堂后的小房间里休息进餐。也许,在那里,我会与昨夜那个神秘的女子再次相遇,她会再次慷慨地宽衣解带,用她的甘美乳汁,饲育我的肉体,更饲育我的灵魂。但大和尚闭着眼睛,耳朵眼里的黑毛颤抖着,说明了他正在集中精力听我诉说往事。

在那个难忘的夜晚,喝完了鲫鱼汤、吃完了鲨鱼肉饺子之后,妹妹哼唧着要睡觉,老兰也起身要告辞。父母亲慌忙站起来——父亲怀里抱着娇娇,熟练地但也是笨拙地拍着她的屁股——为我们村的非凡人物送行。

黄豹非常及时地进了屋,将大衣披在了老兰的身上。然后他流畅地滑到门边将门拉开,为老兰的出走准备好了道路。但老兰似乎并不急着离开,他好像还有什么事情需要向我的父母交代。他转到父亲的一侧,低下头去,看着我妹妹那张伏在父亲肩膀上的脸,感慨万千地说:

"简直是一个模子塑出来的……"

老兰这句含意模糊的赞语一下子使大家的心情沉重起来。母亲有几分尴尬地干咳着,父亲则别扭地歪着头,试图看到娇娇的脸。父亲含混不清地说:

"娇娇,叫大大吧,叫大大……"

老兰从大衣口袋里掏出一个红纸包,插在娇娇和父亲之间,说:

"初次见面。讨个吉利。"

父亲慌忙把那个红包掏出来,连声说:

"不行,老兰,坚决不行!"

"为什么不行?"老兰说,"不是给你的,是给孩子的。"

"给谁也不行……"父亲可怜地嗫嚅着。

老兰从大衣口袋里又掏出一个红包,直接递给了我,狡猾地眨眨眼,说:

"咱们是老朋友了,怎么样,给点面子吧?"

我连一丝一毫的迟疑也没有,伸手就把红包接了过来。

"小通……"母亲痛苦地喊叫着。

"我知道你们的心思,"老兰将两条胳膊伸进大衣的袖子,庄严地宣告,"我告诉你们,钱是王八蛋,生不带来、死不带去的东西。"

他的话像沉重的铅块一样落地有声。父亲和母亲表情木然,目光惘然,仿佛一时解不开老兰话里藏着的玄机。

"杨玉珍,不要光想着赚钱,"老兰站在我家堂屋的门口,严肃地对母亲说,"要让孩子们念书。"

我捏着红包,父亲和娇娇夹着红包,我们事实上已经收下了老兰的红包,其实我们也没有能力拒绝老兰的红包,我们心情复杂地将老兰送出了房门。房子里的灯光和烛光从门口突围而出,即刻散在院子里,使我们看清了母亲的拖拉机和我那门还没有来得及搬运到屋子里收藏的迫击炮。炮筒子上遮着一块土黄色的帆布,仿佛是一个具有钢铁意志的战士,戴着伪装,趴在草丛中,等待着长官发令。我想起几天前发出的要炮轰老兰家的誓言,顿时感到心中惴惴不安。我怎么会产生如此奇怪的念头呢?老兰这人并不坏,甚至还是个值得我崇拜的好汉,我怎么会对他产生那样大的仇恨呢?越想越感到有些糊涂,于是就不再去想。也许那只不过是我做了一个奇怪的梦,梦梦梦,反反正,母亲曾经这样说过,为她自己的噩梦解脱,也曾经为我的噩梦解脱。明天,不,待会儿送走老兰,我就把它搬进仓库,"枪刀入库,马放南山",天下从此太平了。

老兰走得很快,尽管我发现他走得有些晃荡,但他走得的确很快。也许不是人家老兰先生走得晃荡,而是我自己脚步不稳。这是我平生第一次体验酒后的感觉,也是我第一次获得了与大人平起平坐的权力,而且我的第一次与大人平起平坐竟然是与非同凡俗的老兰先生在一起,这真是巨大的荣耀。我感到已经步入了成人的世界,将丰收、平度、皮豆等那些曾经瞧不起我的傻家伙们远远地抛到了少年的门槛之内。

黄豹已经把我家的大门拉开了,他机警的神情、矫健的脚步、轻捷准确的动作让我敬佩不止。在这个漫长的夜晚,我们在房子里围炉吃酒,他却站立在室外的寒风里,站立在尚未融化完毕的雪里,神经绷紧如即将离箭的弓弦,眼观六路,耳听八方,防止坏人的偷袭,防止野兽的侵入,保卫着老兰的安全,连我们这些跟老兰一起吃酒的人也享受着他的保护。这样的牺牲精神值得我们学习。他不但要担当保卫任务,还要竖起耳朵,分出心思,一刻也不敢懈怠地听着老兰的巴掌声。巴掌一拍,他马上就会无声无息地、像个幽灵似的出现在老兰的身边,接受老兰分配的任务,然后就是雷厉风行地、不打折扣地、不讲价钱地、坚决地、彻底地去将老兰的命令贯彻实施。譬如老兰要鲫鱼汤,在那样毫无准备的情况下,他只用了半点钟,就把鲫鱼汤端到了我们的圆桌上。仿佛这盆鲫鱼汤一直在某个距离我们家很近的地方的炉火上炖着,他去了,端起来就走。走到我家时,那盆汤还是热气腾腾,如果匆忙就喝,会把口腔和舌头烫伤。放下了鲫鱼汤他转身就走,鲫鱼汤还没凉他就端着一盆鲨鱼肉的水饺回来了。自然也是热气腾腾的,仿佛刚刚从滚水中捞出来的。这一切都让我感到神奇,不可思议,用我的经验根本就无法子解释。这简直就像传说中的皮猴子精的"大搬运"一样。他端着饺子进来时,神色宁静,手不颤,气不喘,仿佛那煮饺子的地方距离我们的圆桌只有一步之遥。放下饺子他抽身就走,突然来到突然消失,如一个善使隐身术的大师。当时我就感慨万千地想,我如果努力,很可能成为老兰这样的人,但我无论如何努力,也成不了黄豹这样的人。黄豹是天生的侍卫,如果时光倒流二百年,他应该是大清朝皇帝的御前带刀侍卫,是真正的大内高手啊,可惜他生不逢时。他的存在,就是要唤起我们的古典情怀,让我们重温那些逝去的历史,并让我们对历史中的传奇与传说持深信不疑的态度。

我们站在了大门口时才发现,有两匹黑色的高头大马,拴在街边的电线杆子上。半块月亮在天边暗淡无光,满天星斗灿烂。马身上反射着小星星,马眼睛是闪光的夜明珠。看着它们高大的身影,尽管我还不能完全地领略到它们的英姿,但我已经感觉到了它们不是凡马,不是凡马就是天马。我感到热血澎湃,心潮激荡,很想扑上前去,搂着马脖子爬上马背,但老兰在黄豹的扶持下已经翻身上马,黄豹也一个鹞子翻身飞上马背。两匹马相跟着,驮着两个不同凡响的人物,沿着村子正中的翰林大道,先是小跑,然后就是疾驰,如同两颗璀璨的流星,片刻间便消失在我们的视野之外,只留下一片清脆的蹄声在我们的耳边萦绕。

精彩啊精彩,这个夜晚实在是神奇无比,无比地神奇这个夜晚,是我来到了这个人世间最值得反复回忆的夜晚。这个夜晚对于我们一家的重大意义在后边的岁月里将会越来越清晰地显示出来。我们呆呆地立在那里,仿佛几棵树被冻结在辉煌金秋的印象里。

小北风飕飕,从我的脸上刮过,因为有酒垫底,皮肤充血发热,所以我感到十分舒服。我的父母是不是也感到十分舒服呢? 当时我不知道,但后来我就知道了。后来我知道了我的母亲属于燥热型酒徒,如果是冬天,她就会边喝酒边出汗边往下脱衣服,脱了外套脱毛衣,脱了毛衣脱衬衣,脱到衬衣不再脱。后来我知道了我的父亲属于畏寒型酒徒。他越喝身体越畏缩,越喝脸色越白,白得好像一张封窗的纸,也像一片刚刷了石灰的墙皮。我看到他的脸上突出了一层小疙瘩,好似褪了毛的鸡皮。我甚至能听到他的牙齿碰撞的声音。父亲喝酒到了火候,就像发疟疾的病人寒潮到来。就像我的母亲喝酒喝到火候,即便在三九寒天也会大汗淋漓一样,我的父亲,即便是在六月三伏,只要喝多了酒,也是寒战不断,犹如过了霜降之后,在黄叶落尽的柳树梢头苟延残喘的寒蝉。那么,由此推测,在这个对于我们家意义重大的夜宴之后我们到街头上去为老兰和黄豹送行时,那飕飕的小北风,刮到我母亲脸上,会让她感到十分地舒适,同样的小北风刮到我父亲的脸上,就会让他感到难以忍受,简直就像用小刀子剜肉也似,简直就像用蘸了盐水的鞭梢抽打也似。妹妹的感觉我不知道,因为妹妹没有喝酒。

在不知不觉中,太阳已经彻底沉没,大地陷入黑暗。但大道对面的会场上却是一片灯火。豪华的轿车,络绎不绝开来,车灯明灭,喇叭歌唱,一派富贵景象。从车上下来的人,都是时髦的小姐和尊贵的先生。他们多半穿着休闲的服装,看似普通平常,但都是昂贵无比的名牌。我嘴巴里讲述着陈年往事,外边的情景也尽收眼底。灿烂的礼花在空中绽放那一瞬间,庙堂里一片辉煌。我看到了大和尚的仿佛镀了一层黄金的脸,感到在这一瞬间他已经是一具涂刷了金粉的木乃伊。礼花在空中连续绽放,隆隆的炮声滚滚而来。每一簇礼花的绽放都会引起仰脸观看的人一阵惊叹。大和尚,就像礼花一样——

迷人的时刻总是转瞬即过,痛苦的时刻总是分秒难挨。但这只是事情的一个方面,事情的另一方面是,迷人的时刻无限漫长,因为它总是被经历者反复地回忆,并在回忆的过程中不断地添油加醋,使之丰富,使之膨胀,使之复杂,使之成为一个进去了就难以出来的迷宫。痛苦的时刻因为痛苦,经历者就像躲避瘟疫一样躲避着它,即使不慎相遇,也尽力地想法逃脱,实在逃脱不了也尽量地淡化之,简化之,遗忘之,最后使之成为一团模糊的轻烟,一口气就能吹跑。这样,我对那个夜晚的流连忘返的描述就找到了根据。我舍不得往前走。

我舍不得满天星斗、舍不得小北风的飕飗、舍不得被星光照耀着的翰林大街,更舍不得那两匹大马留在街道上空的美好气味。我的身体站在自家的大门前,但我的灵魂已经跟随着老兰、黄豹和那两匹幻影般的大马而去。如果不是母亲拉我,我会在街上一直站到天亮。经常听人说灵魂出窍的故事,我原先以为那是迷信,是瞎说,但在那盛宴过后、大马飞驰的时刻,我真切地体会到了灵魂出窍的滋味。我感到我从自己的身体内钻出来,好像小鸡啄破蛋壳出世。我的身体柔软,轻如鸿毛,地球的引力对我几乎没有作用。我的脚尖只要一点地,身体就会像皮球一样弹起来。在这个新我的眼睛里,北风有了它的形状,仿佛在空中流淌的水,我可以自如地将身体俯卧在风上,由它托着游走,收发自如,随心所欲。有几次我的身体眼见着就要与大树相撞,但我的意念一到,风就高高地把我托举起来。有好几次我眼见着无法避开迎面撞来的墙壁,但意念一到,我的身体就缩成一张接近于透明的薄纸,从墙壁的用肉眼几乎难以发现的缝隙中穿了过去……

母亲强行把我拖进了家门,在大铁门被关闭时发出的铿锵声里,我的灵魂才不情愿地回归原位。我一点也不夸张地说,当我的灵魂归来时,我感到头脑里一阵冰凉,那感觉类似于一个在外边冰冻了许久的孩子钻进了热被窝,这也是灵魂存在的证明。

父亲把已经睡熟的娇娇送到炕上,然后把那个红包交给了母亲。母亲打开红包,显出一沓百元大票。数一遍,十张。母亲显出惶惶不安的样子,看了父亲一眼,然后往手指上啐了一口唾沫,又将钱点了一遍。还是十张,一千元。

"这见面礼,也太重了点,"母亲看着父亲说,"这叫我们如何担当得起?"

"小通那里还有呢。"父亲说。

"拿过来。"母亲仿佛气呼呼地说。

我不情愿地将红包交给母亲。她照老样子先粗点了一遍,然后又啐唾沫濡湿了手指仔细地点了一遍。也是百元的大票十张,一千元。

在那个年代里,两千元可是一笔巨款。所以母亲只要一想起借给沈刚眼见着血本无归的两千元就悲愤难平。那时买一头能拉独犁的犍牛也不过七八百元,而一千元,足可以买一匹拉大车的骡子。也就是说,老兰给我们兄妹的见面礼足值两头大骡子。在"土地改革"的时代里,家里如果养着两匹大骡子,绝对会被划成地主成分,而一旦成为了地主,苦难就对你敞开了大门。

"这可怎么是好?"母亲紧蹙着眉头,像个七老八十的老太婆一样低声地念叨着。她的两只胳膊僵硬地往前伸着,脊梁也有些弯曲,手里捏着的仿佛不是两沓钱,而是两块沉重的砖头。

"要不，"父亲说，"退回去吧。"

"怎么退？"母亲用烦恼的口吻说，"你去退？"

"让小通去，"父亲说，"小孩子没脸没皮，他不会怪罪……"

"小孩子也有脸有皮。"母亲说。

"你决定吧，我听你的。"父亲说。

"只好暂且留下了，"母亲愧疚地说，"我们这算请的什么客？人家煮了鲫鱼汤，煮了鲨鱼肉饺子，还送了这样的大礼。"

"这说明，他是真心地要和我们修好。"父亲说。

"其实人家根本就没像你想的那样鸡肠小肚，"母亲说，"你不在的时候，他给了我们娘俩很多帮助。拖拉机是他按废铁的价格卖给我们的；批房基地也没要我们送礼。多少人送上礼也没批到一块满意的地皮。没有他，我们这房子根本盖不起来。"

"都是让我闹的，"父亲长叹一声，"今后，我就给他当马前卒吧。他投桃，咱报李。"

"这钱也别乱花，先去银行存上。"母亲说，"等过了年，让小通和娇娇上学。"

礼花明灭，制造着灿烂和黑暗。我心中有些惶恐，仿佛置身生与死的交界处，顾盼着阴间和阳世。在那短暂的灿烂境界中，我看到，那个频频出现的兰老大，与老尼再次相会在庙前。老尼将一个褓襁递给兰老大，说：施主，慧明的尘缘已了，您好自为之吧。礼花熄灭，眼前的一切都沉入黑暗中。我听到一个婴孩的啼哭之声。礼花开放，我看到了这个婴孩大张着嘴巴啼哭的小脸，然后又看到了兰老大看似冷漠的面孔。我知道他的心中漫卷着情感高潮，因为我看到他的眼睛里有湿漉漉的东西在闪烁。

第二十二炮

　　又是一束礼花在空中绽开,先是有四个红色的圆环团团旋转,然后圆环变幻成四个绿色的大字——天下太平——天下太平顷刻瓦解,变成了几十个拖着长长尾巴的绿色流星,消逝在灰暗的夜空。又一束礼花在天上大放光明,照耀着先前的礼花留下的团团烟雾,空气中渐渐充满浓重的硝烟气味,使我的咽喉发痒。大和尚,我在大城市里流浪时,遇到过几次热烈的庆典,白天化妆游行,晚上大放礼花,但像今晚这样能够放出文字和图案的礼花,却是第一次看到。时代发展,社会进步,制作礼花的技术也更上层楼。不但制作礼花的技术更上层楼,烧烤肉类的技术也更上层楼。退回去十年,大和尚,我们这地方只有用木炭烤羊肉串儿,可是现在,有韩国烧烤,日本烧烤,巴西烧烤,泰国烧烤,蒙古烤肉。有铁板鹌鹑,火石羊尾,木炭羊肉,卵石炮肝,松枝烤鸡,桃木烤鸭,梨木烤鹅……仿佛这个世界上,没有什么东西不可以拿来烧烤。礼花燃放仪式在众人的欢呼声中宣告结束。盛宴必散,好景不长;想到此处,我心悲伤。最后一颗重型礼花,拖曳着一道火线,升腾到距地五百米的高空,爆炸之后,变幻出一个红色的大"肉"字,淋漓着火星子,像一块刚从锅里提出来的大肉,淋漓着汁水。观者都仰着脸,眼睛瞪得比嘴巴大,嘴巴张得比拳头大,好像期待着天上的肉能掉到自己嘴里。几秒钟后,红"肉"瓦解,变成了数十个白色的小伞,拖曳着白色的绸带缓缓降落。礼花熄灭之后,我的眼前一片漆黑。过了片刻工夫,视力恢复正常。我看到,在大道对面的空地上,数百家烧烤摊子前的电灯一齐点亮。电灯上都戴着红色的灯罩,红光闪闪,营造出神秘的氛围。这很像传说中的鬼市,鬼影幢幢,鼻眼模糊,尖利的牙齿,绿色的指甲,透明的耳朵,藏不住的尾巴。卖肉的是鬼,吃肉的是人。或者卖肉的是人,吃肉的是鬼。或者卖肉的是人吃肉的也是人,或者卖肉的是鬼吃肉的也是鬼。一个人如果进入这样的夜市,会遇到许多匪夷所思的事情,虽然想起来后怕,但却留下了足够骄傲一辈子的谈资。大和尚啊,您是脱离了红尘苦海的人,自然没有听说过鬼市的故事。我在血肉模糊的屠宰村长大,听说过鬼市的传说。说一个人误入鬼市,看到一个肥大的男人,把自己的腿放在炭火上烤着,一边烤着,一边用刀子割着吃。那人大惊,喊道:小心把腿烤瘸了啊。那个烤腿的人,扔下刀子,放声大哭,因为他的腿真的瘸了。如果这个人不喊那句话,那人的腿是不会瘸的。还有一个人,起大早骑车进城去卖肉,走着走着迷失了方向,看到眼前灯火闪烁,近前一看是个热闹非凡的肉市,烟火缭绕,香气扑鼻,卖肉的人大声喊,吃肉的人满头汗,生意十分红火。那人心中大喜,急忙支起车子,摆开肉案,将还散发着热气的烧肉拿出来,刚喊了一声,就有成群的人围了上来,不问价钱,这个要一斤,那个要两斤,卖肉人切割不迭,那些人也等待不及,纷纷将钱票扔在卖肉人面前的蒲包里,抓起肉来就吃。吃着吃着,嘴脸就狰狞起来,眼睛也放出绿光。那人看事不好,提起蒲包,转身就跑。在黑暗中跌倒了爬起来,爬起来再跑,一直跑到公鸡鸣叫,东方破晓。等到天亮,才发现身处旷野。检点那个蒲包,发现包中全是纸灰。大和尚,眼前这个烧烤夜市是双城肉食节的重要组成部分,应该不是鬼市,即便是鬼市又有何妨？大和尚，现在的人，最喜欢和鬼打交道。现在的人，鬼见了也怕啊。那些卖肉的人，都戴着白色的圆筒高帽子，显得头重脚轻，站在那里，手中忙活着，嘴巴里喊叫着，用夸张的语言，招徕着顾客。炭火的气味和肉的气味，混合成一种古老的气味，十万年前的气味，弥漫了这块足有一平方公里的地方。黑色的烟雾和白色的烟雾，混合成彩色的烟雾，升腾到空中，把夜游的鸟儿熏得晕头转向。吃肉的红男绿女们，个个喜气洋洋。有的一手提着啤酒瓶子，一手攥着一串羊肉，吃一块肉，灌一口酒，打一串饱嗝。有的男女对面，女的把一块肉送到男的嘴里，男的随即把一块肉送到女的嘴里。有的更加亲密：男女对面，合叼着一块肉，一口口地吃进，直到把肉吃完，然后两个人的嘴巴合在一起亲嘴，围观的人齐声喝彩。大和尚，我很饿，也很馋，但我发过重誓，不再吃肉。我知道眼前的一切，都是您对我的考验。我用诉说，抵抗诱惑。

春节前后，我们家发生了很多重要的事情。首先要说的是，在元旦过后的第四天，也就是宴请过老兰的第二天上午，我们还没有来得及把借人家的餐具和家具清洗干净，父亲和母亲一边洗碗涮盆一边说着闲话。所谓闲话，其实不闲，因为他们的话头用不了三言两语就绕回到与老兰有关的事情上了。我听够了他们的絮叨，便跑到院子里，将那块遮盖着大炮的帆布揭下来，然后拿出黄油，对我的大炮进行入库前的最后一次保养。随着我们家和老兰的关系的修复，我的敌人已经不存在了。但即便敌人不存在了，我的武器也必须好生保存。因为我听到父母亲在那几天的谈话中，反复地提到一句话，那就是："没有永远的敌人，也没有永远的朋友。"也就是说，今天的敌人，很可能是明天的朋友；而今天的朋友，很可能是明天的敌人。而从朋友转化成的敌人，总是比一般的敌人还要凶残百倍。所以，我必须把我的大炮好生存放，一旦需要，拉出来就能投入战斗，我绝不把它当废钢铁卖给废品公司。

　　我先用棉纱将沾染上了灰尘的黄油从大炮上擦去,从炮筒到支架,从支架到瞄准具,从瞄准具到底钣。我擦得非常仔细,连一个边边角角也不放过。即便是伸手难进的炮筒内,我也用缠上棉纱的木棍来回捅了数百遍。擦光了黄油的大炮显出了钢铁的底色。几十年锈蚀出来的坑坑洼洼,也在表面存留着,这是天大的遗憾,我没有办法。我曾经试图用砖头和砂纸把那些坑坑洼洼磨平,但生怕把炮筒磨薄影响发射安全。擦去旧油,我用食指抹了新鲜的黄油均匀地涂在炮身上。当然也是连边边角角也不放过。我用的这包黄油是从飞机场附近的一个小村子里收购来的。这个村子里的人除了不敢偷飞机,什么都敢偷。他们说这包黄油是用来保养飞机的发动机的。我相信他们没有撒谎。用保养飞机的黄油来保养我的大炮,我的大炮也是有福气的。

　　在我保养大炮的过程中,小妹妹一直跟在我的身后。我无需回头就知道她的眼睛瞪得溜圆,不错眼珠地观看着我的每一个动作。她还在我工作的间隙里,提出一些幼稚的问题让我解答。譬如这是什么东西啦,大炮是干什么用的啦,什么时候放炮啦等等。因为我喜欢她,所以对她提出的问题,我全都认真地进行了解答。在解答她的问题的过程中,我也得到了为人师表的欢乐。

　　就在我把大炮保养完毕,正要给它罩上炮衣时,两个村子里的电工进入了我们家的院子。他们满面惊奇,眼睛放着光,脚步迟疑地挪到了大炮前面。他们尽管年纪都超过了二十岁,但脸上的表情却像少见多怪的孩子一样幼稚可笑。他们提出的问题跟我妹妹提出的问题差不多,甚至还不如我妹妹提出的问题深刻。可见这也是两个孤陋寡闻的笨蛋,起码在有关武器的知识上孤陋寡闻。对于他们,我可没有像对待妹妹那样耐心。我爱理不理地回答着,甚至故意地与他们捣乱。譬如他们问:这炮能打多远? 我就说:打不远,但打到你们家没有问题,信不信? 不信就放一炮实验实验? 我保证一炮把你们家轰为平地。他们对于我的恶言,一点也不生气。他们轮番弯着腰,歪着头,眯着眼睛,将目光射进炮膛,好像那里边藏着什么秘密。我拍了一下炮筒子,大喊一声:预备——放!那两个家伙就像兔子一样跳到了一边,脸上现出惊恐不安的表情。我说:你们这两个胆小鬼!我妹妹也鹦鹉学舌地说:胆小鬼!于是这两个家伙就嘿嘿嘿嘿地笑了起来。

这时我母亲和父亲走了过来。他们都高高地挽着袖子,露出了胳膊。母亲的胳膊是白的,父亲的胳膊是黑的。如果没有父亲的胳膊比较着,我还不知道母亲的胳膊是这样的白。他们的手掌被冷水浸泡得通红。父亲支吾着,大概是忘记了这两个家伙的名字。母亲却提着他们的名字,脸上带着笑容说:"同光、同辉,你们俩可是稀客。"母亲转脸对父亲说:"这是老彭家的哥俩,是咱村的电工,你不认识他们了?"

彭家哥俩对着母亲低头弯腰,做出一副十分谦恭的样子,说:"大婶,是村长让我们来的。来给你们家拉电。"

母亲说:"我们家没说要拉电啊。"

"这是村长交给我们的任务,"同光说,"村长说要我们什么也不干,也要先把电给你们家拉上。"

父亲问:"是不是要很多钱?"

同辉说:"那我们就不知道了,我们只管拉电。"

母亲犹豫片刻,说:"既然是村长让你们来拉,那就拉吧。"

同光说:"还是大婶有决断。其实,村长安排的,顶多收你们几个成本钱。"

同辉说:"也许连成本钱都不要,村长吩咐的事嘛。"

母亲说:"该交的钱我们自然要交,我们可不是那号贪占公家便宜的小人。"

"罗大婶出手大方,全村都有名。"同光笑着说,"传说大婶把收废品收来的骨头都要放在锅里熬熬,让小通兄弟喝汤。"

"放你娘的臊!"母亲骂道,"要拉就快点,不拉就给我滚出去!"

彭家兄弟嬉笑着,赶忙跑到大街上,把那些折叠梯子、电线、插座、电表之类的东西搬进来。他们腰上束着褐色的宽牛皮腰带,腰带上插着钳子、剪子、螺丝刀子等红红绿绿的工具,看上去很是威风。我与母亲在市化肥厂后边的小巷里曾经收到过一套这样的工具,但被母亲拿到百货大楼后边的五金一条街上转手卖了,立马就赚了十三元钱,母亲心情愉快,买了一个夹肉烧饼犒赏我。彭家哥俩腰带着工具、扯着电线先是在我家房檐下爬上爬下,然后就进了屋子。母亲也跟随着他们进了屋子。父亲蹲下来,端详着我们的大炮,说:

"这是82迫击炮,日本造。抗日战争时期,要是能缴获这样一门炮,能立一个大功。"

"爹,想不到您还懂得这个。"我欣喜地说,"炮弹是什么样子? 您见过吗?"

"我当过民兵,去县里参加过集训,"父亲说,"那时县里民兵团里就装备了四门这样的炮,我是二炮手,专门负责搬运炮弹。"

"赶快告诉我,"我兴奋地说,"告诉我炮弹是什么样子。"

"就像,就像……"父亲捡起一根木棍,在地上画出了一个尖头大肚、尾巴上带着小翅膀的东西,说,"就是这样子的。"

"您放过吗?"我问。

"也算是放过吧,"父亲说,"我是二炮手,负责把炮弹递到一炮手手里。一炮手从我的手里把炮弹接过去,然后,"父亲弓腰叉腿站在炮筒后边,双手似乎拃着一个带翅膀的炮弹,说,"就这样往下一放,炮弹就轰的一声飞出去了。"

第二十三炮

　　几个浑身上下油漆斑驳的人,推拉着一辆双轮平板车,出现在小庙门前。他们在明处,我们在暗处,所以他们不可能看清我,但我把他们看得清清楚楚。其中一个身材高大、略有些驼背的老者,嘴里唠叨着:这些人,要吃到何时才能罢休呢? 一个小个男人说:这么便宜的肉,他们自然要拼了命吃。我看这肉食节应该叫劳民伤财节,另一个下巴翘翘的男子说,一届比一届动静大,一届比一届花钱多,折腾了十年了,也没见到他们招来多少商,引来多少资。倒是每年都引来了这些大肚子狼。黄师傅,我们把这个"肉神"请到哪里去? 小个男人向那个驼背的老男人请示着。这四个人,应该是距离我们屠宰村不远的泥塑村人。这个村的人,在很早以前,就掌握了塑造各种神像的技艺。他们不但能用泥巴和乱麻塑造神像,他们还能用木头雕刻神像。这庙里的五通神像,大概是出自他们的祖先之手。后来,破除迷信,这个村子的人,分化瓦解,有的当了泥瓦匠,有的当了木匠,有的当了油漆匠,有的当了画匠。现在,到处都在建庙,他们又有了用武之地。驼背男人打量了一圈,说,还是暂且放在庙里吧,让他跟五通神做伴也不错。一个是大鸡巴神,一个是肉神,算是一路神仙吧?
驼背男人呵呵地笑着说。翘下巴男人说:这样合适吗? 一山不容二
虎,一槽不容二马,一个小庙里怕也容不下两个神仙。小个子男人
说:这两个都不是正经神仙。五通神,专门折腾漂亮女人;这个肉神,
听说是屠宰村一个最喜欢吃肉也最能吃肉的小孩子。他的爹娘出事
后,他到处装神弄鬼,打着旗号,四处与人比赛吃肉。听说他曾经一
次吃了八米肉肠、两条狗腿,外加十根猪尾巴。要不怎么成了神呢?
那个瘦脸男子用感叹的口吻说。几个人一边闲聊着,一边将平躺在
车上那个足有两米长、一搂粗的肉神拖下来,拴上两根绳子,一根捆
着脖子,一根捆着腿,穿上两根杠子,喊一声号,杠子上了肩膀。四个
人侧着身体,抬着肉神,艰难地往小庙里挤。他们的绳子拴得太长,
前面的人进入庙门之后,横躺着的肉神,用它的脑袋,不停地撞击门
槛,发出咚咚的声响。我感到头晕目眩。仿佛那撞击着门槛的不是
什么肉神,而确凿的就是我。后边那个驼背男人,发现了问题的所
在,大声地喊着:放下,放下,你们不要硬拽嘛。前面的两个人,猛地
把杠子下了肩,肉神落在地上。那个翘下巴的家伙骂道:这个鸡巴肉
神,还真有点沉重呢! 另一个说:你嘴巴干净点,当心肉神显灵验。
翘下巴说:显什么灵验? 难道还会有一块肉掉到我的嘴里? 驼背男
人将绳子挽短,再次发号,杠子上肩,四人直腰,肉神离开地面,后脑
勺子擦着门槛,慢慢地被拽进庙堂。在一个瞬间,我看到,肉神的圆
头几乎与大和尚的光头撞在一起,幸亏前面那两个人及时地拐了弯。
在那一瞬间,肉神的脚几乎踢着我的嘴,幸亏后边的两个人及时地转
了身。我嗅到了这些男人身上那股子泥巴、油漆和木头的气味。几
个手持着手电筒的男女,争论着一个问题来到小庙门口。我从他们
的口里,知道了事情的原委。这届肉食节,原本是和肉神庙奠基礼同
时进行的。对面这个红红火火的夜市,也就是计划中的肉神庙址。
但是今天来参加肉食节的一个大干部,对双城市建立肉神庙提出了
批评。一个留着短发、模样似一个英俊小伙的女干部忿忿不平地说:

他太保守了吧？说我们造神，说我们迷信，造神怎么了？迷信怎么
了？所有的神不都是人造的吗？哪个人不迷信？我听说他自己就经
常去云台山抽签，跪在佛像前一个劲地磕响头。一个看样子很是稳
重的中年干部说：小乔，少说两句吧。女干部不服气地嘟哝着：我看
主要原因是给他的红包太轻了。中年干部拍拍她的肩膀，说：同志，
少说两句吧，别给自己找麻烦。那女的还是嘟哝，但声音却渐渐模糊
低沉下去。他们的手电光柱交叉着射进庙堂，强烈的光束滑过了马
通神的脸大和尚的脸我的脸。我眯缝起眼睛，心中极为反感。难道
他们不知道用这样的强光照人是很不礼貌的吗？光柱滑过了四个抬
肉神进庙的人脸，最后聚焦在仰躺在地上的肉神脸上。中年干部气
呼呼地说：怎么搞的？怎么能让肉神躺在地上呢？扶起来，扶起来。
那四个人把杠子放到一边，从肉神身上将绳子解开，然后集中到肉神
的上半身，各人都把手放在了吃劲的地方，发一声喊：起！那个高约
两米的肉神，就直直地立起来。只有当它立了起来，我才感觉到它的
高大魁梧。它是用一根独木雕刻而成。我知道，许多历史悠久的神
像是用名贵的檀木雕成的，但在这个重视环保、爱护树木的时代，根
本就找不到如此粗大的檀木，即便深山老林中还能找到这样的大树，
也绝不允许砍伐。那么，这个肉神，是用什么木头雕成的呢？雕像上
涂满了油彩，无法看到木材的本来颜色，失去了判断下结论的重要根
据，而刚刚涂抹了不久的油彩，散发着刺鼻的气味，掩盖了木材的本
原气味，又失去了一个判断下结论的重要根据。因此，如果不是那个
干部的问话，我可能永远也搞不清楚这尊与我有着亲密关系的肉神
像是块什么木头。干部问：这是檀木吗？那个驼背男人冷笑道：到哪
里去弄檀木？不是檀木是什么？干部追问。驼背人回答：柳木。干
部说：柳木？柳木最爱生虫子，过几年，不是要被虫子蛀空吗？驼背
人道：柳木确实不适合雕像，但像这样大的柳树，也不是好搜求的。
为了防止生虫子，我们在雕刻之前，把它用药水泡过了。一个戴眼镜
的年轻干部说：这个孩子雕刻得比例不对，头太大了。驼背男人冷冷

地说:这不是孩子,是神,神的头,跟凡人当然不一样。就像这个五通神,人头马身子,地球上谁见过这样的动物?一道手电光束随即照亮了人头马的塑像。光束从塑像的脸——很迷人的脸——移动到塑像的脖子——在人的脖子和马的脖子连接转换的巧妙处理中,产生了强烈的色情诱惑——然后往后往下移动,最后定在极度夸张的那一嘟噜雄性器官上——睾丸像成熟的木瓜,阴茎半露,像捶衣棒槌藏在红袖中——黑暗中响起男人嗤嗤的笑声。女干部把手中的电筒光束照在肉神脸上,气呼呼地说:再过五百年,这个孩子就真的成了神了。用手电照着人头马身体的男子用考据的口气说:这个神像,向我们透露了远古时代人兽通奸的遗迹,你们听说过武则天和毛驴太子的故事吗?一个干部说:老兄,知道你学问大,回去写成论文吧,不要在这里卖弄了。中年干部对四个工匠说:你们负责看护好肉神像,肉神庙还是要建的,这不是迷信,这是人民群众对美好生活的向往。天天吃肉,是小康社会的一个重要标准。他们的手电光柱再次聚焦在肉神的脸上。我从这个大得确实不成比例的孩子头上,努力寻找着十年前的我的踪影,但越看越觉得模糊起来。它圆头圆脸,细长的眼睛眯缝着,腮帮子鼓起,嘴角上还有两个酒窝,两扇耳朵,像两个小巴掌。它脸上的表情,看上去很愉快。这哪里是我?在我的记忆里,十年前的岁月,痛苦和烦恼,比愉快和幸福要多得多。驼背男子对中年干部说:处长,把肉神送到会场,我们的任务就算完成了。您让我们继续看护,应该付给我们工钱。中年干部说:看护肉神,积德行善,要什么工钱?四个工匠一齐吼叫起来:没有工钱,我们怎么活?

　　除夕的上午,街上传来了一阵摩托的声音。我预感到这摩托车会与我们家发生关系,果然那摩托的声音在我家大门外停止了。我和妹妹飞跑着去拉开了大门,看到那个像豹子一样敏捷的黄豹提着一个蒲草编织的包子,对着我们走来。我和妹妹闪到大门的两边,宛如金童玉女,迎接着黄豹。我的鼻子,早就嗅到了从蒲包里挥发出来的腥味。黄豹对着我们微微一笑,有几分亲切,有几分冷漠,谦恭中还蕴藏着高傲,总之是很有风度。那辆蓝色的摩托车与他的骑手一样,也是亲切而冷漠、谦恭而高傲,很有风度地侧歪在路边,好像一个有身份的男子,歪着膀子站在路边。黄豹走到我家院子中央,母亲就从屋子里迎了出来。在母亲身后两米处,跟随着我的父亲。母亲满面笑容,说:

"是黄豹兄弟,快进屋。"

"罗家嫂子,"黄豹彬彬有礼地说,"村长让我来给你们送点年货。"

"这怎么好意思……"母亲激动不安地说,"我们无功无德,怎么好吃村长的东西……"

"这是村长的命令,"黄豹将蒲包放在母亲脚前,说,"我走了,祝你们春节愉快!"

母亲张开双臂,好像要拉住黄豹,但黄豹已经到了大门口。

"真是不好意思……"母亲说。

黄豹回头对着我们招招手,然后就像突然到来一样突然地走了。大街上响起了摩托的吼叫。我们赶到大门口,看到摩托在他的胯下,喷出一道青白的烟,蹦蹦跳跳地朝西跑去,转眼就拐进了兰家胡同。

我们一家人在大门口呆了足有五分钟,看到卖烧肉的苏州骑着自行车从火车站的方向蹿来,一副喜气洋洋的样子,估计到他的生意很好。他大声地喊叫着:

"老杨,过年了,不买点烧肉?"

母亲没有理睬他。

他用更大的声音说:

"留着钱买墓地吗?"

"去你娘的,你们家才买墓地呢!"母亲骂了苏州一句,然后把我们拉进门内,关上了大门。

在堂屋里,母亲打开了那个湿漉漉的蒲包,显出了那些红的白的与冰冻结在一起的海货。母亲一样样地往外拿着,同时回答着我和妹妹的问询。母亲的海产品知识很是渊博,尽管在此之前我从来没在家里见过这些稀奇之物,但母亲全部认识它们。看样子父亲也认识它们,但他没有充当讲解员。他蹲在房屋中央的火炉边上,用火钳子夹出一块火炭,点燃了一根烟卷,吧嗒吧嗒地抽起来。

"这么多东西……这个老兰……"母亲翻动着鱼虾,忧虑重重地说着,"吃了人家的嘴软,拿了人家的手短……"

"既然送来了,那就吃吧,"父亲果断地说,"我跟着他干就是了。"

晚上,电灯的光芒照亮了我家的大瓦房,使用煤油灯的晦暗岁月已经被我们抛到了后边。在耀眼的灯光下,在母亲感念老兰恩德的唠叨声中,在每逢母亲感念老兰恩德时父亲脸上必定出现的尴尬表情中,我们度过了春节。这是一个在我的记忆中从来没有过的丰盛的春节,我们的年夜饭桌上,第一次出现了红烧对虾——像擀面棍子那样粗的大对虾。第一次出现了清蒸螃蟹——像马蹄那样大的大螃蟹。第一次出现了油煎鲳鱼——比父亲的巴掌还要大的鲳鱼。还有几种我从来没有吃过的海产品,譬如海蜇,譬如墨斗鱼。这使我第一次知道,在这个世界上,原来还有许多与肉同样好吃的东西。

第二十四炮

　　四个工匠，围绕着那辆平板车，喝酒吃肉。车上铺一张报纸，就成了他们的餐桌。我看不清报纸上的肉，但我嗅到了肉的气味。我知道他们吃着两种肉，一种是木炭烤羊肉串儿，加了很多孜然；一种是蒙古烤肉，加了很多奶酪。大道对面的繁华夜市尚未歇业，一拨食客走了，另一拨食客紧接着到来。那个翘下巴的男子，突然捂着腮帮子叫唤起来。问他怎么啦，他说牙痛。驼背的老者冷笑了一声。小个子男人说：告诉你不要胡说，你还不信。现在信了吧？这是肉神给你点颜色瞧瞧，厉害的还在后边呢。翘下巴男子捂着嘴巴，呜呜啦啦地说：哎哟亲娘，痛死我了。老者狠抽了一口烟，烟头上的红火照着他嘴巴周围的短髭。牙痛的男子求告着：师傅，救救我吧。驼背男人没好气地说：你要记住，不管什么木头，一旦雕成了像，就不是木头了。牙痛人说：师傅，好痛啊。驼背人说：还在这里哼哼什么？快到庙里去，跪在神像前，掌自己的嘴巴，什么时候不痛了，什么时候罢休。翘下巴男子，手捂着腮帮子，跌跌撞撞地冲进了庙堂，跪在肉神像前，哭咧咧地说：肉神，肉神，小的再也不敢了，您老人家发发善心，饶了我吧……然后就抡起巴掌,啪啪地掌嘴。

大年初一上午,那个一直躲着我们的沈刚,自动地找上门来。进门后他按着老礼,跪在我们家的祖先牌位前磕了一个头,然后进入了我们的房子。他的出现使我们全家都感到意外,母亲没头没脑地说:

"怎么是你?"

平日里见到我们总是摆出一副死猪不怕开水烫的无赖嘴脸的沈刚,脸上竟然出现了低眉顺眼的小表情,他从怀里摸出一个鼓鼓的信封,尴尬地说:

"嫂子,兄弟没有本事,做买卖做赔了,借嫂子的钱,一直还不上,去年忙活了一年,多少挣了几个,欠嫂子的钱,无论如何也要还了。这是三千块,嫂子点点……"

沈刚将那个信封放在母亲面前,身体往后一退,坐在我们家炕前那条长凳上,从口袋里摸出一包烟,抽出两支,欠起身,递给坐在炕沿上的父亲。父亲接了一支。他把另一支递给母亲。母亲不接。母亲穿着高领的红色化纤毛衣,脸被映得红扑扑的,显得很年轻。煤炭在炉子里轰轰地燃烧着,屋子里很暖和。自从父亲归来后,我们家可以说是好戏连台,母亲心情愉快,脸上那种凶巴巴的表情消逝了,连说话的声音都起了变化。母亲和善地说:

"沈刚,我知道你确实赔了,要不也不会拖这么久。当初敢把这几个血汗钱借给你,就冲着你是个本分人。你主动来还钱,我真是想不到,做梦也想不到。你让我很感动。为这事嫂子说过一些不好听的,你别往心里去。咱们还是好乡亲,你大哥也回来了,往后咱们少不了打交道,如果你有用着我们的地方,千万别客气,通过这件事,嫂子更认清了你是个靠得住的人……"

"嫂子,您还是把钱点点……"沈刚说。

"好吧,"母亲说,"当面锣对面鼓,借钱还钱当面数。少一张没什么,万一多一张呢?"

母亲从信封里把那摞钱抽出来,手指蘸着唾沫数了一遍,然后递给父亲,说:"你再数一遍吧。"

父亲很麻利地把钱数完,放回到母亲面前,说:"三千,没错。"

沈刚站起来,咧咧嘴,似乎有些为难地说:

"嫂子,是不是把那张借据给我?"

"你不说我还真忘了,"母亲说,"可是我把那张借据放到什么地方去了呢? 小通你知道我把那张借据放到什么地方吗?"

"我不知道。"

母亲跳下炕去,翻箱倒柜,终于把那张借据找了出来。

沈刚接过借据,认真地看了几遍,确认无疑后,仔细地装进内衣口袋。走了。

在那个工匠啪啪掌嘴的过程中,我低声对大和尚讲述着我的故事。我原来还以为我的讲述会吸引这四个工匠前来倾听,但他们对肉的兴趣远远超过了对我的兴趣。我曾经动过对他们说出我就是肉神的原型罗小通的念头,但话到嘴边又咽了回去。我想,大和尚不会喜欢我这样做,而且,即便是我说了,他们也不会相信。

大年初二的晚上,那个自命不凡、一直想跟老兰叫板的姚七,提着一瓶茅台酒来到我家。当时我们家正在堂屋里围着一张新添置的方桌就餐。姚七的到来,也让我们感到意外,因为他是一个从来没在我们家出现过的人。母亲看了我一眼,我明白母亲是在批评我没有执行她的命令在吃饭前关上大门,结果让这个家伙溜了进来。姚七把他的脖子往前一探,看着我们桌子上的饭食,用一种让我感到愤怒的腔调说:

"嗬,很丰盛嘛!"

父亲嘴巴咧了咧,想说点什么,但是没有说出来。

母亲说:"我们哪里能跟你们家相比? 粗茶淡饭,填饱肚子而已。"

姚七道："已经不是粗茶淡饭了。"

我插嘴道："这是我们昨天吃剩下的。我们昨天晚上吃了大虾、螃蟹、墨斗鱼……"

"小通!"母亲打断我的话,瞪我一眼,道,"饭堵不住你的嘴吗?"

"我们吃了虾,"妹妹一边用手比量着,一边说,"这么大……"

"孩子口里吐真言啊。"姚七说,"弟妹,罗通这次回来,你们家风大变了嘛。"

"我们过去什么样,现在还是什么样,"母亲说,"你该不是吃饱了无处消食找我们磨牙斗嘴的吧?"

"确有要事跟罗通兄弟商量。"姚七郑重地说。

父亲将筷子一放,说："到里屋说吧。"

"有什么怕人的事还要到里屋去说?"母亲瞪一眼父亲,抬头望望电灯泡,说,"再开一个灯,电费不是钱吗?"

"这几句话又显出你的英雄本色了,弟妹。"姚七讽刺了母亲一句,对父亲说："自然没有怕人的事,老姚敢到大街上,用喇叭筒子对全村广播。"他将那瓶茅台放在锅台上,从怀里摸出一卷纸,递到父亲面前,说："这是我写的揭发老兰的材料,你在上面签个字,我们联手把老兰拱倒,不能让这个恶霸地主的后代横行霸道下去了。"

父亲没有接那份材料,看了母亲一眼。母亲低着头挑一块鱼肉上的刺。父亲闷了一会,说："老姚,我出去折腾了这一番,心灰了,意冷了,什么都不想了,只想好好过日子。你找别人签去吧,这个名,我不签。"

姚七冷笑着说："我知道老兰给你家拉上了电,还让黄豹给你家送来了一蒲包臭鱼烂虾。可你是罗通啊,你的眼窝子不至于这么浅吧?老兰这点小恩小惠就把你收买了?"

"姚七,"母亲将鱼肉夹到妹妹的碗里,冷冷地说,"你别来拉着罗通跳火坑了。前几年他跟着你与老兰作对,最后落了个什么下场?

你在背后当狗头军师,撺弄着罗通死猫上树。说穿了,你不就是想把老兰拱倒自己当村长吗?"

"弟妹,"姚七说,"我可不是为了自己,我是为了大伙。老兰给你家拉电,给你家送海鲜,用那点钱,对他来说,不过是九牛一毛。再说,这些钱也不是他的,是大伙的。这几年,他把村子里的土地偷偷地卖给了一对骗子夫妻,说是要开发搞科技园,种植什么美国红杉树,可是那对夫妻却偷偷地将那二百亩土地的土卖给了大屯窑厂,你去看看吧,平地挖下去三尺深了,那可是肥沃的良田啊。通过这笔黑交易,老兰拿了多少好处费,你们知道吗?"

母亲说:"别说老兰卖了二百亩废耕地,他就是把整个村子卖了我们也不管。谁有本事谁就去斗吧,反正我们家罗通是不出头的。"

"罗通,你真的要当缩头乌龟吗?"姚七抖擞着那份材料说,"连他的小舅子苏州都签了名的。"

"谁愿意签谁就签,反正我们不签。"母亲斩钉截铁地说。

"罗通,你真让我失望。"姚七说。

"姚七,"母亲说,"你别装蒜了,你当了村长,就比老兰干得好吗?你是个什么人难道我们还不知道吗? 老兰贪,只怕你比老兰还要贪。不管怎么说,老兰还是个孝子,不像有的人那样,自己住着大瓦房,却把老娘撵到草棚子里去。"

"你说谁? 杨玉珍,说话可是要负责的啊。"姚七道。

"我就是一个村妇,想怎么说就怎么说,我负个鸡巴责!"母亲恢复了她的本色,毫不客气地说,"我说的就是你这个鳖蛋,对自己的亲娘都能那样狠,对外姓旁人,能好得了吗? 你要知趣,就提上你的酒快点走,要不知趣呢,我还有好多好听的话没说给你听呢。"

姚七揣好他的材料,走出了我家屋子。母亲高声说:

"提上你的酒!"

姚七回头道:"弟妹,酒是送给罗通喝的,与签名无关。"

"我们自家有酒。"母亲说。

"我知道你们家有酒,跟上老兰,别说是酒,什么都会有的。"姚七说,"但我劝你们把眼光放长点,'人无千日好,花无百日红',老兰'多行不义必自毙'。"

"我们谁也不跟,"母亲说,"谁当官我们也是为民,你们有本事就斗去吧,与我们无关。"

父亲提上酒,递给姚七,说:

"您的心意我领了,但酒还是带回去。"

"罗通,你也这样小瞧我?"姚七怒气冲冲地说,"你逼我当着你的面把酒摔了吗?"

"你别动怒,我留下就是了。"父亲提着酒把姚七送到院子里,说,"老姚,我看你也别闹腾了。你不过得很好吗? 你还要怎样呢?"

"罗通,跟着着你的老婆过好日子吧,我是豁出去了,不把他老兰扳倒我就不姓姚。"姚七说,"你可以去向老兰通风报信,就说我姚七要跟他斗一斗,我不怕。"

父亲说:"我还不至于下作到那种程度。"

"难说啊,"姚七嘲讽道,"伙计,你这一趟东北,好像让人把蛋子骗了去似的。"姚七低头瞅瞅父亲的下部,说:"还好使吗?"

第二十五炮

　　夜半时分,四个工匠,依靠着那颗银杏树,将嘴巴扎在怀里,呼呼地睡着了。那只孤独的母猫,从树洞里钻出来,把工匠们没吃完的肉,从平板车上,一趟趟地搬运回去。地上升腾起白色的雾,夜市的灯光,红得更加神秘朦胧。三个提着麻袋、拿着长柄罩网、提着铁锤子的人,身上散发着浓重的大蒜气味,鬼鬼祟祟地从黑暗中摸了过来。借助着路边那盏临时拉上的碘钨灯的惨白的光芒,我看到他们狡猾而懦弱的目光。大和尚,快看,捕猫的人来了。大和尚不理我。我听说,肉食节期间,几家饭馆推出了一道大菜,用猫肉做主要的原料,来满足南方客人的高雅口味。我在大城市里,夜间露宿街头,与这些专门捕猫的家伙混得很熟,所以一看他们手持的工具我就知道他们是干什么的。大和尚,说来真是惭愧,我在大城市生活无着,曾经跟着这些人参加过捕猫的活动。我知道城里人家养的猫不是一般的猫,是跟儿女一样娇贵的宠物。这样的猫夜里一般不会出来,只有它们发情交配的时期,才走出富贵窝,到大街小巷里找乐子。恋爱中的人是没有理智的,恋爱中的猫也是糊涂虫。大和尚,那时候,我跟随着三个小子,黉夜出行,悄悄地摸到猫们喜欢聚集的地方埋伏起来,听着那些让人毛骨悚然的猫叫声渐渐逼近,然后便看到那些肥胖的像小猪一样的、见了老鼠浑身哆嗦的蠢家伙磨磨蹭蹭地靠在一起。等它们刚刚搂抱在一起时,持网的小子就把网准确地罩了过去。猫在网中挣扎着。那个持铁锤的小子冲上去,对准猫头,啪,一锤子,啪,又一锤子,两只猫就一声不吭了。那个空着手的小子,把两只猫提起来,扔在我撑开的麻袋里。然后,贴着墙根,悄悄地溜走。溜到另外一处猫们喜欢活动的地方。最多的一夜,我们抓了两麻袋猫。卖给饭馆,得了四百元钱。因为我不是他们一拨的,是多余的人,所以他们只分给我五十元钱。我拿着这五十元钱,去一个小饭馆,吃了一顿饱饭。当我再到他们住的地下通道找他们时,这三个小子已经无影无踪。白天找不到他们,我夜里就到捕猫的地方去找。刚一到那里,就被城市保安抓住了。他们不由分说,先揍了我一顿。我矢口否认自己是抓猫的,保安指着我衣服上的血迹,说我狡辩,又把我揍了一顿。然后他们把我送到了一个地方,那里有几十个丢了猫的猫主。这些人中,有白发苍苍的老人,有珠光宝气的太太,还有一些抹着眼泪的儿童。一听说抓到了偷猫贼,这些人就像一群老虎扑了上来。他们一边哭诉着,一边在我身上复仇。男人们用脚踢我,踢我小腿上的骨头,踢我的睾丸,这都是最痛最要命的部位,我的亲娘啊!女人的报复更加可怕,她们拧我的耳朵,抠我的眼睛,捏我的鼻子,一个手指痉挛的老太太挤进人丛,伸手在我脸上抓挠了两把,不解恨,竟然低下头来,在我的头皮上狠狠地啃了一口。我不知道什么时候昏了过去。醒来时,已经躺在了一个高大的垃圾堆里。我用力扒拉开那些压在我身上的垃圾,钻出头,呼吸了几口,长了一点力气,然后挣扎着把身体从垃圾里拔出来。我坐在垃圾堆上,居高临下地望着远处繁华的街市,浑身痛疼,腹中饥饿,感觉到自己已经濒临死亡的边缘。我忽然想起了我的爹娘,我的妹妹,甚至想起来老兰,想起来我在屠宰场当车间主任时随便吃肉、随便喝酒、人人尊敬的光荣岁月,眼泪就像断了线的珠子,啪啦啪啦地落下来。我感到一点力气也没有了,就要死在这大城市的垃圾堆上了。在危急的关头,大和尚,我的手触到了一块柔软的东西,我的鼻子也嗅到了一股亲切的、久违了的驴肉的味道。我抓起它,撕开包装,看到了它可爱的面容。我听到它委屈地对我说:罗小通,你给评评理,硬说我过了期,就把我往垃圾桶里一扔。其实,我的一切都还好好的,我的营养还在,我的气味芬芳,罗小通,你把我吃了吧,如果你把我吃了,那我就是不幸之中之大幸了。我情不自禁地把它抓了起来,嘴巴自动地张开,牙齿兴奋地颤抖不止。但就在驴肉触到了我的嘴唇时,大和尚,我突然想起自己的誓言。在妹妹中了肉毒死去那天,我对着天上的月亮发了重誓,永远不再吃肉,否则让我不得好死。但现在……我把驴肉放在了垃圾上。但我饿啊,我饿得已经在死亡线上挣扎了。于是我又把驴肉拿起来,但我马上又想起妹妹被月光照耀得惨白如雪的面庞。这时候,大和尚,那块驴肉冷冷一笑,说:罗小通,你是个遵守誓言的人,我是来考验你的。一个饿得将要死去的人,面对着香喷喷的肉,还能自觉遵守誓言,真是难能可贵啊!就冲着这一点,我预言:你会有很大的出息,如果机会好,你甚至可能成为名垂千古的神!实话告诉你吧,我不是什么驴肉,我是月亮神派来考验你的一块人造肉,我的主要成分是大豆蛋白,次要成分是添加剂和淀粉。所以,你就放心大胆地把我吃了吧,尽管我不是肉,但能被你这个肉神吃了,我也是三生有幸。我听罢人造肉的话,又一次热泪滚滚,真是天不灭我啊。我吃着味道和驴肉几乎没有区别的人造肉,考虑了许多问题。其中一个就是,在适当的时候,我要跳出这欲望横流的世界。能成佛,就成佛;成不了佛,就成仙;成不了仙,就成魔。

　　我至今难以忘却跟随着父亲和母亲去给老兰拜年的那个晚上。尽管事情过去了将近十年,尽管我已经长大成人,尽管我竭力想忘记那个晚上,但那个晚上的所有细节,都不允许我忘记,好像这些细节都是卡在我的骨头缝里、无法取出的弹片,用疼痛来证明着它们的存在。

事情发生在姚七来过后的第二天晚上,也就是那年的大年初三的晚上。草草地吃过晚饭后,母亲就催促闷头抽烟的父亲,说:

"走吧,早去早回来。"

父亲从烟雾中抬起头,为难地问:

"还去吗?"

"你这人是怎么啦?"母亲不高兴地说,"下午说得好好的,怎么到了这会儿又变卦?"

"什么事?"我好奇地问。

"什么事?"妹妹也问。

"小孩子,没你们的事。"母亲说。

父亲用可怜巴巴的眼神望着母亲,说:

"我还是不去了吧……要不你带上小通,你们两个去,你们把我的意思带到了就行了……"

"去哪里?"我兴奋地说,"我愿意去。"

"你别插嘴!"母亲怒斥我一声,然后转过去对着父亲,说:"我知道你要脸,要面子,但去拜个年也小不了你。人家是村长,咱们是村民,村民给村长拜个年不是很正常嘛!"

"会被人家说!"父亲的口气硬了一些,"我不愿意让人家说我舔老兰的屁股。"

"去拜个年就是舔屁股?"母亲说,"那人家老兰,派人来给你拉电,给你送年货,给你的儿子女儿送红包,不成了舔你的屁股了吗?"

"这不是一回事……"父亲说。

"你对我许那些愿都是假的……"母亲坐在凳子上,脸色苍白,流着眼泪,痛苦地说,"看来你还是不打算和我们好好过日子……"

"老兰是个人物!"尽管我对母亲没有多少好感,但看她流泪我心中还是不忍,我说,"爹,我愿意去,老兰很有意思,我们应该和他交朋友。"

"他哪里能瞧得起老兰?"母亲道,"他就是愿意和姚七那样的王八蛋交朋友。"

"爹,姚七不是好人,"我说,"你不在家时,他骂过你。"

"小通,大人的事,你不要掺和。"爹客气地说。

"我看小通也比你有见识。"母亲气呼呼地说,"你走了之后,真正对我们好的,还是老兰。姚七他们,只是看我们的热闹。在那样的时候,好人坏人才看得分明。"

"爹,我也去。"妹妹说。

爹长叹一声,说:

"好了,你们都不要说了,我去就是。"

母亲从柜子里拿出一件蓝色的呢料中山装,递给父亲,用不容置疑的口气说:

"换上。"

父亲嘴巴张了张,终究没说什么。他顺从地脱下了那件油渍麻花的破夹克,将新衣换上。母亲帮他扣扣子,他拨开母亲的手。母亲转到他的身后,帮他抻拽,他没有反对。

我们一家四口出了家门,翰林大街上,春节前刚刚装上的几十盏路灯已经放出了光明。许多小孩子,在大街上追逐着。有一个青年,在路灯下看书。有一些男人,在路灯下抱着膀子说闲话。有四个年轻小伙子,骑着崭新的摩托车,在大街上炫耀车技。他们故意地将油门加到最大,让摩托车发出尖厉的吼叫。村子里还不时地响起鞭炮声。许多人家的门前,挂着两盏红灯笼,地上铺着一层厚厚的纸屑,那是鞭炮的残骸。大年夜里父亲就感慨地说过:放鞭炮的这么多啊,简直像世界大战爆发了。母亲说:钱多鞭炮才多呢,这说明大家都赚了钱,这说明老兰领导得不错。

我们走在翰林大街上,感到老兰领导得的确不错。在方圆百里范围内的村庄里,修通了柏油马路、马路旁边安装了路灯的,只有我们屠宰村。我们村子里几乎家家都盖起了高大的瓦房,有很多户的房子内部还进行了装修。

我们一家四口走在翰林大街上,父亲拉着妹妹的右手,我拉着妹妹的左手,母亲拉着我的左手。用这样的方式在大街上出现,这是我们家的第一次,也是最后一次。我体验到一种类似骄傲和幸福的感觉。妹妹很高兴。父亲有点不自然。母亲很坦然。街上有人向我们打招呼,父亲唯唯诺诺地答应着,母亲爽朗地答应着。我们拐进老兰家那条通往翰林桥的宽阔胡同时,父亲更加不自然起来。这条胡同里也安装了路灯,照耀着胡同两边人家贴着鲜红对联的黑漆大门。远处的翰林桥上安装了十几盏彩灯,勾勒出了桥的形状。在河的对面,就是镇的机关大院,那里更是一片辉煌。

我知道父亲的心理,他怕这些灯火。他希望这条胡同里一团漆黑,遮蔽住我们一家四口的身影。他希望我们在黑暗中完成给老兰拜年的任务,不要让任何人看到。我知道母亲的心理恰恰相反,母亲就是要让人看到,我们去给老兰家拜年了,我们已经与老兰建立了亲密友好的关系,这也标志着她的丈夫我的父亲,已经改邪归正,由一个不正儿八经过日子的风流浪子,变成了一个好丈夫,一个好父亲。我知道在那些日子里,村子里有很多人议论起我们家发生的事情时,对我的母亲表示了钦佩。他们说杨玉珍这个女人不简单,能吃苦,有耐性,有远见,明事理,是一个肚子里有牙的厉害人物。我知道人们还说,走着瞧吧,她家的日子很快就会发达起来。

老兰家的大门口并不出众,与他的邻居家的大门口相比,他家的大门口甚至有点寒酸。他家的大门口还不如我们家的大门口气派。我们站在他家门前的台阶上,敲响了大门的门环。我们随即听到了狼狗的狂吠,低沉而威严。妹妹紧张地往我的怀里躲避。我安慰她:

"不要怕,娇娇,他们家的狗不咬人的。"

母亲继续敲打门环,但除了狼狗的狂吠,没有一点人的声响。父亲低声说:

"还是回去吧,不一定在家呢。"

母亲说:"家里总要留个看门的吧?"

母亲执拗地敲打着门环,用力不大也不小,速度不急也不慢。这意思就是说,如果不出来应门,她就要这样一直敲下去。

母亲的努力终于得到了回报,我们先是听到,在狗叫的间隙里,传来拉开房门的声音,接着传来一个清脆的女孩声嗓,她在对狼狗说话:"狗,不要叫了。"然后便是踢踢踏踏的脚步声,向大门口逼近。随即我们听到了门内响起了一个很不耐烦的声音:

"谁呀?"

"是我们,"母亲说,"你是甜瓜吧? 我是杨玉珍,是罗小通的母亲,来给你们家拜年的。"

"杨玉珍?"我们听到那个女孩在大门内狐疑地自问着。

母亲戳戳我,示意我说话。我知道这个甜瓜是老兰的独生女儿,她已经很大了,她的母亲完全可以生第二胎了,但是还没生。我恍惚地听人说老兰的老婆有病,长年不出家门。我认识这个甜瓜,她一头黄毛,通着两道黄鼻涕,比我还邋遢。她与我的妹妹不能相比,我可是一点也不喜欢她。母亲让我说话是什么意思呢? 难道我的面子比她还要大吗? 于是我就说:

"甜瓜,你开门,我是罗小通。"

从敞开的门缝里探出了甜瓜的头。我看到她已经不通黄鼻涕了,而且还穿上了一件很漂亮的小花袄。头发似乎也不像我记忆中那样黄和乱。总之她比我印象中的那个女孩要好看得多。她眯缝着眼睛打量着我,脸上的神情很怪。她的黄头发细眯眼睛让我想起了不久前见到过的那批狐狸——又是狐狸,实在对不起,大和尚,我不愿意再说狐狸,但狐狸总是要来找我——那批刚开始被当成珍稀动物饲养并大加繁殖的狐狸,后来根本卖不出去,只好贱价卖给我们屠宰村,被我们村的屠户们杀死,搀在狗肉里卖了。我们村的屠户们屠宰狐狸时也没有忘记给它们注水,尽管给它们注水时比给牛和猪注

水要困难得多,它们是那样的狡猾和调皮。我正想着给狐狸注水的情景呢,黄头发的甜瓜说:

"俺爹不在家。"

我们在母亲的带领下,不由分说地挤进了她家的大门,把手扶着门边的甜瓜挤到了一边。我看到那几条肥大的狼狗勇猛地跳起来,眼睛和牙齿在灯光下闪烁,铁锁链在它们的脖子下边哗啦啦地响。它们长得跟狼几乎没有区别,如果不是用铁链子拴着,它们早就扑到我们身上把我们撕成了碎片。不久前我单独闯进老兰家请老兰时,还没感觉到狼狗们的可怕,但这个晚上,与父母妹妹在一起,反而感到狼狗们很可怕。挤进了她家门口我母亲才说:

"甜瓜,你爹不在家也不要紧,我们看看你的娘,看看你,坐会儿就走。"

没及甜瓜回答,我们就看到,高大的老兰已经站在东厢房的门口了。

第二十六炮

　　那三个家伙训练有素,心狠手毒,将那只母猫一网罩住,一棒子打昏,拎着尾巴,扔进了麻袋。我想站起来去营救母猫,但因为长时间跪坐腿脚麻木。我大喊着:那是只刚刚生过猫崽子的母猫,赶快把它放了! 我自己感到声音像刀子一样尖利,但他们竟充耳不闻。他们发现了那些聚集在墙角睡觉的鸵鸟,兴奋地扑上去,活像三只饿狼。被惊醒的鸵鸟尖声鸣叫着,与他们搏斗。一只公鸵鸟,飞起爪子,踢中了拿网那家伙的鼻梁。鸵鸟们仰着脖子,先是各自无目标地乱跑,脚步踉跄而凌乱,然后集中在一起,迈着整齐的步伐,大踏步地跑上大道。它们噗嗒噗嗒的脚步声,从黑暗中传来,渐渐地弱化,直至消逝。那个挨了踢的家伙坐在地上,用手捂着鼻子,血从他的指缝中流出来。两个没有受伤的家伙把受伤的同伴拉起来,低声安慰着。但他们一松手那受伤的家伙就软在地上,好像骨头融化,只剩下筋肉,难以支撑身体。两个家伙安慰着他,他却呜呜咽咽地哭起来,声音像一个受了大委屈的小孩子。两个家伙中的一个,发现了那三只死鸵鸟,兴奋使他忘乎所以,就地蹦了起来,大声说:老大,别哭了,来了肉了！哭泣的家伙止住了哭声，捂着鼻子的手也从脸上拿开。三个家伙的六只眼睛都盯着那三只鸵鸟的尸体，愣怔了片刻。然后他们就十分高兴起来，受伤的家伙也从地上一跃而起。他们将母猫从麻袋里倒出来。母猫在地上转圈子，咪咪咪咪地叫唤着，看样子头晕得很厉害。他们妄图将无头鸵鸟装进麻袋，但鸵鸟太大，麻袋太小，装不进去。他们只好舍弃麻袋，每人拖着一只鸵鸟的两条腿，像拉着车子的毛驴一样，向大道走去。我目送着他们，看到他们长长的背影在大道上摇曳。

　　老兰家的东厢房里开着两台电暖气，粗大的钨丝在透明的罩子里红光闪闪。我跟随母亲收破烂的几年里，了解了很多知识，其中就包括电器方面的知识。我知道这样的电暖气耗电量巨大，一般的人家根本不敢使用。屋子里温度很高，老兰只穿着一件用粗毛线编织成的鸡心领毛衣，衬衣领子雪白，脖子上还扎着一条红格子的领带。他脸上那部黄色的络腮胡子刮去了，头发理得很短，缺了半块的耳朵显得更加醒目。他的两个胡楂子青青的腮帮子有些下垂，眼皮也有些浮肿，但这些都没有影响他在我心目中的崭新形象。他哪里还像个农民？分明是个吃公家饭的干部。他的打扮和做派把身穿呢料中山装的父亲一下子就比土了。看样子老兰并没有因为我们的不请自来而不悦，他很客气地给我们让坐，还顺手拍了拍我的脑袋。坐在黑色的皮沙发上，我感觉到屁股很舒服。舒服是舒服，但没有实在感，仿佛坐在一片云上。我妹妹在皮沙发上愉快地颠着她的小屁股，还发出了咯咯的笑声。父亲和母亲拘谨地坐在沙发的边缘上。他们的坐姿使他们无法感受到老兰家这套真皮沙发的舒服。老兰从墙角上的一个柜子里拿出一个华丽的铁皮盒子，揭开，拿出用金色的纸片包着的巧克力，让我和妹妹吃。妹妹咬了一点巧克力，随即就吐了。她说：

　　"药！"

"不是药,是巧克力!"我纠正着妹妹的说法,并不仅仅是向妹妹卖弄着我跟随母亲收破烂得来的知识,"吃吧,营养很好,热量很高,运动员都吃这个。"

我看到老兰用赞赏的眼光看着我,心中不由得暗暗得意。其实我知道的知识还多着呢。破烂就是一部百科全书,收破烂和分拣破烂的过程就是阅读百科全书的过程。随着年龄的增长,我越来越感觉到,跟随着母亲收破烂的几年,将使我一生受益无穷,那就是我的小学、中学和大学。

妹妹依然不吃巧克力。老兰从柜子里端出一个分盛着榛子、杏仁、开心果、核桃的多宝盘,放在沙发前的茶几上。然后他蹲在我们面前,用一柄小锤子,将核桃和榛子砸破,仔细地把果肉抠出来,放在妹妹的面前。

母亲说:"村长,您别惯他们。"

老兰没头没脑地说了一句:

"杨玉珍,你真是好福气啊!"

"啥福气,我这副尖嘴猴腮的模样,能有啥福气呢?"母亲说。

老兰扫了母亲一样,微笑着说:

"能自己糟践自己的人,都是应该刮目相看的。"

母亲的脸红了红,说:

"村长,多承您的照应,使我们家过了一个好年。我们是来给您拜年的。小通,娇娇,你们兄妹两个,跪下给大大磕个头吧!"

"别别别……"老兰慌忙站起来,摇摆着大手说,"杨玉珍,亏你想得出来,这样的大礼,老兰怎么担当得起呢?你没看看你养了一对什么样的儿女吗?"老兰俯下身,拍拍我和妹妹的头顶,夸张地说,"这是一对金童玉女,前途不可限量。我们这些人,再怎么折腾也是河沟里的泥鳅,成不了龙,可他们就不一样了。老兰不会相马,但是会相人。"老兰用两只大手把我和妹妹的脸扶正,仔细地端详着,然后抬头对我的父母说:"你们看看,这样的头角,如何能错得了。你们两口子,就准备着跟着儿女风光吧!"

母亲说:"村长,您可别怂他们,小孩子,不知道天高地厚。"

父亲说:"村长,龙生龙,凤生凤,我这样的爹……"

"话不能这样说,"老兰打断父亲的话,很激动地说,"老罗,咱们农民,窝囊了几十年,结果弄得我们自己都瞧不起自己了。十几年前,我进过一次省城,去一家饭店吃饭,拿着一本菜谱,翻来覆去,点不出一个菜。那个服务员,不耐烦地用圆珠笔敲打着桌子沿儿,说你们农民,还点什么菜啊,我给你们推荐一个菜吧,大烩菜,既便宜,又实惠。什么大烩菜? 就是别人吃剩下的菜,放在锅里咕嘟咕嘟。与我同行的人说,那就点大烩菜。我说不,别人吃剩的给我们吃,当我们是猪啊? 我偏要点几个名堂菜。我点了一个'青龙卧雪',一个'芹芽炒肉',端上来一看,什么'青龙卧雪'呀,就是一根黄瓜,旁边放着一撮白糖。我跟那个服务员争吵,那个服务员翻着白眼说,这就是'青龙卧雪',然后一转身甩给我一句话:土鳖! 气得我七窍生烟,但也只好忍气吞声。当时我就立下志气,总有一天,乡下的土鳖要整治一下你们这些城里的洋鳖!"

老兰从铁筒里捏出两支中华牌香烟,甩给父亲一支,自己点上一支,抽着,神色凝重。父亲吭吭哧哧地说:

"那个年代的事……没法子说……"

"所以啊,老罗,"老兰严肃地说,"我们必须好好赚钱,现在这个时代,有钱就是爷,没钱就是孙子。有了钱腰杆子就硬,没钱腰杆子就软。这个小小的村长,我老兰根本就没看在眼里,翻翻我们兰家的家谱,只要是当官的,最小也是个道台。我是不服这口气,我要领着大家富起来。我不但要让大家富起来,我还要让村子里富起来。我们已经修了路,拉了路灯,修了桥,下一步我们还要建学校,建幼儿园,养老院。当然,建设新学校,我有私心,但也不完全是私心。我要把我们兰家的庄园腾出来,恢复它的原貌,对外开放,吸引游客,创造的收入,自然归我们村所有。老罗,咱们两家,应该算是世交。你那个在我家大门外骂大街的叫花子爷爷,后来成了我爷爷的知心朋友。我三叔他们往国统区逃亡,还是你爷爷赶着马车去送的。这事儿,我们兰家永远不敢忘记。所以,老兄,我们俩,没有理由不联合起来干事,干大事,我心中的谱气大着呢!"老兰抽了一口烟,接着说:"罗通,我知道你对大伙儿往肉里注水有意见,但你要睁开眼睛去四乡里看看,不光是我们村往肉里注水,全县、全省甚至全国,哪里去找不注水的肉?大家都注水,如果我们不注水,我们不但赚不到钱,甚至还要赔本。如果大家都不注水,我们自然也不注水。现在就是这么个时代,用他们有学问的人的话说就是'原始积累',什么叫'原始积累'?'原始积累'就是大家都不择手段地赚钱,每个人的钱上都沾着别人的血。等这个阶段过去,大家都规矩了,我们自然也就规矩了。但如果在大家都不规矩的时候,我们自己规矩,那我们只好饿死。老罗,还有很多事,哪天我们坐在一起认真地聊,对了,我还忘了给你们倒茶了,你们喝茶吗?"

母亲说:"不喝不喝,我们耽误您的时间也不少了,再坐会儿,我们就该走了。"

"既然来了,就多坐会嘛,老罗,你可是真正的稀客啊,咱村的男人,没到我家来过的,只有你一个。"老兰起身,从柜子里拿出五个高脚玻璃杯,说:"不给你们倒茶了,喝点酒吧,这是洋派。"

他从柜子里拿出一瓶洋酒,我一眼就认出了那是马爹利,XO 级,在大商场里买每瓶差不多要一千元。我和母亲在城里那条著名的腐败胡同里,曾经收到过这种酒。我们给他们每瓶三百元,然后以每瓶四百五十元的价格转手卖给火车站广场旁边一个小商店。我们知道那些卖酒给我们的人,都是当官的家属,这些酒,是别人送给他们的。

老兰往五个杯子里倒酒,母亲说:

"小孩子不要喝了。"

"给他们一点点,尝尝滋味。"

金黄色的酒液在杯子里闪烁着奇异的光彩,老兰端起杯子,我们

都跟着端起杯子。老兰将杯子举到我们面前,说:

"春节愉快!"

杯子们碰到一起,发出清脆悦耳的声响。

"春节愉快!"我们说。

"味道怎么样?"老兰端着酒杯,让酒液在杯壁上转动着。他盯着那酒液,说:"酒里可以加冰块,也可以加茶水。"

母亲说:"有一股特殊的香味。"

"庄户人,哪里知道好坏? 喝这样的酒糟蹋了。"父亲说。

"老罗,这不应该是你说的话,"老兰说,"我希望你还是那个去东北之前的罗通,我不希望你这样窝窝囊囊的。老哥,挺起腰板,长期弯着腰,养成习惯,想直也直不起来了。"

"爹,老兰说得对。"我说。

"小通,没大没小的,"母亲拍了我一掌,训斥我,"老兰是你叫的吗?"

"好!"老兰笑着说,"小通,老兰就是你叫的,今后你就这样叫我,我听着很舒坦。"

"老兰。"妹妹也叫了一声。

"好极了,"老兰兴奋地说,"好极了,孩子们,就这样叫。"

父亲把酒杯举到老兰面前,与老兰手中的杯子碰了一下,然后仰脖子干了,说:"老兰,我什么也不说了,只说一句话:跟着你干。"

"不是跟着我干,是我们一起干。"老兰说,"我有一个想法,想把原公社帆布厂那片房子盘过来,建一个大型的肉类联合加工厂。我已经听到了可靠消息,城里人对注水肉意见很大,市里要搞'放心肉工程',下一步,重点要整治个体屠宰户,我们屠宰村的好日子马上就要结束了。我们必须在人家整治我们之前,把肉类联合加工厂建起来。村里的人,愿意加盟的就跟我们一起干,不愿意跟我们一起干,我们也不愁招不到工人,现在,哪个村里也有成群的闲人……"这时电话铃响,老兰拿起话筒,简单地应答了两句,便将话筒扣下,看看墙上的电子钟,说:"老罗,待会儿我还有事,咱们改日再谈吧。"

我们站起来,与老兰告辞。母亲不失时机地从黑色人造革皮包里摸出了一瓶茅台酒,放在茶几上。老兰鄙夷地说:

"杨玉珍,你这是干什么?"

"村长,您别生气,俺可不是给您送礼。"母亲含意深长地微笑着说,"这酒,是姚七昨天晚上到我家去,送给罗通的。这么贵重的酒,我们哪里敢喝? 还是送给您吧。"

老兰捏起酒瓶,举到灯下打量了几眼,然后将酒瓶递给我,微笑着问:

"小通,你来鉴定一下,这瓶酒是真的还是假的?"

我根本没看酒瓶,但我毫不犹豫地说:

"假的。"

老兰将那瓶酒扔到墙角的垃圾桶里,爽朗地大笑着,拍拍我的头,说:

"贤侄,有眼力!"

第二十七炮

　　舌头僵硬,腮帮子麻木,眼睛枯涩,哈欠一个接着一个。我努力坚持着,含糊不清地讲述往事……汽车的喇叭声把我从睡梦中惊醒。晨光射进庙堂,地上一片蝙蝠的粪便。正对着我面的肉神,小盆一样的脸上覆盖着似笑非笑的神情,看着他我感到有几分骄傲、有几分惭愧、有几分惶恐。过去的生活,像一个童话,更像一个谎言。我看着他时,他也看着我,眉眼生动,似乎随时都会开口和我对话。仿佛我对着他吹一口气,他就会手舞足蹈,跑出庙堂,到肉的盛宴和肉的讨论会上去吃,去说。如果肉神真的像我,那他一定是口若悬河,滔滔不绝。大和尚依然盘腿坐在蒲团上,连一丝一毫的变化都没有。他意味深长地看了我一眼,然后就闭上眼睛。我记得在夜半时分,肚子曾经饥饿难忍,但早晨醒来,竟然一点也不感到饿了。于是我就回忆起,那个模样像野骡子姑姑的女人,似乎又用她喷泉般的乳汁饲育过我。我舔舔唇齿,嘴巴里似乎还有乳汁的甘甜。今天是肉食节的第二天,各种题目的讨论会将在东西两城的宾馆和饭店里召开,各种风格的筵席,也将在东西两城的诸多地方摆开。小庙对面的草地上,诸多的烧烤摊子还将继续营业,只不过是经营着摊子的人,换了一拨新的。现在,摊主们还没来,食客们也未到。只有一队队动作麻利的清洁工人,像打扫战场的士兵一样忙碌着。

　　春节过后不久,父亲和母亲就把我送到了学校。虽然这不是新生入学的季节,但因为有老兰的面子在,学校很愉快地接受了我。父母把我送进小学的同时,也把妹妹送进了村子里的育红班——现在都改叫学前班了。

　　从村子出来,过了翰林桥,往前走一百米,就是学校的大门口。这里原来是老兰家的庄园,但破坏得已经很厉害。那些青砖蓝瓦的建筑,向人们昭示着兰家的辉煌。兰家可不是土财主,兰家在老兰的父亲那一辈上,就有了去美国念书的留学生。老兰的骄傲是有理由的。大门口上方有一个铸铁的花格子圆拱,上面焊着四个红色的铁字:翰林小学。我已经十一岁,插班读一年级。我比班里那些小学生大几乎一倍,个子也高出了半截。早晨站队升国旗的时候,学生和老师都很注意地看着我。我想他们很可能以为一个高年级的学生混到了一年级的队伍里来了。

　　我天生不是读书的材料。让我老老实实地在那个小方凳上坐四十五分钟,我感到无比的痛苦。而且每天不是一个四十五分钟,每天要坐七个四十五分钟,上午四个,下午三个。我坐到十分钟时就感到头晕,就想躺下睡觉。老师啰啰唆唆的讲课声我渐渐地听不到了,身边同学的念书声也听不到了,老师的脸我也看不见了。我感到眼前有一块像电影银幕一样的白布,白布上晃动着很多影子,有人影子,有牛影子,还有狗的影子。

　　那个班主任蔡老师刚开始还想修理我——她是个女的,圆圆脸,鸡窝头,脖子很短,屁股很大,走起道来摇摇摆摆,像河里的鸭——但很快她就不理睬我了。她是教数学的。在她的课堂上我睡着了。她揪着我的耳朵把我拎起来,大声在我的耳边喊:

"罗小通!"

我睁开眼,懵懵懂懂地问:

"什么事?你家里死人了吗?"

她以为我故意咒她家死人,其实她冤枉了我。我在梦中梦到好几个身穿白大褂的医生在大街上奔跑,他们一边奔跑一边大声喊叫着:快快快,快快快,老师家死人了。但老师看不到我的梦境,所以我说她家死人了她就以为我在故意地咒她。她很有修养,如果是那些没有修养的老师肯定会当场扇我一个大耳刮子,但我的班主任老师只是红了红她的圆圆脸,然后就回到讲台前,抽动了一下鼻子,好像一个受了很多委屈的小姑娘似的。她用上牙咬了一下下唇,像鼓足了勇气似的问我:

"罗小通,现在有八个梨子,要分给四个孩子,怎么个分法?"

"分什么?"我说,"抢呗,现在可是'原始积累'时期,撑死胆大的,饿死胆小的,拳头大的是爷爷!"

我的答案逗得教室里那些小屁孩子笑了起来。我知道他们根本就不可能理解我的答案,他们只是感到我回答问题的态度很好玩,一个笑了,然后都跟着傻笑。他们笑得前仰后合,坐在我身边的那个名叫绿豆的小子把两道黄鼻涕都笑了出来。这些愚蠢的小家伙,跟着一个愚蠢的班主任,变得更加愚蠢了。我得意扬扬地看着班主任,只见她用那根长长的教鞭猛地抽了一下讲台上的桌子,圆脸涨得通红,愤怒地说:

"你给我站起来。"

"为什么要我站起来?"我问,"为什么他们都坐着,你却要我站起来?"

"因为你在回答问题。"班主任说。

"回答问题就要站起来吗?"我傲慢地说,"你们家难道没有电视机吗?你们家没有电视机难道你就没有看过电视吗?难道你没有吃过猪肉还没有看过猪走吗?你看电视时没有看到过那些召开记者招

待会的大人物吗？他们从来都是坐着回答问题,只有那些提出问题
的人才站起来呢。"

那些傻孩子又哈哈地笑起来,我的回答他们不可能听懂,他们怎
么可能听懂！他们可能看过电视,但他们看电视只会去看那些动画
片,不会像我这样关注重大问题。他们更不会像我这样,通过看电视
了解国际国内的大事。大和尚,那个元宵节前,我们家就有了一台日
本原装的彩色电视机,平面直角,21遥。这样的电视今天已经成了老
古董,但在当时,那可是最先进的。别说是在我们乡下,就是到了北
京、上海这些大码头,也是最先进的。这台电视机是老兰让黄豹送来
的。当黄豹把那个方方正正的黑得发亮的家伙从纸盒子里拔出来
时,我们不由得发出了惊叹声。漂亮,实在是太漂亮了。母亲说。连
平日里很少喜形于色的父亲也说:瞧人家这东西,是怎么造出来的
呢!？电视机盒子里那些固定机器的白色泡沫塑料块儿也让父亲大
为惊异,他说想不到世界上还有这样轻的东西。我对此自然不以为
怪,因为我们在收破烂时,多次地见过这种东西。这种东西其实毫无
用处,所有的破烂收购站都拒绝接受。黄豹不仅仅给我们送来了电
视机,而且还给我们送来了一根高大的电视机天线杆子和一架鱼骨
天线。天线杆子高十五米,是用无缝钢管焊接起来的,钢管的外表上
涂抹了防锈的银粉。天线杆子在我们家的院子里竖起来,我们家立
即就有了鹤立鸡群的感觉。我想如果我能爬到天线杆子顶端,站在
天线上,就可以把全村的风景尽收眼底。当那些漂亮的画面出现在
电视机屏幕上时,我们全家人的眼睛都亮了。电视机把我们全家提
升到了一个新的层次。我的知识也因之大增。让我来上学、而且是
从一年级上起,简直就是开国际玩笑。我的学问和知识在我们屠宰
村除了老兰就是我。尽管我不识字,但我感觉到那些字都认识我。
世界上有很多东西是不用学习的,起码是不必要在学校里学习的。
难道八个梨子分给四个孩子这样的问题还需要在学校里学习吗?

班主任老师被我的话给噎住了。我看到她的眼睛里有亮晶晶的

东西。我知道那些东西一旦从眼睛里流到脸上就是眼泪。我有点怕那些东西流出来，也有点盼望着那些东西流出来。我心中有点得意，也有点害怕。我知道一个能把班主任气哭了的孩子会被众人认为是个坏孩子，但同时也会被众人认为是个前途不可限量的孩子。我知道这样的孩子不是个一般的孩子，这样的孩子往好了发展可以成为大干部，往坏里发展可以成为大土匪，总之这样的孩子不是平凡的孩子。很可惜很庆幸班主任老师眼睛里那些闪亮的东西终究没有流出来，她先是用很低的声音说：

"你给我出去。"

然后她用很高、很尖的声音喊叫：

"你给我滚出去！"

"老师，只有皮球才可能滚出去，刺猬把身体缩起来像个皮球也可以滚出去，"我说，"我不是皮球，也不是刺猬，我是人，我只能走出去，或者是跑出去，当然我也可以爬出去。"

"那你就爬出去吧。"

"但是我不能爬出去，"我说，"如果我是个还不会走路的孩子，我只能爬出去。我已经很大了，如果我爬出去，就说明我犯了错误，但是我并没有犯错误，所以我不能爬出去。"

"你给我出去，出去……"老师声嘶力竭地喊叫着，"罗小通，你把我气死了啊……你这个混蛋逻辑……"

老师眼睛里那些闪光的东西终于从眼眶里涌出来，流到了腮帮子上，变成了眼泪。我心中突然充满了一种类似于悲壮的感情，眼睛竟然在片刻之间也湿润了。我可不想让眼睛里那些湿漉漉的东西流到腮帮子上变成眼泪，那样我在这群傻孩子们面前就会威风扫地，那样我与老师唇枪舌剑的斗争就会变得毫无意义。于是我站起来，朝外边走去。

出了校门往前走了不久，我就站在了翰林桥的桥头上了。我手扶着桥上的栏杆，看着桥下碧绿的河水。河水中游动着一群黑色的比蚊子的幼虫大不了多少的小鱼。一条大鱼冲进小鱼的群中，张开大口把许多小鱼吸了进去。我想起了一句话：大鱼吃小鱼，小鱼吃小虾，小虾吃泥沙。为了不让别人吃，就要大。我感觉到自己已经很大了，但还不够大。我要赶快长大。我还看到河水中有许多蝌蚪，它们聚成一团，黑乎乎的，活泼泼的，在水中快速地移动着，好像一团团的黑云。我想，为什么大鱼吃小鱼，不去吃蝌蚪呢？为什么人也吃小鱼，猫也吃小鱼，浑身羽毛翠绿、嘴长尾巴短的鱼狗子也吃小鱼，还有很多动物都喜欢吃小鱼，但是为什么大家都不吃蝌蚪呢？我想根本的原因就是蝌蚪不好吃。但我们根本就没吃过蝌蚪，怎么就知道蝌蚪不好吃呢？我想那就是因为蝌蚪有一个难看的外貌，难看的东西就是不好吃的。但是我又想，要说难看，蛇、蝎子、蚂蚱都不好看，为什么大家都抢着吃呢？蝎子以前是没人吃的，但是从八十年代开始人们就把它们当成了美味佳肴端到餐桌上来了。我是在老兰家的一次宴会上初次吃到蝎子的。我想要告诉大家，自从春节给老兰拜年之后，我已经成了老兰家的常客，我自己或是带着妹妹，经常地去老兰家玩耍。老兰家那几只狼狗已经跟我们很熟悉了，我和妹妹进门后，它们不但不再吼叫，它们还对着我们摇摆它们的尾巴呢。还是那个老问题，为什么大家都不吃蝌蚪呢？或者是因为它们黏糊糊的很像鼻涕，但那些螺蛳肉，不也是黏糊糊的很像鼻涕，为什么大家很喜欢吃呢？或者是因为蝌蚪的父母是癞蛤蟆，而癞蛤蟆是有毒的，所以大家不吃它们。但青蛙的幼年也是蝌蚪，青蛙是许多人喜欢的美味，别说人吃它们，我们村子里有一头牛也吃青蛙，但为什么人们不吃那些长大会变成青蛙的蝌蚪呢？我越想越糊涂，越想越感到世界上的事情很复杂。但我也知道，也只有像我这样有知识的孩子才会去考虑这些复杂的问题，我遇到的问题多，不是因为我没有学问，恰恰是因为我的学问太大了。我对班主任老师基本上没有好感，但她最后骂我的那句话却让我对她心存感激。她说我是"混蛋逻辑"，我觉得老师对我的评价十分公正，听起来她好像是在骂我，但其实是在表扬我。我们班里那些小屁孩子只能听懂什么是混蛋，但他们怎么能听懂什么是"混蛋逻辑"呢？别说是他们了，我们整个村子里，又有几个人能知道什么是"混蛋逻辑"呢？我无师自通地明白了，"混蛋逻辑"就是混蛋想事的方法。

按照我的"混蛋逻辑"，我由蝌蚪又想到了燕子。其实也不是我想到燕子，是燕子们在河面上低飞，飞得真是好看。它们不时地用肚皮触及水面，激起一些小小的浪花，在水面上形成一些小波纹。还有一些燕子站在河边，用嘴巴挖泥。正是燕子垒巢的季节，杏花已经开了，桃花还没开。桃花虽然还没开，但也含苞待放了。河边的垂柳树已经绽开了叶片，布谷鸟在远处啼叫。按说这正是播种的季节，但我们屠宰村已经没有人靠种地吃饭了。种地，出大力，流大汗，收入菲薄，只有笨蛋才去种地呢。我们屠宰村的人都不笨，所以我们村子的人都不种地了。我父亲说他原本是想回来种地的，但是他现在也不种地了。我父亲已经被老兰任命为联合肉类加工厂的厂长，我们村成立了一个华昌总公司，老兰既是公司的董事长，又是公司的总经理。我父亲管理的肉类加工厂就是华昌总公司的下属产业。

父亲的工厂就在我们学校的东边半里路的地方，我站在桥上就能看到工厂里高大的厂房。那些厂房原来是织帆布的车间，现在被改造成了屠宰场。所有的动物，除了人之外，只要进了我父亲的工厂，都是活着进去，死着出来。我对父亲的工厂的兴趣远远大于我对学校的兴趣，但是父亲不让我去。母亲也不让我去。父亲是厂长，母亲是厂里的会计，村子里许多个体的屠宰户参加进去成了厂子里的工人。

我蹓蹓跶跶地向父亲的工厂走去。刚被老师赶出教室时，我心中还有点不安，感觉到好像犯了一点小错误，但我在明媚的春天里蹓跶了一会后，心中的不安就消逝了。我突然感到在这么好的季节里，关在屋子里听老师唠叨真是愚蠢。就像那些明明知道种地要赔钱但还是低着头种地的人一样愚蠢。我为什么非要上学呢？老师知道的并不比我多,甚至还比我知道的少。而且我知道的都是有用的知识,他们知道的都是无用的知识。老兰说的话都很对,但他让我的父母送我去上学就不对了。他让我的父母把我妹妹送到育红班也是不对的。我想我应该去把妹妹从育红班里救出来,让她跟着我在大自然里游玩。我们可以下河摸鱼,也可以上树捉鸟,我们还可以去田野里采野花,总之我们可以做的事情实在是太多了,任何一件事情都比上学有意思。

站在河堤上,我躲在一颗柳树后边,看着父亲的肉类加工厂。这是一片很大的地方,周围一圈高高的围墙,围墙上拉着防止攀爬的铁蒺藜网。与其说这是一个工厂,还不如说这是一个监狱。围墙里有十几排高大的车间。在西南角上,有一排低矮的房子,房子后边有一根高大的烟囱,冒着滚滚的浓烟。我知道那是工厂的伙房,从那里经常散发出扑鼻的肉香。我坐在教室里就能嗅到肉香,只要我嗅到肉香,老师和同学就不存在了,我的脑海里出现了美妙的画面,那些冒着热气、散发着香气的肉肉们,排成队伍,沿着一条用蒜泥、香菜等调料铺成的小路,蹦蹦跳跳地对我来了。现在我又嗅到肉香了。我辨别出了牛肉的气味,羊肉的气味,还有猪肉和狗肉的气味,脑海里接着出现了它们可爱的容貌。在我的脑子里,肉是有容貌的,肉是有语言的,肉是感情丰富的可以跟我进行交流的活物。它们对我说:来吃我吧,来吃我吧,罗小通,快来啊。

虽然是大白天,但加工厂的大门紧闭着。这两扇大门可不像我们学校的大门那样用指头粗的钢筋焊成,空隙巨大,小牛都能钻进去;这可是两扇货真价实的大铁门,是用两大块钢板切割成的。这样的大门必须要两个年轻力壮的汉子才能推拉得动,而且在推拉的过程中会发出喀啦啦的巨响。这是我的想象,但后来我目睹了几次大门开关的过程,竟然与我想象的毫无二致。

我被肉味吸引着走下河堤,越过了一条宽阔的沥青铺成的马路,与一条在路边灰溜溜地蹓跶着的黑狗打了一个招呼,它抬头看了我一眼,目光很像一个进入凄凉晚年的老人。那条狗走到路边的一排房屋前停下,又看了我一眼,然后就趴在了门口。我看到那个门口旁边的砖墙上挂着一块刷了白漆的木牌子,上面用红漆写着大字。我不认识那些字,但是那些字认识我。我知道这就是新近刚刚成立的肉类检疫站,父亲加工厂里加工出来的肉,只要盖上了他们蓝色的图章,就可以对外销售,就可以进县城,进省城,甚至到更远的地方。不论到什么地方,只要有了他们的蓝章,就可以畅通无阻。

在这栋新盖起来的红砖瓦房前我并没有耽搁太久,因为屋子里根本没有人。我透过污浊的窗户玻璃看到,屋子里并排安放着两张办公桌,还散乱地放着几把椅子。桌子和椅子都是新的,上边的灰尘还没有擦。我知道这些灰尘还是家具厂仓库里的灰尘。一股刺鼻的涂料味从窗户的缝隙里钻出来,刺激得我连续打了好几个响亮的喷嚏。

我没在这里逗留太久的根本原因还是因为父亲的加工厂里散出来的肉味吸引着我。尽管过了春节之后,我家的饭桌上,各种肉食已经不是稀罕的东西,但肉这个鬼东西,据说就像女人一样,是永远吃不够的。今天你吃得够够的,但明天又想吃了。如果人们吃饱了一次肉就再也不想吃肉,那父亲的肉类加工厂很快就要关门大吉。这个世界之所以是这个样子,就因为人们有吃肉的习惯,就因为人们有吃了一次还想再吃一次、一次一次吃下去的天性。

第二十八炮

　　四个烤肉的摊子在庙前院子里支起来。白色的遮阳伞下,站着四个头戴高帽、脸膛红润的厨子。我看看大道北边的空地上,支起来数不清的摊子。白色的遮阳伞一个挨着一个,使我联想到海边的沙滩。看来今天的经营规模比昨天又有了扩大,想吃肉能吃肉吃得起肉的人实在太多了啊。尽管媒体上几乎每天都在渲染吃肉的坏处和素食的好处,但舍弃了肉的人,又有几个呢? 敬爱的大和尚,您看,兰老大又来了。他已经是我的老熟人了,只是我们还没有机会说话而已。我相信一旦我和他对了话,我们很快就会成为好朋友。用他的侄子老兰的话来说:我们两家算得上是世交。如果没有我父亲的爷爷冒着生命危险赶着马车越过封锁线把他和他的几个兄弟送到国统区,哪里会有他后来的辉煌? 兰老大是叱咤风云的大人物,我罗小通也有不凡的经历。您看看,站在庙堂一侧的肉神就是童年的我,童年的我已经成了神仙。兰老大坐着那种仿照川人的滑竿制造的简易轿子。轿子在行进中发出吱吱悠悠的声音。在他的轿子后边还有一乘轿子,一个身体肥胖的孩子坐在轿子里,呼噜呼噜地打着瞌睡,嘴角挂着涎水。轿子前后,跟随着几个保镖,还有两个看上去忠实可靠的中年保姆。轿子落地,兰老大走下来。好久不见,他似乎胖了一些,眼睛下方有黑色的暗影,还有松弛的眼袋。他的精神看上去有些委靡。孩子乘坐的轿子也落了地,但孩子还在酣睡。两个保姆走上前去,刚要把孩子唤醒,兰老大摇手制止了她们。他小心翼翼地走上前去,从衣袋里摸出绸巾,擦去了孩子下巴上的涎水。孩子醒了,眼神直直的,看了兰老大片刻,然后就张大嘴巴,哇哇地哭起来。兰老大安慰着孩子:乖乖娃,不哭。但那孩子还是哭。一个保姆拿着一个红色的货郎鼓,在孩子面前摇着,小鼓发出咚咚的响声。孩子接过小鼓,摇了几下,便扔了,又哭。另一个保姆对兰老大说:先生,少爷大概是饿了。兰老大说:赶快弄肉来! 四个厨师见买卖来了,将手中的刀叉敲得脆响,大声地吆喝着:

烤肉,蒙古烤肉!

烤羊肉串,正宗的新疆烤羊肉串儿!

铁板牛肉!

烧鹅崽!

兰老大挥了一下手,四个保镖几乎是齐声喊:每样的一份,快!

香喷喷的、热腾腾的、滋啦啦冒着油的肉用四个大盘子盛着,端过来了。保姆赶忙打开了一张折叠式小餐桌,放在孩子面前。另一个保姆,将一个粉红色的绣着可爱的小狗熊的围嘴,围在孩子的下巴上。小桌子只能放得下两个盘子,另外两个盘子,就由保镖端着。他们站在餐桌的前面,等待着桌子上空出地方。两个保姆,一边一个,侍候着孩子进食。他根本不用刀叉,用手,抓起那些肉,一把一把地往嘴巴里塞着。他的两个腮帮子高高地鼓起来,看不到嘴巴咀嚼,只看到那些肉,像一个个的耗子,从伸直的脖子里,一根根地钻下去。我原本是个吃肉的大王,看到吃肉的孩子就如同见到了同胞兄弟,尽管我已经发誓不再吃肉。这个孩子是个吃肉的天才,比当年的我还要厉害。我能吃肉,但还是需要把肉在口腔里简单地咀嚼一会儿才能咽下去,可是这个看上去也就是五岁左右的孩子,竟然一点也不咀嚼。他简直是在往嘴巴里填肉啊。两大盘烤肉,眼见着就进了他的肚腹。我心中暗暗佩服,真是强中更有强中手啊。保姆把空出的两个盘子端走,两个保镖马上就把手中的盘子放在了孩子面前的餐桌上。孩子抓起一条鹅腿,灵巧地啃着。他的牙齿锋利无比,连鹅腿关节上那些筋络,从嘴巴里一过,就变得光溜溜的,用小刀子也旋不了那么干净。孩子专心进食时,兰老大眼珠不错地盯着他的嘴巴。兰老大嘴巴下意识地咀嚼着,好像嘴巴里塞满了肉食。嘴巴的这种动作,是真情的表现。只有至亲的人,才能无意识地作出这样的动作。看到这里,我当然猜出了这个食肉的孩子,就是兰老大和那个出家为尼的沈瑶瑶的儿子。

　　思考着人与肉的问题,我到达了父亲的肉类加工厂门口。大门紧闭,大门旁边的小门也紧闭。我试探着敲了一下小门,发出了很大的响声,把我自己吓了一跳。我想这毕竟是上学的时间,在上学的时间里我出现在父母的面前,他们心中肯定不愉快。不管是因为什么原因,他们都不会愉快。他们已经中了老兰的流毒,以为我只有通过上学才可能出人头地,或者说我只要一上学就注定了要出人头地。我知道他们不可能理解我,即便我把我的想法全部告诉他们他们也不可能理解我。这就是像我这样的天才孩子的苦恼啊。我不应该在这个时候出现在父亲的厂里,但伙房里的肉味汹涌不可阻挡。我抬头望望天,天好蓝,阳光灿烂,还不到去老兰家吃饭的时候。为什么要去老兰家吃饭呢? 因为父亲和母亲中午都不回家吃饭,老兰也不回家吃饭,这样,老兰就让黄彪的小媳妇给大家做饭,同时还照顾着他的患病在床的妻子。老兰的女儿甜瓜,读小学三年级。我原先对这个黄头发的女孩子没有好感,现在有了好感,我对她有了好感的根本原因就是她很蠢,她考虑的问题非常肤浅,竟然因为算错了一道题而流眼泪,这个傻瓜。我的妹妹自然也在兰家就餐。我妹妹也是个天才小孩。她也有上课就打瞌睡的习惯。她也有一顿无肉就无精打采的特点。但甜瓜是不吃肉的,她看到我和妹妹大口吃肉的样子就骂我们:你们这两只狼。我们看到她只吃素食的可怜样子就回敬她:你这头羊。黄彪的小媳妇是个很精明的女人,她白脸皮,大眼睛,留着齐耳短发,唇红齿白,每天都笑嘻嘻的,即便她一个人在厨房里刷碗的时候也是笑嘻嘻的。她自然知道我和娇娇是来搭伙的,而甜瓜和甜瓜的娘才是她伺候的重点,所以她做饭时总是以素食为主,偶尔有个肉食,味道也欠佳,因为她不是精心制作的。所以我们在老兰家搭伙吃得并不痛快。好歹我们的晚餐总是可以放开肚皮吃肉。

父亲归来后这半年,我们家的生活发生的巨大变化真可以说是天翻地覆,过去在梦中都想不到的事情已经成为了现实。我的母亲和父亲,已经不是过去的那两个人。过去的岁月里导致他们争吵的问题已经显得非常可笑。我知道使我们的父母发生了这些变化的根本原因就是他们跟上了老兰。真是近朱者赤,近墨者黑;真是跟着啥人学啥人,跟着巫婆学跳神啊。

老兰的老婆,是个大病缠身,但不失风度的女人。我们不知道她得的是什么病,只看到她面色苍白,身体瘦弱。看着她就让我联想到在地窖子里见不到阳光的土豆上的芽苗。我们还经常听到她在炕上呻吟,但一听到脚步声,她的呻吟声就停止了。我和娇娇称呼她为大婶。她看我们的眼神有些怪。她的嘴角上不时地出现神秘的微笑。我们感觉到她的女儿甜瓜对她并不是很亲,好像甜瓜不是她亲生的女儿。我知道大人物的家里总是有些神秘的问题,老兰是大人物,他家里的问题自然不是一般人能够理解的。

我就这样野马奔驰般地胡思乱想着离开了那扇小铁门,沿着围墙根儿,蹓跶到了伙房的外边。随着距离的缩短,肉的气味越来越浓厚。我仿佛看到了那些美丽的肉在汤锅里打滚的情形。墙很高,到了跟前更觉得高。墙头上边扎着铁蒺藜网。别说像我这样的孩子,即便是大人,要徒手攀登也不容易。天无绝人之路,在我几乎绝望了的时候,看到了那个往外排放污水的阴沟。脏是肯定的了,如果不脏还算什么阴沟？我捡了一根枯枝,蹲在阴沟前,把那些猪毛鸡毛之类的脏东西拨到一边,清理出了一条通道。我知道,无论什么样子的洞口,只要脑袋能钻过去,身体就能钻过去。因为只有头是不能收缩的,而身体是可以收缩的。我用枯枝量了自己的脑袋的直径,然后又量了阴沟的高度和宽度。我知道我可以钻进去。为了钻得更顺利一些,我脱下了褂子和裤子。为了不把身体弄得太脏,我捧来干土,铺垫了湿漉漉的阴沟。我看到前面的马路上没有行人,一辆拖拉机刚刚过去,另一辆马车距离这里还很遥远,正是我钻过阴沟的最好时机。尽管阴沟的宽度和高度比我的脑袋略有富裕,但真钻起来还是很难。我趴在地上,身体尽量地贴近地面,然后将头钻进去。阴沟里的气味很复杂,我屏住呼吸,为的是不把这些污浊的气体吸到肺里。我的头钻到一半时,似乎是卡住了;在那一瞬间我感到很害怕,很着急。但我马上就冷静了。因为我很清楚地知道,人一着急,脑袋就要变大,那样就真的卡住了。那样,我的小命很可能就要报销在这个阴沟里了。那样我罗小通死得可就太冤枉了。在那一瞬间我想把脑袋退回来,但退不回来了。在危急的关头,我还是冷静下来,调整着脑袋在阴沟中的位置。我感到了一点松动,然后用力往前一挺脖子,耳朵松开了。我知道最艰难的时刻过去了,剩下的事情就是要慢慢地调整身体的位置,直至钻过围墙。我就这样通过阴沟钻过了围墙,站在了父亲的工厂里。我找了一根铁条把放在阴沟外边的衣服勾了进来,又从墙角撕了一把乱草,胡乱地擦了一下身上的污泥。然后我麻利地穿好衣服,弯着腰,沿着围墙和伙房之间那条狭窄的夹道,溜到了伙房的窗外。这时,浓烈的肉香把我包围了,我仿佛浸泡在黏稠的肉汤里。

我捡了一块生锈的铁片,插在两扇窗之间的缝隙里,轻轻地一撬,遮挡视线的窗户便无声地开了。肉味猛烈地扑了出来。我看到,那口煮肉的大锅距离窗户有五米左右,锅灶里插满劈柴,火声隆隆,锅里肉汤翻滚，白色的浪花几乎要溢出锅外。我看到前胸戴着一块白遮裙、胳膊上戴着白色的套袖的黄彪从外边走了进来。我慌忙将身体躲到窗户一侧，生怕他发现了我。他拿起一个铁钩子翻动着锅里的肉。我看到锅里有被剁成段儿的牛尾巴，有囫囵的猪肘子，有整条的狗腿、羊腿。猪、狗、牛、羊一锅煮。它们在锅里跳舞，在锅里唱歌，在锅里跟我打招呼。它们散发出各自的香气混合成一股浓郁的香气，但我的鼻子能把它们一一辨析出来。

　　黄彪用铁钩子抓起一只猪肘子，举到眼前看了看。看什么呢？已经熟了，烂了，再煮下去就过了火了。他把猪肘子甩回锅里，又抓起一条狗腿放在眼前看看，不但看，还放到鼻子前嗅。傻瓜，还嗅什么呢？已经到了火候了，赶快把灶膛里的火弄灭，再煮下去，肉就化了。他慢慢悠悠地又抓起一条羊腿，还是那样放在面前，看一看，嗅一嗅，傻瓜，为什么不啃一口呢？好了，他终于意识到已经好了。他放下铁钩子，将灶膛里的劈柴往外拖了拖，火势弱了。他将那些刚燃烧了一半的劈柴带着火苗子拿出来，插在灶前一个盛满了沙土的铁皮桶里，屋子里飘散着白色的烟雾，一股子焦炭的香气混在肉香里。灶膛里的火减弱了许多，锅里的沸水也渐渐地平息，但从那些交叉在一起的狗腿羊腿猪肘子的缝隙里，依然还有细小的浪花翻上来。它们在低声歌唱，等待着人吃它们。黄彪用铁钩子抓起一条羊腿，放在了与这口煮肉的大锅并排着的铁锅后边的一个铁盆子里。接着他又抓起了一条狗腿，两节牛尾、一个猪肘子，都放在那个铁盆子里。这些脱离了集体的小家伙们愉快地尖叫着，对我频频地招手。它们的手很短很小，像刺猬的小爪子。接下来发生的事情真是好玩极了，黄彪这个杂种，跑到门外，左右地看看，然后进屋后就关上了门。我猜想这个混蛋要开始大快朵颐了，这个混蛋要吃那些盼望着我去吃它们的肉了。我心中充满了嫉妒。但是他的行为与我的猜想相差甚远。他没有吃肉，让我心中稍感释然。他把一个方凳摆在锅前，然后站上去，把裤子前面那几个扣子解开，掏出双腿间那根恶棍，对准了肉锅,哗啦啦撒出了一泡焦黄的尿。

肉们在锅里尖声嘶叫着,乱成一团,互相拥挤,试图躲藏。但它们无处躲藏。黄彪粗大的尿液劈头盖脸地浇下去,使它们蒙受了巨大的侮辱。它们的气味顿时变了。它们一个个愁眉苦脸,在锅里哭泣着。可恶的黄彪撒完尿,将那根得意扬扬的恶棍收起来。他脸上带着奸猾的笑容,抄起一柄铁铲,伸到锅里,翻动着那些肉们。肉们无可奈何地哼唧着,在锅里翻着筋斗。黄彪放下铁铲,拿起一只小铜勺,舀了一点汤,放在鼻子下嗅嗅,脸上是满意的微笑,我听到他说:

"味道好极了,杂种们,你们都吃了老子的尿了。"

我猛地拉开窗户。我拉开窗户时本来想大喊一声,但我的喉咙哽住了。我感到受到了巨大的侮辱,心中恼恨无比。黄彪大吃一惊,将手中的勺子扔在锅台上,匆忙地转过身来,看着我。我看到他的脸涨得发紫,龇牙咧嘴,嘴巴里发出嘿嘿的干笑声。笑了一阵,他说:

"是小通啊,你怎么在这里?"

我怒视着他,一声不吭。

"来来来,伙计,"黄彪对我招着手说,"我知道你爱吃肉,今天让你吃个够。"

我手按窗台,纵身一跳,进了伙房。黄彪殷勤地搬过一个马扎子,让我坐下,然后他把适才踏过的那个方凳子放在我的面前,又在凳子上放了一个铁盆。他狡狯地对着我笑笑,抄起铁钩子,从大锅里抓出一条羊腿,汤水淋漓地提起来,在锅上抖搂几下,放在盆里,说:

"吃吧,小伙计,放开肚皮吃,这是羊腿,锅里还有狗腿、猪肘子、牛尾,随便你吃。"

我低头看看铁盆里那条羊腿的痛苦的表情,冷冷地说:

"我全都看到了。"

"你看到了什么?"黄彪心虚地问。

"我什么都看到了。"

黄彪搔着脖子,嘿嘿地笑着,说:

"小通伙计,我恨他们。他们天天来白吃白喝,我恨他们。我不是对着你爹娘的……"

"但我的爹娘也要吃!"

"是的,你的爹娘也要吃,"他笑着说,"古人曰:'眼不见为净',对不对? 其实,撒上一泡尿,肉会更嫩更鲜。我的尿不是尿,是上等的料酒。"

"你自己吃不吃?"

"那还有个心理在作怪嘛,人,总不能自己喝自己的尿吧?"他笑着说,"不过,你既然看到了,也不让你吃了。"他端起盆子,将那条羊腿倒回锅里,然后他把往锅里撒尿前捞出来的那一盆肉端到我的面前,说:"伙计,你看到了,这是加'料酒'前捞出来的,放心地吃吧。"他从案板上端过一碗蒜泥,放在我面前,说:"蘸着吃吧,你黄大叔煮肉是一绝,烂而不泥,肥而不腻,他们指名把我请来,就是为了吃我的煮肉。"

我低头看着这盆洋溢着欢乐气氛的肉,看着它们兴奋的表情和那些像葡萄藤上的触须一样抖动不止的小手,听着它们像蜜蜂嗡嘤一样的话语,心中充满了感动。尽管它们的声音细微,但它们的语言清晰,字字珠玑,我听得格外清楚。我听到它们呼唤着我的名字,对我诉说,诉说它们的美好,诉说它们的纯洁,诉说它们的青春丽质。它们说:我们曾经是狗身体的一部分,是牛身体的一部分,是猪身体的一部分,是羊身体的一部分,但我们被清水洗了三遍,被滚水煮了三个小时,我们已经成为了独立的有生命有思想当然也有感情的个体。我们体内滋进了盐,使我们有了灵魂。我们体内滋进了醋、酒、使我们有了感情。我们体内滋进了葱、姜、茴香、桂皮、豆蔻、花椒,使我们有了表情。我们是属于你的,我们只愿意属于你。我们在沸水锅里痛苦地翻滚时,就在呼唤着你、盼望着你。我们希望被你吃掉,我们生怕被不是你的人吃掉。但我们是无能为力的。弱女子还可以用自杀的方式来保持自己的清白,我们连自杀的能力也没有。我们

天生命贱，只能听天由命。如果你不来吃我们，就不知道什么卑俗的
人来吃我们了。他们很可能只咬我们一口就把我们扔在了桌子上，
让酒杯里淋漓出来的辣酒浇到我们身上。他们很可能把烟头触到我
们身上，让可恶的尼古丁和辛辣的烟丝毒害我们的心灵。他们把我
们和那些虾皮、蟹壳、肮脏的擦手纸放在一起，然后把我们扫进垃圾
桶。这个世界上，像您这样爱肉、懂肉、喜欢肉的人实在是太少了啊。
罗小通，亲爱的罗小通，您是爱肉的人，也是我们肉的爱人。我们热
爱你，你来吃我们吧。我们被你吃了，就像一个女人，被一个她深爱
着的男人娶去做了新娘。来吧，小通，我们的郎君，你还犹豫什么？
你还担心什么？快动手吧，快动手啊，撕开我们吧，咬碎我们吧，把我
们送入你的肚肠，你不知道，天下的肉都在盼望着你啊，天下的肉在
心仪着你啊，你是天下肉的爱人啊，你怎么还不来？啊，罗小通，我们
的爱人，你迟迟不动口吃我们，是在怀疑我们的清白吧？你怀疑我们
还在狗身上、牛身上、羊身上、猪身上时就被那些激素、瘦肉精等等的
毒品饲料污染过吗？是的，这是残酷的事实，放眼天下，纯洁的肉已
经不多了，那些垃圾猪、激素牛、化学羊、配方狗，充斥着牛棚羊舍猪
圈狗窝，要找一匹纯洁的、未被毒害过的畜生太困难了。但是我们是
纯洁的，小通，我们是你的父亲委派黄彪去偏僻的南山深处专门采购
来的，我们是吃糠咽菜长大的土狗，我们是吃青草喝泉水长大的牛
羊，我们是山沟里放养的野猪。我们被宰杀前和被宰杀后，都没有被
注水，更没有被福尔马林毒液浸泡。像我们这样纯洁的肉，已经很难
找到了。小通，你赶快地把我们吃掉吧，如果你不吃我们，黄彪就要
吃我们了。黄彪这个假孝子，把一头牛当娘，但是他用牛奶喂他的
狗，他的狗也是激素狗。他的狗肉里也注水。我们不愿意被他吃……
　　我被盆里的肉们一番情深意切的倾诉感动得鼻子发酸，只想放
声大哭。但还没等到我哭，大锅里的肉们齐声哭了起来。它们说：罗
小通，你也吃我们吧，尽管我们被黄彪这个杂种浇了一身尿，但是我
们比街上那些肉还是要纯洁得多。我们不含毒素，我们营养丰富，我

们也是纯洁的啊,小通,求你也吃我们吧……

我的眼泪流出来,啪哒啪哒地滴到盆中的肉上。看到我哭,肉们更加悲痛,一个个哭得前仰后合,震动得铁盆在凳子上抖动不止,使我心中悲痛难忍。我终于明白了,世界上的事情十分复杂,一个人,对某种事物,即便是对一块肉,也应该发自内心地爱着,才会得到回报,才会真正理解其中的美好。如果不能爱它,就不会珍惜它,也就领略不了它的美好。我过去对肉,仅仅是馋,爱得还不够,但是肉们已经对我如此之好,从苍茫的人海里把我选出来,引为知己,想想真让我感到惭愧,我其实可以做得更好啊。好吧,肉们,亲爱的肉,现在,就让我好好地吃你们吧,我不能辜负了你们对我的一片深情啊。能被如此纯洁美好的肉爱着敬着,我罗小通也算是天下最有福的人了。

我吃你们。我流着眼泪吃你们。我听到你们在我的口腔里哭泣,但我知道这是幸福的哭泣。哭泣着的我吃着哭泣的肉,我感到吃肉的过程,变成了一种精神上的交流。这是我从前没有体验过的啊,从此之后,我对肉的认识发生了根本的变化。从此之后,我对人的看法也发生了变化。我听南山深处一个白胡子老人说,人可以通过多种方式成仙得道。我问他,通过吃肉也可以吗?他冷冷地说:通过吃屎也可以。于是我就明白了,自从我能够听到肉的语言后,我已经跟常人不一样了。这也是我离开学校的一个原因,我已经可以与肉进行交流了,还有什么老师能够教我呢?

在我吃肉的过程中,黄彪站在一边傻乎乎地看着我。我根本没有精力和兴趣去看他,当我与肉进行着如此亲密无间的交流时,伙房里的一切都仿佛不存在了。只是在我抬头喘息的时候,他鬼火般闪烁着的小眼睛,才让我想起这是个活物。

盆子里的肉逐渐减少,肚子里的肉逐渐增多。渐渐沉重起来的肚腹告诉我不能再吃了。再吃下去我就无法呼吸了。但盘子里的肉还在呼唤着我,大锅里的肉也在我身后发出怨恨交加的哭叫。在这种情况下,我体会到了我的肚腹有限大而世间的肉无穷多所导致的痛苦。天下的肉都盼望着我吃它们,我也梦想着吃天下的肉,不要让它们落到那些根本不懂肉的皮囊里,但这是不可能的。为了今后还能吃肉,我闭住了还渴望着咬肉的嘴巴,试图站起来。但是,我没有站起来。我艰难地低下头,看到自己的肚子已经高高地鼓了起来。我听到盆子里的肉还在用甜蜜凄然的声音叫唤着我,但我知道如果再吃下去,我就毁了。我手扶着凳子的边缘,终于站了起来。我感到有点头晕,我知道这是吃肉吃多了的现象,这是"肉晕",一种很舒服的感觉。黄彪伸手搀扶了我一把,用一种无比钦佩的口气说:

"爷儿们,果然是名不虚传,你让小的开了眼界了。"

我知道他的意思,我能吃肉、会吃肉、馋肉吃的名声,在屠宰村已经家喻户晓。

"吃肉,是要有肚腹的,"他说,"您生来就是虎狼肚子,爷儿们,天老爷把您弄到人间,就是让您来吃肉的。"

我知道他恭维我的意思有两层,一层是我吃肉的本事让他开了眼界,从心底里佩服;还有一层就是,他要用好话堵住我的嘴,不让我把他往肉里撒尿的事情捅出去。

"爷儿们,肉进了您的肚子,就像美女嫁给了英雄,雕鞍配给了骏马,吃到那些人的肚子里,白白地糟蹋了。"他说,"爷儿们,从今往后,您只要想吃肉了,就来找我,我每天都给您留出来。"他又说:"你是怎么进来的呢? 是爬墙吗?"

我不愿意理睬他,拉开伙房的门,双手托着肚腹,摇摇摆摆地往外走去。我听到他在我身后喊:

"爷儿们,明天你就不用钻阴沟了,中午十二点,我准时把肉给你放在那里。"

我的腿脚发软,目光迷蒙,沉重的肚子使我的步伐有点踉跄。我感到此时的我是为肚子里的肉存在的,我只能感到肚子里的肉存在着。这种感觉幸福无比,忽忽悠悠,如同梦游。我在父亲的厂里漫无目的地走着,从一个车间,到另一个车间。每一个车间都大门紧闭,里边仿佛隐藏着不可告人的秘密。我把脸贴到门缝上,试图窥视里边的情景,但里边黑乎乎的,活动着一些大影子,我猜想那里边是等待屠宰的肉牛,后来证明了,里边果然是牛。父亲的加工厂里,有四个屠宰车间,一个是宰牛的,一个是杀猪的,一个是杀羊的,还有一个是杀狗的。宰牛杀猪的车间最大,杀羊的车间比较小,杀狗的车间最小。这四个车间里的情景容我以后再说吧,大和尚,现在我想说的是,我在父亲的加工厂里无目的地转悠,因为满肚子是肉,我忘记了从学校里逃出来的事情,更把中午要去育红班接上妹妹然后去老兰家吃饭的事情忘到了九霄云外。我幸福地转悠着,一抬头看到了一张很气派的大圆桌,桌子上摆满了大盘大碗,盘里碗里是肉,还有一些花花绿绿的东西。

第二十九炮

　　那只金黄色的肥鹅,眼见着就成了一堆骨头。孩子将肥大的身体往后一仰,长长地吐出来一口气,脸上浮现着饱食之后那种心醉神迷的表情。灿烂的阳光照在他的脸上,焕发出迷人的光彩。兰老大走上前,弯下腰,亲切地问:乖乖,吃饱了吗? 孩子翻了一个白眼,打了一个饱嗝,闭上了眼睛。兰老大直起腰,对着他的随从们,做了一个手势。一个保姆小心翼翼地解下孩子的围嘴,另一个保姆用一条洁白的毛巾,擦拭着孩子嘴巴上的油腻。孩子厌烦地拨着保姆的手,嘴巴里发出一些简短而含糊的音节。轿夫们抬起孩子,往大道走去。两个保姆护卫在轿子的两边,因为不能和轿夫的步伐合拍,显得腿脚忙乱。

　　父亲站起来,将酒杯举到韩大叔面前,说:
　　"韩站长,我敬您一杯。"
　　我心中纳闷,但我马上就明白了。几个月前还是镇食堂管理员的韩大叔,已经是肉类检疫站的站长了。我看到他穿着一套浅灰色的制服,肩膀上挂着大红的肩章,头上戴着一顶大檐帽子,帽子上缀着一个巨大的徽章。他好像不情愿地欠起身,把手中的酒杯与父亲举到他面前的酒杯碰了一下,然后他就坐下了。我感到韩大叔穿上这身服装显得很不自然,仿佛这身服装是用很硬的纸剪成的。我听到父亲说:

"韩站长,今后还望您多多关照。"

韩大叔喝了一口酒,用筷子夹起一块长条状的狗肉,塞进嘴巴,一边咀嚼着,一边呜呜噜噜地说:

"老罗,关照嘛,那是自然的。这家肉类加工厂,不但是你们村的,也是我们镇的,甚至是我们市的,你们生产出来的肉,那是要走向五湖四海的,说句大话,很可能省长宴请外宾的餐桌上,就有你们生产的肉。因此,所以,我们怎么敢不关照呢?"

父亲望望端坐在主位上的老兰,似乎有所企求。但老兰只是微笑着,一副胸有成竹的样子。紧靠着老兰坐着的母亲,给老韩的杯子里斟满酒,端起酒杯,站起来,说:

"韩站长,韩大哥,您坐着,不用起来,我敬您一杯,祝贺您荣升站长。"

"弟妹,"老韩站起来说,"与罗通喝酒我可以不站起来,与你喝酒,我怎么敢不站起来?"老韩意味深长地说,"谁不知道,罗通过的是老婆的日子? 这家厂子,名义上罗通是厂长,其实,主事的是你。"

"韩站长,您千万别这么说,"母亲说,"说破天,我杨玉珍也是个女流之辈。女人,小打小闹还可以,干大事,还要你们男人。"

"谦虚!"老韩把母亲手中的杯子碰得响亮,然后将杯中酒一饮而尽,说,"老兰,当着你们诸位的面,我今天也给你们交个底。镇上让我干这个差事,不是随随便便的,那是经过了认真考虑的。其实,任命我这个站长,镇上是没有权力的,镇上只有提名权,我的任命是市里下的。"老韩环顾全桌,严肃地说:"为什么要选我? 那是因为我对你们屠宰村十分地了解,那是因为我是肉类的专家,什么是好肉,什么是坏肉,根本瞒不过我的眼睛,即便能瞒过我的眼睛,也瞒不过我的鼻子。你们屠宰村的发财门路,还有老兰你那点猫儿腻,我老韩是一清二楚。不但我老韩清楚,镇上、市里,都知道你们往肉里注水,往水里加药。你们还把死猫烂狗、瘟鸡病鸭,处理成好肉,卖到城里去。这些年,你们发黑心财发够了吧?"老韩看看老兰,老兰微笑不语,老韩继续说:"老兰,你的不凡就在于你能看清大局,你知道这样偷鸡摸狗的干活,终究成不了大气候,所以你在政府动手之前,自己把村子里的个体屠宰户全部取缔,成立了这家肉类联合加工厂。你这一步棋走得好,走得妙,你算是搔到了领导的痒处,他们构思的蓝图是:要把咱们这里,办成全省最大的肉类生产基地,让全省、全国、全世界,都吃咱们生产出来的肉! 老兰,你他妈的是个土匪一样的大手笔,要干就干大的,抢劫皇家库房,调戏正宫娘娘。小打小闹,老鼠偷油,没劲。所以,老韩还要感谢你,如果不是你这个肉类联合加工厂,也就不会有这个肉类检疫站,没有这个肉类检疫站,自然也就没有我这个肉类检疫站的正科级站长。来吧,我敬你们一杯!"老韩站起来,端起酒杯,与桌子周围的人一一相碰,然后一仰脖子干了,说,"好酒!"

黄彪端着一个冒着热气的大盘子进来。盘子里盛着半个涂满了酱红色浆汁的猪头。香气扑鼻。加了这么多调料的猪头,其实已经丧失了猪头的原味,真正吃肉的人其实并不喜欢在肉里添加过多的调料。我看到老韩的眼睛一亮,问道:

"黄彪,这猪头里注水了没有啊?"

黄彪恭敬地说:

"韩站长,这是我们厂长特意安排我去南山采购的野猪,注水没注水,您老一尝就知道了。能瞒过您的眼睛,也瞒不过您的嘴巴。"

"说的挺好。"

"您是真正的行家,黄彪不敢在您的面前卖弄口舌。"

"好吧,让我尝尝。"老韩拿起一根筷子,往猪头上一插一搅,猪头上的肉就纷纷地离了骨头。他夹起猪腮帮子上那块像小老鼠一样的

瘦肉,一口吞掉,自己的腮帮子鼓起老高,眼睛时睁时闭,咀嚼一会,咕噜一声咽下。然后他用餐巾纸擦擦嘴巴,说:

"还不错,不过,比起野骡子的猪头肉,那还差点味儿!"

我看到父亲脸上出现了尴尬的表情,母亲脸上也不太自然。老兰大声说:

"吃肉,吃肉,趁热吃,冷了就不是味了。"

"对,趁热吃肉。"老韩也跟着说。

在众人的筷子对准盘中的猪肉伸出时,黄彪悄悄地溜了出来。他没有发现藏在窗外的我,但是我能看到他。我看到他一出门,就把满脸谦恭的笑容收敛,换上一副奸邪凶狠的笑容。他的表情变换之迅速让我大吃一惊。我听到他低声说:

"孙子们,吃了老子的尿了。"

我觉得黄彪往肉里撒尿的事情已经发生在很久以前了,很虚,很幻,仿佛一个梦境。我还感到,那盘色彩鲜艳、气味芬芳的猪头肉,即便是被黄彪的尿浇灌过也没有什么了不起的。我的父亲吃了它,我的母亲也吃了它,都没有什么了不起。我根本没有必要去告诉他们,让他们知道肉里有黄彪的尿。他们也只配吃这样的肉。事实上他们都吃得很香,他们嘴唇都像新鲜的樱桃一样闪闪发光。

他们很快就酒足肉饱,脸上泛起酒足肉饱后特有的鲜艳明亮的光彩。

黄彪把圆桌上的东西撤下去,包括那许多冷却了的肉。可惜了啊那许多的优质的肉。黄彪用这些肉来喂那条拴在伙房门前的狗。那条狗懒洋洋地趴在那里,对扔在它面前的肉,仅仅是挑挑拣拣地吃了一点,然后就不吃了。我对这条狗心怀不满,你实在是太过分了吧,这个世界上,有许多的人根本捞不到吃肉,你一条其貌不扬的杂种狗,竟然对肉表现出一副冷淡的狗模样。

我不屑于和一条庸俗的狗斗气,把眼收回来,看到屋子里,发生了新的情况。母亲用一块很干净的白布,仔细地擦了一遍桌子,又在桌子上铺上了一块蓝色的绒布。然后母亲从墙角的柜子里，拿出了一副浅黄色的麻将牌。我知道村子里曾经有人打过麻将，而且是赢钱的。但我的父亲和母亲从来没有沾过这玩意儿。我不知道他们是什么时候学会了玩麻将。我知道我们村子里的人因为玩麻将赌博，曾经被公安局带走过。我还记得父亲母亲都对玩麻将表示过极大的反感。我还记得有一次跟随着母亲从老兰家东厢房外边的胡同里走过时，听到从那里边传出一阵哗啦哗啦的洗牌声。母亲不屑地撇撇嘴，低声对我说：儿子，你要记住，什么都可以学，唯有这赌博不能学。母亲对我说这话时的严肃表情我还牢记着不忘，但她自己已经很熟练地码牌了。

母亲、父亲、老兰、老韩，四个人围着牌桌坐好。那个穿着与老韩同样制服的小伙子——是老韩的侄子也是老韩的部下——殷勤地给他们四个人各倒了一杯茶，然后就退到一边，坐着抽烟。我看到牌桌上摆着几盒很高级的烟，每一盒都可以换来半个猪头。父亲、老兰、老韩都是烟鬼，母亲是不抽烟的，但也装模作样地点上了一支。母亲叼着烟卷、熟练地整理着眼前的牌阵，那副样子，有点像一个在老电影里经常能看到的女特务。我想不到在几个月的时间里，母亲就发生了这样大的变化，那个衣衫不整、头发蓬乱、整天倒腾破烂的杨玉珍，已经不存在了。母亲的变化，就像从毛毛虫到蝴蝶的变化那样巨大和不可想象。

他们不是一般的玩麻将。他们在赌博，而且赌注很大。我看到每个人的面前都放着一摞钱，最小的面额是十元。有人和牌后，这些票子就交叉着飞舞。我看到老韩面前的票子越摞越高，父亲、母亲和老兰面前的票子越来越低。老韩脸上油光焕发，还不时地挽袖子搓手，头上的大檐帽也摘下来扔到身后的沙发上。老兰保持着微笑，父亲面色冷漠。只有母亲在不时地嘟哝着。我感到母亲的不高兴是装出来的，是为了让老韩赢得心安理得。后来母亲说：

"不玩了，不玩了，手气不好。"

老韩将面前的钱整理起来,点数着说:

"弟妹,是不是要我返还给你一部分?"

"去你的吧,老韩,今天先让你得意一次,下次我要捞本的,"母亲说,"当心我把你这身衣裳都赢来。"

"吹牛吧,你就,"老韩说,"情场失意,赌场得意,老韩在情场上永远失意,所以在赌场上永远得意。"

我始终注意着老韩点钱的手,我知道,在短短两个小时里,他赢了九千元。

大道对面的烤肉场上,烟熏火燎,人声喧哗,场面十分火爆。可是庙宇院子里这四个烧烤摊子前,只有兰老大的四个保镖抄着手站着,兰老大在庙门前来回走动。他眉头紧蹙,似乎心事重重。大道上那些来来往往的食客,都把目光投过来,但却没有一个走过来。烤肉的厨师,不时地用铲子翻着铁板上焦煳冒烟的肉,脸上流露出懊恼的表情,但当兰老大的保镖将目光斜过去时,他们脸上的懊恼表情立即就被谄媚的笑容覆盖。烧烤鹅崽的那位,右手笼罩着一支香烟,趁人不注意就匆匆举到嘴边,深深地吸上一口。对面的烤肉场上,缠绵的歌声,萦绕不绝,那是一个台湾女歌星三十年前演唱的歌曲。她的歌声,在我还是一个小孩子的时候,曾经一度风靡过,从大城市到小城市,从小城市到乡村。老兰说过,这个歌星,是他的三叔一手扶植起来的。现在,她的歌声又响起来,时光倒流,一副纯情少女模样的她,穿着黑裙白褂,额前留着齐眉短发,像一只可爱的小燕子,从大道上飞跑过来。她投进了兰老大的怀抱。她娇嗲嗲地高叫着兰大哥投进了兰老大的怀抱。兰老大抱着她转了几个圈子就把她扔在了地上。地上铺着厚厚的羊毛地毯,地毯上有凤凰戏牡丹的大幅图案,色彩艳丽,非同一般。在水晶大吊灯的照耀下,歌星玉体横陈,目光迷离。兰老大背着手,绕着歌星转圈子,转了许多圈,就像一只消化不良的老虎,围着猎物转圈子一样。歌星跪起来,娇嗔道:大哥,你怎么还不来啊？兰老大盘腿坐在地毯上，仔细地研究着歌星的身体。他西装革履，她一丝不挂，形成了很有意思的对照。兰大哥，你到底想干什么呀？歌星噘着嘴巴，不高兴地说。在她之前，我有过很多女人，兰老大似乎是自言自语地说，那时候，大老板每月给我五万美金的活动经费，我花不完这些钱，大老板就骂我是个笨蛋。这个大老板，亲爱的大和尚，我不能对您说出他的名字，我对老兰发过重誓，只要说出他的名字，就会断子绝孙。兰老大说，很快地我就学会了挥金如土，女人像走马灯一样轮换。但自从有了她之后，你是第一个在我的面前脱了衣服的女人。她是一道分界线。因为你是她之后的第一个女人，所以我要对你说明白。但今后我再也不会对任何人说了。你愿意做她的替身吗？你愿意我干你的时候喊叫着她的名字、想象着她的身体吗？歌星思考了片刻，郑重地说：兰大哥，我愿意，只要你喜欢，让我干什么我都愿意。你让我去死，我也不会犹豫。兰老大将歌星抱在怀里，深情地呢喃着：瑶瑶……等他们在地毯上翻滚折叠一个小时之后，歌星头发凌乱，唇红褪尽，嘴巴里叼着一支长长的女士烟卷，手中端着一杯红酒仰在沙发上，当两股白烟从她的嘴巴里汹涌地喷出时，岁月在她的脸上，已经留下来难以磨灭的痕迹。大和尚，这个女歌星，只跟兰老大做了一个小时的爱，怎么就红颜尽失，满面沧桑了呢？难道这就是"山中方十日，世上已千年"吗？老兰说：我三叔对那沈瑶瑶，是一往情深；那歌星对我三叔，也是一往情深。对我三叔一往情深的女人，足可以编成一个师！我知道老兰是在吹牛，大和尚，你就当笑话听着吧。

第 三 十 炮

　　华昌肉类联合加工厂开业大典那天，父母亲一大早就起来了。他们起来的时候也顺便把我和妹妹叫了起来。我知道这个日子对我们屠宰村、对父母亲、对老兰，都很重要。

　　大和尚嘴角撇撇，使他的脸上，浮现出一个枯涩的笑意。这说明，我看到的情景他也看到了，我听到的话语他也听到了。但也许他的笑意与我看到的和与我听到的毫无关系。他是另有所思，另有所笑。不管有没有关系，大和尚，让我们进入另一个更为宏大辉煌的场景：兰老大豪华公馆的大门外，停满了豪华轿车，身穿绿色制服的门房，戴着洁白的手套，彬彬有礼地指挥着刚到的车辆。灯火辉煌的大厅里，已经站满了名媛淑女，高官富豪。女人们都穿着晚礼服，宛如百花园里的鲜花争艳斗奇。男人们都穿着名贵的西服，只有一个由两个珠光宝气的女人搀扶着的老头子，身穿着一身剪裁合体的唐装，下巴上一部白色的胡须，飘飘然有仙人之姿。大厅的正面，高高地悬挂着一个金色的大寿字，寿字下边的条案上，展示着成堆的寿礼，还供养着一篮努着粉红嘴儿的仙桃,十几盆艳丽的山茶花,分散摆布在大厅里。兰老大穿着一套明亮的白色西装,扎一个红色的蝴蝶结儿,稀薄的头发梳理得一丝不苟,脸上放射着红光。一群花枝招展的女人,像一群小鸟,笑着,叫着,扑上去,争抢着兰老大的腮帮子,把自己猩红的嘴唇吻上去。片刻工夫,他的脸上,就是重重叠叠的唇印了。他就这样戴着满脸的红唇印走到了那个白胡子老者面前,深深地鞠了一躬,说:干爹,请受儿子一拜。老者用手中的拐棍轻轻地戳戳兰老大的膝盖,哈哈地笑几声,用铜锣一样的嗓子说:好小子,今年几岁了?兰老大谦恭地说:干爹,小的虚长了五十岁。老者感慨地说:长大了,成人了,不要我操心了。兰老大说:干爹,您可别这么说,您不替我操心,我可就没了主心骨了。老者笑着说:狡猾,小兰子,你没有官运,但是你有财运,有桃花运。老者用拐棍指点着簇拥在兰老大身后的美色女子,眼睛放着光说:她们,都是你的相好?兰老大笑着说:她们都是我的姑奶奶,都管着我。老者感慨地说:我老了,心有余力不足了,你就替我好好侍候她们吧。兰老大说:干爹放心,我会让她们个个满意。——我们不满意,我们一点也不满意——那些女子撒起娇痴来。老者笑着说:过去的皇上,有三宫六院七十二嫔妃,也比不上你小兰子啊。全都是托了干爹您的福气,兰老大说。我教你的功夫还练着吗?老者问。兰老大往后退了几步,道:干爹看着。然后他就坐在地毯上,将身体慢慢地折叠起来,将脑袋扎在自己的裤裆里,屁股像小马一样撅起来,嘴巴绰绰有余地触到了鸡巴的位置。好!老者用拐棍戳了一下地面,高声喊着。跟随着他,众人齐声喝彩。女人们可能想起了有趣的事情,大部分捂着嘴巴,红着脸儿,咪咪地笑起来。只有少数几个,张大嘴巴,无所顾忌地哈哈大笑。老者感叹地说:小兰子,你是一夜采尽满城花啊!可我,只剩下摸摸她们的小手的本事了。说着,竟然眼泪汪汪起来。兰老大身旁的司仪高声说:奏乐,舞会开始!静静地呆在大厅一角的乐队接了命令,立即就吹奏起来。乐曲欢快,乐曲缠绵,乐曲热烈,兰老大和那些女人轮番起舞。一个最为妖艳的女子,被白胡子老者搂在怀里,磨磨蹭蹭,与其说是在跳舞,不如说是在蹭痒。

　　父亲在母亲的催促下,穿上了那套灰色西装,并且在母亲的帮助下扎上了一根红色的领带。我看到这领带的颜色就想到了屠宰牲畜时从刀口里涌出来的那些血的颜色,心中产生了不太舒服的感觉。我很想让父亲换一根领带,但是我没有说。其实母亲也不会扎领带。父亲的领带是老兰帮助扎好的,母亲做的工作就是把扎好的领带套在父亲的脖子上,然后再帮助他抽紧。母亲在帮助父亲把领带抽紧时,父亲仰起脖子,闭着眼,脸上显出十分痛苦的表情,仿佛一只被吊起来的鹅。我听到父亲低声嘟哝着:

　　“妈的,什么人发明了这样的衣裳?!”

　　“行了,”母亲说,“别嘟哝了,你要习惯,今后穿这衣裳的机会多着呢,你看看人家老兰。”

　　“我怎么能跟他比? 他是董事长、总经理!”父亲用古怪的腔调说。

　　“你是厂长。”母亲说。

　　“我算什么厂长?”父亲说,“帮人家扛活的。”

　　“你的看法应该大变,”母亲说,“现在的社会,一年一个样,你不变,就跟不上形势。看人家老兰,永远是领头羊,前几年个体吃香时,人家领头干屠宰,自家致富,还带领着全村致了富。这几年个体屠宰坏了名声,人家马上成立了肉联厂,引起了镇上、市里的重视。咱们也还算明白,跟上了形势。”

　　“我总感到我是‘猴子戴帽——装人’。”父亲苦笑着说,“穿上了这套衣裳,感觉更是。”

　　“你这人,怎么说你呢?”母亲说,“我还是那句话,向人家老兰学习。”

　　“我觉得他也是‘猴子戴帽’。”父亲说。

"谁又不是'猴子戴帽'?"母亲说,"包括你那个哥儿们老韩,几个月前不还是一个低三下四的伙夫吗? 但把那套制服一穿,不也马上就人五人六的了吗?"

"爹,娘说得很对,"我插嘴道,"俗话说得好,'人靠衣裳马靠鞍',爹穿上这身西装,就是个农民企业家了。"

"现在,'农民企业家'比狗身上的跳蚤还要多。"爹说,"小通,你和娇娇要好好念书,将来离开这个地方,到外边去干点正儿八经的事儿。"

"爹,我正想告诉你,我不要上学了。"

"你说什么?"爹神情凛然地说,"你不上学,想干什么?"

"我想到肉联厂里去干事。"

"那里有什么事情要你去干?"爹苦笑着说,"前几年是爹的问题,耽误了你上学,现在,你要好好珍惜,如果你想做一个有出息的人,不像爹这样窝囊一辈子,就要好好上学。上学,是正路;别的,都是歪门邪道。"

"爹,我根本不能同意你的说法。"我振振有词地说,"第一,我认为你并不窝囊;第二,我并不认为只有上学才是正路;第三,也是最重要的,我觉得在学校里根本学不到什么东西,老师知道的还不如我知道的多。"

"不行,"爹说,"无论如何,你也要在学校里给我沤几年。"

"爹,"我说,"我对肉有深厚的感情,到了肉联厂,我能够帮你们干很多的事情。不瞒你们说,我能听到肉说话的声音。在我的眼里,肉都是活的,肉上生着很多的小手,对着我摇摇摆摆呢。"

父亲惊讶地看着我,嘴巴都咧开了。好像那根紫红的领带把他勒得太紧,使他的嘴巴合不上一样。他盯着我看了一阵,然后就与母亲交流眼神。我明白父亲和母亲惊讶的原因,他们以为我的脑袋出了毛病。我还以为他们能够理解我的感觉,母亲不能理解,父亲总能理解吧。我的父亲原本是一个富有想象力的人啊,但是事实证明,他的想象力已经退化了。

母亲走到我的面前,伸手摸摸我的头。我知道她这个动作有两个意图,一是表示她对我的关切,二是她想试试我的脑袋是不是在发烧,如果我的脑袋在发烧,那就说明我刚才说那些话都是胡话。但我自己知道我根本没有发烧,我的神志很清醒,我的精神很正常,我一点毛病也没有。母亲说:

"小通,不要瞎说了,好好上学,娘过去太看重钱财,耽误了你上学,现在,娘明白了很多事理,知道在这个世界上,有很多东西,是比金钱更重要的。所以,你要听我们的话,去上学。你不听我们的话,但你应该听老兰的话吧?让你和娇娇上学,还是他先提醒我们的啊。"

"我也不要上学了,"妹妹说,"我也能听到肉说话的声音,我也能看到肉上长满了小手。肉不但会说话,肉还会唱歌呢。肉上不但有小手,还有许多的小脚,那些小手小脚都像小猫的爪子一样,勾呀勾呀,动啊动啊的⋯⋯"妹妹一边说着,一边把她的小手举起来,模仿着她想象中的那些肉的小手和小脚的动作。

我对妹妹的想象力深感佩服,她虽然只有四岁,她与我虽然不是一母所生,但跟我却心有灵犀,事先我根本没对她说过肉的说话声和肉上生了爪子的事,但是她马上就理解了我的意思,并且给了我有力的支持。

我们兄妹二人的话,显然是把父母吓坏了。他们用呆呆的目光看了我们好久,如果不是电话铃响,他们对我们的观察还不会休止。对了,我应该补充说明:我们家已经安装了电话,虽然这电话是内部电话,是由村办公室里的一个小交换机控制着的,但毕竟是电话。这部电话把我们家和老兰家,以及村子里的几个干部家连接在一起。母亲去接电话,我知道电话是老兰打来的。母亲放下电话,对父亲说:

"老兰催我们去了,说是县委宣传部的人陪着省电视台和省报的记者马上就要到了,让我们先去照应着,他马上就到。"

父亲捏着领带的结子转了转，又前后左右地摇晃着脖子，嗓音嘶哑地说：

"小通，还有娇娇，你们的事，我们晚上回来再谈。无论如何，你们要去上学，小通，你要给你妹妹做出一个好样子。"

"无论如何，"我说，"今天我们也不会去上学的。今天是多么热闹的日子，在这样的大喜日子里，如果我们还去上学，那我们就是最傻的傻瓜。"

"你们要给我们争气！"母亲在镜子前拢着头发说。

"我们当然会给你们争气，但要我们去上学那是不可能的。"我说。

"那是不可能的。"妹妹也说。

第三十一炮

　　抬出来抬出来！抬出来我看看。一个额头像瓷片一样光滑的男人，站在院子里，用听上去很不高兴的口吻，对着他身后的随从们，发布着命令。那些衣冠楚楚的随从，鹦鹉学舌般地喊叫着：抬出来抬出来，抬出来让许省长看看。大和尚，他就是我们这个省的副省长，他的随从喊他省长，是遵从官场的习惯。那四个满身油漆的工匠，从大树后急匆匆地跑出来，弓着腰钻进了庙门，从我们眼前经过，聚拢在肉神像前。他们丝毫没有商量，连目光都没有交流，就把肉神放倒在地。我听到肉神发出嘻嘻哈哈的笑声，就像一个小孩子，被大人胳肢着腋窝。他们还用昨夜用过的那两根麻绳子，拴住了肉神的脖子和腿，把两根木杠子穿进去，动作整齐地弯腰，杠子上肩，嗨哟一声，起来了，小心翼翼地往外走。肉神的身体扭动着，笑声更加响亮。我想外边的人，副省长和他的随员们，都会真切地听到。您听到了吗，大和尚？肉神出了门口，先放在地上，然后抽掉绳子。扶起来扶起来，副省长身后，一个头发浓密的干部说。大和尚，他就是本地的市长，与老兰关系密切，许多人说他们是拜把子兄弟。四个工匠掀着肉神的脖子。肉神的腿往前趿溜着,不愿意站起来。我知道这是肉神在跟他们故意捣乱,小时候我也喜欢这样。市长瞪了一眼身后的人,脸上有不悦之色,但当着副省长的面他没有发作。他的部下马上省悟,一窝蜂般拥上去,有的按住肉神的腿,有的推着工匠们的腰,乱七八糟中,肉神嘻嘻哈哈地站直了。副省长退后几步,眯着眼睛打量着肉神,脸上的神情很神秘,令人难以捉摸。市长等人,都在偷偷地观察着副省长的脸色。副省长远观之后,走到近前,用手指戳戳肉神的肚子,肉神笑得浑身颤抖,然后他跳了一个高,摸摸肉神的头顶。一阵风起,吹乱了副省长勉强遮住秃顶的头发。那缕头发顺着他的耳朵溜下来,仿佛是一条小辫,显得有几分滑稽。市长头顶上的浓密的黑发,像一团乱毛,从头上脱落,掉在地上,随风翻滚。他身后的那些人,有的目瞪口呆,有的捂着嘴巴偷笑。突然想到不应该笑,赶紧用咳嗽掩饰。但这一切都被市长的秘书看在眼里。当天晚上,秘书就把那几个偷笑的人的名单,送到了市长的办公桌上。一个反应机敏的中年干部,用与他的年龄相比显然是不相称的速度,飞跑着,把市长的假发套追了回来。市长满面尴尬,不知所措。副省长把自己那缕滑下来的头发复位,看着市长的斑秃脑袋,笑着说:胡市长啊,我们是难兄难弟啊!市长摸摸头,笑着说:这都是夫人的主意。副省长说:聪明的脑袋不长毛嘛!部下将发套递给市长,市长接过发套,用力扔出去,说:见鬼去吧!我又不是演员。那个捡回发套的中年干部说:那些演员,电视台主播,十有八九都戴着发套。副省长说:胡市长,光头市长,更有风度。市长满面春风地说:谢谢省长!请省长做指示。副省长说:我看很好嘛!我们很多同志,思想还是太保守,肉神,肉神庙,很好嘛。含义丰富,韵味无穷嘛。市长带头,众人一齐鼓掌,长达三分钟。其间副省长三次挥手制止。我们的胆子应该再大一点,想象力应该再丰富一点,只要是能给人民带来好处的事,我看没有什么是不可以做的,副省长进一步发挥说。他抬头看看面前这座破败的小庙上的匾额,指指点点地说,譬如这个五通神庙,我看也

应该修复。昨天晚上我看地方志,那上边说这座小庙一度香火旺盛,
是民国年间的一个官员,下了一道禁令,禁止人们前来上香,才使这
座庙日渐破败。五通神崇拜,说明了人民群众对健康幸福的性生活
的向往,有什么不好? 赶快拨款修复,与建设肉神庙同时进行! 这是
拉动你们双城市经济增长的两个亮点,可不要让别的省市抢了先啊。
市长端起一杯五十年的陈酿茅台,说:许省长,我代表双城市人民敬
您一杯。刚才不是敬过了吗? 副省长说。刚才是代表全市人民感谢
您批准肉神庙的建设和五通庙的修复,现在是代表全市人民感谢
许省长为我们的肉神庙题写匾额,市长说。我那字,不敢不敢。副省
长说。许省长,您是大名鼎鼎的书法家,又是肉神庙的批准者,这个
字,您不写,我们这庙就不盖了。市长说。你们这是逼鸭子上架嘛,
副省长说。一个陪同的当地干部一起站起来,说:许省长,我们这里
都说您不应该当省长,应该去当书法家。您如果以书法为业,一年就
可以成为百万元户! 市长说:所以,我们今天要敲省长的竹杠,让省
长给我们写字,就是跟省长要钱。副省长面皮通红,身体摇晃,说:梁
山好汉武松,添一分酒加一分本事,我呢,我是添一分酒加一分精神。
书法,书法就是个精气神儿! 笔墨侍候啊! 副省长抓起一个大提斗,
饱蘸浓墨,屏息片刻,一挥而就,三个狂妄的大字,跃然纸上:肉神庙。

　　肉类检疫站前面那条水沟里,架起了一堆劈柴,劈柴上放着一些
注过水的或是变了质的肉,有猪肉有牛肉有羊肉……它们散发着难
闻的气味,它们发出嘟嘟哝哝的牢骚声,它们身上那些生满霉斑的小
手恼怒地挥舞着。肉类检疫站的小韩,穿着制服,满脸严肃,手提着
一个汽油桶,往那些腐败的肉上泼着汽油。
　　在肉联厂的大门内那片空场上,布置了一个简易的会场。两根
木杆之间,挂起了一条横幅,横幅上写着大字标语。还是那句老话:
标语上的字我不认识,但是它们认识我。我知道这些字的意思就是
庆祝肉联厂开业。肉联厂一直紧闭着的大铁门今天敞开着,大门两

侧的砖垛子上贴着红色的对联,对联上的字认识我。在那道横幅的下边,排开了几张长条桌子,桌子上蒙着红布,桌子后边有椅子。桌子前面有十几个花篮。花篮里插着五颜六色的花。

我拉着妹妹的手,在这两个即将热闹起来的地方,跑来跑去。村子里来了很多人,也在这两个地方来回走动。我们看到了姚七,他脸上的表情很复杂。我们还看到了老兰的小舅子苏州,他蹲在河堤上,远远地看着水沟里的肉。

从这两个地点之间的马路上,开来了几辆面包车,从车上钻下来几个扛着摄像机的人,几个脖子上挂着照相机的人。我知道他们是记者。我知道记者是惹不起的,他们的脸上都带着傲慢的神情。他们一下车,老兰在前,父亲在后,从大门口里疾步走出来。老兰满面笑容,跟记者们握着手,说:

"欢迎,欢迎!"

父亲也满面笑容,跟记者们握着手说:

"欢迎,欢迎!"

记者们很敬业,马上开始工作。

他们拍摄完那堆即将在烈火中变成灰烬的腐肉,就拍摄肉联厂的大门口,和大门口内的露天会场。

然后他们就采访老兰。

老兰站在摄像机前,不慌不忙,大大方方,挥舞着胳膊,侃侃而谈。老兰说我们屠宰村过去是一家一户经营,确实存在着往肉里注水等不法事实,但大多数人还是守法的。为了便于管理,为了给城市里的人们提供新鲜的、不注水的、优质的肉,我们取缔了所有的个体屠宰户,成立了肉联厂,并请求上级为我们专门设立了肉类检疫站。我们请县城的、省城的人民群众放心,从我们这里出去的肉,是经过严格检验、质量最好的肉。为了保证肉的质量,我们不但要严把肉类出厂检验这一关,我们还要严把牲畜进厂这一关。我们自己要建立生猪生产基地,肉牛、肉羊、肉狗生产基地,我们还要建立特禽特兽饲养基地,我们要养骆驼,养梅花鹿,养狐狸,养野猪,养狼,养鸵鸟,养孔雀,养火鸡……来满足城里人的特殊口味。总之,假以时日,我们要把这里建成全省最大的肉类生产基地,为人民群众源源不断地提供优质的肉类。我们还要争取在比较短的时间内,冲出亚洲,走向世界,让世界各地的人都能吃上我们生产的肉……

记者采访完了老兰,接着采访我的父亲。父亲在摄像机前无所措手足。他不停地晃动着身体,好像在寻找一个可以依靠的东西,一堵墙,或是一棵树。但是他找不到可以依靠的墙,也找不到可以依靠的树。他的眼睛左顾右盼着,不敢对着摄像机的镜头。那个举着话筒的女记者提醒他:

"罗厂长,您不要晃身体。"

于是他的身体就一下子僵住了。

女记者提醒他:

"罗厂长,您的眼睛不要往旁边看。"

于是他的眼睛一下子就直了。

女记者提了几个问题,但我的父亲所答非所问。

我的父亲说:"我们保证不会往肉里注水了。"

我的父亲说:"我们要生产最好的肉给城里人吃。"

我的父亲说:"欢迎你们经常来监督我们。"

我的父亲把这几句话翻来覆去地重复着,不管记者问他什么问题。于是记者善意地笑了。

开来了十几辆轿车。有黑色的,有蓝色的,有白色的。从车上钻下来一些人,都穿着西服,扎着领带,穿着皮鞋,皮鞋都很明亮。我们知道他们都是官。领头的一个官,个头不高,身体魁梧,满面红光,笑容可掬。其他的官在他的身后簇拥着,向工厂的大门走去。那些扛着摄像机、端着照相机的记者们,迈着小碎步,蹿到这群官的前头,倒退着,摄像,照相,摄像机没有声音,但照相机喀嚓喀嚓地响。那些当官的一看就是被摄像机和照相机伺候惯了的,在镜头前他们谈笑风生,指指点点,一点也不拘谨。哪像我的爹,畏畏缩缩,上不了台盘。在那个最大的官两侧的人,看上去有点面熟,我在电视台的节目里似乎看到过他们。他们傍在大官的身边,上半身朝大官倾斜着,争先恐后地说着话,脸上的笑像化了的糖稀,随时都要流下来一样。

老兰带领着我的父亲,从大门口里小跑着出来。我知道他们早就看到了大官和其他的官,但为了拍镜头,他们躲在大门内,等待着跑出来的最好时机。是的是的,一个小时前,他们就在市委宣传部一个干事的指导下演练过了。

那个干事姓柴,身体瘦长,头比较小,看上去像根麻秆,满脸植物的表情。别看柴干事瘦,但说话时嗓门挺高。他对我母亲说:你,老杨,然后他又指点着几个前来当礼宾小姐的女子,说:你,还有你,还有你!你们,扮演领导,从外边朝大门里走。老兰老罗,你们两个,先躲在门后等待着,看到领导走到了我用粉笔画了一道白线的地方,就往外走,去迎接。好吧,开始,演练一遍。柴干事站在大门一侧,高声说:老杨,你领着她们走啊。那几个女子在母亲身边,扭扭捏捏的,捂着嘴巴笑。母亲也跟着笑。柴干事严肃地说:笑什么?有什么好笑的?母亲收了笑,干咳了一声,绷起脸,对身边的女子说:好了,不要笑,我们走。我和妹妹看到,母亲挺胸仰头,蓝褂子,蓝裙子,脖子上围一条苹果绿的绸巾,很像那么一回事。你们的步子慢一点!柴干事说,随便说点什么。好,对了,就这样,往前走。老兰老罗,你们准备好,好了,走。走啊,老兰在前,老罗在后,自然一点。步伐快一点。小步勤挪,但是不要跑。老罗你抬起头啊,你不要低着头,好像丢了什么似的。对,对,走。在柴干事的指导下,老兰和父亲,脸上挂着笑,与母亲她们在那条白线处相会了。老兰伸出手,与母亲相握。说欢迎欢迎,热烈欢迎。柴干事说,到时候镇上的干部会把你们介绍给领导的。老兰,你不要握着领导的手不放,你握完了手就往旁边一闪,让老罗和老杨,不是老杨,是领导,让老罗和领导握手。老兰松开母亲的手,嬉笑着闪到一边。母亲和父亲对面而立,表情都不自然。

柴干事说:老罗,你倒是伸手啊。她现在不是你的老婆,她是领导。父亲低声嘟哝着,伸出手,与母亲的手握在一起。父亲像吵架似的喊:欢迎欢迎,热烈欢迎!然后他就把手松开了。柴干事说:老罗,你这样不行。你这哪里是欢迎领导?你这是要跟领导吵架呢。父亲恼火地说:真的领导来了我就不会这样了。这算什么事?这不是要猴吗?柴干事善解人意地笑了,说:老罗,你要习惯啊,再过几年,没准你老婆真的就成了你的领导了呢。父亲哼了一声,脸上出现了轻蔑的表情。柴干事说:好,不错,再来一遍。父亲说:行了,不来了,再来十遍也是这个样子。母亲也说:不来了,不来了,这领导不是好当的。母亲用手抹了一把脸,夸张地说:你看看我这一脸的汗水。老兰也说:就这样吧,柴干事,我们知道了,不会出差错的,您放心吧。柴干事说:那就这样吧。到时候你们自然一点,大方一点,既要对领导表示出足够的尊重,也不要点头哈腰的像个狗腿子。

尽管预先演练过一番,但父亲跟随着老兰跑出大门时还是那样的不自然,甚至是更加地不自然。我为父亲感到羞惭。看人家老兰,胸脯挺着,腰杆笔直,满面笑容,一看就给人许多的好感,一看就知道是一个见过了世面、但保持着纯朴的本色、值得信任的好人。但我的父亲跟在老兰身后,低垂着头,目光躲躲闪闪,不敢正眼看人,似乎心怀着鬼胎;步伐踉跄,似乎还踩了老兰的脚后跟;似乎还被路上一块突出的砖头绊了一下;似乎他的胳膊是悬挂在膀子上的木棍,不会打弯,更不会甩动;似乎那身西装是用铁皮剪成的。他脸上的表情哭笑难分,看着就让人难受。我想,让母亲上去,肯定会比父亲精彩;让我上去,肯定会比父亲精彩,甚至还会比老兰精彩。

老兰伸出两只手,抓住领导的手,摇晃着说:

"欢迎欢迎,热烈欢迎!"

大领导身边那个小领导对大领导介绍老兰:

"这是华昌总公司的董事长兼总经理兰有理。"

"农民企业家嘛!"大领导微笑着说。

"农民,还是个农民,"老兰谦虚地说,"企业家不敢当。"

"好好干,"大领导说,"农民和企业家之间我看也没有一道万里长城嘛。"

"领导说得对,"老兰说,"我们一定好好干。"

老兰抓着大领导的手抖了几下,便闪到一边,把位置让给父亲。

小领导对大领导说:"这是肉联厂的厂长,罗通,肉类专家,眼力很毒,像庖丁一样。"

"是吗?"大领导握住父亲的手,幽默地说,"在你的眼里没有活牛,只有一堆堆肉和骨头?"

父亲把脸别到一边,眼睛盯着小领导的脚尖,满脸通红,嘴巴里发出一些吭吭哧哧的声音。

"庖丁,"大领导说,"你要好好把关,不要往肉里注水了。"

父亲终于说出了一句话:

"我们保证……"

大领导和小领导们在老兰的带领下往会场走去,父亲如释重负地退到一边,看着领导们从他的身边走过去。

我为父亲的上不了台盘感到深深的自卑。我真想冲上前去,揪住他脖子上那根紫红的领带,使劲地摇晃,把他从懵懂状态中晃醒,不要像个傻蛋一样站在路边发呆。看热闹的人跟随着领导们的队伍,拥进了肉联厂的大门。父亲还是那样站在路边,满脸傻相。我终于忍不住,上前去,为了给他留点面子,我没有揪他的领带,推了一下他的腰,低声说:

"爹,你不要站在这里! 你要和老兰站在一起! 你要向领导介绍情况!"

爹怯懦地说:"有老兰一个人就行了……"

我在父亲的大腿上狠狠地拧了一把,低声说:

"爹,你真让我失望!"

"爹,你笨!"妹妹说。

"去啊!"我说。

"你们这些孩子啊,"父亲低头看看我们,说,"你们根本不了解爹的心思……好吧,爹豁出去了,爹过去。"

爹好像下了巨大的决心,迈开大步,向会场走去。我看到,站在大门口一侧的姚七,双手抱着膀子,对着父亲意味深长地点着头。

大会终于开始了。在老兰高声宣布大会开始时,父亲跑到检疫站前面的水沟里,亲手点燃了一个火把,举起来,对着会场方向挥舞了一下。一群记者涌过来,镜头对准了父亲手中的火把。没人采访父亲,但是父亲说:

"我们不会往肉里注水,我保证。"

然后他就把那根燃烧的火把扔在了那些散发着臭气和汽油味的坏肉上。

火把似乎还没落到肉堆上,火焰就轰然而起。我听到肉在火中尖声啸叫着,是一种既兴奋又痛苦的声音。与它们的声音同时升腾起来的,还有扑鼻的气味。这气味既是香的,又是臭的。与它们的声音和气味同时升腾着的,当然还有那越来越高的火苗子和扭曲的黑烟。火苗子是暗红色的,看上去很是凝重。我想起了一年前与母亲一起焚烧破旧轮胎和废旧塑料时的火焰,那种火焰与眼前的火焰有几分相似,但却有本质的区别。那时的火焰是工业的火焰,是塑料的火焰,是化学的火焰,是有毒的火焰。眼前的火焰是农业的火焰,是动物的火焰,是生命的火焰,是有营养的火焰。尽管是腐败的肉,但毕竟是肉。焚烧这样的肉,还是能够让我联想到吃。我知道这一堆肉是老兰吩咐我的父母专门从集市上采购来的。采购来把它们放在屋子里,任它们发热发臭。采购来它们并不是为了吃它们,而是要烧它们,是让它们扮演在烈火中焚身的角色。也就是说,在我的父母派人把它们采购来的时候,它们是可以吃的。也就是说,如果它们不被我的父母采购来,它们是要被别的人吃掉的。它们是幸呢还是不幸?肉的最好的命运当然是被懂肉的人、爱肉的人吃掉,肉的最不好的命运是被烈火焚烧掉。所以,看着这些在火焰中痛苦地扭曲着、挣扎着、呻吟着、怪叫着的肉们,我心中涌起一阵阵悲壮的感情,仿佛我就是这些肉,替老兰、替我的父母,充当了牺牲。一切都是为了证明:我们屠宰村,从此再也不会生产注过水的、或是变了质的肉了。我们用这把烈火,向外界表示了我们的决心。记者们从不同的角度拍摄着火焰,许多原本在肉联厂大门口看热闹的人,也被吸引到火堆前。邻村的一个名叫十月的人,大家都说他缺心眼,是个傻子,但我觉得他一点都不傻。他手持着一根长长的钢筋,分拨开围着火堆看热闹的人,挤到最前面,用钢筋扎起一块肉,举起来,往外跑,像举着一个火炬。那块肉燃烧着,形状像一只很大的皮鞋,往下滴着油,那些滴下来的油都是燃烧的小火苗,发出吱吱的声响。十月兴奋地大叫着,在马路上来来回回地奔跑。一个年轻的记者给他拍了一张照。但扛摄像机的记者没敢把镜头对准他。十月大喊着:

"卖肉啦,卖肉啦,卖烧肉啦……"

十月的精彩表演,吸引了众人的目光。我看到,开业大会还在那边进行着,是那个大领导正在讲话,记者们又跑回去拍摄了。我知道那几个生着小孩脸的记者其实更愿意拍摄正在马路上玩火耍肉的十月,但是他们重任在肩,不敢造次。

"华昌肉类联合加工厂的成立,具有十分重要的意义……"大领导的声音被放大了许多倍,在半空中回荡着。

十月把手中的钢筋挥舞起来,形状颇似那些唱戏的在舞台上耍花枪。钢筋尖端那团燃烧着的肉,在运动中,在空气中,发出嘣嘣的声响,那些燃烧着的热油,像流星一样往四处飞溅着。一个看热闹的女人叫了一声娘,用手捂住了腮帮子。我知道她的腮帮子被热油烫了。她低声骂着:

"该死的十月,你这个傻瓜!"

但没有人去理睬她。人们追随着十月,看他的表演,还不时地为他叫好。"好啊,十月,好啊十月……"十月得到鼓励,更是狂,撒了欢地闹腾。周围的人蹦跳着,躲闪着,一个个身手矫健。

"我们要让人民群众吃上放心肉,并且要打出'华昌'的名牌,树立'华昌'的信誉……"老兰在会场上发言。

我把目光暂时地从十月身上挪开,去寻找我的父亲。我感到,作为肉联厂的厂长,这个时候,应该站在主席台的某个位置上。他可千万不要还站在那堆火焰旁边啊。但让我失望的是,父亲依然站在那堆火旁边。那里的人大部分被十月吸引来了,只有几个上了年纪的人蹲在水沟的边沿上,仿佛是怕冷,蹲在那里烤火。站着的人,只有两个,一个是我的父亲,一个是老韩大叔的部下。他穿着制服,手里也持着一根钢筋,不时地往火里捅一下,仿佛这是他的神圣的职责。我的父亲,站在那里,目不转睛地看着火,看着烟,神色肃穆,身上的西装,被火烤得卷曲起来,远远看去,成了酥焦的荷叶,用手一碰,就会成为碎片。

我心中,突然产生了恐惧。我感到父亲的精神发生了问题。我生怕发生这样的事情:父亲纵身一跳,跃入火焰,像那些肉一样,成为牺牲。我拉着妹妹的手,匆匆向火堆跑去。这时,在我们身后,爆发了一阵惊叫,然后是大笑。我们不由得回头观看。原先挑在十月手持的钢筋尖端的那块大肉,在空中像个火老鸹一样飞行着,然后降落到停在路边的那一排小轿车的其中一辆的顶盖上。那辆车的司机惊叫着,骂着,跳着,试图把那块燃烧着的肉弄下去,但是他怕烫。他知道如果不把这块火肉弄下去,小轿车就会燃烧,甚至会爆炸。他急中生智,脱下一只皮鞋,把那团火肉捅了下去……

"我们一定要严格把关,履行我们的神圣职责,不让一块不合格的肉,从我们的手下出厂……"肉类检疫站站长韩大叔慷慨激昂的声音,暂时地压住了马路上人们的声音。

我和妹妹跑到父亲面前,推着他,搡着他,拧着他。他恋恋不舍地把目光从火焰上移开,低头看看我们,嘶哑着嗓子——仿佛他的声音已经被火焰烤焦了——说:

"孩子们,你们要干什么?"

"爹,你不应该站在这里!"我说。

"你们认为爹应该站在哪里?"父亲苦笑着问。

"你应该站在那里!"我指指会场那里。

"孩子,爹有点烦了。"

"爹,你千万不要烦。"我说,"你应该向老兰学习。"

"你们希望爹成为他那样的人吗?"父亲神色黯然地说。

"是的,"我看看妹妹,说,"我们希望你比老兰还要棒。"

"教的曲儿唱不得啊,孩子们,"爹说,"为了你们,就让爹试试看吧。"

这时,母亲急匆匆地走过来,压抑着嗓门,气呼呼地对父亲说:

"你怎么啦?马上就轮到你发言了。老兰让你赶快过去。"

父亲看看火堆,很不情愿地说:

"好吧,我去。"

"你们两个,离火堆远一点。"母亲说。

父亲大踏步地向会场走去。我们跟在母亲身后,离开火堆,走上马路。我们看到,那个年轻的司机,蹬上鞋子,把那块从车上捅下来的肉,一脚踢出去很远。然后他疾步走到还在那里发癫的十月面前,对准他的小腿踢了一脚。十月叫唤了一声,身体摇晃了几下,但没有歪倒。我们听到司机骂十月:

"你他妈的干什么?"

十月怔怔地看着怒气冲冲的司机,突然地把手中的钢筋端起来,对着司机的头就戳了过来。同时他的嘴巴里发出一声怪叫。司机急忙歪头,那根钢筋擦着他的腮帮子刺了过去。司机吓得脸色灰白,伸手抓住钢筋,嘴巴里嘈嘈地骂着,要跟十月算账。围观的人拉住司机,劝解道:

"同志,算了吧,算了吧,他是个傻瓜,您千万不要跟他一般见识。"

　　司机松开了抓住钢筋的手,悻悻地骂着,回到他的车前,揭开后备箱,拿出一团丝绵,擦拭着车顶上的油污。

　　十月拖着钢筋向前走去,他的腿有点瘸。

　　高音喇叭里突然传出父亲的声音:

　　"我保证,我们不会往肉里注水了。"

　　马路上的人都仰起脸来,仿佛要寻找在空中飘荡着的我父亲的声音。

　　"我保证,我们不会往肉里注水了。"父亲又重复了一遍。

第三十二炮

　　著名的电影演员黄飞云，是倾国倾城的美人，也是我三叔的情人。十几年前老兰对我这样说过。登载过她的玉照的报纸、刊物、海报，如果能集中起来，可以装满一艘万吨货轮。十几年前老兰在许多场合这样说过。大和尚，老兰用他的嘴巴，为我们勾勒出了他三叔的一部斑斓多姿的情爱史。我当然知道这个美丽的黄飞云，她那有三分英俊小生气的生动容貌，像一挂珠帘，垂挂在我的面前。即便现在她已经息影，成了大富豪的太太，成了大富豪儿女们的母亲，成了那套凤凰山豪华别墅的女主人，依然是狗仔队追踪的重点对象。她的车头上立着一个小人的豪华轿车，从豪宅下的地道开出去，然后以风驰电掣般的速度，开下盘山公路。远远地看上去，轿车似乎是从天上开下来的。她的出行，曾经被那些语不惊人死不休的小报记者喻为"九天仙女下凡尘"。她从车里钻出来，戴着墨镜，侍女在后，抱着她的两条狗，一条名叫拿破仑，一条名叫费雯丽，都是常人认不出来的名种。她急匆匆地穿过大饭店悬挂着一片水晶灯的大堂，亮堂堂的花岗岩地面映出了她裙子里的风光，这也是这座饭店被诸多女星诟病的一个理由,但也是因此而吸引了诸多明星的理由。饭店的侍应生其实已经认出来她,但不敢张扬。他的眼睛低下,目光随着她移动的裙裾而移动。在电梯门口,她示意抱狗的随从留步,自己进入电梯。半边透明的电梯载着她飞升,一直升到了第二十八层。这是贵宾层,有豪华得让人民造反的总统包间。她敲门,一个男子出来应门。问她找谁。她拨开男子,昂然而入。巨大的客厅里,遍地是花朵。她践踏着那些名贵的黑色牡丹花,轻车熟路地进入了主卧室。那张大得可以在上边骑自行车的大床,摆在房间的正中,令人望之生畏。床上无人,但卫生间里水声喧哗。她踢开门,蒸汽扑出。戏水声和女子的笑声也扑出。雾气渐淡,看到了那个具有按摩功能的巨大的澡盆里,水像泉眼一样,咕嘟嘟地往外冒着。四个妙龄的女子,把兰老大围在中央。许多的红色花瓣,溢出池外。我们看到,影星掏出一个黑色的瓶子,扔在浴池中,然后轻轻地说:硫酸。说完抽身便走。四个女子,尖声惊叫,从水中跳起,爬出来,原本白花花的身体,都被染黑。身体是黑的,脸是白的。兰老大却稳稳地躺在水中,闭着眼睛说:晚上我请你吃饭,三楼,淮扬春。影星转身走出卧室,我们听到她说:你也去找几个品位高一点的。我们听到老大在浴池中说:但是她们比你年轻啊。我们看到影星在客厅里继续践踏那些花朵,一边践踏还一边吐口水。那个守门的男子,两眼发直,看着影星在客厅里撒泼。门铃被揿得暴响,两个保安冲进来,问:发生了什么事情?影星捡起一束蓝色的花朵,对准保安的头脸,死劲地抽打。保安抱着头窜出去。外边铃声大作。

　　肉联厂开业后不久的一个晚上,父亲、母亲、老兰,还有我和妹妹,围坐在我家堂屋里的桌子边上。电灯明亮,照着桌子上那些散发着微弱热气的肉,还有那些葡萄酒,瓶子里的和杯子里的,都是深红的颜色,像新鲜的牛血。他们吃得很少,喝得很多。我和妹妹吃得很多,喝得很少。其实我和妹妹都是有点酒量的,但母亲不让我们喝。

妹妹坐在椅子上就打起了呼噜。我也有点困。吃饱了肉犯困,这是我们的习惯。母亲把妹妹抱到了炕上。她对我说:

"你也睡去,小通。"

"不,我不睡,"我说,"我要跟你们谈谈我不上学的事情。"

"兰总,"母亲说,"这孩子不想上学了,要到肉联厂去上班。"

"是吗?"老兰笑眯眯地问我,"说说道理,为什么要休学?"

我打起精神,说:

"因为学校里教给我的东西是没有用处的,因为我对肉很有感觉,我能听到肉说话的声音。"

老兰愣了一下,突然地大笑起来,笑了一阵,他说:

"小通,你是个怪才,没准还有点特异功能,我不敢得罪你。但学还是要上的吧?"

"坚决不上了。"我说,"让我继续上学是浪费我的生命。我每天都从阴沟里钻到肉联厂去参观,我发现了很多问题。如果你们让我去肉联厂工作,我会帮你们解决这些问题。"

"别说这些不着边际的疯话了,睡觉去,"父亲不耐烦地说,"我们有事情要商量。"

我还想争执,但父亲板着脸,怒吼了一声:

"小通!"

我嘟哝着进了里屋,坐在炕前一把新近添置的红木椅子上,听着外屋的动静,看着外屋的情景。

老兰把玩着高脚玻璃酒杯,让杯子里的酒转来转去。他冷冷地问:"老罗,玉珍,你们说,我们这个干法,是赔还是赚?"

"如果肉价提不上去,肯定要赔。"母亲忧虑地说,"他们并不因为我们的肉不注水就给加价。"

"我来找你们就是为了这事,"老兰呷了一口酒,说,"这几天我和黄豹冒充肉贩子到周围几个县的肉联厂去转了转,看了他们的成品肉,发现大家都在往肉里注水。"

"可我们是在大喇叭里当着领导的面吆喝过的。"父亲低沉地说，"这才过去几天？言犹在耳嘛。"

"伙计，"老兰说，"没有办法，眼下的市场就是这样，你不愿意往肉里注水，我也不愿意往肉里注水。但我们不注水，别人注水，我们就要赔，就要倒闭。"

"我们应该想别的办法。"父亲说。

"你说吧，"老兰道，"还有什么别的办法。我确实很想堂堂正正地干点事情，如果你有好的办法，我们坚决不注水。"

"我们可以去向有关部门反映，揭发那些往肉里注水的厂家。"父亲有气无力地说。

"这也算是个办法？你说的那些有关部门，掌握的情况比我们多得多，他们什么都知道，但他们也没有办法。"老兰冷冷地说。

"蟹子过河随大溜嘛，"母亲说，"大家都注水，我们不注水，除了说明我们傻，别的什么也说明不了。"

"我们可以干点别的，"父亲说，"为什么非要屠宰？"

"我们除了屠宰还能干什么？"老兰冷笑道，"这是我们的长项。就说你那估牛的本事，也是屠宰行当的一个组成部分。"

"我算什么？"父亲说，"我是一无所能。"

"我们都没有别的本事，"老兰说，"但我们干屠宰有优势。即便是往肉里注水，我们也比他们注得巧妙。"

"注吧，罗通，"母亲说，"我们总不能干赔本的生意吧？"

"你们都要注，那就注吧，"父亲说，"只要检疫站老韩他们那边不找我们的麻烦就行了。"

"他敢，"老兰说，"他是我们喂出来的狗！"

"翻脸的猴子变脸的狗啊！"父亲说。

"你们只管放开胆子干，老韩那边我去摆平。不就是再陪他们打几桌麻将吗？"老兰说，"其实他很清楚，检疫站是因为肉联厂而设，肉联厂存在着，检疫站才会存在。"

"我没有什么好说的了。"父亲说,"但是我希望我们不往肉里注福尔马林。"

"那是自然,我们都是有良心的嘛,吃肉的人,多半还是老百姓,我们要为他们的健康负责。"老兰严肃地说,"我们要注最清洁的水,"老兰轻松地说,"其实,注入微量的福尔马林,对人并没有什么危害,没准还能防癌抗病,延缓衰老,益寿延年呢。但是我们保证不往里注福尔马林,我们的目标很远大,我们不是过去的那种一家一户的小屠宰,我们是大屠杀,拿不准的事我们不做,不能拿人民的健康做试验。"老兰换上了一副笑脸,说:"在不久的将来,我们要把肉联厂建成现代化的大企业,建成自动生产线,这头把牲畜拉进去,那头就出来香肠、罐头,那时,注水不注水,就根本不是问题了。"

母亲神往地说:

"有您的领导,我们一定能实现这个目标。"

"你们都很会做梦,"父亲冷冷地说,"还是想想注水的事吧,怎么个注法?注多少?如果注了水被人告发了怎么办?过去是一家一户,现在是人多嘴杂……"

我从里屋里走出来,郑重其事地说:

"爹,我想出了一个注水的最好的方法。"

"你怎么还不睡?"父亲说,"大人的事你不要掺和。"

"爹,我不是掺和。"

"让他说嘛,"老兰道,"说吧,小通,听听你的高见。"

"我知道你们往肉里注水的方法,我们屠宰村各家各户的注水方法我差不多都看到过。大家都是在动物被杀死之后,用高压水泵,通过它们的心脏,往里注水。这时候,动物已经死亡,它们的器官和细胞,已经没有吸收水分的能力,所以,注进去一斤,起码流失八两,"我说,"为什么不能在动物活着的时候就往里注水呢?"

"有道理,"老兰道,"继续往下说,伙计。"

"我看到医生给病人输液,受到了启发,我们也可以在宰杀牲畜之前,给它们输液。"

"那多慢啊。"母亲说。

"我们不一定给牲畜输液,我们可以用别的方式,"老兰说,"但你这个想法实在是太好了。生前注水和死后注水,是两个完全不同的概念。"

"死后注水,是真的注水,"我说,"但生前注水算不上注水,生前注水,是为了清洗它们的内脏,连它们的每根血管都清洗一遍。我相信,这不但可以达到你们提高产肉量的目的,还会相应地提高肉的质量。"

"小通贤侄,你说得太精彩了。"老兰哆嗦着手指,从烟盒里摸出一支香烟,点燃,抽着,说,"老罗,听到了吗? 儿子比我们灵光,我们都老了,脑子不会拐弯了。是的,我们不是给肉注水,我们是给牲畜喂水,我们喂水的目的是清洗牲畜体内的有害物质,是为了提高肉的品质,可以把这道工序叫做洗肉。"

"那我可以去肉联厂上班了吧?"我问。

"按说你是不用去上学了,你再上学就把那个蔡老师活活气死了。"老兰说,"但事关你的前途,还是听你父母的意见。"

"我不想听他们的意见,"我说,"我只想听你的意见。"

"我没有意见啊,"老兰狡猾地说,"如果你是我的儿子,不上学也罢,但你不是我的儿子啊。"

"这么说你已经同意我到肉联厂上班了?"

"老罗,你说呢?"老兰问。

"不行,"父亲坚定不移地说,"有我和你娘在那里干就够了。"

"没有我你们办不好这家厂子的,"我说,"你们是对肉没有感觉也没有感情的人,你们生产不出好肉。你们就试用我一个月怎么样? 如果我干得不好,你们可以撵走我,那样我就去好好上学。我干得好也不多干,只干一年,干满一年,要么我去上学,要么我就远走高飞,到外边大地方去闯荡世界。"

第三十三炮

　　在那家豪华饭店三楼淮扬春菜馆的一个包间里,一张直径三米的大圆桌上,摆着十几种精美菜肴。正对着门口的墙壁上,红色天鹅绒背景上镶嵌着镀金的龙凤呈祥图案。围着这张大圆桌,摆放着十二把靠背椅,但只有兰老大一个人坐在那里。他双手托着下巴,目光忧郁而伤感。桌子上的山珍海味,有的还在发散着丝丝缕缕的热气,有的已经凉透了。一个白衣堂倌,在一个穿红色西装套裙的领班小姐带领下,进入包间。堂倌托着一个镀金的大盘子,大盘子里有一个小盘子,小盘子里有一块挂着金黄色芡汁的食品,散发着奇异的香气。领班小姐从大盘子中把小盘子端下来,放在兰老大的面前,轻声地说:兰先生,这是黑龙江里的名贵鳇鱼鼻子里那块脆骨,俗称龙骨,在封建社会里,这块龙骨,是给皇帝吃的。做这道菜,相当麻烦,要用白醋发三天三夜,再用山鸡汁炖一天一夜。这块龙骨,是我们老板亲自动手烹调的,请先生趁热品尝。兰老大淡淡地说:分成两份,打包,送凤凰山飞云别墅,一包给拿破仑,一包给费雯丽。领班小姐吃惊地扬起细长的眉毛,但不敢多言。兰老大站起来,说,煮一碗阳春面,送到我的房间。

我被老兰任命为洗肉车间主任,在一个黄道吉日走马上任。

我进厂后提出的第一条建议就是把屠狗车间和宰羊车间合并,腾出一个作为注水车间。也就是说,不管什么畜生,都要先在注水车间过一遍,才能进入屠宰车间宰杀。老兰对我的这条建议只考虑了一分钟,便把眼睛一瞪,黄色的眼珠子金光灿灿,果断地说:

"好!"

我在一张白纸上,用一管红蓝铅笔点点画画,描绘着我心中的注水车间蓝图。老兰对我的设计没提一点批评意见,他用欣赏的目光看着我,大声说:

"放手干!"

父亲对我的设计提出了很多意见,他甚至说我是胡闹。但我知道他的心中对我也是很佩服的。俗话说"知子莫如父",反过来也可以说"知父莫如子",我对父亲心中的想法了如指掌。当他看到我站在车间里,对着那些过去的个体屠宰户、现在的肉联厂工人们有板有眼地发号施令时,他心中虽然有些想法,但基本上还是暗暗得意的。一个人可以嫉妒任何人,但他一般不会嫉妒自己的儿子。我的父亲对我的表现感到不快,不是因为我抢了他的戏,而是因为我的少年老成让他感到不安。因为在我们那个地方,有一种看法,认为过分聪明的孩子,是没有长命的。我表现得越聪明,他就越宝贵我、越对我寄予希望;而我越聪明,根据那个古老的看法,早夭的可能性就越大。我的父亲就陷入了这样一个怪圈。

现在回想起来,一个十二岁的孩子,发明了活畜注水法,按照自己的设想改造了一个车间,而且还指挥着二十多个工人,进行着卓有成效的生产,确实很像个奇迹。回忆起那个时候的我,我会发出这样的感叹:他妈的,那时候我是多么棒啊!

大和尚,我马上就让你知道那时候我有多么棒。我只要描述一下我们的注水车间和我在注水车间的工作情况,你就会知道我有多么棒。

我们的工厂戒备森严。我们既要提防那些同行来刺探情报,更要提防那些心怀鬼胎的记者来偷拍车间的情况。当然,我们对外的说法是,防止坏人来往肉里下毒。尽管我发明的注水方法决定了我们不是往肉里注水,而是给牲畜"洗肉",但无论什么事情到了那些望风捕影的记者们笔下,都会被他们渲染得面目全非。关于记者,我还会提到,那是我的回忆中的一个精彩片段。

上任的第一天,老兰当着工人们的面宣布了对我的任命后,我就对工人们说:

"如果你们把我当成小孩子,那你们就错了。我比你们小的只是个头和年龄,但是我的学问比你们大,我的脑子比你们好用。你们每个人的表现,我都会看在眼里,记在心里。我会把你们每个人的情况向老兰汇报,你们可以不怕我,但你们应该怕老兰。"

老兰插嘴说:"也不必怕我,因为大家都是在为自己干活,不是给老兰干活,也不是给罗通和罗小通干活。我们之所以对罗小通委以重任,是因为他脑子里有空,是因为他有奇思妙想,他的奇思妙想会给我们肉联厂带来活力,什么是活力你们可能不明白,但什么是金钱你们应该明白,活力就是金钱,肉联厂赚到了金钱,大家手里才可能有金钱。大家手里有了金钱,才可以吃香的喝辣的,才可以盖房子,给儿子娶媳妇,给闺女办嫁妆,才可以把弯曲的腰杆子挺直。老兰接着说,你们都知道,个体屠宰已经被严令禁止,否则我也不会建立这家肉联厂。如果谁还敢偷着屠宰,轻则会被罚得倾家荡产,重则要去看守所里蹲仓。我建肉联厂是为了大家,因为我们村子里的人,最擅长的就是屠宰牲畜。干这行大家都是内行,干别的大家都是外行。即便有那么个把人搞牲畜养殖,搞熟肉加工,归根结底也离不开屠宰离不开肉。话说到这儿我们就可以得出一个结论:肉联厂好了大家都好,肉联厂不好大家都没有饭吃。而我们要把肉联厂办好,就必须齐心协力。众人拾柴火焰高。人心齐,泰山移。八仙过海,各显其能。谁有能耐就提拔谁。在习惯的眼光里,小通还是个孩子,但在我的眼光里,小通已经不是个孩子,而是一个人才。是人才就要利用。当然小通捧着的也不是铁饭碗,他干得好可以往下干,他干得不好呢,我们就不用他干了。小通主任,你发号施令吧。"

我现在上了年纪,在人前说话反倒羞羞答答起来,但那时候我是人前疯,有狂热的表演欲,人越多我越来劲。我指挥着那些不久前的屠户、现在的工人们,像一个大胆的牧童吆喝着一群笨牛。我让他们按照我在图纸上画出的样子,先在车间中央竖起了两排高大的铁栏杆,交叉着这两排粗大的铁栏杆,又用铁丝绑上了许多铁棍,构成了一个个大铁框子。我还命令他们用崭新的白铁皮焊成了两个巨大的储水罐,安放在车间顶头里的两个坚固的钢铁支架上。从这两个储水罐的底部,引出了两条铁管子,铁管子从铁栏杆前通过,横贯了整个车间。这两根铁水管子上,每隔两米就有一个出水的龙头,龙头上套上了透明的胶皮管子。这就是注水车间的全部设备。设备确实很简单,但复杂的设备不管用,管用的设备不复杂。我看到工人们一边干着活儿一边挤鼻子弄眼,有的人还偷偷地嗤笑。我还听到一个人低声说:

"这是干什么?扎蝈蝈笼子吗?"

我毫不客气地接着那个人的话头高声说:

"是的,就是扎蝈蝈笼子,我要用蝈蝈笼子把那些笨牛装进去!"

我知道这些工人——其实不久前还都是村子里最顽劣的刁民,大都是非法黑屠户——根本不服我,他们都认为老兰任命一个毛孩子当车间主任是胡闹,他们认为我的设计和指挥更是胡闹。我不屑于对他们解释,我知道解释也没有用处,最终我会让事实说话。眼下,我让你们干什么,你们就给我干什么,这就行了,至于你们心中怎么想,那是你们的自由。

车间里的设备安装好了,工人们都退到一边,有的低头吸烟,有

的东张西望。我带领着父亲和老兰在车间视察,并向他们讲解着各种设施的作用。视察完毕,我对着那几个抽烟的工人说:

"如果明天你们还敢在车间吸烟,我会扣除你们半个月的工资。"

那些抽烟的人脸上的表情向我昭示着他们心中的不服,但他们还是把烟头掐灭了。

第二天一早,负责挑水的六个工人,就把那两个大储水罐灌满了。本来我可以设计一台电动水泵,把井水抽上来,通过输水管道,注入储水罐,但那样会加大投资,更重要的是我觉得那样没有意思,不好看,不热闹。我喜欢看六个工人,挑着水,在水井和车间之间来回穿梭的红火劲儿。

六个工人把储水罐灌满后,聚集在车间门口,挂着扁担休息。我再次嘱咐他们:注水一旦开始,你们必须保证储水罐里始终有水,不得中断。他们拍着胸膛向我保证:主任,放心。他们的神情看上去都很愉快。我知道他们为什么愉快,本来有四个工人担水就可以保证水罐里始终有水,但四个工人担水,过于冷清,形不成热闹的气氛,所以我加了两个人。

还不到正式上班的时间,我父亲我母亲还有老兰,就早早地到了场。我陪同着他们在车间里转了一圈,对他们指手画脚地讲解着有关技术问题,看上去还挺像那么一回事的。我的妹妹这几天一直跟在我的身后,替我背着一个装满白糖水的铁皮军用水壶——这也是当年我跟随母亲收破烂时收到的——每当我发布一道命令她就跷起大拇指吹捧我:"哥哥真棒!"吹捧完了我,她就把水壶的盖子拧开,把水壶递到我的面前,说:"哥哥喝水。"

我父亲和老兰他们视察完毕,正式上班时间到。为了能够俯瞰车间的全貌,我站在车间大门内侧的一把椅子上,对着我的工人们喊:

"准备好了没有?"

工人们愣怔了一下,马上就按照我们事先的演练齐声大喊:

"准备好了,请主任指示!"

　　工人们故意装出的认真劲儿,使严肃的仪式变得有几分滑稽。我看到了几个调皮工人嘴角上的嘲讽的笑意。我才不去管这些呢,因为我胸有成竹,我知道我会取得成功。我继续发令:

　　"现在,我命令你们,跑步去牛栏,把肉牛们拉进来!"

　　工人们急忙抓起简易的缰绳和笼头,大声应答着:

　　"明白了!"

　　"出发!"我喊叫着,模仿着从电影里看到的那些英雄人物的习惯动作,把一只手举起来,然后猛地往下一劈。

　　工人们都绷着脸,装出严肃的样子。我知道他们都想笑,但是老兰和我的父母在场,他们不敢。他们一窝蜂地跑出车间,出门时因为拥挤还发生了碰撞。因为事先我带领着他们演练过,所以他们一出门就轻车熟路地跑到肉牛栏里去。肉牛栏在厂子东南角那片空地上。空地的周围栽了一圈栅栏,里边散养着我们新近收购来的一百多头牛。我们收购牛的渠道很多。有的牛是四乡的农民牵着来的。有的牛是牛贩子们赶着来的。有的牛是西县的那伙偷牛贼夜里悄悄地送来的。在我们的牛栏里还混养着十头驴、五头老骡子、七匹老马。还有几匹满身死毛的骆驼,仿佛几个到了暑天还披着棉袄的老头。凡是能杀死后变成肉类的牲畜我们都要。我们又在牛栏旁边建了一个猪圈,猪圈里混放着羊,有山羊、绵羊、奶羊。我们还收购了一批肉狗。这批肉狗被配方饲料催得像河马一样,体态臃肿,动作迟缓,完全失去了狗的敏捷和智慧。这是一群愚蠢的傻狗,如果用它们看家护院,它们见了小偷会摇着尾巴迎接,见了主人会龇着牙狂吠。不管是什么畜生,都要从我们的注水车间过一遭。我们还是先说牛,那段时间里,我们集中宰牛。我们厂与城里的几家农贸市场和肉食店建立了供应关系。城里人吃东西像刮风一样,一阵一阵的。那段时间里,因为报纸上宣传牛肉的营养价值比所有的肉类都高,城里人疯吃牛肉,我们就集中杀牛。过一段时间,报纸上宣传猪肉营养价值比牛肉还高时,我们就集中杀猪。老兰是农民企业家中最早意识到媒体的重要性的,他曾经对我说过,等我们肉联厂发了大财后,我们就自己创办一份《肉报》,天天宣传我们的肉。闲话少说,我的工人们,每人牵着两头牛,从牛栏那边跑过来了。有的牛听话,顺着牵牛人的劲儿跑;有的牛调皮,沿路捣蛋,东一头西一头,乱撞。有一头黑色的公牛挣脱了简易的笼头,撅着尾巴,尥开四蹄,直奔大门而去。有人高喊:"拦着它啊,拦着它!"谁敢去拦它? 谁敢去拦它,要是被它猛顶一头,那还不飘起来,跌下去,变成一堆烂肉? 我有点慌,但没有乱。我大喊一声:"闪开!"那头牛像一发炮弹,直直地撞到大铁门上,只听到震天动地的一声巨响,牛脖子一歪,身体往上一耸,然后就跌翻在地。"好啊!"我喊,"快去把它拴起来。"那个工人提着缰绳和笼头小心翼翼地靠上去,腰弯着,腿罗圈着,摆开一个随时都要逃跑的架势。其实他的担心是多余的,那头黑牛被铁门撞击了一下子,已经晕头转向。它老老实实地让人给它戴上了笼头,老老实实地爬起来,规规矩矩地跟着那人来到了车间大门前。它的头上流着血,眼睛里流露出羞惭的光芒,好像一个做了错事的小孩子被老师抓回来一样。这是一个小小的插曲,增添了不少热闹气氛。很好,没有什么不好的。转眼之间,他们和它们就簇拥在注水车间大门口。可能是清新的水味吸引了它们吧? 牛们争先恐后地往车间里拥挤。那六个站在车间门口袖手旁观的挑水工人,被牛挤到墙边,水桶碰撞在一起,哐当乱响。我大声喊叫着:"抢什么? 抢孝帽子吗? 一个挨着一个,慢慢来!"我还进一步地提醒工人们,要用和善的态度对待这些赴死的牲畜。要哄着它们,骗着它们,使它们轻松,使它们愉快。因为牲畜的情绪直接地影响到肉的质量。一个在惊恐状态下被杀死的牲畜,出产的肉是酸的,而只有在乐悠悠的心境下被屠宰的牲畜,出产的肉才是香的。对牛,尤其要客气。因为这些牛里,真正的肉牛很少,大多都是些为人类做出过巨大贡献的耕牛。我们虽然不至于像黄彪那样把一头老牛当成自己的亲娘转世,但我们要对它们表示出足够的尊重。用现在流行的一句话说那就是:我们要让它们死得有尊严。

工人们牵着牛,在车间大门外,排成了两列纵队。四十头牛的队伍很是壮观。我不是那种得意便猖狂的小人,但看到这支一切行动听我指挥的队伍,心中还是有些得意。当头的那个工人是姚七,这让我更加得意。我想起不久前,他送给我父亲一瓶茅台酒,我母亲又把那瓶茅台酒转送给老兰的事。我母亲虽然没有直说什么,但我想老兰已经明察秋毫洞若观火了。我并不认为我父母亲出卖了姚七,因为我对姚七一直没有好的印象。他曾经用肮脏的语言议论过野骡子姑姑,他甚至说他也想和野骡子姑姑睡觉,这是百分之百地"癞蛤蟆想吃天鹅肉"。对这样的流氓,我绝不客气。谁敢说野骡子姑姑的坏话,谁就是我的仇敌。姚七甘心到肉联厂当一个普通的工人,是"识时务者为俊杰"呢,还是卧薪尝胆、图谋报复? 我对此忧虑重重。但老兰好像根本没把这事往心里去。他站在我身前,对着姚七点头微笑。姚七回报他以点头微笑。在这点头微笑与点头微笑的过程中,我感到他们之间那种微妙的关系。老兰是有胸怀的人,这样的人不能轻视;姚七是能够自轻自贱的人,这样的人也不可轻视。

姚七左手拉着一头鲁西大黄牛,右手拉着的也是一头鲁西大黄牛。这两头牛是我们牛栏里的最漂亮的牛。收购这两头牛时我在场。我父亲围着这两头牛转圈,眼睛里放着光,我想象中的伯乐发现了千里马的样子,应该和我父亲围着这两头鲁西大黄牛转圈的样子差不多。那天我父亲感叹不已,说可惜啊可惜。牛贩子冷笑着说:老罗,别搞这套虚伪的把戏了。要不要? 不要我牵走。我父亲说:没人不让你牵走啊,你牵走就是。牛贩子嘻嘻笑着说:伙计,咱们是老朋友,货到码头死,不牵走了。今后咱们还要长期合作呢……

姚七拉着两头最漂亮的牛站在队伍的最前面,面带着得意的微笑。这不能不让我对他刮目相看。为了制造这个效果,我想他是用最快的速度向牛圈奔跑,用最凶猛准确的动作给这两头漂亮的犍牛戴上了笼头,把它们抓在自己的手里。他那样一副臃肿胖大的身体,竟然抢在了许多年轻力壮的小伙子前头,委实不易,可见精神的力量是多么巨大。这两头鲁西大黄牛面目清秀，目光澄澈，肌肉发达，身上的皮肤像缎子一样闪闪发光。它们正当壮年，正是帮农民干活的好年华。它们的肩膀上还留有鞔具磨出的痕迹。西县的牛贩子其实是一伙偷牛贼，他们有严密的组织，有人管偷，有人管卖，而且他们与当地的火车站上有关系，能保证他们的牛顺利地装上火车，运到我们这里销赃。但最近情况发生了一些变化，我们厂收购的这批西县肉牛，不是通过铁路、而是用几辆大型卡车从公路上运来的。那些卡车高大漫长，车厢上部蒙着草绿色的篷布，跑起来巍巍峨峨，气象庄严，如果不说，谁也猜不到车上装的是牛，还以为车上装着重型武器呢。那些牛从车上卸下来时，个个都立脚不稳，仿佛是一群醉牛。那些牛贩子，走起来也是摇摇晃晃，大概也喝多了。

　　姚七拉着两头鲁西大黄牛走进了车间，紧跟在他后边的是成天乐大叔。他原先是村子里杀猪的个体户，是一个守旧的屠夫。从六十年代开始，我们这里的屠宰行当就开始开剥猪皮，因为猪皮可以制成上等的皮革，一斤猪皮的价格比一斤猪肉还要贵。但是这个成天乐，一直坚持着不剥猪皮。他家的屠宰坊里，有一口特大的铁锅，锅上横着一块厚厚的木板。锅沿上、木板上全是猪毛。为了把猪毛从猪身上秃噜干净，成天乐还是沿袭了过去的方式，先在猪的后腿上切开一个小口，用铁棍捅开几个气道，然后，把嘴巴贴在那个小口上往里吹气，一直把猪吹得像个膨胀的大气球，使猪皮和猪肉之间形成距离。然后，再往猪身上撩热水，猪毛就很容易地褪了下来。用这样的方式制作出来的猪肉，皮肤光滑，比剥皮肉漂亮得多。老成气息特大，一口气能吹起一头猪。许多人都喜欢吃成天乐的带皮猪肉，说是带皮的猪肉有咬头，营养价值高。但现在这个怀有吹猪绝技能够制作出上等的带皮猪肉的人，垂头丧气地拉着两头牛，走进了车间。这好比把一个手艺精良的皮鞋匠，放在了皮鞋生产车间的流水线上。我对成天乐很有好感，第一我认为他是一个敢于坚持自己风格的人，第二他是一个和善的人。他在家屠宰时，我曾经去看过好几次。他不像某些手艺人那样拿架子、在小孩子面前使威风。他很谦虚，对我很好。我每次去了他都跟我打招呼，有时还顺便问问我的父亲有没有消息。每次他都说：小通，你爹是个正直的人。我去收购他家的猪鬃（可以卖给制作毛刷的人），他总是说：不要钱，你随便弄去吧。还有一次，他抽烟时还递给我一支。他从来就没有把我当成一个小孩，一直对我很尊重。所以，在我的职权范围之内，我要对成天乐大叔进行报答。

成天乐大叔拉着一头本地黑牛，个头不小，肚子很大，晃晃荡荡的，仿佛一个氨水袋。我一眼就看出这是一头老牛，丧失了劳动能力后，或是它的主人，或是那些专门收购老牛的贩子，用添加了激素的配方饲料，对它进行了催肥。我知道这样的牛肉质粗糙，营养价值很低，但城里人器官退化，根本分不出肉类的好坏。真有上等的肉，也不应该让他们吃。好东西进了他们的嘴巴，等于白白地糟蹋。我知道城里人喜欢听好话，我们把这种经过化学催肥的老牛肉，说成是来自乡野的、吃青草、饮山泉长大的本地牛肉，他们马上就会咂吧着嘴巴说：味道果然不一样啊。我完全同意老兰的观点，城里人既坏，又傻，这就决定了我们乡下人可以理直气壮地、无愧无疚地骗他们。其实我们也不愿意骗他们，但如果我们对他们说了实话，他们反而会不高兴，甚至还要和我们打官司。

成天乐大叔拉着的另一头牛是一头肚皮上有白花的奶牛，它也很老了。老得已经不能产奶了，就被奶牛场的人当肉牛卖掉了。奶牛的肉也不好吃，就像那些生过小猪的老母猪的肉不好吃一样。奶牛的肉不香，肉里有很多泡沫。我看到了它后腿之间那虽然干瘪了但依然很庞大的乳房，心中浮起很酸的滋味。老奶牛，老耕牛，都是为了人类做出了巨大贡献的，按说人们应该把它们养到老死，把它们的尸体埋葬掉，还应该给它们堆一个坟头，坟头前最好再竖立一块墓碑。

我没有耐心也没有必要逐一地介绍后边那些牛了。在我担任注水车间主任的那些日子里，通过注水车间走上了死亡之路的牛，有数千头之多。我基本上能记起这些牛的体态和相貌，就像我的脑海里有一个抽屉，抽屉里保存着它们的照片。但我确实不想拉开这个抽屉了。按照事先我对他们的说明，工人们把各自拉进车间的牛，塞进了一个个用铁栏杆围出来的格子里，然后在它们的身后装上了拦挡的铁棍，使它们即使遭受酷刑也无法从格子里逃脱。如果在每头牛的面前安上一个石槽子，那么我们这个车间就是一个宽敞明亮的饲养棚，但它们面前没有石槽，饲料对它们已经没有意义了。我相信，只有极少数的牛，能够预感到自己的死期，大多数的牛，在死期将至时，还处在懵懂的状态，这就是那些往屠宰场行进的牛，还不忘记吃一口路边青草的原因。一切准备就绪，注水就要开始。为了统一大家的认识，打消大家的顾虑，我再次重申：我们不是往肉里注水，我们是在洗肉。

工人们把柔软的透明塑料管子，插进了牛的鼻孔，从鼻孔进咽喉，一直插到胃里。无论它们如何甩动脑袋，也不可能把管子甩出来。完成这个工作需要两个人的配合，一个人把牛的脑袋往上提起，另一个人迅速地将管子插进去。在插管的过程中，有的牛表现得很激愤，反抗很剧烈。有的牛逆来顺受，几乎没有反抗。但一旦管子插进去后，那些反抗剧烈的，也停止了反抗。因为它们很快就明白了反抗是没有任何用处的。插管结束，工人们都在自己的牛前肃立，等候着我的命令。我冷静地说：

"放水。"

工人们急匆匆地拧开了事先都进行了调试的水龙头。十二小时之内，出水量在二百五十斤左右，误差不会超过十斤。

第一天的注水过程中出现了不少问题，譬如个别牛在注水几小时后跌倒在地，个别牛大声咳嗽，把胃里的水呕吐出来。对出现的问题，我马上就想出了解决的方法。为了防止牛在注水后跌倒，我让工人们在每头牛的肚皮下边穿上两根铁棍，横担在旁边的铁栏杆上。

对于那些呕吐的牛,我让人们用黑布蒙上了它的眼睛,然后继续往里灌注。

在漫长的注水过程中,牛不停地排泄。我得意地对工人们说:看到了吧? 这就是我们要的效果。经过这一番清洗,牛体内的脏东西,全部排泄出来。它们身体内的每个细胞,都被清洗了。所以我一开始就说,我们不是往肉里注水,我们是在洗肉。往肉里注水,会败坏肉的品质,降低肉的质量,但我们这样做,会提高肉的质量,即便是那些病牛、老牛,经过我们这样长时间的清洗,也会使它的肉变得又嫩又软、营养丰富。

我看到工人们脸上都浮现出喜色来,我知道他们已经被我说服了。我知道我作为一个车间主任的权威初步地建立起来了。

肉牛注水完成后,要输送到屠宰车间去。但那些牛从格子里出来后,个个步履艰难,大多数的牛走几步后就像一堵墙壁似的跌翻在地,而且跌翻在地后,绝无自己站起来的可能。我命令四个工人抬一头跌翻在地的牛,但那四个工人累得气喘吁吁,满头大汗,牛还是四平八稳地躺在地上,翻着白眼,喘着粗气,嘴巴和鼻孔里往外冒水。我命令八个工人围上去。我站在旁边喊着号子,那八个工人,都弯着腰,撅着屁股,使出了吃奶的劲儿,总算是把牛抬起来了。牛站起来了,晃晃荡荡地往前走了几步,随即又跌翻在地。

这是事先没有考虑到的问题,我感到很羞愧。工人们都在偷着乐。在我无计可施的时候,父亲站出来,帮我解决了困难。他让工人们去宰牛车间扛来了十几根圆木,铺在地上,然后又让人找来绳索,拴在牛角和牛腿上,让一拨工人在前面拉,让两个力大的工人手持撬棍,在后边一下下地撬着牛屁股,几个手脚麻利的工人把后边空出来的圆木,迅速地挪到前面。就这样,我们用最原始的方法,把沉重的牛,拖进了屠宰车间。

我的情绪很低落,老兰安慰我说:

"没有关系,小伙子,你很成功,注水——不不不,'洗肉'之后的事情，本来就不应该由你来管。来来来，让我们想想办法，看看怎么样才能够用简捷而方便的办法，把洗过了的肉牛运送到屠宰车间里去。"

我说："老兰，你给我半天的时间，我一定能够想出解决的方法。"

老兰看看我的父母，说：

"你们看，小通怕我们抢了他的功劳呢。"

我摇摇头，说：

"我不是要抢什么功劳，我是要证明自己。"

"好吧，"老兰说，"小伙子，我们相信你，你大胆地设计，不要怕花钱。"

第三十四炮

　　副省长在众人簇拥下，走上大道，钻进奥迪 A6。头前警车开道，背后十几辆红旗、桑塔纳跟随。他们乘风西去，去吃充满想象力的筵席。在他们刚刚离开庙前院子时，那个牙痛未愈、腮帮子还肿着的小工匠，就跑到院墙的废墟上，将那顶被胡市长扔掉的假发套捡了回来。他将假发戴到头上，立即就像换了一个人似的，变得十分有趣。他说：咱当不了市长，戴戴市长的假发套沾点官气。只怕你沾的不是官气而是霉气，小个子工匠说。市长的霉气，就是老百姓的运气，小工匠充满自信地说。捡了一个臭发套，也值得得意？小个子工匠说着，从怀里像变戏法一样变出一个精致的黑色皮包，炫耀着：看看咱捡了一个什么东西？说着他就拉开了拉锁，将皮包里的东西一件件地摸出来。他首先摸出了一个红皮小本子和一支名牌金笔，接着摸出一个商务通，然后又摸出一个白色的小瓶子，最后摸出来两个高级的进口避孕套。小个子拧开药瓶，倒出来一些菱形的浅蓝色药片，好奇地说：这是什么药？四个工匠中，那个一直保持着沉默、看上去像个乡村教师的小伙子冷冷地说：这是贪官随身必备的两大法宝之一，伟哥。伟哥是治什么的？小伙子浅浅一笑，说：在五通神庙前卖伟哥，如同在孔夫子庙前念《三字经》。兰大哥，一个秃顶的男人，将一个白色的小瓶子递给兰老大，诡秘地说，这是小的从美国带回来孝敬您的。兰老大接过瓶子，问：什么玩意儿？秃顶男子说：比什么印度神油、泰国大力丸都要有效，真正的金枪不倒。这样的东西也往我这里送？兰老大将小瓶子扔到地上，轻蔑地说：我什么不用也能干两个小时，回家去问问你的小姨子，问问我让她来过几次快感！就是一个石头女人，我也能让她出水。一个红脸膛男子说：兰大哥是神人，随心所欲，收发自如，哪里还用得着这些东西。秃头顶男子捡回药瓶子，珍重地藏进怀里，说：大哥不用吗？小的可是尝到甜头了。红脸膛男子说：老秃，你悠着点儿，这东西吃多了要花眼的。秃头顶说：别说花眼，就是瞎眼，我也要吃。墙角上那架高大的座钟发出当当的报时声，时间是下午两点。一个面色苍白的女子，带着三个身高都在一米七五以上的年轻女郎，走进了客厅，低声说：兰先生，她们来了。那三个高个女子神情冷漠，在那个仿佛领班的女子的带领下，走进了卧室。兰老大说：我要练功了，你们要不要观战？秃头男子笑着说：这样的好戏哪能不看？兰老大笑着说：看吧，不收你们的门票。说着，就脚步轻捷地进了卧室。一会儿工夫，卧室里就传出来肉体相接的声音和女子的呻吟声。秃头男子蹑腿蹑脚地走到卧室门口，看来一会儿，走回来，对红脸膛男子说：我的天，哪里是人？简直是传说中的五通神！

　　我躲进了伙房，坐在我平日里坐惯的那个矮凳上。黄彪殷勤地把那个高凳放在了我的面前，讨好地问：

　　"罗主任，想吃什么肉？"

　　"有什么肉？"

　　"有猪的臀尖，牛的里脊，羊的后腿，还有狗的腮帮子。"

　　"今天我要动脑子，不吃这些肉，"我抽动着鼻子，说，"有驴肉吗？

我想吃驴肉,吃驴肉时我的脑子最清醒。"

"可是……"黄彪为难地支吾着。

"可是什么?"我恼火地说,"你瞒了我的眼睛,瞒不了我的鼻子。我刚一进门时就嗅到了驴肉的味道。"

"什么也瞒不了您,"黄彪说,"可是,这方驴肉是兰总点的,今天晚上他要招待市里来的领导。"

"他们也配吃驴肉?"我问,"是不是那头从南山弄来的小黑驴的肉?"

"是的,"黄彪说,"正是那头小黑驴的肉,确实是好肉,生着我也能吃半斤。"

"这样的好肉让他们吃了,不是白白地糟蹋了吗?"我说,"你煮两块骆驼肉给他们吃就行了。他们的舌头和嘴巴都被烟酒弄麻木了,根本分辨不出来。"

"但是兰总还是能够尝出来的……"黄彪为难地说。

"你悄悄地告诉他,就说驴肉让小通吃了,他不会怪罪你的。"

"爷儿们,"黄彪说,"我也不愿意把这样的好肉让那些不懂肉的家伙吃了,让他们吃了,还不如喂了门口那条大黄狗呢。"

"你是骂我吗?"

"哎呀爷儿们,"黄彪急忙分辩着,说,"您借给我两个胆子我也不敢骂您。再说了,咱爷俩儿的感情不是一天了,正是因为有了您这样懂肉的行家,我这活儿干得才来劲儿。这么说吧,我煮出来的好肉,只有进了您的嘴巴,才不委屈我的手艺。看您吃肉,爷儿们,真的,真的是一种享受,比搂着老婆睡觉还要过瘾……"

"好了,别奉承我了,赶快把驴肉端出来吧。"我心中得意,但冷着脸,用不耐烦的腔调说——我现在不是一般的人物了,可不能让这些小人把我的心理活动看透。我要让他们感到我神秘,让他们感到我复杂,让他们忘记我的年龄,让他们对我望而生畏。

黄彪从灶后那个高大的橱柜里,把那块用新鲜荷叶包裹着的驴肉拿出来,放在我面前的凳子上。我想说明的是,以我当时的特殊身份和地位,我完全可以让黄彪把肉送到我的办公室里去吃。但我是个讲究进食环境的人,就像豹子和老虎一样,不管在哪里捕获了猎物,都要拖回到自己熟悉的环境里慢慢地吃。老虎把食物拖回到自己的窝里,豹子喜欢把食物拖到自己栖身的大树上。在熟悉的安全的环境里,悠闲地吃着,那才是享受。从那天我钻阴沟进厂在伙房里饱餐了一顿肉后,我对这个环境就有了一种条件反射般的热爱。而且还必须坐着这只矮凳子,还必须在面前摆上这只高凳子,而且还必须吃着盆里的,看着锅里的。说实话,我之所以要进肉联厂,之所以这样卖命地干活,为的就是能够堂堂正正地坐在这里吃肉,而不是像从前那样,像狗一样地从阴沟里爬进来,偷偷地吃一顿,然后再从阴沟里爬出去。如果你能想象出我吃了肉后,从阴沟里往外爬时所遭的那份罪,就大概明白了我进厂的目的了。

黄彪想帮我把荷叶打开,我摆手拒绝了他。他不知道,解开肉的包装,就像兰老大脱去女人的衣裳一样,也是一种享受。

我从不动手脱女人的衣裳,兰老大冷冷地说,自己的衣裳自己脱,这是规矩。我听到他在我的脑后说,过了四十岁后,我就没有摸过女人的奶,没有亲过女人的嘴,也没有从正面干过她们。那样我会动感情,我一旦动了感情,就会天崩地裂。

我解开了被肉烫得发了黑的荷叶,一股子白色的蒸汽冒了出来。驴肉啊驴肉亲亲的驴肉,驴肉的香气使我眼睛潮湿。我撕下了一块美好的驴肉,刚要往嘴巴里填,妹妹从门缝里把半个脑袋探了进来。妹妹也是个馋肉的小孩,当然也是个懂肉、爱肉的小孩。虽然由于年龄的关系她对于肉的理解还不如我深刻,但跟一般人相比,她对肉的理解已经相当深刻了。平常里她总是和我一起吃肉的,但今天我要在吃肉时考虑问题,不能让她坐在我的对面影响我的思维。我招呼她进来，撕下比我的拳头起码大两倍的一块驴肉，递给她，说：

"妹妹，哥哥要考虑重大问题，你自己去吃吧。"

"好吧，"妹妹接过肉去，说，"我也要一个人考虑问题呢。"

妹妹走了。我对黄彪说：

"你也出去，一个小时内不准进来打扰我。"

黄彪答应着走了。

我低头看着美丽的驴肉，听到它愉快的叽咕声。我眯缝着眼睛，仿佛看到了这块肉从那头漂亮精干的小黑驴身上分离下来的情形。这块肉像一只沉重的蝴蝶，从驴身上飞出来，然后便在空中飞啊飞啊，一直飞到锅里，飞到橱里，最后飞到了我的面前。我听到它诸多叽叽咕咕的话语中的最清晰的一句：

"俺可等到你啦……"

然后它就很温柔很煽情地说：

"快些吃俺吧，快把俺吃掉吧，你再不吃俺，俺就凉了，俺就老啦……"

每逢听到肉们发出让我尽快地吃它们的多情邀请时，我心中总是十分感动，眼睛总是潮湿的，如果不加控制，眼泪就会哗哗地流出来。我曾经做过几次这样的傻事，当着许多人的面，一边吃肉，一边流泪。但这些已经成为了历史，那个吃肉时流泪的罗小通已经长大了。现在，罗小通吃着最多情善感的驴肉，心中却在思索着怎样把注过水的牲畜从注水车间输送到屠宰车间这件关系到肉联厂生产流程的重大事件。

首先想到的是在注水车间和各个屠宰车间之间建几条输送带，但我马上就把这个方案否定了。尽管老兰说不要考虑花钱的问题，但我知道肉联厂的资金十分紧张，我不能给父亲和母亲增加经济上的压力。而且，我还知道，肉联厂使用的还是帆布厂使用过的旧线路，电线老化，变压器负荷不够，这样的线路根本无法使几条能够输送数千斤重的肉牛的输送带运转起来。我接着想到，索性把牲畜们赶到屠宰车间,在那里注水,然后就在那里屠宰。但这样的话,不是把刚刚成立的注水车间给分解了吗?注水车间被分解,我这个注水车间的主任不是没事干了吗?而且,重要的是,当初之所以成立注水车间,就是因为牲畜在注水的过程中,必定要大量地拉屎撒尿,如果就地注水,就地屠宰,势必使肉的质量受到影响。从我们注水车间送出去的牲畜,内外都应该是干净的,这是我们肉联厂与个体屠宰户和其他地方的肉联厂的根本区别。

驴肉在我的口腔里歌唱,我的脑子飞速地运转,一个方案被否决,另一个方案马上出现。最后,我想出了一个因地制宜、因陋就简的方案。我把这个方案对老兰一说,老兰的眼睛就放出了光彩。他拍着我的肩膀说:

"伙计,真有你的!批准,立即执行。"

"也只好这样了。"我的父亲说。

在我的指挥下,一拨工人在注水车间门口用五根粗大的杉木支起了一个架子,架子上安装了一个用动滑轮、定滑轮、铁锁链制作成的起重设备,我们把这玩意儿叫做"起重葫芦"。另一拨工人则把两辆平板车连接在一起,制作出一个可以运动的平台。工人们把注好水的牛与其他的大牲畜,能赶到门口就赶到门口,赶不到门口就拖到门口,到了门口不管它们是倒着还是站着,一律用绳子兜住肚皮,吊起来,放在活动平台上,然后,由四个工人,前面两个拉着,后边两个推着,轰轰烈烈地运送到屠宰车间,到了那里,如何宰杀,那就与我们无关了。

注水后的大家畜都难不住我们,至于猪、羊、狗等小家畜,那就更不在话下了。

第三十五炮

　　救护车尖厉的嘶叫声，打断了我的诉说。先是从西城的方向开来一辆，然后从东城的方向开来一辆。接着从西城和东城的方向各开来了两辆。六辆救护车在大道上碰头之后，有两辆拐下草地。其余四辆就停在大道中央。车顶上的红绿灯光还在闪烁，渲染着紧张恐怖的气氛。从车上跑下了一簇簇的穿着白大褂、戴着白帽子、蒙着蓝口罩、提着药箱子或是拖着简易担架的人。他们向那些肉摊子奔去。那里，形成了十几个人圈子。医生分拨开人群，闪现出那些躺在地上发了昏的人、趴在地上打滚的人、弯着腰捂着肚子呕吐的人，还有一些为那些呕吐者捶背的人和那些跪在发昏的人身旁焦灼地呼唤着亲人名字的人。医生们进去后，起初还对那些发昏的人和打滚的人进行简单检查和治疗，后来就二话不说，将人捆上担架，抬起来就跑。担架不够用，围观的人，在一个医务人员的指挥下，将那些中毒者架起来或是抬起来，往救护车这边靠拢。从东西方向来的车辆，被救护车挡住了去路，转眼之间就是四十多辆。司机暴躁地按着喇叭。喇叭声难听。汽车喇叭声是世界上最难听的声音。大和尚，如果我当了地球球长,就下一道死命令,把所有的汽车喇叭砸扁。谁敢让汽车喇叭响,就让他成为哑巴。警车开来。警察从警车上下来。警察将一个不听劝阻继续按着喇叭不放的卡车司机从驾驶室里拖下来。他不服气,张牙舞爪。警察发了怒,上前一步,掐着脖子,一把就将他推到路边的水沟里。这人水淋淋地从沟里爬上来,撇着外地口音说:我要去告你们,你们双城警察都是土匪!警察对着他走过去,这人自己主动地跳进水沟里去了。装满了中毒者的救护车在警察的帮助下,先拐进庙前的院子,调头后,沿着路边狭窄的缝隙,向各自的医院奔去。几辆警车在它们前面开道,一个警察从车窗里探出头,大声命令着那些还想往前挤的车辆靠边停车。在靠近大道的草地上,又有一批中毒的人集中过来。他们的呕吐声、呻吟声与警察指挥交通的喊叫声混杂在一起。有几辆面包车被警察临时征用,运送病号进城。司机尽管不情愿,但也无可奈何。一个小干部模样的人恼恨地说:这些人,少吃点嘛!一个黑脸膛的大个子警察瞪了他一眼,他就闭住了嘴巴,站到路边抽烟去了。那些被警察从面包车上轰下来的人,集中到院子里,有的往庙里探头探脑,有的上下打量着那尊曝露在阳光中的肉神。一个看来对双城肉食节满怀嫉妒的家伙幸灾乐祸地说:这下好了,肉食节办到头了。另一个家伙随声附和道:简直是胡闹,胡秃子好大喜功,满肚子歪点子,上边偏偏喜欢他,由着他折腾。这下子,够这小子喝一壶了。不死人还好,如果死上几十个人……一位目光凌厉的女人从大树后转出来,严肃地说:吴大主任,我们双城市死上几十个人,你们又能捞到什么好处呢?这边的人尴尬地说:随便说说,实在对不起,我们正要往回打电话,让我们那边的医院派人来支援你们呢。那个女干部对着手机高声喊叫:十万火急!没有任何价钱好讲!动员一切力量,要人给人,要钱给钱。谁出了问题处理谁!几辆奥迪A6在警车引领下开来,胡市长从车上下来。几个干部上来报告。市长神色严肃,一边听着他们的话,一边走向那些病号。

与其说是在我父亲的指挥下,还不如说是在我的指挥下,华昌肉联厂按部就班地开始了生产。

我在伙房吃肉时,黄彪对我说:

"爷儿们,名义上你父亲是厂长,其实你才是真正的厂长。"

黄彪的话让我暗暗得意,但我却严肃地对他说:

"黄彪,你说话注意点。你的话,如果让我父亲听到,他会不高兴的。"

"爷儿们,"黄彪说,"这话也不是我说的,大家私下里都这么说。我天生嘴巴贱,听到什么话,心里搁不下,就想学给你听听。"

"他们还说什么了?"我装出随意的样子问他。

"大家还说,老兰迟早会把老罗撤掉,让小罗接任。"黄彪说,"爷儿们,如果老兰真要你干,我看你也不要谦虚,爹当官娘当官也比不上自己当官。"

我集中精力吃肉,不再答理他,但我也不去打断他的啰唆。他嘴巴里冒出来的那些半真半假的恭维话,就像供我蘸肉吃的调料一样,刺激着食欲,让我从心底里感到舒坦。我吃完了一盆肉,心中感到充实和满足。肉在肚子里,被肠胃消化着,我迷迷糊糊,有飘飘欲仙之感。现在回过头来想,那些日子,是我的幸福时光。刚开始我在上班时间去伙房吃肉还是躲躲闪闪的,生怕被别人看到,后来就是正大光明的了。安排好车间的生产,我就对姚七说:

"老姚,你照看着点,我去伙房考虑问题了。"

"主任,您放心地去吧,"姚七顺从地说,"有什么事情我马上去找您。"

不是我要施展统治手腕,帮助父母化解矛盾,主动跟姚七修好,是姚七表现得太好,使我没有办法不重用他。尽管我没有权力封他一个什么官,但我不在车间时,他实际上就是代理车间主任。本来我是要报答成天乐大叔的,但他性格古怪,整天绷着脸,不说一句话,好像所有的人都欠着他的钱不还一样,他过去留给我的那点好印象已经消磨得差不多了。

我知道很多人对我在上班时间去伙房吃肉心怀不满,包括姚七,嘴巴甜甜的,脸上笑笑的,但他心中怎么想的,我也拿不准。但我不去管他们,我何必去管他们,肉是我的命,肉是我的最爱,肉吃到肚子里就是我的,肉吃到肚子里才是我的。肉吃到我的肚子里,我心旷神怡,他们不高兴,他们嫉妒他们嘴馋他们生气,那是他们的事,气死活该,我不为他们的心情负责。

我曾经对老兰和父母说过,如果想让肉联厂兴旺发达,那就要让我精力旺盛、灵感不断;而想让我精力旺盛、灵感不断,就必须保证我吃肉。只有用肉填满我的肚子,我的脑子才是管用的。如果我的肚子里没有肉,我的脑子就像生锈的机器一样难以运转。对我的要求,我的父母不好说什么,老兰却大笑一阵,说:

"罗小通,罗主任,我们堂堂的肉联厂,还管不起你吃肉吗? 你吃,放开肚皮吃,吃出水平来,吃出花样来,吃出我们肉联厂的威风来。"老兰还对我的父母说:"老罗,玉珍,能吃肉的人都是大富大贵的命,穷鬼是没有这样的肚肠的。你们信不信? 你们不信,反正我信。一个人一辈子该吃多少肉,都是与生俱来的,罗小通,你这一辈子,大概带来了二十吨肉,吃不完,阎王爷是不答应的。"

老兰再次大笑,我的父母也跟着笑了。

母亲说:"多亏了肉联厂有这个条件,换一个厂,哪里养得起你。"

"这不是养不养的问题,"老兰突发灵感地说,"我们可以搞一次吃肉大赛,到城里去搞,到电视台去搞,小通夺了魁,就等于给我们厂做了一个巨大的广告!"老兰攥起一个拳头在面前晃动着,说:"一定要搞,这个主意实在是太妙了。你们想想,一个孩子,一次吃了一盆肉——而且还能听到肉说话的声音,而且他还能看到肉的脸肉的表情——他肯定可以打败所有的参赛者,这样的镜头,通过电视台,传送到千家万户,造成的影响,会有多么大! 小通,到那时,你就是名人了。你是我们华昌肉联厂的车间主任,吃的又是我们自己厂里生产的肉,你出大名,我们厂也跟着出了大名。到那时,我们的华昌生产的肉,就是最好的肉,名牌肉,老百姓最放心的肉。小通,你吃肉就是为我们厂做贡献,吃得越多,贡献越大。"

父亲摇着头说:"这算什么事? 吃肉的冠军,酒囊肉袋?"

"老罗,你的观念大大地落后了啊,"老兰说,"你没看电视吗? 电视上经常有这类比赛,有喝啤酒比赛,吃馅饼比赛,甚至还有吃树叶子的比赛,但唯独没有吃肉的比赛。我们的吃肉比赛真要搞成,不但会在国内造成影响,还可以在世界上造成影响。我们的肉,不仅仅在国内销售,我们还要到世界上去销售,让全世界人民吃到我们华昌牌的放心肉。那时,罗小通,你就是世界名人了。"

"老兰,你是不是和小通一样,吃肉吃醉了?"母亲笑着问。

"我没有你儿子那样的本事和福气,能体会到醉肉的滋味,"老兰说,"但我能理解你儿子的想象力。你们两个就不行。你们最大的问题就是老是喜欢用家长的眼光来看待小通,这是不行的。你们第一要忘记小通是个孩子,第二要忘记小通是你们的孩子。如果你们做不到这一点,那你们就不可能发现小通的价值,更不能认识小通的才华。"老兰对我说:"贤侄,咱们一言为定,这个吃肉比赛,我们一定要搞,上半年搞不了下半年搞,今年搞不了明年搞。你的妹妹也是个吃肉的好手是不是? 到时候让她一起去。这样就更加精彩了……"老兰被他自己构想出来的吃肉大赛的场面感动了,他的眼睛里放着光,说话的时候,一只手挥来挥去,好像在轰赶蚊虫。最后,他竟然眼泪汪汪地看着我,很动感情地说:"小通贤侄,看到能吃肉的孩子,我心中就百感交集,这个世界上,只有两个吃肉的天才,一个是你,一个是我三叔那个不幸夭折了的儿子……"

后来,老兰给黄彪下了命令,让他在伙房里专门垒了一个新灶,灶上安了一口十印的铁锅。老兰说这是罗小通的专用肉锅。老兰要求黄彪,这口锅里的肉汤要时刻沸腾着,这口锅里要时刻有肉在翻滚着。老兰说,保证罗小通吃肉,是肉联厂能否兴旺发达的关键。

当我每天去伙房免费吃肉的事情公开化之后,尤其是老兰计划在合适的时候到城里去举办吃肉大赛的消息传开之后,有那么三个不安分的工人,当面向我挑衅,他们在注水车间大门口拦截住我,对我说:

"罗小通,尽管你爹是厂长,你娘是会计,你是车间主任,尽管老兰是你的干爹,但我们还是不服你!你有什么了不起?你大字不识一个,睁眼瞎子一抹黑,不就是仗着你肚子大,能吃肉吗?"

我打断他们的话,说:

"我首先向你们说明白,老兰不是我的干爹,我也不是大字不识一个,我识字不多,但尽够我使用了。还有,我能吃肉是真的,但是我的肚子并不大,你们睁开眼睛看看,我的肚子大吗?肚子大,吃得多,不算稀奇,肚子不大,吃得多,才算本事。你们不服气?不服气找老兰说去,咱们可以比试比试,如果我输了,这个车间主任我就不当了,连工厂我也不待了,我出去流浪去,或者是上学去。当然了,如果我输了,将来去参加吃肉比赛的,肯定也就不是我了,但愿能是你们中的一个。"

"我们去找老兰也没有用处,"他们说,"尽管你不承认老兰是你的干爹,但我们看得出来,老兰对你的感情,那是很深的,你们之间,有一种特殊的关系,要不,他也不会让你这样一个屌毛都没扎的小孩子,来当车间的主任,而且还给你随便吃肉的特权。"

"如果你们想跟我比试吃肉,我自己就可以应战。这样的小事根本不必等老兰批准。"

"是的,我们别的也不想跟你比,"他们说,"我们就是要跟你比试比试吃肉的本事。我们算是陪着你练练兵。如果你连我们都比不过,那干脆就不要去参赛,去参赛也是丢脸,不但丢了你自己的脸,还丢了肉联厂的脸。更进一步说也是丢了我们的脸。所以,我们要跟你比试,起码有一半是出自公心的。"

"好吧,那咱们明天就开始比试,"我说,"既然你们说一半是出自

公心,那我也不敢马虎。此事,还真的要告诉老兰。你们不要怕,一
切责任都由我来承担。"我说,"咱们不能这么简单地比吃,还要立几
条规则吧。第一要比的,当然是数量的多少。你吃了一斤,我吃了八
两,那自然是我败了。第二要比的是速度,同样都吃了一斤,你用了
一个小时,我用了半个小时,那自然是我赢了。第三是赛后的表现,
如果吃完后,躲到一边去吐了,呕了,都不能算赢。只有不吐、不呕,
保持着很好的姿态和风度,那才算赢。还有一条,那就是,比赛不能
只进行一场,必须连续进行,三天或者五天,甚至是一个星期一个月。
也就是说,你今天进行了比赛,明天还要来继续比赛。明天比了后天
还要来继续比。我知道,第一天一个人如果能够吃三斤肉,第二天他
只能吃两斤,第三天,只怕他连一斤也吃不了了。这不算会吃肉,更
不能算爱肉。只有爱肉的人,才可能每天都对肉保持着热烈的感情,
每天吃都吃不腻……"

他们打断我的话,不耐烦地说:

"伙计,您就别吹乎了,吓唬谁呢? 你说破了天,不还是吃肉吗?
吃肉不就是往嘴巴里塞吗? 塞得多,塞得快,塞完了不呕不吐不就赢
了吗?"

我点点头,说:

"你们理解的基本正确。"

"那你就去跟老兰说吧,我们等着跟你比赛。"他们中的一个拍着
肚皮说,"最好今天就比,我这肚子里,好久没见到一点油水了。"

他们中的另一个说:

"告诉你那不是干爹的干爹,最好能多预备点肉,我一次能吃进
去半头牛!"

"半头牛算什么?"他们中的又一个说,"半头牛还不够俺填牙缝
的,老子每次能吃一头牛。"

"好吧,你们等着吧。"我笑着说,"从现在开始,你们可以不吃饭
了,把肚子留出来吧。"

他们拍着肚皮,笑着说:

"这里边一直空空荡荡!"

"你们是不是回家跟家里人打个招呼,"我说,"肉吃多了,是可以把人撑死的。"

他们用鄙视的目光看着我,然后一起大笑起来,笑过之后,其中一个,似乎是代表着他们三个人的意思说:

"小子,没有关系,我们的命不值钱。"

另一个补充道:

"即便是撑死,也赚了一肚子肉!"

第三十六炮

　　兰老大身体庞大的儿子仰躺在灵床上，被成堆的鲜花包围着。他事实上是躺在花丛中。在低沉幽怨的哀乐声中，几十个身着黑衣的人，绕着灵床转圈子。兰老大站在儿子头前，探下身去，注视着儿子的面孔。然后他就直起腰，抬起头，满面都是笑容。他对着众人说：我的儿子，从生下来到现在，一直过着锦衣玉食的生活。他没有痛苦，也没有烦恼。他除了想吃肉之外没有别的欲望。他的欲望都得到了满足。他看看儿子那个高高地挺起来仿佛一座山丘的肚子，继续说：他饱食了一顿肉后，在酣睡中死去，一点痛苦也没有。我的儿子的一生，是幸福的一生。作为这个孩子的父亲，我尽到了自己的责任。更让我感到欣慰的是，儿子是死在了我的前面，他的后事我会安排得很好。如果有阴曹地府，我的儿子去了那里，也是享用不尽的。他死之后，我就百无牵挂了。今天晚上，我要在公馆里大宴宾客，你们各位，都去参加，穿上你们最华丽的衣服，带上你们最漂亮的女人，去我那里喝最上等的美酒，吃最精美的食物。在兰公馆富丽堂皇的大厅里，在各种名贵菜肴的混合香气里，兰老大举起盛着高级白兰地的玻璃杯,酒浆在杯子里荡漾,焕发出琥珀般的光彩,为了我的儿子享尽人间富贵,无疾而终,干杯！兰老大朗声道。看上去他没有丝毫痛苦。他真的没有丝毫痛苦。

　　我和那三个人的吃肉比赛,在肉联厂伙房前的空地上露天进行。

　　在后来的岁月里,我经常回忆起这件事。每当我回忆起这件事,就会走神,就会把手边正在做着的、心中正在想着的事情忘记,就会全部身心回到那个日子里。

　　比赛安排在下午六点。这个时间,白班的工人刚刚下班,夜班的工人已经入厂。季节在仲夏,一年当中白昼最长的时候。下午六点时太阳还很高,农民们还在田野里劳作。麦收刚刚结束,空气中洋溢着麦子的香气。我们厂门前的公路上,晾晒着许多新麦子。有时候,风从厂外刮进来,送来了许多农业生产的气味。我们虽然还住在村子里,虽然还是农村户口,但我们已经不是纯粹的农民。我们白天给牲畜注水,夜晚将注水的牲畜屠宰。我们前半夜将注水后的牲畜屠宰完毕,将它们尸体分割成块,请肉类检疫站的人盖上蓝色的图章,后半夜运进城。刚开始几天,肉类检疫站韩大叔那个部下还来值班,装出一本正经、公事公办的样子,但很快他就烦了。他把那枚图章和那个印泥盒子扔在我们屠宰车间,由我们的人自己加盖。为了防止水分流失,减轻肉的重量,当然更重要的是怕水分流失影响了肉的质量,我们在肉的表皮上,喷洒了一种防泄漏的胶水。这种胶水对人没有什么好处,但也没有什么坏处。那时我们的冷库还没建好,当夜杀出的肉,必须当夜运出去。我们厂里有三台专门为拉肉设计改装的汽车,开车的三个小伙子都是复员兵,他们技术过硬,性格果断,相貌冷酷,让人望之即生敬畏。每天凌晨两点左右,肉联厂的大铁门在那两个看门老头的推动下,喀啦喀啦响着向两边张开,三辆满载着放心肉的大汽车,一辆咬着一辆的尾巴,有那么点鬼鬼祟祟的意思,从厂子里开出来,拐一个小弯,爬上柏油的马路,调整一下呼吸,然后就像野马一样,撒着欢儿,向前窜去,雪白的车灯光芒,把通往城市的道路照得雪亮。尽管我知道车上拉的是注过洁净井水因此才能保鲜的放心肉,但是我每次看到黎明前最黑暗的时刻从厂子里悄悄开出、一上马路就加大油门猛烈奔驰的运肉车,心中就浮起一种神秘的感受,好像车上拉的不是放心肉,而是见不得人的违禁物品,炸药或者是毒品什么的。

我必须郑重地说明这样一个被舆论误导了许久的问题:注水肉并不全是坏肉。我承认,我们屠宰村在个体经营、非法屠宰时期,许多人往肉里注水,不讲究环境卫生和用水卫生,确实生产过大量的劣质肉。但我们肉联厂将屠宰后注水改变为屠宰前注水,这是屠宰史上的一次革命,用老兰的话说就是:这次革命的意义怎么评价都不会过分。还有一个重要的因素,决定了我们厂生产的注水肉比不注水的肉要鲜嫩许多。我们本来可以使用自来水灌注,但我们没有使用自来水。因为自来水里含有漂白粉等化学物质。我们生产的肉是纯粹的农业文明时期的肉,拒绝任何化学物品。因此我决定使用我们厂里那口深水井里的水作为我们的灌注用水。这口井里的水,透明澄澈,甘甜无比,比那些瓶装的纯净水、矿泉水的质量都要好。这样的水,本身就是琼浆玉液。许多因为上火而眼睛红肿的人,用这井里的水洗一次,眼睛马上就明亮。还有那些因为上火小便发黄的人,喝两碗我们的水,小便马上就清亮如泉。想想吧,我们用这样的水灌注即将屠宰的牲畜,用这样的水灌注过的牲畜杀出来的肉,该是什么样子的上品啊?吃这样的肉,您如果还不放心,那您的心就永远悬着吧。我们的肉,吃了都说好。我们的肉,被城里的大商场包销。我希望大家不要一听到注水肉就马上想到肮脏的非法屠宰点,就想到臭烘烘的腐败气味,我们的肉水灵灵的,生气蓬勃,焕发着青春的气息。可惜我不能让你见到我们的注水肉,可惜我当年创造的业绩已经不复存在,可惜我也只能通过回忆的方式,来重新体味我的也是我们肉联厂的光荣历史。

　　都听说了我要和那三个大青年比赛吃肉的事,下班的晚走,上班的早来,聚集了一百多人,围在伙房前,等着看热闹。话说到这里,我又忍不住要分岔,用过去那些说书人的说法就是"花开两朵,各表一枝"。

　　说在人民公社时期,村子里的人还集体劳动,在工间休息的时候,曾经有两个人进行过一次扬名久远的吃辣椒比赛,赢者奖励一包香烟。设奖的人是生产队长,参加比赛的人,是我的父亲和老兰。那时他们都十五六岁,说大不大,说小也不小。那次比赛用的辣椒可不是一般的辣椒,是那种特别辣的羊角辣椒。每人四十个,都是那种又长又大、颜色紫红的。一般的人,吃一个这样的辣椒都会捂着腮帮子叫娘。队长的这包香烟,可不是那么好赢的。我没有见过我父亲和老兰那时候的模样,我只能想象。我父亲和老兰,是朋友,也是对头,两个人一直摽着劲儿。经常地摔跤,总是胜负难分。可以想象,他们两个吃那四十个辣椒的情景;无法想象,他们吃那四十个辣椒的情景。四十个羊角辣椒,摆在地上,是不小的一堆啊。四十个羊角辣椒,上秤一称,最少也有两斤吧? 他们两个几乎是同时吃完,第一轮不分胜负。第二轮每人二十个,还是不分胜负。主持比赛的生产队长,看着他们两个变了颜色的脸,心中有些害怕了,说小伙子们你们和了吧,我给你们两个每人一包香烟。比赛者不干,第三轮每人还是二十个,吃到十七个半的时候,老兰把手中的半个辣椒扔在地上,说我输了。然后他就弯下腰,捂着肚子,满头大汗,绿色的、也有人说是暗红的汁液,从他的嘴巴里流出来。我父亲吃完了第十八个辣椒,还要吃,但刚把第十九个辣椒塞进嘴巴,血就从他的鼻孔里蹿了出来。队长大声吩咐一个社员去供销社买烟,最好的牌子,买两盒。这一场吃辣椒大赛,是人民公社时期发生在我们村子里最重大的事件之一。只要一提起打赌比吃的事,人们必定要把这事提起。不久之后,在火车站饭店里,又发生过一次比赛吃油条的事,参赛者之一是火车站的搬运工,一个以能吃著称的人,绰号吴大肚子,另一个我的父亲。我父亲那时十八岁，跟着队里的人，去火车站送甜菜。在车站的月台上，吴大肚子，拍着肚子，在我父亲他们面前晃来晃去，大声搦战：有没有人敢跟俺比？我们的队长被他闹得心烦，就问：比什么？吴大肚子说：比吃！俺的肚量天下第一！我们队长笑着说：牛皮吹得太大了吧？旁边有人悄悄地跟我们队长说：千万不要跟他比，这是有名的吴大肚子，每天都在这里混，靠这一手吃饭，他饱吃一顿可以三天不吃呢。我们队长看看我的父亲，笑着对吴大肚子说：伙计，人外有人，天外有天，别把牛皮吹爆了啊。吴大肚子说：不服吗？不服就比试比试。我们队长也是个好闹腾的主儿，就问：怎么个比试法？吴大肚子指指火车站饭店说：那里边，有包子，有油条，还有肉丝面条，白面馒头，随便你们点。赢家白吃，输家掏钱。我们队长看看我父亲，说：罗通，敢不敢煞煞他的威风？我父亲闷声闷气地说：敢是敢，但万一输了呢？我可是没有钱。我们队长说：你输不了，输了也不要紧，如果万一你输了，钱由我们队里出。我父亲说：那就试试吧，我好久没有吃油条了。吴大肚子说：好，就吃油条。一伙人就吵吵嚷嚷地往饭店走去。吴大肚子还拉着我父亲的手，从表面看是亲热的熟人手拉着手儿进饭店，其实他是怕我父亲跑掉。进了饭店，服务员就笑着说：吴大肚子又来了。吴大肚子，今天比赛吃什么？吴大肚子说：你这个小丫头，没大没小的，吴大肚子是你叫的吗？论辈分你该叫我爷爷呢。那个服务员说：呸，谁叫你爷爷？你叫我姑姑还差不多。饭店里的服务员听说吴大肚子又要跟人赛吃，一齐跑出来看热闹。正在饭店里吃饭的几个人也睁大眼睛往这里看。饭店里的一个小头头走到前面来，用围裙擦着手，问：老吴，吃什么？吴大肚子看了我父亲一眼，说：油条，每人先称出三斤来。三斤，小伙子，怎么样？我父亲还是闷闷地说：随便你，反正你吃多少我吃多少就是了。吴大肚子夸张地说：小伙子，好大的口气！俺老吴在车站混了十几年了，与人比吃，不下百次，还从来没有碰到过对手。我们队长说：今天就让你碰到一个对手。我们这个小青年，曾经一口气吃下去一百个鸡蛋，外带上一只母鸡。三斤油条,大概只能让他吃个半饱吧,对不对啊罗通?我父亲低着头说:吃着看吧,我可不敢吹牛。吴大肚子兴奋地说:好!好极了。姑娘们,把油条端上来吧,要新炸的啊。饭店的小头目说:老吴,慢着,你们应该先拿钱出来。吴大肚子说:让他们拿吧,反正迟早也是他们掏钱。我们队长说:老哥,你是不是太狂了?他三斤,你三斤,六斤油条的钱,我们还拿得出来。但俗言说得好:"吃泡屎不要紧,味道不太对"。你怎么敢肯定我们会输呢?吴大肚子跷起一根大拇指对着我们队长晃晃,说:好好好,算我老吴张狂,惹您生了气。这么着吧,我们各自把六斤油条的钱先拿上,放在饭店柜台上押着,赢家拿上自家的钱走人,输家放下钱,也是走人。你们看,这样办总可以了吧?队长想了想,说:这还差不多!我们村里来的人,脾气倔巴,说话不中听,还望各位多多担待着点。吴大肚子从腰中摸出几张油腻腻的钱,放在饭店的柜台上。队长也摸出钱,放在吴大肚子的钱旁边。一个服务员赶紧拿出两个碗,把钱扣了起来,仿佛怕它们长上翅膀飞走似的。吴大肚子说:各位大爷,现在总算可以了吧?那个饭店的小头目吩咐柜台后的服务员:赶紧着,给吴大爷和这位小伙子把油条称出来,每人三斤,秤要高高的啊。吴大肚子笑着说:你们这些坏蛋,平日里克扣顾客的斤两,看到我们打赌,就把秤给我们高高的了。告诉你们说吧,孩子们,但凡敢在这里叫板的,但凡敢在这里迎战的,没有一个是善茬子。俗话说得好:"没有弯弯肚子,不敢吞镰头刀子。"敢在这里赛吃,还在乎你们的秤高秤低?对不对小伙子?吴大肚子对我父亲说。我父亲没有答理他。说话间女服务员把那六斤油条用两个搪瓷盆端了出来,放在一张桌子上。油条果然是新炸的,蓬松肥大,香气扑鼻,还散发着热气。我父亲很有风度地看看队长,问:开始吗?还没及我们队长说话,吴大肚子已经将一根油条抓起来,大嘴一张,就咬掉了半根。他的腮帮子饱满地鼓起来,眼睛里泪汪汪的,不看人,盯着盆里的油条。这个人看来是饿坏了。我父亲坐在桌前,对队长和观战的村子里的人说:对不起,我开吃了。我父亲脸上满是歉意,因为他看到那些观战的人眼神里都流露出对油条的深厚感情。我父亲吃得很稳健,一根大约四十厘米长的油条,他用十口吞下去。每一段油条入口后,他都要咀嚼那么几下。吴大肚子根本就不咀嚼。吴大肚子不是在吃油条,而是在往一个洞里填油条。两个盆子里的油条在逐渐地减少。减少的速度在逐渐放慢。当吴大肚子面前的盆子里剩下五根油条、我父亲面前的盆子里剩下八根油条的时候,他们吞咽的速度更慢了,而且明显地看出了艰难。他们脸上渐渐地出现了痛苦的表情。当吴大肚子面前的盆子里只剩下两根油条时,他吃的速度就更慢了。我父亲面前的盆子里也剩下了两根油条。这时候比赛已经进入了尾声。他们同时吃完了最后一根油条。吴大肚子站了起来,但接着就坐下了。他的身体变得十分沉重。比赛结果是平手。我父亲对饭店的小头目说:我还能吃一根。饭店的小头目兴奋地命令身后的服务员说:快点,这个小伙子还能吃,再给他拿一根来。一个服务员用筷子夹着一根油条飞跑着过来,脸上洋溢着兴高采烈的表情。队长问:罗通,还行吗? 不行就算了,我们不在乎这几斤油条钱。我父亲没有说话,把那根油条从服务员手中接过来,用手撕开,捏成小球的形状,往嘴巴里塞着。吴大肚子也说:我也要一根。饭店的小头头大喊着:快点,老吴也要一根。但当服务员将油条递到他的手里时,他接过油条,往嘴巴的方向举了一下,似乎有吃的意思,但他没有吃,他脸上的表情十分痛苦,眼睛里似乎有了眼泪,然后他就把油条扔在桌子上,有气无力地说:我输了……他试图站起来,他也确实站了起来,但他随即就沉重地坐下了,那把不堪重负的椅子吱吱扭扭地响着破碎了。在他的屁股下面,那把硬木的椅子,竟然像泥巴塑成的一样。

后来,吴大肚子被送进了医院,医生把他的肚皮豁开,用了很长的时间,才把那些嚼得半烂不烂的油条段儿清理干净。我的父亲没进医院,但是在河堤上走了整整一夜,走几步,就低头呕出一段油条,在他的身后,跟随着村里十几条饿得眼睛发蓝的狗,后来连邻村的狗也来了。它们为了抢食我父亲呕出来的油条,撕咬成一团,从河堤咬到河底,又从河底咬上河堤。那晚上的情景我虽然没有亲眼目睹,但在我的想象中栩栩如生。那是一个恐怖的夜晚,我父亲没被野狗吃掉就是他的幸运。如果狗把我父亲吃掉也就没有我了。我父亲自己从来没有对我描述过他往外呕油条时的感受。我每次好奇地问他和人家比赛吃辣椒和油条的事,他的脸就涨得通红,怒气冲冲地说:你给我闭嘴!好像我戳到了他最痛的伤疤。尽管他不说,但我清楚地知道他吃了五十九个辣椒之后所遭受的痛苦,我也知道,他吃了三斤油条后,在那个夜晚遭受的痛苦滋味。那时候人们炸油条时,要往面粉里加明矾,还要加碱,还要加苏打。那时人们炸油条时使用的是没经提炼过的棉籽油,颜色乌黑,甚至发绿,黏稠,类似化开的沥青。这样的棉籽油里含着许多的化学物质,有棉酚,还有敌敌畏、六六六等永远难以分解的农药。他的喉咙像被竹片割着一样疼痛,他的肚子胀得像鼓一样。他根本无法弯腰,他也不敢快速地走动。他手扶着肚子,小心翼翼,仿佛捧着一颗地雷,稍微一震动,就有可能爆炸。他看到身后那些狗的眼睛在月光下闪烁着,颜色碧绿,仿佛是鬼火。我想他也许能够想到,那些狗,恨不得把他的肚皮豁开,把那些油条扒出来吃掉。他也许想到,当那些狗把他肚子里的油条吃光之后,接下来就会把他吃掉。先吃内脏,然后吃四肢,最后把骨头都要嚼了……

有了这样的历史,所以,当我向老兰和我父亲汇报了三个大青年向我叫板、我决定跟他们进行吃肉比赛的事情之后,父亲板起脸,皱着眉,用不容商量的口吻说:不行,你不要干这种丢人的事情。我说:怎么是丢人的事情呢?你和老兰大叔比赛吃辣椒的事不是被人们传为美谈吗?父亲恼怒地拍了一下桌子,说:那是穷的,是穷的,你懂不懂?老兰和缓地对我父亲说:也不完全是穷的,伙计,你跟人家比赛吃油条是为了解馋,但咱们俩比赛吃辣椒,并不完全是为了赢那一包烟。父亲见老兰答了腔,也就把口气放缓了,说:什么都可以比,就是吃不能比,一个人的肚子是有限的,但好吃的食物是无限的,即便是赢家,那也是拿着小命开玩笑,吃进多少去,还得吐出多少来。老兰笑着对我父亲说:老罗,你别急嘛,如果小通确有把握,我看举行一次吃肉比赛的预演,也不是一件坏事。我父亲声音平静但态度坚决地说:不行,这种事不能干了。你们想象不出那种滋味。我母亲也忧心忡忡地说:我也不同意,小通,你还小,胃还没长大,比不上那些大青年。你跟他们比,不公道。老兰说:小通,既然你父母都不愿意,那就算了吧。否则,要是吃出毛病来,我也担当不起啊。我坚定地说:你们都不了解我,你们不知道我和肉的缘分。我有消化肉的特异功能。老兰说:我知道你是个肉孩子,但我也不愿意让你去冒险。你应该知道,我们对你寄予很大的期望,我们的肉联厂,还指望着你出谋划策呢。我说:爹,娘,兰大叔,你们放心就是,我心中有数。第一我保证不会输给他们,第二我不会拿着自己的身体开玩笑。我担心的倒是那三个人,应该让他们立下字据,万一撑坏了,一切后果自己承担。如果你执意要和他们比试,那这些工作我们会考虑到的,老兰说,关键是你自己要确保安全。我说:别的我不敢说,对自己的肠胃,还是有信心的。你们难道不知道吗? 我每天上午,在食堂里,要吃多少肉? 你们可以去跟黄彪打听一下。老兰看看我的父母,说:老罗,玉珍,要不就让小通和他们比试一番? 小通贤侄吃肉的本事,已经是大名远扬,咱们都知道,他的名声不是吹出来的,他的名声是吃出来的。为了万无一失,我们做点准备,让镇医院派两个医生来坐镇,有情况马上处理。我说:就我来说,根本没有必要,但为了那三个人的安全,让医生来也好。我父亲严肃地说:小通,现在,我和你娘也不把你当小孩子看了,你自己要为自己负责了。我笑着说:爹,别弄得这么悲壮,不就是吃一顿肉吗? 我每天都吃啊。比赛的时候,不过是比平日里多吃一点罢了。其实也不一定多吃。如果他们早早地败下阵去,我也许还吃不足平日的量呢。

我父亲希望比赛能够悄悄地进行,老兰说,既然是比赛,那就要让全厂的人都看到,否则就失去了比赛的意义。我当然希望来观战的人越多越好,不但厂里的人全来,最好能贴出海报、或是用高音喇叭去大张旗鼓地宣传,让外边的人——火车站上的人、县城里的人、镇上的人、村子里的人,都来观看。人多气氛热烈,能够调动情绪,更重要的是,我要通过这次吃肉比赛在厂子里树立威信,在社会上扬名立万。我要让那些对我心怀不满的家伙心服口服,要让他们知道,罗小通的英名不是吹出来的,而是一口一口地吃出来的。我更要让那三个参加比赛的小子知道我的厉害。我要让他们知道,肉是好吃的,但肉也是难消化的,如果老天爷没给你配备一个特别善于消化肉食的肠胃,你吃下去容易,消化掉难。

在赛事还没开始前,我就知道这三个小子是注定了要倒霉的。惩罚他们的不是老兰不是我的父母更不是我。惩罚他们的是被他们吃到肚子里去的肉。我们屠宰村常有这样的说法,说某人被肉"咬"着了。这话的意思并不是说肉长了牙齿,这话的意思是说某人吃肉吃多了,把肠胃吃坏了。我知道这三个家伙会被肉狠狠地"咬"一口的。别看你们现在一副得意扬扬的样子,好像遇到了一件大好事。待会儿就怕你们哭都哭不出来的。我知道那三个小子心中确实认为自己碰上了好事,比赛赢了,他们马上就会名声大振;即便是输了,也净赚了一肚子肉。我知道很多旁观者也有这样的想法,甚至还对这三个小子心怀嫉妒,遗憾着这样的好事为什么落到了他们头上而没有落到自己的头上。伙计们,待会儿你们的遗憾就会变成你们的庆幸了。待会儿你们就等着看这三个小子出洋相吧。

那三个跟我叫板的小子,一个名叫刘胜利,一个名叫冯铁汉,一个名叫万小江。刘胜利个头高大,肤色黝黑,瞪着一双大眼,说起话来习惯地往上撸袖子,一看就是个粗鲁角色。他本是杀猪的出身,天天跟肉打交道,应该知道肉的性格啊,打赌吃肉,是多么愚蠢的行为啊,可是他竟然这样做,可见这个家伙心中还是有数的,来者不善,善者不来,这个家伙不可轻视。冯铁汉瘦高身材,黄面皮,哈着腰,看上去像大病初愈的样子。这样的黄脸汉子往往有惊人的绝活,我听说书的瞎子说过,梁山好汉中,就有几个黄脸的汉子武艺超群,因此这个家伙也不能轻视。万小江外号水老鼠,小个头,尖嘴猴腮,三角眼,一身好水性,都说他在水下能睁着眼睛抓鱼,在吃肉方面,没听说他有什么突出的表现,但他吃西瓜的本领远近闻名。一个人在吃的方面要想远近闻名,只有通过赛吃这样一条途径,除此之外,别无他法。万小江与人比赛吃西瓜,一口气吃了三个。他抱着一牙牙的西瓜,嘴巴像吹口琴一样来回晃动着,黑色的瓜子儿,从他的嘴角啪啦啪啦地往下掉。这个家伙也不可轻视。

我在妹妹的陪同下向比赛地点进发。妹妹提着一个装满了茶水的水壶,紧紧地跟随在我的身后。她的小脸紧绷着,额头上挂着一层汗珠。我笑着对她说:

"娇娇,你不要紧张。"

"哥哥,我没有紧张。"她抬起袖子擦擦额头,说,"我一点也不紧张。我知道哥哥一定会赢的。"

"是的,我会赢的,"我说,"即便让你去参加比赛,你也会赢的。"

"我还不行,"她说,"我的肚子还不够大,等我的肚子再长大一点就行了。"

我拉住妹妹的手,说:

"娇娇,我们是老天爷专门派下来吃肉的,我们每人要吃二十吨肉,吃不完这些肉,阎王爷不敢收我们,这是老兰说的。"

"太好了,"妹妹说,"我们吃够了二十吨也不走,我们要吃三十吨。三十吨肉是多少啊,哥哥?"

"三十吨肉,"我想了一下,说,"三十吨,堆在一起,大概像一座小山了吧?"

妹妹高兴地笑起来。

我们拐过了注水车间的大门口,就看到了伙房前那黑压压的一圈人。我们看到他们时,他们也看到了我们。我们听到了他们的议论：

"来了,来了……"

我感到妹妹的手紧紧地攥着我的手。

"娇娇不要怕。"

"我不怕。"

我们从众人给我们闪开的缝隙中走进了赛场。伙房门前已经摆
开了四张桌子,每张桌子后边放着一把椅子。那三个大青年已经到
了。刘胜利站在伙房门口,大声嚷叫着:

"黄彪,煮好了没有啊? 老子快要等不及了。"

万小江钻到伙房里去,很快又跑出来,说:

"味道好极了。肉啊,肉啊,我想死你了。亲娘比不上一块酱牛
肉啊……"

冯铁汉抽着烟卷,坐在一把椅子上,一副很沉静的样子,好像比
赛与他没有关系似的。

我对着用好奇或是敬佩的眼神看着我和妹妹的众人点点头,算
是打了招呼,然后我就坐在了冯铁汉旁边的凳子上。妹妹站在我的
身边,悄悄地说:

"哥哥,我还是有点紧张。"

"不用紧张。"我说。

"哥哥你喝茶吗?"

"不喝。"

"哥哥我想撒尿。"

"去吧,到伙房后边去。"

我看到人群中有人在交头接耳,我虽然听不清楚他们说什么,但
是我猜到了他们在说什么。

冯铁汉递给我一支烟,问我:

"抽吗?"

"不抽,"我说,"抽烟后影响味觉,无论多么好的肉也品尝不出滋

味来了。"

"我似乎不该跟你比赛吃肉,"冯铁汉说,"你还是一个小孩子,万一撑坏了,我心中会不安的。"

我笑笑,没有说话。

妹妹回到了我的身后,低声对我说:

"哥哥,老兰来了,爹和娘没有来。"

"知道了。"

刘胜利和万小江来到桌子前坐下。刘胜利靠着我,万小江靠着刘胜利。

老兰大声吆喝着:

"都到齐了吗? 到齐了就开始。黄彪呢? 黄彪,肉煮好了没有啊?"

黄彪从伙房里跑出来,用一根黑乎乎的毛巾擦着手说:

"煮好了,上吗?"

"上。"老兰说,"各位,我们今天在这里,举行我们厂成立以来的第一次吃肉大赛。比赛者是罗小通、刘胜利、冯铁汉、万小江。这次比赛可以看成是一场选拔赛,比赛优胜者,有可能参加将来我们厂在社会上公开举办的吃肉大赛。事关前途,希望参赛者把全部的本事都拿出来。"老兰的话很有煽动性,围观的人七嘴八舌地议论着,许多的话语,像匆忙起飞的鸟群一样,乱纷纷地碰撞着。老兰举起一只手,摆动着,制止了人们的说话声。他接着说:"但是,我们要把丑话说在前面,那就是,每个参赛的人,都要为自己的行为负责,万一发生了什么不良的后果,厂里概不负责,也就是说,一切后果自负。"老兰指指正从人缝里往里挤着的镇医院的医生,说:"闪一闪,让医生进来。"

人们都把脖子往后扭去,看到那个背着药包子的医生,满头大汗地挤进来。他站在我们面前,笑着,露出一口黄色的牙齿,似乎是抱歉地说:

"我是不是来晚了?"

"你没有来晚,比赛还没开始呢。"老兰说。

"我还以为来晚了呢,"医生说,"院长刚刚通知我,我背上药包子就往这里跑。"

"您没有来晚,您慢悠悠地往这走都来得及,"老兰对医生说了几句,就把目光转移到我们这边,问:"各位好汉,你们准备好了吗?"

我看看那三个就要与我比赛的人。我看他们的时候,他们也正在看我。我笑着对他们点点头;他们也对我点点头。冯铁汉脸上有冷冷的笑。刘胜利板着脸,一副怒气冲冲的样子,仿佛他不是要和我进行吃肉比赛,而是要和我进行生死搏斗。万小江嬉皮笑脸,不时地挤鼻子弄眼,引逗得人们发出笑声。刘胜利和万小江的模样,让我心中感到更加踏实,我知道他们必输无疑,但冯铁汉脸上的冷笑,让我感到深不可测。咬人的狗不叫。我预感到,真正的对手,是这个黄脸的、冷笑着的、不动声色的冯铁汉。

"好吧,医生也来了,我的话你们也听明白了,比赛的规则你们也都清楚了,肉也煮好了,那就开始!"老兰高声宣布,"华昌肉联厂第一届吃肉比赛现在开始,黄彪,上肉!"

"来啦——"黄彪像旧时代饭店里那些堂倌一样,拖着长腔喊叫着,端着一个盛满了肉的红色塑料盆子,迈着流水般的小碎步,从伙房里飘出来,在他的身后,紧跟着三个临时请来帮忙的女工,都穿着白色的工作服,步伐轻快,很像训练有素的样子,脸上都带着喜色,手中都端着一个盛满了肉的红色塑料盆子。黄彪将他端着的那盆肉放在我的面前。三个女工将她们端着的肉,依次放在那三个人面前。

是我们厂出产的牛肉。

是没加任何调料连盐也没加的像大人的拳头那样大小的一方方的牛肉。

是牛的大腿部位的肉。

"几斤?"老兰问。

"五斤,每盆五斤。"黄彪说。

"我有意见。"冯铁汉举起一只手,像一个在课堂上提问的小学生。

"说!"老兰瞪着他。

"这些盆里的肉一样多吗?"冯铁汉说,"肉的质量,完全一样吗?"

老兰看着黄彪。

黄彪拔高了嗓门说:

"是同一头牛大腿上的肉,一个锅里煮出来的。都是五斤,用磅称过的。"

冯铁汉摇摇头。

"你是被什么人骗怕了吧?"黄彪说。

"把磅搬出来。"老兰说。

黄彪嘟哝着走回伙房,把一台小磅搬了出来,砰的一声砸在桌子上。老兰瞪了他一眼,说:

"过磅给他们看。"

"你们这些人,就像上辈子给人骗怕了一样。"黄彪嘟哝着,将那四个盛肉的盆子,一一过了磅。他说:"看到了吧? 也就是头高头低,横竖差不了一钱。"

"还有没有意见了?"老兰高声问,"没有意见就开始。"

"我还有意见。"冯铁汉说。

"你怎么这么多意见呢?"老兰笑着说,"有意见提出来好,我支持你,说吧,你们三位也是,有意见在比赛前提出来,别到了赛后说三说四的。"

"这四盆肉的重量尽管没有大的出入,但肉的质量是不是完全一样呢? 因此,我建议将这四盆肉编上号,然后抓阄,抓着哪盆吃哪盆。"

"很好,合理化建议,采纳,"老兰说,"医生,你那里有笔和纸吗? 就麻烦你给他们主持一下公道。"

医生热情很高地从药箱里拿出笔，撕开一张处方笺，写了四个号码，压在盆子底下；又撕开一张纸，做了四个阄，放在手里搓了搓，扔在桌子上。

"各位肉大将军，抓吧。"老兰说。

我冷眼看着这些事，心中对冯铁汉烦烦的。我想这个人怎么这么多啰唆呢？不就是吃一盆牛肉吗？还值得这样仔详？正想着呢，黄彪和那几个女工，已经按照抓阄的次序，将肉盆子调整好。老兰大声问：

"现在没有问题了吧？冯铁汉，再想想，还有没有问题了？没有了，那么好，华昌肉联厂第一届吃肉大赛现在开始！"

我调整了一下凳子，使自己坐得更舒服一些，然后掏出一片纸巾擦手。在擦手的过程中，我的眼睛往两边瞥，看到在我左边的冯铁汉用铁扦子扎起一方肉，送到嘴边，不紧不慢地咬了一口。他吃得很有风度，不由得我暗暗称奇。我右边的刘胜利和万小江，却没有一点风度。万小江先用筷子夹，但他使用筷子的技巧很差，夹不起来，便扔了筷子改用铁扦子，嘴里嘟哝着，凶巴巴地一扎，挑起一方肉，将嘴巴凑上去，狠狠地咬了一口，嘴动腮扭，模样酷似猿猴。刘胜利用两根筷子戳起一方肉，张开大口，咬去一半，嘴巴里满满，难以翻动。这两个人吃相野蛮，好像八辈子没捞到吃肉了。我心中清楚，他们很快就会完劲的，这样的吃法，显然是吃肉的雏儿，秋后的蚂蚱，蹦跶不了几下子。我更加明确地意识到，只有这个黄着脸的、看起来心事重重的冯铁汉，才是我真正的对手。

我将纸巾折叠好，放在盆子一边，然后将小褂的袖子往上挽挽，挺直腰板，用亲切的眼光，看看众人，好似一等的拳师开打前的亮相。人们都用欣赏的目光看着我。我知道他们都在由衷地赞赏着我的风度，都在感叹着我的少年老成，都在回忆着有关我吃肉的传说。我看到老兰笑眯眯的脸，还看到那个躲在人缝里的姚七脸上那种莫测高深的微笑。许多我熟悉的脸上，有微笑，有羡慕，还有因为馋肉吃而张开的嘴巴和流出的口水。我耳边响着身边这三个人咀嚼的声响,呜噜呜噜的,听着就烦。我听到肉在他们嘴巴里发出的哀鸣,或者是肉在他们嘴巴里发出的怒吼,肉不愿意进入他们的口腔。我就像一个十分自信的长跑运动员一样,悠闲地站在起跑线上,看着我的对手们,沿着跑道,狗抢屎一般地朝前疯跑去。是时候了,我也该吃了。我面前盆子里的牛肉们已经等急了,已经等烦了,看客们听不到它们的声音,但我是能听到的。我的妹妹也是能听到的。她用她的小手,轻轻地戳戳我的背,低声说:

"哥哥,哥哥,你也吃吧。"

"好吧,我也吃。"我轻松地对妹妹说。然后,我对亲爱的肉们说:我这就吃你们。先吃我啊,先吃我啊——我听到肉们争先恐后地嚷叫着。它们委婉多情的声音与它们美好的气味交织在一起,像花粉一样扑到我的脸上,使我有点儿心醉神迷。我说,亲爱的你们,肉肉们啊,慢慢来,不要着急啊,我会把你们全部吃光,一块也不剩下。尽管我还没有吃你们,但是你们已经与我建立起了感情,我与你们一见钟情啊,你们已经属于我的了,你们已经是我的肉了,我的肉们,我怎么会割舍得了你们呢?

我既没有用筷子也没有用扦子,就用手。我知道肉也喜欢我用手直接触摸它们。我轻轻地拿起一块肉,听到这块肉在被我拿起的一刹那发出的幸福的呻吟声。我还感觉到了这块肉在我的手中颤抖不止,我知道它绝不是因为恐惧而颤抖,它是因为幸福而颤抖。世界上的肉千千万,但有福气被懂肉爱肉的罗小通吃掉的,实在是太少了。所以我也就理解了肉的激动。在我拿着肉往嘴巴里运动的短暂的过程中,肉的晶莹的眼泪迸发出来,肉的眼睛亮晶晶地盯着我,肉的眼睛里洋溢着激情。我知道,因为我爱肉,所以肉才爱我啊。世界上的爱都是有缘有故的啊。肉啊,你也让我很感动,你把我的心揉碎了啊,说实话我真是舍不得吃你,但我又不能不吃你。

我将第一块亲爱的肉送入了口腔,从另外的角度看也是亲爱的肉你自己进入了我的口腔。这一瞬间我们有点百感交集的意思，仿佛久别的情人又重逢。我舍不得咬你啊，但我必须咬你；我舍不得咽下你啊，但我必须咽下你。因为你的后边还有很多的肉让我吃啊，因为今天的吃肉不是往日的吃肉，往日的吃肉是我与肉的彼此欣赏和交流，是我全身心的投入，今日的吃肉带着几分表演几分焦虑，我无法做到心无旁骛，我尽量做到精力集中，肉啊，请你们原谅我吧，我尽量地往好里吃，让你们和我，让我们一起表现出吃肉这件事的尊严。第一块肉带着几分遗憾滑落进我的胃，像一条鱼在我的胃里游动。你在我的胃里好好地游动吧，我知道你有些孤独，但这孤独是暂时的，你的同伴很快就要来了。第二块肉像第一块肉一样，满怀着对我的感情我也满怀着对你的感情，沿袭着同样的路线，进入了我的胃，和第一块肉会合在一起。然后是第三块肉、第四块肉、第五块肉——肉们排着整齐的队伍，唱着同样的歌曲，流着同样的眼泪，走着同样的路线，到达同样的地方。这是甜蜜的也是忧伤的过程，这是光荣的也是美好的过程。

我只顾与肉们进行着亲密的交流，忘记了时间的流逝，也没有感觉到肠胃的负担，但盆子里的牛肉，已经下去了三分之二。这时候，我感觉到稍微有点疲倦，口里的唾液大量减少，便放慢了速度，抬起头，一边用最优雅的风度继续吃着，一边观察着周围的情景。当然我首先要看的是我的左邻右舍，他们是我的竞赛伙伴，因为他们的参与，才使这一次吃肉具有了表演的性质。从这个意义上说，我要感谢他们，如果没有他们的挑战，我可能没有机会在众人面前表演我的吃肉技能。这不仅仅是技能，这是艺术啊。世界上吃肉的人如恒河沙数，但把吃肉这种低级的行为变成了艺术变成了美的人，唯有我罗小通一人。世界上被吃掉的肉和即将被吃掉的肉累积起来比喜马拉雅山还要高大啊，但成为了艺术表演过程中的重要角色的，也只有这些被我罗小通吃掉的肉啊。我说得太远了，这是吃肉的孩子想象力太过发达的缘故。好吧，让我们回来，回到吃肉的赛场上，看看我的对手们的吃相吧。不是我要丑化他们，我是个从小就倡导实事求是的孩子，你们自己看吗，先看我左边的刘胜利，这位形貌凶恶的大汉，手中的筷子，不知道什么时候已经扔掉了；他用粗鲁的大爪子，攥着一块肉，像攥着一只拼命挣扎的麻雀。我相信只要他的爪子稍微一松，那块肉就会斜刺里飞上去，或是落在墙边的树梢上，或是一直往高处飞，拼命地飞，一直飞到连空气都十分稀薄的地方。他的爪子上全是油腻，油腻使他的爪子显得格外地肮脏。他的两个腮帮子上也明晃晃的全是油腻，油腻使他的腮帮子显得格外突出。不看他了，请看他身边的万小江，这个外号水耗子的人精，他也扔掉了铁扦子，用手抓肉。我知道他们都是跟我学习，向我看齐。但他们学不了我。天才是不可模仿的，我是吃肉的天才，因此我也是不可模仿的。看看我的手，只有三个指头的肚儿上有些油，其他的部位还是干干净净的。再看看他们两个的手，已经被油黏糊得分不开枝丫了，简直是两个指头间生长了蹼膜的动物，鸭子，或者是青蛙。万小江不但两个腮帮子上是明晃晃的油腻，连额头上都是油，难道这个家伙是用额头来吃肉的吗？难道这两个家伙把脸扎到了肉盆子里去过吗？更让我难以忍受的是这两个家伙在吃肉时，嘴巴里和喉咙里发出的那种呜噜呜噜的声音，这种声音真是对这些美好的肉的侮辱啊。肉啊，如同美人，遭受的大都是红颜薄命的劫数，既是劫数，就难以逃脱。肉们在他们手中在他们嘴巴里哀鸣，那些还没有被他们吃掉的，就在盆子里拥挤着，好似一群顾头不顾腚的鸟儿。我真是替这些肉难过和惋惜啊。这就是命运，如果它们能够被我吃掉，完全是另外的结局啊。但是世界上的事情就是这个样子的，我罗小通肚子再大，也不可能把天下的肉吃光啊。就像一个对女人充满了爱心的男人，本事再大，也不能把天下的女人包揽在自己的怀抱啊。没有办法，我爱莫能助。你们，别人盆子里的肉啊，这上等的牛腿肉啊，你们就嫁鸡随鸡，嫁狗随狗了吧。这两个粗人的吃肉速度，明显地慢了，他们的脸上，那种急巴巴的凶悍表情已经被一种愚蠢而慵懒的表情代替了。尽管他们还在吃,但他们咀嚼的速度明显放慢了,他们的腮帮子一定酸溜溜的了,他们的唾液已经分泌不出来了,他们的肚子一定是胀鼓鼓的了。这些瞒不了我的眼睛,我知道他们是在硬往嘴巴里塞肉,肉在他们嘴巴里翻来覆去,像干燥的煤渣一样难以下咽,好像他们的咽喉那里安装了一道闸门。我知道到了这种火候,他们已经体会不到吃肉的快乐,吃肉的快乐已经变为吃肉的痛苦了。我还知道,到了这个火候,他们对肉充满了厌恶和仇恨,他们恨不得立即就把嘴巴里那些肉和肚子里那些肉吐出来,但吐出来他们就输了。我还看到,他们盆子里的肉,已经丧失了美好的面孔和气味,它们因为遭受侮辱而容貌丑陋,我还嗅到了它们因为对吃它们的人的敌意而故意散发出来的臭气。刘胜利和万小江的盆子里,剩下的肉估计在一斤上下,但他们两个的肚子里已经没有空隙。对他们毫无感情的肉在他们的肚子里神经错乱,互相撕咬,折腾得倒海翻江。他们的苦难开始了,我已经十分有把握地知道,盆子里的肉他们笃定是吃不完了。这两个气势汹汹的参赛者,马上就要被淘汰出局。我的真正的对手冯铁汉,这会儿怎么样了呢?让我侧目看看他吧。

我侧目的时候,看到冯铁汉正用铁扦子扎起一方肉,咬了一口。他还是那样黄着面皮,低着眼睛,不露声色。他始终使用着铁扦子,手上自然是干净的。他的腮帮子上也是干净的,只有两片嘴唇上有一层油。他吃得不紧不慢,心平气和,好像不是在众人面前参加吃肉比赛,而是在一个小饭馆的角落里一个人自得其食肉之乐。他这副姿态让我的心往下一沉,我再次感到,这是个难以对付的敌人。那些张牙舞爪的家伙,都是外强中干;鸡毛火,来得猛,去得也快。但这种文火焖猪头的家伙比较难以对付。他似乎也没有发现我在观察他,还是那样地不动声色。我更仔细地观察着他,发现他在用铁扦子扎起一块新的肉时,犹豫了片刻。犹豫片刻的结局是他放弃了眼前那块似乎大一些的肉,而扎起来盆子边缘上那块比较小、看上去也比较干爽的肉。在他把这块肉往嘴里运送的过程中,我看到他的手在空中停顿了一下,身体耸了一下,我还听到从他的咽喉深处发出来低沉的响声。我心中立刻就感到轻松了许多。我知道,这个莫测高深的人,败相也显露出来了。他选择小块的肉,就说明他的胃袋已经满了。他身体耸动是为了把一个饱嗝压抑下去,而伴随着饱嗝的,是那些往上翻腾的肉。他面前的盆子里,剩余的肉,大约也是一斤上下。但毫无疑问,他的潜力比我右边那两个家伙要大一些,而且他的毅力和冷静,也可以使他坚持到最后,和我争锋。我当然希望能有一个旗鼓相当的对手,否则这场比赛就没有任何观赏性。一场没有对手的比赛,就失去了比赛的意义。现在看来,这个担心是多余的了。冯铁汉会用他的顽抗,使我的胜利倍加辉煌。

冯铁汉感觉到了我斜视的目光,他挑战般地把目光斜射过来。我对着他友好地笑了笑,然后,捏起一块肉,触到嘴边,仿佛接吻一样,对肉表示了我的亲爱之情,然后,用嘴唇和牙齿探索着,顺着肉的纹理,撕下来一绺,肉积极地进入了我的口腔。我看着手中那一绺待吃的肉,看到它的红褐色的截面,吻了它一下,告诉它不要急。我咀嚼着口腔里的肉,用始终如一的热情和敏锐如初的感觉,全面地感受着它的味道和芬芳、柔韧和润滑——感受着它的一切。与此同时,我腰板挺直,目光活泼,像扇面一样,扫描着面前的人群。我看到了人们脸上兴奋的或者是紧张的表情。我从他们的脸上,能够分辨出哪些人是拥戴我的,希望我能赢;我也能从他们的脸上,看出哪些人是对我有看法的,他们自然希望我输。当然,大部分人是来看热闹的,他们没有明显的立场,只要比赛好看,他们就会高兴。我还能从人们的脸上,看得出他们对肉的渴望。他们看到刘胜利和万小江越吃越艰难的古怪样子,感到不好理解。这是人的正常的感觉,一个站在旁边看别人吃肉的人,自然难以理解那种肉满肚腹直至咽喉而且还要硬往下吃的痛苦的。我的目光特意地在老兰的脸上停留了几秒钟,与他进行了交流。从他的目光里,我看出来他对我的信心。我也用目光告诉他:老兰,放心吧,我不会让你失望的。干别的不敢吹牛,但吃肉是咱的看家本领。我还看到,我的父亲和母亲,不知道什么时候也来到了现场,他们在人群的外围,躲躲闪闪的,好像是怕被我看到,影响了我吃肉的情绪。可怜天下父母心啊。我知道他们是最希望我能赢的人,他们也是最担心我被撑坏了的人。尤其是我的父亲,这个多次与人比赛吃东西的人,一个吃的竞技场上的老运动员,一个在吃的竞技场上屡获胜利的老将,他自然知道这项比赛的难处,尤其知道比赛后的苦处。他的脸色十分沉重,因为他更知道,当食物剩下四分之一的时候,正是比赛进入了最艰苦的阶段。这个时候,就像长跑运动员进入最后的冲刺时一样,不但是比体力,不但是比胃纳,更是比意志。意志坚强的,就会赢;意志软弱的,只能输了。当吃到极限时,那真是连一根肉丝也咽不下去啊。撑死人的是最后一绺肉丝,就像压死骆驼的是最后一粒米。这项比赛的残酷性就在这里啊。我父亲是行家里手,所以,我看到,随着盆子里肉的数量的逐渐减少,他脸上的神情就越来越凝重,最后,就像一层厚厚的油漆糊在了他的脸上,使他的面孔在我眼里模糊不清。我的母亲神情还比较单纯,我看到随着我的嘴巴的咀嚼,她的嘴巴也在咀嚼,就好像她的嘴巴里也含着一块肉似的,就好像她的下意识的咀嚼能帮我一点忙似的。我感到妹妹用手指戳了一下我的背,紧接着我就听到她悄悄地说:

"哥哥要不要喝茶水?"

我摆手拒绝了她的提议。在这个时候喝茶,是违规的。

我盆子里的肉只剩下四块了,重量约有半斤。我用很快的速度吃下去一块,然后又吃下去一块。盆子里只有两块肉了,这两块肉都有鸡蛋大小,在盆子底下遥相呼应着,仿佛两个隔着一个池塘在打招呼的朋友。我轻轻地挪动了一下身体,感到肚腹很沉重。但我清楚地知道,我的胃里还有一点空隙,稍微紧凑一点,就能把这两块肉塞进去。我知道我即便赢不了,也吃出了我的风度。

我把那两块像亲密朋友一样的肉吃下去一块,还剩下最后一块肉,在盆子里形单影只地站着,举起它的那些像章鱼的腕足一样的小手,对我挥舞着,张开它的那些隐藏在手的密林中的嘴巴,呼唤着我。我挪动了一下身子,使胃中的肉落实了一下,空出来一点位置。我打量着盆子里的那块肉,心中顿感轻松无比。我感到胃中的空地方安顿下它绰绰有余。那块肉十分焦急,在盆子中簌簌地抖动着,我知道它恨不得生出翅膀,自己飞到我的嘴巴里,通过我的喉咙,钻进我的胃袋,与它的兄弟姐妹们会合。我用只有我和它才能听到的语言劝说着它,让它少安毋躁,让它耐心等待。我还要它明白,作为在这次吃肉大赛中最后一块被我吃掉的肉,其实是最为幸运的。因为,旁观者的目光,几乎都集中在它的身上。它与前面那些无名无姓的肉大不一样,它成了最后一块肉,它代表着这次比赛的结束,吸引了众多的目光。我想喘一口气,集中一下精力,分泌一点唾液,好用最亲热的感情最饱满的精神最潇洒的姿态最优美的动作,完成我的比赛。趁着这喘息的空当,我再次地看我的对手们的情形。

先看刘胜利,这个有着强盗一样貌相的家伙,已经丢盔卸甲狼狈不堪了。他的手和嘴,都被肉的汁液黏住了。他烦恼地甩着手,想把手指间那些东西甩掉。他怎么可能甩掉?肉的汁液也是肉,肉被他糟蹋了,肉就对他有仇。肉死死地纠缠着他,要把他的手指黏合在一起,让他不能那么随便那么自如地把其他的肉抓起来。肉用同样的方式对付着他的嘴巴,黏合着他的嘴唇,黏合着他的口腔和舌头,使他每张一下嘴都要付出很大的努力,仿佛在他的嘴巴里灌注了许多黏稠的糖稀,拉着丝,牵着线,使他不得开心颜。看罢刘胜利,再把万小江来看,这个小家伙,被肉折磨成了一个倒霉蛋。他像一只掉进了油桶的老鼠那样让人厌恶让人怜。他可怜巴巴的目光,躲躲闪闪地看着盆子里剩余的那几块肉。他油腻腻的小爪子,在胸前簌簌地抖动着,如果他再把这两只爪子放在嘴上啃啃,那就十足是一只耗子了。一个被肉撑得走不动了的大耗子,一个肚子大得像小鼓一样的耗子。他的嘴巴里发出喳喳的声音,这正是被撑得要死的耗子才能发出的声音。这两个家伙,已经丧失了战斗力,就等着缴械投降了。

　　接下来看冯铁汉,我真正的对手。比赛到了最后的关头,他还保持着很好的风度:手是干净的,嘴是利索的,身体是正直的。但他的眼神是散的。他已经不能像适才那样,用锐利的、甚至是阴鸷的目光和我对视了。他就像一尊底座已经被水浸泡了的泥像,极力保持着自己的尊严,但崩溃与坍塌势在必然。我知道导致他眼神散漫的原因是他的胃肠已经不堪重负,肉在折腾着他,使他的肚子胀痛。我知道那些肉正如一窝暴躁的青蛙一样,在焦急地寻找出路,只要他的意志稍微一松懈,肉们就会奔突而出。而这样的奔突一旦开了头,那就由不得他了。因为克制身体的强烈反应,他的脸上显示出一种令人心惊的忧伤表情,其实也未必就是忧伤。我只是莫名地感到那是忧伤的表情。他面前的肉盆子里还有三块肉。

　　刘胜利的盆子里,还有五块肉。万小江的盆子里,还有六块肉。

　　先是有一只黑色身体上带着许多白色斑点的大个苍蝇,从很远的地方飞过来。它在空中盘旋片刻,然后就像捕猎的老鹰一样,一头扎下来,落在万小江面前的盆子里。万小江举起小爪子,有气无力地挥赶了几下,然后就不去管了。随着这只大苍蝇的到来,成群结队的小苍蝇也从四面八方飞来了。它们在我们头上盘旋着,发出嗡嗡的响声。众人都有些慌张,抬起头来观望着。那些苍蝇在西斜的阳光里,一个个焕发着黄光,宛如飞舞的金星星。我知道大事不好,我知道这些小家伙是从世界上最肮脏的地方飞来的,它们的翅膀上和腿脚上,携带着无数的细菌和病毒,就算我们这些人抵抗力强,不至于被细菌和病毒放倒,但想想它们飞来的那个地方,还是感到恶心。我知道它们在几秒钟后就会以迅捷的速度和无法预料的角度,降落在我们的肉盆子里。我用电一般的速度,赶在苍蝇们降落之前,把盆子里那块最后的肉抓到手里,然后将它囫囵着塞进了嘴巴。而这时,苍蝇们已经开始降落了。

　　似乎只是一眨眼的工夫,盆子里的肉上,和盆子的边缘上,就落满了苍蝇,它们的腿脚在挪动,它们的翅膀在闪光,它们的嘴巴在贪婪地吃肉。老兰和医生等人，上前来帮助挥赶，但那些苍蝇暴怒地飞起来，抱着一种鱼死网破的态度，硬往人的脸上扑。有许多苍蝇被人击中，跌落在地上。但随即就有更多的苍蝇从四面八方飞来，补充了死亡者和受伤者造成的空缺。人们很快就累了，烦了，不去轰赶了。

冯铁汉在苍蝇降落之前，学着我的样子，把三块牛肉中的其中一块塞进了嘴巴，随即又把另外一块抢到了手中，但最后那块倒霉的肉，被苍蝇们遮没了。

更多的苍蝇降落在万小江和刘胜利的盆子里，几乎遮盖了盆子的颜色。万小江站起来，鼓足劲头喊叫着：

"今天不算数，不算数——"

但随着他喊叫时嘴巴的张开，一块破碎的肉，从他的咽喉里冲出来，哇的一声响，不知是肉在喊叫呢还是万小江在喊叫，那块肉就跌落在地上了。那块肉落地之后，像刚出生的小兔子一样蠕动着，苍蝇们随即就把它遮盖了。万小江再也管不了自己了，他捂着嘴巴，跑到墙根，双手扶住墙，脑袋抵在墙壁上，身体像一个爬行中的尺蠖一样，不断地弓起来，然后随着猛烈的喷吐舒展开。

刘胜利咬牙瞪眼地挺着，故作轻松地对着老兰说：

"我本来是可以吃完的，我的肚子还闲着一半呢，但飞来这么多苍蝇把肉弄脏了。小罗，告诉你，我不服，我没输——"

没及把这句话说完，他的身体就猛地立了起来。看那样子仿佛是他屁股下边一个强有力的弹簧把他弹射了起来。我心中清楚，他屁股下面没有弹簧，是他胃里那些肉，猛烈地往上冲击，要奔涌出咽喉和口腔，产生了巨大的力量，顶着他不由自主地跳了起来。他站起来那一瞬间，脸色土黄，目瞪口呆，脸上的肌肉仿佛都是死的。他仓皇地往万小江那边跑去，不知道是他的屁股还是他的腿，把身后的椅子碰翻，接着他的身体又与拿着苍蝇拍子正从伙房里跑出来的黄彪相撞，两个人的身体都被撞得前仰后合，黄彪的嘴巴里刚刚吐出一个字眼——估计是一句骂人话的开头部分——刘胜利就大嘴张开，哇的一声怪叫,将一口破碎粘连的肉,喷到了黄彪胸前。黄彪凄凉地长叫一声,仿佛是被猛兽咬了一口似的,接着就大骂不止,扔掉苍蝇拍子,抹一把脸,追着刘胜利的屁股,飞去一脚,没有踢中,拐弯跑回伙房,估计是洗脸去了。

刘胜利那几步小跑,真是好看,他的腿是软的,罗圈着,双脚八字外分,沉重的屁股扭来扭去,从后边看活像是一只鸭子在奔跑。他跑到墙边,与小万并排着,也是双手扶墙,脑袋顶在墙壁上,哇哇地吐,腰背弓起来,舒展开,弓起来,舒展开——

冯铁汉嘴巴里含着一块肉,手里捏着一块肉,目光呆滞,陷入了沉思默想状态。众人的目光都转移到他身上。因为刘与万已经败了,只有冯铁汉还在挣扎。其实冯铁汉也败了,即便他把嘴巴里那块肉咽下去,把手里那块肉吃下去,再把盆子里那块被苍蝇层层覆盖的肉吃下去,在时间上,他也败给我了。但人们还是等待着他,期待着他,就像一次长跑比赛,第一名已经冲了线,人们还是要为还在坚持奔跑的运动员鼓劲加油一样。我也希望他能坚持到底,把肉吃完,因为我感到自己的胃里还有那么一点点余地,还可以塞进一块肉。如果我再塞进一块肉,那必将让观看的人,对我产生发自内心的钦佩。但是冯铁汉打了退堂鼓。他抻脖子瞪眼,总算是把口中那块肉咽了下去,大家都为他鼓掌。他将手中的肉举到嘴边,犹豫片刻,然后就把那块肉扔进了面前的盆子。盆子里的苍蝇嗡的一声飞起来,宛如火盆中的火星子飞溅而起。过了片刻,苍蝇们落了回去,盆子里恢复了平静。冯铁汉低下头说:

"我输了。"

过了一会儿他抬起头,侧过脸,对我说:

"我服了。"

我心中十分感动,对他说:

"你尽管输了,但输得很体面。"

老兰大声说:

"吃肉比赛结束,罗小通获胜。冯铁汉表现也不错。至于刘胜利和万小江,"老兰用轻蔑的目光看看他们的背影,说,"没有金刚钻,硬要揽瓷器活,糟蹋了两盆好肉。今后,我们厂还要经常地搞这种比赛,肉联厂的人,就是要能吃肉。罗小通你也不要骄傲,这一次你是擂主,下一次,很可能会出来一个好汉把你打下去。下一次我们比赛,就不会局限在我们厂的范围之内了,我们要把比赛搞成一个社会性的活动,借以提高我们厂子的知名度。我们要去定做一个奖杯,比赛优胜者,还要发奖金。如果不要奖金,我们厂就免费供应这个人吃肉一年——"

我妹妹尖声喊叫着:

"我也要比赛!"

妹妹的喊叫吸引了大家的目光,使她成了赛场上的焦点。她小脸通红,扎着一根冲天小辫子,大眼睛水汪汪的,身体圆乎乎的,真是可爱至极。

"好啊,果然是英雄出在少年! 行行出状元! 改革开放好,好在什么地方? 好就好在不会埋没任何人才。吃肉吃出来名堂,也会出人头地。好吧,比赛结束。下班的回家去,上班的进车间。"老兰说。

人们乱纷纷地议论着,散开去。老兰指指还在顶着墙呕吐的刘胜利和万小江,对那个医生说:"房医生,要不要给他们打打针?"

"打什么针,吐出来就好了。"房医生用下巴点了一下我,说:"我倒是有点担心这个小家伙,数他吃的多。"

老兰拍拍医生的肩膀,笑着说:

"老兄,您把心放得宽宽的吧,这个孩子不是一般孩子,这是个肉神,老天爷把他放下来就是让他吃肉的,他的肚子的构造可能和我们这些人不一样。是不是罗小通? 你的肚子胀不胀啊? 要不要医生给你看看?"

"谢谢,我很好,"我对医生和老兰说,"我真的感觉很好。"

第三十七炮

　　一夜豪雨,将肉食中毒者的呕吐物冲洗得干干净净。道路清洁光亮,树叶子绿得冒油。庙顶上的窟窿被雨水冲得像碾盘一样大,阳光一无遮拦地照射进来,几十只老鼠被雨水灌出来,蹲在那些坍塌的神像上。昨夜那个酷似野骡子姑姑的女人没有出现,我腹中饥饿,把大和尚蒲团周围那一圈小蘑菇吃了。吃了蘑菇我精神陡增,眼睛明亮,思维清晰。头脑深处,浮现出许多不知何时见到过的情景。我看到一片依山面海而建的公墓——真是好风水啊——公墓中的一个大理石的墓碑前,坐着一个身着黑衣的女子。墓碑上的照片告诉我这是兰大官儿子的坟墓。嘴角上的黑痣告诉我这个女人是出家为尼的沈瑶瑶。她脸上没有泪水,也看不出有什么悲伤。墓碑前那束白色的马蹄莲散发着淡淡的幽香。一个女子轻轻地走到正在闭目沉思的兰大官身旁,低声说:兰先生,慧明大师已于昨夜圆寂。兰大官如释重负般地长出了一口气,自言自语道:我现在,真的没有任何牵挂了!他喝了一杯酒,对身后的女子说:告诉小秦,去叫两个女人来。那个女子说:先生……兰大官爽朗地说:先生什么?

我要用疯狂性交来纪念她的圆寂。在兰大官与那两个长腿削肩的女人轮番折腾时发出的强烈震动里，那四个塑造神像的工匠，摇摇摆摆地出现在五通神庙的院子里。看到被暴雨冲刷得面目全非的肉神像，他们发出了惊叫声。老工匠怒气冲冲地训斥那三个年轻工匠，嫌他们没有给神像披上遮雨的塑料布或是给他穿上雨衣带上斗笠。年轻工匠们一声不吭，低头忍受着老工匠的训斥。那两个长腿女子跪在地毯上，娇声道：干爹，饶了我们吧，我们的奶是瑶瑶的奶，我们的腿是瑶瑶的腿，我们是瑶瑶的替身，你疼疼我们吧。你们知道谁是瑶瑶吗？兰大官冷冷地问。我们不知道，两个女子说，我们只知道冒充瑶瑶就会让干爹高兴，干爹高兴了就会疼我们。兰大官大笑着，眼睛里却流出了泪水。两个年轻工匠用水桶提来清水，一个年轻工匠找来了铁丝刷子，他们在老工匠的指挥下，刷洗着木像上的油彩。我听到肉神在吼叫，我感到自己的身体又麻又痒又痛。油彩去尽，显出柳木的本色和纹理。老工匠说：晾干后，再上漆，小宝，你去找阎处长，让他批一张条子拨款，你告诉他，如果不给钱，我们就把肉神抬回去，劈成木柴生炉子。那个昨夜牙痛过的小工匠说：师傅，小心牙痛。老工匠冷笑着说：肉神知道我的本意。那个小工匠颠着屁股跑了。老工匠走进庙堂，在那五尊断头缺腿的塑像前巡视着。他的那个有几分书生气的徒弟跟在后边。老工匠拍着马通神的屁股——一块泥巴掉下来——说：我们马上就有饭吃了，这五尊神像，够我们干一阵子了。徒弟说：师傅，只怕这事情要起变化。什么变化？老工匠瞪圆眼睛问。徒弟说：师傅，昨天发生了那么大的事情，一百多人食肉中毒，这肉食节还能不能接着往下办？如果停办肉食节，那肉神庙就不会建。肉神庙不建，这五通神庙也就不会建。您昨天没听到那个副省长的讲话？他是把肉神和五通神捆绑在一起讲的啊。老工匠说：你这样想也是对的，但是，小子，你的社会经验还浅，不明白世情。如果不出昨天那档子事，明年的肉食节说不定还真的停了。但出了昨天那档子事，明年的肉食节绝对停不了了。不但会接着办,而且还要大办特办。徒弟摇着头说:师傅,我不明白您的意思。老工匠说:不明白就先糊涂着吧,其实年轻人也没有必要明白那么多事,老老实实地干活,到了一定的岁数,该明白的就明白了。小工匠说:师傅,我明白了。老工匠用下巴点点那两个在院子里围着肉神像忙活的工匠说:他们两个,干点粗拉活可以,这重塑五通神像的事,多半就要靠你了。小工匠说:师傅,我一定努力,只怕我愚笨,辜负了师傅的厚望。老工匠说:你也不必谦虚,我看人是很准的。这五通神像,毁了四尊,恢复起来有些麻烦。我家倒是有祖宗留下来的老样子,《聊斋》上也大概地描画了他们的形象,但我们要跟上潮流,做一些改进,不能照着葫芦画瓢。你看看这个马通神,像马多了点,像人少了点。老工匠在马通神像上比画着说,应该让他更像个人,要不那些女人,还不被他吓死?小工匠说:师傅,只怕有许多人来抢这个活儿。老工匠说:也无非是聂六和老韩他们那两拨,他们那点本事,塑个土地爷还凑合,这五通神,他们干不了。小工匠说:师傅,不可轻敌,听说聂六把他的儿子送到美术学校学雕塑去了,一旦他的儿子回来接了班,那我们就不是他们的对手了。老工匠说:就他那呆瓜儿子?别说是进美术学校,进美术学院也不灵。这塑神的活儿,首先得心中有神,心中无神,手段再好,捏出来的也还是泥巴。不过,我们的确不能大意,天下能人多多,没准从哪里就冒出一个顶尖高手,所以,从现在起,你就想着这事。谢谢师傅,小工匠说。你要想法和原先屠宰村那个村长老兰建立联系,这五通神庙是他祖上所建,这次重建,他必将是捐款大户,听说他还能从海外拉来捐款一千万元,让谁塑像,他说了起码算一半。老工匠说。师傅放心吧,我嫂子是老兰老婆范朝霞的表姊妹,老兰怕老婆,我都打听过了。老工匠欣慰地点点头。兰大官将手中的杯子扔在地上,摇摇晃晃地站起来。身后的两个女佣急忙跑上来扶住他的胳膊。先生,您喝多了,一个女佣说。我喝多了吗?我也许真的喝多了,你们,他把胳膊从她们手中挣出来,瞪着眼睛说,去,找两个女人来给我醒酒。大和尚,您还有兴趣听我啰唆吗?

　　老兰的老婆死前三个月 ,我和老兰联手处理了两起记者暗访事件。这无论对于我还是对于老兰,都是得意之举。

　　第一次来的那个记者,化装成一个卖羊的农民,牵着一头瘦骨嶙峋的老绵羊,混杂在那些牵着牛、赶着羊、用小推车推着猪、用扁担挑着狗的人群里。为什么要用扁担挑着狗呢? 因为狗没法子拴笼头,弄不好还要咬人,所以那些卖狗的人就先用浸过酒的馒头喂它们,等它们醉了,再把它们的腿捆在一起,用扁担串起来,挑着。那是个逢集的日子,前来卖牲畜的人特别多。我安排好车间的生产,就带着妹妹在厂子里转。

　　自从吃肉比赛后,我们兄妹俩威信大增。工人们见了我们,脸上都流露出发自内心的敬佩之色。我的手下败将刘胜利和万小江,见了我点头哈腰,一口一个小爷叫着,语调中虽然不乏嘲弄,但佩服也是真的。冯铁汉保持着吃肉时的矜持,但他心中对我的佩服也是掩饰不住的。为此,父亲特意与我进行了一次语重心长的谈话。他劝诫我要谦虚谨慎,夹紧尾巴做人。父亲说:"人怕出名猪怕壮。"我嬉皮笑脸地回答:"死猪不怕开水烫。"父亲感慨万端地说:小通,我的儿子,你太年轻了,现在我无论对你说什么,你都会当成耳旁风,只有等你碰扁了鼻子,才知道墙是硬的。我对父亲说:爹,我现在就知道墙是硬的,我不但知道墙是硬的,我还知道十字镐比墙还要硬,无论多么坚硬的墙壁,也顶不住十字镐刨。父亲无奈地说:儿子,你自己掂量着干吧,反正我不希望我的儿女是你们这个样子的,但你们已经成了这个样子,爹也没有办法。爹不是个好爹,你们成了这个样子,我这个当爹的有责任。我说:爹,我知道你希望我和妹妹是什么样子。你希望我们好好上学,先上小学,然后上中学,上完了中学再去上大学,上完了大学呢,再出国留洋。但我和娇娇不是这样的材料,爹,就像你也不是当官的材料一样。但我们都是有特长的人,没有必要去走许多人都走过的所谓的成功之路。爹,俗言说得好,"一招鲜,吃遍天",我们走自己的路。爹垂头丧气地说:我们有什么特长? 我说:爹,别人可以瞧不起我们,但我们不能自己瞧不起自己。我们当然是有特长的。你的特长是估牛,我和妹妹的特长是吃肉。父亲叹息一声,道:儿子,这算什么特长? 我说:爹,你明明知道,并不是随便一个人就能一次吃进去五斤肉之后而且还潇洒自如的。也并不是随便一个人一眼就能把牲畜的毛重和出肉率估计个八九不离十。难道我们这还不算特长吗? 如果连这都不算特长,那么这个世界上还有什么算特长呢? 父亲摇着头说:儿子,我看你的特长也不是吃肉,你的特长是把歪理说成正理。你应该到一个专门抬杠的地方去耍嘴皮子,联合国是这样的地方吧? 你应该到联合国去,专门跟别人抬杠。我说:爹,瞧瞧你给我找的地方,联合国,我去那里干什么? 那里的人一个个西装革履,假模假样的,我受不了拘束,更重要的是,那个地方没有肉吃,没有肉吃的地方,哪怕是在天堂上,我也是不去的。父亲无奈地说:我不跟你辩论,还是那句老话,既然你认为自己已经不是孩子了,那么,自己为自己负责吧。别到了将来抱怨我就行了。我说:爹,你就放宽心吧,将来,将来是什么? 我们何必去想什么将来呢? 俗言道,"车到山前必有路,船遇顶风也能开","有福之人不用忙,无福之人瞎慌张"。老兰说了,我和妹妹是老天爷派下来吃肉的,我们吃完了老天爷配给我们的肉就回去,什么将来不将来的,我们不去想它! ——我看着父亲哭笑不得的神情,心中感到十分快乐。我明确地感受到,通过吃肉比赛,我已经把父亲彻底地超越了。我原先崇拜着的父亲,已经不值得我崇拜了。甚至连老兰,也不值得我崇拜了。我明白了一个道理:世界上的事情看起来很复杂,其实很简单。世界上其实只有一个问题,那就是肉的问题。世界上人很多,但其实都可以用肉来划分,那就是:吃肉的人和不吃肉的人,能吃肉和不能吃肉的人。能吃肉但是捞不到吃肉的人,能捞到吃肉但是却不能吃肉的人。还有就是吃了肉感到幸福的人和吃了肉感到痛苦的人。在众多的人当中，像我这样想吃肉能吃肉爱吃肉而且随时都可以吃肉而且吃了肉就感到幸福的人并不是很多，这就是我对自己充满了自信的最主要的原因。大和尚，您看，只要一谈到肉的问题，我就成了一个说起话来滔滔不绝的人。我知道这很烦人。那就让我们暂时不谈肉，谈那个化装成农民的记者。

　　他上穿着一件破旧的蓝布褂子，下穿一条灰布裤子，脚穿一双黄色的胶鞋，肩上斜背着一个土黄色的、鼓鼓囊囊的破书包，牵着一头瘦羊混在卖牲畜的队伍里。他的褂子太肥，裤子太长，人在衣服里晃晃荡荡。他的头发蓬乱，小脸雪白，眼睛东张西望。我一眼就看出来他的异样，但刚开始我并没有想到他会是一个记者。我和妹妹走到他的面前时，他看了我们一眼，马上就把目光移开。我感觉到他的眼神不对，便从头到脚地打量着他。他避开我的目光，眼睛往天上看，还嗫着嘴唇，故作轻松地吹着口哨。他越是这样我越觉得他心虚。但我还是没有想到他会是一个乔装打扮的记者，我把他想成一个城镇上的小流氓，偷了老乡一只羊，前来出卖。我甚至想告诉他没有必要害怕，我们厂只管收购牲畜，从来不问牲畜的来路。我们明明知道那些西县的牛贩子拉来的牛，没有一头有正当来路，但我们还是照收不误。我看了一会这个人，就看他的羊。这是一头老绵羊，公的，阉过了，头上生着弯曲的角。它身上的毛刚被人剪去，一看就知道是用家常的剪刀剪的，毛茬儿深浅不一，有的地方还剪破了皮，留下结了痂的伤口。真是一头可怜的老绵羊，一头瘦得皮包骨头还被人剪了毛的老绵羊，如果它的毛不被剪去，它的样子可能还会好看一些。我妹妹被绵羊身上那些新鲜的毛茬子吸引，伸出手去摸了一下。绵羊受惊，往前蹿去，仿佛妹妹的手上带着电一样。小伙子猝不及防，被那头羊拽了一个趔趄。羊的缰绳从他的手中滑落。羊拖着长长的缰绳，沿着卖牲畜的人排成的队伍慢吞吞地往前跑。他跑上去追赶他的羊。他试图用脚踩住拖拉在地上的缰绳，但踩了几脚都没踩到。他跑动时步伐迈得很大，胳膊甩动的幅度也很大，看上去滑稽而可

笑,好像他是为了吸引人们的目光故意表演一样。用脚踩不到羊的
缰绳,他就改用手去抓。但每当他弯下腰去,那缰绳又往前走了。他
的笨拙和滑稽引逗得众人哈哈大笑。我也笑了。妹妹笑着问我:

"哥哥,这是个什么人啊?"

"是个笨蛋,但是很好玩。"我说。

"你们看着他笨吗?"那个挑着四条狗的大叔说。看样子他认识
我们,但我们不认识他。他披着褂子,抱着膀子,叼着烟斗,说:"我看
他一点也不笨。"大叔将一口痰吐出去很远,说:"看到他那双眼睛了
吗?贼溜溜的,四处巡睃,"大叔看了我们一眼,低声说,"不是个正经
人,正经人没有这样的眼神。"

我明白大叔的暗示,也用很低的嗓门对他说:

"我们知道,他是个小偷。"

"你们应该去报案,让派出所派人来把他抓走。"

"大叔,"我用下巴指点了一下牲畜和卖牲畜的人组成的长长的
队伍,说,"我们管不了这么多。"

"过了社日打雷,遍地是贼,"大叔说,"本来我这四条狗还要养一
个月才出栏的,但是不敢养了。那些偷狗贼发明了一种迷药,往狗栏
里一撒,狗就晕倒了,任那些贼把它们搬弄到天涯海角,好几天都醒
不过来。"

"您知道那是一种什么样子的迷药吗?"我装作漫不经心的样子,
向大叔打听着。因为天气转凉了,城里的人要壮阳了,狗肉锅子就要
开张了。我们要向城里供应狗肉,那么,为狗注水的问题,必须解决。
我知道,即便是肉狗,也长着锋利的牙齿,万一狗性发作,咬了人就不
得了。如果能有这样一种效果特好的迷药,正好解决了我们的问题。
我们可以先把狗迷倒,然后再把它们吊起来,给它们注水。注水结
束,即便它们苏醒过来,问题也就不大了。因为那时候,它们已经胖
得像肥猪,丧失了咬人的能力,我们必须把它们像拖死狗一样拖到宰
杀车间去,尽管那时候它们还不是死狗。

"听说是一种红色的粉末,往地上一扔,会发出嘭的一声闷响,冒起一股子红烟,有人说还能散发出一股怪怪的说香不香说臭不臭的气味,无论多么凶猛的狗,着了这烟雾,立马就昏倒了。"大叔用愤怒夹杂着恐惧的腔调说,"他们跟那些使蒙汗药拐孩子的婆子是一路的,他们有自己的道门,我们庄户人,哪里知道他们的药方?肯定都是稀奇古怪的东西,难以搜求的。"

我低头看看大叔脚下那些醉眼乜斜的狗,问:

"这是用酒麻醉的吗?"

"用了两斤酒,四个馒头才把它们醉倒,"大叔说,"现在都是些低度酒,没劲儿。"

妹妹蹲在那些狗前,用一根芦柴棒,戳着那些乌油油的狗唇,不时地暴露出惨白的狗牙齿,浓烈的酒味儿从狗嘴里散发出来。那些狗偶尔翻翻白眼,发出梦呓般的哼哼声。

一台磅秤,被一个男人推着,铁轮子嘎吱嘎吱地响着,挂秤砣的铁钩子摇晃着,从远处的仓库到达了近处的狗栏。为了便于管理,我们在紧靠着羊栏和猪圈的地方,新建了一个狗栏。事情的起因是前不久我们注水车间的一个工人到狗、羊、猪混放的栏里去捉猪时,被几条因为长期关闭变得半疯的狗咬去了半个屁股,那人至今还在医院里疗伤,天天注射狂犬疫苗,但医院里有人偷偷地出来说那批狂犬疫苗早就过了有效期。这个人最终会不会发作狂犬病现在还难以预料。当然促使我们下决心投资建设狗栏把这几种畜生分开的原因还不仅仅是因为狗咬伤了工人的屁股,还有一个重要原因是那些出卖时被老百姓灌醉了的狗,一旦醒酒之后,就开始捣乱破坏。它们依仗着犬科动物尖利的牙齿,对猪和羊发动频繁地攻击。混养着三种畜生的栏里,一天二十四小时,很少有安宁的时候。安排完车间的工作,我和妹妹就跑来看热闹。我们看到,在难得的片刻安静里,几十条狗站着或是趴着,霸占了栏内的大部分空间。在栏内的另外两个角落里,一个角落上是猪,白的,黑的,还有几头白底黑花的;另外一个角落上是羊,绵羊,山羊,还有几只老奶羊。猪们的身体紧紧地挤在一起,头朝着栏杆的方向,屁股朝后。羊们也是紧紧地拥挤着,但一律头朝着外,几头长着大角的公羊,站在最外圈,担当着护卫的任务。大多数猪和羊身上都有伤,血迹斑斑,自然是被狗咬的。我们看得出来,即便是狗们休息的时候,猪群和羊群也还是处在紧张不安之中。狗们最放松,在休息的时候,它们内部也发生冲突,有时候是两条公狗在咬架,半真半假的样子,有时候会发展成狗群的大混战,这时候羊群和猪群安静得似乎不存在了。几十条狗咬成几个团体,满栏翻滚,狗毛横飞,狗血喷溅。有的狗受了很重的伤,连腿都被咬断了。可见它们是真咬,不是闹着玩的。我和妹妹曾经探讨过这样的问题:当狗群里发生了激烈的内战时,猪和羊怎么想? 妹妹说:它们什么都不想,因为它们一直捞不到睡觉,终于可以趁着狗群打架时睡一会儿了。我本来想反驳妹妹,但往栏里一望,果然不出妹妹所料,那些猪和羊都趁此机会趴在地上,闭着着眼睛打盹呢。狗群内战的情况比较少见,更多的时候是那些满脸奸笑的狗,向羊群或是猪群发动进攻。猪群里那几头大猪和羊群里那几头大羊,刚开始时会壮着胆子,向进攻的狗发动反击。公羊抬起前腿,把头高高地昂起来,然后猛地顶过去,但那些狗很轻巧地就躲闪过去了。有人要问了:你不是说这些肉狗都傻乎乎的吗? 怎么一个个都像山林里的狼一样机警呢? 是的,刚刚关进来时它们的确傻乎乎的,但关押进栏之后,我们一个星期都想不起喂它们一次,饥饿使它们野性恢复,恢复了野性的同时它们的智慧也得到了恢复。它们开始自己猎食,猎食的对象自然是同栏关押着的羊和猪。公羊的进攻落空之后,马上就开始了第二次进攻,还是先把两条前腿高高地抬起来,然后仰起头,把头上的大角对准狗抵过去。公羊的动作僵硬,单调重复,很像木偶,狗轻轻地一闪就躲过去了。公羊勉强地发动了第三次进攻,但气势就更加虚弱,狗几乎是慢吞吞地就闪开了。三次进攻失败之后,公羊的精神就被彻底地瓦解了。然后,狗们一齐狞笑着,冲进了羊群,有的咬住羊的尾巴,有的咬住羊的耳朵,有的一口就把羊的喉咙咬断了。受伤的羊凄惨地鸣叫着,没受伤的羊,像揸了头的苍蝇一样乱碰瞎撞,有的头撞在铁栏杆上,脖子一歪就跌翻在地,昏过去了。群狗把被咬死的羊,片刻之间就分解了,然后就吞食了,只剩下一些不好吃的羊蹄子、羊角和几块带毛的破碎的皮。当羊群遭难时,猪群里的猪颤抖不止。狗们吃腻了羊,就向猪群发起进攻。几头大猪也试图抵抗,它们闷着头,喉咙里发出吭吭哧哧的声音,像黑色的炮弹,向着狗冲去。狗身体往旁边一闪,瞅准猪的屁股,或是耳朵,狠狠地就是一口。猪惨叫着,试图回头咬狗,但当它刚一回头时,几条狗就趁机扑上去,把这头猪放倒在地。猪的尖叫声震耳欲聋,但一会儿工夫,它就不叫了。它血流遍地,肚皮已经被狗们豁开,几条狗扯着猪的肠子,在栏里跑来跑去……

看了上边的描绘,大家就该明白了,即便是它们不咬伤工人的屁股,我们也要把它们分开了。否则我们损失了很多优质的羊肉和猪肉不说,我们还将豢养出几十条凶恶的狼狗,处理它们不用毒药,也要用机枪了。从好玩的角度讲,我希望永不把它们和猪羊分开,但我毕竟不是一个一般的孩子,我是厂里的车间主任,肩负着重任,绝不能光图好玩而给厂里造成经济损失。我们用了三十多斤牛肉和二百片安眠药,让这批疯狂的狗一个个进入梦乡,然后拖着它们的腿,将它们关在新建的狗栏里。它们昏睡了三天,才一个个摇摇晃晃地醒过来。在陌生的环境里,它们一个个目光迷茫,一时都找不到东西南北。然后它们就围着栅栏转圈,嗥叫。食物决定动物的性情,甚至会影响动物的体态。这些狗来到我们这里之前,吃的是配方饲料,现在,我们给它们吃的是屠宰车间的下脚料,喝的是猪血牛血羊血。所以无论是多么傻笨软弱的狗,只要关进这个狗栏里,用不了几天,就恢复了野性,变得像狼一样。我们之所以这样做,一是要处理屠宰车间的下脚料,二是要培养一批真正的好狗,这样的狗肉,跟那些吃着配方饲料长大的菜狗的肉有巨大的区别。老兰说冬天即将来临,吃狗肉的季节到了,在这个季节里,我们都需要用富有野性的狗肉补充一下阳气,而且我们还准备用这批好狗的肉,请客送礼,为我们肉联厂的未来铺平道路。我和妹妹多次看到,在星光灿烂的夜晚,狗们蹲在栏杆边上,望着天上的星斗,不时地仰起头,张大嘴,发出那种凄厉悠长的长嗥。这已经不是狗的叫声而是狼的嗥叫了。如果是一匹狗这样嗥叫,也制造不出多少恐怖的气氛,但几十条狗一起这样嗥叫,就使我们的肉联厂的夜晚,像一个地狱一样可怕。我和妹妹胆子很大,我们俩曾经在一个月光明亮之夜,悄悄地接近狗栏,透过栅栏的缝隙,往里观看。我们看到,那些狗的眼睛在月光照耀下,放出了绿色的幽光,好似许多的小灯笼在闪烁。我们看到,有的狗在仰头长嗥,有的狗在跷着后腿往栏杆上撒尿,有的狗在月光下奔跑、蹿跳,它们矫健的身体在跳跃中舒展开,画出一道道明亮的弧线,它们的皮毛在月光下闪烁着上等的绸缎才能发出的光芒。这哪里是一群狗?分明就是一群狼。由此我就想到了,吃肉的人,和不吃肉的人,必然会有巨大的差别,看看这些狗就明白了。这些狗吃配方饲料时,懦弱如羊,蠢笨如猪,而一旦改为吃肉,马上就变成了一群狼。妹妹仿佛看穿了我的心思一样,贴近我的耳朵说:哥哥,我们两个,是不是狼变的?我对着她做了一个鬼脸,对她说:是的,我们是狼变的,我们是两个狼孩子。

我们看到,在月光下蹿跳的狗,不是为了锻炼它们的身体,它们是妄想跳跃栏杆,到更广大的天地里去过更加自由自在的生活。它们吃了肉喝了血之后,智力水平也大幅度地提高,它们一定预感到了自己的下场,那就是在冬天到来之后,被捉到注水车间里注水,注得体态臃肿,迈步艰难,连眼睛也深深地陷进去。然后就会被运到屠宰车间,一棍子打晕,然后被活剥狗皮,然后被开膛破肚,然后被分割包装,然后被运送进城,成为壮阳的食物,进入城里人的肚腹,把城里人的鸡巴壮得像铁棍一样。这样的命运当然不是狗们所希望的。看到那几条狗优美无比的蹿跳,我真是暗暗地庆幸,庆幸我们的栏杆竖得够高。我们的栏杆是一色的铁管子,高约五米,用绿豆粗的铁丝编排起来,十分地坚固。刚开始要用这样的铁管子扎栏杆时,我和老兰还不太同意,我父亲坚持要用这样的铁管子。我和老兰尊重了他的意见,不管怎么说,他还是厂长。事实证明父亲是对的,父亲在东北生活过,对狗与狼的关系了解很深。现在想想,真是后怕啊,如果让那批变化成狼的狗从栏杆内跳出来,我们这个地方,就不得安宁了。

那个人把磅秤推到了狗栏的边上,我的父亲从不知什么地方冒出来,大声地对着排队的人喊:

"喂,卖肉狗的,到那边去排队——"

那位大叔听到我父亲的喊叫,匆忙把扁担提起,一弯腰钻到扁担底下,然后挺直腰板,把那挂在扁担两头的四条狗挑了起来。我还忘了交代一个细节,有的养狗人家,为了使自家的狗与别人家的狗区别开来,会在狗身上做出记号,有的将狗的耳朵剪出一个豁子,有的在狗的鼻子上扎上鼻环,这位大叔最彻底,竟然将他的狗的尾巴全部砍去。没有尾巴的狗,看起来傻乎乎的,但行动起来会很利索,不用拖泥带水。我很难想象这些秃尾巴狗在狗栏里会不会变野成为半狼,如果它们成了半狼,它们会不会在月光下蹿跳。如果它们蹿跳,因为没有尾巴,是会跳得更加姿势优美呢,还是跌跌撞撞,像山羊蹦高一样呢?我们跟随在卖狗大叔的挑子后边,看着那些倒悬的狗们,心中充满了怜悯之情。但是我们知道这是十分虚伪的一种感情。在狗群里,如果你施舍怜悯,那么,你就会被狗吃掉。而一个活生生的人,如果被狗吃掉,是多么地可惜,多么地轻如鸿毛。人的肉,在远古的时候,很可能,不是可能,是绝对地要被豺狼虎豹吃掉的。但是现在,人的肉如果被豺狼虎豹吃掉,就是颠倒了是非,混淆了吃者与被吃者的关系。我们要吃它们的肉,它们生来就是让我们吃的,因此,任何的怜悯都是虚伪的,也是可笑的。但看到那些倒悬的狗们的可怜的狗模样,我还是心生怜悯,或者说是心中颇有不忍之意。为了逃避这种软弱的、可耻的感情,我拉着妹妹向我们注水车间的方向走去。我们看到,那些卖狗的人,把一条条狗,横一条,竖一条,叠摞在磅盘上。如果不是它们发出的哼哼唧唧的、像老太太害牙痛一样的声音,你几乎想不到它们是一些活物。我们看到司磅员熟练地拨弄着磅秤的刻度滑标,听到他用低沉的声音报出重量。父亲站在一旁,面无表情地说:

"扣去二十斤!"

卖狗的人不干了,反吵着:

"为什么,为什么要扣去二十斤?"

"你这四条狗,每条最少灌进去了五斤食,"父亲冷冷地说,"扣你二十斤,已经是给你面子了。"

卖狗的人苦笑着说:

"罗大厂长,什么也瞒不了您的眼睛。但是,送它们上杀场,总要让它们吃饱吧? 毕竟是自家养大的东西,还是有点感情的嘛。再说了,即便是你们这堂堂的大工厂,不也是用皮管子往肉里注水吗?"

"你说话可要有证据啊!"父亲虎着脸说。

"老罗,"卖狗人冷笑着说,"别这么严肃好不好? 若想人不知,除非己莫为。你们往肉里注水的事,大家都知道,能瞒得了谁啊?"卖狗的人斜了我一眼,用嘲弄的口吻对我说:"我说得对不对? 罗小通,你不就是堂堂的注水车间主任吗?"

"我们不是注水,"我理直气壮地说,"我们是'洗肉','洗肉',你懂不懂?"

"什么'洗肉'?"卖狗人说,"你们把那些牲畜给灌得都快爆炸了,还'洗肉'呢,真是天才,发明了这么好的名词。"

"我不跟你啰唆,想卖,就压二十斤秤,不卖,就挑回去。"父亲气呼呼地说。

"罗通,"卖狗人乜斜着眼说,"真是一阔脸就变啊! 忘了满大街拣烟屁股的时候了?"

"少啰唆。"父亲说。

"好吧好吧，"卖狗人说，"人走时运马走膘，兔子落运遭老雕。"卖狗人将磅秤上的狗重新理好，皮笑肉不笑地说："哥们，你今天怎么不戴那顶绿帽子了呢？是忘记了吗？"

父亲面红耳赤，张口结舌。

我正想调动自己肚子里的文化与卖狗人辩论，就听到从"洗肉"车间那边传来一阵喊叫声。抬眼望去，看到适才那个形迹可疑的卖羊人，正沿着通往大门的道路飞跑，十几个工人，跟在他的后边追赶。卖羊人一边跑一边回头，追赶的人一边追一边喊叫：

"抓住他——抓住他——"

我脑子一转，一个名词脱口而出：

"记者！"

我抬头看了一眼父亲——父亲的脸色苍白——我拉住妹妹的手，向大门的方向跑去。我感到兴奋、激动，好像在无聊的冬天里，看到了猎狗追赶野兔子的情景。妹妹跑得不够快，妨碍了我的速度。我松开了她的手，斜刺里往前飞跑。我听到风在我的耳边呼啸。我还听到身后一片人声嘈杂，还有狗的汪汪、羊的咩咩、猪的吱吱、牛的哞哞。那人的脚被路上的石头绊了一下，摔了一个狗抢屎。惯性使他的身体往前滑行了足有一米。那个鼓鼓囊囊的帆布书包也甩出去很远。我听到他发出了一声古怪的叫声：呱——仿佛是在坚硬的石板上摔死了一只蛤蟆。我知道这一下把他摔得不轻，心中竟然产生了对他的同情。我们厂内的道路是用乱砖碎石和炉渣子铺成，都是些硬家伙。我估计这个人的脸上肯定出了血，嘴巴肯定也破了，弄不好把门牙也要磕去了，搞不好骨头也要摔断了。但是他竟然很迅速地爬了起来，跟跟跄跄地扑到书包前，捡起来，还想往前跑，但是他马上就不跑了。因为他看到，当然我也看到了，身材高大的老兰，和神色肃穆的我母亲，已经在他前面几米远的地方，仿佛是两个战友，或者是电视连续剧中经常出现的那种男女搭档，挡住了他的去路。而此时，后边追赶的人也包抄了上来。

对面是老兰和我的母亲,这面是我和我的父亲,周围原本是那些围拢上来的人,但老兰对他们挥挥手就把这些人轰走了。这些人都神色诡秘地散去,消失在工厂的各个角落里。这个倒霉的小记者,在我们四人构成的正方形的中央,团团旋转,好像一根转轴。我猜测他可能有从我这个薄弱环节突破逃跑的意图,但我的妹妹娇娇过来壮大了我的力量。妹妹虽然身体弱小,但她的手里攥着一把锋利的刀子。他也可能想从我的母亲那里突破,但他看看我母亲的脸,就垂下了头。我母亲那时脸色绯红,目光迷离,完全是一副心不在焉的模样,但就是这副模样让记者低下了头。我看到父亲的心情顿时变得十分沮丧。他再也不去理睬记者,也不去收购牲畜那边。他朝着厂子的东北角走去,在那个地方,有一个用松木搭成的超生台。搭这样一个台子是我母亲的主意。她说我们屠杀了这么多牲畜,其中有许多是为人类做出过贡献的,为了能让这些冤魂早日超脱,必须建一个高台,定期上去做做法事。我以为像老兰这种屠户出身的人是不会迷信鬼神的,但没想到他却对母亲的建议非常支持。我们已经在这个高台上做过一场法事,请了一个大和尚上台念经,一群小和尚在台下烧香、烧纸、放鞭炮。那个大和尚红光满面,嗓音洪亮,道貌岸然。听他念经真是一种艺术享受。我母亲说,这个大和尚,就像电视连续剧《西游记》中那个唐三藏似的。老兰说:你也想吃唐僧肉吗? 我母亲用脚踢了一下老兰的脚后跟,低声骂他:你把我当妖精了?

自从搭起来这座高达十米、散发着松树香气的高台之后,我父亲就经常一个人爬到台上去。有时候在上边一呆就是几个小时,喊他吃饭都不下来。我有时问他:爹,你在上边干什么? 爹木然地说:不干什么。妹妹说:爹,我知道你在上边干什么。爹摸摸妹妹的头,神色黯淡,不说话。有时候我和妹妹爬上高台,在非常好闻的松木的香气里,转着圈子向四面八方瞭望着。我们看到了远处的村庄,近处的河流与河流的远处,还有河边的烟雾一样的灌木,还有一片片的荒地,还有地平线上那些弯弯曲曲地升腾着的气体,心中产生了空空荡荡的感觉。妹妹对我说:哥哥,我知道爹在台上想什么。想什么? 我问。妹妹像个老太婆一样叹口气,说:他在想东北大森林呢。我看着妹妹湿漉漉的眼睛,知道妹妹的话只说了一半。我还听到父亲和母亲为了这件事吵架。母亲恼恨地说:我这是"木匠戴枷,自作自受"。父亲说:你不要以君子之腹,度小人之心。母亲说:明天我就告诉老兰,让他把台子拆了。父亲伸出一根手指,指着母亲的脸,咬牙切齿地说:你不要提他! 母亲也愤怒地说:为什么不能提他? 他有什么地方对不起你? 父亲说:他对不起我的地方多了。母亲说:你一桩一件地说出来,我倒要听听他什么地方对不起你! 父亲说:他什么地方对不起我,你难道还不知道吗? 母亲脸色骤红,眼睛放着凶光说:你们干屎抹不到人身上! 父亲说:无风不起浪。母亲说:我心中无闲事,不怕鬼叫门! 父亲说:他是比我强,他们家老辈子就比我们家强。你要跟他,我成全你们,但是你最好和我利索了再去找他。父亲扬长而去,母亲将一个碗摔在地上,恼怒地骂着:罗通,你再这样逼我,我就给你弄假成真! 好了,大和尚,我不说这事了,提起这事我心里就烦。我把我们处理记者的事情赶紧给您讲完。

父亲爬上高台抽烟,母亲进了自己的办公室。我和老兰还有妹妹,把记者押到洗肉车间我的办公室里。我的办公室就在车间一角,用木板钉起来的一个简易房子。从木板的缝隙里,可以尽览车间的情景。我们向记者讲解了我们的洗肉理论,然后又告诉了他,如果他愿意,我们可以给他洗一次肉,如果他愿意,我们可以把洗过肉的他送进屠宰车间屠宰,把他的肉,与骆驼的肉或是狗的肉混在一起卖掉。我们看到像黄豆那样大的汗珠子从他的额头上冒出来。我们还看到他的裤子湿了。妹妹说:这么大的人了,还尿裤子,没出息。我们接着对他说,如果他不愿意被洗肉和屠宰,我们可以聘任他为我们厂的兼职宣传科长,每月工资一千元,如果在报纸上发表了宣传我们厂的文章,不论文章长短,每篇奖金两千元。那个记者成了我们自己的人,果然给我们写了一篇很长的文章,在报纸上占了差不多整整一版。我们言必信,行必果,奖给他两千元,请他大吃大喝,临行时还送给他一百斤狗肉。

　　第二拨记者是电视台的,两个人,潘孙和他的助手,伪装成买肉的客商,身上带着微型摄像机,各个车间转悠。我们用同样的方法把他们制服,使他们成了我们的顾问。

　　我和老兰联手处理记者事件时,我父亲在超生台上呆着。我知道每隔十几分钟,就有一个烟头从高台上飘然落下。我的爹陷入了深深的痛苦之中。我的爹啊,你这个可怜的家伙。

第三十八炮

沈瑶瑶不死，我就等于死了；沈瑶瑶死了，我就活了。昨日影星黄飞云坐在兰老大对面的沙发上，声音哽咽地说着，没有办法，我爱你。她活着，我装死；她死了，我要活。那个孩子，是你的骨肉，你必须娶我。兰老大冷冷地说：你要多少钱？你这个混蛋，你以为我是来跟你要钱的吗？黄飞云愤怒地说。如果不是来跟我要钱，何必把别人的孩子安在我的头上？兰老大说，你应该记得，自从你结婚之后，我就没动过你一根指头，如果我没有记错的话，您的千金，是在您婚后的第三年出生的。您不会把一个孩子怀在肚子里三年吧。黄飞云道：我知道你会这样说，但你不要忘了，名人精子库里有你的精子。兰老大用一只手枪形状的打火机点燃了雪茄，眼睛望着天花板，说：倒是有过这么一档子事，我上了那些家伙的当，他们说我基因优良——他们是你指派来的吧？你煞费苦心啊——既然这样，孩子可以送来，我请最好的家庭教师，请最好的保姆，教育他，照顾他，让他成为栋梁之才，但你，还是老老实实地做商人妇吧。黄飞云坚定地说：不。兰老大说：为什么？你为什么非要嫁给我？黄飞云眼泪汪汪地说:我知道这很无聊,我知道你是一个大流氓,大魔鬼,黑白两道你通吃,我知道嫁给你这样的人会不得好死,但我还是想嫁给你,每分钟都在想,我着了你的魔道。兰老大笑着说:我结了一次婚,已经害了一个人。你何必要成为第二个受害者?实话告诉你,我根本就不是人,我是一匹马,一匹种马,种马是属于全体母马的,不可能属于一匹母马。种马给母马下上了种子,母马就应该离开。所以,我不是人,你也不要把自己当人,把自己当成一匹母马,你就不会生出和我结婚这样荒唐的念头了。黄飞云用拳头捶打着胸口,痛不欲生地说:我是母马,我是母马,我每天夜里都梦到一匹种马和我来交合,他把我的五脏六腑都掏走了……一边哭诉着,她一边撕扯胸前的衣服,那件昂贵的裙子,哧的一声裂开了一道口子。她的手不停地扩大着战果,几下子就把裙子从身上撕去,然后她开始撕扯胸罩,撕扯底裤,最后的结果当然是赤身裸体。她赤身裸体地在大客厅里奔跑,嘴巴里喊叫着:我是母马啊……我是母马……庙门外的吵嚷声把我惊醒,但黄飞云疯狂的喊叫声还在我的耳边缭绕。我偷眼看看大和尚,他脸上痛苦的神情迅速地转换,恢复了那种安详姿态。我刚想继续我的诉说,就听到院子里一阵喧闹。抬头往外看,只见一辆大卡车停在了大道一侧,车上载着一车木料,有厚厚的板材,有粗大的圆木,在高高的木材顶上,坐着十几个人。他们从车上,抬着木材,噼里啪啦地往下扔。一个险些被车上扔下来的圆木砸在地上的男孩高声问讯着:师傅师傅,你们卸木头干什么?一个头上戴着柳条帽子的小伙子说:小孩子,快闪开,砸死可没有哭儿子的。小男孩问:你们到底要干什么?车上的人说:快回家告诉你娘去吧,今天晚上在这里唱大戏。哦,你们是要搭戏台子啊,小孩子欢快地问:唱什么戏?一页宽大的松木板从车顶上滑下来,车上的人惊叫着:小孩,闪开!小男孩执拗地说:你们不告诉我唱什么戏,我怎么能躲开?车上的人说:好吧,告诉你,今晚上唱《肉孩成仙记》,你可以闪开了吧?男孩说:当然,你们告诉了我,我自然要闪开的。这个屌孩子,真是古怪,车上的人说着,一根粗大的圆木,骨碌碌地滚了下来。那个小男孩蹦蹦跳跳地躲闪着,那根圆木就像活物似的追赶着他,一直到了小庙门口才停了下来。木材上散发着一股子清新芳香的树脂味儿,向我报告着来自原始森林的信息。嗅着清新芳香的松木气味,我就想起十几年前肉联厂里那个超生台,心酸的往事也就涌上了我的心头。我可怜的父亲把超生台当成了他的吸烟台,沉思台,孤独台,每天的大部分时间都呆在上边,工厂里的事情,基本上不管不问了。

在老兰老婆死前一个月的晚上,大和尚,我父亲和我母亲在超生台上下,展开了一次对话。

母亲说:"你下来。"

父亲扔下来一个燃烧未尽的烟头,说:"不可能。"

母亲说:"你有种就在上边呆到死,永远不要下来。"

父亲说:"我会的。"

母亲说:"如果你下来,你就是一个王八蛋。"

父亲说:"我不会的。"

尽管老兰严格封锁了消息,但父亲呆在高台上发誓不再下来的事,还是在厂子里悄悄地传开。那些天母亲丧魂落魄,一会儿气势汹汹地摔盘子砸碗,一会儿对着镜子眼泪汪汪。我和妹妹,对这件事,并没有感到有什么难过,甚至——实在是惭愧,大和尚——我们还感到有几分好玩、几分骄傲。我的爹,终于又开始表现出他独具的风采。

父亲呆在高台上发誓不再下来,但并没有发誓不再吃饭。因此他的一日三餐,就由我和妹妹送上去。我们第一次上高台送饭,还有些异常的感觉,但很快就习以为常。父亲在高台上很舒适地坐着,面色沉静,不冷不热地跟我们打着招呼。我们很想陪着他在台上吃饭,但他总是用很客气但也很固执的态度把我们赶下来。为了让他趁热进食,我和妹妹恋恋不舍地爬下高台。我们每次上去送饭,就把上次使用的餐具带下来。那些盘子和碗,都干干净净,根本不用洗刷。我猜想父亲是用他的舌头把这些餐具舔干净的。我总是不由自主地想象父亲伸出舌头舔那些餐具的情景。他在上边,有的是时间,舔舐餐具,也算是个工作。

为了解决父亲的排泄问题,我和妹妹送上去了两个胶皮桶。这样,我们除了承担往上搬运食物的任务,还要承担往下搬运父亲的排泄物的任务。我和妹妹提着便桶往台下艰难地爬行时,父亲的头一直往下探着,脸上的神情十分不堪。父亲建议我去弄一根绳子,绳子上拴上一个铁钩子,这样他就可以把便桶从台上顺下来,把饭篮从台下提上去,省却我和妹妹爬上爬下的艰苦劳动。当我把父亲的想法对老兰提起时,老兰哈哈大笑起来。笑完了,对我说:

"这事情基本上属于你们的家事,跟你母亲商量去吧。"

母亲坚决地反对父亲的主张。看样子她已经习惯了在高台上有个丈夫,她每天积极工作,再也不摔盘子摔碗,和老兰有说有笑,偶尔还对我说:

"小通,送饭时别忘了给你爹送包烟上去。"

其实即便是母亲反对,如果我们想弄条绳子,那也是手到擒来的事。我们不弄,是我们不愿意。每天三次爬上高台,看看不同凡响的父亲,和不同凡响的父亲简单交谈几句,是我和妹妹的巨大乐趣。

老兰老婆死前二十一天早晨,我和妹妹把早饭送上去,父亲看着我们,长叹一声,说:

"孩子们,爹这辈子,真是窝囊。"

我说:"爹,你不窝囊。你已经坚持了七天,不简单了。许多人说你是个圣徒,要在这高台上修炼成仙呢。"

父亲摇摇头,苦笑一声。尽管我们每天送上去的饭食很好,父亲的胃口也不错,以那些光可鉴人的餐具为证,但这七天里,他分明瘦了。他的胡子长长了,像刺猬毛一样扎煞着,眼睛里布满血丝,眼角上沾着眼屎,身上散发着一股臭气。我鼻子一酸,眼泪差点流出眼眶。我为自己的粗心大意深深自责。我说:

"爹,我们马上就把你的刮胡刀和洗脸盆子送来。"

妹妹说:"爹,我们给你送一条被子上来,还有枕头。"

父亲背靠着木柱子坐着,眼睛望着墙外的原野,忧伤地说:

"小通,娇娇,你们下去放把火,把爹火葬了吧。"

我和妹妹齐声说:"爹,您千万不要这样想,如果没有您,我们活着还有什么意思? 爹,您一定要坚持,坚持到底就是胜利。"

我和妹妹放下饭篮子,提起胶皮桶,刚想下台,父亲用他的大爪子搓搓脸,站起来,说:"不用了。"

父亲提起一个胶皮桶,放在手中前后悠动几下,使胶皮桶获得惯性,然后一松手。胶皮桶飞到围墙外边去了。

父亲提起另一个胶皮桶,放在手中前后悠动几下,使胶皮桶获得惯性,然后一松手。胶皮桶飞到围墙外边去了。

父亲的举动使我大吃一惊,我预感到不幸的事情就要发生了,便猛地扑上去,抱住了他的腿,哭着说:

"爹,你可不要跳下去,你跳下去,会摔死的。"

妹妹也扑上去抱住了父亲另一条腿,哭着说:

"爹,我不要你死。"

父亲抚摸着我们的头,脸仰着,好久才低下。他眼泪汪汪地说:

"孩子们,你们想到哪里去了? 爹怎么会跳下去呢? 爹这样的人是没有志气的。"

父亲跟随着我们下了高台,走向办公室。路边的人用古怪的眼光看着我们。我骂道:

"看什么? 你们谁有本事就爬上高台试试。我父亲在上边呆了七天,你们如果能呆八天,才有资格议论我的父亲,否则就闭上你们的臭嘴。"

那些挨了我骂的人都灰溜溜地跑了。我得意地看着父亲,说:

"爹,没事,你是最优秀的。"

父亲脸色灰白,没说什么。

父亲跟随着我们进入办公室。老兰和母亲神色平静，连一点异常的反应也没有，好像我们不是从高台上下来，而是从车间里、或是从厕所里回来。

老兰说："老罗，好消息，'家家富'超市拖欠我们那笔款子终于还了。今后，我们不再跟他们打交道了，这些背信弃义的家伙。"

父亲灰着脸，说："老兰，我辞了，这个厂长，我辞了。"

老兰吃惊地问："为什么？为什么要辞？"

父亲坐在凳子上，低着头，过了很久，说："我败了。"

老兰说："老兄，你耍什么小孩子脾气啊？我有什么地方得罪你了吗？"

母亲用鄙视的口吻说："老兰，你不要理他。这人，经常自己得罪自己。"

父亲似乎要发怒，但摇摇头，噤声了。

老兰将一张花花绿绿的报纸扔给我的父亲，声音低沉地说："罗通，你看看吧，我那个三叔，撇下亿万家产，和那么多爱他的女人，在云门寺剃度出家了……"

我父亲麻木地翻看着那张报纸。

"我这个三叔，是个高人，奇人，"老兰感慨万端地说，"以前，我自认为很理解他，但现在我才知道，我是个大俗人，根本不可能理解他。老罗，其实，人生这样短暂，什么女人，钱财，名誉，地位，都是身外之物，生不带来，死不带去。我三叔算是悟透了……"

"你也快要悟透了。"母亲用嘲讽的口吻说。

"我爹在高台上待了七天，也悟透了。"妹妹尖利地说。

老兰和我母亲都用惊讶的眼光看着我妹妹。过了片刻，母亲说："小通，带着妹妹到外边玩去，大人说话，你们不懂。"

"我懂。"妹妹说。

"出去！"父亲猛拍了一下桌子，恼怒地说。

父亲头发蓬乱，满面污垢，身上散发着一股子酸溜溜的气味。一个在高台上沉思了七天的男人，心情不好是正常的。我拉着妹妹逃了出去。

大和尚，您还在听我说话吗？

老兰老婆的灵堂，设在老兰家的正厅里。一张黑色的方桌上，摆着一个看上去十分沉重的紫色骨灰盒。骨灰盒后边的墙壁上，悬挂着死者的一幅镶嵌在镜框里的黑白照片。照片上的头比老兰老婆的真头都要大。我注视着那张嘴角带着苦涩微笑的脸，心中一边想着我和妹妹在她家搭伙时她对我们的好处；一边纳闷：这样大的照片是如何照出来的呢？那个成了我们自己人的小报记者，举着一部长脖子相机屋里屋外地拍照。他有时弯着腰拍，有时跪在地上拍，非常卖力，胸前印着报社名字的白色圆领衫被汗湿透，贴在脊梁上。他与我们合作后，明显地胖了起来。他脸上的皮肤太紧，那些新增生的肉，在里边鼓胀着，两个腮帮子，看上去很像两个气鼓鼓的小皮球。趁着他换胶卷的空当，我走到他的面前，低声问他："瘦马，那幅照片，为什么会那样大呢？"

他停下手中的动作，用一种内行人对外行人的轻蔑态度对我说："放大的呗，如果你需要，我可以把你的照片放得比骆驼还要大。"

"可是我没有照片。"

他端起相机，对准我的脸，喀嚓一声，说："有了。过几天我就把放大照片给您，罗主任。"

我妹妹从后边跑过来，嚷着：

"我也要！"

记者把镜头对准我妹妹，喀嚓一声，说：

"好了。"

"我要和哥哥合影。"妹妹说。

记者把镜头对准我们俩，喀嚓一声，说：

"合了。"

我很兴奋，还想跟他说点什么，但他已经转过身，抢拍镜头去了。

从老兰家敞开着的大门口,进来了一个人。他穿着一件皱皱巴巴的灰色西装,里边穿一件领子乌黑的白衬衣,脖子上系着一条用粉红色的假珍珠串成的领带。下穿一条黑裤子,一高一低地挽着裤腿,露出脚上的紫红色袜子,橘红色的皮鞋上沾满褐色的污泥。他外号"四大",嘴大眼大鼻子大牙大,其实他的耳朵也很大,叫他"五大"才对呢。"四大"腰带上别着一个"BP"机,那时候我们把"BP"机叫做"电蛐蛐",那时候"大哥大"还很少,方圆百里之内只老兰有一部,像块砖头,由黄豹帮他拿着。偶尔通话,无绳无线,十分有派。那时候别说拥有"大哥大",拥有"电蛐蛐"也很神气。"四大"是镇长的小舅子,也是我们乡镇里最有名的建筑包工头。我们镇的所有工程,大到修公路,小到建公厕,都由他来承包。在一般老百姓面前他耀武扬威,但是在老兰面前他不敢,在我母亲面前他也不敢。他腋下夹着一个皮包子站在我母亲面前,点头哈腰地说:

"杨主任……"

我母亲那时候已经是华昌总公司的办公室主任、总经理助理,还兼任着肉联厂的主管会计。那天她穿着一身黑色的裙装,胸前缀着一朵白色的纸花,脖子上挂着一串洁白的珍珠项链,不施脂粉,神色肃穆,目光犀利,像一个正楷大字,像一篇严肃的悼词,像一棵庄严的松树。

"你来这里干什么?"母亲说,"不是让你带人去建坟吗?"

"工人们正在那里土工作业。"

"你应该盯在那里。"

"我一直盯在那里的,""四大"说,"兰总的事情,谁敢马虎?但是……"

"但是什么?"

"四大"从口袋里摸出一个小本子,翻开,说:

"杨主任,土工作业马上就结束,下一步建墓室,需要石灰三吨,青砖五千块,水泥两吨,沙子五吨,木料两立方,还需要其他的一些杂七杂八的东西……杨主任,您是不是先给批点钱?"

"你从我们公司赚去的钱还少吗?"母亲不高兴地说,"建座坟墓又能用几个钱? 还好意思来张口。先垫上,以后再结算。"

"我哪里有钱垫?""四大"可怜巴巴地说,"工程款前脚结算下来,我后脚就发给工人。我自己,是个过手的财神,一分钱也剩不下。先给批点吧,要不就误工了。"

"你这个家伙,真是不够意思。"母亲说着,走向东厢房。"四大"紧紧地跟随在后边。

父亲冷着脸,坐在一张桌子后边。桌子上摆着一本用宣纸装订起来的大账簿,账簿旁边摆着一个黄铜的墨盒,墨盒盖子上架着一支毛笔。不断地有人进来,奉上数额不等的奠金和一刀或者是两刀的黄表纸。父亲收下钱和纸,登记在册。父亲身后,有一张矮桌,肉类检疫站的小韩,蹲在那里,用一把雕刻有方孔铜钱图案的纸凿,敲打着那些黄表纸,在纸上留下铜钱的印痕。这样的黄表纸,就是可以烧化的纸钱。也有拿来制作成纸币样式的冥币,一沓一沓的,上边印着"冥府银行"字样和想象出的冥王的头像。冥币面额很大,以亿元为基本单位。小韩抽出一张面额十亿元的,感慨地说:

"印这么大额的钱,那边还不得通货膨胀?"

村子里那个送来两刀黄表纸和一百元奠金的名叫马奎的老头子摇摇头,说:

"这些东西,不好使,只有用纸凿敲打过的黄表纸烧化后,才能成为阴间的钱。"

"你怎么知道不好使?"小韩问,"你到那边去看过吗?"

"俺老婆给我托过梦,说这样的钱到了那边是假币。"马奎用脚踢踢那些冥币,说,"你们得跟兰总说说,把这些东西剔出来扔掉,否则,带着一兜子假币到了那边,还不得被警察当假币贩子给抓起来。"

"那边有警察吗?"小韩问。

"当然有,这边有什么,那边就有什么。"马奎坚定地说。

"这边有肉联厂,那边有吗? 这边有个你,那边也有吗?"

"小伙子,你不要和我抬杠,如果不信,你就过去看看。"马奎说。

"我过去容易,"小韩说,"但是我过去了还能回来吗? 你这个老家伙让我去死啊!"

母亲进屋后,对着马奎点点头,讽刺地对小韩说:"要到哪里去高就啊韩大检疫员?"不待小韩回答,母亲就抓起电话,对着话筒说,"财务室吗? 小齐,我是杨玉珍,待会儿'四大'到你那里去,你先给他五千元,对,记住让他打收条按手印。"

"杨主任,给一万吧,五千哪里够?""四大"死皮赖脸地说。

"'四大',你不要得寸进尺!"母亲气呼呼地说。

"不是我得寸进尺,五千确实不够,""四大"摸出本子,说,"您看,砖头要三千,石灰要两千,木材要五千……"

"就五千。"母亲说。

"四大"一屁股坐在门槛上,说:

"这样我就没法子干了……"

"碰上你这样的癞皮狗,阎王爷爷也怕,"母亲抓起电话,说,"给他八千吧。"

"杨主任,您可真是铁算盘,""四大"说,"凑个整数嘛,又不是您家的钱。"

"正因为不是我家的钱,所有我才不能给你一万。"母亲说。

"老兰找着您,真是找对人了。""四大"说。

"滚!"母亲说,"看着你我就心烦。"

"四大"从门槛上站起来,给母亲鞠了一个躬,说:

"爹亲娘亲不如杨主任亲!"

"你是爹亲娘亲不如钱亲,"母亲说,"铺路盖楼你可以偷工减料,如果修坟建墓也偷工减料,那是要遭报应的,'四大'!"

"您尽管把心放在肚子里吧,杨大主任,""四大"狡狯地说,"我一定少花钱,多办事,甚至不花钱也办事,给您修一座原子弹也炸不烂的坟墓。"

"狗嘴里吐不出象牙来，"母亲恼怒地说，"你还没拿到钱呢，"母亲按着话筒问，"是你的兔子腿快还是我的电话快？"

"我该死，我这比茅坑还臭的嘴，""四大"夸张地扇着自己的嘴巴，说，"杨主任，兰大嫂，不不不，罗大嫂，亲亲的嫂子，我是在拍您的马屁呢，水平太低，但用心良苦……"

"滚！"母亲抓起一沓冥币对着"四大"投过去。

冥币在空中散开，纷纷扬扬。

"四大"对着屋子里的人扮了一个鬼脸，转身就跑，慌不择路，与正进门来的黄彪媳妇撞了一个满怀。小媳妇红着脸骂道：

"'四大'，抢孝帽子吗？不用抢，有你戴的。"

"四大"摸摸脑袋，说：

"对不起，兰大嫂，不不不，黄大嫂，你看我这嘴，说顺了，"他用巴掌搇了一下自己的嘴巴，往前一探头，嘴巴几乎触到黄彪媳妇的脸上，悄声问，"我把您的奶子撞痛了吧？"

"操你活娘'四大'，"小媳妇下边用脚踢着"四大"，上边用手在面前扇动着，说，"你吃屎了吗？这么臭！"

"我这号的，""四大"自轻自贱地说，"吃屎也抢不到一泡热的。"

小媳妇又是一脚飞出，"四大"匆忙躲闪着，身体贴着门框窜了出去。

众人都哑口无言，怔怔地看着小媳妇。她上身穿着一件立领偏襟蓝底素花扎染布小褂，下穿一条同样布料的肥腿扫地灯笼裤子，一双蓝面黑底绣花鞋在裤脚下时隐时现。她打扮得三分像一个洋学堂的女学生，七分像一个大地主家的奶妈。她油光光的头发在脑后松松地挽了一个髻，两道漆黑的眉毛，两只水汪汪的眼睛，一个灵巧的蒜头鼻子，一张双唇肥厚的小肉嘴，嫣然一笑，左边嘴角上显出一个肉窝窝。她的奶子很大，哆哆嗦嗦的，仿佛两只活兔子。这个女人，大和尚，我曾经对您说过，她在老兰家当佣人，侍候着老兰的老婆和他的女儿。我去肉联厂当了主任后就不在她家搭伙了,所以我也是好久没有见她了。我突然感到这个女人很浪,我感到她很浪的理由就是看到她我的小鸡鸡在下边长个儿,想不长都不行。其实我很厌恶浪的女人,我既厌恶她又想看她,于是我就感到很罪过,想不看她,但是我的眼珠子自己就转到了她的身上。她看到我在看她,抿嘴一笑,浪得可恨。她对母亲说:

"杨主任啊,兰总找你。"

母亲看一眼父亲,眼神有些怪。

父亲低着头,手持着毛笔,一笔一画地往簿子上写字。

母亲跟随着黄彪媳妇出门。黄彪媳妇的屁股乱扭。这个浪货,乱我心神,使我脸上长粉刺,应该枪毙。

小韩盯着小媳妇的屁股,感慨地说:

"真是好汉无好妻,癞蛤蟆娶花枝。"

蹲在地上,一支接着一支抽着招待烟的马奎说:

"黄彪不过是个幌子,这个娘儿们,还不知道是谁的妻呢!"

妹妹插嘴道:

"你们说谁呢?"

父亲把笔猛地拍到桌子上,铜盒里的墨汁溅出来。

"爹,你为什么生气?"妹妹问。

"都给我闭嘴!"父亲说。

马奎摇摇头,说:

"罗通兄弟,何必发这样大的火?"

"滚你妈的吧,"小韩说,"得着不花钱的烟了? 想把你那一百元钱抽回去是不是?"

马奎又从烟盒里捏出两支烟,一支用手中的烟头点燃,另一支夹在耳朵缝里,站起来,一边朝门外走,一边说:

"说起来我跟兰总还是要紧的亲戚呢,他三舅家的儿媳妇,是我闺女女婿的三姑父的亲侄女。"

父亲对我说:"小通,你带着妹妹回家去,不要在这里添乱。"

"这里热闹,我不走。"妹妹说。

"小通,带她走!"父亲严厉地说。

我看到父亲脸上出现了自他归来后最严厉的表情,心中有些恐惧,就拉着妹妹的手,想带她回家。妹妹不愿走,身体使劲摇晃,嘴巴里还乱嘟嘟。父亲抬起巴掌,正要往妹妹的头上扇时,母亲神情肃穆,走了进来。父亲把抬起的巴掌缩了回去。母亲说:

"老罗,兰总和我们商量,想让小通扮成孝子,和甜瓜一起,为嫂子守灵、摔瓦。"

父亲满面荒凉,点上一支烟,一口接一口地抽着,烟雾笼罩着他的脸,使他的神色变得更加荒凉。良久,他说:

"你答应了?"

"我想,这也没有什么,"母亲有些羞涩地说,"黄彪媳妇说,小通和娇娇在这里搭伙时,嫂子说过,要认小通做儿子的。老兰说,她这辈子就想个儿子,这样,也就了她一个心愿。"母亲侧过脸问我:"小通,你大婶是不是说过这样的话?"

"我记不清了……"

"娇娇,大婶是不是说过,要认哥哥做儿子?"母亲问妹妹。

"大婶说过。"妹妹肯定地说。

父亲在妹妹头上拍了一巴掌,恼怒地说:

"无论什么事情,你都要插嘴,把你惯得不成样子了。"

娇娇大声哭起来。

妹妹一哭,我心痛疼。于是我坚决地说:

"是的,大婶这样说过,我当时就答应了。不但大婶说过,老兰大叔也说过,而且是当着市里秦部长的面说的。"

"这也不是什么大事,何必发这样大的火?"母亲忿忿地说,"给死去的人一个安慰嘛!"

"死去的人知道吗?"父亲冷冷地问。

"你说知道不知道?"母亲阴沉着脸说,"人死了,心不死。"

"你不要胡搅!"父亲嚷着。

"我怎么是胡搅?"母亲说。

"我不跟你吵,"父亲降低了嗓门,说,"儿子是你的,你想怎么着就怎么着吧。"

一直蹲在地上不吭气的小韩站起来,说:

"罗厂长,你就别犟了,既然杨主任已经在兰总面前答应了,小通主任也同意,何不做个人情? 再说了,这不是演戏吗? 小通扮一万次孝子,还是你的儿子,谁也夺不去。这样的机会,多少人抢都抢不到呢。"

父亲低下头,不吭气了。

"他就是这个熊脾气,"母亲说,"什么事都要跟我拧着来。我这辈子算是逃不出来了。"

"你快要逃出去了。"父亲不阴不阳地说。

"什么屁话!"母亲骂了父亲一句,转头对我说,"小通,去找黄彪媳妇,让她帮你换换衣裳,待会儿记者来录像,你可别嬉皮笑脸的,兰大婶生前对你不薄,你为她尽点孝心也是应该的。"

"我也要去换衣裳……"妹妹哼唧着。

"娇娇!"父亲瞪着眼睛呵斥道。

妹妹撇撇嘴,想哭,但看到父亲那空前严厉的样子,憋住了,没敢哭出声,眼泪却流了出来。

第三十九炮

　　傍晚时分,高高的戏台子已经搭起,那个重新刷上了油彩的肉神,被四个工匠抬到了戏台一侧。肉神的脸迎着七月的湿漉漉的夕阳,显得格外鲜活。为了防止肉神歪倒,工匠们用两根粗大的钉子,将它的脚钉在了木板上。他们敲击钉子时,我的心脏随着那一声声的巨响而收缩,我的脚也一阵阵地抽搐。后来,我醒来后才知道自己曾经昏厥过去——以我尿湿了的裤子为证,以我咬破了的舌头为证,以我被掐痛的人中为证。一个胸前戴着医学院校徽的年轻女子,从我身边直起腰来,对她身后一个胸前佩戴着同样的校徽、头发染成金黄色的男生说:大概是癫痫发作。那个男生弯下腰,问平躺着的我:有没有家族癫痫病史?我迷惑地摇摇头,脑子里一片空白。你用这样的话问他,他如何能懂?那个女子白了男生一眼,低下头问我,你家中,有发过羊痫风的没有?羊痫风?我努力思想着,感到浑身疲倦无力,胳膊软得抬不起来。羊痫风?想起来了,范朝霞的父亲,经常在大街上昏倒,口吐白沫,浑身抽搐,听人们说,他就是羊痫风。我的家族中没有羊痫风。我母亲被我父亲和我气成那样子也没发羊痫风。我摇摇头,用软如面条的手,支撑着地面,艰难地坐了起来。可能是继发性癫痫,多半是遭受了重大的精神刺激所致,女生对男生说。这样的人,精神生活很简单,会遭受什么刺激呢?男生疑惑地说。操你的妈,我暗暗地骂着,心中想,你怎么知道我精神生活简单呢?我的精神生活复杂得很呢!女生大声对我说:你要注意呢,不要登高,不要下水,更不要开车、骑摩托,骑马也不行。我听明白了她的话,但我的脸上神情肯定是茫然无知。于是那个男生说:走吧,甜瓜,戏马上就要开始了。甜瓜?我心中一阵疼痛,往事历历涌上心头。难道这个腰肢细软、双腿修长、长发垂肩、眉清目秀、心地善良的女大学生,就是老兰的女儿、那个黄毛丫头甜瓜吗?那个眉眼间有一股妖气的小丫头,竟然出落成这样一个大姑娘,真是女大十八变啊。甜瓜!也许是我喊了一声,也许是那个随时都会破碎的马通神喊叫了一声。我当然是希望我喊叫而不是马通神喊叫,因为我早就听说过,漂亮女子,如果被马通神喊叫而不幸回答,那这个女子就难以逃脱被他折腾得死去活来的命运。女子答应了一声,然后便转动着脑袋寻找声源。她根本就没把我放在眼里,她绝对想不到当年是那样不可一世的罗小通,竟然落魄到如此模样,成了一个躺倒在破庙里栖身的继发性癫痫病人兼叫花子——尽管我不是叫花子,但她和她的男友一定会把我当成一个叫花子。她站在大和尚面前,小腹碰到了大和尚的脸,大和尚一动不动,她也似乎毫无感觉,探身向前,伸出只手,抚摸着马通神的脖子,不回头地问身后的男友:你看过《聊斋·五通》吗?没有,她的男友在后边不好意思地说,为了考大学我们除了教科书什么都不看。我们那里分数线特高,竞争非常激烈。知道五通是什么神吗?女子回头问,脸上是狡狯的笑容。男生说:不知道。女子说:谅你也不知道。是什么神?男生问。女子用调笑的口吻说:怪不得蒲松龄说"万生用武之后,吴下仅遗半通"!男生迷惑地问:你说了些什么呀?女子莞尔一笑,道:不说了,你看,她把沾满了泥水的手伸到男友面前,说:马通神出汗了。男生拉着女生的手,往庙门外拖着。

女生好似恋恋不舍地回着头,眼睛似乎看着马通神,嘴巴里说出的却是叮嘱我的话:你最好去医院看看,虽然这种病要不了你的命,但还是吃点药为好。我鼻子一阵发酸,半是感动,半是为世事沧桑而感慨。院子里已经来了很多人,还有许多人,扶老携幼,扛着板凳,从大道两边,从庙后的庄稼地里往这汇拢。奇怪的是往常交通繁忙的大道上,现在竟然没有车辆。我只能用警察对道路进行了交通管制来解释这种反常现象。我还纳闷,他们为什么不把戏台子搭在对面的空地上,而非要搭在这容人不多的小庙院子里呢?一切都是这样荒唐,没有道理可讲。我猛然看到,用绷带把一条胳膊吊在胸前的老兰,左眼上蒙着一块纱布,像一个从战场上逃下来的伤兵,在黄豹等人的护卫下,从小庙后边的玉米地里走出来。那个名叫娇娇的小女孩,手中举着一穗新鲜的玉米,在他们前面愉快地跑着。她的母亲范朝霞,不时地提醒着她:宝贝,慢点跑,小心滑倒! 一个身穿汗衫、手拿纸折扇的中年男子,见到老兰一干人,小跑着迎上来,满面笑容地说:兰总,您亲自来了。老兰身边一个人说:兰总,这是市柳腔剧团的蒋团长。艺术家嘛! 老兰大声说,你看看我这个样子,没法跟你握手,失敬失敬! 蒋团长连声道:兰总您太客气了。有您的支持,我们这个剧团才有饭吃。老兰道:互相帮助嘛,告诉你的演员们,卖点劲儿,好好帮我感谢肉神和五通神,老兰无知,在神庙前胡乱放枪,冒犯了神灵,得到了报应。蒋团长说:兰总放心,我们会尽最大的力量,把这两台戏唱好。几个背着工具袋子的电工,踩着梯子,在戏台上设置灯光。看他们那爬上爬下的灵活劲儿,让我联想起多年前屠宰村那两个电工兄弟,时过境迁,星移斗转,物是人非,我罗小通,已经沉入了社会的最底层,而且多半注定了今生今世不得翻身。我能够做的事情,就是坐在这个破庙里,支撑着也许是继发性癫痫发作之后的疲倦身体,将过去那些陈旧得像多年的老灰尘一样的往事,对着这个如同朽木的大和尚诉说。

　　一具紫红色的漆光闪烁的高大棺材,横在老兰家的厅堂里。那个豪华的骨灰盒连同骨灰,都被装了进去。我目睹着这个过程,感到真是多此一举。后来,当老兰跪在地上,手拍着棺材放声大哭时,我才悟到:只有手拍棺材,才能发出那样的扑扑通通地震撼人心的声音;只有这样一具雄伟的棺材,高大的老兰跪在前面才显得般配;也只有这样的一具紫红色的棺材,才能烘托出灵堂的庄严气氛。我也不知道我的猜想是否正确,因为后来发生的事情,使我丧失了去追寻这些小事根底的兴趣。

　　我披麻戴孝,坐在棺材的前头;甜瓜披麻戴孝,坐在棺材的后头。在我们两个之间,放着一个烧化纸钱的瓦盆。我和甜瓜,把那些打印上铜钱图案的黄表纸,用放在棺材盖子上的豆油灯盏点燃,放在瓦盆里燃烧。纸在瓦盆里变成白灰,随着烟气盘旋上升。农历七月的天气,温度本来就高,我穿着肥大的孝服,腰里扎着一根麻绳子,面前又守着一个火盆子,只一会儿工夫,便捂出来一身汗水。我看看甜瓜,她也是一脸汗水。我们面前各守着一摞纸,我放一张,她就紧跟着放一张。她绷着小脸,神情严肃,但看不出有多少悲痛。她脸上看不出一点流过眼泪的痕迹,也许眼泪已经流光了吧。我恍惚听人说,甜瓜不是这个死去的女人亲生,是从人贩子手里买来的。也有人说是老兰和一个外村的大闺女生的,抱回来让老婆养着。我不时地偷眼看她,把她的脸和棺材后边那个大镜框里的女人脸进行比较,一点也找不到她们俩的共同之处。我又把她的脸和老兰的脸进行比较,似乎也没有多少肖似的地方。也许,她真的是从人贩子手中买来的孩子?

　　母亲拿着一条用冷水浸过的毛巾走过来,给我擦擦脸,悄声嘱咐我:

　　"不要烧得太多,维持着不要灭了就行了。"

　　母亲给我擦完脸,把毛巾折叠了一下,走到甜瓜面前,也给她擦了脸。

　　甜瓜仰望着母亲,大眼睛骨碌碌地转动。按说她应该说句感谢的话,但她什么也没说。

妹妹看我们烧纸好玩,跷腿蹑脚地走过来,蹲在我的身边,拿起一张黄表纸,扔在瓦盆里。她悄悄地对我说:

"哥哥,我们可以在盆子里烤肉吃吗?"

"不可以。"我说。

那两个成了我们自己人的摄像记者,一个扛着摄像机,一个举着强光灯,从院子里进来,拍摄灵堂的情景。母亲弯着腰跑过来,拉着妹妹走,妹妹不想走,母亲双手插到她的腋下,把她半拖半拉地弄走了。

面对着摄像机镜头,我绷紧嘴巴,使自己严肃起来。我把一张纸放在瓦盆里,甜瓜也把一张纸放在瓦盆里。我看到那个扛机器的记者弯下腰,让照相机的镜头几乎触到了烟火上。然后他摇镜头。镜头对准我的脸,摇,对准了甜瓜的脸。摇,对准了我的手。摇,对准了甜瓜的手。摇,对准了大棺材。抬起来,对准了镜框中死者的脸。我看到,死者,兰大婶,在镜框里,那个巨大的苍白的脸上,那两只哀伤的眼睛,尽管她的嘴角有几分笑意,但还是难以遮盖住她满脸的哀伤。当我盯着她看时,我发现她也在盯着我看。她的目光里有太多的东西,令我心中凛然。我可不敢与她对视了,慌忙把目光移开,看退到门口的记者,看低眉垂眼的甜瓜。我越看越觉得她的神情古怪,越看越觉得她不太像个人,越看越觉得她是什么妖精变的,而真正的甜瓜,早已经随着她的母亲(管她是不是亲生的呢)死去,我仿佛看到,从他们家的院子里,有一条通向西南方向的黄土大道,大道上奔驰着一辆四马拉着的彩车,车上站着兰大婶和甜瓜,她们穿着白色的衣裳,衣袖肥大,被风吹鼓起来,好似蝴蝶的翅膀。

正午时分,黄彪媳妇把我和甜瓜叫到厨房,给我们端上来一盘大肉丸子,一盆火腿冬瓜汤,一笸箩馒头。娇娇妹妹和我们一起吃。天气闷热,再加上被纸烟熏了半个上午,我有点恶心,食欲不振。但妹妹和甜瓜食欲很好。她们吃一个肉丸子,喝一口冬瓜汤,再往嘴巴里塞一块馒头。两个女孩子,谁也不看谁,就像比赛一样,摽着劲儿吃。我们吃饭的当儿,老兰进来了。他头发没理,胡子没刮,衣衫不整,神色沮丧,眼睛里布满血丝。黄彪的小媳妇,迎上去,水汪汪的眼睛盯着他,关切地劝他:

"兰总啊,俺知道你心中难受,一日夫妻还百日恩呢,何况你们是多年的夫妻。嫂子又是一个那样的贤惠人儿,别说您心中难受,就是我们,也是眼泪止不住地流。但已经这样了,她老人家撒手走了,您还得照顾这个家,公司里还有那么大的事业,没有您,咱们村就没有主心骨了。所以啊,兰总,俺的好大哥,不是为了你自己,是为了俺们这些村民,您也得吃饭……"

老兰眼泡红红地说:

"谢谢你一番好意,但是我吃不下,你好好照顾孩子们吃饭,我那边还有许多事。"

老兰摸摸我的头,摸摸娇娇的头,摸摸甜瓜的头,眼睛里夹着泪花,转身走了。黄彪媳妇眼睛追着他的背影,感动地说:

"真是个有情有义的好汉子……"

吃罢饭,我们又回到棺材前去守灵、化纸。

院子里,不断地有人进出。那几条德国种狼犬,从老兰老婆死后就变成了哑巴。它们趴在地上,将脑袋平放在伸出去的前腿上,眼泪汪汪地看着院子里的人,目光哀伤而友好。狗通人性,果然不假。一群人扛着纸人纸马进来,张张扬扬地寻找着安放的地方。领头的那个纸扎匠,是一个精神矍铄的小老头子,眼珠子骨碌碌乱转,一看就是个精明角色。他脑袋无毛,像个灯泡;下巴上有十几根胡须,像个老鼠。母亲招呼着他,让他的人把那些纸活放在西厢房前,排成一排。四匹纸马,与真马大小相当。白毛黑蹄子,眼睛用鸡蛋壳染色而成。是大马的身躯小马驹子的神情,调皮可爱。摄像机的镜头对准那些马,对准纸扎匠,摇到纸人上。两个纸人,童男童女。童男名叫来福,童女名叫阿宝。他们的名字,写在他们的胸脯上。听说这个像老鼠精一样的纸扎匠,一个大字不识,但每年春节都在集市上摆摊子卖对联。他的对联不是写的,是照着人家的对联画的。他其实是个天才的美术家,造型艺术家。他的故事很多,我不能对您多说。还有一棵摇钱树,枝干用纸扎成,树叶子都是钻了孔的硬币,在阳光下闪闪烁烁,晃人眼睛。

母亲还没把这拨纸扎匠打发走,另一拨纸扎匠又进了门。这是一拨洋派的,领头的那位,据说是一个艺术学院的肄业生,女的,留着小平头,耳朵上挂着两个明晃晃的圈子,上穿一件短衫,其实是用一块破渔网和几块烂布头做成的。下穿牛仔裤,露着肚脐,裤脚破烂,像两个拖把,膝盖处有两个窟窿。这样一个女子竟然干上了这一行。她的人侧着抬进来一辆奥迪A6小轿车,一台巨大的电视机,还有音响什么的。这些都不算稀奇,稀奇的是两个纸人,也是一男一女,男的西装革履,粉面朱唇;女的一袭白裙,酥胸半露。好像是婚礼上的新郎新娘,而不是葬礼上的雏灵。摄像记者对这拨洋派纸扎匠的兴趣显然大大超过了那拨老派纸扎匠,他们跑着跟拍,跪着拍特写。小报记者的兴趣是拍人物,他后来成了以人物肖像著名的摄影家。那些纸活,把院子塞满了。而此时,姚七带领着一个腰间别着一只唢呐的吹鼓手头领和一个身披袈裟、手数念珠的和尚,从那些纸活的缝隙里,走到母亲的面前。母亲挥一把汗,对着东厢房大喊:

"老罗,你出来帮我照应一下嘛!"

在下午的酷热阳光里,我坐在棺材前,机械地往瓦盆里扔着纸钱,眼睛看着院子里的热闹,偶尔看一下对面的甜瓜。她困了,不时地打着哈欠。妹妹不知道钻到哪里去了。黄彪的小媳妇,精神抖擞着,携带着浓浓的肉味,像股小旋风,在厅堂里穿梭来往。老兰在一个房间里大声说话,我不知道听他说话的人是谁。进进出出的人实在太多了,记不过来。那天老兰家像个指挥大战的机关,参谋、干事、助理员、地方政府的官员、社会名流、开明士绅,啥人都有。我看到父亲从东厢房里出来,哈着腰,面色阴沉。母亲脱去了上衣,穿一件白衬衣，衬衣的下摆扎在黑裙子的腰里，脸膛红彤彤的，像个刚刚生了蛋的母鸡，很是精干，很是热烈。她对着那一土一洋的纸扎匠头儿，指指木头一样站在纸活前的父亲，说：你们跟他去结算。父亲也不吭气，转身进了东厢房。那两个纸扎匠，或者是艺术家，彼此用轻慢的目光对视了一下，便跟随在父亲后边，进了东厢房。母亲对着姚七、吹鼓手、和尚，大声地说话。她的话高亢尖厉，在我的耳朵里轰鸣。我也困了。

我可能是打了一个盹，因为当我再把目光投到院子里时，发现那些纸活已经被叠放在一起，腾出来不少空间。腾出来的空间里，摆放着两张桌子和十几把折叠椅子。方才那毒辣的太阳，已经被乌云遮住。七月的天，女人的脸，说变就变。黄彪的小媳妇到院子里转了一圈，回来说：

“这个天，可千万别下雨啊。”

“天要下雨，娘要嫁人，谁也挡不住。”一个穿着白大褂，烫着大发鬈，涂着黑嘴唇，满脸青春痘的女人，一闪身出现在正厅的门口，接上了小媳妇的话茬，说，“兰总在哪里？”

小媳妇目光如梭，上下打量着来人，用轻蔑的口吻说：

“范朝霞，是你啊，你来干什么？”

“许你来，就不许我来吗？”范朝霞用同样轻蔑的口吻说，“兰总打电话，让我来给他刮胡子。”

“你不要假传将令，范朝霞，”小媳妇怒气冲冲地说，“兰总遭了这样的大事，两天没吃一粒米，没喝一滴水，哪里还有心思刮胡子？”

“是吗？”范朝霞冷冷地说，“兰总亲自给我打的电话，我还不至于听不出他的声音吧？”

“你是不是有点发烧？”小媳妇讽刺道，“人发烧时脑子里会出现幻觉，见神见鬼的。”

“呸，”范朝霞啐了一口唾沫，说，“你躲到一边去凉快凉快吧，在这里充起内当家来了，死人还没凉透呢！”

范朝霞提着理发工具,意欲进门。小媳妇展开双臂,把住两边门框,双腿也劈开了,身体成了一个"大"字。

"你让开!"范朝霞说。

小媳妇低下头,用尖尖的下巴点点自己的裆间,说:

"宽广的道路,钻进去吧!"

"你个臊货!"范朝霞怒骂一声,飞脚对着小媳妇的裆间踢去。

"你敢打我?!"小媳妇哀号一声,身体收缩,扑到范朝霞身上。

小媳妇揪住了范朝霞的头发,范朝霞抓住了小媳妇的奶子。

两个女人纠缠在一起。

黄彪提着一筐子炊具走进院子,刚开始还龇着大牙看热闹,突然,看清了两个厮咬在一起的女人中有一个是自己的老婆,便嗥叫一声,扔掉筐子——筐子里的锅碗瓢盆发出一阵脆响——跳跃着扑了上去,飞腿挥拳,但好几次目标错误,将脚踢在自己老婆屁股上或是将拳头捅到自己老婆肩膀上。

范朝霞的一个亲戚打抱不平,冲上去,对准黄彪扛了一膀子。这个人在火车站上扛过大件,身体魁梧,如同铁塔,膀子上有五百斤力气,一家伙就把黄彪扛得连连倒退,跌坐在自己提来的筐子边。他心中不平,抓起盘子和碗,撇出去。那些瓷器,在空中旋转着,有的撞到墙上,有的飞进人群,有的粉碎成瓷片,有的囫囵着,在地上翻滚。真是一场好戏。老兰出现在正厅门口,大声呵斥:

"都给我住手!"

他的威风,果然不凡,犹如猛禽入林,百鸟哑音。好似老虎出洞,群兽伏地。他乱发倒竖,胡子扎煞,眼珠子通红,嗓音嘶哑地说:

"你们是来帮我的忙呢还是来趁火打劫?你们以为老兰就这样倒了吗?"

说完了话,老兰退回屋里。打架的两个女人,就此松了手,虽然彼此还用仇恨的目光对视着,但绝无再打成一团的可能性了。她们都累了,也受了伤。范朝霞的头发被揪下来一撮,似乎还带下来一块头皮。小媳妇的褂子扣子脱落,像一面破旗在胸前呼哒着,露出半个胸脯,胸脯上有一道道红色的抓痕。

母亲走过来,冷冷地对两个女人说:

"好了,下场吧。"

两个女人都咕嘟着嘴巴,眼泪汪汪地消失了。

院子里,那拨和尚,一共七个;那拨吹鼓手,也是七个;在他们头领的引领下,仿佛两支参加某项比赛的队伍进入场地。和尚的队伍在西边那张桌子周围坐下,把他们手中的木鱼、铁磬、铜钹放在桌子上。吹鼓手的队伍在东边那张桌子周围坐定,把他们的喇叭、唢呐、十八个洞眼的笙放在桌子上。和尚们只有领头的大和尚穿着黄色的袈裟,其余的小和尚都穿着灰色的偏衫。吹鼓手们一个个破衣烂衫,其中有三个还袒露着肚皮。当老兰家正厅里那座高大的木钟发出三声巨响时,母亲对姚七说:

"开始吧。"

姚七站在两张桌子中央,像个音乐指挥似的举起两只胳膊,对着右边的和尚和左边的吹鼓手们说:"师傅们,开始!"说完了话,他的双臂猛地往下一劈,这动作又潇洒又神气,如此出风头的事情,竟然让这个家伙干了。这样事情应该让我来干,我却坐在棺材前扮孝子,窝囊。

随着姚七胳膊的劈下,院子里两蓬声音轰然而起。这边是木鱼声铁磬声铜钹声混合着念经声,那边是喇叭唢呐笙合奏出一首哭丧调,气氛顿时悲凉起来,天昏地暗,屋子里一团漆黑,只有那盏豆油灯放出的绿色光芒,制造出西瓜大小的一团混沌的光明。我看到,在这团光明里,有一个女人的面孔,仔细看去,正是老兰的老婆。她的脸色煞白,七窍流血,十分吓人。我低声呼唤:

"甜瓜你看。"

甜瓜还在低头打盹儿,像一只蹲在墙头上的小鸡。我感到脊背发凉,头皮发紧,一泡尿在肚子里闹腾,这是我离开棺材的充分理由。

如果我在灵前尿了裤子也是对死者的大不敬是不是？我抓起几张纸扔进瓦盆，蹦起来，跑出门，在院子里长长地吸了几口好空气，然后跑到狗窝旁边的厕所里，一边打着哆嗦一边撒尿。我看到风吹动着梧桐树上的叶子摇摆不止，但听不到风的声音和叶片摩擦的声音。所有的声音都被吹鼓手与和尚们制造出来的声音淹没了。我看到，小报记者和摄像记者围着吹鼓手与和尚们抢拍。姚七大声喊叫着：

"师傅们，卖点力气，主人家有赏钱呐！"

姚七脸上放着油光，一副小人得志的可恶嘴脸。这个曾经联络我父亲试图推翻老兰的家伙，现在竟然成了老兰的狗腿子。但我知道这个家伙是不可靠的，他的后脑勺子上有一块白色的反骨，老兰对他，应该有所警惕。我可不愿再到棺材前去受罪了。我和不知道从什么地方溜出来的妹妹在院子里跑来跑去地看热闹。妹妹抠下来纸马的两个眼睛，像宝贝一样攥在手中。

和尚们与吹鼓手们的合奏似乎是按照既定的节目单结束了。新换了一套月白色衣衫的黄彪媳妇迈着像花旦一样的流水步伐，在两张桌子上摆上了茶壶茶碗，然后牙齿咬着嘴唇给他们倒水。他们喝了一点水，抽了几根烟，然后，开始了表演和演奏。先是和尚们，用唱歌一样的调子念经，声音洪亮，节奏分明，多情而潮湿，让我们联想到夏天夜晚在池塘中鸣叫的青蛙。伴随着明亮的念经声，是清脆悦耳的铁磬声和木鱼声。集体念经告一段落后，小和尚们住了嘴巴，只有那个领头的大和尚还在高声诵念。他的中气十足，声音抑扬顿挫，确实是不同凡响。所有的人都闭住嘴巴，屏住呼吸，听着从老和尚胸腔里发出来的梵音，精神都随着飘升到云端里去，悠悠忽忽，忽忽悠悠。老和尚念了一会经，从桌子上拿起铜钹，花样繁多地拍打起来。他越拍越急，或者双臂大动作大开大合，或者双手小动作小打小闹。随着他胳膊和手上动作的变化，两扇铜钹发出或者铿铿锵锵或者喊喊喳喳的声响。拍到高潮处，老和尚手中的一面铜钹飞起来，在高空滴溜溜地旋转着，好似一件法宝。老和尚高宣一声佛号，转一个身，将手中的那面铜钹放在背后,空中那面铜钹恰好就落在他手中那面铜钹上,发出余音颤抖的声响。众人齐声喝彩。在众人的喝彩声中,老和尚又把手中的两面铜钹同时抛上天空,两面钹在空中追随着,仿佛是一对形影不离的孪生兄弟,然后在空中相碰,制造出空中音响。降落时一前一后,仿佛不是老和尚去接应它们,而是它们自己回到了老和尚的手中。大和尚,这个老和尚有很深的道行,他的表演,给那天的观众留下来极为深刻的印象。

和尚们的表演告一段落,坐下喝茶休息。众人的目光齐齐地投射到吹鼓手那边,期待着他们的表演。和尚们已经献出绝活,吹鼓手们如果不献绝技,别说我们不答应,他们自己的面子上也过不去。

原先坐着演奏的吹鼓手们,一齐站了起来。他们先来了一个合奏,第一首曲子是《妹妹你大胆地往前走》,第二首曲子是《何日君再来》,然后是欢快的《小放牛》。三支曲子奏罢,徒弟们都放下响器,静静地看着师傅。老吹鼓手将小褂子剥去,光着脊梁,胸脯两边的肋骨根根分明,瘦得真是可怜。然后他闭着眼,仰着头,吹一首悲凉的曲子,脖子上的喉结上下滑动着。我不知道这首曲子的名字,只知道听着心中发酸。吹着吹着,那杆唢呐,从他的嘴巴里,移到了他的鼻孔里。唢呐发出的声音有点闷,但还是很高亢很婉转很凄凉更凄凉。他依然闭着眼,伸出一只手,他的一个徒弟,将一支唢呐递到他手中。他把这支唢呐也插进鼻孔里,两支唢呐齐鸣,发出悲苦得无以复加的声音。他的脸涨得通红,太阳穴上的血管子鼓起老高。众人心中都很震动,忘记了喝彩。怪不得姚七说他请来了鼎鼎大名的唢呐王呢,果然是名不虚传啊。一曲吹罢,老吹鼓手从鼻子里把唢呐拔出来,递给站在两边的徒弟,然后颓然坐下。徒弟忙着给他倒水,递烟。他抽了一口烟,先是两道浓烟喷出,仿佛二龙吐须,然后是两道鼻血,像两条粗大的蚯蚓,从他的鼻孔里爬了出来。姚七大声喊叫:

"主人有赏啦——"

检疫员小韩,拿着两个红包,从东厢房里跑出来,一张桌子上放了一个。接下来,和尚和吹鼓手打起了擂台,各自都拿出来看家的本事。很难说谁胜谁负。大和尚,这样的事情,我估计您不愿意听下去了。让我们省略这些,让事情飞快地向前发展。

姚七在东厢房里,向我的父亲和小韩,还有几个来帮忙的男人,夸说着自己的功劳。说他为了请来这两支队伍,跑了五百里路程。"鞋底都磨薄了。"他跷起脚来说。小韩嘴巴奸,刺他道:

"老姚,听说你曾经是老兰的死对头,怎么转身就成了老兰的狗腿子?"

父亲撇了一下嘴巴,没说什么,但心中的话都在脸上了。

"要说狗腿子,大家都是狗腿子,"姚七满不在乎地说,"我还算好的,卖只卖我自己,有的人,把自己的老婆和儿子都卖了。"

父亲脸涨得青紫,咬着牙根说:

"你说谁?"

"我说我自己啊,老罗,你心惊什么?"姚七诡秘地说,"老罗,我听说你马上要结婚了?"

父亲抓起桌子上的墨盒,扔到了姚七的身上,人也忽地站了起来。

姚七满面怒气,但很快就满面奸笑,阴阳怪气地说:

"老兄,好大的脾气。旧的不去,新的不来嘛。你是堂堂的厂长,要找个黄花大闺女也是小菜一碟,这事儿包在我的身上,当官我不行,保媒拉纤,是我的特长。小韩,我看就把你妹妹嫁给罗通吧。"

"操你妈姚七!"我说。

"罗主任,不,应该叫你兰主任,"姚七说,"你是我们村子里的太子了。"

父亲欲往前冲,小韩已经冲了上去。他一把抓住姚七的胳膊,猛地往后一别,姚七的身体不由自主地翻转,脑袋也低垂下去。小韩推着他往前走了几步,到了门口,然后屈膝在他的屁股上一顶,上边也同时用力,姚七就像一发炮弹,蹿到门外去,趴在地上,好久才爬起来。

下午五点钟,隆重的祭棺仪式即将开始。母亲抔着我的脖子,把我抓回到棺材前面,在孝子的位置上坐定。棺材后边的方桌上,点燃了两支白色的像大萝卜一样的羊油大蜡烛,烛光摇曳,散发着刺鼻的羊膻味儿。在羊油大蜡的映照下,那盏豆油灯像一只萤火虫屁股上的光一样微弱。其实老兰家正厅里有一个有二十八个灯头的枝形水晶吊灯,周边还有二十四盏射光灯,把这些灯全部打开,会把在地板上爬行的蚂蚁的触须照得清清楚楚,但我知道电灯营造不出神秘气氛,所以要点蜡烛。在摇曳的烛光里,坐在我对面的甜瓜,神情古怪得更不像人。我越不敢看她越想看她,越看她越觉得她不像人。我看到她的脸像水面的波纹一样变幻不定,五官不断地移位变形。她一会儿像只鸟,一会儿像只猫,一会儿又像匹狼。而且,我发现,她的眼睛,始终在盯着我,一秒也不放松。更可怕的是,我发现,她的屁股是虚虚地坐在小凳子上的,她的两条腿有力地蜷曲着,身体前倾,这正是一个食肉猛兽蓄力待发的姿势,随时都会发生的事情是:她用比闪电还要快的速度,纵身扑过来,跨越了那个燃烧着纸钱的瓦盆,扑到我的身上,双手抱住我的脖子,嘴巴在我的脸上啃着咬着,喀嚓喀嚓地,像啃萝卜一样,把我的头吃光了。然后她就大吼一声,现出原形,拖着像大扫帚一样的尾巴,蹿出去,瞬间就没有了踪影。我知道,真正的甜瓜早就死了,是一个妖精变化成她的样子,坐在这里等待时机。因为我罗小通,不是个一般的孩子,我是个吃肉的孩子,我的肉比一般的孩子要香得多。我曾经听一个化缘的和尚讲过轮回报应,他说:吃肉的终将被吃肉的吃掉。大和尚,那个和尚,也是有点道行的,我们这地方,有道行的和尚真的很多。就说这个化缘的和尚,他在寒冬腊月里,光着脊梁坐在雪地里,盘腿打坐,不吃不喝,整整三天三夜。许多好心的大娘们怕他冻死,拿着被子想去盖他,但看到他满面红光,头上冒着热气,好似一座小锅炉,哪里还需要什么被子?当然也有人说,这个和尚是吃了"火龙丹"的,并不是他真有什么道行。"火龙丹",谁见过?传说而已,但坐在雪地里的和尚却是我亲眼所见。

　　刚掉了一颗牙齿的成天乐大爷,脸上有八十多条皱纹。他充当祭棺仪式的司事爷,左肩右挎着一条白色的绶带,头上戴着一个白色的帽子,中间簇起许多褶子,好有一比,公鸡冠子。他一直没有露面,现在才来,不知他先前藏在哪里。他身上一股子酒味儿,一股子咸鱼味儿,一股子潮湿泥土味儿,于是我猜到他是躲在老兰家的地下室里就着咸鱼喝酒了。喝得七分醉了,目光迷离,视线肯定模糊,眼角上有两块白眵。他的助手沈刚,就是欠过我们家钱的那个家伙,身上的气味和成天乐大爷一模一样,说明他们两个是从一个地方钻出来的。他穿着一身黑衣,胳膊上戴着两只白色的套袖,左手提着一把斧头,右手提着一只公鸡。白公鸡,黑冠子。与他们同时进门的还有一个人。这可是个重要的人物,不能不提。他就是老兰的妻弟苏州。按说他是要紧的亲戚,应该最早地出现在这里,但是他一直到现在才出现,如果不是早有预谋,就是从外地刚刚赶回来。

　　父亲、姚七、小韩,还有几个强壮的男人,也相跟着进了正厅。正厅门外的院子里,摆上了两条矮腿凳子,一群男人扛着木杠子,在廊檐下等候着。

　　"祭棺——"

　　随着成天乐大爷一声拖腔拿调地高叫,老兰从里屋里冲出来,扑跪到棺材前,手拍着棺材盖子,哭喊着:

　　"孩子她娘啊～～～啊呵呵呵～～～你好狠心啊～～～你撇下我和甜瓜就这样走了啊～～～啊呵呵呵～～～"

　　棺材盖子扑通扑通地响着,老兰眼泪纵横,看样子伤心透顶,粉碎了很多谣言。

　　院子里,吹鼓手高奏哭丧调,和尚们高诵超度经,都使出来吃奶的力气。屋里屋外呼应着,把悲痛的气氛渲染得登峰造极。我暂时忘记了对面的妖精,鼻子一酸,眼泪哗哗地流了出来。

　　而此时,老天也来助阵,一阵滚雷过去,铜钱大小的雨点子噼里啪啦地砸了下来。雨点子砸在和尚们的光头上,吹鼓手们的腮帮子也承受着雨点子的打击。然后雨点小了,但密集起来。和尚们和吹鼓手们十分敬业,在雨中坚持着。和尚们的光头上,溅起来许多的小水花,让人感到清爽。吹鼓手的喇叭唢呐铜光闪闪,乐声更显得悲怆。最悲惨的是那些纸活儿,在骤雨中先是扑簌簌乱响,接着就酥了,破了,前窟窿,后洞眼,露出了高粱秸子扎成的框架。

成天乐使了一个眼色,姚七上前,把痛不欲生的老兰拉到一边。

母亲上来,把我拉到棺材头上。小媳妇把甜瓜拉到棺材尾上。我们俩隔棺相望。这时,变戏法似的,成天乐大爷手里出现了一面铜锣,一声破锣响,外边的吹鼓声和念经声戛然而止,只有急雨冲击地面和廊檐发出的嘈杂之声。沈刚紧手紧脚地走到棺材前面,把那只双腿被缚住的公鸡放在棺材盖子上,然后高高地举起手中的斧头。

锣声响,鸡头落。

"起棺——"

成天乐大爷一声令下,本来应该出现的场面是周围的男人们一拥而上,把棺材托起来,抬到院子里,放在凳子上,拴上绳子,穿上杠子,抬出大门,走上大街,进入原野,送下墓穴,封上墓门,堆起坟包,竖起墓碑,万事大吉。但事情在一瞬间发生了变故。

抢在众男人之前,老兰的小舅子苏州,扑上去,趴在棺材上,哭喊着:

"姐姐啊～～～我的亲姐姐～～～你死得好惨啊～～～你死得好冤啊～～～你死得不明不白啊～～～"

他一边哭喊一边拍打棺材盖子,弄得手上全是鸡血。场面尴尬、恐怖,众人大眼瞪着小眼,一时都没了主意。

愣了片刻,成天乐大爷上前,扯扯他的衣裳,说:

"苏州老弟,行了,哭哭就行了,让你姐姐入土为安吧……"

"入土为安?"苏州哭声顿时止住,猛地站直了腰,转过身,屁股坐在棺材上,面对着众人,眼睛放着绿光,像宣誓一样说,"没门! 入土为安? 你们想消灭罪证? 没门!"

老兰低着头,好久没有吱声。苏州把话说到这种程度,旁人也就不好说话。老兰萎靡不振地说:

"苏州,你说吧,你想怎么样?"

"怎么样?"苏州气势汹汹地说,"你谋杀发妻,天地不容!"

老兰摇摇头,痛苦地说:

"苏州,你不是个孩子,孩子可以信口开河,但你不能乱说。你说话要负法律责任的。"

"法律责任?"苏州狂笑着,"哈哈,哈哈,法律责任,谋杀发妻要不要负法律责任?"

"你有什么证据吗?"老兰平静地说。

苏州用血手拍打着身下的棺材说:

"这就是证据!"

"你能不能说得明白点?"老兰说。

"如果你心中没鬼,"苏州说,"为什么匆匆忙忙地去火化? 为什么不等我来就盖棺?"

"我派人找了你好几次,有人说你到东北进货去了,有人说你去海南岛游玩了,"老兰说,"现在是擀面棍都能抽芽的酷热天气,等了你整整两天……"

"你不要以为火化了就消灭了罪证,"苏州冷笑着说,"拿破仑死了几百年,但后人们还从他的骨头里化验出来砒霜;潘金莲把武大郎烧了,武松还是从骨头上看出来破绽——你休想蒙混过关。"

"真是天大的笑话,"老兰眼泪汪汪地看着众人说,"我老兰要是跟她过不下去,完全可以通过正当的手续和她离婚,何必用这样的手段? 乡亲们都是明眼人,你们说,我老兰会办这种傻事吗?"

"那你说我姐姐是怎么死的?"苏州声色俱厉地问。

"你逼我啊,苏州,"老兰蹲在地上,捂着脑袋,说,"你是逼我把家丑外扬啊……你姐姐糊涂,自己寻的短见,上吊死的……"

"我姐姐为什么要上吊?"苏州尖厉地哭喊着,"你说,她为什么要上吊?"

"孩子她娘,你糊涂啊……"老兰哭着,用拳头擂打着自己的头颅。

"老兰,你这个畜生,你勾结情妇,害死我的姐姐,然后伪造自杀现场,"苏州咬牙切齿地说,"今天,我要为我姐姐报仇!"

苏州抓起那把锋利的斧头,从棺材上一跃而下,扑到了老兰的身边。母亲惊叫一声:

"拦住他——"

众人一齐上前,拽胳膊的拽胳膊,搂腰的搂腰,苏州将手中的斧头对着老兰投过去。斧头在空中飞行,闪着白光,拖着红色的尾巴,飞向老兰的脑袋。母亲急忙扯了老兰一把,斧头落地。母亲一脚将斧头踢到一边,惊恐地说:

"苏州,你太野蛮了。光天化日之下,竟敢持斧杀人。"

"哈哈,哈哈,"苏州狂笑着,说,"杨玉珍,你这个淫妇,就是你,和老兰合伙害死了我的姐姐……"

母亲脸色赤红,瞬间变得苍白,嘴唇打着哆嗦,母亲伸出一根颤抖的手指,指着苏州,说:

"你……你血口……喷人……"

"罗通,你这个窝囊废,你这个绿帽子,你这个老乌龟!"苏州指着父亲,高声叫骂着,"你他妈的还是个男人吗? 你老婆和他明铺热盖,换来了你的厂长,你儿子的主任,你这样的东西,还有脸活在这个世上? 我要是你,早就一绳子勒死了,可你还活得有滋有味……"

"我操你娘苏州!"我扑上前去,对准苏州的肚子用拳头乱打。

几个男人上前,把我拖到后边。

姚七上前,劝说苏州:

"老弟,打人不打脸,骂人不揭短,当着儿子和女儿的面,你抖搂这些事,这不是让老罗无地自容吗?"

"我操你娘姚七!"我破口大骂。

妹妹从人缝里钻出来,骂道:

"操你娘姚七!"

"这些孩子,真是勇敢,"姚七笑着说,"动不动就要操人家的娘,你们知道怎么操吗?"

"各人都嘴巴上积德,少说几句吧。"成天乐大爷说,"我是司事爷,我做主,起棺!"

但无人听他的命令,众人的目光都集中在我父亲的脸上,仿佛在期待着什么。

父亲站在墙角,背靠着墙壁,仰着脸,眼睛好像看着天花板上那些壁纸的花纹。苏州的叫骂、姚七的讽刺似乎都没对他造成什么影响。

外边急雨似箭,水声喧哗,和尚和吹鼓手都像木偶一样呆呆地站着,风吹雨打不动摇。一只杏黄肚皮的小燕子,斜刺里飞进厅堂,惊惶地碰撞着,它的翅膀扇起的气流使蜡烛的火苗动摇不定。

父亲长出了一口气,离开墙根,慢慢地往前走,一步,两步,三步,四步……众人都呆呆地看着他。五步六步七步八步,父亲在那把斧头前站住,低头,弯腰,用右手的食指和拇指捏着木柄,把斧头提起来。然后他用衣襟一角,把斧柄上的鸡血擦干净。他擦得很仔细像一个爱护工具的木匠。然后他就用左手把斧柄紧紧地攥住了。我父亲是村子里有名的左撇子——我也是左撇子——妹妹也是左撇子——左撇子聪明——我们和母亲靠在一起吃饭时,手中的筷子老是和母亲手中的筷子打架——父亲对着姚七走过去,姚七倏忽一闪,躲到了苏州身后。父亲对着苏州走过去,苏州倏忽一闪,躲到了棺材后边。姚七仓皇地绕到棺材后边,依然用苏州的身体做了自己的屏障。其实我父亲根本就不屑于与他们较劲。我父亲对着老兰走过去。老兰站起来,面色平静地点点头,说:

"罗通,我以前高看了你,其实,你配不上野骡子,也配不上杨玉珍。"

父亲把斧头高高地举起来。

"爹!"我高喊着往前飞。

"爹!"妹妹高喊着往前飞。

小报记者的相机举起来。

摄像记者的镜头对准了父亲和老兰。

父亲手中的斧头在空中拐了一个弯,劈进了母亲的脑门。

母亲一声没吭,木桩似的站了片刻,然后前仆,倒在父亲怀里……

第 四 十 炮

　　那两个腿脚利落的电工，在庙堂的墙壁上钉上了一个钉子，然后牵拉着一根电线，挂上了一个巨大的灯泡。白得刺眼的灯光把昏暗的庙堂照耀得像羊痫风一样惨白。我痛苦地眯起眼睛，感到四肢紧张地抽搐，耳朵眼里仿佛有两只蝉在鸣叫。我担心自己的病又要犯了。我很想动员大和尚进入神像后边的小屋，去躲避刺眼的白光，但大和尚神色安详，看样子十分舒适。我突然发现在我的身旁，放着一副精巧的墨镜，很可能是那个医学院的女学生——我拿不准她是不是老兰的女儿，天下同名同姓的人多着呢——抢救我时，遗忘在这里的。她抢救过我，对我有恩，按说我应该去把墨镜还她，但她已经无影无踪。我把墨镜戴在眼上，挡住了强烈的光线。如果她出现在这里，我就立即把墨镜还她，如果她不出现，那我就暂时借戴一下，虽然我知道，像我这样的人戴过的墨镜，那样的小姐，是不会再要的了。我眼前的一切都改变了颜色，是一种柔和的米黄色，感觉很舒服。老兰大大咧咧地跨过门槛，进入庙堂，将那只没受伤的手举到胸前，胡乱做了一个揖，然后又深深地鞠了一个躬，用一种听起来很不正经的语气说:马神爷爷,老兰无知,多有得罪,请了一台大戏,唱给您听。您老人家保佑我发大财,等我发了大财,就捐巨款,重修庙宇,再塑金身,我还要给您老人家配上几个小姐,让您老人家随时随地都可以尽兴,不用半夜三更地去跳人家的墙头。他的祝祷词引得身后的随从捂着嘴巴笑了。范朝霞撇着嘴说:你这是求神?分明是在惹神生气。老兰说:你懂什么?神理解我。马神爷爷,您看看我这个老婆怎么样?如果您愿意,我就让她来侍候您!范朝霞踢了老兰一脚,说:你真是狗嘴里吐不出象牙来,马通神显灵,一蹄子蹄死你。他们的女儿在院子里大声嚷叫着:爸爸,妈妈,我要吃棉花糖。老兰拍拍马通神的脖子,说:马神爷爷,再见,看中了哪个女人托个梦给我,老兰保证给您弄来。现在的女人,就喜欢您这样的大家伙呢。在众人的簇拥下,老兰走出了庙门。我看到,几个举着棉花糖的孩子在人群中钻来钻去,一个卖烤玉米的小贩子用一把破扇子扇着炉子里的炭火,拖着长腔喊叫:烤玉米——一穗一块钱——不香不甜不要钱——戏台前面已经坐满了观众。戏台上,锣鼓家什铿铿锵锵地敲打起来,琴师开始吱吱呀呀地调弦。一个头上扎着冲天小辫子、穿着一件红肚兜、脸蛋子抹得通红的小男孩,一个身穿偏襟大褂、肥腿裤子、脑后留着发髻的青衣,还有一个头戴斗笠、脚穿草鞋、下巴上粘着白胡须的老头,还有一个蓝靛脸的男丑,一个太阳穴上贴着膏药的女丑,吵吵嚷嚷地走进庙堂。那个青衣怨怨不平地说:这算什么演员休息室?连把椅子都没有!白胡子老头说:您哪,就将就着吧。不行,青衣说,我找团长去,也太不把我们当人了。那位蒋团长应声而至,冷冷地说:什么事?青衣大声说:团长,我们不是名角,不敢摆谱,但我们总还是人吧?没有热水我们喝凉水,没有饭菜我们啃面包,没有化装室我们在车上化,但总得给我们条凳子坐吧?我们不是骡马,骡马可以站着睡觉,站着休息。团长说:同志,委屈一点吧,我做梦都想让你们到长安大剧院里去唱戏,让你们到巴黎歌剧院去登台,那里什么都有,可我们去得了吗?说句难听的,咱们就是些高级乞丐,甚至连乞丐都不

如,乞丐是破罐子破摔,咱们呢,还端着架子放不下。女丑说:咱们干
脆去讨饭吧,我敢保证比现在收入高,多少乞丐家里盖起了洋楼。话
是这样说,但真要让你去讨饭,你们又不干了,团长压低了嗓门说:同
志们,将就点吧。为了多跟老兰要五百元钱,我他妈的就差给他舔屁
股了。我也是堂堂的戏校毕业生,大小也是一个知识分子,上世纪七
十年代我编写的剧本参加省里会演得过二等奖,你们没看见我在老
兰那帮子马仔面前那个低三下四的样子,连我自己都为我的嘴巴里
说出来那么多肉麻的话害羞,一个人的时候就偷偷地抽自己的嘴巴
子。所以,大家既然舍不得这个饭碗,还迷恋这门子穷酸艺术,那就
要忍辱负重,既然没有热水可以喝凉水,没有饭菜可以啃面包,那么,
没有凳子,就站着吧。站着好啊,站得高,看得远。那个打扮得像传
说中的哪吒的小男孩从我和大和尚之间蹿过去,一纵身就跃到马通
神的背上,朗声说:董大姨,骑上来吧,这里很舒坦。青衣说:你这个
没心没肺的小肉孩。我不是肉孩,我是肉神,我是肉仙,男孩在马背
上颠动着屁股说。年久风化、潮湿酥软的马通神的脊背坍塌下去。
小男孩吃了一惊,匆忙出溜下来,惊叫着:马脊梁断了! 不但马脊梁
要断,女演员仰脸看看,说,这庙很快也要塌,但愿今晚上不把我们包
在里边当了肉馅。那个白胡子老头说:放心吧,小姐,肉神会保佑您
的,您是肉神的娘! 团长搬着一把破椅子急匆匆地跑进来,说:小肉
孩,准备上场! 团长把椅子往女演员身后一放,说:对不起您小董,将
就着坐吧。小肉孩拍拍屁股,搓搓手上的泥巴,蹦出庙堂,踏着木板
钉成的台阶,跑上舞台。锣鼓紧急刹住,胡琴和横笛演奏着过门曲
儿。小肉孩高声叫板:为救娘亲~~我日夜奔忙~~一腔唱罢,人已经
跑到了戏台子中央。我透过后台那道简陋的蓝色幕布宽大的缝隙,毫
不吃力地看到他在戏台子上翻起了跟斗,锣鼓家什急急地敲打着,台下
的观众为肉孩子那一连串的跟斗齐声喝彩。穿过了山和水沉睡的村庄
~~去城里见到了神医老杨~~他为我的娘开了药方~~这药方用
药实在奇怪~~有巴豆有生姜还有牛黄~~去药店高抬手把药方献

上～～那抓药的伙计要我拿两块光洋～～我家中早已是不名一文～～让我这一片孝心的肉孩子百结愁肠——然后小肉孩就满地打滚,表现出"百结愁肠"的样子。在咣采咣采的铜锣和铜钹声中,我感到自己仿佛与那个肉孩子融为了一体。那个吃肉的罗小通的故事,与坐在大和尚侧面的我有什么相干呢?那似乎是另外一个孩子的故事,而我的故事正在戏台上演出。接下来,肉孩为了给母亲抓药,找到了那个专门保媒拉纤贩卖儿童的卖婆子,要求自卖自身。卖婆子一上场就带上去一股子欢乐幽默的气氛,她出口都是韵:卖婆子俺,本姓王,靠一张巧嘴吃四方。俺能把鸡说成鸭,把驴嘴安在马腚上。俺能把死人说得满街跑,把活人说得见阎王……卖婆子正滔滔不绝地说着,一个浑身赤裸、披头散发的女人,攀援着戏台一侧的立柱,一个鹞子翻身,上了戏台。台下一片哗然,几声兴奋的喊叫直冲云霄:好啊——!我惊叫一声:大和尚——!我看清了裸体疯女人的面孔,啊呀,竟然是昔日的影星黄飞云。她一上台,肉孩子和卖婆子就退到了一边。黄飞云旁若无人地在戏台上转了几圈,然后她的目光就被戏台一侧的那个肉神像吸引。她站在木像面前,伸出手指,试试探探地戳戳它的胸脯,接着就左右开弓,啪啪地扇着它的耳光。因为肉神像高大,她不得不跳跃起来,手掌才能够到它的腮帮子。几个男子爬上戏台,看样子是想把她擒下去。但她身体油滑,从那几个男人的包围圈中轻松地逃脱。又上去几个男人,个个脸上都浮现着居心不良的微笑。他们胳膊相连,组成了一道人墙,向她逼近。她咭咭地笑着,身体慢慢地倒退。她倒退,倒退……你们这些混蛋,不要逼她了。我听到我的心在大声吼叫,但是,凄惨的事情还是不可避免地发生了。黄飞云仰面朝天跌下戏台,台下一阵惊呼。过了片刻,我听到一个女人的声音——是医学院学生甜瓜在惊叫:她死了!你们这些畜生,你们为什么要逼她?!大和尚……我感到心痛欲裂,眼泪哗哗地淌出来。我感到一只冰凉的手在抚摸我的头顶,泪眼朦胧的我看到:那是大和尚的手,他满面悲伤的神情,再也不去遮掩,一声十分软弱的叹息,从他的嘴巴里发出。我听到他说:孩子,说你的故事吧,我听着。

母亲死了。父亲被捕。据懂法律的老韩大叔说,父亲罪行严重,最轻也要判个死缓,弄不好就要枪毙。我和妹妹,成了真正的孤儿。

大和尚,我永远忘不了父亲被捕那一天。那一天是十年前的今天。那一天头天夜里也下了一场大雨,上午也像今天的上午一样潮湿闷热,阳光也像现在这样毒辣。九点多钟,市公安局的警车拉着警笛开进了村子,许多人跑来观看。警车停在村子办公室前,镇派出所的民警大老王和武金虎把父亲从办公室里押出来。武金虎把派出所的手铐从父亲手腕上卸下来,市公安局的警察用他们自己的手铐把父亲铐起来。

我和妹妹站在路边,看着父亲浮肿的面孔和一夜之间白了的头发。我感到心中并无痛苦,但眼泪却哗哗地流下来。父亲对着我和妹妹点点头,示意我们过去。我和妹妹犹犹豫豫地走上前,在距离他几步远的地方停住了脚步。父亲抬了一下手,似乎想抚摸我们,但是他没有。亮晶晶的手铐在他的手腕上闪烁着,照花了我们的眼睛。父亲低声说:

"小通,娇娇,爹一时糊涂……你们俩碰到什么难处,就去找老兰吧,他会照顾你们的。"

我怀疑自己的耳朵出了问题,抬头朝着父亲双手指点的方向看去:老兰站在路边,垂手肃立,醉眼蒙眬。新剃了一个光头,头皮坑坑洼洼。刚刮了胡须,突出了结实的大下巴。那只破耳朵,格外地丑陋并且还可怜巴巴。

警车远去,路边看热闹的人渐渐散开。老兰摇摇摆摆地走到我和妹妹面前,哭丧着脸说:

"孩子们,从今以后,你们就跟着我过吧,有我老兰吃的,就有你们吃的,有我老兰穿的,就有你们穿的。"

　　我晃动着脑袋，把纷乱的思绪甩出去，集中了全部的精力，想了一会儿，说：

　　"老兰，我们不会跟你一起过的，许多问题，我们还没有想明白，但无论如何，我们不会跟你一起过。"

　　说完了话，我就拉着妹妹，回到了自己的家。

　　我们看到，黄彪的小媳妇，穿着一身黑色的衣裳，脚蹬一双白色小皮鞋，头上别着一个黄色的蜻蜓形状的发卡，提着一篮子饭菜，已经站在大门口等候。她的目光躲躲闪闪，不敢和我们对视。我很想把她轰走，因为我知道她是奉了老兰的命令而来。但是我没有这样做，因为她把篮子放在我们面前的地上，自己先走了。扭着屁股急匆匆地走了。连头都没有回。我很想把篮子踢翻，但篮子里散发出的肉香使我难以抬脚。死了母亲，走了父亲，我们心中悲痛，但我们已经两天没有吃东西，饥饿毫不客气地折磨着我们。我可以不吃不喝，但妹妹还是个小孩子，一顿饭不吃，脑细胞要死好几万。饿瘦了，还是小问题，饿成傻子，我这个当哥哥的，怎么能对得起父亲和野骡子姑姑？我想起了几部看过的电影，还有连环画，那上边，革命的人，缴获了反革命的行军锅，锅里煮着喷香的肉，蒸着雪白的馒头，连长兴高采烈地说：同志们，吃！我提起篮子，进入家门。将饭菜从篮子里端出来，放在桌子上，像连长一样，对妹妹说：

　　"娇娇，吃！不吃白不吃，吃了也白吃！"

　　狼吞虎咽，一会儿工夫，肚子就鼓了起来。休息片刻，开始考虑问题。一切都像一场梦，转眼之间，命运发生了重大变化。是谁造成了这场大悲剧？是父亲？是母亲？是老兰？是苏州？是姚七？谁是我们的敌人？谁是我们的朋友？我很迷茫，我很犹豫，我的智力经受着空前的考验。老兰的面孔，在我的眼前晃动。他是我们的敌人吗？是他，就是他。我们不会接受父亲的建议，父亲的建议是混账的，我们怎么可能去他家寄养？我虽然年龄不大，但我领导过"洗肉"车间，参加过吃肉大赛，让那些高大汉子在我的面前低头认输，我早就是一个男子汉,现在我更是一个男子汉。"婆婆死,媳成娘;爹爹死,儿称王。"我爹虽然还没死,但也跟死差不多了。我称王的时刻到了。我要报仇,我要带领着妹妹,去找老兰报仇。我对妹妹说:

"娇娇,老兰是我们的仇人,我们要去杀了他。"

妹妹摇着头说:

"哥,我觉得他挺好的呀!"

"娇娇,"我严肃地说,"你还年轻,没有经验,不能透过现象看到本质。老兰是只披着羊皮的狼,披着羊皮的狼,你懂吗?"

"我懂了,哥哥,"妹妹说,"我们去杀他吧,要不要先把他送到车间去注水?"

"君子报仇,十年不晚。十年,太长了一点,现在就去,太匆忙了一点。我们不用等十年,但我们也不能现在就去。我们要先去弄一把快刀,瞅个空子,把他干掉。我们要伪装出很可怜的样子,我们要让他们都感到我们是两个可怜的小孩子,使他们丧失警惕,然后我们才能伺机杀了他。他力大,硬拼我们不是他的对手,何况,他身边还有武艺高强的黄豹。"我深思熟虑地说,"至于注水,看情况决定吧。"

"哥,我听你的。"妹妹说。

不久后的一个上午,我们应邀去成天乐大爷家喝骨头汤,骨头汤很有营养,含钙,对于我妹妹这种正在长个子的小孩很有好处。一个好大的锅。锅里有许多骨头。我对马牛羊驴犬豕骆驼狐狸的骨头很熟悉,成堆的牛骨头里混上一根驴骨头我一眼就能看出来,但面对着这锅骨头我却发了蒙。我从来没有见过这样的骨头。那发达的腿骨、粗大的脊椎骨和那钢鞭一样的尾骨,都让我联想到凶猛的猫科动物。我知道成天乐大爷是个好人,对我很有感情,他绝不会害我,他让我吃的东西,绝对是好东西。我和妹妹坐在锅台旁边的一个小方桌旁喝骨头汤,喝了一碗又一碗,喝了两碗喝三碗,喝了三碗喝四碗。成天乐大爷的老婆手持着一柄大勺子站在锅旁,看到我们的碗空了,一勺子汤就撇了过来。成天乐大爷在旁边关切地说:孩子们,多喝点。

我们从成天乐大爷家顺手弄了一把生锈的牛耳尖刀。大刀我们不要。大刀没法随身携带，这把牛耳尖刀正好，可以藏在身上。我们把一块磨刀石搬到屋子里，把电视机开到最大音量，关好门，堵好窗，磨刀霍霍，准备去杀老兰。

那些日子里我们兄妹似乎成了村子里的贵客，家家都用最好的饭食招待我们。我们吃过骆驼的驼峰——彻底就是一块脂肪——吃过绵羊的尾巴——纯粹是一块板油——吃过狐狸的脑髓——完全是一堆狡猾——我们吃过的好东西不能一一尽数，大和尚，但我必须告诉您，我们在成天乐大爷家除了喝了许多骨头汤之外，我们每人还喝了一盅子碧绿的苦酒。尽管成天乐大爷不告诉我们，但我已经猜到了，那是用金钱豹子的苦胆浸泡的酒，而那口大锅里的骨头，是一副完整的金钱豹子的骨架。我和妹妹，都是吃了豹子胆的人，即便我们原先胆小如鼠，吃了豹子胆之后，就是胆大包天了。

村子里的人们，用最好的食物，把我们养得浑身是劲，胆大包天，虽然什么人也没对我们兄妹俩说过什么，但我们清楚地知道他们这样饲养我们是为了什么。我们在吃完美食之后，为了表示感谢，也多次含含糊糊地说：

"大爷大娘们，大叔大婶们，大哥大嫂们，你们就等着吧。我们兄妹，是精通历史、深明大义之人，我们是有仇必复，有恩必报！"

每当我们说完了这些话，就感到一股子悲壮之气在胸中翻腾不止，浑身的血液也热得接近沸腾。那些听我们说话的人，也个个神情激动，眼光闪烁，嘴巴里发出哼哼哈哈和长长的感叹之声。

报仇的日子一天天近了。

报仇的日子终于到了。

那天，在肉联厂的大会议室里，召开改制大会，村集体所有的肉联厂在这次会后，就会变成股份制。我和妹妹也有二十股，我们也是股东。这样的破会，没有必要多说。这个会议之所以能够被人口口相传是因为我和妹妹的复仇。我从裤腰带上抽出牛耳尖刀，高声喊叫着：

"老兰,你还我的父母!"

我的妹妹从袖子里顺出一把生锈的破剪刀——行前我曾经要妹妹把剪刀磨磨,妹妹不磨,她说用生锈的剪刀扎人可使被扎者得破伤风——高声喊叫着:

"老兰,你还我的父母!"

我们高举着刀剪对着正在台上讲话的老兰扑过去。

妹妹被台阶绊了一下,摔了一个嘴啃地,呜呜地哭了起来。

老兰停止讲话,走过来,把妹妹抱起来。

老兰用手指翻开妹妹的嘴唇,我看到,妹妹的嘴唇上破了一个黄豆大的窟窿,血把她的牙齿染红了。

这个突然的变故,把我的计划全盘粉碎。我感到自己就像一条被锥子扎了的轮胎,满腹怒气,哧哧地泄了。但我不甘心就这样算完,要不我没法子向乡亲们交代,也对不起我的父母。我努力地憋着气,把刀子举起来,一步步地向老兰逼近。我的脑袋里突然出现了我父亲提着斧头向老兰逼近的图像,仿佛我就是我的父亲。老兰用手掌擦擦娇娇的眼泪,哄着她说:

"好孩子,别哭,别哭……"

说着话,老兰的眼睛里竟然有泪流了出来。他把娇娇递给坐在前排的理发师范朝霞,说:

"抱她去卫生室,抹点药。"

范朝霞接过娇娇,老兰腾出手,把那把破剪刀捡起来,扔在讲台上。然后他搬着一把椅子,走到我的面前,把椅子放下,坐下,拍拍心脏的部位,对我说:

"小通贤侄,来吧。"

说完了这句话,他就闭上了眼睛。

我看着他那个刚刚剃过的坑坑洼洼的头,那个刚刚刮了胡须的青下巴,还有他那只被我父亲咬破的耳朵,还有他那抽搐不止的脸上

的两道泪水,心中竟然涌上了一阵悲痛,还产生了一种很想扑进这个
王八蛋怀里去痛哭一场的可耻念头。我突然明白了父亲手中的斧头
为什么劈进母亲的额头的原因了,但老兰的身边无人可扎,台下的人
和我无冤无仇,扎谁都不合适。我该怎么办?真是天无绝人之路,老
兰的保镖黄豹,正大踏步地扑进会场。这个帮虎吃食的杂种,杀了你
就等于砍去了老兰的膀子。我挺起胳膊,举着刀子,迎着黄豹冲过
去。我的嘴巴里发出呀呀的喊叫声,脑子里一片空白。大和尚,我已
经对您讲过黄豹的超凡武功,我当时年少体弱,哪里是他的对手?我
的刀子对着他的肚子捅过去,但他一伸手就抓住了我的手脖子,顺势
往上一提,只听的"嘎巴"一声响,我的胳膊,就脱了他娘的臼了。

我的复仇,就这样窝窝囊囊地结束了。

在很长的一段时间里,罗小通复仇,成了村里人的一个笑柄。我
和妹妹虽然蒙受了耻辱,但也因此名声大振。有几个主持公道的人
还替我们说话,说这两个孩子,终究不是省油的灯盏,等他们长大了,
老兰的末日就到了。但话是这么说,请我们去家里吃饭的人,再也没
有了。老兰让小媳妇给我们送过几次饭食,但很快也就不送了。黄
豹不计前嫌地来传达过老兰的命令,让我回肉联厂继续担任洗肉车
间的主任,但我没有答应。我虽是小虫,但也有三分志气。我怎么可
能再去没有了父亲和母亲的肉联厂工作呢?话是这样说,但肉联厂
毕竟是留下我许多美好记忆的地方,我和妹妹往往在不知不觉的情
况下,走到了肉联厂外边的马路上。不是我们要来,是我们的腿把我
们载来的。我们看着厂子新建的用黑色花岗岩贴面的漂亮大门,看
着那悬挂在大门口旁边上写着漂亮大字的牌子,看着那扇电动的大
门,时而缓缓展开,时而缓缓收缩,现代化的派头十足。一切都改变
了,过去鬼鬼祟祟的肉联厂,变成了堂堂正正的华昌肉类加工股份有
限公司。工厂里栽满了奇花异木,工人们都穿着洁白的大褂进进出
出,知道的说这里是个屠宰场,不知道的呢,还以为这是个医院呢。
什么都变了,只有那个用松木建成的超生台,还矗立在那个角落里,

仿佛一个符号,让我们回忆起过去的日子。有一天夜里,我和妹妹同时梦到我们爬上了超生台,在台上,我看到了父亲和母亲乘坐着一辆骆驼拉着的车,在一条铺着新鲜黄土的大道上匆匆奔跑。妹妹则看到,她的母亲和我的母亲,坐在一个摆满美味佳肴的桌子边上,频频地碰杯。妹妹说她们杯子里的酒颜色碧绿,是不是用豹子胆浸泡过的酒呢? 谁知道呢。

在那些日子里,让我感到最痛苦的不是饥饿,也不是寂寞,而是一种尴尬。我知道这是那次复仇失败造成的后果。我痛感到不能这样下去,必须寻找一种解除尴尬的方式,这方式要达到的目的就是让老兰难受,我们不去杀他,我们也杀不了他,我们其实也没有必要去杀他——一刀子捅进去,他死了,我们也完蛋了,这没有意思。怎么着才有意思呢? 一条妙计涌上我的心头。

我和妹妹,在一个秋高气爽的中午,手持刀剪,昂首挺胸地进了肉联厂,没人拦挡我们。我们碰到了做饭的黄彪,向他打听老兰。他对着宴会厅歪歪嘴巴。我和妹妹朝宴会厅走去。我听到黄彪在我们身后低声说:爷儿们,好样的!

宴会厅里,老兰和新任厂长姚七,陪着远方的客户大吃大喝。桌子上摆着精美的肉食,有驴的嘴唇和牛的肛门,有骆驼的舌头和马的睾丸,都是听上去不雅但风味独特的东西。它们散发着刺鼻的气味,与我们打着招呼。尽管我们兄妹已经好久没有吃到肉食了,见到肉不由得心旌摇荡,但我们大事在身,绝不能因肉而分散精力。我和妹妹一进门老兰就发现了。他感染力极强的笑谈立即收敛,皱皱眉头,对着姚七使了一个眼色。姚七慌忙站起来,迎着我们说:

"小通,娇娇,你们来了? 饭在另外的屋子里,我带你们去吧。"

"是本厂两个职工的遗孤,由我们厂负责供养。"我听到老兰低声对客商解释着。

"你闪开,"我拨开姚七,上前几步,逼近老兰,严肃地说,"老兰,你不要紧张,更不要惊慌,你的脑门不要淌汗,肠子也不要痉挛,我们今天不是来杀你的,我们是来让你杀的。"我把刀子在手中调了一下,妹妹把剪刀也调了一下,我们把刀子柄和剪子柄送到老兰的面前,说:"来吧,老兰,我们活够了,我们活得够够的了,你把我们杀了吧!"

妹妹说:"如果你不杀了我们,你就是个王八蛋!"

老兰满面赤红,努力挣出来一个笑脸:

"你们这两个孩子,开什么国际玩笑?"

"我们不是和你开国际玩笑,也不是和你开国内玩笑,我们是要你杀了我们。"

老兰沉思片刻,苦笑着说:

"孩子们,我们之间,存在着巨大的误会,你们现在还小,大人的事情,你们不明白。我估计你们是受了坏人的挑拨,但我相信总有一天你们会明白的。现在我什么也不对你们解释,你们如果恨我,随时都可以杀我,我恭候着你们。"

"我们不杀你,我们为什么要杀你呢? 我们也不恨你,我们只是不想活了,我们只是让你杀了我们,我们请你杀了我们。"

"我是王八蛋,我是王八蛋行了吧?"老兰说。

"那也不行,"妹妹斩钉截铁般地说,"你必须杀了我们。"

"小通,娇娇,好孩子,别闹了。"老兰说,"你们父母的事情,我很难过,我真的很难过,我心中一刻也不得安宁。我时刻都在考虑你们的前途。孩子们,听我的话,不要闹了。你们想工作,我安排。你们想上学,我也安排。好不好?"

"不好,"我说,"我们什么也不想,我们就想死。你今天必须杀了我们。"

一个胖脸的外地客商笑着说:

"嗨,这两个小孩,真是有意思。"

"这是两个天才,"老兰笑着对客商说,然后转过脸来对我们说,"小通,娇娇,你们先去吃肉,让黄彪给你们上最好的肉,我现在有事,待会儿,我们一定商量出个解决的办法。"

"不行,你再忙也不差这点时间,"我说,"只要两刀,你就把我们杀了。杀完我们,你继续忙你的事情,我们耽误不了你多少工夫。你如果现在不杀我们,我们每天都会来烦你。"

"反了你们了,小东西!"老兰拉下脸来,恼怒地喊,"黄豹,把他们弄出去!"

黄豹走过来,一手抓着我的脖子,一手抓着娇娇的脖子,把我们拖拉出去。他往外拖我们,我们很顺从,一点也不反抗,但只要他松开我们,我们就要去找老兰,我们找到老兰,就会把刀子和剪子往他的手里递,同时我们就恳求他杀了我们。

我们的威信,像礼花一样轰地蹿上了天。从此之后,我们每天都去肉联厂找老兰,找到他就求他杀我们。老兰安排了门卫拦截我们,不许我们进厂。我们进不了厂,就在大门口坐着,耐心地等待。只要老兰的车一露头,我们就扑上去,跪在车前,举着刀子剪子,请求他杀我们。后来老兰干脆就不出厂门,我们就在大门口高声喊叫:

"老兰啊老兰,你出来杀了我们吧～～～老兰啊老兰,你行行好杀了我们吧～～～"

没人的时候,我们只是坐着,有人的时候,我们就站起来喊叫。马路上的人,听到我们喊叫,往往会走上前来问我们的究竟,我们也不回答,只是更加卖力地喊叫:

"老兰啊,杀了我们吧～～～求求您啦～～～"

我们估计,在很短的时间里,关于我们的故事,已经在半个县的范围内流传开了。其实,何止是半个县呢?应该是半个省,半个国,因为,那些来肉联厂订货的人,天南海北都有。

有一天,老兰化装成一个老头,坐在一辆破吉普车上,想从大门混出去,但他身上那股子独特的气味,我和妹妹大老远就嗅出来了。我们拦住吉普车,将他从车篷里拖下来,把刀子和剪子往他的手中硬塞。他接过刀子和剪子,虎着脸,说:

"疖子不出脓,早晚都是病。"

他先把右腿放在吉普车的踏板上,把裤腿子撸上去,将那把刀子,对准了腿肚子,噗的一声扎了进去。然后,他把右腿拿下来,将左腿放上去,撸上去裤腿子,用那把生锈的破剪刀,瞄准腿肚子,噗的一声扎了进去。他把左腿也从踏板上拿下来,双手拎着裤腿子,腿上插着刀子剪子,在大门口走了两圈,许多的血,从他的腿肚子上流了下来。他把右腿放在吉普车的踏板上,将那把刀子欻地拔出来——一股黑红的血随着蹿出来——扔在我的面前。他把右腿拿下来,将左腿换上去,将那把剪刀,哧地拔了出来——一股子蓝色的血蹿出来——扔在妹妹的面前。他看着我,轻蔑地说:

"小子,有种吗?有种你也来这么两下子。"

在那一瞬间,我感到我们又要惨败了。老兰这个杂种,竟然用这样的方式把我们逼向绝境。是的,我知道,如果我和妹妹也把刀子和剪子扎进自己的腿肚子,那老兰就彻底地输了,他除了自杀,没有别的办法可以挽回面子。但把刀子扎进腿肚子,实在是太痛了。孔夫子说"身体发肤受之父母,不敢毁伤孝之始也",我们往自己身上戳刀子,就是公然地和孔夫子作对,那我们就成了没有教养的人。想到此处,我说:

"老兰,你这是干什么?你以为用这套青皮流氓的混账无赖手段就能够把我们吓退吗?没门。我们连死都不怕了,我们还怕什么?我们不会自己往自己身上戳刀子,我们请求你往我们身上戳刀子。你即便把你腿肚子上的肉全部旋下来,我们也不会放过你。你如果要想清静,除非杀了我们。"

我们捡起沾了血的刀子、剪子,再次往老兰的手中递去。老兰夺过我手中的刀子,猛地往远处扔去。刀子在阳光中飞越马路,降落到不知道什么鬼地方去了。老兰从娇娇手中夺过剪刀,猛地扔出去,剪刀在阳光中飞跃马路,降落到不知道什么鬼地方去了。老兰几乎是哀号着喊叫:

"罗小通,罗娇娇,你们这两个比鬼还难缠的家伙,你们到底要我怎么样呢?"

"我们没有别的要求,"我和妹妹齐声说,"我们只是活够了,请你把我们杀死。"

老兰拖着两条血腿,爬上吉普车,逃跑了。

大和尚,有句著名的话叫做"以其人之道,还治其人之身",知道这话是谁说的吗? 你不知道? 我也不知道,老兰知道。老兰从这句话里汲取了智慧,当我们费了好大的力气,从镇上修理电视机的李光通那里借来了一块马蹄形的磁铁,把刀子和剪子找回来,继续着我们的求死行为时,情况突然发生了变化。那是老兰逃跑后第三天的中午,我和妹妹坐在肉联厂大门口,刚对着路上的一个结婚车队喊叫过让老兰把我们杀死的话,就有一个五短身材、鼻子像山楂、肚子像啤酒桶的家伙,拎着一把明晃晃的杀牛刀,脚步蹒跚地走到我们面前。到了我们面前,他微微一笑,脸上的表情很狡猾,很无赖,很恶棍,很流氓。他说:

"不认识了吗?"

"你是……"

"和你比赛过吃肉的万小江,你的手下败将。"

"啊,你胖成这样子了。"

"罗小通,罗娇娇,我像你们一样,活够了,活得够够的了,一分钟也不愿意多活了。我请求你们两个把我杀了。用你们手中的刀子剪子杀我也行,用我手中这把大刀杀我也行,我没有任何要求,也没有任何道理,我就是请求你们把我杀死。"

"滚开,"我说,"我们跟你无冤无仇,为什么要杀你?"

"是的,"他说,"你们的确跟我无冤无仇,但我就是要你们把我杀死。"说着话,他就把那把大刀硬往我的手里塞。我和妹妹躲避着,但我们躲到哪里他就跟随到哪里。他的身体那样臃肿,但动作却出奇地灵敏,简直是一个猫和老鼠交配后生出来的东西。这样的东西该叫什么名字我们不知道,但我们无论如何也摆脱不了他。

"你们到底杀不杀我?"

"不杀!"

"那好,你们不杀,我就自己慢慢地杀自己,"他说着,就用刀尖在自己的肚子上划开了一个口子,划得很深,先是露出来黄色的脂肪,然后血就出来了。

妹妹哇哇地呕吐起来。

"你们杀不杀我?"

"不杀。"

他又在肚子上划开了一道口子。

我和妹妹转身就跑。他在我们身后紧紧追赶。他举着大刀,肚子上流着血追赶我们,一边追赶一边喊叫:

"杀了我吧~~~杀了我吧~~~罗小通,罗娇娇,你们行行好杀了我吧~~~"

第二天上午,我们在肉联厂大门口刚一露面,他就提着大刀,迈着小短腿,袒露着伤口翻卷的肚子,飞快地跑过来。

"杀了我吧~~~杀了我吧~~~罗小通,罗娇娇,你们行行好杀了我吧~~~"

我们逃出去好远,还能听到他的喊叫声。

我们回到家,喘息未定,就听到大街上一阵摩托车声。一个戴着墨镜的人,开着一辆挂着偏斗的草绿色摩托车,停在了我们家大门外。万小江从偏斗里爬下来,提着大刀,挺着肚子,摇摇晃晃地进了我家院子。一进大门他就大声喊叫着:

"杀了我吧~~~杀了我吧~~~"

我们关上房门,万小江就用他的肥大的屁股撞击门板,一边撞击一边喊叫。他的嗓音十分尖厉,似乎能划破玻璃。我们捂着耳朵,还是感到难以忍受。我们看到,房门在他持续不断的撞击下开始晃动,把门扇固定在门框上的木螺丝从合页上渐渐脱出,终于,轰隆一声,门扇倒下,紧接着喀喇几声,门扇上的玻璃破碎。他踏着门板和碎玻璃进来了。

"杀了我吧～～～杀了我吧～～～"他喊着,把我们逼进了墙角。

我和妹妹从他的腋下冲了出去。我们在大街上狂奔。那辆摩托车紧紧地追随着我们,万小江的喊叫自然也就追随着我们。

我和妹妹跑出村子,进入野草丛生的原野,但那个摩托车驾驶员很可能是他妈的一个摩托车运动员出身,他开着摩托,冲开半人高的野草,越过一道道积水的沟渠,惊起来许多因为杂交和混血而长相怪异的野兽,万小江那折磨着我们神经的喊叫声始终在我们耳朵边上缭绕……

大和尚,就是这样,为了躲避万小江这个无赖,我们逃离了家乡,开始了流浪的生活。在外边流浪了三个月,我们回到家乡。我们进了家门,发现家里的东西已经被小偷偷光,电视机没了,录像机也没了,箱子翻了个底朝天,抽屉被拉开,连锅都被人揭走,剩下两个黑锅框,难看,像两个没有牙的大嘴。幸好,我那门迫击大炮还蒙着炮衣,蹲在厢房墙角,炮衣上落着一层厚厚的灰尘。

我们坐在自家大门的门槛上,看着街上来来往往的行人,高一声低一声地哭泣。许多人,有提着瓦罐的,有提着竹篮的,有拎着塑料袋子的——瓦罐里竹篮里塑料袋子里都盛着肉——香香的肉亲亲的肉——放在我们面前。他们什么也不说,只是静静地看着我们。我们知道他们希望我们吃肉,好吧,好心的大爷大娘们,大叔大婶子们,大哥大嫂子们,我们吃肉,我们吃。

我们吃。

吃。

吃。

吃……

大和尚,当我们感觉到饱时,已经站不起来了。我们低头看着自己比水罐还要大的肚子,双手撑着地,慢慢地往家爬。妹妹说她口渴,我也口渴。我们爬回家,家里没有水。我们在屋檐下找到一个水桶,水桶里有半桶污水,可能是秋天时积存的雨水,水中悬浮着许多蚊虫的尸体。我们顾不了这些,喝,喝……

大和尚,就这样,天亮的时候,我的妹妹死了。

刚开始我还不知道她死了,我听到肉在她的肚子里尖声嘶叫,我看到她的脸乌青,我看到虱子从她的头发里爬出来,我才知道她死了。妹妹啊,我哭号着,但我刚哭了半声,就有一些没有消化的肉,从我的嘴巴里涌了出来。

我呕,我吐,我感到自己的肚子像个肮脏的厕所,我闻到自己的嘴巴里发出腐臭的气味,我听到了那些肉用肮脏的语言骂我。我看到那些被我们吐出来的肉在地上像癞蛤蟆一样爬行着……我对肉充满了厌恶,还有仇恨,大和尚,从此我就发誓:我再也不吃肉了,我宁愿到街上去吃土我也不吃肉了,我宁愿到马圈里去吃马粪我也不吃肉了,我宁愿饿死也不吃肉了……

几天之后,我终于把肚子里的肉吐干净了。我爬到河边,喝了一些结着冰碴儿的清水,吃了一个不知何人扔在水边的红薯,慢慢地有了力气。一个小孩子跑来对我说:

"罗小通,你是罗小通吗?"

"我是,你怎么知道我?"

"我当然知道你,"小孩子说,"你跟我来吧,有人要找你。"

我跟随着孩子,走到了一片桃园,在桃园中央的两间小屋里,我见到了许多年前,把那门迫击炮当破烂卖给我们的那对老夫妇。还有那头老了许多的骡子,它站在一棵桃树前,索然无味地吃着枯萎的桃叶。

"大爷爷,大奶奶……"我像见到了亲人一样扑到大奶奶怀里,眼泪哗哗地流出来,弄湿了她的衣襟,我哭着说,"我完了,什么都没有了,娘死了,爹捕了,妹妹也死了,吃肉的本事也没有了……"

大爷爷把我从大奶奶怀里拽出来,微笑着对我说:

"孩子,你往那里看。"

我沿着大爷爷指引的方向,看到,在小屋的墙角,放着七个木箱子,箱子上写着一些字,我不认识它们,它们也不认识我。

大爷爷用一根扁头的铁棍子,撬开一个箱子,解开一层油纸,显出来五个长长的、像保龄球瓶形状的、后边扎煞着小翅膀的东西——我的天哪——迫击炮弹——我梦寐以求的——迫击炮弹!

大爷爷小心翼翼地捏起一发炮弹,在我的面前晃晃,说:

"原本每箱六发,这箱少了一发,总共四十一发。来前我拿出一发做了试验。翅膀上拴上草辫子,从悬崖上扔下去,轰隆一声,炸得很好。爆炸声在山涧里滚动,把窝里的狼都惊出来了。"

我看着月光下闪烁着奇光异彩的迫击炮弹,看着大爷爷像炭火一样的眼睛,心中的软弱感情烟消云散,一股豪气从心中陡然升起。我咬着牙根说:

"老兰,你的末日到了!"

第四十一炮

　　《肉孩成仙记》在戏台上继续演出,但已经接近尾声。至孝的肉孩子,跪在戏台上,拿着一把刀子,从胳膊上割肉给母亲熬药。母亲病好了,他却因为长期劳累、营养不足、流血过多而死。最后一场是超现实的梦幻,他的母亲拖着哭腔,对台下的观众诉说着儿子死后她心中的思念和悲伤。戏台后施放烟雾,肉孩身披霞衣,头戴金冠,仿佛从云团中降落下来。母子相见,抱头痛哭。肉孩劝母亲不要悲伤,说自己的孝行感动了上帝,被封为肉神,专门负责天下人吃肉的事情。这个结尾看起来很圆满但我的心中还是感到很悲凉。那个母亲也哭着唱道:宁愿与我儿粗茶淡饭在人间,也不愿我儿天天吃肉成肉仙……烟雾消失,演出结束。演员上台谢幕——其实没有幕——台下响起凌乱的鼓掌声。蒋团长跑上台,对台下的观众预告:亲爱的观众,明天晚上演出《斩五通》,欢迎大家前来观看。观众吵吵嚷嚷地散去,卖食品的小贩抓紧时间叫卖着。我看到老兰对甜瓜说:闺女,你们今晚上回去住吧,我和你阿姨给你们准备了最好的房间。范朝霞也讪讪地说:回去住吧。甜瓜冷冷地看了一眼范朝霞,没说话,走到卖羊肉串的小贩面前,说:来十串! 多加孜然。小贩愉快地答应着,从一个肮脏的塑料袋子里,拿出一把羊肉串,放在炭火上烤着,烟雾刺激得他眯着眼睛,嘴巴里还发出噗噗的声音,好像在往外吹着侵入口中的灰尘。观众和演员刚刚散尽,兰大官跳上了戏台。在他的身后,跟着一个戴金丝边眼镜的洋人。兰大官脱光衣服,让生殖器昂然挺立起来。他气哼哼地对那个洋人说:你凭什么说我吹牛? 我要让你亲眼看看我是不是吹牛。洋人拍拍巴掌,就有六个金发碧眼的裸体女人走上台来,躺在台上,排成一排。兰大官依次与她们交合,女人们怪声怪气地喊叫着。这拨女人轮遍,又上来六个女人。然后又上来六个女人。然后又上来六个女人。然后又上来六个女人。然后又上来六个女人。然后又上来五个女人。总共上来四十一个女人。在漫长而激烈的战斗过程中,我看到忙得不亦乐乎的兰大官,身体不时地变幻成马。他肌肉发达,四肢有力,喉咙里发出"咴儿咴儿"的嘶鸣。这真是一匹仪态高贵、精神焕发的良马。高品质的头部,耳朵犹如削竹,端正而坚挺。双眼明亮,炯炯有神。嘴巴小巧,鼻孔宽大。秀丽匀称的脖子高高地挺起在宽阔的肩膀上。臀部平展,尾巴高翘,显示出迷人的风采。躯干浑圆,肋骨富有弹性。四肢修长而优雅,明亮的蹄子,呈现着浅蓝的颜色。他在戏台上,以一种高昂振奋的动作表演着,时而慢步,时而快步,时而慢跑,时而舞蹈,时而腾越,展现了一匹马所能够做出的所有的令人眼花缭乱、叹为观止的动作……最后,浑身如同刷了一层油彩的兰大官从第四十一个女人身上站起来,伸出一根手指,指着那个洋人,说:你输了……那个洋人,从怀里掏出来一只灵巧的左轮手枪,瞄准了那匹骏马裆间的器官,说:我没输!一声枪响。兰大官倒在地上,发出了沉重声响,仿佛倒了一堵腐朽的墙壁。与此同时,我听到大和尚身后也发出一声巨响,那个马通神像,坍塌在地,成了一堆泥巴。与此同时,所有的灯光同时熄灭。夜半时分,面前空无一人,我摘下墨镜,看到夜空璀璨,一些白色的大影子,在戏台上活动着,不知道是什么东西。蝙蝠们进进出出,鸟在树上扑棱。庙的四周,全是凄凉的虫鸣。大和尚,就让我抓紧时间,把故事讲完吧。

那晚上月亮很好,空气清新,桃树枝条上仿佛刷了一层桐油,闪闪发光。那头老骡子的皮肤上,也好像刷了桐油,闪闪发光。我们把一个古老的木架子抬到骡子的背上,把盛炮弹的箱子每边三箱,绑在木架子两侧。还剩下一箱,放在木架子正中。这对老夫妇,干起这些活来十分熟练,一看就是老手。老骡子不吭不哈,任劳任怨,与老夫妇相依为命,简直就像他们的一个老儿子。

我们走出桃园,走上通往村镇的土路。季节已经是初冬,无风,月光冰凉,空气肃杀,下霜了,路边的野草一片苍白。远处的草地上,有人在放火烧荒,火线成弧形展开,仿佛红潮水冲上白沙滩。那个引我来的小男孩,看样子也就是七八岁的年纪,走在最前面,拉着老骡子的缰绳。他穿着一件遮没膝盖的破棉袄,腰间扎着一根白色的电线,裸露着小腿,赤着脚,蓬着头,显示出一股子野火一样的蓬勃精神。与他相比,我感到自己已经腐化变质,真是他妈的惭愧。我必须振作起来,抓住这个千载难逢的机会,在这个月光皎洁之夜,把这四十一发迫击炮弹发射出去,让隆隆的炮声震动这个和平年代,成就我的一世英名。

老夫妇一边一个,扶持着炮弹箱子。老头穿着一件光板子羊皮袄,头上戴着一顶狗皮帽子,脖子上插着烟袋,是一个典型的老农打扮。老太太是解放脚,走起来很吃力,重浊的喘息从她的胸腔里发出,在静静的月夜里显得格外清晰。我跟随在骡子后边,心中暗暗发誓,要向骡子前头的小男孩学习,要向骡子两边的老头子和老太太学习,要向过去的我学习,在这个月光如冰的夜晚,发射四十一发炮弹,制造出震天动地的声响,把这个一潭死水的村子震荡,让人们在多少年之后,忘不了这个夜晚,让人们把我罗小通编成神话,口口相传。

我们就这样,走完了荒原上的土路。在我们身后,跟随着一群看热闹的野兽,前面我已经对您说过了,大和尚,这是一批胡乱杂交出来的野兽,我不知道该如何称呼它们。它们小心翼翼地跟随着我们,眼睛闪烁,好似一片绿色的小灯笼。看上去它们非常好奇,就像一群儿童。

进入村子后,骡子的蹄铁敲打着水泥路面,发出清脆悦耳的响声,偶尔还能摩擦出几个碧绿的火星。村子里很安静,街道上没有一个人,一只家狗试图和我们身后的怪兽们套套近乎,但刚一近身就被咬了一口,它尖叫一声就窜进了一条胡同。月光过分明亮,路灯显得多余。村头上那棵大槐树上的一口铸铁的钟在月光中发青,这是人民公社时期的遗物,那时候,钟声就是命令。

没有人发现我们进了村,有人发现我们也不怕。打死他们,他们也想象不出骡子驮着的箱子里,竟然盛着四十一发炮弹。我们即便对他们说箱子里装着炮弹,他们也不会相信。他们越来越认为我罗小通是个“炮孩子”。在我们那里,大和尚,我必须再三对您说明:在我们那里,“炮”,就是吹牛撒谎的意思;“炮孩子”,就是喜欢或是善于吹牛撒谎的孩子。“炮孩子”就“炮孩子”,我不以为耻,反以为荣。革命领袖孙中山,就有一个响亮的外号,“孙大炮”。孙中山外号“孙大炮”,但他没有亲手放过炮,我罗小通要超过孙中山,我要亲手放炮。炮是现成的,在我家厢房里藏着,保养得很好,每个零件都恢复了青春;炮弹也仿佛从天而降,每一枚都涂抹着黄油,用棉纱一擦就会光芒四射。炮筒子呼唤着炮弹,炮弹渴望着炮筒子;就像五通呼唤着美妇美妇渴望着五通。等我把四十一发炮弹放出去,我就是真正的“炮孩子”,从此进入传奇和历史。

我家的大门虚掩着。推开门,簇拥着骡子,我们进入。一群金黄色的黄鼠狼子在我家院子里跳舞,对我们表示欢迎。我知道我家已经成为了黄鼠狼子的乐园,它们在这里恋爱结婚,繁衍后代,吓唬着那些捡破烂的人不敢进入。黄鼠狼子有魅力,女人被魅惑,立刻就会神经错乱,载歌载舞,甚至光着腚在大街上奔跑。但我们不怕。我对它们说:伙计们,谢谢你们,谢谢你们帮我看着炮。它们说:不用客气,不用客气。它们有的穿着红色的小马甲,好像股票交易所里的那些小孩。有的穿着白裤衩,就像游泳馆里那些小孩。

我们先把迫击炮分解,一件件地从厢房搬到院子里,然后,把一架木梯子靠在西厢小平房的房檐上。我首先爬上平房,放眼四望,看到周围房屋上的瓦片在月光中一片片辉煌,村后的河流、河中的流水,村前的旷野、野地上的野火,都历历在目。这正是放炮的大好时机啊,还有什么好犹豫的,没有什么好犹豫的。我发布命令,让他们用绳子把炮的部件一件件捆好,然后吊上平房。我从炮筒里掏出一副白色的手套,戴上,用娴熟异常的动作,将炮组装好。我的炮,威武地蹲在平房上,蹲在月光中,它浑身发光,像一个刚从澡堂里蹦出来的新娘,等待着她的新郎。炮筒呈45度角指向月亮,呼噜呼噜地喝着月光。几个调皮的黄鼠狼子爬上平房,跑到炮前,伸爪去挠。它们可爱,可以挠挠;别人来挠,我一脚就将他踢下平房。接下来,那个小男孩把骡子牵到靠近梯子的地方,那对老夫妇,将骡驮子上的炮弹,一箱箱卸下来。他们动作老练,扎实可靠。迫击炮弹,威力巨大,一旦落地,后果可怕。还是用绳子,把七箱炮弹,一箱箱吊上来,分散地放在四个房角。那对老夫妇,和那个小男孩,也爬了上来。老太太一上来就呼哧呼哧喘粗气。她的气管有炎症。吃个白萝卜会好一点,可惜我们手边没有萝卜。一个小黄鼠狼子说:我们去弄。一会儿工夫,八个黄鼠狼子,抬着一根半米长的、水分特别充足的白腚大萝卜,嗨哟嗨哟地喊着号子,沿着梯子爬上来。老头子慌忙从黄鼠狼子肩膀上把萝卜接下来,递给老太太,嘴里连连道谢,表现出我们老百姓的淳朴礼仪。老太太一手攥着萝卜头子,一手攥着萝卜尾巴,放在膝盖上一磕,喀嚓一声,萝卜断成两半。老太太将萝卜腚放在身边,拿着萝卜头子,格登啃了一口,呜嚅呜嚅地咀嚼,月光中全是萝卜的味道了。

"开炮吧!"老太太说,"在大炮的硝烟里吃萝卜,我的病就会好的。因为我的病是六十年前，生我的儿子的时候，五个日本兵在我家院子里放炮，硝烟穿过窗户，进入我的喉咙，伤了我的气管，从此我就哮喘不止。我的儿子，也因为炮声震动，硝烟熏呛，得了风症死去……"

"那些放炮的家伙也没得好死，"老头子接着老太太的话头说，"他们杀了我家那头小牛，劈了我家的桌椅板凳烧起篝火，在火上烤牛肉，烤得半生不熟，中了肉毒，全都死了。我们两口子，把这门炮藏在柴火垛里，把这七箱炮弹，藏在夹壁墙里，抱着儿子的尸体，逃上了南山。后来，有人来调查我们，说我们是英雄，在牛肉里下了毒药，把五个鬼子毒死了。我们不是英雄，我们被鬼子吓得浑身哆嗦。我们更没有往肉里下毒，他们中了毒在地上打滚我们心中还很难过。我老伴还拖着病体给他们熬了一大锅绿豆汤，让他们喝。绿豆汤解百毒，但他们中毒太深，救不过来了。过了许多年之后，又有人来调查，还是那件事，非要我们承认下毒。这个人当过民兵，用粪叉子，从背后，攮死了一个正在拉屎的敌军官，缴获了一只手枪，二十发子弹，一条牛皮腰带，一身呢子军装，一只怀表，一副金边眼镜，一支派克金笔，全部交了公，立了一个二等功，发了一个功劳牌，天天挂在胸前。他让我们把大炮和炮弹交出来，我们不交。我们知道，迟早会碰到一个爱炮的孩子，来继承我们这份用儿子的生命换来的遗产。前几年我们把炮当破烂卖给你，是因为我们知道，你会珍藏它，卖破烂，是我们的一个借口。我们老两口子，此生最大的愿望，就是要帮着你把这四十一发炮弹放出去，报你的冤仇，成全你的英名。你不要问我们的来路，该告诉你的我们全都告诉你了，不该告诉你的，你问也没用。好了，孩子，开炮吧。"

那个小男孩，把一枚用丝绵擦得光芒四射的炮弹递给老头。我眼睛里含着泪水，心中热浪翻滚，仇恨和恩情，使我热血沸腾，非放炮难以排解。我擦干眼睛，镇定精神，骑跨在炮后，无师自通地测距，瞄准，目标正前方，距离五百米，老兰家的东厢房，围绕着那张价值二十万元的明代方桌,老兰和三个镇上的干部,正在搓麻将。其中一个女的,生着一张粉团般的大脸,两道细得像线一样的眉毛,一张涂得血红的嘴巴,模样让我们讨厌,让她跟着老兰一起去吧。去哪里,上西天!我双手接过老头子送过来的炮弹,放在炮口,轻轻地松了手。是炮筒自己吞了炮弹,是炮弹自己钻进了炮膛。先是轻微的一声响,是炮弹的底火被炮底撞击的声音。然后是轰隆一声巨响,几乎震破了我的耳膜。那些看热闹的小黄鼠狼抱着脑袋吱吱乱叫。炮弹拖着长长的尾巴,飞向天空,在月光中飞行,发出尖厉的呼哨,像一只所向披靡的大鸟,准确地降落在既定的目标上,一团蓝色的强光过后,传来轰隆一声巨响。老兰从硝烟中钻出来,抖抖身上的尘土,发出一声冷笑。他安然无恙。

我调整炮筒子,瞄准了姚七家的厅堂。那里有一圈真皮沙发,沙发上坐着老兰和姚七。他们窃窃私语,正在商量见不得人的事情。好吧,老姚七,让你和老兰一起见阎王。我从老头子手中接过炮弹,轻轻一松手,炮弹呼哨着出膛,飞向天空,穿透月光。命中目标。炮弹穿透房顶,轰隆一声爆炸,弹片飞溅,多数击中墙壁,少数击中房顶。一块豌豆大的弹片,击中了姚七的牙床。姚七捂着嘴巴喊叫。老兰冷笑着说:罗小通,你休想打中我。

我瞄准了范朝霞的理发室,从老头子手中接过炮弹。两发没消灭老兰,心中略感沮丧。但没有关系,还有三十九发炮弹,老兰你迟早躲不过粉身碎骨的命运。我让炮弹落进炮膛。炮弹像一个小妖精,唱着歌子飞出炮膛。老兰躺在理发椅子上,闭着眼睛,让范朝霞给他刮脸。他的脸已经很光滑,用丝绸摩擦也发不出一点点声音,但范朝霞还是刮,刮。据说刮脸是一种享受,老兰发出鼾声。多年来,老兰利用刮脸的机会睡觉。在床上,他总是失眠,勉强睡着,也是半梦半醒,蚊子哼哼一声也能把他惊醒。心中有鬼的人,总是难以入睡,这是神给他们的惩罚。炮弹穿透理发室的顶棚,嬉皮笑脸地落在水磨石的地面上,沾上了许多令人刺痒的头发楂子,然后愤怒地爆炸。一块像马牙般大小的弹片,击中了理发椅前的大镜子。范朝霞的手腕子被一块黑豆大的弹片击中,刀子落地,跌缺了刀刃。她惊叫着,趴在地上,身上沾了许多头发楂子,令人刺痒。老兰睁开眼,安慰范朝霞:不要害怕,是罗小通这个小贼在捣鬼。

第四炮瞄准肉联厂的宴会厅,那是我特别熟悉的地方。老兰在那里设宴,招待村子里过了八十岁的老人。这是一个善举,当然也是为了宣传。那三个我熟悉的记者,忙着摄影录像。八个老人围着桌子团团坐,五个老爷爷,三个老婆婆。桌子正中,放着一个比脸盆还要大一圈的蛋糕,蛋糕上插着一片红色的小蜡烛。一个年轻的女子,用打火机把这些蜡烛一一点燃。然后,让一个老婆婆吹蜡烛。老婆婆满嘴里只剩下两颗牙齿,说话含混不清,吹气哧哧漏风,要把蜡烛吹灭,是件很大的工程。我接过炮弹,松手前心中有些犹豫,生怕伤了这些无辜的老人,但目标已经选定,哪能半途而废?我替他们祈祷,跟炮弹商量,让它直接落到老兰头上,不要爆炸,砸死他就行了。炮弹一声尖叫,飞出炮膛,跨越河流,到达宴会厅上空,滞空千分之一秒,然后垂直下落。结果您大概猜到了吧?对,一点不错,那发炮弹,大头朝下,扎在了那个大蛋糕上。没有爆炸,也许是蛋糕缓冲,没使引信发火,也许是一发臭弹。蜡烛多数熄灭,只有两根还在燃烧,彩色的奶油四溅,溅到了老人的脸上,还溅到了照相机和摄像机的镜头上。

第五炮,瞄准注水车间,这是我的光荣之地,也是我的伤心之地。夜班的工人们,正在给一批骆驼注水。骆驼们鼻子里插着管子,神情怪异,一个个都像巫婆。老兰正在对窃取了我的职位的万小江交待着什么,说话的声音很大,但是我听不真切。炮弹出膛的尖啸,使我的听力受了伤害。万小江,你这个混蛋,就是你把我们兄妹逼得背井离乡。我恨你甚至胜过恨老兰,真是老天有眼,让你撞在了我的炮弹上。我克制着激动的心情,调整好呼吸,让炮弹温柔地落进炮膛。出膛的炮弹宛如一个长翅膀的小胖孩,外国人把它叫做小天使,小天使朝着既定的目标飞。穿透天棚,落在万小江的面前,先把他的右脚砸烂,然后爆炸。弹片把他突出的大肚子炸飞,身体却完整无损,好像一个手段高明的屠户干出的活儿。老兰被爆炸的气浪掀翻,我脑子里一片空白。等我清醒过来,看到这个家伙,已经从满地的污水中爬了起来。除了跌了一屁股泥巴,他身上连根汗毛都没有缺少。

第六发炮弹径直地落在了侯镇长的办公桌子上,把一个装满了人民币的信封砸得稀烂。信封下是一块钢化玻璃板,玻璃板下压着镇长去泰国游玩时和那些艳丽的人妖的合影。钢化玻璃的硬度超过石头,炮弹的引信撞击上去,没有不发火的道理。但是它没有发火。所以它毫无疑问是一发和平弹。何谓和平弹?事情是这样的,生产这些炮弹的兵工厂工人,里边有反战分子,他们趁监工不注意时,往炮弹里洒了一泡尿,所以这些炮弹外表上金光闪闪,里边的火药却受了严重的潮湿,从出厂那天起,它们就成了哑炮。和平弹有很多种类,我说的只是其中一种。还有一种是,弹壳里没有装填火药,而是装进去一只鸽子。还有一种是,弹壳里没有火药,只有一张纸条。纸条上写着汉字:中日两国人民友好万岁!这发炮弹自身成了一个铁饼子,钢化玻璃成了碎渣子,镇长和人妖的照片,直接被砸进了弹头,照片上的形象还清晰可辨,只是一切都成了反面。

发射第七枚炮弹时我心痛苦,因为这个该死的老兰低着头站在我母亲的坟墓前。我看不到他的脸,只能看到他的头在月光下像个油亮的西瓜,还有他拖得很长的影子。母亲墓前,是那块我亲手立的墓碑,碑上的字认识我。母亲的形象浮现在我的面前,仿佛她就站在我的对面,她的身体,挡住了我的炮口。娘啊,你让开吧。我说。但她不让开。她的眼睛死死地盯着我,她脸上的表情,是那样地凄苦,让我心头的肉似被一把迟钝的刀子锯着。老头子在我的身旁低声说:开炮!好吧,反正母亲已经是死人,死人是不怕炮弹的。我闭着眼睛,将炮弹扔进了炮膛。轰隆一声响,炮弹穿透了母亲,哭泣着飞走了。转眼之间,它就落在了母亲的墓碑上,把墓碑炸碎成一堆可以用来铺路的石子。老兰叹着气转过身,对我喊:罗小通,你还有完没有啊?

当然没完。我接过第八颗炮弹,恼怒地放进炮膛。炮筒赋予炮弹的方向是肉联厂的伙房。连续七发打不死老兰,炮弹也有些烦恼。所以它在空中翻了几个筋斗,稍稍地偏离了方向。本来我想让它从伙房天窗钻进去的,因为老兰正坐在天窗下喝骨头汤。那一阵喝骨头汤很是流行,壮阳过后是补钙。那些朝三暮四的营养学家在报纸上发表文章,在电视台发表讲话,号召人民喝骨头汤补钙。其实老兰的骨头比檀木还要坚硬,哪里还需要补钙?黄彪给他熬了一锅马的腿骨汤,加上了调味的芫荽末和去膻气的胡椒粉,还加了提鲜味的鸡精。老兰坐着喝,黄彪提着勺子站在一旁。老兰喝得满头大汗,脱去了毛衣,将松开的领带转到肩膀上。我希望炮弹能落到他的碗里,落不到碗里也要落到锅里。这样即便炸不死他,溅起的热汤也会把他烫伤。但那颗调皮捣蛋的炮弹,竟然钻进了伙房后边那个红砖砌成的烟囱里,轰隆一声巨响,烟囱躺到屋顶上。

第九发炮弹,瞄准了肉联厂内老兰的秘密卧室。这是一间与他的办公室相连的小屋,里边安着一张宽大的木床。床上的卧具是当时最贵的名牌,散发着一股茉莉花的清香。卧室的门,外人难以发现。老兰的办公桌下有一个电钮,只要轻轻一按,墙上那面穿衣大镜子就会往一边滑开,显出一个颜色和墙壁一样的门扇,拧开钥匙,推开门扇,老兰进去,一按电钮,外边的大镜子就会自动合上。我知道这间卧室的准确方位,发射前进行了反复的计算,考虑到了月光的阻力和炮弹的脾气,争取把误差减少到最低限度,希望这发炮弹不偏不倚地落在床的中央,如果有女人陪老兰睡觉,那就活该她做个风流鬼。我稳住呼吸,双手�着这发似乎比前八发沉重一些的炮弹,让它自然地落进炮膛。炮弹出膛,一溜火光,飞到最高点后,然后平稳地往下滑翔。那间秘密卧室的一个最明显的标志物是那个老兰请人违法安装的能够接受境外电视的卫星天线,那玩意儿形状像个大锅,颜色是漂亮的银白色,在月光照耀下,反射出刺目的白光。那发炮弹,被天线照花了眼睛,冒冒失失地钻到肉联厂的狗栏里,炸死炸伤了十几只几乎变成恶狼的肉狗,还把那高高的木栅栏炸开了一个豁口,那些没有受伤的狗,犹豫片刻,便如梦初醒般地从豁口里窜出来。我知道,从此这个地方又多了一群祸害人的畜生。

我从老头子手中接过了第十发炮弹,刚要发射,但情况突然发生了变化。我原先瞄准的是老兰那辆从日本进口的皇冠牌高级轿车,我看到老兰躺在后排座位上打盹。司机坐在驾驶座上,也在打盹儿。车停在一栋小楼的前面,似乎在等候什么人。我瞄准了车前的玻璃,希望炮弹能穿破玻璃冲进去,正好在老兰的怀里爆炸。即便又是颗臭弹或者又是一颗和平弹,单凭着那股子巨大的惯性,也足可以把老兰的肚子砸烂。除非他能去换上一套完整的肠胃,否则他就要死掉。但我刚要把炮弹送进炮膛,老兰的轿车突然发动起来,沿着通向城市的公路,飞快地滑行。我这是第一次射击移动目标,一时慌了手脚。急中生智,便一手移动着炮筒子,一手让炮弹进膛。轰隆一声,我感到一阵热浪扑面,火药在炮膛里燃烧时放出的高热使炮筒子灼热,如果我不是戴着手套,非把皮肉烫焦不可。炮弹追着轿车飞,落在了轿车屁股的后方,简直成了替老兰送行的礼炮。真是他妈妈的。

第十一发炮弹对准的目标,射程很远。在县城和乡镇之间,有一股富含多种矿物质的温泉,被一个农民企业家开发,建起一个供大款和大官销魂的松林山庄。名曰山庄,哪里有山?连个土疙瘩都没有,原先有一片坟墓,也被摊平。只有几十棵黑色的松树,在月光下好似几十炷烟雾,掩映着白色的建筑。那股子浓浓的硫磺气味,我站在平房上似乎都能闻到。一进大堂,就有美貌的小姐上前招呼,她们穿着短衫,露着大腿,腰间松松地系着一条布带,只要轻轻一扯,就会赤身裸体。这些小姐,都用一种奇怪的腔调说话,唧唧啾啾,好像鹦鹉。老兰先在大池子里戏水。池子中央,站着那个著名的断臂女人。然后他钻进桑拿室,在里边蒸得大汗淋漓。他换上肥大的短裤,穿一件杏黄色的短袖褂子,进入按摩室,选中了一个肌肉发达的小姐,让她给他做泰国式按摩。那女子搂着老兰,两人好像在摔跤。老兰,你的末日到了。你洗得如此干净,死了也是个干净的鬼。我让炮弹落进炮膛。炮弹飞出,半分钟后,变得像一只洁白的鸽子,带去了我的信息。老兰,请接应炮弹。小姐手扶头上的横杆,站在老兰背上扭屁股。老兰哼哼唧唧,不知道是痛苦还是舒服。炮弹又他妈的偏离了目标,一头扎进那个咕嘟咕嘟冒水的大池子里,炸起一根水柱,然后是水花四溅。那个断臂的大理石女人,脖子被齐齐地炸断。成群的男女从灯光幽暗的小屋子里跑出来,有的穿着仅能遮丑的衣服,有的光着屁股。老兰安然无恙,躺在按摩床上,歪着头喝茶,那个小姐,上半身钻到了床下,屁股高高地翘着。好像一只顾头不顾腚的鸵鸟。

黄彪家的热炕上,老兰与那个风情万种的小媳妇正在颠鸾倒凤,选择这样的时机开炮,有失男子汉风度。但对于死者也许是最好的时机。在神魂颠倒时突然死去,多么幸福。我不能让老兰幸福,也不愿意丧失风度。但我又不能不发炮,于是我将炮口抬高了一丝,让第十二发炮弹,落到了黄彪家的院子里,平地上炸出来一个能卧进去一头黄牛的窟窿。黄彪的小媳妇惊叫一声钻进老兰的怀里,老兰拍着她的屁股说:宝贝,不要害怕,是罗小通那个小鬼在捣乱。放心,他永远打不死我。如果我死了,他的生活就失去了意义。

十三据说是一个不祥的数字,那就让第十三发炮弹,把老兰送上西天。老兰此时正在五通庙里跪拜,大和尚,就是我们这座小庙。当时许多人传言,说跪拜了五通神,能使鸡巴增长一倍,不但能使鸡巴增长,还能使人财源茂盛达三江。老兰预备了香烛,借着月光潜入庙堂。那时候传说这座小庙里正闹一个吊死鬼,一般的人明知道此庙灵验,但也不敢来乞求。老兰胆大包天,竟然月夜一人前往。我那时想不到十年之后,我要在这里与您相见,毫不客气地就将炮口瞄准了庙堂。老兰跪在五通神前,点燃香烛,烛火映红了他的脸,神像后边传来一阵"嘿嘿"的冷笑。听了这样的冷笑,一般的人就会毛发倒竖,连滚带爬地逃命,但是老兰不怕。他竟然学着神像后边的声音,"嘿嘿"地冷笑起来。他端起一根蜡烛,往神像后边照去。借着烛火,我也看清了那并排而立的五个神像。中间一个人首马身,形象可爱,当然是一匹小公马。左边两个,一个是人头猪身,一个是人头羊体。右边两个,一个是人头驴身子,一个被毁,只余残骸,难以辨认原先的形象了。老兰的烛光里,突然闪出来一张狰狞可怖的嘴脸。我心一惊,我手一松,炮弹落膛,飞向五通神庙,正中庙堂,轰然爆炸,将四个神像炸毁三个,只余中间那个人头马少年,脸上挂着永恒的淫荡或者是多情的笑容。老兰顶着满头满脸的泥巴灰尘,从庙里钻出来。

镇上的谢记馆子,专门制作牛肉丸子,名声传得遥远。这家的主人是个老婆婆,领着儿子媳妇,每天制作牛肉丸子五百个,多了一个也不做。想吃谢家的牛肉丸子,必须提前一个星期挂号。为什么谢家的牛肉丸子如此热卖?自然是因为口味独特。为什么谢家的牛肉丸子有独特风味?因为谢家的牛肉丸子是用牛身上最好的肉制成。更重要的是,谢家的牛肉丸子,不沾铁器,是用竹片从牛身上切割下来,然后放在捶布石上,用红枣木的棒槌敲成肉泥,然后添加上谢家自制的饸面馒头碎屑,放在掌心里团弄成球状,与小金橘一起混装在瓦罐里,上屉蒸煮。蒸熟之后,金橘扔掉,单吃丸子,那奇异的味道啊……炸毁这样一家风味独特的牛肉丸子馆,我的确于心不忍。谢家婆婆很慈祥,他的儿子还是我的好朋友。但为了消灭老兰,谢婆婆,谢大哥,对不起了。我一松手,第十四发炮弹飞向天空,不幸与一只南飞的大雁迎头相撞。大雁粉碎性骨折,炮弹偏离了目标,落在谢家房后的池塘里,掀起了冲天水柱,将十几条像犁铧一样的大鲫鱼炸成了鱼酱。

镇上最风流的女人黑妞,真名叫解娜,天生了一副好嗓子。"文革"时期她的歌声每天都在大喇叭里播放。因为她的家庭出身不好,影响了她的锦绣前程,不得不委屈嫁给了一个家庭出身很好的小染匠。染匠天天骑车出去收布回来染。那时候好布难买,年轻人们,就扯了白色的老棉布,让染匠染成草绿色,做成军便服,都感到俏得不得了。小染匠的手,是草绿色的,用火碱都洗不干净他的手。这样的手抚摸着解娜白生生的乳房,悲惨的情景不难想象。于是解娜红杏出墙。老兰和解娜是多年的老相好,老兰发达之后,解娜来找过他。我对这个风韵犹存的女人,印象很好。她的嗓音迷人,毕竟是唱歌的老底子。但这丝毫不影响我把第十五发炮弹发向她家,因为她正在和老兰喝酒叙旧,话到深处,两个人都是眼泪汪汪。炮弹落在了她家那口老染缸里,让陈旧的绿色染料满天飞扬。小染匠不但戴着绿帽子,还住着绿房子。

第十六发炮弹本来是瞄准了肉联厂的会议室,但这发炮弹缺了一个翅膀。一出膛就失去了平衡,落到了姚七家的猪圈里,炸死了那头养尊处优的老母猪。

肉类检验室,承受了我的第十七发炮弹,站长老韩和副站长小韩,都受了轻伤。一块巨大的弹片,本来足可以要了老兰的命,但那弹片击中的老兰左胸口袋中恰好有一枚市里刚刚发给他的铜质劳模奖章。强大的力量使他连连倒退,直到脊梁靠在墙上才勉强站住。他脸色干黄,差点吐血。这是我发炮以来给予他的最为沉重的打击。虽然没要了他的命,但也让他胆战心惊。

第十八发炮弹,本来可以把老兰彻底打烂,因为他站在一个露天厕所撒尿,没有一点遮挡。他的头上是一片梧桐树的疏枝,我的炮弹可以穿过缝隙。但我马上想起来老爷爷和老奶奶村子里那个英雄,插死正在拉屎的敌人,是男人的耻辱;打死正在撒尿的老兰,也不是我的光荣。于是我只好遗憾地偏离目标,让炮弹落进露天茅坑,一声爆炸,溅了他满身大粪。这一炮十分好玩,但毕竟有些下流。

第十九炮,发射出去后我才意识到违背了国际公约。炮弹把镇卫生院的治疗室炸得满地碎玻璃。那个护士,是副镇长的小姨子,一个坐在椅子上让病人趴在她面前的桌子上露出屁股打针的懒鬼,吓得一屁股蹲在地上,嘴巴一咧,呜呜地哭起来。老兰正躺在床上吊针,输入的是清理血管的药物。他们这些人,摄入了太多的高脂肪食物,血液黏稠,好像糨糊。

农村城镇化之后,高档的消费方式跟随而来。镇政府所在地,新建一座保龄球馆。老兰是保龄球高手,出手就是满贯。他的姿势难看,但力道很大。他捏起一个十二磅的球,颜色是紫的,走到球道前,不助跑,脱手扔出去,球如炮弹出膛,直冲瓶阵。那些倒霉的瓶子,哭爹叫娘地逃到窟窿里去了。第二十发炮弹落在球道上,烟雾升腾,弹片横飞。老兰丝毫没有受伤。这个混蛋,身上戴着避弹符吗?

第二十一炮,落在了肉联厂那眼甜水井里。其时老兰正在井边看水中的月亮。我猜想这个家伙很可能是想起了猴子捞月亮的故事。要不他深更半夜地跑到井边去看什么呢? 这口井与我关系很深,大和尚知道,我不多说。井中的月亮,分外地皎洁。炮弹落进去,没有爆炸。但月亮彻底地破碎了,井水也成了泥汤。

尽管二十一发炮弹都没打死老兰,但他已经难以保持潇洒风度。瓦罐不离井沿破,炮弹追着你老小子爆炸,总有一块弹片把你送上西天。狡猾的老兰换上了一身工作服,混迹于屠宰车间的夜班工人中间。看起来好像是深入群众,实际上是想借此保住自己的小命。他和工人们打着招呼,还不时地拍拍熟识的工人的肩膀。被他拍过的人都满面笑容,似乎有点受宠若惊。车间里正在宰杀骆驼,这些沙漠之舟,因为蹄子是满汉全席中的名贵菜肴,所以被大批量地宰杀。吃骆驼是当时的时尚,因为老兰买通了几个号称大腕的营养学家和几个小报记者,连篇累牍地宣传吃骆驼肉的好处。骆驼货源充足,来自甘肃,来自内蒙。那些看上去格外清秀的,来自中东。屠宰车间已经实现了半自动化,注水后的骆驼,被移动吊车吊起,运送到屠宰车间的第一室,在空中先接受一次全方位冷水冲洗,然后是热气熏蒸。骆驼们悬挂空中,闲置的四条腿,胡乱踢蹬。老兰站在一匹悬空的骆驼下,听屠宰车间主任冯铁汉指指点点地对他说着什么。我抓紧这个时机,将一直拊在手中的第二十二发炮弹放进炮筒。炮弹拖着一道火线,飞向目标,在房顶上爆炸,炸断了吊着骆驼的钢丝绳。那头倒霉的骆驼被活活地跌死。

第二十三发炮弹从第二十二发炮弹炸出的窟窿里钻进车间,落在地上滴溜溜地打转,宛如一个巨大的陀螺。冯铁汉发扬了舍己救人的精神,猛地把老兰扑倒在地,用自己的身体遮上去。炮弹爆炸,气浪翻滚,车间里硝烟弥漫。四个驼蹄被炸断,飞起,降落,整齐地摆在冯铁汉的脊梁上,仿佛四个大蛤蟆趴在那里商量重要的事情。过了大约三分钟,老兰从冯铁汉的身体下钻出来,抹一把脸上的钢铁碎屑和骆驼的血肉,打了一个响亮的喷嚏,身上的工作服,就像四片瓦,同时掉在了地上。老兰全身上下,只剩下一条牛皮腰带,他捡起一块破布,捂住生殖器,高声喊叫着:罗小通,你这个兔崽子,我什么地方对不起你?!

你没有地方对不起我,也没有地方对得起我。我从老爷爷手里接过了第二十四发炮弹,只手送进了炮膛。让出膛的炮弹捎带着我的回答,沿着前两发炮弹的通道,落进了前一发炮弹炸出的弹坑。老兰机警地卧倒,打了一个滚,躲在了骆驼尸体后边。飞起的弹片受到弹坑的限制,留下来很大的死角,老兰躲在死角里,毫发无伤。车间里的工人,有的趴在地上,有的像木桩一样直挺挺地站着。只有一个特别勇敢的,匍匐前进,靠近老兰,大声问:兰总,您没有事吧?老兰说:赶快给我弄套衣服来。老兰趴在骆驼后边,撅着光溜溜的屁股,可以说是狼狈透顶。

那个勇敢的工人,跑到车间主任的办公室里拿来了一套工作服。就在他把衣服递到老兰手中那一瞬间。第二十五发炮弹直奔老兰的胸膛。老兰急中生智,用那件厚厚的帆布工作服,顺势将炮弹兜住,然后猛地往窗外甩去。他的这个动作,显出了冷静和果断,当然还有他过人的膂力。如果他是一个军人,赶上战争岁月,肯定是个特级战斗英雄。炮弹在车间窗外爆炸,轰隆一声。

在发射第二十六发炮弹之前,老奶奶颤颤巍巍地走到我身旁,从嘴巴里吐出一块萝卜,塞进我的嘴里。说实话我感到有点恶心,但想起鸽子渡食,想起乌鸦反哺,恶心就成了感动。我还想起来一件与我的母亲有关的往事。那还是我父亲私奔东北,我与母亲靠卖破烂谋生的时候。那天我和母亲进城,在一个路边小店里打尖。母亲花两毛钱买了两大碗牛杂汤,泡上了我们的冷干粮。一对盲人夫妻,也在店里吃饭。他们有一个白白胖胖的孩子。孩子啼哭,因为饥饿。女盲人听到了母亲的声音,就求母亲帮她喂喂孩子。母亲从女盲人手里接过孩子,从男盲人手里接过干粮。母亲先将干粮放在自己嘴里嚼碎,然后,将嘴巴堵在孩子的嘴巴上。后来,母亲告诉我,这就是"鸽子渡食"啊。我将老奶奶渡给我的萝卜咽下去,顿时感到眼明心亮。我接过第二十六发炮弹,对准老兰的光屁股发射。炮弹刚刚到达车间上空,那高大的屠宰车间,就轰然坍塌了。这景象看上去十分壮观,跟电视上常常看到的定向爆破十分相似。炮弹落到车间的废墟上,将一架钢梁掀开,露出来一个缝隙,本来已经被钢梁压住等死的老兰,正好从那个缝隙里钻了出来。

说实话我有点气急败坏,第二十七发炮弹追着光屁股的老兰打。爆炸掀起的气浪使路边的树木拦腰折断,但老兰还是安然无恙地奔跑。他妈的,真是活见鬼。

我怀疑因为存放时间太久,炮弹的威力打了折扣。便离开炮,走到炮弹箱子旁。蹲下,研究炮弹。那个小男孩非常认真地用棉纱擦拭着炮弹表面上的黄油,擦去了黄油的炮弹金光闪闪,看上去十分宝贵。这样的炮弹怎么可能没有威力呢? 不是炮弹威力小,而是老兰太狡猾。哥哥,行吗? 小男孩有些讨好地问我,使我受到了很大的感动。我突然感到,这个男孩虽然是个男孩,但与我的妹妹是那样的相似。我拍拍他的头,说:干得非常好,你是个优秀的三炮手。小男孩有些不好意思地说:我给你擦了这么多炮弹,能让我放一炮吗? 没有问题,我说。也许你一炮就把老兰打得四分五裂。我让小男孩站在炮后,把一发炮弹递给他,对他说:第二十八发,目标老兰,距离八百,预备——放！打中了打中了！小男孩拍着手说。老兰的确是扑倒在地了，但他突然又跳了起来，像一匹黑豹子，身影一闪，躲到了包装车间的阴影里。小男孩还没过瘾，向我提出要求，希望再放一炮。我说，好吧。

第二十九发炮弹，由着这孩子随便放。他一炮打偏，炮弹飞进那个已经废弃的小火车站的货运站台上的一堆陈年煤炭里，爆炸之后，煤灰和硝烟一起升腾，玷污了很大一片月光。

小男孩自己都不好意思了，他挠着头皮，离开射手的位置，回到擦炮弹的岗位上。

老兰趁着这个空儿，换上了一套蓝色的工作服。他站在一堆纸箱子上，高声喊叫着：罗小通，你罢手吧，省下几发炮弹去打兔子吧。我心头火起，瞄准他的头，发射了第三十发炮弹。他一闪身进了车间，大门挡住了所有的弹片。

第三十一发炮弹洞穿了车间的顶盖，落在一堆纸箱子里。十几个箱子被炸开，骆驼肉成了肉末，被灼热的气流烤熟，一股焦糊的气味和硝烟混合在一起。

老兰傲慢的神情使我失去了理智，失去理智的表现就是我忘记了节省弹药。我用闪电般的速度发射了第三十二发、第三十三发、第三十四发炮弹，按照炮兵射击教程，打出来一个标准的三角形落点，虽然没伤着老兰，但包装车间也像屠宰车间一样轰然倒塌。

老爷爷突发童心，提出要放几炮过瘾。尽管我心中很不情愿，但他是长辈，又是炮弹的提供者，我没有任何理由拒绝他的请求。他站在炮手的位置上，十分老练地举起拇指，单眼吊线，测量距离。他说，第三十五发炮弹，我要把大门口的警卫室摧毁。轰隆一声，警卫室没了。第三十六发炮弹，我要炸毁那个新修的水塔。轰隆一声，水塔腰上出现了一个巨大的窟窿，明亮的水，强劲地喷射出来。至此，这个大名鼎鼎的华昌肉类联合股份公司，成为一片废墟。但此时我也发现，六个炮弹箱子已经空了，只有最后一个箱子里，还有五颗炮弹。

　　工厂的夜班工人们,都灰头土面地在废墟上奔跑着。他们的脚下,是淙淙流淌的血水。很可能还有人被埋在瓦砾之中,一辆红色的救火车拉着刺耳的警报,从县城的方向飞驰而来。救火车的后边,紧跟着白色的救护车和黄色的汽车吊。可能是电线短路引起了燃烧,包装车间的废墟上冒起来黄色的火苗子。老兰趁着混乱,爬上了矗立在工厂东北角上的超生台。这里原本就是工厂的制高点,车间和水塔倒塌之后,超生台就显得更加高大,有一点扪星揽月的气概。老兰,这是我父亲的领地,你上去干什么? 我不假思索,就将第三十七发炮弹打了过去,目标:超生台,距离八百五十米。

　　炮弹从粗大的松木空隙中穿了过去,撞到用坟砖垒成的围墙上。一团火光闪过,围墙炸开了一个豁口。我油然想起了听人讲过的扒坟运动。那时我还没有出生,自然无缘看见那些疯狂的场面。许多人围着那个墓前有石人石马的古冢——那就是老兰家的祖坟——看着几个用毛巾捂住嘴巴的人,从墓穴里,抬上来一尊红锈斑斑的大炮。后来,市考古研究所的专家说:从来没有见过用大炮殉葬的。为什么这座坟墓的主人用大炮殉葬? 至今也没有一个令人信服的解释。提起扒坟的事情,老兰就痛心疾首:王八蛋们毁了我们兰家的风水,要不我们家很可能出一个总统!

　　老兰站在超生台顶端,手扶着一根立木,向东北方向瞭望。那是我父亲瞭望的方向,我知道父亲往那里看是因为在那个方向,有他和野骡子姑姑的伤心岁月和幸福时光,你老兰有什么资格往那里看?我瞄准老兰的脊背,第三十八发炮弹却掀去了超生台的尖顶,老兰继续往东北瞭望。

　　那个心情不好的小男孩没把第三十九发炮弹上的黄油擦干净,递到老爷爷手中时,竟然突然滑落。卧倒! 我大喊一声,趴在炮架后。那颗炮弹在房顶上滴溜溜地打转,炮弹内部,发出喀啷喀啷的响声。老爷爷、老奶奶和那个闯了祸的小男孩直愣愣地站着,目瞪口呆。天哪,只要它在房顶上爆炸,再引爆了那两发还没发射的炮弹,那我们四个就全部报销了。卧倒啊！我再次大喊，但他们依然呆立着，形同木偶。第三十九发炮弹蹦跳到我的面前，仿佛要跟我谈心一样。我一把攥住它的脖子，猛地把它甩了出去。轰隆一声响，它在胡同里爆炸了。白白地浪费了一发炮弹，真是可惜。

老头子将第四十发炮弹递给我时显得格外珍重，不用他提醒，我也知道，这发炮弹发射之后，我们炮轰老兰的战斗就接近了尾声。我接过炮弹，像接过了一个十世单传的婴儿，小心翼翼，心中惶惶不安。我简单地回顾了前面三十九发炮弹，似乎也不是我的技术不精，而是天不灭老兰。老兰这样的人，连阎王爷也不愿意要他。我再次检查了瞄准具，再次目测了距离，再次进行了运算，一切都没有错误，如果在炮弹飞行的过程中不突然刮起十二级台风，如果在炮弹飞行的过程中不与正在降落的卫星残骸相撞，总之如果不发生我想不到的意外，这发炮弹，应该落在老兰的脑袋上。就算是一发臭弹，老兰的头也要破裂。我将炮弹送进炮膛时，默默地念了一声：炮弹，不要误我！炮弹飞上天空，没有起风，也没有卫星，一切都正常。炮弹却落在了高台尖端，没响，仿佛给它戴上了一个金光闪闪的帽顶！

老太太将手中的萝卜一扔，从老头子手里夺过了第四十一发炮弹，一膀子将我扛到了旁边，嘴里嘟哝了一声：笨蛋！她站在了炮手的位置上，气呼呼地、大大咧咧地、满不在乎地将炮弹塞进了炮膛。第四十一发炮弹忽忽悠悠地飞上天空，简直就是一个断了线的风筝。它飞啊，飞啊，懒洋洋地，丢魂落魄地，飞啊，完全没有目标，东一头西一头，仿佛一只胡乱串门的羊羔，最后很不情愿地降落在距离超生台二十米的地方。一秒没炸，两秒没炸，三秒还没炸。完了，又是臭弹。我的话还没出口，一声巨响，封住了我的嘴巴。空气颤抖，像老棉布一样被撕裂。一块比巴掌还要大的弹片，吹着响亮的口哨，把老兰拦腰打成了两截……

遥远的乡村里传来了一声幼稚的鸡鸣，这是今年的小公鸡学习报晓的声音。我用炮火连天、弹痕遍地的诉说,迎来了又一个黎明。五通神庙在我的诉说过程中大部分坍塌,只有一根柱子,勉强支撑着一片破败的瓦顶,好像是为我们遮蔽露水设置的凉棚。亲爱的大和尚,出家还是不出家,对我来说,确实已经不重要,我想知道的是:我的故事,是否把你打动? 我还想从你这里得到验证:老兰讲述过的他三叔的故事,有多少是真实? 有多少是虚构? 您可以回答,也可以保持沉默。大和尚叹息一声,抬起手,指指小庙前面的大道。我惊悚地发现,从大道的两边,窜过来两支队伍。从西边来的是一群肉牛,身上都穿着五彩的衣裳,衣裳上写着大字。这些大字连缀起来就是一条条的标语,标语的内容是反对建设肉神庙。这些牛不多不少,正好四十一只。它们一窝蜂般地蹿下大道,把我和大和尚包围在垓心。它们的头上,都生着长角,长角上绑着尖刀。它们低着头,蓄势待发,鼻孔里喷着白沫,眼睛里放射着怒火。从东边来的是一群女人,身上都是一丝不挂,皮肤上用油漆写着大字。这些大字连缀起来就是一条条的标语,标语的内容是坚决支持重建五通神庙。这些女人不多不少,正好四十一个。她们簇拥着跑下大道,就像一队骑兵跨上马背似的跨上了牛背。四十一个裸体女人,骑在四十一头身披彩衣的公牛背上,把我和大和尚包围在垓心。我心胆俱裂,窜到大和尚身后,但大和尚的身后也不安全。我大喊一声:娘,救救我吧……

我的娘来了。在她的身后,跟随着我的爹。我的爹肩头上坐着我的妹妹。我的妹妹对着我招手。在他们身后,跟随着肢残目缺的老兰和他的妻子范朝霞。范朝霞怀里抱着那个也叫娇娇的漂亮女孩。在他们身后,还有和善的黄彪和勇武的黄豹;在他们身后,黄彪俊俏的小媳妇弯着嘴角,神秘地微笑着。在他们身后,还有黑眉虎眼的姚七、体态丰肥的沈刚、目露仇恨之光的苏州。在他们身后,是那三个和我比赛吃肉的好汉:黄脸冯铁汉、黑铁塔刘胜利、水耗子万小江。在他们身后,跟随着肉类检疫站站长老韩大叔和他的侄子小韩。在他们身后,跟随着掉光了牙齿的成天乐大叔和老得步态蹒跚的马奎。在他们身后,跟随着雕塑村四个技艺非凡的工匠。在他们身后,跟随着古典派纸扎匠和他的徒弟。在他们身后,跟随着嘴唇涂成银色头发染成金色的洋派纸扎匠和她的部下。在他们身后,跟随着穿着西装挽着裤腿的包工头"四大"和他的部下。在他们身后,跟随着只剩下两颗门牙的老吹鼓手和他的徒弟们。在他们身后,跟随着天齐庙里那个手持木鱼的老和尚和他的那些半真半假的和尚徒弟们。在他们身后,跟随着翰林小学的蔡老师和一群孩子。在他们身后,跟随着医学院学生甜瓜和她的那位奶油男友。在他们身后,跟随着那个替我擦过炮弹的小男孩和那对大侠般的老夫妇。在他们身后,跟随着那些在肉神庙前、大道上、广场上出现过的众多人等……在他们身后,跟随着摄影记者瘦马和摄像记者潘孙和他的助手。他们扛着机器,爬上大树,居高临下地将眼前的一切记录在案。但还有一群女人,为首的是沈瑶瑶女士,在她的身后,是黄飞云女士、甜蜜蜜小歌星——其他的都面目不清——她们衣衫华美,宛如一团降落到地上的彩霞。就在眼前的一切像一幅图画凝固不变时,一个就像刚从浴池里跳出来、身上散发着女人的纯粹气味、五分像野骡子姑姑、另外五分不知道像谁的女人,分拨开那些人,分拨开那些牛,对着我走过来……

诉说就是一切

——代后记

有许多的人,在许多的时刻,心中都会或明或暗地浮现出拒绝长大的念头。这样一个富有意味的文学命题,几十年前,就被德国的君特·格拉斯表现过了。事情总是这样,别人表现过的东西,你看了知道好,但如果再要去表现,就成了模仿。君特·格拉斯《铁皮鼓》里那个奥斯卡,目睹了人间太多的丑恶,三岁那年自己跌下酒窖,从此不再长大。不再长大的只是他的身体,而他的精神,却以近乎邪恶的方式,不断地长大,长得比一般人还要大,还要复杂。现实生活中,不大可能有这样的事情,但正因为现实生活中不大可能有这样的事情,所以出现在小说里才那么意味深长,才那么发人深思。

《四十一炮》只能反其道而行之。主人公罗小通在那座五通神庙里对兰大和尚诉说他的童年往事时,身体已经长得很大,但他的精神还没有长大。或者说,他的身体已经成年,但他的精神还停留在少年。这样的人,很像一个白痴,但罗小通不是白痴,否则这部小说就失去了存在的价值。

拒绝长大的心理动机,源于对成人世界的恐惧,源于对衰老的恐惧,源于对死亡的恐惧,源于对时间流逝的恐惧。罗小通试图用喋喋不休的诉说来挽留逝去的少年时光。本书的作者,企图用写作挽住时间的车轮。仿佛一个溺水的人,死死地抓住一根稻草,想借此阻止身体的下沉。尽管这是徒劳的,但不失为一种自我安慰的方式。

看起来是小说的主人公在诉说自己的少年时光,但其实是小说作者让小说的主人公用诉说创造自己的少年时光,也是用写作挽留自己的少年时光。借小说中的主人公之口,再造少年岁月,与苍白的人生抗衡,与失败的奋斗抗衡,与流逝的时光抗衡,这是写作这个职业的惟一可以骄傲之处。所有在生活中没有得到满足的,都可以在诉说中得到满足。这也是写作者的自我救赎之道。用叙述的华美和丰盛,来弥补生活的苍白和性格的缺陷,这是一个恒久的创作现象。

在这样的创作动机下,《四十一炮》所展示的故事,就没有太大的意义。在这本书中,诉说就是目的,诉说就是主题,诉说就是思想。诉说的目的就是诉说。如果非要给这部小说确定一个故事,那么,这个故事就是一个少年滔滔不绝地讲故事。

所谓作家,就是在诉说中求生存,并在诉说中得到满足和解脱的过程。与任何事物一样,作家也是一个过程。

许多作家,终其一生,都是一个长不大的孩子,或者说是一个生怕长大的孩子。当然也有许多作家不是这样。生怕长大,但又不可避免地要长大,这个矛盾,就是一块小说的酵母,可以由此生发出很多的小说。

罗小通是一个满口谎言的孩子,一个信口开河的孩子,一个在诉说中得到了满足的孩子。诉说就是他的最终目的。在这样的语言浊流中,故事既是语言的载体,又是语言的副产品。思想呢?思想就说不上了,我向来以没有思想为荣,尤其是在写小说的时候。

罗小通讲述的故事,刚开始还有几分"真实",但越到后来,越成为一种亦真亦幻的随机创作。诉说一旦开始,就获得了一种惯性,自己推动着自己前进。在这个过程中,诉说者逐渐变成诉说的工具。与其说是他在讲故事,不如说故事在讲他。

诉说者煞有介事的腔调，能让一切不真实都变得"真实"起来。一个写小说的，只要找到了这种"煞有介事"的腔调，就等于找到了那把开启小说圣殿之门的钥匙。当然这只是我的一种感悟，无论是浅薄，抑或是偏执，也还是说出来。其实这也不是我的发明，许多作家都感悟到了，只是说法不同罢了。

这部小说中的部分情节，曾经作为一部中篇小说发表过。但这丝毫不影响这部小说的"新"，因为那三万字，相对于这三十多万字，也是一块酵母。当我准备了足够的"面粉"、"水分"，提供了合适的"温度"之后，它便猛烈地膨胀开来。

罗小通在讲述自己的故事时，从年龄上看已经不是孩子，但实际上他还是一个孩子。他是我的诸多"儿童视角"小说中的儿童的一个首领，他用语言的浊流冲决了儿童和成人之间的堤坝，也使我的所有类型的小说，在这部小说之后，彼此贯通，成为一个整体。

在写作这本书的过程中，罗小通就是我。但他现在已经不是我了。

二○○三年五月

图书在版编目（CIP）数据

四十一炮/莫言著. —杭州:浙江文艺出版社,2017.1(2019.3 重印)
（莫言作品全编）
ISBN 978－7－5339－4669－2

Ⅰ.①四…　Ⅱ.①莫…　Ⅲ.①长篇小说—中国—当代
Ⅳ.①I247.5

中国版本图书馆 CIP 数据核字(2016)第 267490 号

策划统筹　曹元勇
责任编辑　曹元勇　王丽荣
特约编辑　徐敏力
封面设计　周伟伟
插页设计　何　浩
责任印制　吴春娟

四十一炮
莫言　著

出版　浙江出版联合集团　浙江文艺出版社

地址　杭州市体育场路 347 号　　邮编　310006
网址　www.zjwycbs.cn
经销　浙江省新华书店集团有限公司
印刷　杭州富春印务有限公司
开本　650 毫米 ×970 毫米　1/16
字数　332 千字
印张　25.5
插页　4
版次　2017 年 1 月第 1 版　2019 年 3 月第 7 次印刷
书号　ISBN 978－7－5339－4669－2
定价　39.00 元